D1291776

MME REJEANNE JACOB
144 RUE HELENE
ST-EUSTACHE (QUEBEC)
J7P 4H3

Sans témoins

DU MÊME AUTEUR

Aux Éditions J'AI LU :

Le sang de l'albatros
Courants meurtriers
Descente en flammes

Titre original :
NO WITNESSES
Published by arrangement with Hyperion, New York

Copyright © 1994 by Ridley Pearson
Pour la traduction française :
© Éditions J'ai lu, 1995

ISBN 2-277-37062-2

Ridley Pearson

Sans témoins

Traduit de l'américain
par Alexis Champon

EDITIONS

LA MARTINGALE

1

Vint le moment le plus agréable.

Le moment où Lou Boldt jetait à l'eau les conventions, où l'expérience prenait le pas sur les manuels, où il faisait le tri entre ceux qui l'écoutaient attentivement et ceux qui dormaient.

Lou éleva la voix. Il était costaud, il avait du coffre, ses paroles parvenaient distinctement jusqu'aux derniers rangs sans l'aide d'un micro-cravate.

— Oubliez tout ce que je vous ai dit ces dernières semaines sur la recherche des preuves, le code de procédure normal, la garde à vue, la voie hiérarchique.

Des têtes se dressèrent. Plus que Lou n'en avait espéré.

— Tout cela est inutile... si vous ne savez pas analyser les indices sur le lieu du crime, si vous n'apprenez pas à connaître la victime, à vous fier à votre instinct, à votre intuition. Il faut réfléchir avec le cœur autant qu'avec la tête. La difficulté consiste à trouver un juste équilibre entre les deux. Si un flic ne pense qu'avec sa tête, on n'a pas besoin de lui ; les techniciens du labo suffisent. A l'inverse, s'il ne pense qu'avec son cœur... s'il suffit de se mettre dans la peau du suspect et de se dire : « Ouais, c'est lui qui a fait le coup »... à quoi servent l'étude des empreintes, les analyses, les pièces à conviction ?

Quelques studieux feuilletèrent fébrilement leur manuel.

— Vous ne trouverez pas ça dans vos livres, leur dit Lou Boldt. Tous les livres du monde ne résoudront pas une affaire, seul un enquêteur le peut. Les preuves et les renseignements ne servent à rien sans quelqu'un pour les analyser, les trier, les interpréter. Et ce quelqu'un, c'est vous. C'est moi. Il arrive un moment où il faut mettre la science de côté, où la passion et l'instinct prennent le relais. Et ça, ça ne s'enseigne pas... Mais ça peut s'apprendre. C'est une question de cœur et d'esprit. L'un ne vaut rien sans l'autre.

Il se demanda ce que ces apprentis flics voyaient au-delà de l'inspecteur de la Criminelle de quarante-quatre ans, légèrement bedonnant, au pantalon kaki fripé et à la veste de sport fatiguée qui cachait un flingue dans la poche droite.

Tout en entendant ses propres mots résonner dans l'amphithéâtre, il se demanda jusqu'où il oserait aller. Parlerait-il des cauchemars, des divorces, des ulcères, de la politique ? Des horaires ? Du salaire ? De l'air absent avec lequel les vieux de la vieille examinaient à fond les lieux du crime en moins de cinq minutes ?

Un flot de lumière envahit la salle quand la porte du fond s'ouvrit pour laisser entrer un grand gosse dégingandé, jean trop large et maillot de rugby. Précédé de son ombre démesurée, il courut vers l'estrade, et remit une feuille d'agenda rose à Lou Boldt. Observé par la foule des élèves, Boldt déplia la feuille.

Volonteer Park, après les cours. J'attendrai un quart d'heure. D.M.

Volonteer Park ? Cela éveilla sa curiosité. Pourquoi pas au bureau ? Daphné Matthews n'avait pas l'habitude de donner dans le théâtral. Psychologue de la Criminelle, c'était une femme réfléchie, patiente, intelligente, solide. Pas du genre à rechercher les effets dramatiques. Les yeux étaient toujours rivés sur lui.

— Une lettre d'amour, lâcha-t-il, ce qui lui valut quelques rires étouffés.

Mais pas trop : un flic ne fait pas d'humour. Encore un truc qu'ils devraient apprendre.

Perché au-dessus de Seattle, Volonteer Park domine les hautes tours du centre-ville et la courbe gris-vert d'Elliot Bay qui coule jusqu'à l'estuaire criblé d'îles de Puget Sound. Un château d'eau se dresse en contrebas du parking et de l'esplanade qui se trouve devant le Musée, un bâtiment en reconstruction depuis des mois. Boldt gara sa vieille Chevrolet trois places plus loin que la Prélude rouge que Daphné Matthews entretenait nickel. Elle n'était pas dans sa voiture.

A sa gauche, le château d'eau s'élevait sur plusieurs étages, entouré de parterres de fleurs. L'herbe était de ce vert émeraude étonnant... si particulier à Seattle et à Portland, songea Boldt. Peut-être aussi à l'Irlande, mais il n'y avait jamais mis les pieds. L'été approchait. On commençait à sentir son effet sur chaque chose. Des nuages cotonneux défilaient bas dans le ciel d'azur. Un touriste aurait pensé qu'il allait pleuvoir ;

pas les habitants. Pas ce soir. Il ferait peut-être froid, si le temps se dégageait.

Boldt remarqua un visage inconnu derrière les grillages de la baie vitrée panoramique du château d'eau. Il attendit que l'homme quitte le bâtiment, puis commença à gravir l'escalier étroit et raide qui menait de la rotonde en brique au cylindre métallique du réservoir. La citerne peinte et la tour qui l'entourait étaient énormes, environ quinze mètres de haut et vingt de large. A chaque marche, le cœur de Boldt battait plus fort. Il n'était pas en très bonne condition physique ; ou bien était-ce parce que Daphné avait choisi une voie officieuse et qu'il ne pouvait s'empêcher d'être intrigué ? Et si cela n'avait rien à voir avec le boulot ? Une nuit, l'amitié qui l'unissait à Daphné avait dépassé les limites convenables pour un homme marié. Ils étaient toujours proches, mais n'évoquaient jamais leur unique dérapage. Un mois plus tôt, elle l'avait surpris en lui parlant de sa nouvelle liaison. Après Bill Gates, Owen Adler était le plus beau parti du Nord-Ouest. Ancien marchand de café ambulant, il avait monté une société d'alimentation en pleine expansion. Il possédait son propre avion, une propriété de plusieurs millions de dollars qui dominait Shilshole Marina et, à présent, le cœur de Daphné Matthews. Elle n'aurait pas pu formuler sa lettre autrement, ou choisir un endroit plus romantique, si elle avait voulu faire croire à Boldt qu'elle le convoquait à un rendez-vous amoureux.

Dans deux heures Volonteer Park deviendrait le grand bazar de la drogue et du sexe. Malgré son panorama unique, le château d'eau ne jouissait pas d'une réputation fameuse. Daphné l'avait choisi en connaissance de cause. Elle n'était pas femme à agir sur un coup de tête. Alors, pourquoi ce rendez-vous clandestin ?

Lou atteignit la plate-forme panoramique. Sol en ciment et baies vitrées protégées par de solides grillages pour décourager les amateurs de vol plané, et empêcher divers projectiles d'atterrir sur les passants. Daphné avait les bras croisés sur sa poitrine, une attitude qui dénotait une anxiété inhabituelle chez elle. Ses cheveux châtains tombaient sur son visage, masquant ses yeux. Lorsqu'elle les releva, Lou remarqua de la peur là où une étincelle de joie brillait d'ordinaire. Son maintien droit et volontaire s'était affaissé, elle semblait anéantie.

Elle avait gardé le pantalon bleu et le pull qu'elle portait au travail. Elle n'était donc pas rentrée sur le houseboat où elle habitait.

— Que se passe-t-il ? demanda Lou, inquiété par l'attitude de Daphné.

L'ombre dessinée par son menton cachait la cicatrice qui zébrait son cou.

— C'est sans doute un *trou noir*, expliqua-t-elle. Une affaire délicate, voire impossible à résoudre. Avec des implications politiques.

Il comprit soudain : elle avait contourné la procédure normale pour lui laisser la chance de commencer l'enquête avant qu'il n'en hérite à la brigade. Mais pourquoi parler de *trou noir* ? La psychologue de la Criminelle ne menait pas d'enquêtes ; elle évitait aux flics de se faire mener en bateau, et dressait des profils psychologiques des tueurs psychopathes pour que Boldt et les autres ne collectionnent pas les cadavres. Elle assistait aux interrogatoires. Lorsqu'elle prenait position sur un sujet, elle avait l'art de convaincre son auditoire. Et elle savait écouter mieux que personne.

Elle lui tendit un fax... le premier d'une série qu'elle sortit de sa serviette.

LA SOUPE DE GRAND-MÈRE EST LA MEILLEURE.
OUI, MAIS PAS TOUJOURS.

— C'est le premier qu'il a reçu, expliqua-t-elle.

— Adler, fit Boldt, remplissant les blancs.

Elle acquiesça d'un signe de tête qui fit voler ses cheveux. Daphné Matthews restait gracieuse, même quand l'inquiétude la rongeait.

— C'est un de leurs slogans.

— Ça m'a l'air inoffensif, dit Lou.

— Oui, mais lis la suite, dit-elle, et elle lui tendit le fax suivant.

SUICIDE OU MEURTRE. À TOI DE CHOISIR. PAS DE FLICS. PAS DE JOURNALISTES. PAS DE COUPS FOURRÉS, OU TU AURAS LA MORT D'INNOCENTS SUR LA CONSCIENCE.

— C'est peut-être du vent, dit Boldt d'un ton qui trahit son anxiété.

— C'est exactement ce qu'il a dit, rétorqua méchamment Daphné en les fourrant dans le même sac.

Boldt ne voulait pas qu'on le fourre dans le même sac que Owen Adler.

— Je t'accorde un point : quand tu parles de *trou noir*, c'est effectivement un *trou noir*.

Des menaces par fax? Dans le coin supérieur gauche de la feuille, il lut l'heure et la date en caractères minuscules. Dans le coin droit: «page un de un». Bon courage pour retrouver l'origine, songea-t-il.

Daphné lui tendit un troisième fax. Il refusa de le prendre.

— Ça fait une drôle de collection, dis donc!

Les nerfs de Boldt lâchaient parfois, et quand ça le prenait il sortait une de ces répliques à l'emporte-pièce qui ne font rire personne.

SI ADLER FOODS FERME DANS LES TRENTE JOURS,
QUE TU RETIRES TOUT L'ARGENT,
ET QUE TU ES MORT ET ENTERRÉ,
IL N'Y AURA PAS DE VICTIMES INNOCENTES.
À TOI DE CHOISIR.

— Ça fait combien de jours?

Ce fut la première question qui lui passa par la tête, bien que la réponse figurât dans le coin supérieur gauche. Il compta mentalement les semaines. Le délai avait expiré.

— Tu as remarqué comment il l'a formulé?

Elle parlait d'une voix douce, les yeux baissés vers le sol, l'air rêveur et terrifié à la fois. Son amant était la cible des menaces, de toute évidence elle n'était pas préparée à encaisser le choc, malgré son expérience.

— La formule traditionnelle serait: «si Adler Foods n'est pas fermé dans les trente jours…». Tu saisis la différence?

C'est ton domaine, pas le mien, fut-il tenté de lui répondre.

— Ça a un sens particulier?

Il jouait le jeu parce que, tout à coup, elle lui semblait en porcelaine.

— Pour moi, oui. C'est comme de faire reposer la responsabilité sur Owen à chacun des fax: à lui de décider, à lui de choisir.

Lorsqu'elle leva les yeux, il s'aperçut qu'elle était au bord des larmes. Il s'approcha, hésitant.

— Daffy… commença-t-il.

— Je ne verrai pas Owen pendant quelque temps en dehors du boulot, du moins. Comme je travaille pour la police, tu comprends. (Elle s'efforçait en vain de paraître désinvolte.) Maintenant, c'est sérieux.

— Ah? Pourquoi?

Elle lui tendit un autre fax.

J'ATTENDS. JE TE CONSEILLE DE NE PAS EN FAIRE AUTANT.
TU DEVRAS VIVRE AVEC TA DÉCISION.
D'AUTRES N'AURONT PAS CETTE CHANCE.

— C'est la première fois qu'il parle de lui, nota Boldt.

— Celui-là a été envoyé il y a quatre jours, quant à celui-ci, il est arrivé ce matin, dit Daphné en lui tendant le dernier de la série.

TON INDÉCISION EST COÛTEUSE. ÇA PEUT DEVENIR BIEN PIRE.
ET ÇA LE DEVIENDRA, CROIS-MOI.

En dessous se trouvait une coupure de presse.

— Le journal d'aujourd'hui, expliqua-t-elle.

Le titre annonçait : UN VIRUS DÉFIE LES MÉDECINS — *Deux enfants hospitalisés.*

Boldt parcourut rapidement le court article.

— La fille va mieux, dit Daphné. L'état du garçon ne s'améliore pas. *Ça peut devenir bien pire. Et ça le deviendra, crois-moi.*

Boldt la regarda.

— C'est pour prouver sa détermination, tu crois ?

— Ce type veut qu'on le prenne au sérieux.

— Je ne pige pas, pesta Boldt, furieux. Pourquoi ne pas m'en avoir parlé plus tôt ?

— Owen ne voulait pas y croire.

Elle reprit ses fax d'autorité. Sa main tremblait.

— Le deuxième fax précise qu'il ne doit pas nous contacter.

Par « nous », elle voulait dire la police, bien sûr. Elle voulait dire que la raison du rendez-vous secret, de préférence à une simple conversation au bureau, signifiait qu'elle n'avait pas encore décidé quoi faire.

— C'est un employé d'Adler, dit Boldt. Un ancien employé, ou un type qui y travaille toujours. Je ne vois que ça.

— Owen a mis Fowler sur le coup.

Kenny Fowler, un ancien de la Criminelle, dirigeait le service de sécurité d'Adler Foods. Boldt, qui aimait bien Fowler, dit qu'il l'appréciait. Mieux, que c'était un bon flic... du moins autrefois. Elle acquiesça, puis joua avec la bague en forme de marsouin qu'elle portait à l'annulaire droit.

— Je l'ai mal jugé, dit-elle si bas que Boldt dut se pencher et la faire répéter.

Daphné n'était pourtant pas du genre à marmonner.

— Ça va, Daffy ? s'inquiéta-t-il.

— Mais oui, mentit-elle.

Un *trou noir*. Qui absorbe l'énergie. Qui ne peut laisser entrer aucune lumière... le noir absolu. Lou réalisa soudain qu'il avait d'ores et déjà adopté sa théorie. Il lui en voulut de le connaître si bien.

— Explique-moi, dit-il, nerveusement.

— Tu as raison de penser à un employé. C'est souvent le cas. Mais d'habitude, le maître chanteur réclame de l'argent, pas un suicide. Howard Taplin, l'avocat d'Owen, veut que l'enquête reste interne pour qu'il n'y ait pas de fuite, pas d'intervention de la police, rien qui puisse aller à l'encontre des exigences des fax.

Boldt se renfrogna. Ce qu'elle disait ressemblait trop à un mot d'ordre. Ce n'était pas le genre de Daphné de servir de porte-parole et il se demanda quel genre d'homme ce Howard Taplin pouvait bien être pour avoir tant d'influence sur elle.

— Je dois être très prudente avec toi, reprit Daphné. Taplin veut que Fowler mène l'enquête interne. Owen en a décidé autrement ce matin. C'est lui qui a suggéré ce rendez-vous... afin d'ouvrir le dialogue. Ah, ce n'était pas une décision facile !

— On ne sait même pas s'il a causé l'infection dont parle le journal. Il a peut-être simplement profité de l'article.

— C'est possible.

Mais elle n'y croyait pas et Boldt se fiait à l'instinct de Daphné. Le cœur et l'esprit, ainsi qu'il l'enseignait à ses élèves.

— Comment s'y prend Fowler ? demanda-t-il.

— Il ignore notre rencontre. Pour l'instant, il est comme Taplin, il préfère qu'on ne soit pas dans le coup. Il croit à la rancune d'un employé mécontent, mais ça fait un mois qu'il enquête sans résultat. Il a bien suspecté quelques personnes, mais ça n'a débouché sur rien. Il est loyal envers la compagnie. C'est Howard Taplin qui signe les chèques, pas Owen... si tu vois ce que je veux dire.

Boldt s'énerva.

— Si notre cinglé est réellement responsable de l'infection, je trouve qu'on a pris un sacré retard.

— C'est ma faute. Owen m'a demandé mon avis, en tant que professionnelle. J'ai évalué les risques comme étant mineurs. J'ai cru que c'était du vent. Les fax sont envoyés d'une cabine téléphonique à l'aide d'un ordinateur portable. D'après Fowler, les deux derniers provenaient d'une cabine de Pill Hill. C'est un quartier plutôt chic. Ce qui signifie que nous avons affaire à un *Blanc aisé, diplômé, entre vingt-cinq et quarante ans*. Ses exigences semblaient tellement irréalistes que j'ai cru qu'il s'agissait seulement d'un cinglé qui se défoulait. Owen a pensé que j'avais raison. Il a mis Kenny sur le coup et a essayé d'oublier. J'ai merdé, Lou.

Elle croisa les bras. Son geste fit gonfler ses seins.

— «Ça peut devenir bien pire, et ça le deviendra, crois-moi», dit-elle, citant le fax.

Sa voix qui résonnait dans la galerie fermée tournoya autour de Boldt comme des chevaux sur un manège.

Le *trou noir*.

— Si tu veux que je mette mon nez là-dedans, je le ferai, proposa Boldt à contrecœur.

— Officieusement.

— Daffy! Tu sais très bien que je ne peux pas faire ça.

— S'il te plaît.

— Je ne suis pas un privé, et toi non plus. On bosse à la brigade, merde. Tu sais comment ça fonctionne.

— S'il te plaît!

— Alors, juste pour quelque temps.

— Merci.

— Daffy, si l'un de ces deux gosses meurt...

Il laissa sa phrase en suspens, comme les toiles d'araignée déchirées qui pendaient du plafond en béton.

— Je sais, fit-elle en fuyant son regard.

— Tu me diras tout, hein! Pas d'entourloupe.

— Bien sûr.

— Enfin... peut-être pas tout, corrigea-t-il.

Il réussit à lui arracher un sourire... qui s'effaça aussi vite qu'il était venu.

Il redescendit l'escalier à toute allure, ses pas résonnant sur les marches tels les battements d'ailes d'une chauve-souris.

L'article du journal citait le nom de l'hôpital. Pour Lou Boldt, toute enquête commençait par la victime.

2

Dans la salle de soins intensifs de la Harborview Medical Clinic, Boldt contemplait Slater Lowry. Le garçon gisait, inconscient, relié à une demi-douzaine de tuyaux, source des faibles signaux qui dansaient sur divers écrans de contrôle verts. Le journal du matin parlait d'une «mystérieuse infection». Rien sur Owen Adler ni sur les fax.

C'était un blondinet au nez retroussé, aux oreilles trop grandes pour sa tête d'enfant. La chemise d'hôpital, serrée autour du cou, lui donnait une drôle d'allure. Boldt jeta un regard vers la porte, puis vers la vitre qui donnait sur le couloir. Il était seul avec le gosse. D'une main hésitante, il arrangea le drap sur sa poitrine. Voilà, c'était mieux. Le gamin ne dormait pas d'un sommeil paisible. On le sentait tourmenté. La pièce était trop lumineuse, trop aseptisée pour un enfant: elle ressemblait à une salle d'op avec un lit au milieu. Trop de machines, trop de carrelages, trop d'acier inoxydable... faite pour y mourir plus que pour y guérir. Pas de fenêtres sur l'extérieur; rien d'humain. On avait voulu créer un endroit stérile, et on y était trop bien parvenu.

— Accroche-toi, petit, murmura Boldt.

Il aurait voulu que l'enfant soit plus fort. Ce gamin aurait aussi bien pu être son propre fils. L'idée qu'il ait été volontairement contaminé par un inconnu révulsa Boldt au point qu'il en eut la nausée. Il chercha une chaise sur laquelle s'asseoir, mais il n'y en avait pas.

Miles. Son fils de deux ans. Tous les vieux clichés étaient vrais: le soleil se levait et se couchait sur l'enfant; il était la lumière de sa vie. Et si par malheur...? Que ferait-il? Comment un père peut-il rester impuissant au chevet de son fils qui s'éloigne peu à peu du monde des vivants? Qui mérite un tel calvaire? Il eut un haut-le-cœur, frissonna, et arracha de son visage le masque de gaze qui l'étouffait.

Impossible de faire l'impasse sur cette affaire, *trou noir* ou pas. C'était un homicide volontaire et, comme telle, elle était du ressort de la Criminelle. C'était son affaire ; elle lui échouait de droit. Ah, comme il la désirait... il était impatient d'en découdre, tel un boxeur qui grimpe sur le ring.

Un halo verdâtre flottait dans la pièce, autour du gosse — la victime. Boldt avait entendu des tas d'histoires sur les flics qui arrivent à se mettre dans la peau de l'assassin. Lui, il ne pouvait pas : il n'était pas doué pour la télépathie. Il observait, point final, cherchait des indices. Son point fort n'était pas l'intuition mais une étonnante capacité à écouter la victime. L'empathie. De ce point de vue, il avait un don que les autres n'avaient pas.

Pour l'instant, il séchait. D'habitude, on trouvait la victime sur les lieux mêmes du crime, entourée d'indices à partir desquels Boldt organisait son enquête. Slater Lowry sur son lit d'hôpital ne lui fournissait aucun début de piste. A moins que ? Boldt se rapprocha du lit. Il ne pouvait certes pas examiner le lieu du crime, mais il avait devant lui la victime, donc l'arme du crime : la bactérie, ou le virus. Boldt descendit au sous-sol d'où il appela le Dr. Ronald Dixon — « Dixie » — le médecin légiste en chef de King County. Un homme qui aurait touché deux fois le même salaire à San Francisco, à Los Angeles, à New York, mais qui restait ici, dans cette ville où il comptait dix fois plus d'amis. Boldt lui demanda de venir le rejoindre. Dixie accepta sans poser de questions. Après tout, le lieu du crime était bien quelque part. La nourriture de Slater Lowry avait été contaminée, d'une manière ou d'une autre, intentionnellement ou pas.

En attendant Dixie, Boldt laissa son imagination prendre le dessus. Il vit une main injecter un produit dans un fruit ; il vit le cuisinier du fast-food déposer quelques gouttes dans un petit pain. Il vit une conserverie où des milliers de boîtes défilaient sur un tapis roulant et, quelque part sur la chaîne, un morceau d'acier inoxydable maculé d'une mousse verdâtre qui avait échappé à l'attention des surveillants. Cette dernière image le fit sursauter. Et si Adler Foods était responsable ? Et si les fax n'étaient qu'une manœuvre perfide pour couvrir un défaut de fabrication ? Un produit contaminé ? Et si Daphné avait été manipulée ? Et si c'était elle, la véritable victime ?

Ah, les soupçons ! Boldt vivait avec. Il tissait sa toile dans toutes les directions, explorait toutes les possibilités, aussi repoussantes qu'elles soient. Il travaillait de manière systématique, examinait méthodiquement chaque éventualité, chaque soupçon. Il analysait, soupesait, sondait, testait, et comparait tous les indices qui tombaient entre ses mains.

— C'est une souche de choléra.

C'était la voix de Dixie. Il étudiait le dossier du garçon. Un visage juvénile pour un homme de cinquante ans, des yeux légèrement bridés. Comme Boldt, Dixie était grand et fort. Des cheveux châtains plutôt fins encadraient un front aux sourcils broussailleux. Il portait une alliance en or et une montre au bracelet de caoutchouc noir.

— J'ai reçu plusieurs appels à ce sujet, expliqua-t-il. (Ils avaient travaillé ensemble sur plus de deux cents affaires.) Lori Chin, la fille, va beaucoup mieux. Elle s'en sortira.

— Qui est sur le coup?

— Le ministère de la Santé s'occupe des maladies infectieuses. Si c'est vraiment grave, le CDC[1] prend le relais.

— C'est grave, dit Boldt, le regard rivé sur l'enfant. Officieusement.

— Non, c'est le choléra. Le choléra est tout ce qu'il y a de plus officiel.

— Comment a-t-il attrapé ça?

Dixie parcourut le dossier médical.

— Les souches ont des noms, tu sais. Ou plutôt, des numéros. C'est comme ça qu'on les identifie.

Boldt sentit ses yeux le piquer.

— Celle-là provient d'une souche particulièrement virulente, poursuivit Dixie. Normalement, le choléra réagit à la réhydratation. Les antibiotiques accélèrent la guérison, mais cette souche-là résiste aux antibiotiques habituels. Théoriquement, ajouta-t-il d'un ton détaché, les antibiotiques ne sont pas nécessaires. Lou, ce gosse meurt à cause de la commotion. Il se déshydrate trop vite. Son état a donné des signes d'amélioration quand on l'a réhydraté, puis il s'est dégradé à nouveau à cause de la commotion initiale qui a affaibli son organisme. Il souffre d'une nécrose tubaire aiguë des reins qui crée une insuffisance rénale et un excès de fluide. Et d'un œdème du poumon, qui peut se produire chez l'enfant, notamment des suites du choc causé par la réhydratation. Cela entraîne une insuffisance respiratoire.

— Il s'en sortira, affirma Boldt avec vigueur.

Dixie se dandina, mal à l'aise. Il remit le dossier dans son enveloppe plastique.

— Non, corrigea-t-il. Il n'a aucune chance, Lou.

Boldt entendit les mots, mais refusa de les enregistrer. Il jeta un regard noir à son ami.

---

1. CDC: Center (for) Disease Control. Commission médicale spécialisée. (*N.d.T.*)

— Comment a-t-il attrapé ça, Dixie ? dit-il entre ses dents.

— Ecoute, Lou, il y a tout le temps des éruptions bacté-riennes. C'est peut-être pas le choléra, mais c'est des salope-ries quand même. D'habitude, on n'en entend pas parler, sauf pour les plus spectaculaires. Le ministère de la Santé réussit toujours à identifier la source assez rapidement : un restau-rant, un poissonnier. Mais celle-là, c'est une vraie garce. La souche inhabituelle d'une bactérie inhabituelle. Ça m'éton-nerait qu'on en retrouve l'origine avant d'avoir identifié la souche.

— Et si j'en connaissais l'origine ? demanda Boldt. Ou plu-tôt si je croyais la connaître ?

Dixie lui jeta un regard pénétrant.

— Dans ce cas, il faudrait agir vite, Lou.

— J'aurais besoin de spécialistes. J'aurais besoin d'une couverture... un truc pour éviter d'éveiller les soupçons.

— Je peux t'aider. Dépêchons-nous, fit Dixie en lui indi-quant la porte. Après toi.

Boldt jeta un dernier regard sur Slater Lowry. La nausée lui noua la gorge.

3

Moins d'une heure et demie plus tard, à 11 h 30, un fourgon du service municipal de Dératisation passait le long de
deux poubelles vertes de déchets recyclables et s'engageait
dans l'allée du 1821 Cascadia. Dixie avait arrangé la couverture ; le ministère de la Santé utilisait le fourgon pour des
enquêtes discrètes comme celle-ci.

Boldt gara sa Chevrolet dans la rue. Il portait un blouson à
l'emblème du service de Dératisation et tenait un bloc-notes à
pince dans sa main droite. Les voisins avaient forcément
entendu parler de la maladie de Slater Lowry. Cette tentative
de déguiser l'enquête policière — une enquête qui restait officieuse et violait les exigences du maître chanteur — valait
bien le court retard qu'elle avait imposé. Dans le fourgon,
quatre spécialistes du ministère de la Santé, affublés de combinaisons d'astronaute, attendaient le signal de Boldt.

Une femme d'une étonnante beauté lui ouvrit la porte. Il se
présenta et lui montra son insigne.

— Une simple précaution contre la curiosité des voisins,
expliqua-t-il en montrant l'emblème qui ornait son blouson.

— Une précaution contre quoi ? s'étonna la femme d'un air
méfiant.

— Vous avez un instant ?

Elle s'excusa et le fit entrer.

Elle dit s'appeler Betty et referma la porte derrière lui.

D'origine allemande, la trentaine bien entamée, blonde,
coiffée à la garçonne, des yeux bleu vif, elle portait des jeans
de marque et un T-shirt agrémenté des *Iris* de Van Gogh. Elle
se tenait droite, les petits seins haut perchés, les épaules carrées. Son œil brillait d'une lueur de défi. Ce n'était pas le
genre à se laisser marcher sur les pieds. Elle le fit entrer dans
un salon hyper branché : parquet verni, canapés en canevas
beige, cheminée en brique, stéréo sophistiquée.

Elle lui proposa du thé. Il accepta. Il voulait la mettre à
l'aise. Il avait besoin qu'elle soit sereine.

Quelques minutes plus tard, elle revint avec le thé.

— Un homme du ministère de la Santé m'a appelée hier en fin d'après-midi. Il m'a posé des tas de questions. Quels restaurants nous fréquentions, quels marchés, des trucs comme ça. Je comprends que le ministère de la Santé s'intéresse à mon fils, mais la police ?

— Le fourgon appartient au ministère de la Santé, dit Boldt.

— Oui, mais pas vous.

Elle le dévisagea en lui versant son thé.

— Vous êtes allé voir Slater ce matin. (Il acquiesça.) Je surveille. Je ne veux pas que les journalistes le dérangent.

— J'ai un fils de deux ans, dit Boldt, qui se rendit compte aussitôt du ridicule de cette confession.

— Pourquoi ? demanda-t-elle d'un ton sec. Pourquoi avoir été le voir ? Que faites-vous ici ?

— Cette affaire m'intéresse à titre personnel…

Il hésita. Il voulait la ménager, mais elle était très remontée. Son fils était dans un état critique. Un flic lui rendait visite. Comment Liz aurait réagi à sa place ? Il vit son visage se crisper, la théière vaciller dans ses mains tremblantes. Cela le soulagea. Sous une carapace en béton, elle avait des réactions humaines.

— Dans quel service travaillez-vous, inspecteur ?

Nous y voilà, songea-t-il. Certes, il pouvait encore louvoyer, répondre à une question par une autre question. Il connaissait toutes les ficelles. Ou presque. Mais il lui devait la vérité.

— La Criminelle, dit-il, comme un aveu.

Elle cilla, reposa la théière, et s'excusa. Après une absence que Boldt jugea interminable, elle reparut, les yeux rougis.

— Vous me devez des explications, lança-t-elle, furieuse, le regard glacial. Que se passe-t-il ?

— Nous l'ignorons.

— Tu parles ! C'est de mon fils qu'il s'agit. Dites-moi ce qui se passe, nom de Dieu ! Dites-moi tout !… Vous avez bien dit la Criminelle ?

— Notre boulot est d'enquêter sur les homicides. C'en est peut-être un, je dis bien peut-être.

Elle croisa les bras, méfiante.

— Ce qui signifie ?

— Ce qui signifie que nous n'avons aucune certitude.

— Aucune certitude ? s'écria-t-elle.

Il lui résuma l'affaire : une compagnie avait reçu des menaces ; lesquelles faisaient référence à la maladie de Slater ; il y avait peut-être un lien, peut-être pas ; des spécialistes du ministère de la Santé attendaient dans le fourgon sa permission d'intervenir afin de rechercher des indices.

— Ça ne dépend que de vous, mais je vais être franc : nous avons besoin de votre entière coopération. Nous ne voulons pas que d'autres aillent rejoindre Slater à l'hôpital.

— Puis-je appeler mon mari ?

— Oui, vous pouvez. Vous pouvez aussi me mettre à la porte.

Elle se leva et se dirigea vers la cuisine.

— Ou vous pouvez me donner le feu vert, se hâta-t-il d'ajouter.

Cela l'arrêta net. Elle parut soudain vidée.

— Vous ne voulez pas que je l'appelle.

— Je veux surtout contrôler ce qui se passe. Si votre mari s'inquiète, s'il quitte son bureau, il devra fournir une explication. Vous comprenez ? La suite risque de m'échapper. Et je n'aime pas ça.

— Comment s'appelle votre fils ?

Elle revint s'asseoir, chancelante, hagarde.

— Miles, répondit Boldt. J'aime le jazz. Ma femme et moi, nous adorons le jazz.

— Oui, dit-elle. Les enfants sont merveilleux, n'est-ce pas ? Leurs yeux se croisèrent. Elle était au bord des larmes.

— Miles... murmura-t-elle. C'est un joli nom.

Une perquisition ressemblait toujours à un acte de terrorisme. Les quatre spécialistes jaillirent du fourgon — deux hommes et deux femmes —, combinaisons vertes, lunettes de plongée en Plexiglas, gants en caoutchouc orange montant jusqu'aux coudes renforcés de protections argentées futuristes sur les paumes et les doigts. Ils portaient de hautes bottes en caoutchouc, des masques en papier recouvraient leur bouche ; des monstres de la technologie.

Lou Boldt et Betty Lowry regardèrent ces extraterrestres fouiller méthodiquement la cuisine, du congélateur à la pelle à poussière. Ils vidèrent tout, les placards, les deux réfrigérateurs, examinèrent, trièrent, répertorièrent ou remirent en place leur contenu. Ils remisèrent les objets choisis dans d'épais sacs en papier cristal qui étaient ensuite scellés, étiquetés, et rangés dans un sac en plastique rouge vif frappé d'un « Déchets Contaminés » en gros caractères noirs. Leur chef fit une liste détaillée des objets enlevés afin que l'Etat de Washington puisse les rendre à leur propriétaire le moment venu. Comment Betty Lowry était censée se débrouiller entre-temps n'entrait pas en ligne de compte. Disparurent ainsi, entre autres, un fromage, une boîte de cacao, deux yogourts périmés.

Ils essuyèrent les cuvettes des cabinets avec des serviettes en papier numérotées qu'ils rangèrent ensuite dans des sacs séparés.

Recroquevillée sur le sofa, Betty Lowry assista au saccage de sa maison sans rien dire. L'équipe travaillait en silence, avec une froide efficacité. L'effet était désarmant. Boldt ressentit lui aussi l'intrusion comme un viol, et se demanda de quel côté il était. Les extraterrestres se parlaient dans une langue obscure, hautement spécialisée, qui les isolait encore davantage.

Le dernier objet à être emporté fut l'ouvre-boîtes électrique. Lorsque les hommes sortirent pour s'attaquer aux poubelles, ils laissèrent derrière eux une cuisine méconnaissable. La théière avait disparu de la cuisinière, la vidange de l'évier, le filtre du robinet, ce qui exigerait des travaux de plomberie immédiats, mais là encore on ne demanda pas l'avis de Betty Lowry. La salière et le poivrier s'étaient envolés ; on avait étiqueté et emporté le moulin à café, comme si Slater Lowry avait pu boire une tasse de café le jour où il était tombé malade. La maison ressemblait d'un coup à une maison témoin, vide, impersonnelle. Betty Lowry, atterrée mais courageuse, contempla Boldt avec un regard lourd de reproches. Il lui adressa un signe de sympathie mais ne chercha pas à s'excuser.

Elle s'éloigna de lui. Ils entendirent les hommes farfouiller dans les poubelles ; ils faisaient autant de bruit qu'une cohorte de rats affamés.

— Les éboueurs sont passés il y a deux jours, marmonna-t-elle. Ils ne trouveront rien.

Boldt acquiesça, mais ne fit pas un geste pour les arrêter. On leur avait donné comme consigne d'attacher une attention particulière aux produits d'Adler Foods. Jusque-là, ils n'en avaient trouvé aucun.

Trois quarts d'heure après leur arrivée, les spécialistes repartirent comme des voleurs, chargés de sacs rouges bourrés à craquer, laissant derrière eux un spectacle de désolation et une Betty Lowry effondrée, encombrée d'un tas de reçus jaunes portant des gribouillis illisibles accompagnés de sa signature.

Boldt et Betty Lowry regardèrent le fourgon s'éloigner par la fenêtre de la chambre de Slater qui avait été fouillée en dernier. Il y avait dans la pièce des affiches de sport, un ballon de basket qui avait fait son temps, un ordinateur Macintosh, et un Webster's ; dans l'armoire, une boîte à chaussures remplie de soldats de plomb et une autre de cartes de visite ; trois paires de tennis, et une paire de chaussures de foot, une maquette de navette spatiale, inachevée.

Betty Lowry s'empara de la maquette et l'examina.

— Il la terminera un jour ou l'autre, déclara Boldt avec optimisme.

— Et vous, vous avez terminé ? rétorqua-t-elle, furieuse.

Boldt détestait ces viols. Il n'aimait pas découvrir les secrets bien gardés d'une victime, les aspects les plus intimes de sa personnalité qui resurgissaient à sa mort : les drogues, les revues pornographiques, les bouteilles cachées, les cassettes vidéo personnelles, certains numéros de téléphone. Ses collègues du QG adoraient ces détails croustillants. Lou Boldt ne riait jamais avec eux. Une victime abandonne tous ses droits, à son insu, mais cela ne rend pas les choses plus faciles. Boldt n'aimerait pas, s'il mourait subitement, qu'un abruti de flic tombe sur ses écrits et les montre à tout le service. Il savait pourtant trop bien que la poulaille de la brigade se délecterait d'anecdotes infâmes sur «Johann Sebastian Boldt». Ah, ça les ferait marrer, ces cons !

Lorsque Betty Lowry ouvrit la porte d'entrée, pressée de se débarrasser de lui, il remarqua la benne à ordures municipale qui bloquait sa Chevrolet. Encore une perte de temps, pensa-t-il d'abord. L'attente, l'impatience, une vie de flic, quoi. Mais au dernier moment, il comprit.

Il héla l'éboueur, l'empêcha de vider la poubelle verte, traversa l'allée à toute vitesse et plongea la tête dans la benne pour fouiller dans les boîtes de conserve en aluminium.

— C'est bon, dit-il au préposé.

Il retourna s'attaquer aux poubelles vertes. Médusée, Betty Lowry le rejoignit.

— Là-dedans ? demanda-t-elle.

Elle l'aida à fouiller, bien que ne sachant pas ce qu'il cherchait.

Avec son stylo, Boldt remua frénétiquement les pots et les bocaux qui tintèrent les uns contre les autres.

— Hé, j'ai pas que ça à faire ! se plaignit l'éboueur qui attendait qu'il ait fini.

— Laissez, ordonna Boldt, en lui faisant signe de partir, Madame a perdu sa bague de fiançailles.

— Eh bien, bonne chance, lança le type en s'éloignant.

Dans le fond de la poubelle se trouvaient deux bocaux de Spaghetti Cuisinés d'Adler Foods. Boldt bondit, mais s'obligea à se calmer aussitôt et manœuvra avec des gestes lents et précis. C'est toujours dans ces moments-là qu'un flic commet une bourde — bizarrement, l'enthousiasme est son pire ennemi. La deuxième poubelle contenait les ordures des Lowry. Boldt la fouilla. Nourriture pour chien. Soupe de palourdes. Thon. Piments verts. Il piocha une boîte et la remonta de la pointe de son stylo et la fit tourner d'un coup de poignet comme une crécelle. L'étiquette se détacha et flotta comme un drapeau. Adler Foods. Soupe de grand-mère.

— Ah! triompha Boldt. De la soupe.

— Oui, expliqua Betty Lowry sur un ton d'excuse. Il a fait froid ce week-end, vous vous souvenez? Slater adore les soupes de grand-mère, ajouta-t-elle.

On aurait dit qu'elle récitait une publicité.

La boîte tourna, tourna, puis s'arrêta. Boldt avait soudain l'impression d'avoir de la fièvre.

— Où avez-vous acheté cette soupe? demanda-t-il d'une voix rauque. Vous faites toujours vos courses au même endroit?

— Chez Foodland, répondit-elle sans l'ombre d'une hésitation.

La rapidité de sa réponse, sa certitude soulagèrent Boldt et le convainquirent.

— Foodland, répéta-t-il. (C'était une chaîne de magasins.) Lequel?

— Celui de Broadway.

— Vous êtes sûre?

Réflexe de flic; cela lui avait échappé.

— Evidemment!

— Quand?

— Quand?

— Oui, quand avez-vous acheté la soupe?

— Ô mon Dieu, je n'en sais rien. Cette semaine; la semaine dernière. Je vais au Foodland cinq fois par semaine. C'est important? demanda-t-elle en voyant l'expression de Boldt.

— Vous gardez les tickets de caisse? Vous payez par chèque?

— Non, et non. Deux fois non.

— Tant pis, ça ne fait rien.

Des preuves! C'était son seul et unique souci. Des preuves! Le carburant qui fait avancer les enquêtes.

Il rangea les boîtes et les bocaux, ses trophées, dans des sacs scellés qu'il avait toujours en réserve dans le coffre de sa Chevrolet. Il avertit Betty Lowry que l'équipe reviendrait fouiller les poubelles et lui recommanda à nouveau de garder le secret.

Elle acquiesça et lui tendit la main.

Il la serra. Elle était glacée.

Une fois en route, il appela le labo. La première chose à faire, et la plus urgente, était de convaincre l'inspecteur divisionnaire.

4

Boldt déposa les sacs au laboratoire de la police, au deuxième étage du commissariat, en demandant aux techniciens de suivre la procédure en vigueur pour la manipulation d'objets contaminés par des maladies infectieuses. Les problèmes commencèrent comme prévu quand Bernie Lofgrin lui demanda le numéro de l'affaire. Pas de numéro, pas d'analyse.

— Et si je te repassais un enregistrement de mon Costa? proposa Boldt.

— Tu me dois déjà une cassette de Scott Hamilton.

Lofgrin portait des lunettes épaisses qui grossissaient ses yeux. Son crâne se dégarnissait.

— D'accord, les deux si tu veux. Plus *Guys and Dolls* de Hashim.

Lofgrin esquissa un sourire vainqueur.

— O.K., on commencera sans le numéro, mais si tu veux les résultats...

— J'aurai le numéro avant une heure, termina Boldt à sa place.

— Tu parles!

— Qu'est-ce qui te prend, Bernie?

— Shoswitz est aux quatre cents coups. Rankin le tanne pour les quotas.

— Tiens, voilà qui va faire grimper mes quotas, dit Boldt d'un air entendu. Ou le contraire, c'est selon.

— C'est bien pour ça que je te préviens.

Boldt remercia son ami de l'avoir mis en garde et grimpa dare-dare au cinquième.

L'inspecteur divisionnaire Phil Shoswitz dirigeait trois inspecteurs-chefs dont le plus ancien, le plus expérimenté, celui qui obtenait les meilleurs résultats jusqu'à dernièrement, était Lou Boldt. Boldt avait cinq inspecteurs sous ses ordres, et les deux autres quatre chacun. Shoswitz dépendait du commissaire Carl Rankin, un politicien et un chieur qui passait la plupart de son temps sur le dos de son subordonné, ce qui obligeait l'inspecteur divisionnaire à être vigilant en permanence. Ses hommes travaillaient sur les homicides. Ils les consignaient dans «la Bible», un registre cartonné aux feuilles écornées qui trônait sur une table à côté de la cafétéria, avec un crayon qui pendait au bout d'une ficelle râpée. Quand on vous assignait une affaire, on l'inscrivait sur la Bible sous votre nom. Lorsque l'affaire était close — c'est-à-dire résolue — on mettait une croix dans la colonne de droite. Le rôle de l'inspecteur-chef était de s'assurer que la colonne était remplie de croix. Le rôle de l'inspecteur divisionnaire consistait à éperonner les inspecteurs-chefs. L'équipe de Boldt avait obtenu un respectable 72 l'année précédente: 72 % des enquêtes sur les homicides ou les agressions résolues. On considérait qu'une affaire était résolue quand l'enquête se terminait par une arrestation, un mandat d'arrêt, ou des preuves formelles contre un suspect introuvable. Les résultats ne tenaient pas compte du nombre d'affaires qui allaient jusqu'au procès, ni de combien se terminaient par des condamnations, ou de combien de ces condamnations étaient réellement effectuées. C'était un baromètre qui montrait le taux de réussite de telle ou telle équipe. Il fournissait aussi le chiffre qui servait aux statistiques, et qui était donc communiqué au public. Les six derniers mois n'avaient pas été bons pour Boldt. Il y avait eu un double meurtre près des docks — trois mois déjà, et toujours rien. Un *trou noir*. Une paraplégique avait fait le saut de l'ange depuis le pont de Fremont, et il y avait gros à parier qu'elle n'était pas tombée toute seule. Un *trou noir*. Il y avait eu un homicide agrémenté de tortures qui quinze jours plus tard ne débouchait toujours sur rien. Deux agressions avec délit de fuite, toutes deux dans le même quartier. Une fusillade entre dealers. Pas d'indices, pas de coupables: *trous noirs*. L'équipe de Boldt avait tiré les mauvais numéros; c'étaient des choses qui arrivaient. On répond au téléphone, on hérite d'une affaire, on signe la Bible. Avec un quota de moins de 50, Boldt était dans la merde. Il avait besoin d'un bon crime passionnel, d'un ou deux suicides, et il grimperait peut-être jusqu'à 60 d'ici Noël.

Ces derniers temps, la chance avait favorisé les autres équipes. Celle de David Pasquini frisait les 85, alors qu'il avait deux vraies andouilles dans son équipe. Au QG, Pasquini se pavanait comme un paon. Boldt, lui, n'y mettait quasiment plus les pieds.

Apporter un *trou noir* quasi certain à l'inspecteur division-naire quand son quota était au plus bas, c'était lui donner un bâton pour se faire battre. Mais Boldt avait absolument besoin du numéro de l'affaire. Il trouva Shoswitz qui souffrait le martyre à cause d'une crise d'hémorroïdes dont tout l'étage était au courant.

— J'aime pas quand t'as ce putain de regard, déclara Shoswitz.

Avec ses étagères couvertes de coupes et de trophées à quatre sous, son bureau ressemblait à un musée du base-ball. Le visage mince, avec de grands yeux noisette, Shoswitz était un angoissé. Son cou de poulet nageait dans le col trop large de sa chemise.

— J'ai un futur cadavre, annonça Boldt. J'ai besoin d'un numéro pour le deuxième étage.

— T'as des preuves ? Non, ne me dis pas que ton équipe en a trouvé !

Shoswitz se déplaçait comme s'il marchait sur des œufs.

Boldt remarqua le journal du mercredi sur un siège. Il l'ouvrit à la page 7 et l'étala sur le bureau de Shoswitz en désignant l'article. Shoswitz le lut.

— Adler Foods a reçu des menaces graves, commenta Boldt. L'une des exigences du maître chanteur est que nous ne nous en mêlions pas.

— Adler Foods est une sacrée grosse boîte, fit remarquer Shoswitz d'un ton inquiet.

— Il y a de fortes chances pour que ces malades soient le moyen que notre maître chanteur a choisi pour qu'on le prenne au sérieux.

— Alors, l'affaire n'apparaîtra pas dans la Bible, proposa Shoswitz.

— J'aimerais être détaché.

Boldt signifiait par là qu'il voulait enquêter exclusivement sur cette affaire et être déchargé des autres.

— Ça peut s'arranger.

Shoswitz n'était pas d'humeur à discuter ni à le bassiner à cause de ses mauvais quotas. En fait, Boldt se jetait de lui-même dans la cage aux lions, et sans jérémiades.

— Tu vas avoir besoin de LaMoia et de Gaynes. Je confie ton équipe à Danielson. Ça devrait suffire pour l'instant.

Nouveau dans l'équipe de Boldt, Danielson n'était pas par-ticulièrement populaire, mais il avait su gagner la confiance de ses chefs.

— On peut étouffer le coup combien de temps ? demanda Boldt.

— Un jour ou deux. Il faudra bien finir par en parler à Rankin. Et là, tu auras intérêt à en savoir un peu plus long que ça, menaça Shoswitz en désignant le journal.

— Je préférerais me tromper, pour une fois, je t'assure.

Un agent en uniforme frappa à la porte et entra. Il annonça à Boldt que le labo venait de l'appeler.

Les yeux de Boldt et de Shoswitz se croisèrent.

— Dis à Bernie que l'affaire n'ira pas dans la Bible, déclara l'inspecteur divisionnaire d'un ton plaintif. Si ça lui pose un problème, qu'il m'appelle.

Le laboratoire sentait le désinfectant, avec une pointe de cordite, et l'odeur âcre des courts-circuits.

Les lunettes de Lofgrin faisaient ressembler ses yeux à des rondelles d'œuf dur. Il avait le visage huileux et les cheveux — ou ce qu'il en restait — hirsutes.

— J'ai besoin de savoir si les bocaux ou les boîtes ont été trafiqués, annonça Boldt qui courait presque pour suivre Lofgrin à travers le laboratoire.

— Les bocaux sont inutilisables, fit Lofgrin. Il aurait fallu qu'on ait les couvercles. Et même là... Les boîtes, c'est différent.

— Tu ne peux pas vérifier si les bocaux ont été infectés par les souches de choléra?

— Si, et on le fera. Mais pas aujourd'hui. Honnêtement, je ne crois pas qu'on trouvera grand-chose. La bactérie ne peut pas survivre dans un bocal vide. Même quand elle se trouve dans la soupe, sa durée de vie à l'air libre n'est que de quelques jours. Mais ne t'en fais pas, on essaiera. Il vaut mieux éviter les conclusions trop hâtives avec ces saloperies.

— Tu le sauras quand?

— Huit ou dix jours. Cinq dans le meilleur des cas; deux semaines au pire.

Deux semaines? Boldt empoigna Lofgrin par le bras et l'entraîna à l'écart.

— Ça n'entre pas dans la Bible, Lofgrin, souffla-t-il. C'est une affaire secrète. J'ai pas des semaines.

Lofgrin regarda Boldt, puis sa main qui serrait son bras. L'inspecteur desserra aussitôt son étreinte.

— On réussira peut-être à avoir des informations. Laisse-moi d'abord voir ce qu'on a au juste, d'accord?

— On a déjà deux victimes. Vivantes, mais peut-être pas pour longtemps.

— Pigé.

Ils prirent place sur des tabourets devant le comptoir où trônaient les pièces à conviction de Boldt — deux boîtes de soupe et un bocal de spaghetti. Un ouvrage de référence était étalé à côté.

— Les étiquettes correspondent, déclara Lofgrin. Elles sont d'origine. Les dimensions sont exactes, elles aussi. On a les caractéristiques de toutes les marques là-dedans, ajouta-t-il en tapotant l'ouvrage. Adler utilise des boîtes de taille identique pour toutes ses soupes.

— Tu as vérifié les empreintes ? fit Boldt en remarquant les traces de poudre blanche sur le pourtour des boîtes.

— J'en ai poudré une, mais je vais vaporiser l'autre.

Il faisait référence aux vapeurs de SuperGlu, utilisées depuis dix ans pour faire ressortir des empreintes sur des surfaces difficiles.

— Ça n'a rien donné. Bon, vérifions leur intégrité, ajouta-t-il d'un ton très professionnel.

Il commença l'inspection des boîtes avec une loupe.

— Je sais, dit-il, ça semble archaïque.

Il examina les surfaces avec soin et méthode, faisant tourner chaque boîte sous une lumière crue. Puis il reposa la loupe et ajusta des verres grossissants sur ses lunettes.

— Tu vois quelque chose ? demanda Boldt.

— Hum ! grommela Lofgrin qui colla son visage contre la boîte. Peut-être.

Il se dirigea vers un instrument compliqué qui s'avéra être un microscope. Il passa plusieurs minutes à le régler, puis, ôta ses lunettes de myope et appliqua sa face huileuse contre le caoutchouc noir du viseur. Boldt s'approcha instinctivement.

— Tiens, tiens ! fit Lofgrin.

— Bernie ?

— Il y a une trace sur la ligne de soudure. (Il manipula un cadran sans ôter ses yeux du viseur.) C'est minuscule. Deux millimètres au plus. Beau travail ! siffla-t-il. Le ministère de la Santé a interdit l'usage du plomb pour les soudures. Maintenant, elles sont en alliage. Un trou a été rebouché sur la soudure. La trace se voit encore bien que le type ait essayé de poncer la soudure du bouchon pour qu'elle se mêle à celle de la boîte.

Lofgrin releva la tête.

— C'était masqué par l'étiquette. Tu fores un trou, tu injectes ce que tu veux, tu ressoudes, tu recolles l'étiquette, et hop ! ni vu ni connu. On détectera le plomb ou le flux dans une chromatographie, si je ne me trompe pas.

— Donc, elle a été trafiquée ? fit Boldt.

Lofgrin lui proposa de vérifier lui-même. Grossi vingt fois, on distinguait un minuscule bouchon de métal gris décoloré entouré de rayures dues au ponçage.

— Penser à camoufler son travail comme ça, commenta Lofgrin, c'est drôlement futé.

Boldt aurait préféré avoir affaire à un criminel moins astucieux.

— Une histoire de chantage ? demanda Lofgrin.

— Oui, c'est pour ça qu'on ne l'inscrit pas dans la Bible.

— Forer une boîte, la reboucher à la soude, mince ! A mon avis, ton Soudeur a fait des études de microbiologie ou de chimie. C'est peut-être un joaillier, ou un électronicien.

C'était chose courante d'affubler un suspect d'un surnom. Boldt eut la nausée en imaginant une ombre penchée sur une boîte de conserve, une seringue hypodermique à la main.

— C'est donc ça que je recherche ? fit-il en pointant la boîte avec son stylo. Une boîte de soupe qui ressemble à toutes les boîtes de soupe ?

— Ah, on peut dire que je t'ai aidé, hein ? Eh oui, c'est pour ça qu'on me paie.

Boldt n'avait pas envie de se coltiner une épicerie remplie de boîtes de conserve dont une ou plusieurs risquaient d'être empoisonnées, mais c'était pourtant ce qu'il allait faire : foncer au supermarché Foodland de Broadway.

— Où tu cours comme ça ? lança Lofgrin. On a encore de la paperasse à remplir !

Boldt s'arrêta à la porte, assez loin pour que Bernie Lofgrin ne puisse le retenir et se retourna.

— Il faut toujours examiner le plus tôt possible le lieu du crime, rétorqua-t-il, citant une des expressions favorites de Lofgrin.

Il avait enfin découvert le lieu du crime.

5

Il était un peu plus de 15 h 30, ce même jeudi de juin, lorsque Boldt gara sa vieille Chevrolet sur le parking du Foodland de Broadway. Avant de sortir de sa voiture, il appela le ministère de la Santé où on lui apprit que la fouille de la maison de la seconde victime n'avait rien donné. La mère de Lori Chin se souvenait effectivement d'avoir servi de la soupe à sa fille, mais d'une autre marque, et on ne trouva pas de produits d'Adler Foods dans les poubelles. Les indices qui reliaient Slater Lowry à la soupe d'Adler obsédaient Boldt.

Il descendit de voiture, verrouilla la portière et se dirigea vers les portes automatiques du supermarché. Il passa devant des caddies abandonnés dont les sièges pour bébés étaient ornés de pubs pour les promotions de la semaine. Les aubergines coûtaient presque dix *cents* moins cher ici que dans le supermarché où Boldt faisait ses courses. La boîte de sauce spaghetti de trois cents grammes était quasiment donnée. Boldt s'occupait des courses et du blanchissage, se partageait la garde du bébé avec Liz qui gérait les finances, se chargeait du repassage, du ménage et notait leurs sorties et leurs invitations.

Boldt était sûr que le Foodland était bien le lieu du crime. Daphné l'avait appelé sur son téléphone portable quelques minutes auparavant pour lui confirmer que le numéro de série figurant sur la boîte de soupe trouvée dans la poubelle de Betty Lowry correspondait bien à un lot récemment mis en vente dans Seattle et sa grande banlieue. L'affaire commençait à prendre forme dans l'esprit de Boldt qui ressemblait pourtant au périphérique aux heures de pointe : trop d'idées y entraient en même temps, et il n'y avait pas assez de voies pour les accueillir. Ça bouchonnait. Toutefois, le sens général paraissait assez clair : soit le maître chanteur travaillait chez Adler Foods, soit il opérait depuis l'extérieur. Les deux voies méritaient d'être explorées, chacune différemment, mais toutes deux avec tact et prudence.

Restait que le maître chanteur — lui-même ou par l'intermédiaire d'un tiers — avait placé une boîte de soupe contaminée sur un rayon du magasin. Cela au moins, c'était sûr. Boldt parcourut les travées dudit magasin. Il le fit d'abord en victime : cliente insouciante, Betty Lowry faisait ses provisions de la journée. Il recommença en se mettant dans la peau du meurtrier : repérant les caméras, les inspecteurs, les étalages, les produits. Ce n'était pas tant une technique personnelle que le résultat de sa passion pour les preuves. Il se prit tellement au jeu qu'il se mit à transpirer ; il alla même jusqu'à saisir une boîte de sauce au chili qu'il avait l'intention de déposer au milieu de boîtes de soupe d'Adler Foods afin de vérifier s'il était réellement difficile de le faire sans être repéré par une caméra ou par un surveillant.

Il erra dans les travées, conscient de sa respiration haletante, du bruit de ses semelles sur le sol en vinyle, du courant d'air froid de la climatisation sur sa peau en sueur. Il était conscient de chaque personne, visible ou pas, clients, employés, surveillants. Il passa devant le rayon des petits déjeuners d'où des douzaines de visages le dévisageaient : vedettes sportives, personnages de dessins animés, grand-mère typiquement américaine, dinosaures, astronautes, etc. Il était leur centre d'attention, leur cible. « Prends-moi ! », « Achète cette boîte ! », « Vingt-cinq pour cent gratuits ! ». Il entendait leurs cris malgré la musique d'ambiance.

Les caméras de sécurité étaient difficiles à éviter. Au-dessus de l'allée 5, telle une tourelle de canon, un dispositif à trois objectifs pivotait en s'arrêtant toutes les dix secondes. Un seul objectif enregistrait à la fois ; celui qui fonctionnait était signalé par une lumière rouge. Ce système permettait au personnel de sécurité de choisir entre une vue élargie ou des gros plans des diverses travées. Deux autres tourelles identiques surplombaient l'étal de la boucherie, le rayon des vins, et les rayons réfrigérés. De toute évidence, ces dispositifs avaient été installés afin de surveiller les articles les plus chers ; Boldt en déduisit que le rayon des soupes était moins bien gardé. Il chronométra les deux autres caméras. Elles pivotaient toutes les dix secondes, mais leurs arrêts n'étaient pas synchronisés : difficile mais pas impossible à tromper si on agissait vite. Il suffisait de trouver le moment où le rayon des soupes, allée 4, serait dans un angle mort. Au bout de huit minutes, son attention répartie entre les trois caméras, tel un jongleur, Boldt repéra le moment propice. Huit minutes plus tard, la même chose se reproduisit. Réglé comme une horloge. Prévisible, donc faillible. L'angle mort durait assez longtemps pour qu'on ait le temps de cacher une boîte de soupe contaminée dans le rayon.

Foodland était bien le lieu du crime.

De grands miroirs surplombaient les allées sur trois des quatre murs. Le quatrième était équipé d'une baie vitrée qui donnait sur le parking. Boldt en déduisit que les bureaux devaient se trouver derrière un de ces miroirs, et que le maître chanteur avait donc aussi pris le risque de se faire repérer pour vol à l'étalage.

Mais il réfuta aussitôt cette idée. Un client qui rapportait un article en rayon avait peu de chance d'attirer l'attention. Les clients changeaient d'avis sans arrêt. Les étalages regorgeaient d'articles qui n'étaient pas à leur place. L'une des tâches des vendeurs consistait précisément à regarnir constamment les rayons et à les ranger. Non, soupira Boldt, glisser une boîte trafiquée parmi les boîtes authentiques passerait inaperçu.

Il fit demi-tour, observa les caissières, jeta un regard sur les magazines disposés sur sa droite et consulta sa montre : encore une minute avant que le rayon des soupes ne se trouve dans l'angle mort. Il leva les yeux vers les miroirs et se demanda si les surveillants pouvaient voir le rayon des soupes, et s'ils remarqueraient un client en train de remettre une boîte à sa place.

Trente secondes.

Il s'engagea dans l'allée 4, la boîte de chili à la main. Partout des soupes. Celles d'Adler Foods se trouvaient sur sa droite. Cinq secondes. Un bref coup d'œil par-dessus son épaule. Il ne vit qu'une cliente. Elle lui tournait le dos, et de plus se tenait entre les caissières et lui. Des rangées de boîtes de soupe Campbell, alignées pour Andy Warhol. C'était la fin de l'après-midi, il manquait des boîtes dans tous les présentoirs. Boldt comprit que l'heure jouait un rôle crucial. La soupe d'Adler Foods, un produit local, se vendait remarquablement bien ; il en manquait davantage que dans les étagères des autres marques. Le moment fatidique arriva enfin ! Le cœur de Boldt se serra, car pendant ce bref instant il était le Soudeur, et le trac le saisit. Il glissa sa boîte de chili sur une pile de soupes de grand-mère au poulet. Puis il continua son chemin, le cœur battant. Il avait la chair de poule. Il traversa une allée flanquée d'une marée d'enchiladas affublées de sombreros mexicains qui pointaient comme les pieux d'une clôture.

Il avait réussi.

Il avait empoisonné un inconnu. Impossible de remonter jusqu'à lui.

Ni vu ni connu.

Pas de témoins.

Lee Hunda — «comme les voitures», dit-il — était l'un des gérants du supermarché. La trentaine chauve, il plissait les yeux derrière une paire de lunettes à monture métallique et donnait des signes évidents de nervosité. Les flics rendent les innocents nerveux et les coupables prudents. Boldt trouvait que cela lui compliquait souvent la tâche, et c'était le cas avec le gérant.

Sur le mur du bureau de l'inspecteur était accrochée une tapisserie que Liz lui avait confectionnée pour le Noël de leur seconde année de mariage, quand les cadeaux faits main étaient les seuls qu'ils pouvaient s'offrir. En lettres bleues sur fond blanc, on lisait: *Le crime parfait n'existe pas*. Cela se discutait, et certains ne se gênaient pas pour le faire, preuves à l'appui. Combien de crimes restent impunis! La Bible était pleine de *trous noirs* qui n'avaient jamais été, et ne seraient jamais élucidés. Et cependant, Boldt s'accrochait à cette rassurante devise. C'était elle qui le maintenait en vie, qui lui permettait de se lever le matin, de s'activer. Les *trous noirs* étaient dus à ses propres faiblesses et non à l'invulnérabilité de ses adversaires.

Le crime parfait n'existe pas, se répéta-t-il une fois de plus.

Hunda lui expliqua le processus de distribution, depuis l'arrivée de la marchandise jusqu'à sa répartition dans les rayons. La soupe était livrée par un grossiste dans des cartons scellés. Hunda avait pour règle de ne jamais accepter de cartons ouverts ou éventrés car dans ce cas-là les boîtes étaient souvent abîmées. Or une boîte déformée ou gondolée ne se vendait pas.

— Les gens ne supportent pas le moindre défaut. Ah, vous pouvez me croire, tout ce qui n'est pas parfait reste en rayon. Les céréales, les soupes, c'est du pareil au même.

— Est-ce que vous stockez les cartons dans une réserve, même temporairement?

— Bien sûr.

— Montrez-moi.

— Pas de problème.

Il conduisit Boldt à travers le magasin, jusqu'à l'entrepôt qui donnait sur une plate-forme de chargement. La viande, les laitages et les boissons allaient directement dans des compartiments frigorifiés géants dont certains se trouvaient immédiatement derrière les rayons — surtout pour les bières et les eaux minérales. Un système de monte-charge transportait les denrées non périssables dans un immense entrepôt en sous-sol. Boldt jeta un regard autour de lui, ébahi par la profusion de marchandises : des rangées et des rangées de produits de toutes sortes.

— Je n'aime pas stocker autant de choses, commenta Hunda. Mais, évidemment, ça revient moins cher d'acheter en grosses quantités.

— Il y a des cartons d'ouverts, pointa Boldt. Il y en a même pas mal.

— Bien sûr. Les rayons sont constamment réapprovisionnés.

Boldt avait l'intention de demander à voir la liste du personnel avant de partir. Mais pas maintenant, seulement quand il pourrait laisser croire à une vérification de routine. Il comparerait ensuite la liste à celle des employés d'Adler Foods, vérifierait au fichier central informatisé. Le FBI en recevrait peut-être aussi une copie. Le criminel aurait pu sans problème déposer la boîte contaminée dans l'entrepôt désert. Toutefois, Boldt pouvait déjà dire que la liste ne donnerait rien. Les affaires de chantage n'étaient pas si simples à élucider.

— Vous avez beaucoup de vols ? demanda-t-il pour que le gérant ne se polarise pas sur les cartons ouverts.

— Nous avons signé un contrat avec une nouvelle compagnie de sécurité. Nous sommes équipés des gadgets les plus performants.

Si le maître chanteur travaillait pour la compagnie de sécurité, il connaissait les défauts du système de surveillance mieux que personne.

Où est ce salaud en ce moment ? se demanda Boldt.

Il questionna Hunda sur le grossiste qui lui fournissait les soupes tout en se demandant s'il serait difficile d'ouvrir un carton, d'échanger une boîte, et de resceller l'emballage. La manipulation passerait certainement inaperçue. Il apprit ainsi que le grossiste était le même depuis des années, mais qu'il avait récemment changé de livreurs. Boldt gribouilla des notes, l'esprit en ébullition. Il s'efforçait de considérer toutes les possibilités tout en cherchant à en découvrir de nouvelles. Faire cette gymnastique mentale tout en posant les questions l'épuisait, et cela devait se voir. Hunda l'interrompit pour lui offrir un café. La cafétéria est dans un supermarché, songea Boldt. Il déclina l'offre et affirma qu'il ne buvait jamais de café.

— Ça me fait des trous dans l'estomac.

— Dommage, dit Hunda.

Il emmena Boldt à la cafétéria et se commanda «un double expresso avec des mouillettes». Il doit y avoir un registre, se dit Boldt. Hunda signa un reçu et le tendit au serveur.

— Si je connaissais le but de votre enquête, suggéra-t-il, je pourrais peut-être vous aider.

Boldt le gratifia d'un sourire forcé qui signifiait : c'est moi qui pose les questions, contentez-vous d'y répondre. Hunda reçut le message cinq sur cinq, et continua sa description du système de surveillance.

— Le nom de la compagnie ? demanda Boldt.

— Shop-Alert.

Boldt nota le nom sur son calepin.

Dans une enquête, arrivait toujours un moment où il prenait conscience de l'importance de l'affaire sur laquelle il travaillait, du nombre infini de possibilités. Il eut soudain pour la première fois une vision du *trou noir* s'ouvrant devant lui pour l'engloutir.

Hunda connaissait ses chiffres par cœur : nombre moyen de clients par jour et par semaine ; montant moyen des achats, 42,5 dollars ; classe sociale et âge de la clientèle ; les chiffres prouvaient que la population du quartier était plus éduquée que la moyenne. Boldt nota tout. Il en jetterait une grande partie par la suite, mais pas avant d'avoir pris le temps de se relire.

Les pistes à suivre étaient comme les veines dans une feuille d'arbre : chacune exigerait un ou plusieurs inspecteurs pour en suivre toutes les ramifications. Boldt veillerait une grande partie de la nuit afin de mettre ses notes au propre. Il se réveillerait tôt pour recommencer. Tandis qu'il questionnait Hunda, quelque part dans la ville, le Soudeur forait une autre boîte de soupe, tandis qu'un Slater Lowry attendait avec impatience que sa maman la lui serve.

L'esprit confus, Boldt interrogea Hunda sur les numéros de série imprimés sur le couvercle des boîtes et lui demanda si un de ses employés remarquerait si un numéro de série était différent. Hunda lui dit que c'était peu probable. Tant que le code à barres était le même, ils ne s'apercevraient de rien.

— Même si l'étiquette changeait, le code à barres resterait le même, conclut Hunda.

Cela fit tilt dans la tête de Boldt. Il venait de trouver un moyen pour que les clients ne tombent plus sur des boîtes de soupe contaminées. Sans s'en rendre compte, Hunda lui avait fourni matière à réflexion. Boldt nota en lettres capitales : CHANGEMENT D'ÉTIQUETTE.

Il écrivait toujours quand un nouveau tilt retentit dans son esprit.

— Quoi? fit-il, tout excité. Répétez-moi ça!

Hunda se raidit. Il n'aimait pas se répéter.

— Je vous parlais du système de vérification automatique. Les caisses enregistrent chaque achat. Je peux vous dire quelle marque se vend tel ou tel jour. Par exemple, les produits laitiers partent mieux le lundi; le mercredi, on vend beaucoup de cigarettes — ne me demandez pas pourquoi; et le vendredi, on vide nos stocks de bières et de poissons.

— Tous les achats? Vous êtes sûr? Que je me fasse bien comprendre: je viens ici et je remplis un caddie; vous enregistrez tout?

— Oui, bien sûr.

— Je reviens dans trois jours, et vous pouvez me dire ce que j'ai acheté trois jours plus tôt?

Même une boîte de soupe!

— Bien sûr. Pas de problème. Nous avons des ordinateurs, des tickets de caisse.

— Et si je paie par chèque, vous le saurez quand même?

— Oui, liquide, chèque, cartes de crédit. Nous gardons une trace de tous les paiements. Pas de problème.

Boldt avait besoin de savoir quand Betty Lowry avait acheté sa boîte de soupe de grand-mère. Cela lui permettrait de remonter jusqu'au grossiste, et peut-être de consulter les bandes vidéo de la compagnie de sécurité. Connaître précisément la date était capital. Grâce aux chèques et aux cartes de crédit, Boldt identifierait les clients qui avaient pu remarquer le geste du maître chanteur quand il avait déposé la boîte. Voilà la piste à suivre, après le «lieu» du crime, «l'heure» du crime.

Boldt reçut un appel sur son téléphone portable. Dixie avait réussi: le ministère de la Santé avait identifié la souche de choléra et en avait découvert la provenance. Le laboratoire des maladies infectieuses du King County Hospital. Excité par la nouvelle, Boldt serra vigoureusement la main du gérant et prit congé.

Lee Hunda resta pantois, sa tasse de café à la main.

— Hé! cria-t-il à l'inspecteur. Qu'est-ce qu'il y a? Qu'est-ce que j'ai dit?

6

Le Dr. Brian Mann avait la poignée de main énergique, des yeux vitreux de fatigue, des cheveux châtains bouclés et un aspect débraillé qui mit tout de suite Boldt à l'aise. Il conduisit l'inspecteur à travers le laboratoire des maladies infectieuses du King County Hospital et le fit entrer dans un petit bureau dont le sol était encombré de livres et de revues. Un terminal d'ordinateur bourdonnait dans un coin. Boldt était étrangement sensible à ce genre de bruit. Il y avait aussi un appareil téléphonique dont l'écouteur était décoloré d'usure.

— Nous sommes tous deux débordés de travail, inspecteur, j'irai donc droit au but. Vous désirez savoir d'où provient cette souche de choléra, et je suis maintenant en mesure de vous répondre. Nous sommes les seuls de toute la ville — de tout l'Etat, en fait — à posséder une souche de choléra-395.

C'était ce que Dixon avait dit à Boldt : il n'y a qu'une source pour la bactérie incriminée. Il y avait donc toutes les chances pour que le Soudeur soit passé par ici.

— Nous pensons que les contaminations sont d'origine criminelle, expliqua Boldt. D'où la nécessité de garder le secret absolu, vous comprenez ?

— Qu'est-ce que vous êtes en train de me dire ?

— On a trafiqué un produit... Une boîte de soupe, pour être précis.

— C'est une protéine, grommela Mann. Le choléra a besoin de protéines pour survivre. La soupe est une bonne base. (Il se frotta les yeux.) Seigneur, où va le monde ?!

Boldt pensa un instant qu'il avait peut-être le fumier sous les yeux. Le laboratoire ; le choléra ; pourquoi pas ? Oui, mais Dixie ne jurait que par le Dr. Mann, et cela lui suffisait.

— Qui dans le labo a accès aux souches de choléra ?

— Hélas, trop de monde, soupira Mann. Du café ?

— Non merci.

— Autre chose ?

— Du thé, si vous avez.

— Je reviens tout de suite. Tenez, lisez donc ceci en attendant.

Boldt l'arrêta.

— Sans lait et sans sucre !

— Je n'en ai pas pour longtemps.

Boldt potassa les revues que Mann lui avait remises. Il n'en
comprit pas la moitié. Il avait l'esprit ailleurs. Sans doute
parce qu'il se trouvait dans un hôpital pour enfants. Depuis
quarante-huit heures, il n'avait pas beaucoup vu son fils. Liz
non plus, d'ailleurs. Miles lui manquait quand il ne le voyait
pas. Il n'aurait pas cru cela possible avant la naissance du
petit. C'était un besoin quasi chimique, comme ce que ressent
un camé pour son shoot.

— Ça vous a appris quelque chose ? demanda Mann qui
reparut avec un gobelet de thé fumant.

Liz n'aurait jamais bu dans un gobelet en plastique. Le thé
avait un goût atroce, mais Boldt l'avala pour la caféine qu'il
contenait.

— Supposons que je sois le meurtrier. Pourquoi choisirais-
je le choléra ? demanda-t-il.

Le Dr. Mann réfléchit longuement. On sentait qu'il se mettait dans la peau du criminel, et que cette situation, inhabituelle pour lui, le mettait mal à l'aise.

— Tout dépend de ce qu'on cherche, dit-il enfin. J'imagine
que votre bonhomme s'est trouvé devant trois choix : un poison, un virus, une bactérie. Les toxines, les poisons — la
strychnine ou quelque chose du genre de ce qu'on a vu dans
l'affaire du Sudafed contaminé — seront immédiatement
détectés dans le sang de la victime. S'il voulait juste tuer
quelques personnes, il aurait choisi le poison, à mon avis. Les
autres produits se détectent trop facilement, ils ont tous
un goût ou une odeur caractéristique. En outre, les bactéries
les plus communes seraient aussitôt détectées par n'importe
quel laboratoire. Si c'était moi, je choisirais aussi le choléra.
Voyez-vous, ce qu'il y a de particulier avec le choléra, c'est
que les laboratoires ont abandonné les tests. Là, ça retourne
de la politique, hélas. C'est une affaire de santé publique et de
prime d'assurance. Si je me lance dans des explications, vous
ne pourrez plus m'arrêter. Toujours est-il que c'est dans ce
domaine que les économies de budget sont sensibles. Comme
le labo doit faire des coupes quelque part, il supprime les
tests. D'un point de vue bureaucratique, ça se défend. N'allez
surtout pas dire ça aux deux pauvres gosses, bien sûr.

— Vous êtes en train de m'expliquer que vous ne pourriez
plus détecter le choléra ?

— Ça mettrait plus de temps... et c'est justement ce qui s'est passé. Si je voulais contaminer un certain nombre de gens, si je voulais utiliser une bactérie difficile à détecter, si je voulais dérouter les autorités, je choisirais une souche de choléra comme celle-ci.

— Pour effrayer ?

Boldt sortit son calepin et son stylo.

— Par exemple. (Mann goûta son café, grimaça, mais l'avala d'un trait.) C'est le but de votre bonhomme ?

Boldt refusa de répondre.

— Pour discréditer la compagnie ? interrogea Mann, en vain. Quelle compagnie ? Vous n'avez pas le droit de le dire ?

— Adler Foods.

Boldt nota le numéro de série de la boîte sur une feuille du calepin, et la tendit à Mann.

— En ce moment, on est en train de retirer les boîtes portant ce numéro de série de tous les magasins. On annoncera le numéro aux infos du soir, et ce sera dans tous les journaux demain matin. Le public ne saura pas pourquoi la compagnie rapatrie les boîtes.

— Pourquoi ne pas le dire ?

— Le maître chanteur exige que la police ne soit pas prévenue. On a aussi peur que ça fasse boule de neige. C'est le risque dans ce genre d'affaire. On ne veut pas que la presse fasse le lien entre les boîtes contaminées et les deux gosses. Sinon, c'est la panique à coup sûr. Il n'y a pas longtemps, en Angleterre, il y a eu un cas similaire, la presse en a parlé, et la police s'est retrouvée avec mille quatre cents appels de gens soi-disant empoisonnés.

— Mille quatre cents ?

Il y eut un silence pesant.

— Vous pouvez compter sur moi, affirma Mann.

Boldt contempla la ville par la fenêtre. Combien de boîtes contaminées passeraient à travers le ramassage ? Combien se trouvaient déjà dans un garde-manger, prêtes à exploser comme des bombes à retardement ?

— J'ai besoin du nom de tous ceux qui ont accès au labo, dit Boldt.

— Vous pensez que c'est un de mes employés ? fit Mann aussitôt sur la défensive.

— Une personne extérieure au labo ne peut tout de même pas voler la souche sans se faire remarquer, suggéra Boldt.

— Pourquoi pas ?

— Vous plaisantez ?

— Pas le moins du monde. C'est un laboratoire universitaire, ne l'oubliez pas. Des dizaines de personnes y passent chaque jour, et la plupart ne se connaissent pas. Des étudiants, des universitaires, des chercheurs. Nous avons des visiteurs du monde entier. On y croise de tout, vous ne pouvez pas imaginer. C'est un lieu d'enseignement. Il y a des hommes, des femmes, des jeunes, des vieux, des Blancs, des Noirs, des Asiatiques, des Hispaniques, des Africains, des Arabes, et c'est comme ça tout le temps. Il y a parfois dix laborantins ici, parfois un seul, ou même aucun.

— On peut voler un truc ni vu ni connu ? demanda Boldt, incrédule.

— Oui, si vous savez ce que vous cherchez.

— Impossible.

— Essayez, vous verrez.

— Quoi ?

— Allez-y, essayez !

Mann se leva, s'approcha de Boldt et l'examina d'un air supérieur.

— Oui, pas mal. Vous avez l'air d'un prof un peu négligé. Allez-y, essayez.

Le médecin cherchait sans doute à innocenter ses subordonnés. Il empoigna sa blouse qui pendait à un crochet derrière la porte et la tendit à Boldt. Ce dernier l'enfila. Elle était un peu juste.

— Si vous avez l'air de savoir ce que vous faites, dit Mann, tout se passera bien. Le truc, c'est d'être sûr de soi. Vous trouverez les souches dans un mini-réfrigérateur sur votre droite. Si j'étais l'empoisonneur, je viendrais à l'heure du déjeuner quand l'endroit est désert. Evidemment, il est trop tard pour ça maintenant, mais la difficulté va rendre notre expérience encore plus concluante. Allez droit au frigo. C'est dans une boîte de Petri[1].

Il regarda autour de lui et prit une boîte transparente remplie de trombones qui traînait près de l'ordinateur.

— Un machin comme ça, mais avec substance gélatineuse brunâtre tachetée de rouge. Il y a un numéro dessus et choléra ou *V. cholerae*, souche INABA. Si on vous pose des questions, vous travaillez au troisième étage. Vous cherchez un vibrion cholérique. Vous verrez, si vous êtes poli on va même vous le donner !

— Il faut que je le voie pour le croire.

---

1. Petri : de Julius Petri (1852-1921). Bactériologiste. Boîte cylindrique peu profonde en verre ou en plastique transparent, munie d'un couvercle étanche, et utilisée pour la culture de micro-organismes. (*N.d.T.*)

— Traversez le labo, prenez le couloir, première porte à droite.

Une fois dans le couloir, Boldt se mit dans la peau du voleur. L'angoisse le reprit. Il y avait dans la pièce trois personnes assises sur des tabourets métalliques. Portant des lunettes protectrices, des gants de caoutchouc, elles étaient plongées dans leur travail. Il y avait des éprouvettes, partout des boîtes de Petri, des tubes en verre et du matériel de toutes sortes. Un vrai foutoir. Boldt se dirigea vers le petit réfrigérateur, se pencha, et ouvrit la porte. Personne ne lui adressa la parole. Il s'attendait à des questions, mais rien. Des boîtes de Petri encombraient les étagères du réfrigérateur. Il en prit une, l'examina. Elle lui glissa des mains et tomba.

La femme qui se tenait à côté lui jeta un regard. C'était une jolie Asiatique de vingt, vingt-cinq ans. Elle lui sourit, et retourna à son travail. Il remit la boîte et fouilla l'étagère. Il trouva celle qu'il cherchait tout au fond, marquée au feutre noir : *V. cholerae-395*. Il la prit, referma le frigo, et sortit.

Aussi facilement que ça !

Lorsqu'il revint dans le labo du Dr. Mann, son pouls s'était calmé.

— Alors ?

— Vous aviez raison : si je n'avais pas essayé, je ne l'aurais jamais cru.

Il remit la boîte de Petri au médecin.

Mann la soupesa, l'examina.

— Bon, une fois qu'il a la boîte, qu'est-ce qu'il en fait ? demanda Boldt.

Il ôta la blouse trop petite, et reprit son calepin.

— C'est pas compliqué. Il a sans doute étudié la microbiologie au lycée. Il a besoin de gélose — une boîte Petri avec une protéine base ; d'un bouillon — il y a des recettes dans le manuel ; et d'un incubateur — mais il peut le fabriquer aisément. C'est assez facile, en fait. Cela paraît complexe et le langage est technique, mais le processus à suivre pour développer une culture est relativement simple. On étudie ça en chimie au lycée.

— Y a-t-il autre chose que je devrais savoir ? s'informa Boldt. Est-ce que sa durée de vie est limitée, par exemple ?

— Pas tellement. Le choléra est un bon choix. On aurait repéré la salmonelle en ouvrant la boîte à cause des gaz, de l'odeur bactérienne. Mais le choléra ? Pas d'odeur, pas de gaz à proprement parler. Et si ce n'est pas quelqu'un d'ici, quelqu'un qui connaît le choléra-395 — et, ceux-là se comptent sur les doigts de la main — alors votre bonhomme ne sait sans doute pas qu'il est tombé sur une vraie bombe. Le 395 est une souche très résistante. Le type ne devait sûrement pas le savoir. Si vous ne dites rien à la presse, il continuera à ignorer qu'il peut tuer des gens avec sa souche.

Boldt eut l'impression de recevoir un coup de poignard.

— Tuer des gens?

— Le 395 est une souche de recherche. Elle ne réagit pas aux antibiotiques classiques. C'est pour ça que les gosses sont si malades. Tout est écrit là-dedans, dit Mann en désignant une pile de dossiers. Ils sont jeunes, ils se défendent mieux. On a de la chance.

— C'est un truc mortel et ça reste dans un frigo non gardé?

— Je sais, je sais. Mais c'est vrai de la plupart des cultures que nous conservons. Vous êtes dans un laboratoire de maladies infectieuses. Notre travail consiste à chercher comment soigner les gens.

— Vous ne trouvez pas ça comique?

— L'état du gosse des Lowry est devenu critique il y a quelques heures, lui apprit Mann.

Boldt reçut un coup au cœur. Il ne pouvait s'empêcher de voir l'enfant: les yeux cernés, la peau livide. Il en eut la nausée.

— Désolé, fit Mann.

— J'ai un fils de deux ans.

— Le mien en a cinq, et j'ai une fille de trois ans, dit Mann en montrant des photos collées sur l'ordinateur. Nous sommes en plein inconnu, j'en ai peur; même avec nos recherches sur le 395. Je préférerais vous dire que les gosses s'en tireront, mais je ne peux pas.

— La fille se défend mieux que le garçon, déclara Boldt.

— Question de chance, dit Mann, qui hésita... Il faut que je vous dise autre chose. Les gars de votre labo devraient le savoir, mais au cas où... le vibrion cholérique se dégrade plutôt rapidement. A température normale, il mourra dans les boîtes de soupe. Avec un taux d'inoculation élevé, il y aura assez d'organismes pour déclencher la maladie les cinq ou six premiers jours. Passé ce cap, les organismes mourront, ce qui signifie que votre laboratoire ne pourra pas les identifier. Mieux vaut le savoir.

— Vous êtes en train de me dire qu'il s'agit de bombes à retardement avec une durée de vie précaire? On ne pourra pas prouver qu'il y a eu contamination?

— Pas après cinq ou six jours. Au-delà, le bacille meurt et les tests seront négatifs. Il y a toutefois un côté positif: au bout d'une semaine, vos boîtes à soupe redeviennent inoffensives.

Boldt était atterré. Ainsi, il ne pourrait pas apporter de preuve de contamination devant un tribunal. Il remercia le Dr. Mann, lui serra la main et prit congé.

En sortant, il passa sa tête par la porte du laboratoire et regarda le réfrigérateur, sans verrou, à la portée du premier venu.

Il retourna aussitôt voir Mann qu'il trouva en train de téléphoner.

— Allez-vous faire mettre une serrure sur ce putain de frigo ? lança-t-il.

— C'est ce que je suis en train de faire, expliqua Mann en montrant le téléphone.

Quand Boldt repassa devant le laboratoire, une voix de femme le héla.

— Vous avez trouvé ce que vous cherchiez ?

C'était la jeune Asiatique, les yeux agrandis par les lunettes de protection, au milieu des étincelles d'un bec Bunsen.

— Oui, cria-t-il d'une voix aiguë pour couvrir le gémissement d'une centrifugeuse.

— Ah, bien, dit gaiement la jeune femme.

— Oh, je ne dirais pas ça, répliqua Boldt.

Il s'éloigna, chercha son chemin dans le dédale de couloirs, se perdit, malgré les flèches de couleur qu'on avait peintes sur le sol pour indiquer la direction. Boldt ignorait où menait telle ou telle couleur. Il était aussi désorienté que dans son enquête. Il finit néanmoins par trouver le hall d'entrée, poussa la porte et se retrouva sur le parking sous une pluie aussi torrentielle qu'imprévue. Il tombait des cordes, des seaux d'eau, et il n'avait ni parapluie ni même un journal pour s'abriter. Ah, il y avait des jours où il détestait Seattle !

7

La réunion avec Owen Adler était prévue à quinze heures précises. Pour des raisons de sécurité, elle devait se tenir sur son yacht. Le vendredi matin, Boldt avait demandé à l'inspecteur John LaMoia d'obtenir une liste des étudiants et des enseignants de Mann qui avaient accès au laboratoire des Maladies Infectieuses. Il lui avait aussi recommandé de travailler sur la liste des employés de Foodland, de la compagnie de sécurité Shop-Alert, et de Wagner Wholesale, le grossiste qui fournissait le Foodland de Lee Hunda. Les listes seraient comparées avec celle des employés d'Adler afin de vérifier qui aurait pu avoir à la fois le mobile et les moyens d'agir.

La Marina de Shilshole était un fouillis de mâts contre lesquels claquaient les cordages en Nylon. Le vent sifflait dans les haubans. Une pluie coupante cinglait la coque en Plexiglas de la vedette qui, avec à son bord Boldt et Daphné, fonçait vers le yacht sur la mer agitée aux reflets verts. Le bateau était provisoirement abrité du vent par les blocs de pierre gris qui formaient une digue, protégeant la crique artificielle du détroit. Le yacht de seize mètres aurait pu accoster au quai mais Adler ne voulait pas qu'on voie la police monter à bord.

— Il faisait meilleur ce matin, cria Daphné pour se faire entendre par-dessus le bruit des deux moteurs.

Elle n'était pas elle-même. Peut-être nerveuse à l'idée de rencontrer Adler à titre professionnel.

— Il va comment ? cria Boldt.

Elle lui jeta un regard interrogateur. Elle savait pourtant de qui il parlait.

— Il est perturbé.

Elle retint ses cheveux avec la main pour les empêcher de lui balayer le visage.

— Quand on aura la liste des employés, il faudra enquêter sur les éventuels suicides… conjoints, parents. Et sur les dettes. C'est ce qu'il a demandé spécifiquement.

— Une requête personnelle ? s'étonna Boldt.

— L'amour, l'argent, et la vengeance, répondit-elle, citant les trois raisons principales pour lesquelles les hommes s'entre-tuaient. On a peut-être affaire à un schizophrène paranoïaque. Mais ça peut aussi bien être un psychopathe insensible et cruel.

Boldt trouva soudain le vent plus glacial.

— J'aimerais qu'on fasse appel au Dr. Richard Clements du BSU, déclara Daphné.

Il s'agissait du Behavioral Sciences Unit, le département des sciences cognitives du FBI. Boldt savait que Daphné avait déjà utilisé Clements dans certaines enquêtes. Il ne l'avait lui-même jamais rencontré.

Les lourds nuages noirs descendaient dans le ciel de plomb. On suffoquait. Boldt dénoua son col de chemise et croqua deux comprimés de Maalox.

— Ça ne va pas? s'inquiéta Daphné.

Elle traversa la vedette en titubant et s'écroula sur la banquette à côté de Boldt. Ses cheveux volaient au vent.

— Ça ne va pas? répéta-t-elle en se collant contre lui.

Elle posa doucement sa main sur son bras et le pressa amicalement.

Les moteurs ralentirent et la vedette accosta contre le yacht d'où une femme de l'équipage leur lança une corde. Daphné gravit l'échelle la première, suivie de Boldt. La vedette s'éloigna aussitôt, traçant un canal d'écume dans les flots en colère.

— Sale temps, grommela la femme.

La vingtaine athlétique, de jolies jambes, et des yeux verts craquants, elle portait un short kaki, des docksides en toile bleue, et un T-shirt bleu marine trempé.

Ils descendirent l'échelle jusqu'à un salon richement meublé. Owen Adler tendit la main à Daphné pour l'aider.

— Bienvenue à bord, dit-il à Boldt.

Adler était un quadragénaire poupin aux tempes grisonnantes. Il portait des lunettes à monture métallique, les manchettes de sa chemise rose pâle étaient attachées par des chaînettes en argent. Il mesurait un mètre quatre-vingts, mais paraissait plus grand que sa taille. Mocassins marron, pantalon de toile. Sa poignée de main était ferme et son regard attentif.

Adler et Daphné s'assirent chacun à une extrémité du canapé en chintz. Howard Taplin, avocat et directeur commercial d'Adler Foods, s'installa dans le fauteuil capitonné, à la droite d'Adler. Taplin était un homme maigre aux traits crispés, la moustache soigneusement taillée, avec des yeux gris profond. Il portait un costume gris au col bordé de noir et de fines chaussettes montantes. Boldt s'assit entre Taplin et Kenny Fowler. Ce dernier avait autrefois travaillé au Grand Banditisme. Boldt le voyait de temps à autre au Big Joke, où il jouait du piano de cinq à sept. Les cheveux noirs plaqués en arrière, l'œil volontairement farouche, il était toujours tiré à quatre épingles. Il se vantait d'être un homme à femmes, mais la rumeur prétendait qu'il courait surtout après les adolescentes. Boldt connaissait bien le caractère explosif de cet homme et son honnêteté sincère.

Comme à son habitude, Fowler lui serra la main avec chaleur et lui demanda des nouvelles de Liz et de Miles. Il avait deux fausses dents sur le devant, et une minuscule cicatrice sur la lèvre inférieure. C'était un adepte de la musculation et il portait des costumes sur mesure pour que cela se voie.

Adler attendit que le yacht quitte la protection de la digue et entre dans les eaux tumultueuses pour ouvrir la réunion. La cabine était remarquablement insonorisée. Un membre d'équipage servit du thé glacé dans des verres garnis de brins de menthe et de rondelles de citron, et fit passer un plateau de petits gâteaux.

— Inspecteur, déclara Adler, nous sommes heureux que vous nous apportiez votre aide et votre savoir-faire. La situation est épouvantable ; nous ferons notre possible pour vous être utile afin que cette affaire soit réglée au plus vite. (Il jeta un coup d'œil à Daphné et à Taplin.) J'ajouterai toutefois ceci : nous désirons impérativement que la police agisse avec la plus grande discrétion. Le maître chanteur a déjà démontré sa détermination, en contaminant deux personnes, et nous devons faire en sorte qu'il s'imagine que nous cédons à ses exigences... toutes ses exigences.

— Entendu, acquiesça Boldt. Où en est le retrait de la vente ?

— Nous avons ordonné un rappel des produits incriminés. Kenny poursuit toujours la piste d'un employé rancunier. Vous pourrez comparer vos recherches, bien sûr.

— Nous ne céderons pas au chantage d'un terroriste, intervint Taplin.

Adler n'apprécia pas l'intrusion.

— Ce que veut dire Taplin, expliqua-t-il à Boldt, c'est que nous préférerions attraper cet individu plutôt que de négocier.

— Certains d'entre nous préféreraient que la police ne se mêle pas de cette affaire, dit Taplin. Oh, ne prenez pas cela personnellement, ajouta-t-il pour Boldt en lui remettant le dernier fax.

À TOI DE CHOISIR.
DAVANTAGE DE SOUFFRANCES... OU PIRE...
À MOINS QUE TU OBÉISSES.
NE VIDE PAS LES RAYONS,
ET PAS D'APPEL À LA POLICE NI À LA PRESSE
OU BIEN DES CENTAINES MOURRONT.
TU AS ÉTÉ À PORTLAND, RÉCEMMENT?

— Portland? s'inquiéta Boldt.

— Nous avons contacté tous les hôpitaux, expliqua Fowler.

Daphné prit le fax et le relut. Elle commenta, moitié pour elle-même, moitié pour l'assemblée:

— Ah, il devient plus loquace. C'est bon signe. Il s'ouvre.

Les autres écoutaient. Boldt frissonna. Daphné relut encore.

— Pas de doutes; ce type a reçu une bonne éducation. Et il utilise le verbe obéir plutôt que coopérer. C'est intéressant.

— Vous comprenez notre position? fit Taplin.

— Que proposez-vous? demanda Adler. Nous coopérerons dans la mesure du possible. Nous aimerions réapprovisionner les magasins... mais nous ne voulons pas risquer de nouveaux empoisonnements.

— Pourquoi ne pas remplacer la soupe de grand-mère par un autre produit, tout simplement? s'enquit Boldt.

— C'est celui qui fait le meilleur chiffre, se plaignit Taplin.

— Voici ce que je propose, avança Daphné. Cédons à ses exigences tout en prenant toutes les précautions pour éviter que cela ne se reproduise. Que pensez-vous d'un changement d'emballage?

Boldt expliqua:

— Si le maître chanteur travaille dans l'une de vos usines, un changement d'étiquette ou d'emballage nous le dira. Si il — ou elle — a accès au nouveau conditionnement, alors nous saurons qu'il travaille chez vous. Et cela ne contrevient à aucune de ses exigences.

— Vous n'y pensez pas! s'exclama Taplin. Cela prendrait six à dix jours pour imprimer de nouvelles étiquettes... à condition que nous ayons déjà le dessin, ce qui n'est pas le cas. Deux ou trois semaines pour un label. Pour ce qui est du conditionnement — un emballage inaltérable — nous cherchons une matière sûre, ici et à l'étranger, mais il faut compter de deux à vingt mois pour un tel remaniement.

— Nous savons ce qui est arrivé dans les cas précédents de chantage aux produits trafiqués, n'est-ce pas, Lou? fit Kenny Fowler. Les chantages ont duré des années, mais d'après ce que je sais, le but était toujours l'extorsion de fonds, d'accord? Ici les exigences sont très particulières, et comme nous avons déjà dépassé la date limite, je ne pense pas que notre cinglé patiente bien longtemps. Tu me suis? Je ne sais pas ce qu'il mijote — excusez le jeu de mots — mais je ne crois pas qu'il attende plusieurs mois le temps qu'on emballe la soupe dans des bocaux en verre, par exemple. D'accord? Je conseille donc qu'on travaille sur de nouveaux conditionnements, mais on ne doit pas faire le mort en attendant.

— Et si vous utilisiez de la colle insoluble? suggéra Boldt. Le type force les boîtes sous l'étiquette. Si nous réussissons à rendre le décollage impossible, et qu'il continue à contaminer les boîtes, cela réduira notre champ d'investigation.

— Bonne idée, approuva Fowler. Ça voudrait dire que c'est quelqu'un qui vole les étiquettes ou qui travaille sur la chaîne du collage.

— Exactement.

— Excellente idée! s'exclama Adler, qui gribouilla un mot sur son calepin. Et c'est facile à réaliser, ajouta-t-il à l'adresse de Taplin qui acquiesça.

— Que le moins de monde possible soit au courant de la modification, conseilla Boldt.

— C'est faisable. Presque personne ne le saura.

— Ça risque de foutre notre bonhomme en colère, avertit Fowler.

— Il a menacé de tuer des centaines d'innocents si nous le défions, rappela Taplin.

Boldt hésita à les informer des récentes découvertes du labo.

— Les analyses suggèrent qu'il n'y a pas de preuves que les étiquettes aient été décollées à la vapeur ou par trempage, dit-il enfin. Il y a de fortes chances pour que le maître chanteur travaille à partir d'étiquettes neuves.

— Ça restreint les recherches à la chaîne de production, au quai de chargement, ou à l'imprimerie, avança Fowler.

— Et du côté du stockage? demanda Boldt.

— Nous travaillons sans délais de production, répondit Taplin. Les étiquettes sont imprimées dix jours à l'avance.

— Il faut ajouter ça à la liste, dit Fowler en prenant des notes.

— Si vous êtes d'accord, inspecteur, commença Adler, je propose que Kenny s'occupe des aspects internes de l'enquête. C'est une entreprise familiale. Un policier se ferait vite remarquer, et les ouvriers jaseraient...

— Vu les menaces, c'est à éviter à tout prix, approuva Daphné.

— Il y a eu des vols, dernièrement, dit Fowler. Ça me fera une excuse pour enquêter sur place.

Tout le monde se mit d'accord sur ce point : la police continuerait de s'occuper de l'affaire, mais en restant dans l'ombre.

— Si nous devons nous revoir, dit Adler à Boldt et à Daphné, nous arrangerons un rendez-vous par fax plutôt que par téléphone, et nous choisirons un endroit discret.

— Quand comptez-vous changer la colle ?

— Il nous faut vingt-quatre heures, quarante-huit au pire, dit Taplin, de meilleure humeur.

— Avez-vous d'autres informations susceptibles de nous aider ? demanda Boldt.

Adler regarda Taplin qui le dévisagea à son tour.

— Daphné, proposa Adler, tu pourrais peut-être faire visiter le yacht à l'inspecteur. Quelques minutes suffiront.

Après un moment d'hésitation, Daphné et Boldt se levèrent.

Daphné fit visiter à Boldt la salle à manger, les cabines et finalement le bureau d'Adler, équipé d'un téléphone portable et d'un fax.

— Qu'est-ce qui se passe ? demanda Boldt.

— Owen aplanira les choses. Donne-lui deux ou trois minutes.

— Parle-moi de Taplin.

— C'est un type brillant, protecteur, loyal. Un vieil ami d'Owen. Il s'occupe des problèmes courants. Owen prétend qu'il lui doit une grande partie de son succès, mais ça en dit autant sur Owen que sur Howard Taplin. Adler Foods est le bébé d'Owen ; depuis toujours.

Boldt remarqua un appareil d'identification sur le fax, un système qui affichait le numéro de téléphone d'où étaient envoyés les fax qui arrivaient.

— Une idée de Fowler ? questionna Boldt.

— Oui. Pratique, non ?

— A condition qu'il partage ses informations avec nous, dit Boldt, qui ajouta : Ce dont je doute. Taplin préférerait se passer de nous, c'est évident. Et comme tu l'as dit : c'est lui qui paye Kenny.

— Owen te donnera toutes les informations dont tu as besoin, Lou.

— Il sait donc des choses qui pourraient m'aider ?

Daphné s'abstint de commentaires.

— C'est l'heure, déclara-t-elle.

Elle le reconduisit jusqu'au salon où les autres attendaient. Boldt et Daphné se rassirent.

— Nous avons eu une alerte dans les années 80, dit Owen.

Ce n'était pas le choléra mais la salmonelle. Cela provenait de la chaîne de soupe.

— Une alerte ? s'étonna Boldt.

— Oh, ce n'était pas une contamination intentionnelle, non. Une poule avariée. Mais quatre personnes ont été hospitalisées et il y a eu des poursuites judiciaires.

— Laissez-moi mettre les choses en clair, ajouta Taplin. Nous n'avons pas été condamnés, la faute incombait à un de nos fournisseurs. L'affaire regardait le ministère de la Santé de l'Etat de Washington. Cela n'a rien à voir avec l'affaire actuelle.

— Nous aurons besoin des dossiers sur cette histoire de salmonelle, dit Boldt.

— Bien sûr, acquiesça Adler.

Taplin se redressa. Il ouvrit la bouche pour protester, mais Adler le devança.

— Vous aurez tout ce que vous voudrez, dit-il à Boldt.

8

Revêtu d'une blouse chirurgicale vert pâle, le nez et la bouche recouverts d'un masque en papier blanc, Boldt montait la garde au chevet de Slater Lowry. Sa présence avait été autorisée par le corps médical et par la mère de l'enfant dont les larmes coulaient sur son masque.

Le père du garçon s'était évanoui une heure plus tôt quand l'état de Slater avait soudain empiré. On l'avait placé sous sédatifs et il reposait dans une chambre, à l'autre bout du couloir. La blouse de son épouse était encore fripée à l'endroit où il s'était agrippé pendant des heures.

Slater Lowry mourait d'un collapsus.

Pour Boldt, il semblait impossible que l'enfant ayant été hospitalisé, son cas diagnostiqué et en cours de traitement, sa santé puisse décliner aussi rapidement. Les blessures par balles, à l'arme blanche, les strangulations et les brûlures, Boldt avait appris à vivre avec pendant ses vingt ans de carrière. Mais il n'acceptait pas ce qui arrivait à l'enfant.

Il était comme hypnotisé par le goutte-à-goutte régulier de la perfusion intraveineuse, par le tracé en montagnes russes qui défilait sur les écrans de contrôle verts. Les yeux de Slater étaient cernés, sa peau d'un blanc pâteux luisait de sueur. Sa mère l'épongeait, mais il transpirait continuellement. Slater Lowry se consumait de fièvre en dépit de l'hydratation et des antibiotiques. Slater Lowry quittait ce monde.

— Ah, si on pouvait échanger nos places ! avait murmuré la mère une heure plus tôt.

Boldt avait compris qu'elle voulait dire prendre la place de son fils, mais il pensait aussi qu'elle aurait souhaité qu'il change de place avec elle... que le malade fût Miles et qu'elle fût là en simple visite. Depuis, ils n'avaient pas échangé un mot. Les regards qu'ils échangeaient disaient tout ce qu'ils avaient à dire. Sans le vouloir, elle tenait Boldt pour responsable de ce qui arrivait. Et sans le vouloir, Boldt acceptait le blâme.

Les heures passèrent, le samedi remplaça le vendredi, les

médecins et les infirmières entraient et sortaient; Boldt imagina l'enfant devenant adolescent, puis l'adolescent devenant adulte. Il repensa aux succès et aux échecs, aux joies et aux peines qui jalonnaient sa propre vie et il les prêta à Slater Lowry, croyant qu'un rêve d'emprunt valait mieux que rien.

A deux heures du matin, le père revint dans la chambre, faible et hagard. Boldt se leva pour lui céder sa place, mais la femme lui dit qu'il pouvait rester s'il le souhaitait. Il ne savait pas ce qui l'attirait vers cet enfant, ou vers cette femme, ou ce qui le retenait dans cette pièce, et il savait combien il pouvait être émotionnellement dangereux de s'attacher personnellement à une victime. Un flic a besoin de garder ses distances. Et cependant, il se rassit et resta. Pour des raisons qui lui échappaient, il n'arrivait pas à partir.

A 2 h 40, l'alarme retentit sur plusieurs des appareils de contrôle, et le pouls de Boldt s'accéléra tandis que Slater Lowry sombrait. Une équipe d'infirmières et de médecins s'activèrent autour du lit du malade. Leurs efforts firent taire les alarmes, et vingt minutes plus tard, l'état de l'enfant étant stabilisé, les médecins tinrent une conférence avec les parents. Après cela, Boldt resta hors de la chambre; il surveilla l'enfant à travers la baie vitrée qui communiquait avec la salle de garde de l'infirmière où les signaux étaient reproduits sur de petits écrans de télévision calés sous le comptoir. Dans la chambre, il n'y avait que trois chaises et celle de Boldt était maintenant occupée par une femme pasteur qui priait en silence, sa chaise collée au lit, serrant entre ses mains la main exsangue du petit garçon. Boldt comprit qu'il n'y aurait plus de plage de sable pour Slater Lowry, plus de nuits d'été, plus de rires, plus de larmes, plus de chants, plus de plaintes, plus d'échanges de photos de footballeurs... plus d'anniversaires.

Les infirmières offrirent un siège à Boldt et lui proposèrent du café. Quand l'une d'elles lui rappela que la cafétéria restait ouverte vingt-quatre heures sur vingt-quatre, il rétorqua méchamment :

— C'est lui qui a besoin de vous, pas moi !

Il n'eut pas le temps de s'excuser car les alarmes retentirent de nouveau, résonnant aux oreilles de Boldt comme des cloches d'église.

L'enfant mourut à 3 h 11, le samedi 30 juin dans un silence irréel. Les appareils hurlaient la vérité, mais Boldt s'accrochait à un ultime espoir. Il encouragea l'enfant à guérir, comme un supporter sur le bord de la touche. Les médecins et les infirmières se précipitèrent une dernière fois pour tenter de sauver le malheureux, mais malgré leurs efforts, leur savoir et leur technologie, le miracle ne se produisit pas.

Les parents tombèrent dans les bras l'un de l'autre, effondrés. La femme pasteur s'en alla en baissant les yeux.

En silence, Betty Lowry se retourna et croisa le regard de Boldt à travers la baie vitrée. En une fraction de seconde, il vit que la douleur et l'espoir avaient fait place à la résignation et à l'incrédulité.

Le dernier battement de cœur de l'enfant fut suivi par une série de lignes plates sur les écrans de contrôle... Elles couraient vers un nouveau patient.

Les médecins affichèrent des regards contrits teintés de compassion.

Boldt imagina l'enfant plongé dans la fabrication de la maquette de la navette spatiale, l'œil pétillant de curiosité et d'enthousiasme. Il imagina la même expression dans le regard de son fils, et fit le vœu de ne jamais le perdre.

Les poings serrés, il murmura tout haut :

— Ça ne se reproduira plus.

Ses paroles embuèrent la vitre, sa promesse était sincère et lui venait du fond du cœur.

Une promesse qui allait bientôt être rompue.

Boldt rentra chez lui peu après 4 heures. Son arrivée réveilla Miles. Liz se retourna dans le lit et geignit :

— C'est ta faute. Maintenant, aide-le à se rendormir.

Elle se pelotonna dans les draps et enfouit sa tête sous l'oreiller. Boldt eut une envie furieuse de lui faire l'amour. D'effacer ainsi la mort du garçonnet.

Pendant trois quarts d'heure, Miles ne voulut rien savoir, puis il s'endormit finalement, douillettement lové dans les bras de son père qui n'eut d'autres ressources que de rester assis sans bouger sur le canapé du salon où il s'endormit à son tour. A 6 h 30, Boldt fut réveillé par son fils qui tentait de se libérer de son étreinte. Quelques instants plus tard, il se leva brusquement et s'écroula sur le sol car ses jambes refusèrent de le porter. Miles courut dans la chambre de ses parents. Liz parut dans sa chemise de nuit et marmonna d'une voix pâteuse :

— Si tu vis encore, lève la main droite.

Elle lui ôta ses chaussures, lui frictionna les pieds, et l'aida à se relever.

Elle lui fit du café et des toasts, puis se versa un bol de muesli pendant que son thé infusait. Aidé de son père, Miles mangea une banane et des flocons d'avoine, s'en mettant la majeure partie sur la figure. A huit heures moins vingt, Liz entra dans la cuisine en jean et T-shirt, sa tenue de week-end. Boldt fut tenté de lui raconter sa veillée à l'hôpital, mais il ne sut par où commencer. Il était épuisé de confusion et de frustration. Il jeta un coup d'œil sur l'horloge murale. Il était tard.

«Tu m'as manqué», entendit-il Liz lui dire pendant qu'il s'escrimait maladroitement à changer de chemise et à se raser. Il n'avait pas rempli son rôle de père ni d'époux depuis quatre jours, et il craignait ses reproches.

De retour dans la cuisine, ils discutèrent tout en parcourant la liste des choses à faire, les courses, la vidange qui ne pouvait plus attendre, la facture du plombier trop salée pour un travail bâclé, un rendez-vous chez le dentiste que Boldt avait oublié, puis Liz annonça de but en blanc:

— J'ai deux mois de retard.
— Hein?
— Je n'ai pas eu mes règles depuis deux mois.
— Deux mois? s'exclama-t-il, ahuri.
— Oui, c'est comme ça que ça commence.
— Deux mois de retard, répéta-t-il d'un ton neutre.
Liz essuya le menton de Miles.
— Et alors? demanda Boldt.
— Et alors, quoi?
— Quand iras-tu chez le médecin?
— Je vais d'abord acheter un test chez le pharmacien.
— Quand vas-tu le faire?

Sans s'en rendre compte, il s'était rapproché d'elle. Il l'enlaça par la taille. Le monde lui sembla soudain merveilleux. Ah, qu'un enfant perdu puisse être si vite remplacé par un autre!

— Ça dépend de toi, répondit Liz. Quand aimerais-tu?
— Tu m'attendras?
— Bien sûr.
— Je rapporterai des plats chinois. (Ceux qu'elle préférait.) Et de la bière, ajouta-t-il.
— L'alcool n'est peut-être pas très indiqué.
— Je n'arrive pas à y croire.
— Eh, j'ai trente-huit ans, chéri. Il n'y a encore rien de fait. C'est peut-être juste un retard, ne l'oublie pas.
— Je t'aime.
— Hum, j'aime quand tu me dis ça.
Il lui serra la taille.
— Toi aussi, tu m'as manqué, dit-il.
— Tu n'as pas bonne mine, remarqua-t-elle, sincère.

Elle voulait dire qu'il se faisait trop vieux pour ce genre de boulot. Que sa place était derrière un bureau, avec des horaires réguliers. Peut-être même lui suggérait-elle de quitter la police... encore une fois... s'ils avaient un autre enfant.

Il mentit :

— Je ne me suis jamais senti aussi bien.

— Allez, va, rit-elle en le poussant gentiment vers la porte.

— Chinois, hein ? lui rappela-t-il. A 7 heures. Je t'appellerai.

— Comme hier ?

Elle n'avait pas pu résister, et il ne pouvait pas la blâmer. Il lui en voulut pourtant.

— J'appellerai. Promis.

Elle lui lança un regard penaud pour s'excuser. Il lut dans ses yeux comme un remerciement... pour leur amour partagé, pour leurs efforts mutuels afin de définir et de maintenir un semblant de vie commune, et sans doute pour la part qu'il avait prise à créer l'enfant qu'elle portait peut-être en ce moment.

— A 7 heures, confirma-t-elle.

— Si c'est un garçon, j'ai déjà un prénom pour lui.

Lorsque l'équipe de garde changea, quand celle de Boldt remplaça celle de Pasquini, héritant par la même occasion d'une fusillade entre bandes rivales, et d'une agression caractérisée dans un bar à la suite d'une bagarre qui avait mal tourné, Boldt fut officiellement détaché pour s'occuper exclusivement du Soudeur. Il remit ses fonctions de chef d'équipe à Chris Danielson, le nouveau. Boldt garda LaMoia et Gaynes ; Frank Herbert alla avec Danielson. Guccianno était encore en congé pour dix jours.

On appelait Danielson « Hollywood » à cause de ses lunettes Vuarnet et de ses bottes en autruche. C'était un Noir au physique de play-boy, qui jouissait d'un prestige énorme parce qu'il avait le quota personnel le plus élevé jamais vu dans la police. Danielson était un type réservé qui ne se mêlait pas aux autres flics, ni durant le travail ni à la cafétéria. Il était ambitieux, sans doute trop au goût de ses collègues. On lui reprochait de ne jamais répondre au téléphone, d'éviter la Bible, de laisser ses coéquipiers faire le sale boulot. C'était pour ça que Pasquini l'avait refilé à Boldt, mais ce dernier était content de l'avoir dans son équipe. Danielson aimait les *trous noirs*. Il prenait son pied à résoudre les affaires que personne n'avait réussi à démêler... et il y excellait, ce qui le rendait impopulaire : un bleu qui bat les anciens à leur propre jeu !

— Je préférerais travailler sur votre affaire, chef, se plaignit-il.

— Je te confie l'équipe, rétorqua Boldt.

— Je n'en veux pas.

— Eh bien, tu l'as quand même.

— Je pourrais vous être utile sur ce coup, suggéra Danielson.

Il n'avait aucun moyen de savoir de quelle affaire il s'agissait, hormis par les rumeurs qui circulaient, et ses efforts pour tirer les vers du nez de son chef se heurtèrent à un mur.

— Tu es un limier, Chris, comme nous tous, mais toi plus que les autres. Chez certains, c'est naturel. Chez les femmes aussi : Gaynes, par exemple. Tu choisis les *trous noirs* que les autres abandonnent... il y en a même que tu résous. Eh bien, maintenant, tu auras tous les *trous noirs* que tu veux, et même ceux que tu ne veux pas. Tu diriges une équipe et toutes les affaires t'appartiennent. Tu vas pouvoir t'exercer sur un plan plus élevé, et je crois que c'est une expérience importante pour toi.

— Qu'est-ce qui est le plus important, résoudre votre affaire ou remuer de la paperasse ? Vous avez besoin de moi, chef. C'est une affaire comme je les aime.

Danielson avait le nez pour repérer ce genre de choses. La lueur qui brillait dans les yeux de Boldt, les heures supplémentaires de son chef, les longues discussions privées avec Shoswitz, et surtout l'absence de numéro dans la Bible ; cela lui avait suffi pour deviner que cette affaire était de celles qui se présentaient une fois tous les dix ans. Celles qui faisaient les carrières. Boldt comprit cela rien qu'en le regardant.

— C'est un vrai casse-tête, Chris, l'avertit-il. Le genre de truc qui te brise si tu ne le résous pas. Tu bosses dessus un mois, six mois, un an, six ans, et tu n'en tires rien. On se casse les dents sur des coups comme celui-ci. Crois-moi, j'ai déjà donné.

— Le tueur à la croix, dit Danielson.

Il connaissait toutes les affaires de Boldt par cœur, au point que Boldt en était gêné.

— Oh, on a parfois de la chance, minimisa Boldt.

— Vous auriez pu devenir divisionnaire après ça, remarqua Danielson, ce qui rappela à Boldt les arguments de Liz.

— Oui, mais j'ai préféré prendre un congé. Ça devrait t'aider à comprendre.

— Vous avez pris deux ans, j'appelle pas ça un congé.

— Justement. Bon, écoute, je te confie l'équipe. A toi de te démerder avec les quotas.

— Je n'en veux pas ! gémit Danielson, sachant que d'autres auraient tué père et mère pour avoir le poste.

— C'est peut-être pour ça que je te la confie.

Danielson eut une moue de mépris.

— Un jour, tu me remercieras, assura Boldt.

Danielson hésita, puis il menaça :

— Un jour, je serai votre chef.

— Puis-je vous rappeler que c'est moi qui commande, pour l'instant, inspecteur ? fit Boldt, et il lui tendit une liasse de dossiers. Attention, prévint-il. Il faut avoir les reins solides. C'est lourd.

Boldt passa le reste du samedi à essayer de chasser la mort de Slater Lowry de son esprit et à organiser les recherches nécessaires pour comparer la liste des employés d'Adler Foods avec celles qu'il avait commandées.

Ce soir-là, à 19 h 05, au milieu du parfum des rouleaux de printemps et du gingembre qui embaumait la maison, Liz sortit de la salle de bains en larmes, brandissant une tige de plastique, sorte de papier de tournesol bleu dont le bout luisait.

— Je suis navré, murmura-t-il en prenant Liz dans ses bras.

Il avala la boule qui lui étreignait la gorge et essaya de trouver des mots consolateurs. En vain. Liz cala sa tête contre son épaule ; elle tremblait. Boldt sentit la chaleur de son visage, son souffle brûlant contre sa peau.

— Je suis enceinte ! annonça-t-elle en sanglotant.

C'étaient donc des larmes de joie ! Elle agita la tige de plastique, tel un drapeau annonçant sa maternité. Boldt lui baisa les doigts, le front, le nez, puis trouva ses lèvres. Elle le dirigea maladroitement vers la chambre et referma la porte du bout du pied. Miles était plongé dans ses cubes.

— On devrait peut-être s'y remettre, juste pour être sûrs, proposa Boldt d'un ton coquin.

Elle lui souffla un mot à l'oreille qu'il n'entendit pas tant son cœur battait fort.

Les pâtés impériaux étaient froids et la bière sans alcool tiédasse lorsqu'ils s'y attaquèrent enfin. Mais ils avaient le sourire. Pendant ces brefs instants de bonheur, Boldt oublia le Soudeur.

Cela ne dura pas. Il épluchait son troisième rapport quand il s'aperçut que Liz était partie se coucher. Il entra dans la chambre dont la lumière était éteinte, entendit les sanglots de Liz et comprit que ce n'étaient plus des larmes de joie. En s'approchant pour la consoler, il se demanda quelle obsession le poussait à continuer. Changerai-je jamais ? s'interrogea-t-il.

— Je suis là, murmura-t-il en s'asseyant sur le lit, une main sur les reins de sa femme.

— Non, tu n'es pas là, fit-elle en se détournant. Plus maintenant.

— C'est vrai, acquiesça-t-il, trouvant l'aveu douloureux. Mais j'étais là. C'est un début.

Il savait que c'était faux. Ils avaient déjà eu cette discussion. Ils n'avaient jamais résolu le problème.

— J'ai peur, dit Liz.

— Moi aussi.

Mais il avait d'autres raisons d'avoir peur.

Liz s'endormit, des larmes d'argent accrochées sur ses joues rougies. Cette nuit-là, Boldt dormit à côté d'elle, tout habillé, pelotonné contre la chaleur de son corps qui l'enveloppait d'une paix sereine.

9

— C'est la dernière fois, souffla Adler dans le noir.

Le lit et le houseboat remuaient imperceptiblement. Tous les dimanches matin, une grande activité régnait sur Lake Union. Des hydravions et des hors-bord pétaradaient dans le lointain.

— Vraiment, insista-t-il d'une voix triste. Il le faut.

— Je sais, dit Daphné.

Elle roula sur le ventre, pressa sa poitrine nue sur celle d'Adler, se lova contre lui comme un serpent sur une branche, et l'embrassa sur la bouche.

— Ça ne me plaît pas du tout, avoua-t-elle.

Elle savait que c'était pour de bon, cette fois. Elle travaillait pour la police, ils ne pouvaient prendre le risque d'aller à l'encontre des exigences du maître chanteur. C'est peut-être pour cela, se dit-elle, que nous avons fait l'amour sans joie. Cela lui permettrait peut-être de lui arracher l'autorisation de fouiller dans ses dossiers.

— J'aimerais jeter un œil sur tes dossiers, dit-elle. A propos de la contamination dont tu nous as parlé.

— Vois ça avec Taplin, il t'aidera.

Daphné ne voulait pas impliquer Howard Taplin ni aucun employé d'Adler ; elle voulait avoir un accès direct aux informations. En outre, elle craignait les bavardages.

— Le problème, dit-elle, c'est que Taplin est aussi important que toi dans la compagnie. S'il demande certains dossiers précis, et que le maître chanteur est un employé, nous prenons le risque qu'il soupçonne une intervention de la police. J'imagine que si Taplin se procure le dossier lui-même sans passer par une secrétaire, il éveillera les mêmes soupçons.

— Tu as sans doute raison.

— Or, cet individu nous a montré de quoi il était capable, et je n'ai aucune envie de vérifier si sa menace de tuer des centaines d'innocents est sérieuse ou pas. Il ne faut surtout pas qu'il sache que tu as prévenu la police. (Elle lui laissa le temps de digérer ses propos.) Je pensais aller en douce à la compagnie après la fermeture, prendre le dossier, faire une photocopie et repartir sans être vue.

— Tout ce que tu voudras.

Il la serra contre lui ; elle sentit de la peur dans son étreinte.

— Je voudrais que ce soit terminé, dit-elle.

Un ange passa.

— On ne s'attend jamais à un truc pareil, dit-il enfin. Et quand ça vous tombe dessus, on se demande ce qu'on a fait pour le mériter. Il y a un mois, on était si proches ; maintenant, je te sens distante... je te sens professionnelle. Oh, je ne m'en plains pas ! Tu ne peux pas savoir à quel point cela me soulage que tu t'en occupes, que la police intervienne... malgré les menaces. J'ai trop attendu. J'ai commis des erreurs... et je ne veux pas que tu te le reproches... ce n'est pas ce que j'ai voulu dire. C'est en croyant à mon instinct que j'ai bâti cette compagnie. Quand l'instinct vous fait défaut, ce sont les fondations elles-mêmes qui tremblent.

— Ça ne sert à rien de douter de soi. On ne bâtit rien sur le doute.

— Il faut faire avec ce qu'on a, soupira-t-il.

Le vent soufflait dans le houseboat. C'était un bruit qu'elle trouvait parfois apaisant, mais aujourd'hui, il lui semblait menaçant. Les vagues se brisaient mollement contre le quai, et on entendait au loin le bourdonnement du trafic sur le périphérique.

— Tu crois que c'est un employé ? demanda-t-elle.

— J'en ai bien peur. Cela m'épouvante parce que, même si ça fait cliché, nous sommes une famille, et être ainsi trahi par l'un des siens est la pire chose qui puisse arriver. Pourtant, tout porte à croire que c'est un employé.

— A mon avis, il y a un lien avec l'affaire de la salmonelle. C'est la psychologue qui parle, ajouta-t-elle.

— Comme j'aimerais partir loin avec toi ! confessa-t-il. Tout laisser tomber et me réveiller sur une île. Faire l'amour, boire de la bière, tranquille.

— Tu ne tiendrais pas trois jours. A quand remontent tes dernières vacances ?

— Justement.

— Tu ne sais pas ce que ça veut dire de prendre des vacances.

— Apprends-moi.

Elle rampa sur lui, se moula contre son corps, se frotta contre lui pour éveiller son désir.

— On pourrait s'apprendre l'un l'autre, proposa-t-elle.

— J'apprends vite.

Il l'embrassa. Elle sentit le désir monter. Parfois, il avait le don de lui rendre son corps d'adolescente; elle réagissait comme si elle avait encore seize ans. Son désir n'avait rien à voir avec la pénétration ou la friction... elle brûlait de se glisser sous sa peau, rêvait d'unir leurs deux âmes. C'était une sensation qu'elle ne comprenait pas tout à fait, ce qui décuplait en quelque sorte le plaisir. Tout comprendre était un de ses défauts majeurs, elle avait la manie d'intellectualiser.

— La rapidité n'est pas un qualificatif qui te convient, dit-elle. Tu es tout sauf rapide.

— Tu penses vraiment que je te préfère mon travail?

— J'ai bien peur que tu n'aies pas le choix. On peut à la rigueur changer de comportement, mais je ne crois pas qu'on puisse changer profondément.

Il lui mordilla le lobe de l'oreille.

— Je t'enverrai des fleurs tous les jours, promit-il. Et tous les jours je rêverai d'être avec toi. Dès que cette affaire sera terminée, je confierai Corky à Mrs. Crutch et nous nous cacherons dans un hôtel quelque part pour rattraper le temps perdu.

— On peut dire que tu sais manier la carotte!

Ensuite, ils firent l'amour... lentement, tranquillement, pour compenser la fois précédente qui s'était déroulée dans une sorte de précipitation frénétique. Daphné eut le sentiment qu'ils s'étaient brièvement trouvés... avec cette espèce de pureté dont elle rêvait.

Elle dormit paisiblement pour la première fois depuis des semaines, et à son réveil il était parti, laissant derrière lui un cœur dessiné au rouge à lèvres sur la glace de la salle de bains, accompagné de ces mots: «Tu me manques déjà.» Il y eut un temps, quand elle avait vingt ans, où ces sentiments mièvres l'auraient irritée, mais maintenant, plus mûre et plus sage, elle adorait cela: c'était tellement agréable de se sentir aimée et désirée.

Elle décida de ne pas nettoyer la glace jusqu'à la fin de l'enquête, une réaction puérile, certes. Mais cela lui servirait de pense-bête, et l'inciterait à davantage d'efforts.

Dans la cuisine, elle trouva la clef avec une note qui détaillait le système de sécurité du siège d'Adler Foods, ainsi que le numéro de code d'accès à entrer au clavier. Elle prit la clef qui lui parut froide.

A mesure que l'objet se réchauffait dans sa main, elle prit conscience de son importance.

10

Boldt perdit le sommeil et l'appétit. Il dut se mettre à un régime d'antiacides et de lait chaud. Au QG, on l'évitait, on se méfiait de lui. Il ne pouvait s'empêcher de penser à l'enfant qu'on allait bientôt enterrer. Il pensait à celui que portait sa femme... et tout cela n'avait aucun sens pour lui. Là où il avait besoin d'ordre et de clarté, il ne trouvait que le chaos.

Au bureau, les premiers rapports ne furent pas bons. On avait comparé par ordinateur la liste des employés d'Adler Foods à celles de Foodland et de Shop-Alert dans l'espoir de trouver un employé mécontent qui aurait changé de travail et se vengerait. Rien. Les inspecteurs affectés à un *trou noir* espèrent toujours un heureux concours de circonstances, une solution rapide, et Boldt ne faisait pas exception. Il n'en parlait pas, mais gardait un espoir secret. Cependant, la disparition de Slater Lowry, ajoutée à ce premier échec, eut vite raison de sa naïveté.

Le premier échec fut bientôt effacé par une découverte prometteuse : les tickets de caisse du supermarché de Broadway qui comprenaient les achats de soupe d'Adler Foods pendant les deux semaines précédant la maladie de Slater Lowry avaient été triés et imprimés. On en montra un listing à Betty Lowry, qui, en dépit de la mort de son fils, ou peut-être à cause d'elle, semblait très désireuse d'être utile. Au bout de quelques heures, elle affirma à Boldt qu'elle reconnaissait un reçu qui comprenait l'achat d'une boîte de soupe, d'une autre de sauce de soja et d'une cuillère en bois. C'était la cuillère en bois dont elle se souvenait le mieux. Le reçu spécifiait que le paiement avait été effectué en liquide, ce qui correspondait bien aux habitudes de Betty Lowry.

Grâce à la date et à l'heure figurant sur le reçu, Boldt contacta Shop-Alert Security et leur demanda de rechercher les bandes vidéo couvrant les deux jours précédant l'achat de Betty Lowry.

A quarante minutes de voiture de Seattle, Redmond, dans

l'Etat de Washington, était le siège de Microsoft et d'autres compagnies informatiques. Sans doute parce que son expansion avait eu lieu durant les années 80, Redmond avait tout d'une ville californienne : bouchons permanents, fast-food, pollution, et costumes Armani à tous les coins de rue.

Le siège de Shop-Alert semblait avoir été meublé avec les soldes d'une quincaillerie. Tout y était artificiel : cloisons en imitation bois, étagères en faux chêne. L'éclairage fluorescent donnait à la peau un reflet verdâtre synonyme pour Boldt de viande avariée. Les bureaux modulaires étaient exigus et sombres malgré l'éclairage cru, en partie à cause de la moquette marron-mauve qui absorbait la lumière comme un *trou noir*. Elle paraissait si sale que Boldt se dit que des germes inconnus y avaient sûrement élu domicile.

L'argent économisé sur la décoration avait été dépensé en matériel électronique dernier cri. Il y avait des ordinateurs dans tous les coins, claviers, écrans, reliés entre eux par des fils multicolores donnant à l'endroit l'aspect d'un immense plat de spaghetti.

Boldt avait déjà oublié le nom de l'informaticien minable qui l'avait accueilli à l'entrée. Ron quelque chose... ou était-ce Jon ? C'était un être particulièrement dépourvu de charme, exactement le stéréotype que Boldt s'attendait hélas à rencontrer. Il parlait du nez et clignait constamment des yeux. C'était peut-être Don, après tout. Il avait l'air d'avoir douze ans. Il portait des mocassins de blaireau à pompons et un Alphapage à la ceinture. Boldt eut soudain l'envie de remiser le sien au placard.

— Foodland fait partie de notre programme « Halte-au-Vol ». Laissez-moi vous expliquer. Quand nous recevons les vidéos de nos magasins Halte-au-Vol, des magasins comme Foodland, avant de les analyser, nous transférons les données sur disques OM — optique magnétique. C'est un peu comme les CD-ROM, mais plus adaptés à nos besoins. Ça nous permet d'effacer la bande vidéo, de la renvoyer à notre client, et de conserver les images originales. C'est ici qu'a lieu la première phase de l'analyse, dit Ron, ou Don, en désignant une douzaine de jeunes gens qui scrutaient des écrans de télévision en noir et blanc montrant des intérieurs de magasin. Nous recherchons les voleurs et les valseurs.

— Les valseurs ?

— Oui, les types qui font valser les étiquettes. Autrefois, ils décollaient l'étiquette d'un produit bon marché et la recollaient sur un produit de luxe. Les valseurs empochaient donc la différence. A cause de l'étiquetage indécollable et du système optique actuel, les valseurs se sont perfectionnés : ils arrivent dans le magasin avec des codes à barres préimprimés. Ils collent ces faux codes sur la marchandise de leur choix et quittent le magasin en ayant économisé un joli pécule. D'habitude, ils prennent deux produits de luxe mêlés à plusieurs produits bas de gamme. Les surveillants ont ainsi du mal à repérer leur manège. C'est comme ça que nous appelons toutes les techniques de vol, des « manèges ».

Original, songea Boldt.

— L'autre avantage de transférer les bandes vidéo sur des disques optiques, c'est que nous pouvons archiver des mois, et même des années de l'histoire de tel ou tel magasin, ce qui nous permet de constituer des dossiers contre les récidivistes. Les voleurs sont bien trop malins pour frapper toujours dans le même magasin, ils en changent régulièrement. Mais si on adhère au programme Halte-au-Vol de Shop-Alert, on bénéficie de données regroupées qui empêchent aux contrevenants d'obtenir une peine assortie d'un sursis. Ah, on les fait *plonger*, ces fumiers !

Boldt se promit de ne plus jamais utiliser cette expression.

— Qu'est-ce que vous avez trouvé pour moi ? demanda-t-il.

Don (?) conduisit l'inspecteur vers un bureau inoccupé sur lequel une feuille de papier pliée en deux indiquait « réservé ». Il installa Boldt devant un large écran et expliqua :

— Le réel avantage du disque OM, c'est qu'il accepte le signal digital. Nous pouvons non seulement améliorer l'image et l'agrandir, mais nous avons la possibilité de passer à la position voulue sans être obligés de rembobiner. Imaginez un microsillon où il suffit de déplacer l'aiguille pour obtenir le morceau de votre choix, et comparez cela à la cassette d'un magnétophone où il faut actionner avance rapide ou retour rapide, et vous aurez compris ce que je veux dire. Nous pouvons sauter une heure, une minute, ou vingt secondes si nous voulons, en tapant le chiffre codé de l'heure voulue. Nous pouvons couper, et monter les images sur un autre disque ; nous obtenons ainsi des archives sur les contrevenants dont je vous ai parlé. Nous pouvons aussi contrôler la partie particulièrement vulnérable d'un magasin en montant ensemble plusieurs plans d'angles morts. C'est un système très souple, en fait.

— Je ne suis pas là pour acheter, lui rappela Boldt.

— Oh, excusez-moi.

Le type vira au rouge pivoine, et se mit à jouer avec ses lunettes crasseuses.

— Comment c'est votre nom, déjà ? demanda Boldt.

— Gus.

— Gus ?

— Oui, c'est ça.

Gus s'assit à côté de Boldt. Ses doigts pianotèrent sur le clavier avec la rapidité et l'agilité de ceux de la grand-mère de Boldt maniant les aiguilles à tricoter.

— Ce que vous nous avez demandé était facile, fit Gus avec un air supérieur. Vous nous avez indiqué le rayon et quel manège chercher à repérer. Sans cela, nous aurions mis une ou deux journées à trouver. Je crois avoir trouvé votre contrevenant, bien que je ne sois pas un familier de cette sorte de manège. Déposer des produits dans un rayon, c'est pas banal. Pourquoi vous intéressez-vous à ça, au fait ?

— Espionnage industriel, mentit Boldt.

Il venait d'inventer cela de toutes pièces et se sentit plutôt mal à l'aise jusqu'à ce qu'il voie l'informaticien sourire avec enthousiasme comme si on venait de l'initier à un secret d'Etat.

— Super ! s'exclama-t-il. Voilà ce que j'ai fait : j'ai archivé toutes les images que j'ai pu trouver et je les ai classées par ordre chronologique. Voici la première vue. C'est l'entrée de Foodland prise par une de nos caméras.

Sur l'écran apparut une image en noir et blanc légèrement floue qui montrait deux battants de porte automatique. Le battant de gauche s'ouvrit pour laisser passer une personne qui portait une casquette et une veste sombre. Taille et poids moyens. Il (elle ?) tourna en entrant dans le magasin et disparut de l'écran.

— C'est notre première vue du suspect, soupira Gus. Pas terrible.

La date et l'heure s'affichaient dans le coin inférieur droit de l'écran. Le suspect était entré au Foodland le 21 juin à 17 h 02. Une heure d'affluence. Et en fin d'après-midi, quand les rayons s'étaient déjà partiellement vidés, rendant la substitution plus facile. Boldt reçut un coup au cœur : était-ce le Soudeur ?

— La prise suivante a eu lieu trois minutes plus tard. Là, il faut que je vous explique quelque chose, commissaire.

Boldt ne prit pas la peine de corriger son grade.

— Le client moyen — le client innocent — apparaît dans toutes les vidéos. Or, à part une image par-ci, par-là, notre suspect a réussi à éviter les caméras pendant près de trois minutes. Et ce n'est pas facile, vous pouvez me croire.

D'accord, Shop-Alert n'a pas installé le système de surveillance de Foodland — nous nous contentons d'analyser
leurs films — et j'ai déjà vu des systèmes plus efficaces, mais
même dans ces conditions, éviter toutes les caméras est un
véritable sport. Ça nécessite une étude prolongée des lieux, et
en plus, une bonne dose de chance. Evidemment, l'habit y fait
beaucoup. Vous noterez la veste foncée et la casquette. Des
vêtements sombres dans une vidéo noir et blanc — avec cet
éclairage, comme vous pouvez le voir — tendent à absorber
trop de lumière, ce qui sème des zones de gris autour du
sujet. Cela donne comme une ombre qui nuit à la netteté de
l'image. Les vêtements sombres empêchent de voir distinctement le visage de la femme.

— La femme? s'étonna Boldt. Je vois plutôt une forme
androgyne.

— Oui, je crois que c'est une femme.

Gus consulta l'horaire sur un registre placé devant lui, puis
tapa une série de chiffres.

— Maintenant, nous allons sauter deux minutes et cinquante secondes.

Il appuya sur la touche Entrée. Une nouvelle image apparut l'espace d'une demi-seconde, puis, quand il frappa sur
une autre touche, elle se figea. Elle représentait la même personne dans une autre partie de l'allée, la tête légèrement de
profil.

— Je vais agrandir l'image et la régler, annonça Gus.
L'écran met une à deux secondes à se rafraîchir à chaque
phase.

A l'aide de la souris, il dessina un carré autour du visage de
l'inconnue. Le carré remplit alors tout l'écran. Carré après
carré, l'agrandissement électroniquement obtenu se poursuivit, et la tête du suspect devint de plus en plus grosse. Plus la
vue se précisait, plus l'image devenait floue, parce que
«l'agrandissement nuit à la définition», ainsi que l'expliqua
Gus. Lorsque le processus fut terminé, ce que Boldt vit sur
l'écran devait surtout à son imagination et aux images précédentes. Il n'était même pas sûr de voir quoi que ce soit.

— Le bas du visage et le cou, devina-t-il.

— Bravo, commissaire!

Le gamin paraissait impressionné. Il entra de nouvelles
instructions dans l'ordinateur et s'adossa pour contempler
son œuvre.

— Bon, revoyons ce passage.

Il répéta la manœuvre plusieurs fois avant que Boldt n'intervienne.

— La casquette fait comme une bosse, nota ce dernier.

— Oui, la casquette est trop grande. Et la bosse suggère une masse de cheveux.

— Vous êtes vachement fortiche, le félicita Boldt.

— Oh, on y passe assez de temps.

Gus dessina un carré autour de l'oreille de la femme, et l'ordinateur programma une série d'agrandissements. En même temps, le film se déroula au ralenti, revint en arrière, et repassa plusieurs fois de suite. Gus ralentit encore la projection.

— Là! hurla-t-il dans les oreilles de Boldt. Il n'y a que comme ça qu'on le voit.

Il désigna le lobe de l'oreille où une marque noire clignotait.

Boldt examina la séquence plusieurs fois, et Gus eut la bonne idée de garder le silence pour le laisser se concentrer en paix.

— Un grain de beauté? questionna-t-il. Une tache de rousseur? Je ne suis pas sûr de saisir.

— Regardez le bas du lobe, conseilla Gus.

On se serait cru dans un jeu télévisé.

— L'oreille est percée! s'exclama Boldt, ce qui attira le regard des autres informaticiens. Pas une boucle d'oreille, mais un trou pour y passer une boucle. Ça ne prouve pas que ce soit une femme.

— Si on ajoute la taille et la masse de cheveux sous la casquette...

— D'accord, c'est peut-être une femme, consentit Boldt. Mais seulement peut-être.

Cela détruisait l'image qu'il s'était faite du Soudeur. Il avait toujours cru avoir affaire à un homme.

— Il faut que je voie tous ses faits et gestes, dit-il.

Le technicien lui montra les vues de la suspecte que les caméras avaient prises. A aucun moment, on ne distinguait son visage.

— C'est là qu'on reconnaît la vraie pro, s'extasia Gus. Il y a peu de voleurs à l'étalage aussi doués. Notez sa position par rapport à la caméra. Elle est dans l'allée 4: soupes et légumes. Placée comme elle l'est, elle nous empêche de voir ses gestes avec précision. Elle regarde sa montre — vous voyez? (Il repassa la séquence.) Maintenant, elle disparaît de notre champ de vision pour plus de sept secondes. Quand nous la retrouvons, elle est en train de remonter rapidement l'allée. Elle se heurte à un type qui pousse un caddie — là, vous voyez? Quand nous la récupérons pour la dernière fois, elle est en train de payer son achat en liquide — une barre de chocolat —, la tête toujours baissée, et elle sort du magasin. On a vu qu'elle regardait sa montre : elle avait chronométré les caméras, la salope.

— Ce serait donc une femme ? fit Boldt, mal à l'aise.

— A présent, regardez ça. N'est-ce pas superbe ?

L'écran prit un ton bleu nuit. Quand l'image revint, elle montrait l'allée 4. Gus entoura une zone, joua avec le clavier, et s'adossa d'un air satisfait. La zone s'agrandit plusieurs fois, les rayonnages se rapprochèrent, les produits — des boîtes de soupe — devinrent de plus en plus nets : les soupes d'Adler Foods.

— C'est là que notre bonne femme s'est arrêtée, expliqua Gus.

Il partagea l'écran en deux images identiques et dit :

— Avant et après. Vous voyez la différence ? En fait, elle n'a rien volé. Nous n'avons rien contre elle !

L'image de droite montrait cinq boîtes de soupe qui n'apparaissaient pas dans celle de gauche.

— Bon dieu, cinq ! s'étrangla Boldt, paniqué.

— Un problème ? s'enquit Gus. Eh non, elle n'a rien volé, répéta-t-il.

— Comment est-ce possible ?

— Quoi ? Les cinq boîtes ? demanda l'informaticien, qui se méprit sur la question. Vous devriez voir les vêtements qu'ils utilisent ! Tous les trucs qu'on peut planquer là-dedans ! Nous faisons des conférences sur les vêtements utilisés pour le vol à l'étalage... On croit rêver !

Boldt ne réussit à comptabiliser que deux boîtes, trois à la rigueur : la jeune Chin et Slater Lowry. Où étaient passées les trois autres ?

LaMoia, Gaynes, Danielson, et Frank Herbert étaient réunis dans la salle de briefing.

— Ecoutez tous ! lança Boldt.

Herbert, cinquante ans, était un petit gros, aussi large que haut, le crâne chauve luisant comme une boule de billard. Le divisionnaire Shoswitz se tenait à l'écart, près de la porte.

La salle de briefing de la Criminelle contenait une demi-douzaine de bureaux en Formica, un écran de projection, et un grand tableau noir couvert d'insanités et de dessins qui se voulaient humoristiques.

Boldt résuma l'affaire, expliqua sa visite au siège de Shop-Alert et la découverte des boîtes de soupe contaminées. Il avait passé l'après-midi au téléphone. Il avait la voix cassée. A moins que ce ne fussent les nerfs.

— Il nous manque des boîtes. Comme la mère de Lori Chin n'en a plus, j'imagine qu'il en reste trois dans la nature. La surveillance vidéo nous a permis de savoir le temps que le suspect a passé dans le supermarché. Grâce aux caisses enregistreuses informatisées, nous sommes en mesure de comptabiliser tous les achats par chèques ou par cartes de crédit, et de retrouver l'acheteur. Nous avons identifié trente-quatre personnes dont nous sommes certains de la présence au Foodland à l'heure précise où notre suspect s'y trouvait. Nous avons aussi identifié onze clients qui ont acheté de la soupe de grand-mère d'Adler Foods dans les quarante-huit heures qui ont suivi le dépôt en rayon des boîtes contaminées.

« J'ai déjà essayé de contacter ces onze personnes, mais je n'ai réussi à en joindre que trois. Voici la marche à suivre. Allez chez elles, récupérez les boîtes — n'oubliez pas que ce sont des pièces à conviction —, faites un interrogatoire serré pour savoir si elles n'ont pas donné des boîtes à quelqu'un ou si elles ne les ont pas oubliées dans un placard.

« Si nous avons de la chance — si nous retrouvons les trois boîtes manquantes aujourd'hui —, à partir de demain, je veux que vous vous occupiez d'interroger les trente-quatre personnes présentes au Foodland pendant le dépôt des boîtes. Bien sûr, ajouta-t-il, cette affaire est prioritaire, même si vous n'y êtes pas affectés officiellement. Ce qui signifie que vous devez poursuivre aussi les enquêtes de la Bible. Oui, je sais, c'est beaucoup de travail. Les clients en question — et ceux qui les accompagnaient, s'il y en avait — sont tous des témoins potentiels et doivent donc être traités comme tels. Téléphonez-leur d'abord, nous interrogerons de vive voix les plus intéressants. Chaque fois que vous en obtiendrez l'autorisation, enregistrez les interrogatoires. Je veux des notes les plus claires possible.

Il lança un regard vers Shoswitz.

— C'est entendu? demanda le divisionnaire. Pas de questions? Alors, au travail.

11

A 19 h 15, le lundi, sous un épais manteau de nuages qui faisait tomber la nuit plus tôt, Daphné s'introduisit dans l'hôtel particulier d'Adler Foods à l'aide de la clef d'Owen. Elle referma la porte derrière elle, puis la verrouilla. Elle devait ensuite composer le code de sécurité dans les trente secondes si elle ne voulait pas que son intrusion fût découverte.

L'hôtel particulier, quartier général des industries Adler, occupait un angle de rue dans la vieille ville. Adler Incorporated possédait le reste du pâté de maisons, nichées sous de hauts arbres, mais la grandeur victorienne et le charme de l'hôtel particulier ressortaient du lot. Trois étages et un sous-sol aménagé, quatre cheminées, huit foyers, des murs moutarde agrémentés de panneaux sculptés, des volets et des moulures blanches, coiffés de toits majestueux ponctués de paratonnerres comme autant de points d'exclamation.

Daphné avait décidé d'enfreindre la loi.

Elle n'avait pas hésité une seconde. De simples soupçons ne permettaient pas d'obtenir un mandat de perquisition, or elle n'avait que des soupçons pour justifier sa curiosité. Des enfants mouraient ; elle n'avait pas de temps à perdre à convaincre les juges et les procureurs.

Ajoutée à cela, la vague impression que Howard Taplin n'avait nullement l'intention de coopérer franchement et de lui remettre le dossier sur la contamination antérieure. Etait-ce de l'intuition ? Son instinct de psychologue ? Lors de la réunion sur le yacht d'Adler, elle l'avait senti se braquer quand le sujet avait été évoqué. A l'évidence, il ne voulait pas en parler, encore moins laisser la police fourrer son nez dans le dossier. Pourquoi ? La réunion datait de vendredi. La journée du lundi s'était déroulée sans qu'il lui propose de jeter un regard dans le dossier. Daphné craignait qu'il ne le détruise si elle insistait pour le consulter. En outre, elle avait beau être venue avec la permission d'Owen, si Taplin découvrait l'importance qu'elle attachait à New Leaf, toutes les archives en rapport avec la contamination disparaîtraient, et sans doute pour toujours.

Il y avait aussi les menaces. Ne fût-ce que pour cela, elle ne pouvait risquer d'être prise la main dans le sac, révélant ainsi qu'il y avait une enquête policière en cours. Il était plus que probable que le suspect était un employé mécontent. Or, les nouvelles iraient vite : *Hier soir, la police a fait main basse sur nos archives.* Les fax étaient clairs, en cas d'intervention de la police, des vies humaines seraient en danger. Si Daphné ratait son coup, il y aurait de nouveaux meurtres.

Elle chercha à tâtons le tableau de sécurité, de l'autre côté de la porte battante, sur sa droite, là où Owen lui avait dit qu'elle le trouverait. Il faisait trop sombre, et comme il y avait encore du monde dans les autres bâtiments d'Adler Incorporated, elle ne voulait pas allumer la lumière.

Néanmoins, il fallait absolument qu'elle voie le dossier. Le fait qu'Adler Foods ait déjà été la source d'une contamination plusieurs années auparavant avait éveillé sa curiosité. Car si la plupart des crimes étaient commis sans mobiles facilement identifiables, son instinct de psychologue lui disait que cette affaire était différente à en juger par la formulation des fax.

Elle se guida contre le mur d'une main tremblante à la recherche du tableau tandis que ses yeux s'habituaient peu à peu à l'obscurité. Là ! Derrière la porte, caché par un rideau couleur acajou. Elle ouvrit le couvercle du tableau. Une lumière rouge clignotait, menaçante. Elle entra le code d'un doigt fébrile. La lumière rouge s'éteignit, une verte s'alluma. Elle entra le code de sécurité une seconde fois, pour rebrancher l'alarme comme Adler le lui avait conseillé, afin que personne n'entre par effraction pendant qu'elle se trouvait sur les lieux.

Elle n'était pas venue souvent, et à chaque fois dans la journée quand l'hôtel particulier grouillait d'activité. Le silence quasi total, uniquement troublé par le léger murmure de la ventilation, lui parut inquiétant, presque sinistre. L'endroit était immense, le plancher gémissait sous ses pas et une vieille horloge de grand-père égrenait les secondes avec un bruit sec. Vivant seule, Daphné était habituée à la solitude, mais la nature clandestine de sa mission, ajoutée à sa méconnaissance des lieux, donnait à l'atmosphère une aura de mystère et transformait le moindre courant d'air en un péril menaçant.

— Y a quelqu'un ? cria-t-elle.

Jugeant qu'elle était réellement seule dans cette sorte de

musée où tous les meubles étaient anciens, elle retourna dans le hall d'entrée et s'arrêta en haut de l'escalier en colimaçon qui menait au sous-sol. Elle hésita une fraction de seconde, puis descendit avec précaution les marches qui s'enfonçaient dans l'obscurité. Adler lui avait décrit l'aménagement du service du secrétariat et indiqué la pièce où se trouvaient les archives, mais cela ne rendait pas ses déplacements plus faciles dans cette obscurité totale.

Elle désirait le dossier plus que tout, mais elle commençait à regretter d'être venue seule.

Son cœur se mit à battre plus fort, son souffle s'accéléra. Elle tripota nerveusement les deux clefs comme un chapelet, et tordit le ruban usé qui les attachait.

Dans la lueur rougeâtre du panneau qui indiquait la sortie, elle devina cinq ordinateurs qui équipaient les bureaux des secrétaires, isolés chacun par une cloison. Sur le mur, une rangée d'horloges indiquait l'heure locale à Rome, à Londres, à New York, à Denver, à Seattle et à Tokyo. Un calendrier pendait en dessous, barbouillé de traits, de flèches et de notes. La pièce des archives, marquée PRIVÉ, se trouvait sur sa droite. La deuxième clef l'ouvrit.

Daphné s'attendait à trouver des rayonnages de classeurs métalliques. Mais, la pièce ne renfermait que deux ordinateurs dont les écrans étaient allumés, deux photocopieurs, une imprimante laser, et deux scanners couleur. Sur la gauche, une douzaine de coffrets emplissaient une étagère murale. D'autres étagères habillaient le mur de droite, et deux grandes poubelles vertes portaient les annotations : recyclage B & N, et recyclage Couleur. Sous les ordinateurs, plusieurs tiroirs contenaient des disques optiques rangés dans des coffrets en plastique. Ils ressemblaient à des CD et étaient numérotés de 1 à 131. Les coffrets comprenaient de nombreuses cases vides.

Comme la pièce n'avait pas de fenêtre, Daphné alluma le plafonnier, laissa la porte entrebâillée, et s'installa devant l'ordinateur de droite. Les deux ordinateurs étaient identiques. Leur clavier et leur écran étaient frappés du même sigle : FIDIN — Fichier Digital Informatique. Adler l'avait prévenue que les logiciels les plus confidentiels étaient protégés, et lui avait remis un passe en plastique muni d'une bande magnétique de la taille d'une carte de crédit. Daphné actionna la touche de fonction adéquate, et glissa le passe dans la fente située à la droite du clavier.

Voilà, elle avait obtenu accès aux archives.

Elle naviga prestement à travers une série de menus, aboutit à un index alphabétique organisé en quatre rubriques: (C)atégorie, (S)ujet, (D)ate, (A)uteur. Le système ressemblait à celui utilisé dans les bibliothèques. FIDIN était un fichier d'archives qui faisait apparaître sur l'écran les images du document choisi. L'index, par rubriques ou par titres, renvoyait à l'un des disques optiques numérotés; un (a) spécifiait que le document original avait été conservé ou qu'une copie en avait été effectuée.

La rubrique «Assurance» comprenait dix-sept sous-titres. Daphné les parcourut lentement. Plusieurs fichiers retinrent son attention, parmi lesquels *Protection Globale Administrative*, et *Catastrophes*, avec des sous-catégories:

Catastrophes
Naturelles
Criminelles
Ecologiques
Santé

Le mot *Criminelles* fit tilt. Daphné sélectionna la catégorie; l'ordinateur lui demanda d'introduire le disque optique correspondant. Lorsqu'elle le glissa dans le lecteur, un autre menu apparut. Il y avait plusieurs affaires répertoriées, dont une intitulée Assurance & Couverture. Elle sélectionna cette dernière et la police d'assurance apparut sur l'écran, avec dans le coin inférieur droit «Page 1 à 17». Daphné choisit une icône qui représentait une loupe, et obtint un agrandissement du document. Les premières pages étaient remplies d'un verbiage obscur définissant les activités criminelles à l'intérieur et à l'extérieur d'Adler Foods — ce qui constituait légalement le délit et ce qui n'en faisait pas partie. Daphné n'était pas avocate, et c'était clairement du langage d'avocat, mais l'extorsion et le chantage, à condition d'être certifiés par la police (on ne spécifiait pas ce que «certifiés» signifiait), étaient tous deux couverts par l'assurance... jusqu'à la somme limite de cinq millions de dollars pour une éventuelle rançon.

Le chiffre s'attarda dans son esprit: *cinq millions de dollars!*

Page quatre, troisième paragraphe: *Produits de consommation trafiqués*. Daphné déglutit péniblement et jeta un regard autour d'elle pour s'assurer qu'elle était bien seule. Elle frissonna, le ventre noué.

Le texte qui suivait était en termes légaux et semblait dire que tous les coûts de publicité, de développement, de distribution, de promotion, de production, et d'affichage pour réintroduire dans le public une ligne de produits à la suite d'une activité criminelle intérieure ou extérieure à l'entreprise — «voir plus haut» — étaient couverts à hauteur de quatre-vingts millions de dollars.

Daphné suffoqua : *quatre-vingts millions de dollars !* Victime d'un délit criminel, Adler Foods toucherait une compensation afin de remettre ses produits sur le marché. Daphné fut prise d'un doute : on pouvait ainsi utiliser le remboursement afin de redessiner, de remballer, de réintroduire un produit ou une chaîne de produits aux frais de la compagnie d'assurances. Il suffisait pour cela de convaincre la police qu'un crime avait été commis, ce qui signifiait la constitution d'un épais dossier policier. Ce dossier existait, nul doute. Heureusement qu'elle avait fait appel aux services de Lou Boldt. Adler Foods avait déjà retiré de la circulation les boîtes de soupe de grand-mère au poulet, et Howard Taplin avait prétendu que cela leur avait coûté deux cent cinquante mille dollars. Or, d'après le contrat d'assurance, Adler Foods ne payait pas un nickel. Pourquoi Howard Taplin avait-il menti ?

Daphné eut la chair de poule, son estomac se révulsa, sa bouche devint sèche, ses mains moites. Elle desserra son foulard. Elle manquait d'air.

Elle retourna dans les index, cliqua sur la lettre N et trouva une entrée pour New Leaf Foods, le nom d'origine de la compagnie avant qu'Adler ne déclenche une vaste réorganisation de ses sociétés quelques années auparavant. Elle trouva la disquette appropriée, l'inséra dans le lecteur, appuya sur la touche Entrée et tomba sur un autre index. Elle parcourut diverses catégories, ébahie par la richesse des informations et la facilité avec laquelle elle y accédait.

Elle parcourut les documents légaux de New Leaf Foods, puis utilisa la fonction Rechercher pour localiser tous les fichiers qui contenaient le mot *contamination*. Réduire le fruit de ses recherches aux lettres d'affaires et aux notes échangées entre New Leaf et le ministère de la Santé de l'Etat de Washington lui prit dix autres minutes. D'après l'index, tous ces documents existaient aussi sur papier.

La première lettre faisait référence à une communication en provenance du ministère de la Santé alertant New Leaf de la possible contamination de certaines soupes. Howard Taplin s'était chargé de la correspondance qui avait suivi, et à en juger par le ton des courriers, il s'était montré coopérant mais avait nié toute responsabilité de la part d'Adler Foods. La contamination avait entraîné un rappel des produits.

Les lettres étaient archivées par ordre chronologique.

Parmi elles, Daphné découvrit une copie d'un rapport du laboratoire du ministère de la Santé montrant les analyses de la soupe au poulet de New Leaf. Daphné gardait en mémoire les détails de la mort de Slater Lowry, et la similitude entre les deux crimes la frappa.

Elle lut avidement la correspondance, à la recherche de détails complémentaires. Les pages défilèrent sur l'écran. Il y en avait trop pour qu'elle les lût attentivement, mais elle en parcourut l'essentiel. Elle retourna à la fonction Rechercher, entra le mot « Poulet », ce qui sélectionna des douzaines de documents. Elle entra alors le mot « Volaille » et obtint six fichiers. Dans le troisième, elle trouva le nom « Ferme Bellevue ».

L'adresse était une petite route de campagne à Sasquaw, dans l'Etat de Washington. Elle nota le nom, le numéro de téléphone et reprit la lecture rapide des autres documents. Procès, appels, cassations. La Ferme Bellevue avait été condamnée pour la contamination, New Leaf innocenté.

Le mot *Salmonelle* accrocha son regard. Elle agrandit l'image.

Daphné s'aperçut par la suite que si le rapport du laboratoire n'avait pas été sauvegardé, si elle n'avait pas utilisé un écran large permettant un agrandissement de l'image grâce à l'icône Loupe, elle n'aurait peut-être pas remarqué les modifications apportées aux documents. Parmi ces modifications, une date — le 15 septembre — qui n'était pas en parfait alignement avec le reste du texte. Daphné passa les quinze minutes suivantes à étudier le document. Elle découvrit cinq autres modifications ou falsifications certaines. Six ou sept possibles. Satisfaite, elle se cala dans son fauteuil et poussa un profond soupir. Le rapport du laboratoire avait été sans aucun doute possible falsifié. Pourquoi? Et par qui? Que signifiait tout ceci?

Deux idées la hantaient. Elle voulait imprimer le document pour le montrer à Boldt, et peut-être à Adler. Elle voulait aussi voir le document original pour l'examiner et, si possible, le faire analyser par le laboratoire de la police. Elle était de plus en plus persuadée que la contamination à la salmonelle avait un rapport avec le chantage actuel. Qu'elle ait eu tort ou raison, elle brûlait d'envie d'en savoir plus.

Le document était toujours à l'écran, elle choisit l'icône Imprimer, mais un message lui demanda de vérifier l'imprimante. Elle avait oublié de la brancher. Elle le fit, mais cela ne donna rien. L'imprimante ne répondait pas.

Elle suivit le câble jusqu'à la prise, découvrit un boîtier qui ne lui était pas familier. C'était un alternateur qui fonctionnait avec une clef : une boîte métallique munie d'une serrure verrouillait l'imprimante et empêchait le courant de circuler. Elle essaya la clef qu'Adler lui avait donnée, mais elle ne correspondait pas. Avait-il oublié de lui remettre la clef de l'alternateur ou ne voulait-il pas qu'elle copie un document sans lui en demander l'autorisation préalable ?

Un bruit lui fit tourner la tête. Par la porte entrebâillée, elle vit une lumière rouge clignoter deux fois sur le mur du pool de sécurité : il était identique à celui qu'elle avait utilisé au rez-de-chaussée.

Elle connaissait suffisamment les alarmes de sécurité pour comprendre que le signal rouge indiquait qu'on était entré dans l'hôtel particulier.

Il y avait quelqu'un d'autre dans les lieux. Quelqu'un qui possédait une clef.

Peu après le clignotant rouge vira au vert. L'inconnu avait entré le code et réarmé le système.

Daphné reporta son attention sur l'écran. Qui que fût l'inconnu, elle ne voulait pas qu'il la trouve en train de visionner le rapport du laboratoire sur la contamination de New Leaf. Elle essaya de fermer le fichier, mais n'obtint qu'un nouveau message en surimpression disant qu'elle avait réclamé l'impression du document et que l'imprimante ne répondait pas. « Vérifier impression », disait la boîte de dialogue. Elle frappa Annuler, mais n'obtint que l'effacement de la seconde boîte de dialogue. La première concernant l'erreur d'impression resta sur l'écran. De même que le rapport du laboratoire.

Combien de temps lui restait-il avant d'être découverte ? Comme pour répondre à cette question, un rai de lumière filtra sous la porte. L'inconnu avait allumé l'électricité dans l'escalier. Il venait au sous-sol.

Sur l'écran de l'autre ordinateur, l'économiseur d'écran faisait danser des formes géométriques. Ce système se mettait en route lorsqu'on n'avait pas utilisé le clavier pendant un laps de temps prédéfini. Daphné n'avait aucun moyen de savoir au bout de combien de temps l'économiseur se mettrait en marche sur son propre écran, mais elle comprit aussitôt que c'était sa seule chance de ne pas dévoiler à l'inconnu le fichier sur lequel elle travaillait, car elle ne pouvait pas le fermer à cause du message d'erreur. Pour continuer à essayer, elle devrait utiliser le clavier, empêchant ainsi l'économiseur de se déclencher. Mais, même une fois que cela serait fait, une simple pression sur une touche ferait réapparaître le texte à l'écran. Son destin ne lui appartenait pas, le lancement de l'économiseur d'écran étant automatique, elle n'avait plus qu'à attendre le bon vouloir de l'ordinateur.

Elle ôta ses mains du clavier et encouragea mentalement la mise en veille, tout en jetant des regards inquiets vers la porte entrebâillée d'où elle apercevait le pool des secrétaires. Elle songea à s'enfermer pour gagner du temps, mais elle devrait ensuite fournir des explications et éveillerait ainsi la curiosité de l'inconnu.

Le rapport du laboratoire restait sur l'écran. Celui de l'autre ordinateur continuait de diffuser des étoiles filantes. La mise en veille d'un écran se mettait parfois en route au bout d'une minute, de cinq, ou même de dix ou de vingt. Daphné ignorait comment était programmé celui-ci. Si l'inconnu était un veilleur de nuit, elle n'avait rien à craindre. Il ne s'intéresserait pas à ce qu'elle était en train de visionner. Toutefois, si c'était un employé, les choses ne seraient pas aussi simples. Il reconnaîtrait certainement le document et risquait de poser des questions embarrassantes.

Le rapport était toujours affiché sur l'écran. «Tu vas t'éteindre, fumier!» siffla-t-elle, prise d'une envie irrésistible de défoncer l'engin.

Mais la psychologue reprit le contrôle d'elle-même. Afin de gagner du temps et de permettre à l'économiseur de se mettre en marche, elle se leva et sortit de la pièce en coup de vent. Elle poussa un cri de surprise en manquant renverser l'inconnu. Elle se recula d'un pas, et se retrouva en face de Kenny Fowler.

— Ouah! s'exclama-t-il en rajustant sa veste. C'est vous!

Il jeta un œil vers la porte ouverte.

— On nous a appris que quelqu'un s'était introduit dans l'immeuble.

— Owen m'a donné sa clef. Il ne voulait pas attirer l'attention.

— Sa clef? Les dossiers? Je croyais que Howard...

— Je ne voulais pas déranger M. Taplin.

Fowler ne parut pas convaincu. Il jeta un nouveau regard vers la pièce.

— Vous n'étiez pas dans le registre d'entrée, expliqua-t-il. Personne n'était autorisé à pénétrer au siège, ce soir. Avec cette sale histoire... nous filtrons les autorisations. Votre venue a éveillé l'attention de mes gardes.

Elle afficha un air délibérément incrédule. Elle avait l'impression qu'il exagérait son inquiétude.

— J'étais dans le coin, fit-il pour se justifier, devinant sa pensée. C'est moi qui ai reçu l'appel.

Il tira sur ses boutons de manchette. Il paraissait nerveux.

— Vous avez été tout de suite au sous-sol, rappela-t-elle.

Comment pouvait-il savoir où elle se trouvait? Elle n'avait pas allumé la lumière.

— Eh oui, dit-il, nous avons un bon système de sécurité.

Elle en déduisit qu'il savait que quelqu'un s'était introduit dans la pièce des archives. Surveillait-il l'immeuble? Ou plus particulièrement les archives?

— Je peux vous aider? proposa-t-il.

Il fit un pas de côté pour mieux voir la pièce.

— Non, merci. Ça ira.

Elle savait que Kenny Fowler raconterait tout à Howard Taplin. Les deux hommes semblaient très complices.

— Vous avez trouvé quelque chose sur les employés? demanda-t-elle, sachant qu'avec l'accord d'Owen, Boldt avait confié l'enquête interne à Fowler.

Cette décision avait permis d'éviter la présence de policiers dans les locaux d'Adler Foods et chez ses fournisseurs, présence qui aurait risqué de rendre furieux le maître chanteur.

— On cherche, répondit Fowler, qui fit un nouveau pas de côté. Alors, comme ça, il vous laisse ses clefs?

Il semblait presque jaloux. Ils se dévisagèrent d'un air soupçonneux. Bien que sur la défensive, Daphné se sentait d'humeur agressive. Si le rapport du laboratoire était toujours sur l'écran, Fowler le verrait car il avait bien l'intention d'entrer dans la pièce, avec ou sans son accord. Sans doute parce que cela faisait partie de son travail, ou peut-être par simple curiosité. Mais peut-être aussi que Taplin le lui avait demandé. Fowler savait que quelqu'un se trouvait dans la pièce des archives avant même de pénétrer dans l'immeuble. Daphné connaissait son professionnalisme et elle comprenait qu'il veuille protéger la compagnie.

Elle refusait de croire que Taplin ait manigancé un crime afin d'obtenir l'argent de l'assurance qui lui aurait permis de redessiner une ligne de produits. Pourquoi en arriver à de telles extrémités? Cela n'avait aucun sens, à moins que la compagnie ait connu des problèmes financiers en dépit des apparences. Owen lui aurait-il caché cela? Quoi qu'il en fût, elle devrait enquêter là-dessus. Ce qu'elle avait vu sur l'écran prouvait qu'il y avait eu contamination antérieure et des falsifications de documents. Daphné avait besoin d'en avoir le cœur net. Pour l'instant, elle décida de garder ses découvertes pour elle.

Fowler la contourna et poussa la porte. Daphné se retourna à temps pour voir que les deux écrans affichaient les étoiles filantes de l'économiseur. Ouf, elle était sauvée!

Fowler s'installa devant le premier ordinateur — celui qu'elle n'avait pas utilisé — effleura le clavier, et le menu d'entrée apparut.

— Vous n'avez pas été bien loin, remarqua-t-il. Je peux peut-être vous aider.

— Non, merci.

Elle regarda le second clavier. Si Fowler frappait une touche, s'il heurtait la souris, l'écran se rallumerait, et il verrait le rapport falsifié.

— Qu'est-ce que vous cherchiez, au juste ? demanda-t-il en faisant défiler une série de menus. La Sécurité a son propre terminal, ajouta-t-il, voyant que Daphné s'étonnait de ses compétences.

— Je veux surtout ne pas être dérangée, dit-elle, ce qui le fit grimacer. Merci quand même, Kenny.

— Quoi ? Qu'est-ce que vous racontez ? Ne pas être dérangée ? Mais on travaille ensemble, vous l'avez oublié ? D'accord, je ne suis plus des vôtres. J'ai quitté la police pour avoir une meilleure paie ? Et alors, c'est un crime ?

— Non, je voulais être tranquille, c'est tout.

— Je sais ce que vous autres pensez de moi.

— C'est absurde.

— Vraiment ? Vous croyez que j'ai déserté… que j'en palpe, et que je fuis les responsabilités. Eh bien, allez vous faire foutre !

— Non, Kenny, vous savez bien que je ne pense pas ça. Je n'ai rien contre votre décision.

— Les autres, si. Vous le savez très bien.

— Je désire jeter un œil sur les dossiers, c'est tout.

— Je vais vous aider. Je vous l'ai déjà proposé. Je connais la configuration du système.

Daphné avait du mal à se concentrer. La proximité du second clavier et la tendance de Fowler à s'animer la rendaient nerveuse. Elle finit par abandonner, et, dans l'espoir de se débarrasser de lui, lui demanda de visionner les dossiers des employés masculins diplômés ayant accès à l'usine de production de la soupe de grand-mère au poulet. Elle réalisa une seconde trop tard qu'elle empiétait ainsi sur le domaine de Fowler. Contre toute attente, il ne protesta pas, mais pianota sur le clavier, avec une remarquable dextérité, et sortit les fichiers respectifs en moins de deux.

— Puis-je en avoir une copie-papier ? demanda Daphné, espérant l'obliger à brancher l'imprimante.

Fowler tapota le boîtier de sécurité, et expliqua :

— Avec ce truc-là, c'est impossible.

Il passa une main sous le rebord du bureau, à la recherche d'une clef. Daphné s'en voulut de ne pas y avoir pensé. Après tout, l'aide de Fowler allait lui être utile.

— Si je connais bien Suzie... commença-t-il.

Il abandonna sa recherche et se dirigea vers le pool des secrétaires. Elle l'entendit ouvrir un tiroir.

— L'ennui avec le système de sécurité d'une entreprise, c'est qu'une secrétaire peut tout ficher par terre.

Quand il revint, son Alphapage se mit à sonner. Il tenait la clef de l'imprimante au bout d'une chaînette, et la balançait comme une carotte devant les yeux de Daphné. Elle faillit la lui arracher des mains.

— Il faut que je réponde à cet appel, dit-il.

Il surprit son regard, coula un œil vers la clef, puis vers Daphné.

Il lui lança la clef.

Elle vola à travers la pièce en direction du second clavier. Si Daphné la loupait au passage, la clef atterrirait sur une touche et actionnerait l'écran. Fowler verrait le rapport du laboratoire. Daphné attrapa la clef au vol à dix centimètres au-dessus du clavier. Mais son coude heurta la souris et l'écran s'alluma, révélant le rapport falsifié.

Le son de la voix de Fowler l'électrifia : elle était découverte. Puis elle s'aperçut qu'il ne s'adressait pas à elle ; il téléphonait de l'autre pièce.

Elle introduisit prestement la clef dans le boîtier de sécurité de l'imprimante, et la tourna. La lumière témoin s'alluma, la machine bourdonna, et l'écran de l'ordinateur scintilla.

Un nouveau message apparut. Daphné ne réussit pas à le lire, elle ne vit que les mots :

Annuler l'Impression
Oui   Non

Elle déplaça la souris, cliqua sur « Oui ». Le message d'erreur disparut de l'écran.

— Entendu, dit Fowler et il raccrocha.

Tandis que Fowler revenait, Daphné, la gorge serrée, manipula la souris : *Fichier... Fermer... Menu... Menu Principal...*

Le rapport du laboratoire quitta l'écran, remplacé par le menu principal.

Fowler franchit la porte.

— C'est assez facile, une fois qu'on a pris le coup, dit Daphné.

Elle avait le visage en feu ; ses doigts tremblaient. Allait-il s'en apercevoir ?

— Merci encore, dit-elle, espérant se débarrasser de lui.

— Vous n'avez plus besoin de moi ? demanda-t-il. J'ai un truc à faire.

— Ça ira.

— Remettez la clef dans le tiroir du milieu, deuxième bureau, expliqua-t-il. Il va falloir que je sévisse, c'est pas normal que cette clef traîne.

— Je la remettrai en place, dit-elle.

Mais sa voix se brisa et il lui jeta un drôle de regard. Il coula un œil vers les deux écrans, et Daphné songea qu'il devait se demander pourquoi elle n'était pas assise devant l'autre ordinateur. Mais il ne dit rien.

— Utilisez le même code de sécurité quand vous sortirez, lui demanda Fowler, puis il se dirigea vers l'escalier.

Quelques instants plus tard, Daphné s'était enfermée à double tour dans la pièce des archives. Les premières pages du rapport du laboratoire du ministère de la Santé tombèrent dans le bac en plastique de l'imprimante.

Daphné ne perdit pas de temps à plier les pages, elle les glissa encore chaudes dans son sac.

12

Le mardi à 7 heures du matin, Daphné adressa à Owen
Adler un fax qui disait simplement: «Dix-huitième niveau;
8 heures», sachant qu'il reconnaîtrait le petit cœur qu'elle
dessinait sur toute sa correspondance. L'avantage d'être
intimes, songea-t-elle, c'est qu'on se comprend à demi-mot. Ils
avaient visité les écluses lors de leur premier rendez-vous.

A 8 heures, sous des nuages noirs menaçants et par une
température trop froide pour un mois de juin, Daphné gara
sa Honda au nord des écluses. Là où les eaux sombres de
Lake Union se jetaient dans l'estuaire de Puget Sound, le
Génie de l'armée U.S. avait construit une série d'écluses afin
de corriger la différence de niveau entre les deux plans d'eau,
effaçant ainsi les anciennes cascades.

Daphné se hâta à travers le parc verdoyant sans accorder
un regard aux massifs de fleurs ou aux chiens qui faisaient
leur promenade matinale en tirant leur maître par la laisse.
Elle dépassa l'entrée des bâtiments administratifs où on vendait des cartes postales.

Un ketch de neuf mètres baptisé *Fougère* attendait qu'on
évacue l'eau dans l'écluse en aval. Le bassin se vida tandis
que les employés et un jeune couple protégeaient les pare-
chocs du ketch. Daphné traversa l'étroite passerelle d'un pas
vif sans s'apercevoir que les employés se retournaient sur son
passage, et sans remarquer les regards concupiscents qu'ils
se jetèrent. Elle dépassa les vannes, et suivit les signes indiquant le passage pour poissons. En dessous, sur sa droite, des
formes argentées sillonnaient les eaux tumultueuses et scintillaient comme des couteaux. Il y eut une explosion d'écume
quand un saumon fit un bond d'un mètre hors de l'eau puis
replongea et disparut.

Daphné descendit les marches et entra dans le bunker en
ciment de la salle d'observation sous-marine où une voix
enregistrée clamait dans les haut-parleurs:

— Vous vous trouvez au dix-huitième niveau.

Vêtu d'un costume bleu nuit et d'une chemise rose avec des manchettes, Owen Adler était assis sur le banc, seul devant la vitre d'observation sous-marine. Il regardait un énorme saumon qui agitait lentement la queue pour se maintenir à contre-courant. La voix du guide résonnait dans les haut-parleurs. Daphné baissa le son. Elle s'approcha de Owen et ils s'embrassèrent non comme des amants, mais comme de vieux amis. Ce manque de tendresse la chagrina.

— Tu n'as pas été suivi ? demanda-t-elle.

— Non, pas que je sache. Et toi ?

— Moi non plus.

— Ça me fait plaisir de te voir, dit-il. Comment ça s'est passé hier soir ? Tu as pu entrer ?

— Fowler m'a trouvée.

Elle lui raconta les péripéties de la veille.

— J'ai plusieurs questions à te poser. Ce ne sont pas des questions faciles, mais j'ai besoin de réponses franches. Au cas où les réponses ne me satisferaient pas, je t'avertis que je préférerais abandonner l'affaire, démissionner de la police, même, plutôt que de trahir ta confiance. Je ne sais pas comment tu ressens la situation, mais moi, ça ne me plaît pas du tout d'être tiraillée entre mon travail et toi.

— Tiraillée ? Mais on travaille ensemble ! J'attends tes questions avec impatience, ajouta-t-il, inquiet.

Daphné contempla brièvement le saumon, un monstre de près d'un mètre. Son périple l'avait conduit de l'Océan à cette écluse pour poissons, et l'emmènerait bientôt dans les eaux de Lake Union... un long et pénible voyage.

— La compagnie est assurée à hauteur de quatre-vingts millions de dollars en cas de contamination criminelle d'un produit. Quelle est la situation financière ? Se peut-il qu'un de tes proches ait créé cet incident pour obtenir l'argent de l'assurance afin de dessiner une nouvelle ligne de produits ?

L'étonnement scandalisé qu'elle lut sur le visage d'Owen lui confirma qu'il n'avait jamais entendu parler d'une chose pareille, et qu'il ne l'avait même pas envisagée une seconde.

— Tant que ça ? réussit-il finalement à articuler. Quatre-vingts millions ?

— C'est tout ce que tu as à dire ?

— La situation financière ? Adler Foods s'est développé sur le plan international, Daphné. Nous jonglons avec notre comptabilité pour satisfaire ceux qui nous financent. Il n'est pas bon de réaliser trop de bénéfices, nous entamons donc nos profits pour investir et nous développer. Ce faisant, nous nous endettons. C'est une énorme machinerie. Mon travail consiste à éviter qu'elle ne se grippe car c'est le mouvement qui soutient la croissance, et qui par conséquent accroît nos actifs. Il peut arriver que nous soyons fortement endettés, si c'est ce que tu me demandes. Mais la ligne de produits est bien dessinée et le marché correctement ciblé. Je ne vois aucune raison de changer de politique. Non, il serait absurde de faire une chose pareille.

— Si tu voulais dessiner une nouvelle ligne de produits, pourrais-tu la financer ?

— Maintenant ? Tout de suite ? Nous essayons de pénétrer le marché européen. Pour l'instant, nos ressources sont plutôt minces.

— Quelqu'un a-t-il récemment suggéré que vous dessiniez une nouvelle ligne ?

— Dans la société ? Mais de telles suggestions sont courantes, Daphné. Ecoute, nous avons découvert un créneau : des produits biologiques light — soupes, plats congelés, desserts. Pendant un certain temps, nous n'avions pas de concurrents ; c'était notre créneau exclusif. Cette époque est révolue ; nous subissons des attaques de toutes les grosses compagnies. Il y a toujours quelqu'un chez nous pour penser que nous avons une mauvaise image de marque, qu'avec de subtiles modifications nous gagnerions les parts de marché qui nous échappent actuellement. J'encourage les critiques constructives. Certains demandent une plus grande unification de nos produits, d'autres sont favorables à une plus grande diversification. Inventer une nouvelle ligne pour nos boîtes ? Certains y pensent constamment. Crois-moi, sur ce plan, j'ai tout entendu. (Owen l'étudia attentivement.) Tu es en train de me suggérer que, devant ma résistance, quelqu'un a pu envisager un crime pareil pour voir ses idées se concrétiser. Je n'y crois pas une seconde. C'est de la folie pure ! Nous perdons des parts de marché, d'accord. Notre pénétration en Europe a vidé nos poches, c'est évident. Mais de là à recourir à de telles extrémités, c'est impensable.

Un autre saumon géant pénétra dans l'aquarium. Celui qui l'avait précédé disparut vers le dix-neuvième niveau. Daphné et Owen regardèrent la scène tandis que la voix du guide énumérait les zones de reproduction.

— Parle-moi de la Ferme Bellevue, dit Daphné.

Elle contemplait la vitrine de Plexiglas tout en surveillant l'arrivée d'un éventuel visiteur. Les touristes ne viendraient pas avant 10 heures, il n'y aurait personne s'il pleuvait.

— Ça remonte à loin, dit Owen. Tu as retrouvé le nom dans les archives ?

Elle ne répondit pas. Etonné par l'aspect effrayé et épuisé du nouveau saumon, elle se dit que la mer était un milieu plus hostile qu'elle ne l'avait cru. Les mâchoires de l'énorme poisson se mirent à battre en même temps qu'il gonflait ses ouïes.

— C'était un fournisseur à l'époque de New Leaf. Une petite entreprise familiale. Une ferme de volaille. De braves gens qui faisaient de bons produits.

— Des produits contaminés.

— Tu parles de la salmonelle? Ah, tu as trouvé ça aussi! C'était ce que tu voulais, non? fit-il d'un ton de reproche. Franchement, ça m'a surpris à l'époque. Mark Meriweather produisait de bonnes volailles, il dirigeait une entreprise saine. C'est pour ça que nous avons fait affaire avec lui au début.

— C'était déjà de la soupe au poulet, Owen. On ne peut pas ignorer ce genre de coïncidence. Une entreprise fermée — ruinée — à cause d'une série de procès directement liés à ton ancienne société. J'ai besoin d'une réponse précise... (Elle attendit un instant avant de poser sa question.) Savais-tu que le rapport du laboratoire du ministère de la Santé, qui accusait la Ferme Bellevue de la contamination à la salmonelle, avait été falsifié?

— Répète.

— Falsifié. Modifié. Tronqué.

La stupeur d'Owen convainquit Daphné de son innocence. L'angoisse qu'elle avait ressentie se dissipa. La sueur qui coulait le long de son dos la fit soudain frissonner. Owen ouvrit la bouche, mais aucun son n'en sortit.

— Je n'ai aucune preuve, déclara Daphné. Pas encore, en tout cas. Mais si quelqu'un du ministère de la Santé a falsifié le rapport afin de faire condamner la Ferme Bellevue, cela donne un sérieux mobile à notre maître chanteur, et peut nous aider à l'identifier.

— Ça remonte à quatre ans, peut-être cinq.

— Le vrai plaisir dans une vengeance se trouve surtout dans les préparatifs. Bizarrement, son exécution elle-même est souvent décevante. C'est une des raisons qui incitent les gens à attendre parfois des années avant de passer à l'acte. Les crimes motivés par la vengeance sont souvent difficiles à prévoir à cause de ça.

Un jeune couple entra, main dans la main. Daphné contempla les variétés de poissons. La jeune femme lui dit:

— Ils sont beaux, n'est-ce pas?

Daphné esquissa un sourire, puis attendit cinq bonnes

minutes que le couple s'en aille. Lorsqu'elle fut de nouveau seule avec Adler, elle déclara :

— J'ai besoin de voir les archives de New Leaf — les doubles sur papier des documents que j'ai visionnés hier. Il me faut l'original du rapport du laboratoire.

— Pourquoi ne pas le demander au ministère de la Santé ?

— Si un employé du ministère a falsifié le dossier, je préférerais en être sûr avant d'y aller. Tout cela pourrait bien déboucher sur des arrestations et, dans ce cas, on obtiendra sans doute des éclaircissements.

Le gros saumon s'agita tandis que des petits poissons envahissaient l'aquarium. Au bout de quelques instants, le calme revint. Les poissons ouvraient leur bouche comme s'ils parlaient, comme s'ils imitaient Owen et Daphné pour se moquer.

— Tu me feras entrer ?

— Hein ? fit Adler, perdu dans ses pensées.

— Tu me feras entrer sans attirer l'attention ?

— Bien sûr.

— Sans qu'Howard Taplin l'apprenne ?

— Tu ne crois tout de même pas que...

— Pas de question, coupa-t-elle. Mon métier veut que je suspecte tout le monde. C'est pas que ça me fasse plaisir.

— J'imagine que Meriweather a été ruiné, ou peu s'en faut. Ça a dû le démolir. Et sa femme ? Qu'est-ce qu'elle devient dans tout ça ?

Daphné hésita une seconde. Elle aurait préféré ne pas répondre, mais elle jugea que la franchise devait être partagée et qu'elle lui devait la vérité.

— C'est le suspect numéro un, déclara-t-elle.

Le saumon se tourna d'un coup et mordit méchamment un de ses petits compagnons. L'eau se brouilla, agitée par ses mouvements. Lorsqu'elle s'éclaircit de nouveau, Daphné s'aperçut que le gros saumon était seul et que, devant la vitrine, le banc était vide.

13

Daphné arriva au commissariat à 8 h 30, encore tout excitée par sa découverte. Elle attrapa Boldt par le bras et l'entraîna sans explications dans son bureau. Elle referma la porte d'un coup de pied.

— Voilà cinq ans, commença-t-elle en cherchant son regard, le ministère de la Santé a accusé New Leaf de vendre de la soupe au poulet contaminée. A la suite d'analyses pharmaco-logiques, une entreprise familiale du nom de Ferme Bellevue, située à Sasquaw, a été reconnue coupable.

Elle lui remit la photocopie d'une des analyses et une cou-pure de presse qu'elle s'était procurée après son rendez-vous avec Adler.

— Mise en faillite à cause des poursuites judiciaires, la Ferme Bellevue a dû fermer. (Elle poursuivit tandis qu'il atta-quait la lecture de la coupure de presse.) Son propriétaire, Mark Meriweather, est tombé dans un ravin avec sa Ford. On a mis cela sur le compte d'un accident… et si c'était un suicide ?

Boldt leva la tête.

— Ça fait beaucoup de coïncidences ! La soupe au poulet. Le suicide.

— Surtout si tu ajoutes ça, commenta Daphné en tendant une copie du rapport du laboratoire.

Elle lui expliqua ce que c'était et lui fit part de ses doutes quant aux falsifications.

— On ne pourra jamais le prouver avec une simple copie, dit-il.

— Je sais. Je travaille là-dessus. Ça te plaît, hein ? ajouta-t-elle en cherchant de nouveau son regard.

— Pas qu'un peu ! avoua-t-il, l'esprit en ébullition. Mais si la boîte a fait faillite, on va avoir du mal à retrouver ceux qui y travaillaient.

— J'ai placé la veuve Meriweather en tête de ma liste de suspects. Elle a perdu son mari, sa fortune. Elle rumine une vengeance et engage quelqu'un pour menacer Owen.

— On sait où elle est ?

— Non. J'ai vérifié au fichier des cartes grises. Il n'y en a
pas à son nom, ni de permis de conduire. Je pensais demander à LaMoia d'utiliser ses relations aux Impôts... voir si on
ne peut pas retrouver sa trace.

On frappa à la porte. Un employé pointa sa tête dans le
bureau.

— Inspecteur, il y a un appel pour vous. C'est Gaynes. Elle
dit que c'est urgent.

L'appel provenait de Nulridge Hospital. Entendant Boldt
à l'appareil, l'inspecteur Bobbie Gaynes déclara d'une voix
étranglée par l'émotion :

— Chef, j'en ai deux autres.

Le Nulridge Hospital était un petit hôpital de quartier qui
ne survivrait sûrement pas à la réforme du système hospi-
talier. Il semblait propre et bien tenu, mais n'avait pas été
restauré depuis des années.

Gaynes expliqua qu'elle avait retrouvé une cliente qui avait
acheté des boîtes de soupe au poulet le même jour que les
Lowry par son numéro de carte de crédit. Son mari et sa fille
venaient d'être hospitalisés pour ce qu'elle appelait « un virus
intestinal », mais les symptômes — fortes diarrhées, maux de
tête, et confusion mentale — ressemblaient exactement à
ceux de Slater Lowry.

Boldt passa les quarante minutes suivantes à essayer de
convaincre l'interne de garde de faire le test du choléra, tout en
évitant soigneusement de mentionner directement le produit
contaminé. Refusant qu'un flic lui dicte son travail, le médecin
resta intraitable. Boldt le mit alors en communication avec le
Dr. Brian Mann et son attitude changea du tout au tout.

Mr. Kowalski réagissait bien à la réhydratation, mais sa
fille adolescente, déjà affaiblie par deux ans de boulimie, était
dans un état grave.

Il était sans doute inutile d'aller voir les deux malades, mais
Boldt passa tout de même voir le père. L'homme était dans
une semi-léthargie mais il vivait, pour le moment il s'en sortait
mieux que Slater Lowry.

La fille était inconsciente. On était en train de changer
son traitement quand Boldt arriva. Le médecin rattrapa
Boldt dans le hall, s'excusa pour son attitude et le remercia,
ajoutant :

— Au moins, maintenant, on connaît l'ennemi.

Boldt trouva la remarque un tantinet ironique.

Ce même soir, à 11 h 30, le fourgon du ministère de la Santé s'arrêta en face de chez les Kowalski. Boldt fit entrer les agents dans la maison et assista à la fouille systématique qu'il connaissait depuis qu'il avait vu les techniciens à l'œuvre chez les Lowry.

A 0 h 45, rappelé au commissariat, il rencontra Daphné qui lui expliqua avec une exaltation qui lui tapa sur les nerfs :

— La Ferme Bellevue ne paie plus ses impôts locaux depuis longtemps, mais autant que je sache, elle n'a pas changé de mains.

— Elle est abandonnée ?

— Ça vaut le coup de vérifier, mais elle se trouve en dehors de notre juridiction.

— Et la veuve ?

— Je cherche toujours. LaMoia a obtenu les renseignements des Impôts, mais il n'a rien sur la femme de Meriweather ni sur l'entreprise. Il me faut la liste de service.

— Mieux vaut ça que de faire deux heures de voiture pour tomber sur une ferme abandonnée. Reste la veuve, je demande à un flic local de jeter un œil sur la ferme.

Boldt téléphona à un certain shérif Turner Bramm, dont la juridiction englobait la Ferme Bellevue. Il avait une voix de fumeur, de buveur aussi, peut-être.

— J'aime pas qu'on me réveille à 3 heures du matin.

— C'est urgent, expliqua Boldt.

— C'est toujours urgent. Je ne suis pas de garde ce soir, inspecteur.

— Je sais, shérif. Mais je ne peux pas confier cette affaire à un subordonné. J'ai besoin qu'on s'en occupe, et qu'on s'en occupe bien. Et tout de suite. Il s'agit d'une affaire d'homicide, et le suspect court toujours.

— C'est mes assistants qui s'occupent des macchabées. Pourquoi croyez-vous qu'on les paie ?

— Je ne suis pas de la PKC, lui rappela Boldt.

Il connaissait la rivalité qui opposait la Police de King County à certains flics locaux des petites municipalités. Cela remontait à une décision budgétaire qui voulait que les services de la PKC soient payés ou qu'on crée un service de police autonome.

— Je me fous pas mal de qui vous êtes, brama le shérif Bramm. Si vous avez un mandat exigeant qu'on intervienne en pleine nuit, mes assistants s'en chargeront. J'ai rien à ajouter.

Et il raccrocha.

Boldt le rappela aussitôt.

— Vous me faites chier, répondit Bramm avant de savoir qui était au bout du fil.

— T'as intérêt à bouger ton gros cul et à foncer à la Ferme Bellevue ou tu t'expliqueras avec Klapman, menaça Boldt, citant le procureur général de l'Etat.

— Brrrr! J'en tremble déjà.

Il raccrocha encore. Quand Boldt appela une troisième fois, personne ne répondit. Bramm avait débranché son téléphone.

N'ayant pas d'autorité légale dans la région, Boldt téléphona au bureau du shérif et sollicita poliment la coopération et l'assistance d'un subordonné de Bramm. Il demanda au jeunot qui lui répondit de faire un saut à la Ferme Bellevue, d'inspecter personnellement les lieux, de relever les noms de quiconque y travaillait ou y avait travaillé, et de voir ce qui s'y passait. Il s'efforça de convaincre l'assistant de l'urgence de sa demande. Il voulait que cela fût fait tout de suite, pas demain, ni le jour suivant.

— Vous bilez pas, ce sera fait, répondit mollement le bonhomme.

Boldt raccrocha, pas convaincu pour deux sous.

C'était parfois dans la police que se cachaient ses pires ennemis.

Quand Boldt arriva au bureau, le lendemain matin, Shoswitz lui expliqua qu'il avait obtenu un arrangement avec le ministère de la Santé. Si la maladie des Kowalski éveillait l'attention des médias, l'hôpital diffuserait un communiqué indiquant que les symptômes suggéraient une contamination à l'*Escherichia coli*. Les premiers symptômes étaient réellement identiques, ce qui évitait un mensonge grossier, et comme la ville avait subi une épidémie à *E. coli* l'été précédent, la nouvelle ne devrait pas susciter d'angoisse démesurée.

Le premier coup de fil que Boldt passa fut pour le shérif Turner Bramm dont il restait sans nouvelles.

La même voix éraillée lui répondit. Boldt se présenta et demanda un rapport sur la Ferme Bellevue.

— Ecoutez, fit Bramm, exaspéré, Tommy y a fait un saut la nuit dernière. Il n'a rien remarqué d'anormal. Il est au lit avec le rhume des foins pour l'instant, je suis donc comme qui dirait à court de personnel. J'ai une affaire de vol à la tire et le DEA[1] m'apprend qu'une usine de crack s'est ouverte

---

1. DEA: Drug Enforcement Administration, équivalent de la Brigade des Stupéfiants. (*N.d.T.*)

dans mon village. Vous m'entendez ? Une usine de crack en plein désert ! Si vous croyez que j'ai rien d'autre à foutre qu'à exécuter vos ordres à la con, vous vous fourrez le doigt dans l'œil. Et pour ce qui est de m'avoir tiré du lit...

— Il y a fait un saut ? coupa Boldt. C'est tout ?

— C'est plus que ça ne mérite. Plus que vous n'obtiendrez, bande de planqués. Vous m'entendez ?

— Un vol à la tire ? s'étonna Boldt, perplexe. Je vous parle de meurtre, bon sang ! D'un double criminel en fuite. J'essaie d'arrêter un assassin, shérif, grinça-t-il en se contrôlant à peine. Un tueur qui a peut-être des liens avec une résidence qui dépend de votre juridiction. J'ai besoin qu'on aille frapper à cette porte et qu'on pose un certain nombre de questions. Et si vous n'êtes pas décidé à vous en charger, je m'adresse en haut lieu et j'obtiens la permission d'envoyer mes hommes faire votre boulot. Vous comprenez ce que je suis en train de dire ? Je ne veux pas vous attirer d'ennuis, shérif, mais je n'hésiterai pas une seconde si vous me sortez encore vos conneries de plouc.

— Mes conneries de pl...

— Dernier avertissement, coupa Boldt avec une telle rage que Shoswitz le regarda d'un air éberlué.

Boldt n'était pas homme à perdre son sang-froid.

— Soit vous allez poser les questions vous-même, soit mes hommes s'en chargeront.

— Vous n'êtes pas le bienvenu chez nous, inspecteur.

— Vous allez vous retrouver dans la merde, prévint Boldt d'un ton menaçant.

Le silence au bout du fil dura si longtemps que Boldt s'inquiéta :

— Shérif ?

Il croyait que le salaud avait encore raccroché.

— Donnez-moi votre numéro de téléphone, dit Bramm. Je vous rappelle.

— Avant dix minutes, shérif. Sinon, je me débrouille sans vous.

— Donnez-moi votre numéro de téléphone, merde ! brailla le shérif.

Lorsque Bramm le rappela, dix minutes plus tard, Boldt ne put s'empêcher de penser qu'il s'était offert un remontant tant son humeur avait changé.

— Vous auriez dû me dire qui vous étiez, commença le shérif, qui prétendit avoir passé plusieurs coups de téléphone.

— Je l'ai fait, lui rappela Boldt.

— Non, je veux dire qui vous étiez, essaya d'expliquer le

shérif. Ah, merde, ça fait rien. Vous voulez un coup de main ? D'accord. Je ne savais pas, voilà tout. Je suis à vos ordres, Boldt, je me suis trompé sur votre compte, ça arrive. Je ne savais pas que c'était vous. Vous me suivez ?

— Pas sûr, admit Boldt qui se dit que le shérif l'avait peut-être confondu avec un autre, mais qui appréciait trop le changement pour le remettre en cause. Cependant, si vous êtes décidé à m'aider, je passe sur le reste.

— Je fonce à la Ferme Bellevue de ce pas. Avant que le café ne refroidisse, d'accord ? Je questionnerai d'abord les voisins, hein ? Peut-être le facteur ?

Tiens, c'était un bon flic, en plus. Heureuse surprise.

— Excellente idée, fit Boldt.

— Je vous rappelle avant midi. Ça marche ?

— Impeccable, approuva Boldt. Le plus tôt sera le mieux.

14

Le vent du sud-ouest soufflait en rafale, chargeant l'air d'odeurs inhabituelles — à moins, se dit Daphné, que ce ne fût parce qu'elle n'était plus venue à Whidbey Island depuis longtemps. Elle était arrivée en voiture, après le travail... Elle se sentait coupable d'avoir accepté si vite, mais Owen avait ce pouvoir sur elle. Corky et lui étaient venus par le yacht, rendant ainsi toute filature impossible. La maison appartenait à un de ses amis. C'était une construction moderne, due à un architecte de l'école de Frank Lloyd Wright — en dalles et verre, posée sur un tapis de gazon qui descendait en pente douce vers le rivage.

La plage de galets était en pente. La mer y avait déposé d'énormes troncs de cèdre derrière lesquels Corky aimait se cacher.

— On dit qu'on ne doit pas se rencontrer, et nous voilà encore là, observa Daphné.

— Ce n'est que pour la nuit, et puis Corky a insisté, affirma Owen. Elle veut t'inviter à son anniversaire, et il y a des choses qu'un père ne peut pas refuser, règles ou pas règles. D'ailleurs, ce ne sont pas mes règles.

— Ce sont des précautions, Owen. Pas des règles.

— En réalité, je crois qu'elle est plus excitée par Monty le Clown que par son anniversaire.

— Par qui?

— Oh, ce sont des glaces distribuées par un clown. Les gosses adorent.

Ce n'était pas l'homme mais le spécialiste du marketing qui parlait.

— Tu veux qu'on parle de l'enquête? proposa-t-elle.

— Non, je suis venu pour l'oublier.

— Comme tu voudras.

— Demain matin, si c'est indispensable.

— Ce n'est pas indispensable.

L'eau scintillait; dans le lointain, Daphné distingua plusieurs bateaux qui naviguaient au moteur, à sec de toile. Mais c'étaient la verdure et les bois qui l'attiraient; cela lui rappelait son enfance.

— J'aime la façon dont tu t'occupes de Corky, dit-elle. Tu es très attentif, c'est une de tes qualités. Tu es aussi comme ça avec moi.

— Pas assez.

— Si, et c'est une de tes qualités. Ce n'est pas une question de mesure ou de quantité; je ne vois pas ça sous cet angle.

— Je ne suis pas toujours attentif, protesta-t-il. Parfois, je me rends compte que tu disparais de mes pensées — et c'est un crime, que ce soit dans les relations amoureuses, les relations père-fille, peu importe. C'est une marque d'égoïsme. J'en suis souvent coupable. Ça finit par détruire l'amour.

— Attention, tu recommences.

— Vraiment?

— Tu essaies de me laisser une porte de sortie. Pas question! Je suis là et j'y reste. Que ça te plaise ou non.

— Oh, ça me plaît. D'ailleurs, tu as raison... c'était exactement ce que j'étais en train de faire. (Il hésita, puis déclara presque timidement:) C'est un truc que j'aime chez toi.

— Oui, quoi? encouragea-t-elle, intriguée.

— La prise de conscience. (Il montra un vol d'oiseaux dans le lointain.) Tu devines mon jeu. Tu vois où je veux en venir alors que je ne le sais pas moi-même.

— Oh, ça ne me plaît pas trop, admit Daphné. Je ne veux pas être ta psychologue, je veux être ta compagne.

— Justement. J'ai besoin des deux. Tu n'as pas peur de moi... tu n'imagines pas le nombre de gens qui me craignent. J'ai horreur de ça. J'en rencontre si souvent que ça me mine... c'est affreux.

Daphné parut songeuse.

— Je te trouve nerveuse, remarqua-t-il.

— Je ne suis pas très à l'aise, avoua-t-elle. J'ai l'impression d'empiéter sur ta vie familiale... Corky et toi, tu comprends. C'est différent quand on est chez moi.

— Bien sûr que c'est différent.

— Je me sens comme une intruse.

— Mais non! Et tu le sais très bien.

— Je n'en suis pas si sûre. Je ne te demande pas de me rassurer, ajouta-t-elle vivement. C'est que... euh... j'ai du mal à comprendre ce que tu ressens.

Ils contournèrent un tronc d'arbre, puis un autre. Corky se cacha derrière l'un d'eux.

— Fais comme si tu ne l'avais pas vue, dit Owen Adler. Joue la surprise.

— D'accord.

L'enfant surgit en poussant un «Hou!», puis partit d'un fou rire en voyant leur réaction. Elle vint se pelotonner contre son père et rit à en perdre le souffle. Owen la repoussa, la taquina, et l'envoya jouer plus loin.

Lorsqu'ils furent de nouveau seuls, il confia:

— Moi aussi je me cache... exactement comme elle.

— Tu t'es toujours caché?

— Non, dit-il.

— C'est récent, ou est-ce le résultat d'un fait plus ancien?

Les paroles de Daphné semblaient l'avoir encouragé à parler.

— Les deux, sans doute. Quand j'étais petit, je me cachais physiquement de mon père. Il se mettait vite en colère. Le week-end, il buvait trop et il voulait toujours «jouer» avec moi. C'étaient des jeux violents. De la lutte, de la boxe. Il me faisait tellement mal que j'ai appris à me cacher. Je restais des heures dans les bois où je m'étais trouvé une sorte de cabane. Mais en fait, je crois que ça vient plutôt de la mort de Connie. Ma sœur et moi, nous étions très liés. Et je n'avais plus qu'elle comme famille.

Il se tut un instant, puis reprit:

— Je veux bien creuser davantage si c'est indispensable pour te garder.

— Non, c'est à moi de creuser, Owen.

Corky se cacha de nouveau, mais elle abandonna vite et se mit à pourchasser un ennemi imaginaire.

— J'ai peur de m'impliquer à fond, admit Daphné. J'ai peur que tu te lasses de moi, que tu me quittes, et ça me fait hésiter. Je repense trop à mes parents. Ils n'ont jamais divorcé, ce qui est encore pire. Ils se sont lassés l'un de l'autre. Ils vivaient dans une sorte d'ennui permanent. Je ne veux pas que tu te lasses de moi, Owen.

— Oh, ça arrivera. Et tu te lasseras aussi de moi. Mais ce n'est pas forcément un état permanent, ajouta-t-il d'une voix douce. Corky m'énerve, parfois. Et alors? Si on est prêt à accepter ça, tout ira bien. Si on porte des œillères, ce sera la fin. Tu as peur qu'on devienne comme tes parents?

— On voit ça partout: des couples unis qui s'ennuient. Je ne suis pas toujours facile à vivre. Je ne suis pas belle, désirable et drôle tout le temps.

— Parce que moi, si?

— Franchement? Eh bien, figure-toi que je ne m'ennuie jamais avec toi. C'est ça qui me plaît.

Ils reprirent leur promenade. Devant eux, Corky courait après les oiseaux.

— J'ai peur de m'être créé un masque, déclara-t-il d'une voix étranglée, pour qu'on ne voie pas le petit garçon effrayé qui se cache en moi.

— Je ne veux pas que tu te lasses de moi, dit Daphné.

Ils se prirent par la main, et marchèrent jusqu'à ce que l'eau vire au gris et que le vent s'apaise.

— Si cela doit arriver, dit-il, ce sera dans l'avenir, pas dans le passé.

— Je suis d'accord.

— Tu te sens prête ?

— Sans doute pas, mais j'en ai envie.

— Tu te rends compte de ce que tu dis ?

Oui, elle le savait. Elle pressa sa main. Il la garda serrée dans la sienne.

— Je suis terrifié, avoua-t-il.

— Moi aussi.

— Oncle Owen ?

Corky portait une chemise de nuit jaune pâle. Elle l'avait toujours appelé ainsi. Owen avait confié à Daphné qu'il espérait l'entendre un jour prononcer le nom de Papa.

— Oui, mon trésor ?

Corky était à moitié péruvienne. Elle avait d'abord été la nièce d'Owen avant de devenir officiellement sa fille. La sœur d'Owen et son mari avaient percuté un seize tonnes sur l'autoroute à dix kilomètres de Bliss, en Idaho. On découvrit par la suite que le chauffeur du camion, qui venait de Chicago sans escale, avait forcé sur les amphétamines. Mais apparemment pas assez, car il s'était endormi au volant, et son semi-remorque, chargé de machines à laver, avait traversé le rail de sécurité pour venir percuter la voiture des parents de Corky qui était en train de doubler une caravane. Le beau-frère d'Owen ne parlait jamais de son passé au Pérou. Un jour qu'il était plutôt ivre, il avait affirmé que sa famille avait été massacrée pour des raisons politiques, mais n'en avait jamais reparlé. Adler avait dû se battre pour garder Corky parce que sa sœur n'avait laissé aucun testament. Il avait fini par obtenir gain de cause en portant l'affaire devant la cour suprême de l'Idaho. Il avait adopté l'enfant le jour de son sixième anniversaire.

— Je vais me coucher, annonça Corky.

— Pas avant de m'avoir fait un gros câlin, dit Owen.

Sur la terrasse, les pierres, encore chaudes du soleil de la journée, caressaient la plante des pieds de Daphné. Elle brûlait d'envie de se déshabiller et de piquer une tête dans l'eau tiède de la piscine.

Corky s'approcha d'Owen sur la pointe des pieds et l'enlaça. Puis, avec une pointe de nervosité, elle demanda à Daphné de venir la border. Daphné en fut flattée.

— Tu te plais, ici? demanda l'enfant quand elles entrèrent dans sa chambre.

— J'aime être avec ton père et toi.

— Non, je veux dire ici, dans cette maison?

— Oui, c'est une jolie maison.

— Moi, j'aime bien, parce qu'Owen est différent.

— Différent?

Daphné regarda Corky se brosser les dents et se débarbouiller. Elle faisait sa toilette du soir comme une grande, sans qu'on ait besoin d'insister. Puis, elle courut se jeter dans le lit, remonta les couvertures et dit :

— A la maison, Owen est toujours fatigué, hein, Daffy?

La gorge de Daphné se serra.

— Oui, Corky, c'est parce qu'il travaille beaucoup.

— Je le vois bien, parce qu'il ne joue pas autant avec moi.

— Mais il t'aime quand même autant.

— Je n'aime pas quand il est fatigué.

— Moi non plus.

Corky prit son courage à deux mains et demanda :

— Tu viendras à mon anniversaire?

— Si tu m'invites, oui.

— Eh bien, je t'invite.

— Dans ce cas, je viendrai avec plaisir.

— C'est promis?

— C'est promis. Je ferai tout mon possible.

— Monty le Clown viendra, précisa Corky pour augmenter l'attrait de l'invitation.

— Oh, alors je ne peux pas résister!

Cela plut à Corky; elle plissa les yeux, et rougit. Daphné ébouriffa gentiment les cheveux de la fillette en se demandant si elle aurait un jour un enfant à elle. Si elle aurait la force et le courage d'être mère. Les cheveux de Corky étaient soyeux, sa peau douce.

Daphné retourna dans le patio et commença à se déshabiller sans un mot.

— Ça a l'air de s'arranger, remarqua Owen.

— Oui, fit-elle en le regardant. Ça va même de mieux en mieux.

Elle aimait l'effet que son corps avait sur Owen. Elle arrangea soigneusement son chemisier, son pantalon, son soutien-gorge sur la chaise. L'air froid fit frissonner sa peau nue. Elle traversa la pelouse en courant, hésita au bord de la piscine, puis plongea. Quelle sensation étonnante ! Le monde extérieur n'existait plus ; il n'y avait plus d'empoisonnement, plus de travail à rendre le lendemain.

Il la surprit par-derrière. Elle se retourna vivement, croisa ses jambes autour de la taille d'Owen tandis qu'il la serrait contre lui.

— On est comme des enfants quand les parents ne sont plus là, dit-elle.

Owen faisait très attention à limiter leurs ébats devant Corky. Daphné était une amie, non une maîtresse. Elle comprenait sa position, mais elle doutait de sa sincérité et de la place qu'elle occupait dans sa vie.

— On le fait ? demanda-t-il en la regardant droit dans les yeux.

Daphné sentit sa gorge se serrer, ses yeux la picoter. La question n'avait rien à voir avec le désir qu'elle sentait monter en lui. C'était une question d'engagement et de durée. De promesses à tenir, de promesses rompues. De souffrances et de joie. Une vie entière ensemble. On aurait dit que la question lui avait échappé, et elle crut un instant qu'il allait la regretter. Il n'était pas souvent aussi spontané. Elle lui laissa le temps de changer d'avis, mais ne l'y encouragea pas. Il la tenait par la taille d'une main ferme.

Il avait une manière bien à lui de prendre des décisions. Il avait plusieurs fois tourné autour du pot, comme pour voir sa réaction. Elle était restée sur une prudente réserve, croyant que c'était ce qu'il attendait d'elle — reconnaissant son erreur, ce soir elle comptait avoir l'audace d'être franche. Elle retint un instant son souffle. Leur équilibre dans l'eau semblait précaire, comme s'il dépendait de sa réponse. Le monde parut s'arrêter, malgré le crépitement des insectes.

Leurs regards se trouvèrent, aucun d'eux ne cilla.

— Oui, finit par acquiescer Daphné. Faisons-le.

— Parfait, dit-il.

Daphné eut une impression bizarre. Il avait l'air aussi effrayé qu'elle.

Voilà, elle venait de se fiancer !

Elle ne poussa pas de cris de joie. Elle ne l'embrassa pas. Ce n'était pas ainsi qu'Owen Adler scellait un marché, et elle désirait que celui-ci soit consommé. Elle agrippa le rebord de la piscine d'une main, les jambes toujours accrochées autour de sa taille, puis elle se libéra gentiment de son étreinte et lui tendit la main. Il sourit. Alors qu'ils coulaient lentement, leurs yeux juste au-dessus de la surface tels ceux de crocodiles, ils scellèrent leur promesse d'une poignée de main.

Elle lâcha le rebord, et ils coulèrent tous deux, main dans la main; des bulles s'échappèrent de leurs lèvres souriantes. Elle était toujours accrochée à sa taille. L'eau les enveloppa, ce court instant de bonheur partagé rendit tout le reste insignifiant.

Lorsqu'ils se détachèrent et remontèrent à la surface pour respirer, Daphné fut soulagée, car l'eau qui ruisselait sur son visage cachait ses larmes.

15

— Ça ne me dérange pas, dit le gardien qui boitait bas.

Le monte-charge s'arrêta dans un grand bruit métallique; l'homme fit coulisser la grille en accordéon. Il traîna son pied gauche derrière lui comme un enfant récalcitrant: la semelle raclait le sol en ciment, grinçant comme des ongles sur un tableau noir, ce qui arracha des frissons à Daphné.

— Mr. Taplin devrait être là, dit-il.

— Il arrive, mentit Daphné. De toute façon, Mr. Adler est d'accord. Vous voulez que je téléphone à Mr. Adler?

— Pas la peine.

Le monte-charge monta les trois étages du bâtiment.

— Mr. Taplin devrait être là, répéta le gardien.

Il ouvrit la lourde porte pour Daphné. Elle devait faire vite avant qu'on ne la trouve. Persuadée que le rapport du laboratoire avait été falsifié, elle était bien décidée à découvrir le faussaire, sans se faire prendre. L'immense salle était partiellement éclairée par une rangée de hautes fenêtres en verre dépoli qui rappelèrent à Daphné la porte du vestiaire du gymnase de son collège. Comme c'était le dernier étage de l'entrepôt, le plafond était en forme de voûte, et s'élevait à plus de six mètres. La pluie tambourinait sur le toit comme des graviers sur une feuille de métal; l'air sentait fort le papier, l'encre et le moisi — le renfermé, comme dans un grenier, mais avec des relents de métal chaud. Daphné entendit le bourdonnement d'une machinerie qu'elle associa à l'odeur; elle pensa à un appareil destiné à protéger le contenu de la pièce. Ce qui lui fut confirmé par le gardien.

— Faut toujours fermer la porte à cause du déshumidificateur. Vous voulez que je dise à Mr. Taplin que vous êtes déjà là, quand il arrivera?

— Non, laissons-lui la surprise.

— Mr. Taplin n'aime pas les surprises.

Il alluma l'électricité et referma la porte avec une autorité qui fit tressaillir Daphné.

Restée seule dans la pièce qui lui paraissait aussi grande qu'un terrain de football, elle contempla les rangées interminables d'étagères métalliques, dont la moitié étaient remplies de cartons soigneusement étiquetés.

Les cartons étaient rangés par ordre chronologique, et à l'intérieur de chaque année, par ordre alphabétique. Les documents sur New Leaf Foods devaient se trouver dans les premiers cartons. Elle tomba d'abord sur ceux marqués NLF : A-D ; NLF : E-G, et ainsi de suite. Douze cartons pour la première année : 1985.

A l'extrémité de l'immense salle, dans l'allée 3, elle découvrit une échelle roulante — mi-échelle, mi-échafaudage — équipée d'une plate-forme électrique et d'un frein. Elle la déplaça jusqu'aux cartons 1985, bloqua les roues et grimpa, sans savoir par où commencer : *C*, pour contamination ? *S*, pour Santé Publique ? *F*, pour Ferme Bellevue ? Vérifier toute l'année 1985 lui prendrait des heures ; soudain elle remarqua d'autres cartons étiquetés NLF dans l'année 1986. Fallait-il aller tout de suite fouiller dans les archives 1986, vu que la contamination s'était produite à la fin de New Leaf Foods, avant que la compagnie ne s'appelle Adler Foods ? Daphné se souvenait de la date, le 25 septembre, mais pas de l'année.

Au bout de dix minutes, elle tomba sur une pile de dossiers marqués *Sécurité Intérieure*. Cela fit tilt : de par son travail, Kenny Fowler avait dû s'occuper des enquêtes liées à une contamination. Il semblait judicieux de commencer par là. Elle sortit le carton de l'étagère, le renversa à moitié sur le bord de l'échelle, et feuilleta rapidement les dossiers, le cœur battant.

CONFIDENTIEL
Contamination à la salmonelle

CONFIDENTIEL
Salmonelle

CONFIDENTIEL
Enquête du ministère de la Santé

Partout, la signature de Fowler. Le jackpot ! L'enquête de Fowler contenait forcément des pistes et des renseignements. C'était exactement ce que Daphné cherchait.

Lorsqu'elle enclencha le mécanisme pour faire monter la plate-forme, elle reçut une décharge électrique. Elle tressauta, sentit le carton lui échapper, tenta de le rattraper. Trop tard. Le dossier qu'elle était en train de consulter lui tomba aussi des mains. Le carton s'écrasa au sol, renversant son contenu. Le dossier *Sécurité Intérieure* s'éparpilla en vol. Le sol en ciment fut bientôt recouvert de feuilles de papier.

Elle entendit le monte-charge se mettre en route.

Paniquée, elle glissa, tomba, se rattrapa par une main à la plate-forme. Elle se balançait dans le vide. D'un coup de reins, elle accrocha un barreau avec son pied, opéra un rétablissement et se hissa sur l'échelle. Sa manche s'accrocha et se déchira.

Le monte-charge poursuivait son ascension bruyante. Daphné pria pour qu'il s'arrête à l'étage inférieur, mais en vain. Or, il n'y avait qu'une seule pièce au dernier étage.

Il semblait impossible qu'un si grand nombre de papiers aient pu tenir dans un simple carton. Ils jonchaient une immense surface. Daphné descendit de l'échelle, ramassa les feuilles par poignées, s'efforçant en même temps de trouver les lettres de Fowler. Sans se soucier de l'ordre, elle fourra les pages dans les chemises et les tassa dans le carton. Repérant une note de Fowler, elle la mit de côté. Puis une autre, et une troisième. Mais une seule indiquait *Confidentiel*. Ramasser... empiler... bourrer... il y en avait trop, la tête lui tournait. Des papiers de guingois, à l'envers, salis, pliés, froissés... déchirés! A quatre pattes, elle rampa autour de l'échelle, ramassa les documents qui s'étaient glissés en dessous, fouilla des yeux les recoins à la recherche d'une éventuelle feuille égarée.

Bang! Le monte-charge s'arrêta. Daphné tendit l'oreille. Le bruit de la grille qui coulissait. Il était à l'étage!

Elle reprit son rangement à toute vitesse. Sans prendre la peine d'ordonner les papiers, elle les fourra pêle-mêle dans le carton comme s'il s'agissait d'une poubelle. Elle referma les quatre rabats comme elle put, les fit rentrer à coups de poing, écrasa un coin dans la manœuvre.

Des pas!

Pas le temps de remonter sur l'échelle, de ranger le carton à sa place. Elle le glissa au bas de l'étagère, dans un emplacement vide, libéra le frein de l'échelle et la fit rouler le long de l'allée. Elle ne jeta même pas un regard derrière elle, ne vérifia pas où elle avait laissé les notes de Fowler — sur un carton marqué 1985.

La clef tourna dans la serrure. Pas de voix... Ce n'était donc pas ce bavard de gardien. C'était soit Taplin, soit un quelconque employé.

Daphné poussa l'échelle jusque dans l'allée suivante, bloqua les roues, puis grimpa et attrapa le premier carton qui lui tomba sous la main. Elle le déposa sur la plate-forme, et l'ouvrit, haletante. Il contenait des dossiers de l'année 1988. C'étaient des plans d'architecte et des dossiers techniques. Si on l'interrogeait, elle devrait se creuser la tête pour expliquer en quoi ces dossiers l'intéressaient.

La porte du monte-charge s'ouvrit. Daphné retint son souffle.

Boldt en sortit et referma prestement la porte derrière lui.

— Faut se magner, annonça-t-il d'un ton qui trahissait son anxiété. Owen Adler nous a sauvé la mise. Il m'a appelé au bureau, paniqué. Tu as dû déclencher le système d'alarme. Taplin et Fowler arrivent.

Daphné remarqua alors le panneau derrière la porte sur lequel clignotait une lumière. Elle y courut, pianota le numéro de code qu'elle avait utilisé à l'hôtel particulier, et la lumière s'éteignit.

— Bon sang! s'exclama-t-elle.

— Foutons le camp! dit Boldt.

Daphné se précipita vers l'étagère de 1985 en lançant:

— Tu me crois, j'espère?

Boldt lui emboîta le pas.

— Tu veux parler de la Ferme Bellevue? Oui, bien sûr. Et j'espère que personne ne se doute de rien, à part Adler. Il vaut mieux que ça reste entre nous. Foutons le camp vite fait!

Dans son empressement, Daphné avait oublié les lettres qu'elle avait mises de côté. Elle commença à chercher désespérément le carton mais n'arrivait plus à se souvenir où il se trouvait.

Boldt agita les clefs du monte-charge pour attirer son attention.

— Il faut que je les rende à Frankie, expliqua-t-il.

— Frankie?

— Oui, on s'appelle par nos prénoms. Les flics l'impressionnent. Il m'a promis de taire ta présence, mais seulement si je lui rends les clefs.

Pop! On entendit le monte-charge redescendre.

— Allons-y, fit Boldt.

— Le rapport du labo! cria Daphné en courant dans l'allée. Aide-moi à le retrouver.

— Pas le temps.

— Aide-moi !

Elle s'empara de l'échelle, débloqua les roues et commença à la manœuvrer. Il l'aida à la pousser le long de l'allée. Le monte-charge continuait sa descente, il fallait faire vite.

— On doit partir d'ici, fit Boldt. Techniquement, on devrait avoir un mandat.

— Nous avons l'autorisation d'Owen, rappela-t-elle en grimpant à l'échelle.

— Ça ne suffit pas.

Elle tomba sur des cartons marqués *NFL-Dossiers juridiques*, et rangés par ordre alphabétique. Que choisir ? *C* pour contamination ? *P* pour procès ? *S* pour Santé Publique ? Elle choisit *S-Z*, arracha les rabats du carton et fouilla le contenu.

Le bourdonnement du monte-charge devenait plus lointain. Il était presque arrivé en bas.

— Laisse tomber, l'exhorta Boldt.

— Pas question !

Elle fit courir son doigt sur les onglets des fichiers. Voilà : Santé Publique. Elle prit tout le dossier, remit le carton, et dégringola en bas de l'échelle.

Le monte-charge s'arrêta. En s'ouvrant, la grille résonna dans la cage d'ascenseur, et *pop !* la montée commença.

— Donne-moi les clefs, demanda Daphné. (Sans attendre sa réponse, elle les lui arracha des mains.) Prends le dossier, et file. Je te rejoins en bas de l'escalier.

Sans autres explications, Daphné traversa la pièce, le couloir, poussa la porte de sortie, et descendit les marches quatre à quatre, bien décidée à éviter que Taplin apprenne sa fouille.

L'entrepôt ne comprenant que trois étages, elle ne pouvait passer les clefs à Frankie qu'au deuxième. Le monte-charge ouvrait des deux côtés, et Daphné savait, pour en avoir fait l'expérience, que les passagers, après être entrés, se tenaient dos à la grille qui donnait sur la pièce des archives.

Elle ouvrit la porte du deuxième et jeta un coup d'œil. Le monte-charge atteignait justement ce niveau. Elle vit d'abord trois nuques : celles de Frankie, de Taplin et de Fowler, puis leurs épaules. Le monte-charge continua son ascension. Plaquée contre le mur, elle s'avança.

Le monte-charge grimpait trop vite pour lui offrir plus d'un essai. Elle s'approcha encore. Cinq mètres... trois... un mètre cinquante...

Elle vit leur taille, puis leurs mollets. Le plancher du

monte-charge avait atteint le niveau du deuxième. Il continua de grimper.

Daphné atteignit la grille en accordéon de l'étage. Celle du monte-charge était une sorte de barrière en bois à claire-voie. Afin de passer les clefs à Frankie, Daphné devait introduire sa main à travers les deux grilles à la fois. Elle avait l'intention de jeter les clefs puis de disparaître. Frankie prétendrait qu'il les avait laissé tomber.

Le plancher du monte-charge dépassait à présent ses chevilles.

Elle hésita à jeter simplement les clefs. Faillit le faire, puis se retint.

Frankie se retourna et accrocha son regard. Il avait dû sentir sa présence, car il posa aussitôt les yeux sur la main qui tenait les clefs. Sans réfléchir, elle passa la main à travers la grille métallique pour les lui remettre.

Le temps parut s'arrêter. Pour Daphné, la suite se déroula au ralenti.

— Saloperie de pluie, dit Frankie à Taplin, tout en se reculant d'un pas, une main derrière le dos pour saisir les clefs.

«Donnez-les-moi», semblait dire la main. Mais comme le monte-charge continuait son ascension, il devint impossible de les lui passer. Pire, Daphné s'aperçut qu'elle avait engagé sa main trop loin et que le rebord inférieur du monte-charge, tel un vulgaire coupe-papier, allait la lui trancher à hauteur du poignet.

Le crâne chauve de Taplin se tourna quand il adressa la parole à Frankie.

Daphné se cacha vivement, la main toujours tendue à travers la grille tandis que le rebord du monte-charge se rapprochait, aussi menaçant qu'un hachoir de boucher. Son bracelet-montre était coincé dans le losange de la grille. Plus que quelques centimètres!

Daphné lança les clefs et retira sa main d'un coup sec, arrachant le bracelet-montre.

Les clefs heurtèrent le plancher du monte-charge avec un bruit métallique.

Daphné s'aplatit au sol.

Elle sentit un objet atterrir sur son dos. Sa montre. Frankie l'avait lancée au moment où il récupérait les clefs.

— Ah, je suis décidément maladroit, entendit-elle Frankie déclarer. J'ai bien failli les perdre.

— C'est pas grave, dit Taplin. J'ai les miennes.

Tout ça pour rien! s'aperçut Daphné. Elle fonça dans

l'escalier, dévala les marches. Boldt avait le dossier ; elle était pressée de savoir ce qu'il contenait.

Une fois dans sa voiture, elle feuilleta le dossier d'un doigt fébrile. Elle trouva le document familier au milieu d'une pile de papiers : le rapport du laboratoire du ministère de la Santé. Et d'après son aspect, ce n'était pas une copie.

16

Les heures passèrent lentement dans l'attente des résultats des examens du document du ministère de la Santé. Les interrogatoires des clients de Foodland traînaient en longueur, et les rapports que Boldt recevait à leur sujet lui firent penser que trop de temps s'était écoulé. Les gens ne se souvenaient plus de ce qu'ils avaient acheté.

Boldt était furieux. Ses coups de téléphone au shérif Turner Bramm restaient sans réponse. Quand l'équipe de DeAngelo le remplaça, nombreux furent ceux qui se demandaient ce qu'il pouvait bien mijoter. Danielson avait résolu une affaire d'agression avec délit de fuite, et il avait une piste quant au braquage d'un magasin de spiritueux, mais un simple coup d'œil dans la Bible montrait que l'équipe de Boldt, qu'elle l'avoue ou non, était sur l'affaire qui préoccupait l'inspecteur-chef. Danielson travaillait en solo ; Lou Boldt, lui, commandait une véritable équipe.

Le vendredi matin, trois personnes furent hospitalisées à Portland, présentant toutes les symptômes du choléra-395, Boldt prit l'avion pour se rendre à un rendez-vous à 11 heures avec la police de Portland. Dans le même temps, les crimes n'étant désormais plus limités à un Etat, on avait alerté l'agence locale du FBI, et deux agents spéciaux assistèrent à la réunion. Heureusement pour Boldt et pour l'enquête, il connaissait les deux agents personnellement et les trois hommes se respectaient.

En gage de coopération, le FBI céda à la requête de Boldt d'aide et d'assistance uniquement. Pour l'instant, le FBI acceptait de rester sur la touche ; il offrait ses services, mais ne dirigeait pas l'enquête. La police de Seattle continuerait de gérer l'affaire ; le FBI et celle de Portland n'interviendraient que si Boldt le leur demandait expressément. Le laboratoire du Hoover Building du FBI était mis à sa disposition, et il proposa, à la requête de Daphné, que le psychiatre du département des sciences cognitives, le Dr. Richard Clements, établisse un profil psychologique du suspect. Sa proposition fut très bien accueillie.

Vers 16 heures, l'enthousiasme était un peu retombé faute de piste. Shoswitz reprit sa routine habituelle, puis rentra chez lui lors du changement d'équipe. Lou Boldt resta.

Il téléphona une nouvelle fois au bureau du shérif Turner Bramm, puis à son domicile. A la sixième sonnerie, sa femme répondit. Boldt eut une brève conversation avec elle avant de raccrocher, anéanti.

L'inspecteur John LaMoia entra dans le bureau de Boldt en lançant :

— Y a quelqu'un ? Qui veut une pizza ?

LaMoia, qui approchait la quarantaine, avait travaillé douze ans dans la police de Seattle et six à la Criminelle dans l'équipe de Boldt. C'était un géant de deux mètres avec un visage long, de hautes pommettes, une moustache, de grands yeux noisette, des cheveux châtains bouclés. Il portait des jeans au pli bien repassé, faisait de la musculation et avait la réputation d'être un homme à femmes. Tout le monde l'aimait, de la simple contractuelle au commissaire Rankin. Il apportait de la bonne humeur, et traitait tout le monde sur un pied d'égalité, des inspecteurs aux agents en uniforme.

— Chef ? fit LaMoia, sentant sûrement que quelque chose n'allait pas.

— Il n'est pas rentré de la nuit, marmonna Boldt.

— Qui ça ?

— Je vais chercher la voiture. Appelle la police de King County et préviens-la qu'on va à Sasquaw. On aura peut-être besoin de renforts.

— De renforts ? s'étonna LaMoia.

Mais Boldt ne répondit pas. Il sortit à toute vitesse.

Lorsque Boldt trouva enfin la ferme, la nuit tombait. Ils s'étaient perdus deux fois, et LaMoia avait demandé leur chemin aux serveurs d'un McDonald. Par téléphone, Boldt obtint un mandat de Michael Striker, le substitut du procureur, et Myron Banks, le juge du district, lui accorda l'autorisation de fouiller les lieux.

— On dirait que vous êtes inquiet, chef, remarqua LaMoia, la bouche pleine de hamburger.

— Je vérifierais mon calibre si j'étais toi, répondit Boldt.

LaMoia s'exécuta aussitôt. Puis il alluma sa torche et la braqua sur Boldt.

— Vous avez dû manger un truc qui ne passe pas, chef. Vous tirez une gueule d'enterrement.

— J'ai envoyé le shérif du coin fouiner par là, expliqua Boldt. On ne l'a pas revu depuis.

LaMoia éteignit sa torche. Le silence était si parfait qu'ils entendaient le murmure de la ligne à haute tension au-dessus de leur tête.

Ils passèrent leur gilet pare-balles autour de leur cou, et LaMoia se signa. L'heure n'était plus aux plaisanteries. Boldt pensa à Miles ; s'il ne le revoyait plus, personne ne pourrait lui expliquer pourquoi un flic s'était fait buter au milieu du désert. Puis il pensa à la femme du shérif — à la peur qu'il avait sentie dans sa voix. Il ouvrit la portière et se dirigea vers la ferme.

Les deux hommes avancèrent en silence. Leurs chaussures de ville faisaient des bruits de succion dans la boue. LaMoia ouvrit le portail qu'il referma derrière eux. La maison n'était pas éclairée, mais cela ne signifiait rien : des traces de pneus dans l'allée prouvaient qu'une voiture était venue récemment. Une ampoule au mercure projetait une lumière crue dans l'espace entre la maison et les bâtiments annexes. Les stores étaient relevés. S'il y avait quelqu'un à l'intérieur, il pourrait voir les deux inspecteurs comme en plein jour. Ils faisaient de jolies cibles.

D'un geste, Boldt désigna le côté sombre de la maison, et LaMoia s'y dirigea penché en avant. Là, seuls les hiboux pourraient le voir. Les tempes battantes, Boldt ralentit l'allure pour laisser un peu de temps à LaMoia. Il réfléchit. Un shérif disparu, une ferme déserte, son fils de deux ans qui l'attendait à la maison. Il dégaina son arme, ôta le cran de sûreté, et agrippa le magasin à deux mains. Une goutte de sueur perla à son menton. Il avait la bouche sèche. Après tout, Liz avait peut-être raison quand elle voulait qu'il travaille dans les bureaux. Et alors ? C'était bien le moment d'y penser ! La veste de son uniforme était restée dans le coffre de la voiture ; il aurait dû la mettre.

D'un pas vif et nerveux, il traversa la cour brillamment éclairée et atteignit la porte de la ferme. Le bâtiment était à l'abandon. La peinture blanche s'écaillait par plaques, les fenêtres étaient grises de crasse et le paillasson était si usé qu'on en voyait la trame.

Boldt retint son souffle afin d'entendre le moindre bruit, puis frappa fort, attendit et recommença. Le vent gémissait dans les cimes des cèdres et l'ampoule au mercure bourdonnait comme un énorme insecte. Boldt scruta l'intérieur à travers la vitre sale. Il ne vit qu'une cuisine en désordre. C'était donc la porte de service. Il contourna la maison, trouva une autre porte. Il savait que LaMoia le couvrait.

Il frappa. Attendit, frappa de nouveau. Rien.

D'un signe de main, il appela LaMoia qui sortit de l'ombre. Ils tentèrent d'ouvrir mais la porte était fermée à double tour.

— On pourrait l'enfoncer, proposa LaMoia.

— Pas en dehors de notre juridiction, refusa Boldt. Faudrait vraiment de bonnes raisons.

Il contempla les cinq bâtiments annexes. Des traces de pneus dans la boue menaient vers les bâtiments, certaines étaient récentes.

— On essaie les annexes ? demanda LaMoia.

— Allons-y, acquiesça Boldt.

Ils traversèrent la cour.

LaMoia poussa une énorme porte en acier coulissante. Boldt alluma sa torche et balaya l'intérieur du bâtiment. Ils se trouvaient devant un long couloir flanqué de centaines de cages empilées jusqu'au plafond. Ça sentait la poussière. Des plumes blanches, jaunes, marron, jonchaient le sol. Boldt ressentit la nausée qui le prenait souvent sur le lieu d'un crime.

— Ça ne te fait rien ? croassa-t-il, la gorge sèche.

— Si, la même chose qu'à toi, acquiesça LaMoia, qui referma la porte. On ferait peut-être mieux d'appeler les renforts.

Mais ils ne le firent pas. Ils traversèrent en silence un carré de hautes herbes qui chatouillèrent les chevilles de Boldt. Une odeur sure et douceâtre imprégnait l'air. Ils s'arrêtèrent devant le deuxième bâtiment, une baraque en préfabriqué.

— Ça va ? demanda LaMoia.

— Non.

— On ouvre ?

— Vas-y.

La porte grinça sur ses gonds. Boldt promena le faisceau de sa torche à l'intérieur. Encore des cages à poules ; des rangées d'ampoules de fort voltage pendaient du plafond.

— C'est des pondoirs, déclara LaMoia. Grâce aux lampes, on fait croire aux poules qu'il y a plusieurs jours par vingt-quatre heures, et elles pondent deux fois plus.

— On dirait une ville fantôme, dit Boldt.

— Oui, ça fait un drôle d'effet, hein ?

D'aspect extérieur, le troisième bâtiment semblait destiné à un autre usage — sans doute une remise à outils ou un hangar. En approchant de la porte à double battant, Boldt sortit son arme et arrêta LaMoia avant qu'il ne piétine les empreintes dans la boue : traces de pneus, de bottes.

— C'est pas bien vieux, observa Boldt.

Les pluies de la semaine passée auraient en effet effacé les traces.

Ils évitèrent les empreintes et contournèrent la bâtisse. Boldt pensait déjà aux techniciens du labo qui prendraient des moules, des photos. *Suivez votre instinct*, conseillait-il à ses élèves flics. Le sien lui disait que Daphné avait raison de voir un lien entre la Ferme Bellevue et le maître chanteur. Il n'avait aucun indice hormis ses crampes d'estomac et quelques traces de pneus, mais il était prêt à parier sa chemise.

Ils ne trouvèrent pas de porte sur le côté, mais il y en avait une à l'extrémité du bâtiment. Elle était fermée à clef et les vitres renforcées d'une fenêtre avaient été peintes à la bombe de l'intérieur. Tandis que Boldt dirigeait le faisceau de sa lampe dans une fente de la porte, LaMoia, le visage collé à la vitre, cherchait un jour dans la couche de peinture.

— Vers la droite, dirigea LaMoia. Encore... Voilà !

Il fallut plusieurs coups de barre à mine pour briser la vitre renforcée.

En entrant dans le hangar, Boldt demanda :

— Tu reconnais l'odeur ?

— Quel nez ! Tu aurais dû travailler dans les parfums.

— Tu ne sens rien ?

— Si, ça me dit quelque chose, avoua LaMoia. C'est de la peinture.

— Tout juste.

A l'intérieur, il faisait chaud et il n'y avait pas d'air. Sol en ciment. Au plafond, des crochets pendaient au-dessus d'un tapis roulant.

— C'est là qu'on les tue, déclara LaMoia en connaisseur.

Boldt activa l'allure en approchant de la voiture du shérif.

— Les gants, dit-il.

Chacun enfila une paire de gants en latex. Le faisceau de la torche accrocha le pare-brise et les miroirs ; des éclairs de lumière se reflétèrent dans le véhicule. Sur la portière du conducteur, on pouvait lire les mots Sasquaw Sheriff's Department autour du symbole de la justice. Le véhicule était fermé à clef. Boldt éclaira le siège arrière : personne.

— Force le coffre, ordonna-t-il.

LaMoia alla chercher la barre à mine pendant que Boldt faisait le tour de la voiture.

— Elle est propre, dit ce dernier. Trop propre pour toute cette boue. Il l'a nettoyée.

Son cœur se mit à battre. Mort. Il avait envoyé le shérif Turner Bramm dans ce piège, il l'avait engueulé jusqu'à ce que l'autre accepte de faire un saut à la ferme. Il était le seul responsable de ce qui lui était arrivé.

— Il s'est peut-être garé là pour se planquer, suggéra LaMoia, lisant dans les pensées de Boldt. Je parle du shérif, bien sûr. Si ça se trouve, il est en train de sauter une paysanne dans la baraque.

— C'est pas possible, tu ne penses qu'à ça ! rétorqua Boldt d'un ton un peu trop sec.

LaMoia ne répondit pas. Il coinça la barre à mine sous le rebord du coffre, fit levier de tout son corps et le coffre s'ouvrit.

— Personne, dit LaMoia, soulagé.

— Sa veste n'est pas là non plus. Il y a un râtelier à fusil sur le tableau de bord. Vide. La radio a disparu. Elle a été arrachée.

— Alors, on fracture la porte de la ferme ? proposa LaMoia.

— Tu parles !

La torche balaya le sol en ciment, dévoilant des traînées de peinture jaune, bleue et rouge. LaMoia s'accroupit et renifla.

— C'est de là que provient l'odeur, annonça-t-il.

Boldt suivit les traces de peinture avec la torche. Elles dessinaient un rectangle vide sur le sol.

— Il a peint une voiture à la bombe, dit LaMoia.

— Une camionnette, corrigea Boldt. Avec les trois couleurs.

Au troisième coup d'épaule de LaMoia, la porte de la cuisine céda.

Cela sentait la nourriture avariée et le renfermé. La cuisine était petite mais propre ; la vaisselle était sèche dans l'égouttoir. Dans une coupe, des fruits commençaient à pourrir. En face de Boldt, une porte, qui donnait sans doute vers la cave, était fermée avec un cadenas neuf. Boldt fit signe à LaMoia de fouiller le rez-de-chaussée. Toujours par signes, il lui expliqua qu'il s'occupait du premier.

Il traversa un salon qui sentait le moisi et gravit une volée de marches grinçantes.

— Police ! lança-t-il. Nous avons un mandat de perquisition.

Il poursuivit son ascension, la torche dans la main gauche, le pistolet dans la droite. Un bruit de pas en dessous. Il se retourna et vit LaMoia disparaître dans une autre pièce. La lumière crue de l'ampoule au mercure dessinait des ombres dans la cage d'escalier. Boldt gravit les dernières marches en retenant son souffle malgré lui.

L'escalier conduisait sur un palier sur lequel s'ouvraient plusieurs portes.

— Police ! cria-t-il encore, mais d'une voix moins assurée.

Il sentit soudain une odeur pestilentielle, et s'arrêta net, parcouru de frissons. Il connaissait cette odeur. Elle provenait d'une pièce sur sa droite.

Son instinct lui disait qu'il était bien chez le Soudeur. Il s'approcha de la porte avec une grande prudence.

— Police, répéta-t-il, l'arme à la main. J'entre.

Il éteignit sa lampe afin de ne pas offrir une cible trop facile.

Il tourna doucement la poignée de la porte, ouvrit prudemment, et trouva une pièce noire.

— Police, dit-il une dernière fois, et il chercha l'interrupteur à tâtons.

La pièce était vide.

Quelqu'un y avait habité récemment. Boldt sentit l'odeur de linge sale mélangée à celle de la peinture. Là encore, la propreté étonnante de la pièce le frappa. La personne qui habitait ici était un esprit ordonné, maniaque. Malgré toute son expérience, Boldt eut peur. Il aurait voulu fuir.

Un bruit, comme le son d'une clochette. Il connaissait ce bruit : celui de portemanteaux qui s'entrechoquent. *Ding !* Le bruit se répéta. La penderie se trouvait contre le mur opposé. Il y avait quelqu'un dedans. Au-dessus, un raclement subit le fit sursauter. Il braqua son revolver vers le plafond, et faillit tirer. Il comprit que c'étaient des rats, ou des chauves-souris.

Lorsqu'il se retourna pour appeler LaMoia, un grattement lui parvint de la penderie. Il marcha vers le meuble, et l'ouvrit d'un coup sec.

Les portemanteaux tintèrent. Un chat bondit de l'étagère sur le dos de Boldt, qui faillit basculer à la renverse.

Vide. La penderie était vide, les autres pièces aussi. LaMoia le rejoignit.

— Rien, annonça-t-il.

— Il y a cette odeur dans le couloir, dit Boldt.

Il conduisit LaMoia sur le palier. N'importe quel flic de la Criminelle connaissait cette odeur.

Ils repérèrent la glissière à linge sale en même temps.

— Ça vient de la cave, décréta LaMoia.

— Le cadenas neuf, lui rappela Boldt.

Leurs regards se croisèrent. Ils dévalèrent l'escalier et foncèrent dans la cuisine.

Avec un couteau à beurre qu'il cassa à deux reprises dans l'opération, LaMoia fit sauter les gonds de la porte de la cave avant que Boldt n'ait réussi à briser le cadenas. La porte s'ouvrit à l'envers, et LaMoia arracha tout, le cadenas, le jambage. L'escalier était sombre. Cela sentait la mort.

LaMoia chercha l'interrupteur, mais Boldt l'arrêta d'un geste, fit non de la tête, et alluma sa torche.

L'obscurité se referma sur eux tandis qu'ils descendaient les marches abruptes. La torche de Boldt troua la pénombre. Un évier en pierre. Un fil à étendre le linge. Un four à poterie. Il faisait nuit noire : des lattes de bois peintes bouchaient les soupiraux.

Ils traversèrent la buanderie avec prudence et débouchèrent dans une pièce qui sentait le moisi. Creusée dans la roche, elle était encombrée jusqu'au plafond de vieux meubles et d'outils rouillés. Fauteuils à bascule, jouets, commodes, sacs-poubelle bourrés de vêtements, matelas, armatures de lit. Un rectangle de lumière dessinait les contours d'une porte en bois brut qui ouvrait sur une autre pièce. L'odeur fétide provenait de cette pièce.

Par gestes, Boldt incita LaMoia à la prudence. De leurs mains gantées, ils tâtonnèrent autour du chambranle.

— Je l'ai, souffla LaMoia.

Et il montra un mince fil de fer qui traversait la porte, juste au-dessus des gonds rouillés. Le fil n'était pas complètement tendu. LaMoia colla son œil à la serrure.

— Des ballons incendiaires, annonça-t-il. La cave est piégée.

— Vite, demi-tour, John ! Et fais attention, il y en a peut-être d'autres.

Miaou...

Il surgit derrière eux, attiré par les odeurs fétides de décomposition. Affamé, il avait bien l'intention de franchir la porte. Sans se consulter, les deux flics comprirent aussitôt la menace qu'il représentait. Boldt s'accroupit.

— Minou, minou... ici, mon minou.

— Oh, merde ! s'exclama LaMoia, tout en s'efforçant de coincer le chat entre eux deux.

— Viens, mon minou.

Le chat s'arrêta pour les considérer. C'était un chat galeux avec un regard étrange. Il miaula de nouveau ; LaMoia s'approcha de lui lentement.

— Aveugle-le, dit-il.

Le chat se recula et se tapit. Boldt devina qu'il s'apprêtait à bondir.

116

— Prêt ? demanda-t-il, en serrant la torche dans sa main moite.

— Prêt.

— Vas-y !

Boldt envoya le faisceau de la torche droit dans les yeux du chat. L'animal se figea. LaMoia fonça, bras tendus, mais le chat lui fila entre les mains comme une savonnette.

Un bruit de cavalcade étouffée. Avant que les deux hommes ne réagissent, le chat avait entrouvert la porte avec son museau, la faisant grincer sur ses gonds. LaMoia plongea. Il s'empara de l'animal, mais son épaule heurta la porte qui s'ouvrit en grand.

Le shérif Turner Bramm était attaché à un tuyau d'eau par les poignets. Son uniforme paraissait mangé par les mites, là où son bourreau l'avait brûlé avec des cigarettes. Il n'avait plus de chaussures et ses pieds ne touchaient pas le sol, de sorte qu'il tirait de tout son poids sur le fil de fer qui mordait dans ses poignets, tels des bracelets sanglants. Son visage n'était qu'un masque d'horreur, figé dans un spasme de douleur.

Il y avait un établi soigneusement nettoyé et, à côté, des boîtes.

Une vingtaine de ballons — tous remplis d'essence — pendaient, alignés au plafond. Quand le détonateur se déclencha, des flammes orange et bleues volèrent d'un ballon à l'autre, comme de l'eau qui dévale d'une colline.

LaMoia s'était déjà relevé. Serrant le chat dans ses mains, il sprinta vers la porte de la cave et cria quelque chose que Boldt ne comprit pas.

Un souffle brûlant fouetta le visage de Boldt qui grimpait furieusement l'escalier de pierre à quatre pattes derrière LaMoia. L'ignition des ballons aspira l'air de chacune des fissures des murs de pierre, déclenchant une sorte de symphonie de sifflets chantants.

Sous la force de l'explosion, Boldt jaillit hors de la cave comme un boulet de canon, suivi, une fraction de seconde plus tard, par une longue flamme jaune qui s'éleva vers le ciel, tel le doigt d'une sorcière.

Boldt rampa à l'abri. Il ne s'aperçut que son blouson avait pris feu que lorsque LaMoia lui sauta dessus et le roula dans la boue.

La maison flamba comme du petit-bois. On aurait dit un gigantesque bûcher.

Le corps des pompiers bénévoles arriva trop tard, ils constatèrent les dégâts et prirent quelques photos. Boldt et

LaMoia prétendirent n'être que de simples passants. Ils ne parlèrent pas du cadavre pendu dans la cave, et le feu était trop intense pour qu'on le découvre. Ils restèrent dans les parages pour surveiller les lieux. Les pompiers professionnels n'arriveraient pas avant le matin. Peu après minuit, Boldt téléphona à Bernie Lofgrin du laboratoire de la police de Seattle. Il le tira du lit. Il voulait qu'une équipe de techniciens fouille les cendres dès l'aube, quand les braises auraient refroidi. Lofgrin protesta qu'il ne pouvait intervenir hors de sa juridiction, et se plaignit que Boldt lui devait encore les cassettes de jazz promises. Boldt affirma qu'il ferait le nécessaire pour l'un comme pour l'autre. Lofgrin savait pertinemment que Boldt ne pouvait rien faire pour le conflit de juridiction, mais il promit malgré tout d'envoyer une équipe.

17

Un homme la suivait... elle en était sûre. Si elle ne le semait pas, elle raterait la réunion de crise. Elle était déjà en retard. Les lundis matin étaient toujours cauchemardesques.

Organisée par Fowler, la réunion devait se tenir dans un lieu neutre. Ils devaient tous arriver à quelques minutes d'intervalle — Boldt, Fowler, Adler, Taplin et Matthews — après avoir emprunté des moyens de transport différents, ou au moins, être entrés par des portes différentes dans le Seattle Center. Le but était qu'un éventuel observateur ne puisse deviner qui sa proie s'apprêtait à rencontrer. Deux gardes de Fowler en civil devaient surveiller Adler afin de s'assurer qu'il n'était pas suivi. Dans le cas contraire, ils préviendraient une patrouille de flics, dirigée par Phil Shoswitz, qui appréhenderait l'inconnu.

Si Adler n'était pas suivi, la réunion aurait lieu comme prévu.

Or, c'était Daphné et non Adler qu'on suivait, du moins le croyait-elle, et rien n'avait été organisé pour la protéger.

Au début, cela avait été une intuition, l'impression que son chemisier était déboutonné et que tous les hommes avaient les yeux rivés sur elle. Mais elle portait un jean vert foncé et sa chemise d'homme était boutonnée jusqu'au cou, le col relevé pour masquer une cicatrice, souvenir que lui avait laissé un psychopathe quelques années auparavant.

Elle approchait du Westlake Center où elle devait prendre le monorail. Elle hésita à faire un rapide détour, perdre quelques précieuses minutes, et peut-être identifier le mystérieux inconnu qui la suivait. D'ailleurs, pour quel motif la suivait-il?

La possibilité d'une vengeance la hantait. Un criminel qu'elle avait contribué à faire condamner cherchait peut-être à la punir. En tant que psychologue de la police, elle était plus souvent citée au tribunal que la plupart de ses collègues flics, et elle certifiait neuf fois sur dix que l'accusé était légalement responsable de ses actes. De tels témoignages avaient des conséquences à long terme : en cas de condamnation, la peine encourue par un homme reconnu sain d'esprit était plus pénible dans un établissement pénitentiaire que s'il l'avait effectuée dans un hôpital psychiatrique, supposé plus clément. Pour ne rien arranger, les affaires sur lesquelles Daphné était appelée à témoigner concernaient des criminels à la personnalité instable. Mais peut-être était-elle suivie à cause de son enquête récente dans les archives d'Adler Foods. Soit par le Soudeur en personne, soit par une personne impliquée dans la contamination de New Leaf.

Elle ne réussit pas à le voir, et en fut d'autant plus inquiète que cela prouvait son habileté. Si suiveur il y avait, il restait dans l'ombre, et semblait anticiper ses décisions. La première fois qu'elle se retourna, elle devina un homme à une centaine de mètres ; mais, la fois suivante, il s'arrêta nonchalamment, fit demi-tour et disparut rapidement au coin de la rue. Deux fois ensuite, elle sentit sa présence, s'arrêta net et se retourna brusquement. A chaque fois en vain. Malgré cela, l'impression d'être filée ne la quitta plus ; en outre, elle n'avait pas le droit de prendre de risques.

Elle décida de ne pas faire le détour, et entra directement dans le Westlake Center, point de départ du monorail. Il y avait beaucoup de touristes venus pour les deux expositions en ville, le salon des cartes postales, et celui des équipements de sports nautiques. Une foule d'Américains moyens avides d'attractions déambulaient dans la Cinquième Avenue, appareil-photo en bandoulière par-dessus leurs T-shirts.

Le Westlake Center était justement le genre d'endroit qu'aimait la foule : un centre commercial où officiaient certains présentateurs de télévision et où on vendait de tout, des bonbons fantaisie aux stylos à trois cents dollars pièce. l'endroit avait gardé pourtant un certain cachet et la clientèle huppée y venait toujours. Les moins friqués pouvaient se rabattre sur les camelots qui installaient leurs étalages dans la rue, parmi les sans-logis, malgré le climat imprévisible de Seattle.

Daphné se dirigea droit vers Fireworks, non seulement à cause de ses articles souvent bizarres, mais aussi parce que le magasin était situé au centre du complexe et que ses immenses baies vitrées lui permettraient de surveiller les escaliers roulants et l'unique ascenseur.

Elle déclina les services d'une vendeuse au sourire de poupée Barbie et dont le décolleté plongeant aurait suffi à faire tourner la tête aux clients les plus chastes, et choisit comme poste de guet les rayons proches de l'entrée.

Elle connaissait les horaires du monorail. Dans cinq minutes, elle grimperait deux étages plus haut, achèterait son billet et monterait dans le train.

Au bout de quelques minutes, elle commença à avoir des doutes. Elle ne vit personne ressemblant de près ou de loin à l'homme qu'elle avait vu disparaître à un coin de rue. Elle était bien placée pour connaître le pouvoir de l'imagination, le pouvoir de l'illusion, et les dangers de la paranoïa. Pas question d'échafauder des hypothèses sans preuves solides. Les soupçons étaient légitimes, mais jusqu'à un certain point. Elle était près de se dire qu'elle avait été victime de son imagination quand elle l'aperçut.

Elle ignorait comment il avait atteint le niveau inférieur du centre commercial, mais il était bien là, à l'étage en dessous... de dos ; elle n'avait toujours pas vu son visage. Mais c'étaient les mêmes habits, la même taille, la même corpulence. Et son attitude ne trompait pas : il surveillait la foule, scrutait les visages, mais oubliait de regarder dans les boutiques. Il avait peut-être pris le bus et était entré par le tunnel du métro ; Daphné avait surveillé les entrées donnant sur la rue. Non, cela n'avait aucun sens. Comment l'aurait-il suivie s'il était venu en autobus ? Avait-il un complice ? Elle pria pour qu'il s'approche, qu'il se retourne afin qu'elle voie son visage, mais il lui tournait toujours le dos. Elle jeta un œil à sa montre et s'aperçut qu'il ne lui restait plus de temps : encore deux minutes avant l'arrivée du monorail.

Il n'y avait plus à hésiter... elle devait absolument aller à la réunion. Elle sortit de la boutique, évitant une dernière avance de la poupée Barbie qui faillit la coincer à la porte, et ne quitta plus des yeux l'inconnu qui arpentait l'étage inférieur. Elle agrippa la main courante et s'apprêta à monter sur l'escalier roulant. L'homme portait un coupe-vent kaki, un jean, et une paire de Docksides, comme hélas la moitié des citadins à cette époque de l'année. Et de nouveau, les doutes envahirent Daphné. Ce n'était peut-être pas l'homme qu'elle avait repéré plus tôt.

Pendant une fraction de seconde, elle reporta son attention sur la première marche de l'escalier mécanique. Soudain elle sentit que l'homme la regardait. Elle se pencha au-dessus de la rampe. Trop tard, il avait disparu. Elle eut beau faire, elle l'avait perdu de vue.

Tant qu'elle savait où l'homme se trouvait, tout allait bien, mais depuis qu'il avait disparu elle était redevenue paranoïaque. Elle bouscula tout le monde pour remonter l'escalier roulant comme si elle voulait échapper à un poursuivant imaginaire. Reprends-toi, s'imposa-t-elle, connaissant trop bien les dangers d'une telle attitude — la peur engendre la peur. Cependant, elle sentait sa présence dans son dos, comme lorsque son frère la poursuivait étant petite, ou quand son oncle ivre la coursait autour de sa chambre à coucher et était sur le point de l'attraper... elle ne pouvait s'empêcher d'être terrifiée. Folle d'angoisse, elle fonça en haut de l'escalier roulant, effectua un virage sur les talons pour prendre l'escalier suivant, tout en sachant que plus elle courait, plus elle se faisait remarquer. Elle devenait une proie trop facile.

En faisant la queue pour acheter son billet, elle comprit qu'elle perdait la tête. Elle prit un aller-retour, jeta un coup d'œil inquiet par-dessus son épaule, puis alla attendre à l'entrée du quai. Le monorail surgit dans le virage puis ralentit. L'agitation de Daphné augmenta. La rame de deux voitures s'arrêta, et une poignée de passagers en descendit. Elle franchit la passerelle, monta dans le train et s'installa. Elle s'aperçut avec soulagement que personne ne portait de coupe-vent kaki. Quand les portières automatiques se fermèrent, elle poussa un profond soupir, se dirigea vers la voiture de tête où il y avait davantage de places, et se calma.

Les portières se rouvrirent pour laisser monter trois retardataires, parmi lesquels l'homme au coupe-vent kaki. Il tournait déjà le dos à Daphné quand elle s'aperçut de sa présence. Lorsqu'elle remarqua son blouson, elle faillit pousser un cri qu'elle camoufla par un éternuement forcé. Pourtant, elle n'avait pas le droit de se laisser dominer par la peur. Quand un flic devient paranoïaque, il a du mal à penser clairement. Il voit partout le visage des criminels qu'il a aidé à faire condamner, dans la foule, dans les halls d'immeubles, derrière les arbres. Il est à la merci de son esprit tourmenté. Daphné fouilla à tâtons dans son sac pour s'assurer que son petit revolver réglementaire s'y trouvait.

Elle prit son courage à deux mains, se leva et retourna dans le wagon de queue. Observant l'homme au blouson kaki du coin de l'œil, elle s'agrippa à la rampe horizontale et le dévisagea ostensiblement jusqu'à ce qu'il lève la tête. C'était un petit quadragénaire avec une cicatrice près de l'œil gauche.

— Salut, fit-il avec une curiosité puérile.

— Vous me connaissez ? demanda Daphné.

— Non, mais j'aimerais bien.

— Pourquoi me suivez-vous ?

Il jeta des regards inquiets autour de lui, devinant que

Daphné faisait en sorte de prendre les passagers à témoin. Elle savait qu'il ne pouvait rien contre elle au milieu de la foule, et elle en profitait pour l'intimider.

— Comment ? réussit-il à articuler.

S'il jouait la comédie, c'était un sacré acteur.

— Allez-vous-en, menaça Daphné, ou je vous fais arrêter.

Elle recula d'un pas, puis ajouta :

— Si vous vous êtes renseigné sur mon compte, vous devez savoir que j'en suis capable.

— Ecoutez... commença-t-il.

Mais elle n'était pas disposée à lui laisser le temps de s'expliquer. En réagissant sans réfléchir, elle venait de commettre une erreur impardonnable. Si c'était réellement un suspect, elle aurait dû retourner les rôles, le faire suivre, obtenir des renseignements. Au lieu de cela, elle avait voulu se prouver quelque chose, et ce faisant elle avait gâché une belle occasion d'en savoir davantage sur son compte. Elle avait agi comme une imbécile. Elle en était consciente, cependant elle éprouvait une sorte de satisfaction parce qu'il lui avait fallu du courage pour aller affronter l'inconnu. Maintenant, elle regrettait son intrépidité intempestive, mais il était trop tard.

Le monorail s'arrêta à la station de Seattle Center. Daphné erra dans le bâtiment plus longtemps qu'elle ne l'avait imaginé afin de surveiller l'homme qui, l'ignorant avec superbe, se dirigea vers une exposition d'artisanat. Daphné ne savait plus quoi penser.

Voulant en avoir le cœur net, elle fonça vers l'exposition. Au diable la réunion ! Elle appellerait des renforts, mais elle ne lâcherait pas l'homme d'une semelle.

Manque de chance, il avait disparu. Elle passa les dix minutes suivantes à fouiller les salles, les allées. Il s'était encore volatilisé, comme au Westlake Center.

A moins, songea Daphné en scrutant vivement les environs, qu'il ne soit encore en train de la surveiller, avec une prudence décuplée, cette fois. Ah, il ne ferait plus d'erreur, la leçon lui avait servi.

Le panneau qui se dressait devant l'entrée du planétarium de Seattle Center était du type de ceux qui annoncent les programmes des séminaires dans les halls d'hôtel. Sur celui-ci, on pouvait lire : Prochaine séance : 12 heures, suivi en dessous des horaires d'été en plus petits caractères.

Le Seattle Center attirait un nombre impressionnant de familles, fascinées par les expositions de science interactive.

123

C'était pour cette raison que Boldt avait choisi l'endroit: la couverture parfaite. Il montra discrètement son badge et donna son nom au gardien en sentinelle devant l'entrée du planétarium. L'homme le laissa passer. Taplin et Fowler étaient déjà arrivés.

Boldt devait convaincre Adler de payer la somme exigée. Il s'attendait à un refus inflexible.

La salle de six mètres de diamètre était entourée de banquettes rembourrées. Au centre se dressait une table fixe recouverte d'un amas de matériel de projection qui semblait sortir tout droit d'un film de science-fiction. La salle ne possédait qu'une entrée et était insonorisée, deux qualités qui, combinées à la foule qui se pressait alentour, en faisaient le lieu idéal pour une réunion secrète.

Boldt avait vu le spectacle quelques mois plus tôt quand il était venu recueillir les renseignements qu'un informateur lui avait murmurés à l'oreille tandis qu'une étudiante, maniant un faisceau lumineux rouge, racontait «le voyage à travers la voûte céleste». C'était d'ailleurs un bon spectacle — excellent pour les moins de douze ans. Miles devrait attendre encore quelques années avant de pouvoir l'apprécier.

— Tu as l'air nase, déclara Fowler en venant à sa rencontre.

A ses côtés, Taplin, une serviette ouverte devant lui, était absorbé dans l'étude de papiers étalés sur ses genoux.

— Tu devrais dormir au moins une fois par semaine, railla Fowler, que ça te plaise ou non.

— Content d'en avoir fini, hein? remarqua Boldt.

— Parce que j'en ai fini d'après toi? Tu veux me laisser sur la touche, c'est ça? se plaignit Fowler.

— Je ne parlais pas de ça. Je parlais de la police.

— Une seconde, fit Fowler, qui pressa son index dans son oreille gauche.

Boldt remarqua seulement le fil de couleur chair qui remontait de son col de chemise.

— Le patron est là, annonça Fowler.

Il avait la situation bien en main, ses hommes encerclaient le Seattle Center. Boldt, qui avait l'habitude de diriger les opérations, en fut quelque peu jaloux.

La porte capitonnée s'ouvrit, et Adler entra.

Howard Taplin posa ses papiers et se leva. La fatigue nerveuse semblait lui avoir fait perdre plusieurs kilos.

Adler traversa la salle et serra la main de Boldt.

— Vous avez aussi bonne mine que moi, remarqua-t-il d'un ton amical.

— Comment dois-je le prendre ?

— Les ennuis commencent, annonça Fowler. Avec un peu de retard, si je puis me permettre.

Daphné entra à son tour, hagarde. Fowler verrouilla la porte derrière elle.

— Si votre montre ne marche pas, dit méchamment Fowler, nous vous en achèterons une autre.

— J'ai été retardée.

— On devait arriver à dix minutes d'intervalle, rappela Fowler. Et vous deviez arriver avant Boldt.

— J'ai été retardée, répéta Daphné.

Elle jeta un coup d'œil à Boldt qui comprit aussitôt que quelque chose n'allait pas.

— Qu'est-ce que nous attendons pour commencer ? fit Taplin, irrité. Nous avons du pain sur la planche. (Il tendit la photocopie d'un fax à Boldt et à Daphné.) Voilà le premier des deux fax que nous avons reçus.

— Deux ? s'étonna Boldt, qui lut :

TU AS ENFREINT LES RÈGLES.
TU NE POURRAS T'EN PRENDRE QU'À TOI.
J'AVAIS DIT PAS DE FLICS, ET J'ÉTAIS SÉRIEUX.

— J'ai une équipe de quinze hommes dont trois viennent de la police. Nous avons de l'expérience, nous avons un matériel moderne. Pour résumer, je crois que Mr. Taplin aimerait que nous prenions le relais. Nous ne pouvons risquer de nouveaux meurtres.

— Tu essaies de me virer ? demanda Boldt.

— Owen ? questionna Daphné, incrédule.

Adler réprimanda Fowler.

— Nous sommes ici pour discuter de cela. Aucune décision n'a encore été prise.

— On ne vire pas la police comme ça, protesta Boldt, furieux.

Il ne voulait pas avoir à leur raconter le meurtre du shérif Turner Bramm. La Ferme Bellevue avait été impliquée dans la contamination à la salmonelle, mais Boldt attendait le rapport du laboratoire qui examinait le document du ministère de la Santé, avant d'en informer Taplin, Fowler et Adler.

— S'il faut prendre des précautions supplémentaires pour empêcher les fuites, poursuivit-il, nous le ferons.

— Ça ne suffit pas, riposta Taplin. Vous devez arrêter votre enquête, et nous remettre les renseignements que vous avez pu glaner. Mr. Fowler a dirigé l'enquête interne personnellement, et à ma connaissance il n'a pas fait appel à la police. La fuite vient donc de chez vous.

— Dispensez-vous des attitudes partisanes, Tap. Je n'aime pas ça.

Boldt ne vit pas comment il pourrait éviter de dévoiler le meurtre de Bramm. C'était le seul moyen de régler le différend.

— Nous enquêtons actuellement sur le meurtre d'un représentant de la loi qui a sans doute été tué par votre maître chanteur. Cela s'est passé à la Ferme Bellevue la nuit dernière.

Adler, Fowler et Taplin se regardèrent, abasourdis. Il y eut un silence pesant que Boldt brisa.

— Je vous rappelle que les indices nous avaient incités à privilégier la piste d'un employé d'Adler Foods. Maintenant, nous enquêtons sur un meurtre supplémentaire. Nous n'avons pas encore de preuve, mais nous devons considérer la possibilité qu'un ancien employé de la Ferme Bellevue, ou quelqu'un que les Meriweather auraient engagé, travaille actuellement pour Adler Foods, et qu'il est responsable des meurtres. Toujours est-il qu'il a tué un officier de police à qui nous avions demandé de se renseigner sur la Ferme Bellevue. C'est à cela que le fax se réfère.

— Pourquoi n'en avons-nous pas été informés? reprocha Taplin.

— Nous venons de l'être, trancha Adler, qui perdait patience.

Il fusilla son avocat du regard.

— Où en es-tu, Fowler? demanda Boldt. As-tu trouvé quelque chose sur un employé? Pourquoi n'ai-je pas encore vu tes rapports?

— Ils sont là, déclara Fowler, sur la défensive. Mr. Taplin était justement en train de les étudier. Autant te prévenir tout de suite que je n'ai rien trouvé. Je m'étais concentré sur les mecs, d'accord? Là-dessus, voilà que tu m'annonces que le suspect est une femme... à cause de la vidéo de Foodland... et il a fallu que je recommence tout. Figure-toi que ça prend du temps si on ne veut pas attirer l'attention. D'ailleurs, tu le sais très bien. Cette enquête sur la Ferme Bellevue, ça donne quoi?

— Matthews travaille dessus, rétorqua Boldt.

Fowler coula un regard vers Daphné et proposa:

— Si vous avez besoin de mes services...

— Merci.

— Montrez-leur le second fax, Howard, ordonna Adler.

Boldt releva le ton sec et l'usage du prénom de Taplin au lieu de son diminutif habituel. La tension entre les deux hommes était évidente.

126

— Un autre fax? questionna Daphné. Un second fax le même jour?

Fowler s'agita, mal à l'aise.

— Nous vous les montrons dans l'ordre où nous les avons reçus.

Boldt lut :

RECETTE DE LA SOUPE DE GRAND-MÈRE :
100 000 DOLLARS À LA PACIFIC-WEST Nº 435-98-8332
AVANT VENDREDI, OU DES CENTAINES D'INNOCENTS MOURRONT.

— Cela provient du même ordinateur? demanda Boldt.

Adler acquiesça d'un air déçu.

— Tu as repéré d'où venait l'appel, Fowler? demanda Boldt. J'imagine que tu as relevé le numéro?

— Une cabine publique dans le quartier universitaire. Quand nous sommes arrivés, celui (ou celle) qui avait envoyé le fax avait foutu le camp depuis belle lurette.

— Tu aurais dû nous prévenir, Kenny, gronda Boldt, furieux d'avoir été tenu à l'écart. Les voitures de patrouille ne sont pas faites pour les chiens.

— Vous n'avez pas prévenu la police? s'étonna Adler. Pourquoi?

Il s'efforçait de garder son calme, mais on le sentait prêt à exploser.

— C'était une question de temps de réaction, expliqua Fowler. Supposons que j'appelle... Boldt prévient le central... le central prévient les voitures de patrouille... je connais la musique, monsieur, j'ai travaillé dans la police.

Il grimaça. Boldt eut l'impression que Kenny Fowler n'aimait pas appeler quelqu'un monsieur.

— La façon la plus rapide d'agir, expliqua Fowler, et la plus efficace, c'était de sauter sur l'occasion et d'intervenir nous-mêmes.

— Oui, eh bien, vous avez échoué. Au temps pour l'efficacité! La prochaine fois, je veux qu'on prévienne la police tout de suite. Nous sommes bien tous d'accord?

Embarrassé, Fowler rougit; il ne semblait pas apprécier les réprimandes non plus. Boldt sentit que la réunion tournait mal. Les trois hommes étaient prêts à s'étriper.

— Quelles sont tes conclusions, Daphné? demanda Boldt.

— Il utilise le même langage... la menace de tuer des centaines d'innocents. Je crois qu'il faut prendre cela au sérieux.

Boldt la connaissait suffisamment pour sentir qu'elle était

préoccupée par quelque chose, mais il ne voulait pas la questionner devant les autres.

— Ce que je trouve bizarre, dit Adler, c'est qu'il ait pris tant de risques pour envoyer deux fax, alors qu'un seul aurait fait l'affaire.

— Il avait peut-être envisagé de demander de l'argent depuis le début, avança Fowler. C'est parce qu'on l'a brusqué qu'il l'a fait plus tôt que prévu. (Il s'adressa à Daphné.) Les empoisonnements lui ont servi à mettre son plan en place. Il prouve d'abord son pouvoir, et il exige l'argent ensuite.

Daphné lança un bref regard à Boldt puis à Fowler. Elle choisit ses mots avec soin.

— Il faut prendre ces menaces au sérieux, répéta-t-elle. La première ligne est une référence à la soupe de grand-mère, ce qui colle avec son style. Je crois que le type est décidé. Si c'est mon avis que vous me demandez, le voilà : payez.

— C'est hors de question, protesta Taplin. Nous ne céderons jamais au chantage. (Il ajouta d'un ton sec à l'adresse d'Adler :) Il faut savoir se fixer des limites.

Boldt se hâta d'intervenir.

— Et le compte en banque ?

— Nous n'avons pas essayé de te doubler, si c'est ça que tu veux savoir. Bien sûr, je pourrais obtenir des détails sur ce compte grâce à mes relations, mais tu as des moyens que je n'ai pas. Je préfère donc que tu t'en charges...

Boldt n'en crut pas un mot. Adler et sa société avaient assez de contacts dans le milieu bancaire pour doubler la police. Il pariait que Fowler s'était déjà mis à l'œuvre, mais qu'il refusait de l'admettre pour éviter les problèmes légaux. Boldt entrevit l'extraordinaire opportunité que l'extorsion de fonds présentait pour l'enquête. Il devenait encore plus important de convaincre Adler de sortir le portefeuille et de jouer le jeu. Et il était bien décidé à profiter de la différence de point de vue entre Adler et Taplin. Il pensait en outre qu'Adler était plus disposé que les autres à se ranger aux arguments de Daphné. Croisant son regard, il lui demanda :

— Comment devons-nous interpréter son ultimatum ?

Elle le considéra un instant, puis répondit :

— C'est sa première erreur. Il se laisse gagner par l'appât du gain. Toutefois, je ne suis pas d'accord avec Mr. Fowler : je ne pense pas qu'il ait prévu la demande de rançon depuis le début. Je penche plutôt pour un retournement de situation. Voyant que nous avions enfreint ses règles, il s'est trouvé devant une alternative : tuer des centaines de gens, ou faire retomber la tension. Je crois qu'il a opté pour cette dernière solution. Nous pouvons en déduire qu'il éprouve des réticences à mettre ses menaces à exécution. Soit il n'a pas les moyens de ses ambitions, soit il recule devant les meurtres massifs. D'après moi, il n'a pas le cran. Profitons-en. S'il est trop gourmand, nous aurons une arme contre lui.

— Nous ne paierons pas, insista Taplin. Notre société ne sera pas prise en otage. En outre, nous lui avons peut-être coupé les ailes en changeant la colle des étiquettes, ce dont — soit dit en passant — nous vous sommes reconnaissants, inspecteur. Pour les contaminations de Portland, les codes de production montrent que les boîtes provenaient d'une série antérieure au changement de colle. La demande d'argent est un acte désespéré. Notre homme n'a plus de munitions.

— Ça, intervint Daphné, nous n'en savons rien. Il a pu stocker des boîtes de soupe... des centaines ou davantage... et dans ce cas, la nouvelle colle ne sert à rien. Mais je voudrais attirer votre attention sur ce compte bancaire. Il n'exige pas un sac rempli de petites coupures qu'on déposerait à un quelconque terminus d'autocar. Le compte bancaire prouve la préméditation, un professionnalisme qu'il faut prendre au sérieux. Remarquez que les demandes sont allées crescendo. Sommes-nous prêts à le défier ? Au point où nous en sommes, je me dois de vous mettre en garde contre une telle décision. Payez la rançon. Jouez le jeu. Le FBI vous conseillerait la même chose.

Taplin se dressa sur ses ergots et dit avec morgue :

— Que se passera-t-il si nous payons et qu'il réclame davantage d'argent ?

— C'est souvent le cas, répondit Daphné. Je n'ai pas besoin de vous rappeler que les extorsions liées à des contaminations de produits durent parfois des années. Je ne doute pas que vous ayez fait des recherches. En Angleterre, l'affaire Heinz a duré deux ans. Ils ont déboursé trente mille livres sterling avant d'arrêter le coupable.

— Je connais l'affaire, concéda Taplin en jouant avec son stylo à trois cents dollars. C'est exactement ce que je voudrais éviter. Il y a des moments où il faut savoir dire non.

— Le moment est mal choisi, avertit Boldt, qui se tourna vers Adler. Ce serait plutôt le contraire : c'est le moment de jouer le jeu. (Il affronta le regard de Taplin, dévisagea Adler, puis déclara :) Vous êtes tous deux des hommes d'expérience. Vous n'êtes pas arrivés où vous en êtes sans savoir quand il faut enchérir et quand il faut tirer une carte. Il ne s'agit pas là d'une menace, ajouta-t-il en désignant le fax. C'est une invitation. Il nous offre la possibilité de remonter jusqu'à lui. C'est exactement ce qu'il nous faut : un moyen de le coincer. Oubliez la soupe, la colle, et les bactéries. Il demande de l'argent, qui, par définition, circule. Vous le déposez sur un compte, et il faudra bien qu'il le retire. C'est là que nous l'attendrons. C'est aussi simple que ça.

— Il peut toujours...

— Le faire par télégramme ? coupa Boldt, qui ne voulait pas laisser Taplin développer ses arguments. C'est ce qu'il s'imagine. Mais nous le suivrons. Nous sommes à l'ère de l'informatique... il ne peut rien faire avec cet argent sans que nous le sachions. Ecoutez, il a commis une erreur, il s'est rendu vulnérable. C'est la première fois que la chance est de notre côté. Ne la gâchons pas. Si vous ne payez pas, dit-il précipitamment à Adler, tout ce que nous gagnerons, ce seront des meurtres. Si vous payez, nous aurons une piste.

— Si vous cédez, se lamenta Taplin, et que la presse l'apprenne, vous aurez démontré votre faiblesse. Nous n'aurons plus jamais la paix. Tous les maîtres chanteurs du pays vont nous tomber sur le dos.

Adler parut réfléchir intensément. Boldt préféra ne pas le déranger. Adler croisa son regard. Il paraissait chercher une réponse dans ses yeux.

— Si j'avais le choix, déclara Boldt, je préférerais courir après de l'argent qu'après de nouveaux Slater Lowry.

Adler consulta sa montre, puis se tourna vers Taplin.

— Vous savez qui vient dans un planétarium ? Des enfants. Des enfants comme Corky, comme votre Peter et votre Emily. Des enfants comme Slater Lowry. Que se passera-t-il si nous poussons notre homme à bout ? Si nous devons répondre de la mort d'une centaine de Slater Lowry ? Comment pourrions-nous vivre après ça ?

Taplin se renfrogna.

— Je ne possède pas la réponse, Owen.

— Moi, si, fit Adler. Kenny ?

— Boldt a raison, répondit Fowler. Je comprends votre position, Mr. Taplin. Nous allons au-devant de toutes sortes d'emmerdements... mais ce sont des emmerdements financiers, pas des cadavres. Boldt a très bien résumé la situation : le type nous offre la possibilité de modifier la donne. De l'argent en échange de vies humaines. Il faut sauter sur l'occasion.

— C'est aussi mon avis, approuva Adler.

Résigné, Taplin entassa ses papiers dans sa serviette, la referma d'un coup sec.

— Je vais m'occuper des dépôts nécessaires, dit-il, évitant soigneusement le regard de Boldt.

— Mieux vaut commencer petit, conseilla Fowler, prenant Daphné à témoin. La moitié, peut-être. Ça nous permettra de poursuivre les discussions.

— Oui, faisons tout pour rester en contact avec lui, acquiesça Daphné.

— Je m'occupe de la banque, dit Boldt. Vous avez pris la bonne décision, Mr. Adler.

Adler se balança sur les talons et dit :

— Nous verrons bien.

18

Boldt donna un coup de fil et prit rendez-vous avec une responsable de la Pacific-West. Il espérait beaucoup de cette rencontre. Il se pouvait qu'en ouvrant son compte bancaire — qui n'était sûrement qu'une façade —, le Soudeur leur ait involontairement permis de l'identifier. C'était la raison pour laquelle Boldt avait demandé à Daphné de l'accompagner : il attendait d'elle des explications sur les motifs psychologiques qui avaient poussé l'homme à utiliser un compte bancaire pour toucher la rançon.

Comme prévu, tous les participants à la réunion quittèrent le Seattle Center séparément. Boldt rejoignit Daphné à son houseboat, où ils préparèrent la rencontre avec la responsable de la banque autour d'une tasse de thé.

Boldt lui raconta l'incendie de la Ferme Bellevue.

— Au son de ta voix, remarqua-t-elle, je sens que tu culpabilises d'avoir envoyé le shérif là-bas. Tu te fais du mal inutilement, Lou. Arrête, nous avons besoin que tu sois à cent pour cent de tes capacités.

— Le deuxième fax t'a fait tiquer.

— Ne change pas de sujet. C'est de toi qu'il est question, Lou.

— Qu'est-ce qui t'a fait tiquer ? demanda Boldt, refusant de la suivre sur ce terrain.

— Oh, un détail. Il ne reporte pas la faute sur Owen comme sur les fax précédents.

— Et à ton avis, c'est significatif ?

— La définition de la responsabilité est très importante, oui. Il, ou elle, ne veut pas assumer la responsabilité des empoisonnements. Tout est la faute d'Owen. Tant que c'est sa faute, les meurtres peuvent continuer. Bizarrement, le jour où Owen cesse d'être coupable, les ennuis commencent. Si le Soudeur culpabilise pour les meurtres, il risque de décompenser. Souhaitons que cela n'arrive pas.

— Tu penses que le dernier fax prouve que c'est déjà arrivé.

Il avait dit cela comme un fait. Daphné ne s'engagea pas. Elle souffla sur son thé, puis contempla par la fenêtre deux véliplanchistes qui surfaient tels des papillons sur les eaux de Lake Union.

— Deux fax le même jour, dont un diffère de manière significative des précédents, c'est exactement le genre de chose qui risque d'intéresser le Dr. Richard Clements. Ne serait-ce que pour ça, c'est une bonne chose. Il est le meilleur, Lou. Il nous sera vraiment utile.

— Il y a autre chose, dit Boldt, intrigué par l'inquiétude qu'il lisait sur le visage de Daphné.

— Tu joues au psychologue, maintenant?

— C'est une réponse?

— J'ai changé d'avis sur l'épouse. Elle n'a certainement pas tué le shérif Bramm. Et d'après ce que tu viens de me raconter, ce n'est pas non plus l'œuvre d'un tueur à gages. C'est celle d'une personne folle de rage. Et d'un homme.

— Je le pense aussi.

— Tu le savais.

— Oui.

— Un homme qui a un compte à régler.

— Exact.

Daphné s'agita sur son tabouret.

— Je crois que le shérif symbolisait Owen pour lui. Cela nous montre la puissance de la haine qui est en lui. Il veut la mort d'Owen, Lou. Il n'abandonnera pas tant qu'il n'aura pas obtenu ce qu'il cherche... à moins que nous ne l'arrêtions avant.

Elle détourna les yeux pour que Boldt ne vît pas son regard.

— La banque nous aidera peut-être, avança Boldt. Rasoir viendra avec nous.

— Ah, ça risque d'être intéressant.

Le substitut Michael Striker était de taille moyenne, mais il paraissait petit parce qu'il avait une petite tête et une petite bouche. On lui avait peut-être attaché les oreilles dans son enfance, mais avec l'âge elles s'étaient développées comme des feuilles pointant vers le soleil. On le surnommait Rasoir à cause de sa voix qui bourdonnait comme lorsqu'on souffle dans un peigne entouré d'une feuille de papier paraffiné. Il avait une pince métallique à la place de la main droite. Pour amuser les copains, Rasoir lançait des allumettes dans des tubes de 10 cm de haut en se servant uniquement de sa prothèse. Quand il était énervé, la pince s'agitait machinalement et claquait comme un batteur à mayonnaise dans un bol.

Le soutien du procureur était indispensable dans toute enquête. Un procureur ne la conduisait pas lui-même, mais il l'orientait de façon à obtenir les meilleures condamnations. La plupart des déclarations passaient entre les mains du procureur, ou étaient transférées directement chez le juge après son approbation. L'inspecteur «référent» et le procureur formaient une équipe parfois harmonieuse, parfois conflictuelle. Il n'était jamais facile de travailler avec Michael Striker à cause de son caractère irascible, mais Boldt l'appréciait. C'était l'un des cinq meilleurs substituts de King County, et certains prétendaient qu'il allait être nommé à la Cour de cassation dans le courant de l'année.

On conduisit Boldt, Striker et Daphné au sixième étage où trônait un massif d'arbres artificiels. Il flottait une vague odeur de désinfectant dans l'air. Cela sentait le cadre supérieur.

Ils avaient rendez-vous avec Lucille Guillard, une Noire café au lait d'une trentaine d'années, à l'accent français chantant, dotée d'un cou exceptionnellement long et de magnifiques yeux noirs pénétrants. Elle portait un tailleur en lin bleu avec un chemisier blanc brodé. Son sourire était empreint d'une grande assurance de soi. Elle leur serra les mains, leur offrit des sièges, et entama les débats sans perdre de temps. Un assistant leur distribua les photocopies de la demande d'ouverture de compte.

— Une femme! s'exclama Daphné.

Elle fut la première à le remarquer. Boldt était abasourdi. La vidéo de Halte-au-Vol avait bien suggéré la complicité d'une femme, mais le meurtre sadique du shérif Bramm l'avait convaincu que le suspect était un homme.

— L'adresse est bidon, déclara Striker. J'ai un cousin qui habite au 5901. En face, c'est un jardin. Il n'y a pas de numéro 5908. Vous ne vérifiez jamais ce genre d'informations? demanda-t-il sèchement à Guillard.

La directrice se hérissa.

— Je ne travaille pas aux Nouveaux Comptes, rétorqua-t-elle.

— Bon, montrez-nous la déclaration originale. Nous sommes assez pressés.

La prothèse de Striker commença à cliqueter.

— On a le temps, Rasoir, dit Boldt pour le calmer.

Guillard relut la photocopie.

— Ce compte a été ouvert la semaine dernière. Ce qui signifie que l'original a déjà été détruit.

— Détruit? s'étonna Striker, qui se pencha en avant. Qu'est-ce que vous me chantez?

— Rasoir! s'exclama Boldt qui sentait le procureur prêt à exploser.

— Nous ne gardons pas de papier à la Pacific-West, dit Guillard. Tout se passe par boîtes postales et par ordinateur. Ne croyez pas que cela me plaise. Mais sachez que la demande originale a été scannée et sauvegardée dans notre ordinateur central à San Francisco cinq jours ouvrables après l'ouverture du compte. Je peux vous obtenir un fac-similé de l'original — d'excellente qualité — mais pas l'original lui-même. Désolée.

— Putain de bureaucratie à la con! pesta Striker. On ne peut pas relever d'empreintes à partir d'une photocopie, ma belle. Vous savez contre qui on se bat? Un fac-similé? Qu'est-ce que l'inspecteur peut foutre d'un fac-similé?

— De toute façon, intervint Boldt pour détendre l'atmosphère, c'était un ballon d'essai, Mike. Ce n'est pas la faute de miss Guillard. On s'attendait à un faux nom, une fausse adresse.

— Ah, ça, ça m'étonnerait, dit Guillard. Nous vérifions toutes les demandes d'ouverture de compte.

— Vous savez quoi? objecta Striker. Dix contre un que le nom est celui d'une femme récemment décédée. L'identité d'emprunt permet d'avoir un numéro de Sécurité sociale qui correspond au nom, juste au cas où votre banque ferait des vérifications qui s'imposent, ce dont je doute. Les agences du FBI ont pris depuis des années des mesures pour automatiser les doubles vérifications des fichiers afin d'empêcher ce que nous appelons les fraudes mortuaires, mais le FBI est comme les banques, tous des bureaucrates. Ils ont la rapidité d'une limace et à peu près autant de cervelle...

— Elle a forcément besoin d'une adresse postale, intervint Daphné. Pour les relevés, par exemple?

— Bien sûr. Si plus de deux relevés nous sont retournés, nous suspendons le compte immédiatement.

Boldt trouvait que l'accent français de miss Guillard donnait à ses mots la consistance d'une crème Chantilly.

— Ça veut donc dire qu'elle a deux mois avant que vous ne fermiez son compte, nota Daphné.

— C'est bien ce que je disais, persifla Striker. De vraies limaces.

Sa prothèse claquait comme un portail par grand vent.

— Si l'adresse est fausse, comme Mr. Striker le prétend, nous fermerons le compte aujourd'hui même.

— Surtout pas! s'exclama Boldt.

Guillard le dévisagea, interdite.

— Si vous pouvez faire une exception, expliqua Daphné, nous préférerions que le compte reste ouvert.

— Je ne comprends pas, fit Guillard.

— Le contraire m'aurait étonné, rugit Striker. Seigneur!

Boldt empoigna Striker par le bras, l'entraîna dans le hall et referma la porte.

— Ça suffit, Rasoir!

— Excuse-moi, Lou. (Sa pince métallique cliqueta bruyamment.) Tu vois bien comment elle est: une femme, une étrangère membre d'une minorité ethnique. Elle a eu sa place grâce aux quotas, bordel!

— Elle est membre du comité directeur, Rasoir! Elle fait partie des douze responsables de la Pacific-West pour le Nord-Ouest. T'es à côté de la plaque.

Striker soufflait comme un bœuf.

— Je suis à cran, Lou, j'ai des emmerdes à la maison. T'as peut-être raison.

— Pourquoi ne parles-tu pas à Legal?... voir si on peut obtenir des renseignements sur ce compte bancaire sans se fourrer dans de mauvais draps. Conduis-toi en pro, Rasoir. On a besoin de ces gens-là.

— Ouais.

— Sûr?

— Présente-lui mes excuses.

Striker se dirigea vers l'ascenseur sans un mot.

Boldt retourna dans le bureau et s'excusa auprès de miss Guillard.

— Il a des problèmes personnels en ce moment, conclut-il.

— Ça arrive à tout le monde, fit Guillard gentiment. Mais j'avoue que je préfère qu'il soit parti.

Elle esquissa l'ombre d'un sourire, puis croisa le regard de Daphné et de Boldt.

— C'est une affaire grave, hein?

— Pour l'instant, dit Boldt, vous devrez nous croire sur parole. (Il hésita puis se lança:) Je suis de la Criminelle. Mr. Striker est procureur, et miss Matthews est la psychologue de notre brigade. Nous recherchons une personne qui a commis des crimes particulièrement horribles.

— Et cette personne, ce serait cette Sheila Danforth?

— C'est une possibilité. Nous n'avons encore aucune certitude.

Guillard avait l'air atterrée.

— Très bien, dit-elle avec son agréable accent français. Comment puis-je vous aider?

— La demande d'ouverture de compte a-t-elle été faite en personne ? demanda Boldt, en espérant une réponse positive.

— Non, dit Guillard en consultant la photocopie. Par courrier.

— Par courrier ? s'étonna Daphné.

— Oui, c'est fréquent. Cela n'a rien d'exceptionnel.

— C'est pour éviter les caméras, expliqua Daphné à Boldt.

— Exactement, acquiesça-t-il et il demanda à Guillard : Et le dépôt initial ?

Elle déchiffra un code sur le document, puis utilisa son ordinateur afin d'obtenir des renseignements complémentaires.

— Par virement postal, annonça-t-elle.

— Difficile sinon impossible de remonter à la source, déclara Daphné. Elle a pensé à tout.

— Et ce numéro ? demanda Boldt qui se pencha sur le bureau pour le montrer du doigt. C'est une carte de crédit ?

Si c'était une carte de crédit, on pourrait remonter jusqu'à la suspecte. C'était ce qu'il avait espéré.

— Non, il commence avec le chiffre huit. C'est une carte Eclair.

— Elle a commandé une carte Eclair ? interrogea Boldt, mal à l'aise.

— Elle l'a déjà à l'heure qu'il est. Cela fait partie de notre nouvelle campagne publicitaire. Vous n'avez pas vu les affiches ? Nous garantissons l'octroi d'une carte de retrait Eclair dans les deux jours après l'ouverture d'un nouveau compte. Sans frais d'agence et sans charge pour les six premiers mois. Nos concurrents mettent plusieurs semaines pour faire valider les cartes, et la plupart facturent des frais divers.

— Deux jours ? fit Daphné.

— Deux jours si vous passez la prendre à l'agence. Ça fait partie de la publicité. Voyez-vous, cela permet aux employés du service clientèle d'offrir un éventail de prestations. C'est une campagne qui nous a donné d'excellents résultats.

Boldt savait que contrairement aux dispositifs utilisés dans les magasins, le système de surveillance vidéo des banques fonctionnait vingt-quatre heures en continu, et effaçait les enregistrements des vingt-quatre heures précédentes au fur et à mesure. Il ne s'arrêtait et visionnait les films qu'en cas d'incident. La méthode d'ouverture du compte, le retrait de la carte Eclair au guichet, et le fax expédié à Adler dénotaient l'existence d'un compte bancaire anonyme, et un moyen de retirer les dépôts de fonds qui semblait, pour un profane, quasiment impossible à arrêter.

— Il doit y avoir des milliers de distributeurs, laissa échapper Boldt.

— Je vous demande pardon ?

— Nous avons besoin d'un rapport détaillé sur l'utilisation de la carte Eclair, et le numéro confidentiel de la carte, débita Boldt, avant d'ajouter vivement : Le code secret a-t-il été sélectionné par votre ordinateur ou choisi par la cliente ?

Miss Guillard consulta son ordinateur.

La carte de retrait était une méthode ingénieuse pour retirer l'argent de la rançon car la police n'aurait pas assez de temps pour localiser le distributeur d'où on effectuait les retraits. Boldt reçut dans l'estomac une décharge d'acide qui remonta dans sa gorge et l'obligea à s'excuser pour filer aux toilettes.

Il n'allait pas mieux à son retour ; à l'expression de Daphné, il comprit qu'il devait être livide. Il perdit le restant de ses couleurs quand miss Guillard lui apprit que les renseignements sur le code secret n'étaient pas disponibles.

— Il faut tout lui dire, dit-il.

Daphné comprit immédiatement.

— Miss Guillard, commença-t-elle, ce que nous allons vous dire est strictement confidentiel. Quand nous avons demandé à parler à un responsable de la direction, nous avons été très clairs là-dessus ; j'en conclus que nous pouvons vous faire confiance, sinon on ne nous aurait pas adressés à vous. Toutefois, il faut que vous sachiez qu'en entrant dans le secret vous vous impliquez dans une affaire qui risque de durer longtemps, et qui nécessitera sans doute un surcroît de travail important. Des journées chargées, des heures supplémentaires. Il n'y a aucun moyen de savoir...

— Mais autant vous prévenir, intervint Boldt. Si vous préférez — quelles que soient vos raisons — que nous travaillions avec un autre responsable, c'est le moment de nous le dire. Je vous demande de bien peser votre réponse.

— Vous êtes de la Criminelle, dit-elle à Boldt. (Il acquiesça.) Et vous, vous êtes psychologue. Vous aidez la police à comprendre les motivations des assassins.

— Oui, c'est un des aspects de mon travail, concéda Daphné.

Elle aurait voulu lui dire : « J'essaie d'éviter que les flics surmenés ne déjantent, que les mariages ne se brisent, et j'essaie d'aider les flics alcooliques et les flics toxicos à garder leur place. »

— Pour l'instant, je tente de dresser le profil de la personne que nous poursuivons.

— Je vous aiderai, affirma la Française.

Une Antillaise, sans doute, songea Boldt.

— Vous êtes sûre? demanda-t-il. Ce n'est pas un roman policier, c'est pour de vrai, et ça risque d'être assez horrible.

Daphné approuva. Un silence de plomb tomba sur la pièce. Tout le monde semblait retenir son souffle.

— Je veux vous aider, confirma miss Guillard. C'est une affaire de rançon, ou d'escroquerie, ou de suicide. Je me trompe?

— Les trois, peut-être, dit Daphné.

— Puis-je? demanda Boldt en désignant la porte.

Il ne voulait pas qu'on entende ce qu'ils allaient dire.

Lucille Guillard parut sonnée, inquiète, terrifiée. Elle baissa la tête, puis considéra Boldt d'un œil fiévreux.

— Elle va retirer la rançon grâce à la carte Eclair?

— A moins qu'on ne s'en serve pour l'appréhender, dit Boldt.

Miss Guillard se plongea dans une intense réflexion. Elle n'avait pas l'air convaincu.

— Y a-t-il un moyen? interrogea Boldt.

— Avant tout, intervint Daphné, peut-elle retirer assez d'argent pour que son plan marche?

— Elle a mille dollars sur son compte. Cela n'en fait pas une cliente privilégiée. Mais attention, avec la rançon de cent mille dollars en dépôt, elle le deviendra. Les clients privilégiés ont droit à un plafond journalier. Il s'agit d'une carte de retrait uniquement. Les retraits dépendent du crédit disponible.

— Elle peut tout tirer du même distributeur? demanda Boldt.

— Oui, du même. Mais pas en une fois. Vous comprenez la différence? Les retraits sont limités à quatre cents dollars. Quatre cents, pas plus. Cela ne dépend pas de nous, c'est une restriction imposée par le fabricant des distributeurs pour des raisons de sécurité. Donc, un plafond de quatre cents dollars par transaction. Le nombre de transactions dépend uniquement du plafond autorisé, ou du crédit disponible, suivant la nature du compte.

— Résumons: il est techniquement possible de retirer l'argent de la rançon grâce à la carte Eclair?

— Si le compte est proprement structuré, oui. Disons mille dollars par jour, si le client en a fait la demande. A ma connaissance, le plafond journalier le plus élevé est de dix mille dollars. Il s'agit d'un grossiste en tapis qui utilise sa carte pour des achats internationaux. Toutefois, dans son cas, il ne retire de l'argent au distributeur qu'occasionnellement. Sa carte lui sert comme avance de fonds, en réalité.

— Et peut-on remonter jusqu'au client?

— Le système Eclair est assez compliqué. Avez-vous quelques notions de son fonctionnement?

— Je crains que non, dit Boldt.

Daphné fit non avec la tête.

— On peut savoir d'où les retraits ont été effectués, ça oui. Mais savoir quand le retrait a lieu en temps réel pose de sérieux problèmes. Si la cliente utilise le réseau de la Pacific-West, nous pouvons peut-être identifier certains sites. Mais si elle pénètre notre réseau à partir d'un distributeur d'une autre compagnie, la demande est traitée par le central bancaire de Seattle, le NetLinQ. A partir du moment où nous recevrons la demande de retrait, il ne vous restera que quelques secondes pour agir.

— Quelques secondes, répéta Boldt, abasourdi. Mince, il faudrait qu'on ait un agent devant chaque distributeur. Combien y en a-t-il, à propos?

— La Pacific-West possède trois cent soixante-dix distributeurs qui acceptent la carte Eclair dans l'Etat. Ils sont à peu près concentrés dans un périmètre d'environ une centaine de kilomètres. Quant au nombre d'appareils de NetLinQ...

Miss Guillard ouvrit un tiroir, consulta un dossier, puis fronça les sourcils. Boldt sentit le coup venir.

— NetLinQ opère dans un réseau de plus de douze cents distributeurs compris entre Seattle et Everett. On installe environ cinq nouveaux distributeurs tous les quinze jours.

Une véritable armée, songea Boldt. Mille deux cents agents pour surveiller tout le réseau? Cent quarante policiers avaient participé au dénouement de la chasse au Tueur de la Green River. A l'époque, Boldt et son équipe de quatre hommes avaient eu l'air totalement perdus. Son ulcère se réveilla.

Il avala deux comprimés de Maalox.

— Certains de nos distributeurs sont équipés de caméras. Cela vous aidera peut-être. Des caméras vidéo ou des appareils-photo, cela dépend.

— Combien? s'enquit Boldt avec espoir.

— Oh, plus de la moitié, je crois. Et davantage en ville qu'à la campagne. Nous installons trois caméras supplémentaires par semaine. Cela fait partie de nos priorités absolues.

La moitié? C'était insuffisant.

Devinant le découragement de Boldt, Daphné suggéra une rencontre avec le responsable de NetLinQ.

— C'est Ted Perch, dit Guillard. Ce n'est pas quelqu'un de

commode. Surtout avec les femmes si vous voyez ce que je veux dire.

— Dans ce cas, je passe la main, annonça Daphné. Je rentre au bureau, Lou. Ensuite, tu pourras me joindre chez moi.

— Je l'appelle, dit Guillard. Je vais voir s'il peut nous recevoir.

— Laissez-moi vous expliquer quelque chose, inspecteur. C'est bien inspecteur, n'est-ce pas ?

Perch cita le grade de Boldt comme s'il s'agissait d'une forme de vie inférieure.

— Nous avons toujours coopéré avec la police, et nous sommes heureux d'être utiles quand c'est possible. Mais... (Boldt le sentait venir.) Si nous interrompons le réseau à chaque extorsion de fonds, à chaque menace, à chaque contre-façon de carte bancaire, autant mettre la clef sous la porte. Est-ce clair ?

Boldt n'avait pas parlé de l'affaire qui l'amenait.

Perch lui faisait penser à un amateur de squash. Ses yeux vifs préféraient s'attarder sur l'ourlet de la jupe de Lucille Guillard et éviter l'air froid et distant de Boldt. De toute évidence, il lavait ses cheveux châtains trop souvent. Un sac de sport trônait sur son bureau afin que nul n'ignore qu'il était un athlète. Son bureau lui-même n'avait rien d'exceptionnel, hormis deux aquarelles représentant San Juan et une vue banale de l'autoroute et de la marina de Lake Union.

Perch avait téléphoné à Shoswitz afin de vérifier l'identité de Boldt. Il appelait Lucille Guillard «Lucy», avec un ton qui suggérait une intimité que le regard de Guillard démentait.

D'après ce que lui avait déclaré la Française, Boldt ne pourrait agir en temps réel pour appréhender le Soudeur qu'avec le soutien combiné de la Pacific-West et de NetLinQ.

— Il ne s'agit pas d'une banale extorsion de fonds, dit-il.

— J'ai travaillé une ou deux fois avec Freddie Guccianno, admit Perch.

— Freddie n'est pas sur cette affaire.

— Freddie est un brave type.

Boldt avait horreur de cette expression.

— Ce qui compte, Ted, dit Guillard, c'est que la banque et le central coopèrent afin que l'inspecteur Boldt puisse remonter jusqu'à certains retraits en temps réel.

— Oui, je comprends, Lucy. Mais ce que j'essaie d'expliquer... à vous deux... c'est qu'on ne peut pas agir en temps réel sur tout le réseau. Il n'y a pas de logiciels qui nous le permettent... pas à ma connaissance. Le cas n'a tout simplement jamais été prévu. Quoi ? Qu'est-ce qu'il y a, Lucy ? Pourquoi me regardes-tu comme ça ?

— Il faut trouver une solution. Pour l'instant, l'inspecteur nous le demande poliment. Personne, ni la police, ni la banque, ne souhaite en arriver à entamer une procédure pour vous forcer la main. Il est préférable pour vous de coopérer.

Ted Perch parut offensé. Guillard en savait à l'évidence plus que lui, et il n'aimait pas cela. S'il essayait encore de mater sous sa jupe, Boldt allait lui dire sa façon de penser.

Perch acquiesça, fit un bruit de succion, puis reporta son attention sur Boldt.

— Voici comment fonctionne le système, inspecteur. Le compte en question a été ouvert à la Pacific-West, n'est-ce pas ? Bon, si un distributeur de Pacific-West est utilisé pour accéder à ce compte, comme Lucy a dû vous l'expliquer, la demande arrive directement sur leur serveur. Plusieurs vérifications ont lieu simultanément ; le serveur accepte le retrait et autorise le distributeur à délivrer les billets. Bonjour, au revoir et merci. Supposons maintenant que le client utilise un distributeur... euh, de la First Interstate, par exemple. Là, nous intervenons. D'abord, le code secret est crypté par la machine afin qu'il voyage sur les lignes téléphoniques sans que personne ne puisse le pirater. Ensuite, le numéro de compte et le code bancaire — le numéro d'identification de la banque — sont transmis directement au serveur de la First Interstate en Californie. Le serveur s'aperçoit que le code bancaire définit une autre banque. Il nous transmet alors la demande de retrait. Nos ordinateurs retransmettent la demande en fonction du code bancaire — dans le cas présent, à la Pacific-West. Celle-ci confirme que le compte a bien été ouvert chez elle et autorise le retrait. L'information transite par nous, puis retourne chez la First Interstate qui donne les instructions au distributeur afin qu'il délivre les billets. Dans certains cas, la demande peut passer d'abord par un central national, puis nous être transmise, retourner au central, et enfin à la banque en question. De toute façon, le processus que je viens de décrire ne prend que trois secondes et deux dixièmes. Il y a quatre millions de cartes bancaires dans le Nord-Ouest uniquement, et quatre-vingts millions dans tous les Etats-Unis. Pour vous donner une idée du volume des transactions que nous effectuons : dans les Etats de Washington et de l'Oregon uniquement, les distributeurs de cartes Eclair délivrent vingt millions de dollars par jour en semaine et cinquante millions par jour les vendredis, samedis et dimanches. Ça fait quatre cent mille opérations par jour! Et vous voulez non seulement qu'on repère un appel particulier sur un tel système, mais en plus qu'on le fasse en temps réel! Est-ce que vous commencez à comprendre mon problème?

S'il avait voulu accabler Boldt sous le poids des chiffres, c'était réussi. Quatre cent mille opérations par jour! Cinquante millions de dollars!

— Est-ce que nous nous sommes déjà rencontrés? demanda Perch comme si Boldt venait juste d'entrer dans le bureau.

— Non.

— Votre tête me dit quelque chose. Vous jouez au squash?

— Non, je joue du piano. Du jazz.

— Dans un club, c'est ça?

— Oui, le Big Joke.

— Voilà! Je savais que je vous avais déjà vu. (Il s'adressa à Lucille Guillard:) Il joue bien. (Puis à Boldt:) Vous jouez vachement bien. De cinq à sept, c'est ça?

Boldt le remercia, puis expliqua qu'il devait laisser tomber le piano quand une affaire comme celle-ci se présentait.

— Une affaire comme quoi? Vous ne travaillez pas à la Financière, inspecteur, n'est-ce pas? Non, à moins que vous ne veniez d'être muté. Je connais tous les gars de la Financière.

— A la Criminelle, avoua Boldt.

Cela impressionnait tout le monde, et Ted Perch ne fit pas exception à la règle. Il jeta la tête en arrière comme s'il avait reçu un coup.

— Pfft, siffla-t-il. La Champion's League!

— Bof, une division comme une autre.

— De quoi s'agit-il? De chantage? Non, d'extorsion... c'est ça?

— C'est ça.

— Je parie qu'il y a eu un mort. Sinon, vous ne seriez pas là.

— Il y a eu un mort, confirma Boldt. Et il y en aura d'autres si nous n'agissons pas vite.

— Ah, si des vies humaines sont en jeu, c'est différent.

— Nous avons besoin de ton aide, Ted, dit Guillard avec fièvre. Le problème, c'est que lorsque le système identifie une opération en temps réel, l'inspecteur Boldt n'a qu'environ dix secondes... peut-être moins... pour appréhender le demandeur.

— Ça ne suffit pas, ajouta Boldt. Loin de là.

— Il faudrait ralentir le système tout entier? s'enquit

Perch. A : ce n'est pas possible — pas à ma connaissance. B : je serai pendu. Si le système tombe en panne pendant cinq minutes, ça fait la une des journaux. Les gens sont habitués aux distributeurs de billets. Ils veulent qu'ils fonctionnent. Vingt millions par jour, n'oubliez pas.

— Pas besoin que ce soit tout le système, dit Boldt. Ne peut-on isoler une demande précise ?

— Ça ne marche pas comme ça. Il y a parfois deux, trois, ou même quatre distributeurs installés côte à côte. Que va penser votre client quand il verra que sa transaction prend un temps fou quand son voisin est déjà servi ? Laissez-moi vous dire une chose : les gens ont une horloge dans la tête quand ils utilisent un distributeur. Ils connaissent la durée des transactions. En général, ça prend douze secondes. Faites durer jusqu'à quarante secondes et votre suspect, d'autant qu'il a sûrement longuement préparé son coup, s'en apercevra aussitôt. Ni une ni deux, il fout le camp.

Boldt n'était pas fâché que Perch se trompât sur le sexe du suspect.

— Mais si tout le système ralentissait, proposa Guillard. Ou, du moins, pour les demandes émanant de la ville. Que se passerait-il, Ted ? Ça ferait du foin dans la presse pendant deux jours, et après ?

— Bizarrement, ce genre de publicité pourrait nous aider, renchérit Boldt. Ça pourrait convaincre notre suspect qu'il s'agit d'une panne régionale.

— Ça vous aiderait peut-être, mais je me ferais virer. Ça, vous pouvez en être sûr. De toute façon, on parle pour ne rien dire. A ma connaissance, c'est impossible. On ne peut pas ralentir tout le réseau en appuyant sur un bouton.

— C'est bien ce que j'ai dit à l'inspecteur, mais j'espérais que tu en saurais plus que moi.

Elle avait touché le point sensible de Perch. Il voulait tellement en savoir plus qu'elle et tomba dans le piège à pieds joints.

— Nous avons d'excellents informaticiens. Je peux leur poser la question.

— Les nôtres travaillent déjà là-dessus, dit Guillard pour renforcer la rivalité.

— J'ai besoin d'une autorisation à l'échelon national, dit Perch, qui envisageait déjà l'étape suivante. J'aurais des explications à fournir.

— Nous les fournirons, glissa Boldt. Ça ne devrait pas poser de problème.

— Laissez-moi accrocher les wagons, dit Perch. Vous avez besoin de ça pour quand ?

Lucille Guillard croisa ses jambes. Cette fois, Perch ne le remarqua même pas.

Boldt comprit alors que c'était dans la poche.

19

On la surveillait.

Daphné avait suffisamment étudié la paranoïa, elle avait travaillé avec certains paranoïaques; elle connaissait les symptômes. Et justement, elle-même présentait ces mêmes symptômes. Nervosité excessive, compulsion à regarder par-dessus son épaule, insomnies, perte d'appétit, envies fréquentes de s'arrêter et de tendre l'oreille. Cependant, c'était une question d'énergie, or, elle en connaissait un rayon en énergie. Une énergie était concentrée dans sa direction, et si c'était un effet de son imagination, cela signifiait que son imagination possédait des qualités créatrices insoupçonnées car elle n'avait jamais rien ressenti d'aussi réel.

Là-bas, peut-être? Ou bien de l'autre côté? Difficile à dire. Parfois, elle avait l'impression qu'il était partout à la fois. A d'autres moments, elle le sentait à un endroit précis... et cependant, quand elle regardait, elle ne voyait personne. Cette impression la faisait frissonner. Et ce n'était pas seulement quand elle courait, comme en ce moment. Elle ressentait cela dans sa chambre, dans la voiture... quand elle se déshabillait dans la salle de bains. Cela la remplissait d'une peur, d'une nausée, d'un sentiment de viol abominable.

Quelle marque de voiture était-ce? Elle lui parut étrangement familière. L'avait-elle déjà vue garée près de son house-boat? Etait-ce une Japonaise? Une Japonaise fabriquée à Detroit? Ah, si seulement elle s'y connaissait mieux en voitures! En tout cas, c'était la même couleur. La même taille. Bleu foncé, petite, banale. *Exactement le genre de voiture qu'on utilise pour une filature!* Exactement le genre de parano qui vous attire de gros ennuis. Le «syndrome du complot»... il y avait toutes sortes de termes pour qualifier ce qu'elle vivait. Elle avait même entendu une fois le terme de «Maladie d'Oliver Stone», et cela l'avait fait rire. A présent, elle ne riait plus.

Modifiant son parcours traditionnel du mardi soir, elle

trotta à droite dans Galer, puis encore à droite dans Eastlake, une tactique couramment employée pour s'assurer qu'on n'était pas suivi quand on roulait en voiture. Elle jeta un œil par-dessus son épaule. *Attention!* fit une voix intérieure. C'était le symptôme numéro un.

Elle courut sur cinq cents mètres, fit un bond pour éviter une voiture bleue qui surgit soudain derrière elle. Elle s'aperçut aussitôt que ce n'était pas la même voiture bleue. En colère après elle, elle fit demi-tour. C'était le crépuscule. Il ferait nuit quand elle atteindrait le bateau. D'habitude, elle courait toujours après le travail, à la lumière des réverbères, mais ce soir elle n'en avait nulle envie. Elle écourta son jogging de moitié. Elle se rattraperait le lendemain.

Elle accéléra; elle transpirait à grosses gouttes, forçait l'allure puisqu'elle avait raccourci la distance. Son haut de survêtement gris clair avait viré au gris foncé sous la poitrine et dans le dos. Ses cheveux collaient à sa nuque, et son poignet en tissu-éponge était trempé à force d'essuyer la sueur qui coulait sur son front.

En fait, elle utilisait le jogging comme une alternative à la méditation... une brève pause consacrée au vide, au repos cérébral. Elle salua une passante d'un geste, soulagée de voir un visage familier. La femme lui rendit son salut et la gratifia d'un large sourire. Elles ne s'étaient jamais vraiment rencontrées, mais Daphné la connaissait; la solidarité des habitants des houseboats. C'était un médecin qui soignait gratuitement des pauvres dans un hôpital local. Son mari, un ancien pasteur, était devenu écrivain. Ils habitaient dans une petite mais ravissante maison flottante. Et ils saluaient toujours Daphné quand ils la croisaient.

Un chien crasseux traversa lentement la route sans prêter attention au chat assis sur le toit d'une boîte aux lettres, au bout du ponton 11.

Daphné marcha les cent derniers mètres, vérifia pour la deuxième fois de la journée si elle avait du courrier, puis se dirigea vers le ponton.

A mi-chemin, elle eut la chair de poule. Elle attribua cela à la brise légère qui soufflait du lac.

Par précaution, ou par paranoïa, elle fit l'inventaire de son bateau en approchant. Il était petit, un peu plus de deux cents mètres carrés, mais grâce à ses proportions il paraissait deux fois plus grand. Elle entendait dans son dos le grondement du trafic sur le périphérique; distant et entêtant, il lui parut plus sonore que d'habitude. Mais tout lui semblait plus agressif, les couleurs, les sons, les odeurs. Elle ralentit ses gestes, mais son cœur continuait à accélérer. Ces sensations n'étaient pas l'effet du hasard. Daphné en connaissait la cause. Le flic qu'elle soignait pour une psychose post-traumatique lui décrivait des impressions analogues avant une fusillade. Boldt parlerait d'instinct ; Daphné préférait parler de réflexes. Elle avait remarqué quelque chose d'anormal : un bruit, une odeur, un objet, et ce quelque chose avait éveillé ses sens.

Il flottait dans l'air comme une odeur de charbon de bois. Elle entendit un hydravion décoller au loin ; et plus près d'elle les rires insupportables d'une émission de variétés télévisées.

Commença alors en elle un dialogue intérieur. Elle se reprochait sa paranoïa. *Tu te conduis comme une enfant !* Elle se rappela les paroles d'amis, celles de Boldt, qui avait autrefois tenté de la dissuader d'acheter un houseboat. La rentabilité de l'investissement avait fait taire ses critiques — la valeur de son bateau avait plus que doublé, elle l'avait acheté au bon moment. Cependant, il était amarré dans un endroit isolé, ce qu'elle considérait autrefois comme un avantage... mais pas ce soir.

Entre, qu'est-ce que tu attends ? Elle se pencha pour prendre la clef qu'elle avait attachée à son lacet de chaussure. *Vas-y, entre !*

Elle ouvrit, entra, laissa la porte entrebâillée le temps d'allumer la lumière, se hâta vers la table basse de l'entrée où elle avait laissé son sac à main à côté de la lampe. Deux pensées l'obsédaient : allumer, et prendre le revolver dans le sac. La lampe éclaira la pièce vivement, puis s'éteignit... l'ampoule avait sauté.

Elle sentit un courant d'air dans son dos. La porte d'entrée se ferma en claquant. Surprise, Daphné se précipita pour mettre le verrou. Elle était plongée dans le noir. Mais rien, pas même l'obscurité absolue ne la convaincrait de rouvrir la porte. *Sauvée !* Daphné avança à tâtons, elle connaissait si bien les lieux : devant, le salon, un pilier de soutènement au milieu de la pièce, un petit canapé et une table, un fauteuil à bascule, le fourneau à bois ; à droite, l'échelle qui menait à la chambrette et à la mezzanine ; à gauche, la petite coquerie, délimitée par un comptoir en carrelage bleu avec ses deux tabourets en frêne ; de l'autre côté de la coquerie : à gauche, l'avant. A l'opposé, un petit couloir flanqué de deux placards et la porte du fond tout au bout.

Ses yeux commencèrent à s'habituer à l'obscurité. Tendant les bras, elle toucha le fauteuil à bascule. Bon, elle savait exactement où elle était. Un semblant de lumière filtrait du lac par la fenêtre, derrière le canapé. Insuffisant pour voir clair. Daphné fit quelques pas, obliqua vers la gauche, et longea le pilier de soutènement central. Des vagues fouettaient la jetée et léchaient les flotteurs. Le réfrigérateur bourdonnait bruyamment. La lampe que Daphné cherchait se trouvait devant, à quelques pas, un peu sur la droite. Elle apercevait son contour flou.

Elle traversa la pièce. Au moment où elle allait atteindre la lampe, elle entendit une planche craquer. Cela provenait de l'arrière. De tels craquements étaient courants. Normalement, Daphné n'y aurait même pas prêté attention. Mais celui-ci était particulier, distinct, familier. Un an auparavant, la pluie s'était infiltrée sous la porte du fond et avait endommagé le plancher. Depuis, une large planche de pin et une seule couinait comme un pinson quand on marchait dessus. C'était le bruit qu'elle venait d'entendre.

Le doigt sur le commutateur de la lampe, elle poussa un cri et se figea. *Non, tu as des hallucinations*, dit sa voix intérieure, tentant de la raisonner.

Ce n'est rien ! Calme-toi !

Mais une autre voix lui murmura : *la planche n'a pas grincé toute seule. Quelqu'un a marché dessus.*

Le cœur de Daphné s'emballa. Ses oreilles la brûlaient. *Déformation professionnelle.* Les souvenirs de son entraînement paramilitaire l'assaillirent. *C'est de la paranoïa !* Les conseils aux jeunes recrues défilèrent dans sa tête, contradictoires.

Sortez de l'immeuble immédiatement. Appelez de l'aide !

Allumez et vérifiez… ce n'est rien.

Dégainez… allumez ensuite.

Son revolver était dans son sac à main ; le sac à main était sur la table, près de la porte d'entrée.

Elle resta clouée là, indécise et maudit sa peur… une femme flic, terrorisée, bravo !

Elle s'accroupit, retint son souffle, puis alluma la lampe. Elle ne regarda pas du côté d'où était venu le craquement. Elle dirigea son regard vers l'endroit où se trouvait son sac.

Combien de pas avant d'atteindre le revolver ? Combien de millièmes de seconde supplémentaires pour ôter le cran de sûreté et l'armer ? En tout, cinq secondes à partir du moment où elle prenait sa décision. *Une éternité s'il y a un intrus dans la maison.*

Une éternité ?

Ce genre d'hésitation était interdite dans la police. Cela prouvait bien qu'elle n'était pas un bon flic. C'était à cause d'un instant d'hésitation qu'une cicatrice de dix centimètres lui cisaillait la gorge. Elle détestait cette cicatrice, non pour l'esthétique, mais parce qu'elle la portait comme un reproche permanent : elle avait hésité !

Daphné cherchait surtout à se prouver qu'elle se trompait : le grincement de la planche n'était rien. Elle essaya de penser à une douche chaude, un dîner agréable, un verre de vin sur le pont. Ensuite, un bon livre, portes et fenêtres fermées à double tour. Demain, elle se ferait installer un système d'alarme par Kenny Fowler.

Cependant, elle restait immobile.

La lampe, qui n'était allumée que depuis deux secondes, s'éteignit. Daphné actionna de nouveau le commutateur. Rien !

Le silence complet ! Même le bourdonnement du réfrigérateur avait cessé. Les plombs avaient sauté !

La planche couina de nouveau.

Daphné s'élança : deux pas rapides. Elle se heurta violemment le front dans le pilier et s'écroula comme une masse. Vacillante, prise de nausée, elle se vit tomber en tournoyant dans un gouffre noir. S'était-elle évanouie ? Et si oui, pendant combien de temps ? Elle se remit debout avec difficulté, et se dirigea en titubant vers son revolver.

— Je suis armée ! cria-t-elle d'une voix pâteuse. J'ai un revolver. Allez-vous-en !

Les paroles qu'on lui avait apprises à l'entraînement. L'arme lui parut lourde, sa tête bourdonnait.

— Allez-vous-en ! bafouilla-t-elle.

Elle trébucha, retrouva difficilement l'équilibre. Elle avait l'impression de peser une tonne. Au moindre mouvement, une douleur lui vrillait le crâne. Elle avança à tâtons.

— Allez-vous-en ! répéta-t-elle d'une voix de moins en moins assurée.

Elle chercha d'une main la lampe torche qu'elle rangeait dans le tiroir avec les couteaux de cuisine. Elle plongea la main dans le tiroir.

— Hé, merde !

Elle retira vivement la main et suça machinalement le sang qui perlait au bout de son doigt. *Satané couteau !*

Elle alluma la torche. Son faisceau dessina un large cercle sur le mur. Mais sa vue était brouillée.

Le cœur battant, elle sortit en chancelant de la coquerie, pivota sur sa droite, s'accroupit en position de tir. Personne.

Elle abaissa lentement sa torche vers la planche responsable du couinement, refréna un cri en voyant les gouttes d'eau qui scintillaient comme des diamants dans le faisceau lumineux. Ce n'était pas un effet de son imagination. Un intrus s'était bien glissé chez elle.

Pas de panique! C'était du cinquante cinquante. L'intrus était peut-être sur sa gauche, caché à l'avant, ou sur sa droite, au bout du couloir, prêt à sortir par la porte du fond. Elle n'avait pas entendu la porte du fond s'ouvrir ni se fermer.

Réfléchis! Facile à dire!

— Je suis armée, répéta-t-elle avec davantage de conviction.

Les forces lui revenaient. Elle bondit, se retourna brutalement, et se plaqua dans l'angle de l'entrée, l'avant du bateau à sa droite, la porte du fond presque en face d'elle. Pas d'ombre en vue. Elle balaya le couloir de sa lampe. Personne.

Et s'il se cachait dans un placard? Non, il a dû partir. Sans que je l'entende?

Elle rassembla son courage, empoigna solidement la lampe d'une main et le revolver de l'autre, pivota prestement sur sa droite, éclaira l'avant — *rien!* —, puis effectua un demi-tour rapide, et visa les placards. Elle en avait le tournis, presque la nausée.

L'intrus la bouscula par-derrière... d'un coup sec. Elle hurla en perdant l'équilibre.

Elle n'avait pas scruté l'avant assez attentivement. *Il devait être caché dans la baignoire!* songea-t-elle en se cognant la tête dans le mur. Elle entendit des pas précipités, la porte du fond s'ouvrir, puis d'autres pas. Elle imagina l'inconnu bondissant sur la passerelle, sur le houseboat voisin, puis sur le suivant. Trop tard pour le rattraper. Et il faisait sombre pour le suivre.

Elle se remit sur pied tant bien que mal, fonça vers la porte du fond, le revolver serré dans sa main. Elle savait qu'il avait disparu, mais son entraînement et sa peur lui dictaient de vérifier les alentours. Elle n'essaya pas de le poursuivre ni de le rattraper. C'était un simple réflexe vital. Tout était en ordre : elle y voyait assez clair pour en être convaincue. Elle retourna à l'intérieur de la maison, ferma la porte du fond à clef, se précipita vers la porte d'entrée. Elle était toujours verrouillée.

Elle retrouva la torche qui lui avait échappé des mains dans sa chute, mais elle ne fonctionnait plus. L'obscurité, encore et toujours.

Tremblante, le cœur battant à tout rompre, elle cala une chaise contre le mur, et s'assit, face à la porte d'entrée, la porte du fond sur sa droite, puis elle tira sur le fil du téléphone pour attirer l'appareil à elle.

Vingt minutes plus tard, elle alla ouvrir à Boldt dès qu'elle l'entendit courir sur le ponton.

— Seigneur! s'exclama-t-il en l'éclairant de sa lampe.

— Les plombs sont dans le placard, près de la porte du fond, dit Daphné. Je n'y serais allée pour rien au monde.

Boldt se dirigea vers le couloir. Quelques instants plus tard, il cria:

— Ben dis donc, tu es sûre d'avoir assez de manteaux?

Cela la fit rire. Ce qui lui fit du bien. Elle se sentit encore mieux quand la lumière revint.

Le réfrigérateur émit à nouveau son bourdonnement familier. L'horloge électronique du four à micro-ondes clignota.

Boldt reparut, coiffé de la toque en faux léopard de Daphné. Elle pouffa:

— Sauvée des enfers!

Son rire lui arracha une grimace. Son crâne lui faisait mal. Boldt le remarqua.

— Faudra que tu te fasses prendre des photos, conseilla-t-il, pensant à une radiographie.

— Je préférerais un verre de vin.

Il lui en versa un.

— Je ne voudrais pas t'inquiéter, mais tu devrais quand même passer des radios.

— Plus tard, d'accord?

— C'est toi qui décides.

— Tu dois être un bon époux, remarqua-t-elle.

C'était un simple compliment, mais il mit Boldt mal à l'aise. Cela lui fit repenser à Miles et à Liz qu'il venait de quitter sans explications. Il pensa aussi à Owen Adler. Puis il remarqua la bosse qui se formait sur le front de Daphné.

— Il a fauché quelque chose? demanda-t-il.

— Je n'ai pas vérifié. (Elle le regarda droit dans les yeux.) Ce n'est pas un casse ordinaire, hein?

— Quand c'est chez un flic, jamais.

— Non, ce n'est pas ce que je voulais dire.

Elle trempa ses lèvres dans le vin. Il avait du corps. Elle en but une gorgée.

— Explique-toi, dit Boldt.

— J'ai été suivie... il y avait quelqu'un... (Nouvelle gorgée de vin.) Il était à l'intérieur, j'en suis sûre.

Boldt ne protesta pas; il ne posa pas de questions. Il se mit au travail. C'était parfois la seule chose qu'il savait faire.

Il fouilla entièrement la maison. Daphné étant une maniaque

de l'ordre, il se dit qu'il ne serait pas difficile de repérer les traces du casseur. La chambre à coucher était impeccable; il avait déjà vu la coquerie. Il fouilla la salle de bains... l'avant... le couloir et les placards. Daphné attendit dans le fauteuil, une poche de glace sur le front. Le niveau de son verre de vin baissait peu à peu.

Pour sa seconde fouille, Boldt enfila des gants, ouvrit les tiroirs, vérifia les étagères et les placards. Il n'avait pas effectué ce genre de travail depuis des années, mais les réflexes lui revinrent naturellement: combien de fois les avait-il faits!

A la troisième fouille, il se concentra sur les détails: empreintes sur les vitres des portes et des fenêtres, traces de mains ou de pieds sur le plancher, attentif au moindre objet perdu, pièces, reçu, bout de papier — ou même poil de chien (Daphné n'avait pas de chien). Les implications n'étaient pas les mêmes si elle avait été suivie par un malfrat en liberté sur parole, ou s'il s'agissait d'un pervers attiré par son physique. Pour des raisons inconnues, l'Etat de Washington et en particulier Seattle et sa banlieue attiraient les «psychopathes», pour reprendre le terme utilisé par les médias. Daphné et ses collègues les définissaient autrement. Cela revenait au même pour Boldt: ces types étaient des malades, souvent violents, et qui s'en prenaient de préférence aux femmes. Quand ils frappaient, leurs crimes étaient parmi les plus atroces.

Ce fut au cours de sa troisième inspection que Boldt découvrit la prise électrique carbonisée à l'avant, et les gouttes d'eau près de l'évier. Sans le dire à Daphné, il fouilla les toilettes à fond, et aussi la baignoire-douche, au cas où le casseur s'en serait servi. La masturbation était souvent l'ultime étape avant le passage à l'acte.

Quand Boldt eut terminé son inspection, il approcha une chaise du fauteuil de Daphné et s'assit.

— Tu veux qu'on en parle?

— On croirait m'entendre, pouffa Daphné. C'est souvent avec ces mots-là que je commence une séance de thérapie.

Boldt attendit en silence. Il savait qu'elle était effrayée et choquée, en dépit de ses efforts pour le cacher. Après un silence pesant, elle implora:

— Commence le premier, je préfère.

— Ton visiteur connaissait suffisamment ton emploi du temps pour pénétrer chez toi pendant que tu faisais ton jogging.

Elle était belle dans son justaucorps moulant et son short, trop belle, mais il ne lui en fit pas la remarque. Ils envisageraient des solutions de rechange plus tard : T-shirt trop large, pantalon bouffant, pour commencer.

— Tu as écourté ton parcours, nota-t-il.

Elle sursauta.

— Comment as-tu deviné ? demanda-t-elle, incrédule.

— Tu veux que je sois franc ? S'il avait voulu t'agresser, je suis sûr qu'il aurait attendu tranquillement dans la salle de bains. Quelle est la première chose que tu fais après ton jogging ? Tu ne risques pas d'emporter une arme pour aller te doucher. Or, il a cherché à se tailler. Tu saisis ? C'est pourquoi, quand tu m'en as parlé, j'ai pensé à un casse. Un casse soigneusement préparé. Ça collerait avec ton impression d'être suivie. Il détermine ton emploi du temps, sait quand tu pars courir, et s'introduit chez toi après quelques jours de filature. Mais tu le surprends en revenant plus tôt que prévu. Quand tu ouvres la porte d'entrée, il se fige. Puis il décide de foutre le camp.

— La porte s'est refermée, se souvint-elle. La porte d'entrée, bien sûr.

— Elle a claqué.

— Oui. Mais comment le sais-tu ?

— Dans un endroit aussi exigu, quand on ouvre une porte, ça provoque un courant d'air. Les rideaux bougent, les portes claquent.

— Je crois que j'ai instinctivement senti ça, parce que j'ai aussitôt verrouillé la porte.

— Il veut s'enfuir, mais il fait demi-tour... il s'est habitué à l'obscurité, plus que toi...

— Il y a une veilleuse à l'avant.

— En plus ! Donc, il fait demi-tour. Il a laissé quelque chose près de l'évier. Il ne veut pas que tu le trouves. Ensuite, il n'a pas bougé. Il est resté immobile près de la porte du fond, ce qui explique la mare d'eau. Si tu étais venue vérifier, il aurait filé vite fait. Mais il tenait d'abord à récupérer ce qu'il avait laissé. C'est évident, je crois.

— Mais je ne suis pas allée vérifier. J'ai essayé de trouver une lampe qui marchait.

— Tout juste. Et il en profite. Il revient au milieu de la maison et tu l'entends.

— Oh, je le déteste !

Elle croisa les bras, frissonnante.

— Pendant que tu cherches une lampe, il va jusqu'à la salle de bains.

— J'entends la planche craquer.

— C'est ça.

— J'allume la lumière.

— Imagine sa panique. Mais il réfléchit vite. Il y a un panier d'épingles à cheveux sur l'étagère de la salle de bains. Il porte des gants. Nous le savons car il prend une épingle, la détord, va dans le couloir, et plante l'épingle dans la prise. Il a de la chance. La maison est petite, les plombs sautent et toutes les lampes s'éteignent, y compris celle que tu viens juste d'allumer. Vous êtes à nouveau dans le noir. Il se dirige vers la porte.

— Je l'entends et je bondis.

Elle eut plus froid, soudain. La description de Boldt lui permettait de visualiser la scène. Elle se sentait violée. Elle se dit qu'elle avait de la chance d'être là, saine et sauve, à siroter son verre de vin.

— Il t'entend te cogner au pilier et tomber. Il hésite... oh, pas longtemps. Tu es trop rapide pour lui. Tu t'empares de ton revolver. Je ne crois pas qu'il soit armé. Un cambriolage à main armée est trop sévèrement puni par la loi. De toute façon, il n'est pas venu avec des intentions meurtrières. Ça tourne mal pour lui. Tu cries des menaces, il se sent pris au piège, fait comme un rat. Le truc, c'est que... Ça ne va pas, Daphné?

— Ta description est trop réaliste, dit-elle. Rassure-moi, ce n'était pas toi?

Elle esquissa un sourire forcé qui la fit grimacer.

— Bon, d'accord, fit-il, tu connais la suite.

Elle se leva et le toisa, bras croisés.

Il connaissait ce regard, il l'avait déjà vu... chez Liz.

— Tu veux un câlin? proposa-t-il.

Elle acquiesça.

Il la prit dans ses bras et la serra contre lui, sans réserve, sans honte, oubliant leur passé et la nuit où ils s'étaient retrouvés dans la même position, mais nus. Elle voulait surtout éviter de pleurer. Elle se pelotonna contre lui, et enfouit son visage dans le creux de son cou. Ses cheveux sentaient la sueur. Un bateau à moteur traversa le lac au ralenti.

Daphné remercia Boldt.

— Pourquoi ne prends-tu pas une douche? fit-il. Allez, donne-moi un journal et va t'habiller. D'accord?

— J'aimerais bien. Mais je ne veux pas abuser de ton temps.

— Ensuite, il faudra que nous parlions. (Elle acquiesça.) Tu veux signaler l'effraction? Officiellement? Je ne voudrais pas t'en empêcher. Tu as le droit de...

— Non, Lou. Non, je connais trop la musique. Je n'ai pas l'intention de rester debout toute la nuit pour répondre à une centaine de questions. Tu crois que je vais faire du foin pour que les flics courent après ce type ? Non, je n'en ai pas envie.

— Je ne veux surtout pas t'en empêcher.

— Je décide toute seule.

— T'es sûre ?

— Positive. Je suis une grande fille, tu sais. Mais si tu veux rester... Tu as mangé ?

— Nous avons dîné tôt. A cause de Miles.

— Je comprends.

— J'aimerais passer un coup de fil, c'est possible ?

— Je t'en prie.

Elle monta dans sa chambre, et il l'entendit se déshabiller. Il pensa partir, mais resta. Quelques minutes plus tard, elle redescendit de l'échelle et se dirigea vers la salle de bains sans un mot.

Ensuite, Boldt s'assit avec elle et la regarda manger des restes réchauffés et boire un second verre de vin.

Elle lui jetait un coup d'œil de temps à autre, souriait tout en mâchant consciencieusement.

— Je me sens un peu bête, dit-elle. Tu es sûr que tu ne veux rien ?

— Dis-moi quand tu seras prête. J'aimerais entendre ta version.

Elle reposa sa fourchette, but une lampée de vin, et hocha la tête. Boldt regarda sa blessure. Elle allait avoir un bleu, mais il serait plus léger si elle continuait à appliquer la poche de glace sur son front. Il n'y paraîtrait peut-être plus au petit matin. Assis tout près d'elle, sur un tabouret du bar de la coquerie, il observait ses yeux noisette. Ils brillaient d'une passion fiévreuse. Elle était dotée d'une énergie farouche, d'une capacité de réaction quasi illimitée. Elle lui raconta sa version de la filature, le jour de la réunion. Boldt eut du mal à s'habituer à penser que cela s'était passé seulement la veille ; si on lui avait dit qu'une semaine s'était écoulée, il l'aurait cru. Daphné lui décrivit aussi comment elle avait perdu l'homme dans l'exposition d'artisanat. Elle lui parla de la voiture bleue qu'elle avait cru voir un peu trop souvent. Puis elle lui avoua son sentiment d'insécurité des jours précédents, sa paranoïa grandissante.

— Les hommes ne peuvent pas comprendre, expliqua-t-elle. Les femmes sentent quand on les observe. Un homme peut déshabiller une femme du regard, la société ferme les yeux là-dessus. C'est du viol à distance. Appelle ça comme tu veux, quand tu es habituée à le subir depuis l'âge de douze, treize ans, tu finis par développer un sixième sens... Je le ressens très fort. J'ai l'impression que l'homme mate sous mes vêtements. Tu comprends ça? Je me sens violée. Il m'est arrivé d'avoir envie d'arracher mon chemisier pour qu'on en finisse. Au commissariat, c'est le pompon. Toi excepté, les flics sont les pires. Or, je vis au milieu d'eux. Quand un type comme Michael Striker mate mon décolleté en douce, je le sais.

« C'est justement ce que je ressens depuis trois ou quatre jours. C'est un peu comme si un type m'observait avec une paire de jumelles. Comme s'il y avait un homme dans ma chambre quand je me déshabille... quand je prends une douche... tout le temps. J'ai l'impression d'être une proie. Je ne sais pas comment te dire. Il y a toujours quelqu'un dans mon dos. Un type malsain. Je sens son regard sale sur ma peau. Je n'arrive pas à me défaire de cette impression.

« Il y a eu la voiture, et la filature d'hier, et maintenant ce... je sais que ça fait penser à un casse, Lou. Surtout quand on est un homme. Moi, je ne vois pas les choses sous cet angle. Je ne saurais pas t'expliquer pourquoi ni comment. Ah, j'aimerais bien savoir qui c'est, mais il y a un type à l'affût et il m'a dans le collimateur... (Sa voix se brisa.) J'en ai marre, je veux que ça cesse ! »

Les yeux humides, elle repoussa son assiette. Elle n'avait plus faim, tout d'un coup.

Boldt se sentait responsable. D'une certaine manière, il se sentait coupable de ce qui arrivait à Daphné.

— Je sais que je n'ai pas l'ombre d'une preuve, dit-elle, lisant dans ses pensées.

— Tu as abordé le type du monorail?

— Oui.

— Qu'est-ce que tu as pensé de sa réaction?

— J'aimerais te dire que j'ai eu l'impression de parler à Jack l'Eventreur... Je connais le regard des psychopathes, il est caractéristique. Mais au contraire, ce bonhomme, lui, était banal, il n'avait pas ce regard. Il semblait embarrassé, gêné d'être remarqué. C'est bizarre, j'ai eu un instant l'impression de l'avoir déjà vu, qu'on se connaissait. Mais c'est un peu comme ça avec les tueurs fous — ceux qui ont du talent, les Ted Bundy[1] —, ils ont le don de vous mettre à l'aise. Leurs victimes croient les connaître. Salut ma jolie, monte à l'arrière et ne crains rien, je vais te violer et t'assas-

---

1. Ted Bundy : Célèbre tueur en série. Arrêté une première fois à Denver (Colorado), il s'échappa et fut repris en Floride. Condamné et exécuté dix ans après son jugement ; mort sur la chaise électrique. (N.d.T.)

siner. On est copains, je t'arracherai le foie et je le mangerai pour dîner.

— Tu sais ce que demanderait Shoswitz?

— Est-ce que je suis surmenée? Trop tendue, peut-être? Oui, je sais. On m'enverrait causer à un psy si je n'en étais pas un moi-même, eh oui, je suis tendue, oui, je suis surmenée. Mais, honnêtement, ça n'a rien à voir. Ça te suffit?

— A moi, oui.

— Pas pour Shoswitz, évidemment. Mais c'est ton avis qui m'importe, Lou.

— Et si on parlait de ce qu'on cherche à éviter tous les deux? C'est en rapport avec ton enquête sur la New Leaf, hein?

— J'ai envie d'un autre verre de vin, mais si je le bois, je vais me mettre à danser la danse du ventre dans le salon; ou je vais m'endormir. Tu as déjà porté une femme sur une échelle?

— Je te laisserai sur le canapé.

Boldt se leva, prit la bouteille de vin, et remplit le verre de Daphné.

— Tu as droit à l'anesthésie pour une fois. Tu l'as bien méritée.

— Ça me fait suer de ne pas voir Owen.

— Je suis navrée pour toi, railla Boldt, sarcastique.

— Tu es jaloux?

— Un peu.

Les yeux de Daphné s'adoucirent et brillèrent. Elle faillit dire quelque chose, mais se ravisa. Boldt aurait bien voulu savoir, mais il était préférable qu'elle se taise. Il n'était pas dupe, il la désirait. Son silence ne voulait pas dire qu'il ne l'aimait pas ou qu'il était raisonnable... mais tant qu'il gardait ses sentiments pour lui... Peut-être faisait-elle la même chose de son côté.

— Tu dis que tu as senti sa présence il y a trois ou quatre jours, lui rappela-t-il. On a tous deux l'impression que tout cela date d'il y a plus d'une semaine. Tu te souviens de ce qui s'est passé il y a quatre jours? Tu peux faire le tri?

— D'accord, on va en parler, Lou.

Ils échangèrent un regard lourd de signification.

— Allons-y, fit Boldt.

— Tu crois que ça a un rapport avec la New Leaf?

— Je crois que c'est possible, nuance. En tout cas, ça vaut le coup d'approfondir la question.

Elle se passa la main dans les cheveux d'un geste nerveux.

— Quelqu'un sait ce que je mijote et ça ne lui plaît pas. C'est ça? C'est ce que tu penses?

— Plusieurs personnes savent sur quelle piste tu travailles. Plus qu'on ne l'imagine sans doute. Le gardien des archives n'a peut-être pas tenu sa langue. Peut-être que Taplin (ou Fowler) t'a vue lui passer la clef, mais n'a rien dit sur le coup. Un employé a pu deviner.

— Un employé impliqué dans le premier empoisonnement.

— C'est grave, ce que tu avances. Certains ont des positions à protéger...

— Ne mêle pas Owen là-dedans!

— Je n'ai rien dit, protesta Boldt.

Il réfléchit, puis dit ce qu'il avait sur le cœur, ce qu'il avait en tête depuis plusieurs jours:

— Adler était-il au courant? Est-ce qu'il t'a dit quelque chose?

Daphné reçut un choc. Ses yeux perdirent leur douceur chaleureuse. Elle se raidit et cracha presque:

— En voilà des questions? (Elle détourna les yeux, puis ajouta:) Tu crois que je te cacherais un truc aussi énorme? Comment peux-tu penser une chose pareille?

— Ça te placerait dans une position délicate. Tu ne le soupçonnerais pas sans preuves solides... c'est humain. Surtout, tu chercherais vite dans une autre direction si tu avais le sentiment de chauffer. Et peut-être que... seulement peut-être... tu lui poserais la question, et il te répondrait qu'il aurait préféré que tu te taises. Et alors? Qu'est-ce qu'il te resterait à faire?

Daphné se radoucit.

— Ça ne s'est pas passé comme ça.

— C'est la Ferme Bellevue qui m'intéresse, admit Boldt. La situation de New Leaf ne m'intéresse que dans la mesure où il est prouvé que quelqu'un du ministère de la Santé, ou de New Leaf, a délibérément falsifié les résultats d'analyse pour faire condamner la Ferme. Si c'est le cas, ça me donne de sacrées pistes. Nous en avons déjà parlé, Daphné. Or, ce qui t'est arrivé hier confirme mes doutes. Celui qui a falsifié le document — que ce soit au ministère ou à New Leaf — a un rapport avec celui qui te file le train... en tout cas, c'est une hypothèse. Et un crime, ça peut rapprocher des gens que tout séparerait normalement... tu le sais aussi bien que moi.

— Tu penses qu'il n'agit pas seul?

— Il y a une femme, on en est certains. Maintenant agit-elle seule? ou avec un amant? Un ami?

— Le shérif, se rappela Daphné.

— Je ne crois pas qu'une femme ait pu faire ça. Pas après ce que j'ai vu.

— Les brûlures, murmura Daphné. (Boldt acquiesça.) Des traces de brûlures sur les parties ?

— Non.

— Sur le visage ?

— Oui.

— Sur le visage ? répéta Daphné, perplexe. Je n'aime pas ça. C'est pas le genre de truc que font les femmes. Tu as sans doute raison. Mais où ça nous mène tout ça, merde ?

— Je peux charger quelqu'un de te protéger, proposa Boldt, changeant de sujet. Il surveillera tes arrières.

— Tu trouves que tu as trop d'agents à ta disposition ! ricana Daphné. Où veux-tu en venir ?

— Fowler peut s'en occuper. Si tu demandes à Adler...

— Il acceptera, termina-t-elle à sa place. C'est à ça que tu penses ? Tu as sans doute raison, admit-elle. Mais son équipe est composée de privés. Si un type me file... ce qui me déplaît profondément, je te l'assure... et que ces incapables l'effraient, nous perdons une piste.

— Oui, mais d'un autre côté, s'ils l'appréhendent, on aurait une petite conversation intéressante avec lui, ou avec elle. Ce serait un gain de temps considérable.

— Un point pour toi. Je pourrais envoyer un fax à Owen et lui demander.

Boldt lui adressa un regard qui disait : « C'est ce que je ferais à ta place. »

— Et en attendant, inspecteur ?

— On se concentre sur la Ferme Bellevue. Le labo travaille sur plusieurs fronts. Non, je pensais à l'historique. Trouvons l'épouse. Trouvons les gens qui ont bossé là-bas. On interrogera les voisins, les contrôleurs sanitaires, les chauffeurs de l'UPS[1]. Tout le monde et n'importe qui. Je parie que c'est comme ça qu'on pincera notre bonhomme.

— Notre bonhomme ?

— Oui, quand on bosse à la Criminelle, railla Boldt, on sent ces choses.

— Et New Leaf ?

— On continue... tu continues. Si tu te sens d'attaque, bien sûr. Il faut qu'on trouve le lien, s'il y en a un. Au point où on en est, tout ce qu'on découvrira nous sera utile.

— Le shérif, murmura Daphné. L'intervention de la police.

— Oui, il nous avait prévenus, et j'ai fait foirer le coup.

— Tu n'as rien fait foirer, Lou.

---

1. UPS : United Parcel Service (Service des colis postaux). (*N.d.T.*)

Il lui décocha un regard mauvais. Elle en avait assez dit. Il savait très bien ce qu'il avait fait.

— Tu es sûre que tu vas bien? s'inquiéta-t-il en se levant.

— A merveille. Allez, file! plaisanta-t-elle.

— Tu es sûre?

— File, je te dis.

Il l'embrassa sur la joue. Elle lui envoya un baiser et l'arrêta avant qu'il n'atteigne la porte.

— Juste une chose, inspecteur.

Boldt se retourna.

— Tu devrais retirer ce chapeau avant qu'on te voie avec.

Il s'aperçut qu'il avait gardé la toque.

— Seigneur! gémit-il, et il lança la toque sur le fauteuil à bascule. Tu aurais pu me le dire plus tôt.

— C'est vrai, pouffa-t-elle, j'aurais pu.

Son rire la fit grimacer de douleur.

20

Le mercredi matin, deux semaines après le début de l'affaire, Boldt épluchait les premiers rapports sur les retraits Eclair. Le premier retrait avait été effectué par le criminel la veille au soir à 11 h 30 : douze cents dollars en trois opérations consécutives. Le flic le plus proche se trouvait à une dizaine de pâtés de maisons de là. Lorsqu'il arriva près du distributeur, le Soudeur effectuait un autre retrait cinq cents mètres plus loin. Le ballet se poursuivit pendant quatre-vingt-dix minutes, au bout desquelles le suspect avait tiré trois mille six cents dollars. La police arrivait toujours en retard pour l'appréhender ou même l'apercevoir. Boldt manquait de personnel ; Shoswitz, qui s'était fait engueuler par le commissaire Rankin, passa à son tour un savon à Boldt. Il fallait à tout prix mieux faire.

Boldt était persuadé que le code secret de la carte Eclair était un indice. Lucille Guillard lui avait confirmé que le chiffre avait été spécifiquement choisi par le client. Un client réclamait un chiffre spécifique pour se le rappeler plus facilement. Et il se le rappelait plus facilement parce qu'il avait un sens particulier pour lui.

Donc, raisonna Boldt, le chiffre en question — 8165 — avait un sens pour le Soudeur. C'était cette piste que Boldt avait l'intention de suivre.

L'ordinateur compara ces quatre chiffres avec les numéros de téléphone, les numéros de permis de conduire, de plaques minéralogiques, de Sécurité sociale, les codes secrets d'autres cartes de crédit et les numéros de comptes bancaires. Boldt alla même jusqu'à demander au service des Impôts de l'Etat de Washington la liste des contribuables nés le 1er août 1965 ou le 8 janvier 1965. Les Postes devaient fournir les noms des individus dont la boîte aux lettres portait le numéro 8165. Boldt tenait à explorer toutes les pistes. Il était en train de lire les rapports sur les retraits lorsque LaMoia entra en trombe, repéra Boldt et lui cria :

— J'ai trouvé un témoin!

Boldt l'entraîna dans une salle d'interrogatoire qui sentait la sueur et le tabac froid. Quand LaMoia s'enflammait, ses yeux marron s'agrandissaient, son visage s'allongeait et sa voix se cassait.

— Alors, voilà. Je sonne à la porte et je tombe sur une grande bourgeoise très chic et tout, tu vois le genre. Je me présente, elle perd les pédales. Je m'imagine que son mari picole, ou qu'il joue, ou qu'il est fiché à la Mondaine. A moins qu'il ne soit accro ou qu'il deale, en tout cas, elle panique un max. On discute de Foodland — parce qu'elle fait partie de la liste des clientes, c'est l'une des trente-quatre. Ça la rend hystérique. Elle est complètement affolée. Avant que je lui pose une seule question, elle zieute avec angoisse vers la porte, vous voyez le genre. On sent qu'elle voudrait que je parte. Je me dis que son mari va bientôt rentrer, puis je me dis que c'est peut-être elle... qu'elle se sent coupable de je ne sais quoi. Allez savoir! Elle est dans tous ses états. J'entends alors la porte du fond claquer, et là, elle me joue le grand numéro: elle se déhanche, elle se tord le cou, et elle fait des yeux de chouette... elle essaie de prévenir quelqu'un dans la cuisine, mais je la devance. Et qui je vois? Elle.

— Qui ça, elle?

— Notre star de la vidéo, miss Foodland. Celle au chapeau mou et aux oreilles percées.

— Elle? répéta Boldt, tout excité lui aussi.

— Evidemment, l'image était floue. On a eu beau se crever les yeux sur la vidéo, c'est pas évident. Mais vous me connaissez. Je connais les femmes. La jeune MacNamara se déplace exactement comme notre star. Quand elle voit sa mère avec moi, elle a les mêmes gestes, sa façon de tourner la tête et tout... Autre chose, elle a deviné que j'étais un flic. Vous voyez ce que je veux dire? Ça se sent ce genre de chose. Elle a deviné... et elle était pas prête à rester bavarder avec moi, vous pouvez me croire.

— Tu l'as interrogée?

— Putain, non. C'est une mineure. La mater est du genre mère poule. Je me suis dit que vous essaieriez peut-être d'obtenir un mandat. Imaginez qu'on trouve les fringues qu'on voit sur la vidéo.

— On n'aura jamais de mandat de perquisition.

LaMoia sortit une feuille de papier de la poche de son manteau.

— Striker s'en est occupé. On aurait jamais pu voir son casier s'il ne l'avait pas réclamé lui-même.

— Son casier ? Une mineure ?

— C'est une kleptomane. Sept arrestations pour vol dans les six derniers mois. Une vraie klepto ! Elle fait les drugstores, les grands magasins, les quincailleries, tout. Elle ne pique que des trucs de valeur. Les trucs les plus durs à tirer. Ça doit être une sorte de jeu.

— Mais si c'est une kleptomane... commença Boldt.

— Elle était sûrement en train de voler sur la vidéo, pas de remettre des boîtes de soupe en rayon.

— Donc, ce n'est pas notre suspect. Mais elle l'a peut-être aperçu. Oui, ça colle avec le scénario. Il y a sept secondes de battement, sept secondes pendant lesquelles quelqu'un a placé les cinq boîtes sur le rayon.

— Quand peut-on l'interroger ? demanda LaMoia.

— Est-ce qu'on sait quand elle est chez elle ?

— Elle est sous contrôle judiciaire, avec obligation de suivre des cours de rattrapage pendant les vacances. Elle rentre directement de l'école et ne bouge plus de chez elle. Du moins, c'est ce qu'elle devrait faire. La date de la vidéo de Foodland est formelle : notre petite Holly a triché. Elle n'aurait jamais dû se trouver dans le magasin.

— Si elle s'est fait arrêter pour vol si souvent, une petite conversation avec elle chez sa mère ne nous apportera rien.

— Vous avez sans doute raison, fit LaMoia.

— On va sortir le grand jeu. On va fouiller la baraque de fond en comble, on va l'impressionner, la mignonne. On va lui faire un truc qu'elle n'a encore jamais vu. Et je veux qu'elle assiste à la fouille. Je veux qu'elle n'en perde pas une miette. Après, on l'amènera ici, et on laissera Striker lui faire son numéro. Ensuite, je lui causerai un brin. Avec un peu de chance, elle filera doux. Sinon, on l'inculpe pour violation du contrôle judiciaire ; on lui prend ses empreintes, on la fouille, et on la colle au trou pour la nuit. Et le lendemain, on remet ça.

— Vous êtes d'humeur charitable ! constata LaMoia.

Une heure plus tard, Boldt discutait avec Mildred Mac-Namara, mère de la mineure.

Il lui montra les sacs en plastique transparents qui contenaient les habits de sa fille, et si la bonne femme avait été plus au fait des procédures judiciaires, elle aurait remarqué que les sacs n'étaient pas étiquetés — l'affaire du chantage n'étant pas encore dans la Bible, elle échappait aux règles bureaucratiques habituelles.

164

— On a trouvé ce chapeau et cette veste dans la garde-robe de votre fille, annonça Boldt.

— Pourquoi ne sommes-nous pas au service des mineurs ?

— Parce que je suis un inspecteur de la Criminelle, et que je dirige cette affaire. Votre fille est une suspecte.

— Doux Jésus...

Mildred MacNamara éclata en sanglots. Boldt lui indiqua une boîte de Kleenex sur le bureau.

— Et son avocat ? hoqueta la mère.

— Je dirige cette enquête, Mrs. MacNamara. Mes conclusions sont paroles d'évangile ici... enfin presque toutes. Cela signifie que si je déclare que Holly ne sera pas poursuivie, elle ne sera pas poursuivie.

— Je ne comprends pas.

— J'ai besoin de parler à votre fille en tête à tête. Si un avocat se mêle de cette affaire, nous en aurons pour un mois, et je serais peut-être obligé d'inculper votre fille juste pour l'interroger. Je ne veux pas en arriver là ; Holly n'a pas besoin d'une autre inculpation, vous êtes d'accord ?

— Bien sûr, mais comment... ?

— Holly a violé les règles de son contrôle judiciaire. Nous en avons la preuve. Or, d'après ce que j'ai lu dans son dossier, c'était sa dernière chance. (Mrs. MacNamara confirma d'un signe de tête.) De sorte que si je l'inculpe, je pourrais l'interroger en fin de compte. Je vais jouer cartes sur table avec vous, Mrs. MacNamara. Je ne peux pas attendre. Alors voilà : je vous demande une permission écrite pour que mes collègues et moi-même puissions avoir un entretien avec votre fille. Pour vous, ce n'est pas grand-chose. En échange, je vous donne ma parole de père de famille que s'il y a un moyen d'éviter l'inculpation, nous tenterons tout ce qui est en notre pouvoir pour l'éviter. Mais je ne peux rien vous garantir, ajouta-t-il à contrecœur.

L'honnêteté a son prix.

Il n'avait pas dit à Mrs. MacNamara que la fouille — une fouille exhaustive — des affaires de sa fille n'avait pas permis de la relier à la Pacific-West ni à une carte de retrait Eclair. Toutefois, les policiers avaient trouvé une cache d'objets volés, depuis des CD jusqu'à des bijoux. Boldt gardait l'information pour lui afin de l'utiliser en dernier recours si le besoin d'assommer la jeune Holly avec une botte secrète se faisait sentir. L'absence de carte de retrait semblait accréditer la thèse de LaMoia selon laquelle Holly MacNamara s'était bien trouvée dans l'allée des soupes pendant que le dépôt avait été effectué, mais qu'elle ne l'avait pas fait.

— Puis-je téléphoner à mon mari? implora Mrs. Mac-Namara.

Boldt lui dit qu'elle pouvait faire ce que bon lui semblait mais son mari risquait de réagir avec éclat et, dans ce cas, Holly ne pourrait bénéficier de sa clémence.

— Je ne sais pas... bredouilla Mrs. MacNamara, puis elle se remit à pleurer.

Boldt trouva le temps de se détester. Il attendit puis, dès qu'il la vit faire un geste d'acquiescement, lui glissa le formulaire de consentement maternel et lui demanda de signer en appuyant fort.

— C'est en trois exemplaires, expliqua-t-il. Comme tout ce que vous trouverez ici.

Il avait espéré lui arracher un sourire, mais s'aperçut de la lourdeur de sa remarque et la regretta aussitôt.

— Vous ne m'êtes pas très sympathique, inspecteur. Si vous m'avez trompée, si vous m'avez menti, vous ne valez pas mieux que ceux que vous arrêtez.

Boldt ramassa le formulaire et sortit rapidement de la pièce.

Holly MacNamara était sagement assise à côté de Daphné à la table maculée de brûlures de cigarettes de la salle d'interrogatoire numéro 1. Boldt et LaMoia étaient à leurs côtés. Les sacs en plastique contenant le chapeau et le manteau foncé avec ses larges poches cousues à l'intérieur trônaient en évidence, comme une dinde de Noël.

Boldt brancha le magnétophone, cita les personnes présentes, puis annonça l'heure et la date.

Striker les rejoignit quelques minutes plus tard, sa prothèse cliquetant nerveusement, et Boldt cita aussi son nom.

Holly MacNamara regardait Boldt avec un air agressif qu'il espérait ne jamais voir chez Miles. Trop dur pour son âge, trop amer, trop soupçonneux, et bien trop assuré, vu les circonstances. Elle avait des sourcils noirs, de hautes pommettes, et de longs cheveux bruns. Elle avait aussi de l'acné qu'elle masquait sous son maquillage, et un appareil maintenait ses dents inférieures. Une enfant jouant un jeu d'adultes. Elle portait des boucles en argent aux oreilles, et fut assez troublée quand Boldt lui demanda de les ôter.

Cela ne permit pas à Boldt d'établir le contact avec la gamine mais cela la désarma et la déboussola, ce qui est toujours important dans un interrogatoire.

— Le vingt et un juin, commença Boldt, alors que vous

deviez rester consignée chez vous, les caméras de surveillance du Foodland de Broadway vous ont surprise dans le supermarché. Vous portiez des habits semblables à ceux-ci, précisa-t-il en désignant les sacs, et votre conduite suggérait que vous vous efforciez d'éviter ces mêmes caméras.

— Et après ? crâna Holly MacNamara.

Daphné, qui jouait le rôle du gentil flic pendant cet interrogatoire, lui conseilla :

— Vous n'êtes pas obligée de répondre aux questions qui vous gênent, mais il vaut mieux répondre aux plus faciles pour commencer.

— Vous faisiez peut-être des courses avec votre mère, glissa LaMoia afin de lui laisser une porte de sortie. Vous étiez dans l'allée des soupes, vous vous en souvenez ?

— Non.

— Essayez de vous rappeler, Holly, l'encouragea Daphné.

— Les soupes ? fit Holly. Non, ça m'étonnerait.

Sur un signe de Boldt, LaMoia brancha le magnétoscope Sony et passa la cassette vidéo qu'Halte-au-Vol leur avait remise. Holly regarda l'écran. Les policiers surveillaient ses réactions. Quand arriva la scène où Holly faillit tamponner un caddie poussé par un homme, ou une femme — c'était difficile à dire —, LaMoia arrêta la lecture.

— Holly ? fit Boldt.

Toujours aussi défiante, Holly se tourna vers Daphné qui lui fit signe de parler.

— Nous ne voulons pas d'une histoire fabriquée, précisa Boldt. Nous voulons la vérité.

— Si vous coopérez, commença Striker, dont la prothèse cliqueta plusieurs fois, aucune charge ne sera retenue contre vous. Je vous garantis l'immunité. Vous comprenez ? Je n'ai pas besoin de vous expliquer ce que signifie le mot immunité. Ce que vous direz ne sera pas consigné dans un procès-verbal, mais restera entre nous. Cela dit, l'inspecteur Boldt a raison : c'est la vérité que nous voulons. Sachez aussi que nous sommes prêts à nous montrer coriaces, si c'est ce que vous préférez.

— Vous venez de voir un détail qui vous a permis de vous souvenir, déclara Boldt.

— C'est que... commença Holly. (Puis elle débita d'une traite :) J'avais peut-être piqué des Better-Veggie — la boisson, vous savez ? — J'avais l'intention d'en acheter.

Boldt lui décocha le regard pénétrant de celui qui ne se laissait pas abuser facilement.

— D'accord, j'allais peut-être pas les acheter, consentit

Holly. J'ai piqué trois boîtes. Ensuite, j'ai piqué de la salade de fruits, et puis autre chose... je ne m'en souviens plus. Enfin, j'étais chargée et je pensais prendre des V-8, qui sont dans la même allée que les soupes, mais c'est dur à piquer à cause de la caméra, et c'est là que le mec...

Elle se reprit et s'arrêta net.

Boldt sentit ses poils se hérisser. *Vas-y!* voulut-il hurler. *Quel mec?*

Comme si elle l'avait entendu, Holly croisa son regard et déclara:

— Le mec a débouché de je ne sais où. Je rentre dans son caddie, vlan, en plein dedans, et il me reluque d'une telle façon... comme s'il voyait en moi. Comme s'il savait. Je me dis que c'est un faucheur lui aussi, ou un vigile. Je me crois fichue, mais lui, il veut seulement que je le laisse passer. Je file. Mais je me retourne, et qu'est-ce que je vois? Il tire deux ou trois boîtes de son manteau et il les fout dans son caddie; il fait quelques pas, et il met les boîtes dans le rayon! Alors, je me dis, merde! y a un vigile dans le coin. Il refourgue sa pêche. S'il refourgue sa pêche, je refourgue la mienne.

Elle grimaça, les embrassa du regard, craignant à l'évidence d'en avoir trop dit.

— C'est bien, Holly, l'encouragea Boldt. Vous vous en sortez très bien.

— Continuez comme ça, mon petit, renchérit Striker.

— Vous souvenez-vous de cet homme? demanda Daphné.

Toujours commencer par le général, il sera toujours temps d'entrer dans les détails. Cela faisait plusieurs semaines que la scène avait eu lieu. Elle ne pouvait pas se souvenir de tout immédiatement.

— Vous voulez savoir à quoi il ressemblait, c'est ça? demanda Holly d'une petite voix nerveuse. Je ne sais plus!

— Ses habits, suggéra LaMoia. Vous dites qu'il avait sorti sa pêche de son manteau, ajouta-t-il, adoptant le jargon de Holly.

— C'était un imper. N'oubliez pas qu'on est en été, rappela-t-elle. On ne peut piquer que quand il pleut. Sinon, où fourre-t-on la marchandise quand il fait chaud?

— Un imper, répéta LaMoia.

Holly acquiesça. Boldt nota. *C'est toujours un début.*

— Quel genre d'imper? Branché? Bourgeois? Kaki? Noir?

— Peut-être vert. Et long. Comme dans les westerns, vous voyez?

Les gosses font les meilleurs témoins. Les filles surtout, qui se souviennent des vêtements jusqu'au moindre bouton. Les garçons se rappellent mieux le visage d'une suspecte et les courbes de son corps.

— Un grand imper vert, répéta LaMoia.

— Oui, c'est ça. Je ne me souviens pas de son visage.

— Est-ce qu'il portait un chapeau ?

On entr'apercevait l'homme sur la vidéo, mais l'image était trop floue.

— Ouais, une casquette de base-ball. Un peu comme la mienne.

— Et ses chaussures ?

— C'étaient des bottes, pas des chaussures.

Elle avait dit cela avec une telle spontanéité que Boldt la crut.

— Ah, des bottes, fit-il, notant sur son calepin.

— Des bottes de cow-boy. Et un blue-jean ! ajouta-t-elle fièrement, surprise de sa propre mémoire.

— Comme le mien ? demanda LaMoia, qui montra son jean Armani fraîchement repassé.

— Non, un vieux jean usé. Effrangé dans le bas. Et les bottes, elles étaient marron. Boueuses, peut-être. Oui, je suis sûre qu'elles étaient marron. Des bottes de travail, peut-être. Ou des bottes de marche, je ne sais plus.

De la boue, songea Boldt, qui se souvenait de l'épaisse gadoue autour de la Ferme Bellevue. Il accrocha le regard de Daphné, qui lui fit signe que la gosse disait sûrement la vérité. Ils avaient tiré le bon numéro.

— Des bijoux ? demanda LaMoia. Des tatouages ? Des cicatrices ? Un signe particulier ? Est-ce qu'il boitait, par exemple ?

— Les bottes, répéta Holly, fière comme un paon. Je me rappelle bien les bottes.

— Vous a-t-il dit quelque chose ? Vous a-t-il parlé ?

— Ça risquait pas. Mais il m'a lancé un de ces regards ! Comme s'il allait me tuer parce que j'étais rentrée dans son caddie.

— L'avez-vous revu, ensuite ? demanda Daphné.

Holly MacNamara hocha négativement la tête.

— Prenez votre temps, l'encouragea LaMoia.

— Oui, peut-être à la queue. Pour payer. Il achetait quelque chose. On achète toujours une bricole, annonça-t-elle d'un ton ferme.

— Vous rappelez-vous ce qu'il achetait ? interrogea Boldt.

— Tu parles ! fit-elle, sarcastique. Je vous dis que je ne me rappelle même plus si je l'ai vu dans la queue. J'étais pressée. Je voulais me casser vite fait.

Boldt murmura à l'oreille de Daphné :

— Montre-lui les photos des employés d'Adler, de Foodland, de Halte-au-Vol. Ensuite, les autres photos.

Ils avaient obtenu les photos des permis de conduire des employés de Foodland. Les autres sociétés possédaient leurs propres photos d'identification, pour des raisons de sécurité.

La vidéo, songea Boldt. Une des caméras de Halte-au-Vol était-elle dirigée sur les caisses ?

Comment s'appelait le type, déjà ? Don ? Dave ? Ron ?

Chez Halte-au-Vol, la compagnie de sécurité de Redmond sous contrat avec Foodland, Gus accueillit Boldt comme un vieil ami. Il l'escorta jusqu'à la salle des écrans.

— Dès que j'ai reçu votre appel, j'ai commencé à visionner les images. J'ai cherché pendant une bonne heure le type que vous m'avez décrit. C'est un malin, commissaire. Un vrai pro.

Il appuya sur une touche, et la mise en veille de l'écran s'effaça, remplacée par la photo en noir et blanc d'un homme de grande taille, coiffé d'une casquette de base-ball de l'équipe des Mariners et vêtu dans un imperméable vert. La photo était floue.

— C'est tout ce que j'ai, expliqua Gus. Si vous regardez attentivement, poursuivit-il en agrandissant l'image, vous remarquerez qu'il se met à l'abri de la caméra derrière la cliente qui le précède à la caisse. Vous voyez ? Il marche derrière cette grosse, là… comme ça, la caméra ne peut pas le prendre en entier. Ah, il sait ce qu'il fait ! Je vous l'ai dit, c'est un vrai pro.

Juste à côté du suspect, Boldt reconnut Holly MacNamara, qui, elle aussi, tentait d'éviter la caméra.

— Et son visage ?

— On n'a jamais réussi à le voir. J'ai essayé les agrandissements et d'autres prises de vues, mais on le voit à peine. Il connaît trop bien le système.

— Vous croyez que c'est un employé ? lâcha Boldt.

— Ou un habitué, avança Gus. Ou du moins un type qui a étudié le système à fond. On ne peut pas dire qu'il improvise.

Boldt nota l'heure exacte qui apparaissait dans le coin inférieur droit de l'écran.

— Caisse numéro six, remarqua-t-il.

— Les six, sept et huit sont les caisses rapides de Foodland, expliqua Gus. Réservées aux clients qui n'achètent pas plus de cinq articles. Les voleurs préfèrent les caisses rapides.

Ayant maintenant l'heure exacte, Boldt espérait retrouver

par les tickets de caisse les articles que l'homme avait ache-tés ce jour-là.

De retour au commissariat, il confia cette tâche à Bobbie Gaynes. Deux heures plus tard, elle entrait dans le bureau de Boldt en annonçant qu'avec l'aide de Lee Hunda, elle avait trouvé le ticket de caisse en question. Elle en tendit une pho-tocopie agrandie à son supérieur. Malgré le gros grain de l'agrandissement, les lettres de l'ordinateur étaient encore lisibles. Il y avait quatre articles.

Sur les quatre, intitulés *Confis. et Glaces*, trois étaient pré-cédés du code du fabricant que Boldt avait appris à recon-naître : ADFD. Adler Foods.

— Des confiseries d'Adler Foods, siffla Boldt entre ses dents.

— Il voulait peut-être les manger, chef, dit Gaynes avec optimisme. On ne peut pas savoir ce qu'il avait en tête.

— Oh, si, on le sait ! répliqua Boldt d'un ton sinistre. J'ai bien peur que si.

21

Le jeudi 12 juillet à 17 heures, Bernie Lofgrin pointa sa tête dans le bureau de Daphné, brandissant une pochette en plastique qui contenait le document du ministère de la Santé.

— Vous avez décroché le gros lot, Daphné. Ce rapport est un grossier trucage... Qu'est-ce qui vous est arrivé ? s'étonnat-il en la regardant de plus près.

— Une boîte est tombée de l'étagère de ma salle de bains. Je l'ai reçue en pleine tête.

— Ben mon cochon ! Elle devait être bigrement lourde.

Daphné remarqua la présence d'un autre homme, derrière Lofgrin.

— Je peux vous aider, Chris ? demanda-t-elle à Danielson qui de toute évidence écoutait leur conversation.

Danielson bredouilla qu'il lisait le bulletin affiché sur le mur, devant la porte du bureau de Daphné, mais l'excuse était peu crédible. Daphné fit signe à Lofgrin d'entrer, et de refermer la porte derrière lui.

— J'ai une meilleure idée, déclara Lofgrin. Venez dans mon bureau, ajouta-t-il en lui décochant un clin d'œil. Je vous montrerai mes travaux.

Quelques minutes plus tard, il refermait la porte de son bureau. Par la baie vitrée, on voyait que le laboratoire était presque désert à cette heure-là. Le bureau, quant à lui, était un vrai foutoir.

— Vous aimez la façon dont je l'ai arrangé ? demanda Lofgrin tandis que Daphné déplaçait deux piles de papiers afin de libérer un siège. Vous permettez ?

Il mit une cassette de jazz dans le magnétophone et régla le volume en sourdine.

— Ça m'aide à réfléchir, expliqua-t-il avec un large sourire.

Quand Lofgrin était heureux, son enthousiasme était contagieux. Or, il était heureux à chaque fois que ses analyses lui apportaient des résultats concluants. Daphné brûlait d'impatience.

— Alors, vous avez des preuves de la falsification ? demanda-t-elle.

— Oui, c'est du boulot d'amateur. Ils ont utilisé du Tip-Ex et ils ont refrappé par-dessus. Au moins, ils ont pensé à utiliser la même machine à écrire. Mais l'alignement était légèrement incliné, comme vous l'aviez justement remarqué. Maintenant, qu'y avait-il sous la couche de Tip-Ex de si important à cacher ? J'ai fait un travail d'archéo un peu comme pour les fouilles de Troie, si vous voulez.

— Je vois, dit Daphné.

— Le Tip-Ex est opaque, bien sûr. Nous avons tenté d'obtenir une impression par transparence avec un fort éclairage, mais cela n'a pas marché.

Il montra le résultat obtenu : une photo d'un texte flou. Le cliché avait été pris à travers le papier du document en l'éclairant par un spot puissant, le négatif placé en dessous. Les changements effectués dans le texte apparaissaient comme des taches noires. On ne voyait rien des caractères que le Tip-Ex avait effacés.

— On en est venus à bout, expliqua Lofgrin fièrement, grâce à une technique couramment utilisée dans la détection de la fausse monnaie. Le vernis du Tip-Ex est poreux, bien sûr — il n'est opaque qu'à certaines fréquences de lumière. Nous avons fait une sorte de radiographie où le Tip-Ex serait la peau, et les caractères effacés les os. Et nous avons obtenu ceci, conclut-il en sortant une autre feuille de papier de son classeur.

Daphné n'avait jamais eu droit elle-même aux explications détaillées de Lofgrin... à ses «cours magistraux», comme les appelait LaMoia. Mais elle savait qu'elle n'y couperait pas. Le responsable du labo ne remettait jamais ses conclusions sans commentaires. Il branchait son magnétoscope, introduisait une cassette de jazz, se calait dans son fauteuil et se lançait dans de grandes explications. Il précisait chaque étape de ses recherches afin que l'inspecteur à qui étaient destinées ses révélations soit à même d'apprécier la nature héroïque de son travail.

Ce dernier document était un négatif qui ressemblait effectivement à une radio ; là où auparavant ne figurait qu'un seul caractère, il y en avait deux superposés, ce qui créait un mélange de hiéroglyphes impossibles à déchiffrer.

— Je sais, ce n'est pas très lisible, admit Lofgrin, mais c'est le premier pas, et peut-être le plus important, dans la découverte de ce qu'on a cherché à nous cacher.

Il se balança doucement dans son fauteuil au rythme du saxo qui jouait en fond sonore.

— La machine à écrire utilisait une police Courrier de dix caractères par *inch*. Amy Chu a passé une bonne partie de l'après-midi à retirer la couche des caractères rajoutés. (Il présenta une autre feuille — une feuille d'imprimante, cette fois.) Et voici ce qu'elle a obtenu.

Plus de taches noires mais des bribes de lettres qui ressemblaient à des caractères chinois, ou à des éclaboussures de peinture.

— Ce n'est pas non plus très lisible, confessa Lofgrin. C'est parce que les lettres se superposent parfois, de sorte que si on enlève la lettre *t*, on risque aussi d'effacer le *i* qui se trouve en dessous. Mais si vous réfléchissez bien, vous vous apercevrez qu'il n'y a que deux caractères — un chiffre et une lettre — qui sont réellement interchangeables sur un clavier de machine à écrire.

Il la laissa réfléchir un bref instant, mais ne résista pas à l'envie de répondre à sa place.

— Ce n'est pas le *zéro* et le *O* majuscule.

— C'est le chiffre *un* et la minuscule *l*, répondit Daphné en élève appliquée.

— Bravo, Matthews! Ce qui signifie que toutes les autres lettres laissent leurs propres empreintes, que ce soit un trait ou une boucle, un point ou une barre. (Il cessa de se balancer.) Grâce à un logiciel qu'on appelle le ROC — la reconnaissance optique des caractères — l'ordinateur reconnaît les caractéristiques particulières de chaque police, et avec des calculs logarithmiques, il peut prédire avec une marge d'erreur infinitésimale quelle lettre se trouve à tel endroit. On scanne le document. Ensuite on applique le ROC et le logiciel le convertit en format texte qu'on peut ensuite manipuler. Pour résumer, on a appliqué le ROC sur ces pattes de mouche et on lui a demandé de deviner ce qu'était le texte original.

Il brandit triomphalement une feuille qu'il refusa cependant de lui remettre tout de suite.

— Amy a dû repasser le ROC dix-sept fois. Mais cela a fini par payer: vous avez les noms, les dates, toutes les informations qu'on a cherché à dissimuler. La *vérité*, précisa-t-il avec une fierté exagérée, qu'on voulait nous cacher.

Le document était restauré dans sa forme initiale.

— Citez-moi à la barre, et je répéterai la même chose devant un jury.

174

Dieu nous en préserve, songea Daphné.

Elle parcourut la feuille, comparant le document altéré avec celui qu'elle avait maintenant entre les mains. Fascinée, émue, elle s'apprêta à lire ce qu'elle avait tant voulu lire depuis qu'elle avait découvert la falsification.

INSPECTEUR CHARGÉ DE L'ENQUÊTE : WALTER HAMMOND

A côté figurait la signature bien lisible de Hammond qui avait été recouverte pendant plusieurs années par le Tip-Ex. Daphné fut encore plus choquée par la cause de la contamination qui n'était pas due à la *salmonelle*, ainsi que le document altéré le prétendait, mais à un *staphylocoque*. Voyant sur quelle partie du document le regard de Daphné s'attardait, Lofgrin déclara :

— Le staphylocoque se transmet par contact. C'est complètement différent de la salmonelle.

Les soupçons de Daphné étaient donc confirmés : la Ferme Bellevue avait été injustement accusée d'une contamination dont elle n'était pas responsable.

Walter « Roy » Hammond vivait dans une résidence que Sharon, l'amie de Daphné, aurait appelée un « mouroir pour éléphants ». Pontasset Point, qui se proclamait une « résidence progressiste », se composait de pavillons espacés flanqués de pelouses de la taille de timbres-poste. Il y avait un centre communautaire, un jeu de palet, trois courts de tennis et une piscine — le tout à côté de l'hospice.

Hammond avait des dents en céramique, une paire de sonotones roses. Ses années de régime à base de frites et de charcuterie bon marché lui avaient laissé des bourrelets qui donnaient l'impression qu'il avait une bouée de sauvetage sous sa chemise. Il avait sans doute l'habitude d'abandonner les choses là où il les laissait tomber, à en juger par la variété d'objets qui jonchaient sa moquette noisette : stylos, emballages de bonbons, papiers gras, et deux cuillères qui attendaient que l'aide-ménagère vienne les ramasser. L'énorme télévision qui bouchait l'une des deux seules fenêtres de la pièce marchait à plein volume, même après que Daphné eut demandé qu'il baissât le son.

— Vous n'avez pas de magnétophone, au moins ?

L'homme avait des yeux bleu acier, de grosses mains boudinées couvertes de taches brunes, ses ongles étaient rongés à ras.

— Non, je n'ai pas de magnétophone, affirma Daphné.

— Je souhaite que cette conversation n'ait pas de caractère officiel.

— On va voir, consentit-elle, le cœur battant, se demandant pourquoi cette exigence.

— Cela vaudrait mieux, ma petite dame.

— Eh bien, d'accord.

— Que voulez-vous exactement?

Daphné jaugea son adversaire. Elle décida de lui renvoyer la balle.

— A votre avis, Mr. Hammond?

— Appelez-moi Roy, comme tout le monde.

Il la dévorait du regard; elle n'aimait pas la lueur égrillarde qui brillait dans ses yeux. Elle regretta de ne pas porter de veste.

— J'en ai aucune idée, assura-t-il.

— Aucune?

— C'est une devinette?

— Jusqu'à il y a quatre ans, vous étiez inspecteur au ministère de la Santé.

— C'est juste.

— Est-ce que le nom de la Ferme Bellevue vous dit quelque chose? La graisse de son cou trembla quand il avala péniblement sa salive.

— Les endroits que j'inspectais régulièrement me disent tous quelque chose, ma petite dame. C'était dans mon secteur, vous comprenez. Ça faisait partie de mon gagne-pain. Qu'est-ce que vous vouliez savoir au juste à propos de la Ferme Bellevue?

— Ceci, dit Daphné en lui présentant deux photocopies — avant et après.

Hammond cligna des yeux à plusieurs reprises — signes que Daphné interpréta comme la manifestation d'une angoisse croissante. Il éteignit la télévision, ajusta ses deux sonotones, dont l'un émit un son aigu quand il le manipula. Il passa une langue blanche squameuse sur les croûtes de ses lèvres, mais sa bouche resta désespérément sèche.

— Il y a une question qui va avec? demanda-t-il.

— Comment expliquez-vous la différence entre les deux?

Il réfléchit; ses yeux allèrent de Daphné aux documents.

— Je ne sais pas où vous avez dégotté celui-ci, dit-il en indiquant le document antérieur aux falsifications. Mais l'autre est celui que le ministère a approuvé. Honnêtement, ma petite dame, je n'y travaille plus depuis belle lurette. Vous vous trompez d'interlocuteur.

— Le document original, dit Daphné, insistant sur original, vous cite comme l'inspecteur chargé de l'enquête. Dans le document postérieur, votre nom n'apparaît plus.

— En tout cas, dit-il, la face rougeaude, les narines palpitantes, de celui-là, je m'en souviens.

— Super ! railla-t-elle méchamment.

— Il fut un temps où nous avions un bon service, ma petite dame. C'était avant qu'ils n'engagent ces gens de couleur... je parle du gouvernement des Etats-Unis — et depuis, tout va de travers.

— Sans compter qu'ils ont aussi engagé des femmes.

— Ah, des femmes, c'est juste. C'est pas que j'aie quelque chose contre elles...

— En revanche, pour ce qui est des gens de couleur...

— Le problème, c'est que c'est des incapables. J'ai pas d'estime pour ceux qui prennent l'Oncle Sam pour une vache à lait. De plus, ce sont de parfaits crétins. Prenez Jake Jefferson, par exemple. Vous me posez des questions sur la Ferme Bellevue, eh bien, c'est ce Jefferson qui a mal fait son boulot au début ; ça nous a obligés à travailler deux fois plus pour rectifier ses conneries.

— Vous parlez du rapport du laboratoire ?

— Il s'est complètement gouré, je vous dis, et bien sûr, il a refusé de l'admettre. Y a rien de pire qu'un nègre qui s'imagine avoir raison.

— Je ne m'appesantirai pas sur vos écarts de langage, Mr. Hammond.

— Manquerait plus que ça ! rétorqua-t-il, furieux. On est dans un pays libre, ma petite dame, au cas où vous l'auriez oublié. Vous étiez sans doute en train de fumer du shit pendant qu'on défendait ce pays. Ah, c'est bien ma chance ! Fallait que je tombe sur une féministe ! Y a un match des Mariners à la télé ; je préfère le regarder si vous en avez fini avec vos questions stupides.

Il souleva sa graisse, soufflant comme un phoque, et alla se servir un double Bourbon en traînant les pieds. Un énorme cratère resta dans le coussin sur lequel il était assis.

Daphné jeta un regard vers la porte pour s'assurer qu'elle n'en était pas trop éloignée, et surveilla Roy Hammond qui ouvrit et referma un tiroir dans la cuisine en marmonnant.

— Pourquoi votre nom a-t-il disparu du rapport ? lança-t-elle.

— Pourquoi ? répéta-t-il, le dos tourné.

Daphné devina que Hammond cherchait à gagner du temps. Il revint s'asseoir dans son fauteuil et avala une longue rasade de Bourbon sans sourciller. Il joua avec son verre, fit entrechoquer les glaçons qui fondaient rapidement.

— Mr. Patrick Shawnesea, dont le nom a remplacé le vôtre sur le document, ne vit apparemment plus dans cet Etat. Nous pouvons donc difficilement l'interroger.

— C'est encore plus difficile que vous le croyez, ma petite dame. Pat Shawnesea est mort depuis longtemps. D'un cancer du poumon, et il n'a jamais fumé une cigarette de sa vie. Paraît que c'est à cause du radon. Il habitait dans une zone à risques. Ça se défend : sa femme est morte d'une maladie de femme deux ans et des poussières avant Pat. On l'a charcutée, on lui a tout enlevé, mais ça n'a pas suffi.

Daphné se dit que la mort de Shawnesea expliquait sans doute le changement de date sur le document, car il avait été antidaté de onze jours, et cette manœuvre n'avait pas cessé de l'intriguer. Pourquoi antidater un document ? Sans doute fallait-il trouver une date à laquelle Pat Shawnesea travaillait encore, afin que la seule personne pouvant répondre aux questions embarrassantes restât muette comme une tombe, c'était bien le cas de le dire. Daphné avait trouvé une piste, mais le cœur du problème lui échappait encore.

— Voyons si j'ai bien compris, dit-elle.

Elle se tassa involontairement, gênée par l'insistance avec laquelle le vieux dégoûtant reluquait son corsage.

— Shawnesea a repris l'affaire après vous onze jours avant votre enquête initiale. Il a apparemment décidé que la contamination avait été causée par la salmonelle, et non par un staphylocoque, comme votre enquête l'avait conclu.

— Laissez-moi vous expliquer une chose...

— Je vous en prie.

— Ce n'était pas mon enquête, c'était celle de Jefferson. C'est lui qui avait fait les tests, vu ? Pour ce qui est de Pat, je ne me souviens pas très bien de ce qu'il avait à voir dans tout ça.

— C'est pourtant son nom qui figure sur le second document... celui qui a été falsifié.

— Je comprends bien, ma petite dame, mais ça ne prouve rien.

— Cependant, vous connaissiez Mark Meriweather.

— Pour sûr.

— Et Mr. Shawnesea ?

— Que voulez-vous dire ?

— Connaissait-il aussi Mr. Meriweather ? A-t-il inspecté la Ferme Bellevue, lui aussi ?

— Sans doute.

— Je croyais que vous m'aviez dit que la Ferme Bellevue faisait partie de votre secteur?

— On échangeait souvent nos secteurs.

— Qui a enquêté sur la contamination de la New Leaf? Vous ou Mr. Shawnesea? Je vous rappelle que votre signature figure sur le document d'origine.

— C'était moi, déclara Hammond, l'air troublé. Ça remonte à combien? Il doit y avoir présomption, depuis le temps, non?

Dans un autre interrogatoire, Daphné aurait peut-être laissé échapper un sourire, mais Hammond la dégoûtait trop, et elle eut envie de lui mentir. Ce que le profane a du mal à comprendre — et qui lui joue parfois des tours — est qu'il n'existe aucune éthique ni règles formelles obligeant un officier de police à dire la vérité, sauf lorsqu'il témoigne sous serment. Dans la «Boîte», la salle d'interrogatoire, les inspecteurs inventent couramment toutes sortes de mensonges — leur but étant de flanquer les criminels au trou. Ceux qui mentent le mieux sont aussi ceux qui conduisent les meilleurs interrogatoires, et Daphné comptait parmi ceux-là. La seule différence qu'elle établissait entre un interrogatoire et un simple entretien était le lieu de la discussion. Mais Hammond ignorait qu'elle était hors de sa juridiction et qu'elle n'avait pas fait de demande officielle auprès des autorités de King County pour l'interroger, ce qui signifiait que tout ce qui se dirait entre eux ne figurerait dans aucun procès-verbal. Ce qui signifiait également qu'elle pouvait mentir autant qu'elle le voulait, qu'elle pouvait utiliser les réponses de Hammond pour son enquête, mais qu'elle n'avait pas le droit d'en faire état devant un tribunal. C'est avec ces considérations en tête qu'elle répondit avec une mauvaise foi cynique:

— Il y a effectivement prescription pour la contamination de la Ferme Bellevue. Je ne crois pas qu'on puisse poursuivre quiconque en ce qui concerne le document. Mais pour être franche, je m'en moque: c'est la vérité que je veux, Mr. Hammond. Un homme risque d'aller en prison pour un bon bout de temps si nous ne découvrons pas la vérité sur la Ferme Bellevue.

— C'est ce gosse. C'est Harry, dit Hammond.

— Harry, répéta Daphné.

— Un fouteur de merde, ce Harry. Têtu comme une mule, y a jamais eu moyen de le faire changer d'avis. Il a disparu aussi vite qu'il était arrivé. Il m'a traité de menteur. Il m'a regardé dans les yeux et il m'a traité de menteur.

— Je n'ai pas bien entendu son nom de famille, dit Daphné, espérant lui tendre un piège.

— Je ne vous l'ai pas dit. D'ailleurs, j'en sais rien. Voir des gens et les connaître, ça fait deux, ma petite dame. J'inspectais régulièrement sept laiteries, cinq batteries de poulets, un élevage de lapins, une fabrique de fromage de chèvre, et onze usines alimentaires. Des gens comme Mark Meriweather, c'était mon métier de les connaître. Mais son apprenti ? Un bon à rien qui croyait que Dieu l'avait envoyé sur terre pour s'occuper des poulets. Et puis quoi encore, hein ?

Et pourtant, par cette déclaration spontanée, Hammond prouvait qu'il connaissait mieux Harry qu'il ne l'affirmait.

— J'ai cru comprendre qu'il était diplômé, avança Daphné.

— Il aurait remplacé Hank Russell quand Hank se serait retiré. Ouais… en tout cas, c'était ce qu'on disait. Mark en a trop fait pour ce gosse, il a dépensé une fortune pour lui, si vous voulez mon avis. C'était un bon à rien et Mark le traitait comme son propre fils. Il lui a donné la grosse tête, voilà le résultat. J'ai entendu dire qu'il avait fait de la taule.

Daphné nota soigneusement : *prison ?*

— Mr. Russell travaillait à mi-temps, c'est ça ?

— Hank Russell ? C'est lui qui dirigeait la ferme. Il en a été le régisseur pendant une douzaine d'années. La ferme marchait bien, vous pouvez me croire.

Daphné fit mine de fouiller dans ses notes.

— Je ne vois pas de dossier au nom de Mr. Russell.

— Quel genre de dossier ? Le Fisc, je parie. (Il s'esclaffa, et dut ensuite essuyer la bave qui coulait sur son menton.) Filer ses sous à l'Oncle Sam ? Ah, c'était pas le genre de Hank Russell. A mon avis, il s'était arrangé avec Meriweather, comme quand il travaillait pour Dover, avant ça. Nourri, logé, et de l'argent sous la table… ça ressemblait davantage à Hank. Il faisait partie de la famille.

— Il y a quelque chose que je ne comprends pas, dit Daphné qui examina l'un des documents, puis l'autre. C'était un staphylocoque ou la salmonelle ?

L'alcool avait rendu les yeux de Hammond vitreux. Il but encore une longue rasade en préparant sa réponse. « Mâcher » serait plus juste, songea Daphné, car sa pomme d'Adam s'agitait frénétiquement. On aurait dit un boa avalant une proie trop grosse pour lui. Hammond crispa sa main sur le bras du fauteuil. Daphné crut un instant qu'il allait tout lui déballer.

— Je n'ai rien à vous dire, ma petite dame. Allez donc voir ailleurs, ça vaudrait mieux pour vous.

— C'est juste que je...

Il l'interrompit avec un rot sonore qui lui empourpra le visage et fit saillir une veine sur son front pâle.

— Je vous ai dit d'aller voir ailleurs! Allez, fichez-moi le camp! Et plus vite que ça, avant que je vous fasse payer votre curiosité!

Daphné se leva d'un coup, empoigna sa serviette où elle fourra prestement ses papiers.

— Je n'ai plus rien à vous dire, hoqueta Hammond.

Il lui tourna le dos, attrapa son verre vide sur la table basse, et se dirigea vers la bouteille.

Daphné fut dans sa voiture en moins de deux. Epuisée et tendue, elle roula un moment, puis décrocha son téléphone et passa trois communications — une en ville, une chez Dover, le propriétaire d'une exploitation de dindes, et la troisième dans une petite ferme sur la route de Sammamish. Après avoir annoncé au fermier qu'elle travaillait pour la Chambre des compensations, il lui apprit que Hank Russell était dans sa caravane. «Il regarde un match.»

Daphné raccrocha, posa le téléphone sur le siège du passager, et respira un bon coup. Elle embraya, négocia un virage à une vitesse suicidaire, le visage éclairé d'un large sourire, et fonça vers Sammamish.

— Où est votre veste?

— Je vous demande pardon?

Petit, trapu, la cinquantaine bien entamée, Hank Russell avait l'air d'un champion de rodéo sur le retour: jean, bottes de cow-boy poussiéreuses, chemise bleu azur aux épaules matelassées et aux poches à boutons-pression, ceinturon orné d'une boucle de la taille d'une assiette. Quand il se retourna pour faire taire la télévision avec sa télécommande, Daphné lut sur le cuir de son ceinturon «Hank», gravé en grosses lettres. Sa voix éraillée crissait comme des pneus sur le gravier.

— Les gars de la Chambre des compensations portent des vestes comme on voit à la télé. Vous bossez pas pour elle, pas vrai?

— Non, en effet.

Daphné aima tout de suite son sourire.

— Vous m'avez menti, mam'zelle.

— C'est vrai, je vous ai menti.

— Vous êtes bien trop mignonne pour travailler au Fisc, et il est bien trop tard. Dites-moi que vous ne bossez pas pour le Fisc. Dieu me garde !

— Je ne travaille pas pour le Fisc.

Le soulagement de Hank Russell était sincère.

— Un de mes parents éloignés est mort ? Vous n'avez pas plus l'air d'une avocate que d'une employée du Fisc.

— Je ne suis pas non plus avocate. Je suis de la police, Mr. Russell. Je crois que Harry a des ennuis.

— Harry Caulfield ? Encore ? Seigneur ! (Il ouvrit en grand la porte moustiquaire.) Entrez donc ! Entrez donc !

Il zappa la télé qui s'éteignit cette fois pour de bon. Daphné songea aux cow-boys et aux pistolets à six coups ; maintenant ils tirent à coups de télécommande !

— Que diriez-vous d'un peu de tarte au citron ? demanda-t-il avec une lueur pétillante dans ses yeux verts. Je l'ai faite moi-même. C'est la meilleure tarte au citron que vous mangerez jamais.

Daphné et Boldt marchaient côte à côte dans le jardin de l'inspecteur-chef ; Boldt s'arrêtait de temps à autre pour ramasser un des jouets en plastique de couleur vive qui jonchaient le sol.

— C'est un certain Caulfield, déclara Daphné. Harry Caulfield. Il a débarqué à la ferme quand il avait dix-sept ans. Il refusait de parler de son passé. Personne ne sait d'où il venait. Il travaillait dur, et apprenait vite. Tout le monde le traitait comme s'il était de la famille. Le propriétaire, Meriweather, lui a fait obtenir son équivalence du second cycle contre la promesse qu'il reste à Bellevue. Ensuite, il l'a envoyé à la fac. Il a tout payé à ce gosse.

— A la fac, ici ?

— Oui. C'est ce que m'a raconté le régisseur. Université, études scientifiques, c'est ce qu'il m'a dit.

— La microbiologie, par exemple ?

— Peut-être. Ça devait l'aider pour s'occuper de la volaille... maladies, soins vétérinaires.

— C'est lui.

— Il travaillait à la ferme pendant les vacances. Il adorait son métier. Il avait donné des noms aux poules. Il se donnait à fond.

— La chute n'en a été que plus dure.

— Russell prétend que c'était un coup monté. Il affirme qu'il y a eu un casse une semaine avant que le ministère ne ferme l'exploitation, mais que rien n'avait été volé. Ils ont cru que c'étaient des gamins. Ils n'ont pas signalé l'incident.

— Quelqu'un a inoculé des bactéries à la volaille, fit Boldt.

Daphné acquiesça.

— C'est un coup monté. Ils n'ont rien vu venir. Quand l'infection s'est étendue, Hammond, l'inspecteur du ministère de la Santé, s'est présenté, et il a fermé l'exploitation le jour même. Tout s'est passé très vite. Trop vite pour Hank Russell; c'est pour ça qu'il crie au coup monté. La ferme a été obligée de tuer les poulets, et le gosse était là en vacances. Meriweather a craqué. Sa femme s'est mise à boire. Les clients qui étaient tombés malades ont menacé d'entamer des poursuites. Meriweather risquait de tout perdre, et pire, il le savait et le gosse aussi. Russell prétend que Meriweather ne dormait plus, qu'il n'était plus lui-même. Comme il refusait d'empoisonner ses poulets, ils les ont tués un par un. Ça leur a pris une journée entière. Il y avait plus de mille poulets. Ils les ont décapités à la main. Le gosse s'y est mis aussi. Russell affirme que ce fut la journée la plus atroce de sa vie. Ils pataugeaient dans le sang, ils en étaient couverts de la tête aux pieds. «Une montagne de poulets sans tête», d'après Russell. Et un autre tas pour les têtes. Mark Meriweather et Harry Caulfield pleuraient à chaudes larmes; ils ont pleuré pendant les seize heures qu'a duré le massacre. (Elle ajouta, parlant en tant que psychologue:) Ils auraient dû laisser le gosse à l'écart.

Boldt s'arrêta pour contempler la lune; sa voix se brisa.

— Je ne sais pas comment je peux continuer à être un père pour mon fils.

Il ramassa un autre jouet qui ressemblait à un pont — et le remisa avec les autres. Sans doute construisait-il un fort avec son fils, ou une maison, Daphné n'aurait pas su dire.

— Des poursuites judiciaires ont suivi et, par une nuit glaciale, Meriweather s'est jeté en voiture dans le ravin du Snoqualmie Pass pour que sa femme touche l'argent de l'assurance. La femme s'est retrouvée en psychiatrie. D'après la façon dont Russell en parle, elle a eu une crise de démence alcoolique. La succession n'a jamais été réglée. Meriweather était le propriétaire légal de la ferme, et son épouse était encore en vie. L'affaire a traîné, d'après Russell.

— Et notre ami Harry?

— Après la mort de Meriweather, il n'a plus dit un mot. Il s'est presque laissé crever de faim. Russell dit qu'il a été hospitalisé et que, lorsqu'il est ressorti, il est venu le voir avec un plan pour prouver qu'ils avaient été victimes d'une machination.

Boldt s'assit sur la balançoire et étira ses jambes. La lune éclairait la nuit. Daphné s'assit sur le second siège, mais eut soudain peur que le portique ne cède sous leurs deux poids combinés. Elle se releva aussitôt, et se sentit bête.

— Mais Russell a refusé, devina Boldt.

— Hank Russell est ce qu'on pourrait appeler un marginal honnête. Il vit hors du système. Il n'a pas de voiture, ne paie pas d'impôts — en tout cas, je ne crois pas —, mais il s'y connaît en bétail et, à l'entendre, il a travaillé dans toutes sortes de fermes.

— Tu le crois ?

— Oui.

— Donc, Harry part en croisade contre Owen Adler.

— Non, corrigea Daphné. Quand Harry a eu cette idée, c'était il y a plusieurs années.

— Je ne pige pas, dit Boldt.

— L'histoire de Russell s'arrête là. Il a entendu dire que le gosse s'était fourré dans le pétrin, mais il ignore quel genre.

— Il a fait de la prison ?

— Hammond le pense. Je n'ai pas appelé pour vérifier parce que je ne voulais pas utiliser la radio.

— Tu as bien fait.

Boldt bondit sur ses pieds.

— On va se renseigner au fichier des mineurs.

— Ce gosse a des problèmes, Lou.

— Ce gosse tue des gens, Daffy. Tu voudrais que je le plaigne ?

Daphné ne répondit pas.

— Peut-être qu'un jour, j'arriverai à le comprendre, mais je ne lui pardonnerai jamais. Je ne lui pardonnerai jamais pour Slater Lowry.

— Ce n'est pas sa faute. Il n'est pas dans son état normal.

— Me sors pas tes salades, Daffy.

— C'est la vérité, Lou.

— Non, c'est lui qui tue. Il est responsable de ce qu'il fait. Ne t'attendris pas, Daffy. C'est toi qui l'as retrouvé : tu l'as identifié ! Toi, et toi seule ! Tu devrais en être fière !

— Eh bien, je ne suis pas fière, figure-toi.

Elle le suivit jusqu'à leurs deux voitures.

Boldt n'était pas non plus partisan d'utiliser la radio, préférant éviter qu'un journaliste à l'affût n'entende le nom de Harry Caulfield. Daphné et lui retournèrent chacun de leur côté au commissariat où ils se mirent aussitôt à chercher les antécédents du jeune homme avec l'aide de l'ordinateur. Ils n'obtinrent qu'une fiche au nom de H. Caulfield.

— Harold Emerson Caulfield, lut Boldt. Vingt-huit ans. Arrêté pour infraction à la législation sur les stupéfiants. Condamné à quatre ans de détention pour possession de deux kilos de cocaïne. Libéré sur parole il y a quatre mois. Adresse — écoute ça! — Sasquaw, dans l'Etat de Washington. (Il coula un regard enflammé vers Daphné, puis s'écria:) C'est notre homme.

Il prit Daphné par le bras, l'attira à lui, et l'embrassa vivement sur la bouche. Leurs visages se touchèrent, celui de Daphné était brûlant, Boldt hésita un court instant, troublé, lâcha son bras et se reprit. Daphné sourit, puis pouffa d'un petit rire nerveux.

— Eh bien! soupira-t-elle, soulagée.

— Viens! lança Boldt. Allons chercher le dossier d'arrestation.

Ils traversèrent le cinquième étage en courant, ce qui, à cette heure tardive, attira sur eux l'attention des membres de l'équipe de Pasquini cloués à leur bureau.

— Y a le feu? s'étonna l'un d'eux.

— Oui, au cul, ricana un autre.

Boldt se dit qu'ils donnaient sans doute cette impression, mais il s'en moquait. La découverte de l'existence de Caulfield lui tournait la tête.

Un seul ascenseur fonctionnait à cette heure, et il mit du temps à arriver. Daphné proposa d'emprunter l'escalier. Tandis qu'ils le dévalaient, Daphné lança:

— J'aimerais que Clements intervienne, si tu n'y vois pas d'inconvénient.

— Il est là?

— Il est arrivé cet après-midi. Une réunion est prévue pour demain. Ça te convient?

— Absolument.

— Il nous aidera à dresser un profil.

— Je n'ai pas d'objections, affirma Boldt, déjà essoufflé.

Arrivés au sous-sol, ils se remirent au pas, puis accélérèrent à nouveau. Chaque inspecteur avait une clef des trois salles d'archives; Boldt ouvrit la première avec la sienne. Cette salle était surnommée «le Cimetière», elle contenait les dossiers des affaires classées vieilles de trois à sept ans.

Deux fois par an, on la vidait des dossiers les plus anciens et on les stockait dans l'entrepôt des archives, situé près de Marginal Way.

Rangée après rangée, des dossiers s'empilaient dans des rayonnages métalliques, étiquetés selon le système en vigueur chez les médecins ou les dentistes. Il faisait sombre, les dossiers étaient écornés, et l'organisation déplorable. Mais les étiquettes de couleur, agrémentées de références alphabétiques, leur permirent de trouver facilement C-A-U-.

Les dossiers étaient si serrés que Boldt dut les sortir un par un. Daphné lui prêta main-forte, écartant les dossiers afin qu'il puisse lire le numéro de l'affaire et le nom.

Il regarda Daphné qui l'observait, sur la pointe des pieds.

— Je ne le trouve pas, dit-il.

— Laisse-moi faire.

Ils changèrent de place ; Boldt écarta les dossiers et Daphné lut leurs étiquettes. À la quatrième tentative, elle s'exclama :

— Il doit pourtant être là.

— Oui, mais il n'y est pas.

— Le nom est peut-être mal orthographié.

Boldt consulta le registre où était inscrit le nom des affaires dont les dossiers avaient été descendus au Cimetière, ainsi que la signature de celui qui s'en était chargé. C'était un système archaïque, et la moitié des noms étaient illisibles.

— Il n'est pas là, constata Boldt.

Ils passèrent les dix minutes suivantes à éplucher les dossiers commençant par les lettres C-A. Haletante, frustrée, Daphné souffla sur les mèches qui lui tombaient dans les yeux, mais elles restaient collées sur son front. Elle interrompit un instant ses recherches pour dégager ses cheveux.

Ils marquèrent un silence, contemplant avec une rage mêlée de dépit les rayonnages bourrés de dossiers. La salle parut à Boldt aussi vaste qu'un terrain de football, or, le dossier de Caulfield avait peut-être été mal rangé.

— Quelqu'un l'a pris, dit-il enfin.

C'était justement ce que Daphné était en train de penser. Elle lui lança un regard désespéré, puis dit d'une voix brisée, les larmes aux yeux :

— Qu'est-ce que tu paries que l'affaire Bellevue ne s'est pas arrêtée au ministère de la Santé ?

— Je ne parie jamais, rétorqua Lou Boldt.

22

Le Dr. Richard Clements, psychiatre et agent spécial du FBI, avait une voix profonde qui résonnait dans la salle de réunion de la Criminelle.

— Je sais pertinemment que certains d'entre vous vont considérer tout cela comme du vaudou.

Le changement d'équipes avait eu lieu trente minutes auparavant et LaMoia et Gaynes, ainsi que huit autres agents, étaient déjà en faction devant les distributeurs Eclair.

Boldt, Shoswitz, Rankin et Daphné Matthews assistaient à la réunion. Ils avaient été rejoints par deux agents en civil de la police de King County, par un divisionnaire et deux inspecteurs de la Criminelle de Portland, par l'agent spécial du FBI local de Seattle, et par deux agents formateurs du FBI national.

Le Dr. Clements portait un costume gris avec des revers en velours noir, une chemise blanche avec une cravate criarde aux motifs géométriques. Ses longs cheveux argentés, ébouriffés au-dessus des oreilles, et ses yeux d'acier lui donnaient l'air d'un conservateur de musée. Il ne cillait jamais. Le nez chaussé de lunettes en demi-lune, il consultait de temps à autre un document dans une chemise écornée, et prenait des notes avec un portemine noir.

Avant le début de la réunion, il s'était plaint auprès de Boldt d'avoir dû quitter sa Virginie. Il aurait préféré, disait-il, être là-bas à tondre son gazon et à boire du gin fizz. Boldt savait que le bonhomme aimait à se faire passer pour un dilettante romantique.

La vérité était que le Dr. Clements avait interviewé les plus redoutables tueurs en série incarcérés dans les prisons des Etats-Unis ainsi que dans certains pays occidentaux, jusqu'en Union Soviétique. Il avait réuni une documentation colossale qui lui donnait une vue d'ensemble sur la psychologie de ces criminels et lui avait permis de développer une nouvelle technique qu'on utilisait dorénavant partout pour dresser le profil psychologique des assassins psychopathes. Il avait été conseiller auprès des Services Secrets pendant le premier mandat de Reagan, analysant les menaces réelles ou imaginaires qui pesaient sur lui. On disait que par trois fois déjà, il avait prédit avec précision où trouver des tueurs qui s'apprêtaient à essayer d'assassiner le président.

Agent spécial au Département des Sciences Cognitives du FBI, il avait été amené à travailler avec Daphné Matthews pendant une chasse à l'homme. Personnage excentrique, il faisait l'objet de légendes diverses parmi les forces de l'ordre. On le surnommait le professeur Einstein de la criminologie. Il donnait régulièrement des cours à Yale et à John Hopkins, et avait écrit plusieurs ouvrages, notamment un manuel de criminologie qui servait de référence dans toutes les écoles de police. On disait que son corps était couvert de cicatrices, certaines étaient visibles à son col et à ses poignets. Elles lui auraient été infligées par Chien Fou, un prisonnier suédois qui l'avait presque dévoré avant que les gardiens n'aient eu le temps d'intervenir. Boldt avait entendu maintes histoires à propos du Dr. Clements — certaines au sujet de ces mêmes cicatrices. Il y en avait de flatteuses, et aussi d'autres qui l'étaient moins. Boldt n'avait jamais cru ces histoires jusqu'à ce jour. Mais en voyant l'étrange Dr. Clements il changea d'avis. Apparemment, le psychiatre avait trop fréquenté les grands criminels : il avait un regard halluciné, s'énervait brusquement, puis retombait dans une contemplation silencieuse que personne n'osait interrompre.

— Certes, cette science ressemble peut-être au vaudou, dit-il. Parfois le profil psychologique aide, parfois non. Ce que je m'apprête à vous communiquer sur cet être humain — parfaitement, cet être humain — n'est destiné qu'à servir de point de référence ; un point de départ qui, espérons-le, vous permettra d'acquérir une meilleure connaissance du suspect, et même, de prédire son comportement futur. (Il s'adressa au commissaire Rankin, un grand gaillard rouquin :) Il faut avoir un esprit scientifique doublé d'un esprit créatif. Comme vous, j'exerce mon travail avec sérieux ; c'est pourquoi je vous demande de le respecter et de m'accorder toute votre attention. D'abord, un détail technique : l'inspecteur Boldt a demandé à Adler Foods de retirer leurs confiseries de la circulation et de les détruire. Comme vous le savez sans doute, un individu que nous croyons être notre suspect a été surpris en train d'acheter de telles confiseries, et j'ai la conviction qu'il a l'intention de les empoisonner. Les produits seront remplacés, c'est-à-dire que des confiseries de fabrication fraîche prendront la place de celles qu'on aura retirées de la circulation. D'autre part, nous effectuerons des tests au hasard sur les produits remplacés. Ainsi, nous ne violerons pas les exigences du maître chanteur mais nous préserverons l'intérêt public. A présent, venons-en au fait.

« L'individu en question s'appelle Harry Caulfield. C'est un célibataire de vingt-huit ans. Bien qu'il habite peut-être à la Ferme Bellevue, je crois plutôt qu'il réside dans un rayon de trois kilomètres autour du supermarché Foodland de Broadway. Il y a de fortes chances pour qu'il vive seul. Il travaille en usine, ou y a récemment travaillé ; en tout cas c'est un manuel. Il est possible qu'il ait été employé récemment aux usines Adler Foods, ou chez un de ses sous-traitants, mais dans ce cas, il a dû se faire payer au noir.

« Vous êtes sceptique, commissaire, je le vois bien. (Rankin s'agita sur sa chaise, mal à l'aise.) Je peux expliquer certaines de mes hypothèses, si cela peut aider à vous convaincre. Les deux premiers fax que Mr. Owen Adler a reçus voici quelques mois étaient des collages et non des fax envoyés par ordinateur comme pour les plus récents. Votre laboratoire a identifié les journaux dont les caractères ont servi pour ces collages : *Play-boy*, *Penthouse*, et un journal gratuit local. Les deux magazines nous aident à définir ses habitudes, et le journal local permet de cerner avec davantage de précision son lieu de résidence car il ne bénéficie pas d'une large diffusion. Il a aussi découpé des lettres dans *Sports Illustrated* et dans une feuille de chou syndicale du nom de *Heartland* — ces deux sources ont été identifiées par notre laboratoire du FBI —, tout ceci nous renseigne encore mieux sur son compte et atteste de sa familiarité avec le monde ouvrier. Vous voyez, commissaire, ajouta-t-il avec un petit sourire narquois, nous n'inventons rien.

« Oui, mais qui est cet individu ? continua-t-il. C'est un solitaire. Probablement un insomniaque. Il n'est pas un tueur à gages, mais agit pour son propre compte. Il a peut-être, mais rien n'est sûr, fait des études de microbiologie, d'agriculture, d'électronique ou d'agro-alimentaire. Il croit que sa cause est juste, et cela le rend extrêmement dangereux. Il va faire ce qu'il a à faire : punir Adler Foods, ou Owen Adler en personne, pour les torts qu'on lui aurait causés dans le passé.

« Cliniquement, c'est un schizophrène paranoïde. Sa personnalité est scindée en deux : il y a celui qui commet les crimes tandis qu'une voix intérieure l'encourage ou le met en garde contre la gravité de ses actes. Il est capable de raisonnements complexes, d'où son habileté à s'organiser et à devancer les policiers lancés à ses trousses. Bien que schizophrène, il n'est pas fou au sens où vous l'entendez, commissaire. Il ne souffre pas d'une déficience organique. Oh, il est certainement dérangé, mais la différence est notable. Ce n'est pas un mongolien, loin de là. Il faut le prendre très au sérieux. Il faut le craindre. S'il dit dans deux semaines, ce sera dans deux semaines. S'il dit qu'il va tuer des centaines d'innocents, nous pouvons être sûrs qu'il le fera.

Clements observa la salle, puis continua :

— Il croit qu'on ne l'arrêtera jamais. Vous ricanez, commissaire, c'est pourtant la vérité. Il se croit plus malin que vous tous réunis. Je peux vous garantir qu'il épluche la presse pour y lire ses succès ou ses échecs. Je vous félicite donc d'avoir réussi jusqu'à présent à empêcher qu'on parle de ses exploits. D'après ce que j'ai compris, vous craignez qu'il ne donne des idées à certains, et c'est bien légitime. Mais il y a pire : c'est le genre d'homme à vouloir faire les gros titres.

Loin d'être convaincu, Rankin demanda :

— Que vient faire l'extorsion de fonds là-dedans ?

— C'est un sujet complexe. Il semble qu'il ait un plan en tête, et ce depuis le début. Distinguons trois phases : la phase d'avertissement, la phase des attaques et la phase finale, en quelque sorte. D'après moi, nous sommes passés à la phase des attaques. Il n'a pas encore obtenu les résultats qu'il espérait, mais il s'y attendait. Il est passé d'un plan général à une demande plus spécifique à laquelle il n'avait pas pensé au début : une extorsion de fonds, gagner ainsi de l'argent.

— Et la phase finale ? demanda un policier de Portland à contrecœur.

— J'imagine que la phase trois consiste à tenir sa promesse : tuer des centaines d'innocents. N'en doutez pas ! On peut même concevoir qu'il a prévu un plan qui permettrait d'exécuter ses menaces même après son arrestation. S'il était arrêté, bien sûr. De la part d'un individu aussi intelligent, ajouta-t-il comme en aparté, rien n'est inconcevable.

Il s'autorisa un sourire supérieur, et une étincelle brilla dans ses yeux étonnamment fixes. Le Dr. Clements, de toute évidence, s'amusait beaucoup.

23

Le jeudi soir, LaMoia gara sa voiture devant chez Boldt qui sortit en boutonnant sa chemise, sa veste sur le bras. Un nuage de moucherons s'agitait sous le réverbère, près de la voiture.

LaMoia rejoignit son chef sous le porche et lui tendit une feuille de papier où il avait gribouillé une adresse. C'était tout à côté, dans la Soixante et onzième, un quartier dont Boldt se souvenait à cause d'une autre affaire ; un quartier qu'il aurait préféré oublier.

— Et Dixie ?

— Il est en route. Son équipe le rejoindra là-bas.

— Rasoir ?

— Je lui ai laissé le numéro de votre téléphone portable.

LaMoia tendit le téléphone à Boldt qui le glissa machinalement dans la poche de sa veste. L'inspecteur-chef vérifia qu'il avait bien son revolver sur lui.

— Une sale affaire, chef.

Boldt s'assura que la porte était bien fermée à double tour. Les deux hommes se hâtèrent vers la voiture qui les attendait.

— Qui a lancé l'appel ? demanda Boldt.

— Qui d'autre s'aventurerait dans un *trou noir* ? Hollywood, chef... Danielson, bien sûr, précisa-t-il en voyant l'air ahuri de Boldt.

LaMoia monta dans la voiture, puis cria :

— Vous venez, chef ?

Boldt resta figé, la main sur la poignée de la portière. Daphné lui avait en effet raconté que Danielson écoutait aux portes. Boldt n'aimait pas cela.

— Chef ?

Boldt se glissa sur le siège.

— Ça va, chef ?

— Vas-y, fonce, ordonna Boldt qui ne roulait jamais à plus de cinquante à l'heure.

C'était un pavillon banal, entouré de maisons semblables. La rue était légèrement en pente, LaMoia gara la voiture contre le trottoir. Boldt grimpa en courant un escalier en ciment qui menait à d'autres marches en bois, puis à la véranda où Danielson était assis, à côté de la porte d'entrée. Bernie Lofgrin et son équipe de techniciens attendaient en bas qu'on les appelle.

Le fourgon du médecin légiste arriva peu après — une camionnette verte banalisée. Elle était réservée au transport des cadavres, et servait parfois aux techniciens du labo. Voyant le vaste déploiement de forces, Boldt demanda sèchement à LaMoia de faire disperser certains véhicules pour éviter d'attirer l'attention.

— Il faut agir le plus discrètement possible, expliqua-t-il. Si les voisins vous interrogent, personne ne répond. J'ai bien dit personne.

— Reçu cinq sur cinq, chef.

Il donna des ordres puis retourna auprès de Boldt qui s'apprêtait à entrer. Les deux hommes enfilèrent des gants en latex.

Boldt essaya la porte d'entrée, mais elle était fermée à clef. Il appela Bernie Lofgrin et, quelques minutes plus tard, un de ses assistants leur ouvrit la porte de l'arrière-cour avec un passe.

Boldt fit signe à LaMoia d'entrer le premier. Le jeune inspecteur poussa la porte, passa la tête à l'intérieur, et lança :

— Hé, chérie, c'est moi !

Boldt hésita devant l'atmosphère pesante. Ce n'était pas l'odeur de vomi qui le fit vaciller — il en vint à bout en reniflant un tube de Vicks qu'il passa ensuite à LaMoia. C'était le sentiment d'échec qui lui pesait, un sentiment qui n'allait plus le quitter. Encore quatre vies humaines. Encore quatre Slater Lowry.

Avec une philosophie qui ne lui était pas habituelle, il dit à LaMoia :

— Un décès émeut toujours les gens sur le coup, mais un meurtre les affecte bien plus. Dans vingt ans, le simple citoyen aura oublié ceux qui sont morts aujourd'hui, mais pas ceux qui ont été assassinés.

— Vous avez sans doute raison, chef, fit LaMoia qui ne savait pas quoi dire.

— Si je pouvais, je te donnerais ma parole que ce sont les derniers qu'on voit.

— Si vous aviez ce pouvoir, chef, ce n'est pas un badge que vous porteriez, mais un turban.

La table était mise pour quatre. C'était comme si quelqu'un avait débarrassé le dîner puis préparé un petit déjeuner auquel personne n'avait touché. Pas de casseroles sur la cuisinière ; mais des assiettes sales dans la machine à laver. Les gars du labo les analyseraient plus tard.

Les deux salles de bains, celle du bas et celle du premier, étaient dans un état hideux. Les pauvres bougres avaient été malades comme des bêtes, et personne n'avait pu nettoyer. Boldt les imagina se réveillant au milieu de la nuit avec des maux de ventre — d'abord les enfants, puis les parents. De deux à six heures après le repas, lui avait dit Dixie. A mesure que les douleurs empiraient, les parents avaient dû réellement s'inquiéter ; ils avaient sans doute envisagé de se rendre à l'hôpital. Tenaillés par les crampes d'estomac, les enfants hurlant. Mais il n'osait pas imaginer le moment de panique totale, quand ils avaient compris qu'ils étaient tous atteints. Les gerbes de vomi, les diarrhées, les violents maux de tête. Le père ou la mère qui se précipitent vers la voiture puis décident d'appeler une ambulance, mais préfèrent finalement aller à l'hôpital par leurs propres moyens...

Dans la poubelle, Boldt retrouva deux boîtes aplaties de hachis Parmentier Adler. Pièces à conviction pour l'équipe de Lofgrin qui suivrait bientôt.

Boldt songea à ce qui se passerait si les médias s'emparaient de cette affaire. On ne pouvait pas cacher la mort atroce d'une famille entière. Il avait déjà inventé une version des faits que Dixie et le ministère de la Santé communiqueraient à la presse. La famille avait mangé dans un restaurant qu'on n'avait pas encore identifié. « Les symptômes observés chez les défunts concordent avec ceux du *E. coli*. » A première vue, c'était vrai. C'était le seul moyen que Boldt voyait de cacher la vérité au public afin d'éviter la panique. La population de Seattle avait encore en mémoire l'épidémie précédente de *E. coli* et accepterait cette histoire. Certes, la version ne tiendrait pas indéfiniment, mais quelques jours peut-être... une semaine avec un peu de chance.

La chambre des enfants était dévastée. Une poupée de chiffon trônait sur un fauteuil en osier. A la façon dont les draps étaient tirés, Boldt devina que la mère avait aidé ses enfants à se lever. Mais les enfants n'étaient plus là, ils reposaient dans des sacs en plastique, dans le cabinet de Dixie. Leur petit déjeuner était encore sur la table, mais il finirait bientôt lui aussi dans des sacs plastiques.

Un jour, lorsqu'il était petit, Boldt avait essayé d'aider un moineau blessé, mais l'oiseau s'était cassé le cou en se débattant dans sa main. Boldt se rappela qu'il avait poussé le moineau à reprendre son vol. Il l'avait jeté en l'air plusieurs fois jusqu'à ce que sa mère en larmes lui ordonne d'arrêter.

Elle avait tenté de le convaincre qu'il n'était pas responsable, mais il s'était persuadé qu'il avait tué le moineau en voulant le sauver... il ressentait à présent cette même culpabilité.

Striker arriva en retard ; il titubait légèrement et empestait l'alcool.

— Ce machin-là est une belle saloperie, dit-il à Boldt en brandissant son Alphapage.

— C'est notre homme, expliqua Boldt.

— Ah, l'œuvre de notre Caulfield ?

— Tout juste.

— En ce qui me concerne, articula Striker d'une voix pâteuse, les femmes sont toutes des salopes.

— C'est encore à cause d'un produit d'Adler Foods. Cette fois, c'était du hachis Parmentier.

Boldt s'aperçut que Striker ne l'écoutait pas.

— Elles vous enchaînent, elles vous bousillent la tête.

— Une famille de quatre personnes. Ils sont tous morts, Rasoir.

— Morts ? fit Striker, dont la prothèse cliquetait furieusement.

Il était ailleurs.

— Tous les quatre. Ils ont trop tardé à aller aux urgences. La mère a tenu un moment, mais ils n'ont pas pu la sauver. Il paraît que c'est à cause du chagrin. Elle n'avait plus envie de vivre, d'après les médecins.

— Ce sont toujours les innocents qui trinquent, gémit Striker. Tu comprends ce que je suis en train de dire.

— Non, avoua Boldt.

— Eh bien, va te faire foutre.

Striker bouscula Boldt, puis entra dans la maison. Boldt patienta un quart d'heure, le ciel était menaçant. Des policiers en uniforme retenaient les journalistes, les photographes, les cameramen. Tous parlaient du E. coli. Jusque-là, tout va bien, songea Boldt. Il s'était habitué à mentir, mais il détestait toujours ça.

— Ça pue, là-dedans, dit Striker à son retour. Toujours cette même merde.

— Il nous faut une photo anthropométrique de Caulfield, dit Boldt. Le service des Mineurs doit en avoir une.

— Tu n'as pas besoin de moi pour ça.

— Si, ce serait mieux. Je veux connaître tout ce qu'on possède sur Caulfield, et je préférerais que la demande ne vienne pas de moi ni de la Criminelle. Ton bureau fait tout le temps ce genre de demandes.

— Tu l'auras dès demain matin, assura Striker en prenant note.

C'était son premier signe de sobriété.

— T'as fait la tournée des bars, Rasoir?

— Hé, je ne suis pas de garde. Merde, Elaine n'est jamais à la maison. Alors…

— J'espère que tu vas pas encore chercher la bagarre.

Striker avait la réputation de provoquer des types de trente ans en combat singulier… et de gagner. Parfois, il frappait sans prévenir. Il explosait, et cognait sur le premier venu.

— Ah, le voilà, dit-il en apercevant Danielson qui regardait fixement Boldt depuis la voiture qu'il avait garée non loin de là. C'est le mandat qui a enlevé le morceau, hein?

— Quel mandat? s'étonna Boldt. Celui de Holly Mac-Namara?

— La petite klepto? Putain, non. Le sien! Celui de Danielson. Le 02 sur la Ferme Bellevue. Il a fallu que je fasse un foin de tous les diables pour l'obtenir. Ces fumiers des Impôts sont des chiens de première.

Boldt fit de son mieux pour cacher sa stupeur. Il détourna les yeux, et fit mine de s'intéresser au pavillon.

— Le 02, répéta-t-il.

— Ouais. C'est à cause de la chasse aux employés de Bellevue. C'est comme ça que tu as trouvé le nom de Caulfield, pas vrai? Le mérite t'en revient. Danielson y est peut-être aussi pour quelque chose… à moins que tu n'aies mis un de tes gars sur le coup. (Il enfonça sa pince métallique dans les côtes de Boldt.) Tu peux me remercier, je ne t'en voudrai pas.

— D'accord. Merci, Rasoir, dit Boldt dans un murmure à peine audible.

— Tu n'es pas obligé de sauter de joie, railla Striker.

— Non, sincèrement, je te remercie, dit Boldt d'une voix plus assurée, tout en dirigeant son regard vers Danielson. Le dossier fiscal de la Ferme Bellevue, marmonna-t-il.

— Eh oui! Essaie donc de te coltiner les mecs des Impôts. Une vraie partie de plaisir, tu peux me croire.

Boldt demanda à LaMoia de le reconduire en ville. Ils

étaient à peine arrivés qu'il sauta de la voiture en marche, et fonça dans le commissariat.

— Hé, attends ! lui cria LaMoia.

Mais Boldt n'attendit pas. Il dévala l'escalier quatre à quatre, atteignit le sous-sol en moins de deux, sortit la clef du Cimetière, ouvrit la porte de la salle, trouva le commutateur sans regarder.

En trois pas, il fut devant l'étagère marquée : C-A-U-.

Il était là : le dossier d'arrestation de Harold Emerson Caulfield. Là où il aurait dû être depuis le début.

24

Armée d'un paquet de photos anthropométriques, dont celles de Harry Caulfield que Boldt lui avait remises, Daphné alla voir Holly MacNamara le lendemain matin, avant que la jeune fille ne parte à ses cours de vacances.

Holly portait un blue-jean, un T-shirt blanc, et des chaussures de jogging noires. Sa mère était toujours dans leurs jambes et, pour s'en débarrasser, Daphné et la jeune fille se réfugièrent dans la chambre de Holly. Les murs étaient tapissés de posters de groupes grunges. Le matelas était posé à même le sol et un parfum d'encens flottait dans la chambre.

— Vous voyez un peu ce que je dois supporter ? s'exclama Holly.

— Ah, les mères sont parfois collantes ! acquiesça Daphné.

— Me dites pas que...

— La mienne était une véritable emmerdeuse quand j'étais au lycée. Elle s'imaginait toujours que j'allais tomber enceinte et plonger dans la came.

— Vous ?

— Eh oui, moi.

Daphné déposa une série de photos devant la jeune fille, gardant celles de Caulfield pour plus tard. Elle voulait que Holly s'habitue avant de risquer le tout pour le tout. Surtout, elle voulait aider la jeune fille, dans la mesure de ses moyens.

Holly MacNamara examina consciencieusement les photos, en prit une, puis la reposa et hocha la tête.

— Non, pas dans ce tas, dit-elle.

— En fait, confia Daphné, si je restais à la maison c'était encore pire. Je ne faisais jamais les choses comme il fallait. Ma mère voulait que je sois une petite fille bien sage ; elle ne supportait pas que mes seins poussent ni que j'aie mes règles, ni que j'aie envie d'essayer la bière.

Cela ne reflétait absolument pas son adolescence, mais Daphné avait étudié Holly MacNamara et elle pensait assez bien connaître le tableau général pour établir un contact.

— Ça me rappelle quelqu'un.

— Ah, tu as les mêmes problèmes avec ta mère ?

— Ouais.

Daphné étala une autre série de photos.

— Et celles-là ? fit-elle.

Holly regardait davantage Daphné que les photos.

— En fait, pesta-t-elle, elle ne me lâche jamais. Je ne rêve que d'une chose : qu'elle se détende et qu'elle me laisse un peu de liberté. Le problème, c'est qu'elle ne sait même pas qui je suis.

— Oh, peut-être un peu, mais à peine.

— Exactement.

Daphné désigna les photos, et Holly les examina attentivement... sans doute avec plus de soin que si elles n'avaient pas eu leur petite conversation, se dit Daphné.

— Non, je ne vois pas, déclara Holly.

— Sûre ?

— Certaine.

Daphné les ramassa, puis attendit avant d'étaler une autre série, celle dans laquelle figurait la photo de Harry Caulfield.

— Je travaille comme bénévole à l'Abri, annonça-t-elle.

— Le machin pour fugueurs ?

— Oui. Une amie à moi y est porte-parole, et j'y vais huit heures par semaine... surtout le soir. Tu as déjà pensé à faire du bénévolat ?

— Moi ?

— Oh, je sais que ce n'est pas comme de traîner dans les rues avec tes amis. Mais les filles ont ton âge... elles sont plus proches de ton âge que du mien, c'est sûr, et elles ont besoin de rencontrer du monde, elles ont besoin de repères, de se trouver une identité. Les bénévoles font un peu de tout : servir les repas, changer les draps, ou la conversation, tout simplement. Voilà à quoi je pensais : ça ne te fait pas du bien de rester à la maison. Le juge t'oblige à rester chez toi, alors que c'est justement de là que viennent tes problèmes. Que dirais-tu si j'arrivais à le convaincre de t'autoriser à passer une partie de ton temps à l'Abri ? Tu pourrais y aller aux mêmes heures que moi, pour commencer. Ça t'intéresserait ?

— Je peux toujours essayer.

— Ça veut dire oui ?

Holly étudia longuement Daphné.

— Oui, ça veut dire oui.

— Super, sourit Daphné.

Elle disposa une autre série de clichés. Une photo, puis deux, puis celle de Harry Caulfield, puis une quatrième.

— Regarde-les bien, dit-elle.

Elle observa la jeune fille examiner les clichés, vit son regard s'arrêter sur la photo de Caulfield, et ses yeux s'agrandir tandis qu'elle se mordait les lèvres. Puis, sans un mot, Holly s'intéressa à la photo suivante.

— Faut que je vous pose une question, dit-elle. Supposons que je reconnaisse ce type... je dis bien supposons, ça veut pas dire que je l'ai reconnu... qu'est-ce qui se passe ? Je deviens une balance. Moi, je me suis fait balancer, poursuivit-elle d'une voix métamorphosée par la rage, et vous avez vu dans quelle merde ça m'a fourrée ? Maintenant, vous voudriez que je balance ? Ça ne vous semble pas tordu comme situation ?

— Je vais t'avouer une chose que je n'ai pas le droit de te dire, Holly. Je le fais parce que je sais que tu garderas le secret. J'ai confiance en toi. Si tu devais le répéter, je serais dans un sacré pétrin — je perdrais peut-être même mon boulot. C'est un secret très, très confidentiel. Je ne te connais pas bien, Holly, mais tu m'es sympathique. Cette fois, j'ai pas intérêt à me tromper. (Elle parut hésiter, afin que ses mots s'ancrent dans le crâne de la jeune fille.) Je comprends ton dégoût pour les balances. Je sais par où tu es passée, et je devine que c'est une décision difficile pour toi. Surtout si tu devais dénoncer un voleur à la tire. On n'a pas à être fier de voler, Holly, mais je comprends que tu répugnes à dénoncer un voleur. Seulement voilà, le type en question n'en est pas un.

Caulfield semblait la dévisager depuis sa photo en noir et blanc. Rasé de près, les yeux noirs, un visage banal. C'était Monsieur Tout-le-Monde. Il aurait pu être garçon de café, ou avocat, ou flic. Des cheveux bruns, la mâchoire bien dessinée, le regard ferme. C'était un assassin redoutable, et il semblait jauger Daphné avec une expression de mépris et de haine. Je vous déteste tous, disait son regard.

— L'homme que nous recherchons n'est pas un simple voleur. Il a tué un garçon qui aurait pu être ton petit frère. Il a tué un père, une mère et leurs deux fillettes. Il a envoyé d'autres innocents à l'hôpital. Et il menace de recommencer sur une plus grande échelle. Nous prenons ses menaces très au sérieux, Holly. Nous craignons que le temps joue contre nous... et nous avons besoin d'être sûrs d'avoir choisi le bon suspect. Personne ne l'a encore vu à part toi. Si tu peux l'identifier, nous saurons vers qui diriger nos recherches, et nous pourrons peut-être l'arrêter à temps... Tu le reconnais, Holly, conclut-elle en désignant les quatre photos. C'est un de ces hommes-là ?

Sans l'ombre d'une hésitation, Holly MacNamara s'empara de la photo de Harry Caulfield.

— C'est le type que j'ai vu au Foodland, affirma-t-elle.

Les lunettes de myope de Bernie Lofgrin ressemblaient à un article de farces et attrapes; on aurait dit qu'il les avait gagnées dans une fête foraine. Son bureau était encombré de magazines scientifiques, de dossiers, de revues. Des rapports s'empilaient sur les sièges et sur le sol en tas vacillants. A côté du téléphone, se trouvait une tasse de café fumant.

Boldt déposa les cassettes de jazz sur le bureau surchargé, déplaça un tas de feuilles et s'assit sur la chaise ainsi libérée.

— Je veux bien être pendu! s'exclama Lofgrin en approchant les cassettes de ses yeux pour y lire les titres que Boldt avait notés au stylo.

— Ouais! Ouais! souffla-t-il, joyeux, à chaque découverte. Tu es un homme de parole. *Jumping Off a Clef!* Chet Baker! Et tu m'as aussi apporté Red Rodney! Fantastique!

Lofgrin aimait la trompette.

— C'est une prime pour mon retard, expliqua Boldt.

— Tu permets?

Lofgrin se leva, ferma la porte du bureau, glissa la cassette du trompettiste dans son magnétophone et régla le volume au minimum. Le jazz avait le don de mettre Boldt de bonne humeur et, comme l'air lui était familier, cela ne l'empêcha pas de se concentrer.

— On a vérifié les trois distributeurs Eclair hier soir. Pas d'empreinte, pas d'indice.

Pendant que Boldt fouillait le domicile de la famille Mishnov, le suspect avait retiré deux mille huit cents dollars de trois distributeurs différents. Là encore, il avait trompé la vigilance de l'équipe de Boldt. L'équipe de Lofgrin avait inspecté les trois sites, relevé les empreintes, cherché des indices, mais en vain.

— Il y a un truc qui me turlupine, dit Lofgrin. Il s'est déjà servi de quatre distributeurs, d'accord? Or, d'après les gens de la banque, cinquante pour cent des appareils sont dotés d'une surveillance optique... des caméras. Ton maître chanteur a-t-il simplement de la chance ou quoi?

— Oui, ça me travaille aussi, Bernie.

— On a l'impression qu'un type agit derrière ton dos, si tu vois ce que je veux dire.

— Je vois exactement ce que tu veux dire. J'ai des idées là-dessus.

— Bon, il y a d'autres choses dont il faut qu'on parle.

— Oui, les pièces à conviction de la Ferme Bellevue, rappela Boldt tandis que Lofgrin revenait s'asseoir.

— On s'est surtout occupés du sous-sol, comme tu nous l'avais demandé. On a travaillé en étroite collaboration avec Peter Kramer, le capitaine des pompiers, et avec Fergus parce que son laboratoire est mieux équipé que le nôtre pour les cendres et les trucs complètement calcinés. Il y a encore pas mal de travail, et nous avons expédié des pièces à conviction à Washington, puisque tu as réussi à t'adjoindre les services des gars du FBI. Après un tel incendie, il ne reste pas grand-chose, évidemment. On a eu de la chance que les boîtes rangées sous l'établi aient été protégées par des feuilles métalliques. Le poids combiné du bâtiment effondré et des couches de feuilles métalliques a comprimé le contenu des boîtes, et il n'y avait plus assez d'oxygène pour que tout se consume. Cela a créé des conglomérats, un peu comme de la pâte feuilletée — c'est d'une extrême fragilité, et sensible à l'oxygène, mais c'est presque intact. On en a expédié une grande partie au FBI parce qu'on veut que ce soit bien fait. Un truc aussi fragile n'autorise aucune marge d'erreur. Au contact de l'air, il tombe en poussière avant qu'on puisse travailler dessus.

— Ça prendra combien de temps ? demanda Boldt.

— Le FBI est minutieux. Des fois, ils mettent plusieurs semaines avant de nous envoyer leurs résultats. Disons quinze jours, c'est à peu près la moyenne. On a précisé que c'était urgent, mais tout le monde leur dit ça. Heureusement qu'ils sont au courant de l'affaire, ça aidera. Je suis sûr qu'on est prioritaires sur ce coup, ce qui signifie qu'on aura les résultats dans huit à dix jours, avec un peu de chance.

— Je n'ai pas dix jours.

— Je sais, dit Lofgrin avec compassion. J'essaie simplement d'être franc avec toi. Ça ne dépend pas de moi, tu comprends.

— Alors, on attend ?

— Si on veut des détails, oui. Oh, écoute un peu ce riff !

Lofgrin se pencha en arrière. Deux trompettes venaient de se lancer dans une suite de notes déchirantes et rageuses avant de finir en douceur. Lofgrin soupira d'aise, comme après un bon repas.

— J'ai bien peur qu'on ne t'apporte pas d'excellentes nouvelles, dit Lofgrin en se rasseyant normalement. Les boîtes qu'on a trouvées sous l'établi contenaient des feuilles de papier de tailles variables. Des feuilles de papier imprimé. En couleur, probablement.

— Des étiquettes, avança Boldt.

— Oui, j'y pensais aussi. Mais comment être sûr? Ça pourrait être n'importe quoi — les horaires de la messe, des pamphlets politiques. On n'a pas pu vérifier à cause de la décomposition due à l'oxydation. C'est pour ça qu'on les a expédiées à Washington: le laboratoire du FBI te fournira des précisions utiles pour ton enquête.

Boldt prit des notes bien que Lofgrin lui adressât sous peu un rapport préliminaire détaillé. Les rapports du laboratoire étaient écrits dans un jargon technique difficile à interpréter.

— La découverte la plus embarrassante reste la détection de strychnine, reprit Lofgrin.

Boldt ne put retenir un cri:

— Quoi?

— Dans un sous-sol, on s'attend à trouver la présence de mort-aux-rats... ce sont généralement des anticoagulants. Mais il n'aurait pas dû y avoir de strychnine, surtout à proximité d'un établi; or, c'est là qu'on l'a trouvée. On en a relevé des traces dans les échantillons de cendres... en quantité infinitésimale, attention; mais il y avait de la strychnine près de l'établi et aux alentours.

— Le choléra?

— S'il y en avait, le feu a stérilisé les bactéries. On est presque sûrs que les restes d'équipement électrique qu'on a trouvés devaient être ceux d'une boîte du genre de celle que le Dr. Mann t'a décrite, et on a détecté d'importantes quantités de polymères, des plastiques utilisés dans la fabrication des boîtes de Petri.

— C'était donc bien un laboratoire clandestin, remarqua Boldt.

— Possible.

Les globes oculaires de Lofgrin semblaient montés sur ressort.

— Pourquoi la strychnine? demanda Boldt.

Ce fut Lofgrin qui lui répondit.

— Pense à Jim Jones. Le massacre de Guyana. Et à l'affaire Sudafed, ici même. Les empoisonnements de Tylenol. C'est produit préféré des empoisonneurs. Inodore, sans saveur, la strychnine se mélange facilement.

— Un empoisonnement de masse? interrogea Boldt en repensant aux menaces des fax.

— Avec le choléra, expliqua Lofgrin, si la contamination est diagnostiquée et traitée convenablement, le patient a de grandes chances de guérir. Pas avec la strychnine. C'est un poison extrêmement rapide ; il agit en quelques minutes, pas plus.

— Quelques minutes, répéta Boldt, atterré, en se rappelant que Caulfield avait menacé de tuer des centaines d'innocents.

Le téléphone de Lofgrin sonna. Il baissa la musique, décrocha, grogna quelques mots, puis reposa le combiné.

— C'était Matthews, dit-il. Il paraît qu'elle a de bonnes nouvelles.

— Ah, enfin !

— Est-ce qu'on fait publier les photos de Caulfield par les journaux ? demanda Boldt, dopé par le témoignage de Holly MacNamara.

— Non, je ne crois pas que ce soit prudent, dit Daphné. S'il voit sa photo dans les journaux, il y a deux possibilités : Un, il va se planquer, et on perd toute chance de le coffrer devant un distributeur Eclair. Deux, il se sentira trahi et il risque de mettre ses menaces à exécution. Laissons Clements s'en occuper. Il nous conseillera la marche à suivre.

Boldt lui raconta la découverte de la strychnine puis ils discutèrent des mobiles psychologiques qui avaient incité Caulfield à utiliser un poison plus mortel que le vibrion cholérique, et là encore Daphné proposa de s'en remettre au Dr. Clements. Après avoir quitté Daphné, Boldt prit une photocopie du portrait de Caulfield et laissa l'original au service de reproduction pour qu'ils en fassent des copies et qu'ils les distribuent à toutes les patrouilles. On diffuserait un avis de recherche, et si Caulfield était repéré, il serait amené au commissariat central.

Boldt passa l'après-midi à remettre des copies aux équipes de surveillance des distributeurs de billets. Leur suspect avait dorénavant un visage ; Boldt considérait cela comme un premier succès.

Kenny Fowler vivait dans un appartement luxueux de l'Auberge du Marché, avec femme de chambre et garçon d'étage. Il parut à la fois fier et gêné lorsqu'il fit entrer Boldt. Situé au-dessus du Restaurant Campagnard, l'appartement donnait sur une enseigne au néon rouge — Centre Commercial — et sur Elliott Bay où l'on apercevait les lumières mouvantes du trafic maritime. La première pièce comportait un bar, deux canapés, deux énormes fauteuils, une table basse et une petite table à manger. Elle donnait sur une cuisine, une chambre à coucher avec vue sur la baie, et une salle de bains gigantesque pour laquelle, Boldt n'en doutait pas, Liz aurait tué père et mère.

Boldt avait besoin d'un service, mais il ne venait pas le chercher de gaieté de cœur. Il n'avait pas une confiance absolue en Fowler, car même si les deux hommes voulaient mettre un terme aux empoisonnements, Fowler cherchait surtout à tirer la couverture à lui, sans doute motivé par le système hiérarchique privé qui encourageait la compétition. En outre, il fallait s'attendre qu'il exige quelque chose en retour, et Boldt n'était pas sûr de pouvoir accéder à sa demande.

Fowler regardait par la fenêtre.

— Ce doit être sacrément important pour que Mahomet vienne à la montagne, dit-il sans se retourner.

Puis il alla se servir un gin tonic et revint se planter devant la baie vitrée.

— J'ai besoin de ton aide, annonça Boldt.

Surpris, le privé laissa son verre sur le comptoir et vint s'asseoir les mains vides.

— Je t'écoute.

— Un type de mon équipe a un comportement bizarre. J'ai besoin qu'on enquête sur son passé, qu'on le file aussi, peut-être, et je ne veux pas mêler la police des polices à ça.

— Ça te met dans une position délicate, remarqua Fowler.

— C'est un type de mon équipe, Kenny. C'est Chris Danielson.

— Danielson? Serais-tu en train de me raconter qu'il est mêlé à notre affaire? Tu lui as parlé?

— Pas encore. Je veux d'abord un rapport sur lui.

— Qu'est-ce qu'il a fait, exactement?

— J'ai besoin que tu m'aides, Kenny. Restons-en là.

— Tu veux un rapport complet?

— Tout ce que tu peux trouver sans qu'il s'aperçoive que tu enquêtes sur son compte.

Boldt se sentait honteux d'agir ainsi en douce. Il avait l'impression de faire une crasse à Danielson, mais ne voyait pas le moyen d'agir autrement. Il manquait d'hommes et de temps.

— Tu penses que Danielson est notre Soudeur? balbutia Fowler, rouge pivoine.

— Je n'en sais rien. Mais je me demande comment notre maître chanteur évite tous les distributeurs de billets que nous surveillons.

— Bordel de merde! Danielson refilerait le plan de votre système de surveillance?

— Je ne sais pas ce qu'il fabrique, mais je veux qu'on fouille dans son linge sale, s'il en a. C'est tout.

— Situation financière, voyages, achats importants, énonça Fowler tout en prenant des notes.

Il glissa un regard vers Boldt puis replongea le nez dans son calepin.

— Passé familial, peut-être.

— Tout ce qui concerne son passé. Dossier scolaire, tout. Tout ce que tu peux trouver.

Fowler parut médusé, tel un daim hypnotisé par des phares de voiture.

— Qu'est-ce qu'il y a ? s'enquit Boldt.

— Si tu veux, cette conversation n'a jamais eu lieu. Mettons que j'ai surpris Danielson en train de fouiner et que j'ai décidé d'enquêter sur son compte ? Je peux faire ça, si tu veux. Tu sais, j'ai une mémoire en gruyère. C'est vrai, Lou.

— Ce ne sera pas la peine. Espérons que ça ne débouchera sur rien.

— Et dans le cas contraire ?

— Dans le cas contraire, je ne veux pas de mensonges.

— T'es sûr ? Ça pourrait te coûter ton badge. Tu t'en rends compte, j'espère ? Je te répète que j'ai une mauvaise mémoire.

— Garde ça pour une autre fois. Je ferai un rapport sur notre entretien pour que tu sois couvert en cas de pépin. C'est mon idée, j'en assume la responsabilité.

— Comme tu voudras.

Boldt se sentait coupable. Il en voulut à Fowler de lui avoir proposé d'ajouter le mensonge à la dissimulation. Techniquement, la filature d'un agent n'était pas illégale, mais il était interdit de fouiller dans son passé, et les deux hommes ne l'ignoraient pas. La vérité était qu'on payait souvent des privés comme Fowler pour effectuer ce genre de boulot. Boldt savait qu'il avait déjà dû faire ce type de travail auparavant.

— Je veux être franc avec toi, Kenny, ça me gêne de te demander ça.

— Te bile pas, Lou. Je suis là pour ça. On est tous deux sur la même affaire, et je sais ce que la police pense des privés.

— Ce n'est pas ce que je voulais dire.

— Bien sûr que si. Je vous pique pas mal de vos meilleurs détectives. Je t'ai proposé de venir travailler avec moi, Lou ; mon offre tient toujours. Au début tu toucheras à peu près le double de ta paie actuelle.

— Je sais... coupa Boldt, qui n'avait rien à faire des propositions de Fowler. Je te remercie.

— Ecoute, dit le privé avec sincérité, je fais le boulot que les flics ne peuvent pas faire. Eux bossent au grand jour, d'accord? Moi, j'agis dans l'ombre. Vous êtes en blanc et noir, moi en gris. Et alors? Je vis mieux que vous autres. C'est peut-être pour ça que vous m'en voulez. On ne s'embarrasse pas de paperasserie. On n'est pas emmerdés. On fait notre boulot et on ramasse l'oseille. On s'écarte peut-être parfois de la loi. Et après? De toute façon, les défenseurs des Droits Civils ont niqué la loi, il y a des années. J'ai pas raison? Les truands ont davantage de droits que les flics, de nos jours. Maintenant, les mecs comme moi ont la partie belle. C'est pour ça que tu as besoin de moi, Lou. Je ne vais pas te raconter de conneries : ça me fait plaisir. C'est un jour à marquer d'une pierre blanche. Mais peut-être pas pour les raisons que tu crois. Ça me soulage, si tu veux savoir.

Boldt avait craint ce genre de sermon; il ne lui restait plus qu'à ronger son frein en écoutant Fowler pérorer. Et s'il connaissait bien son bonhomme, un quiproquo n'allait pas tarder à apparaître.

Le piano et Miles qu'il délaissait, ce sermon et maintenant l'obligation de s'écarter du système qu'il vénérait, malgré les frustrations qu'il engendrait. Peu à peu sa vie lui échappait par petits morceaux. Le tout s'additionnait et lui pesait de plus en plus. Il croqua deux comprimés de Maalox.

— Ça coûte du fric, ce que tu me demandes, Lou, dit Fowler comme s'il lisait dans l'âme de Boldt. Mais c'est l'argent d'Adler et il veut que l'affaire soit réglée... alors pourquoi s'emmerder? On fera le maximum.

— Je ne peux pas grand-chose, Kenny, tu dois le savoir.

— Je ne parle pas d'argent, protesta Fowler. Tu as très bien compris ce que je voulais dire.

— Je pensais que tu voulais aussi régler l'affaire le plus vite possible, avança Boldt.

Fowler le gratifia d'un sourire glacial. Boldt sentit son estomac se révulser.

— Il y a du vrai, là-dedans, admit Fowler. (Il choisit ses mots avec soin.) On aimerait participer à la surveillance des machines à billets, Lou. Adler, Taplin et moi... ça nous défrise que vous soyez les seuls à essayer de récupérer le fric de Mr. Adler. Tu sais comment c'est. On a un matériel super moderne. Un équipement que vous n'êtes pas près d'obtenir. On a des ordinateurs hypersophistiqués, on pourrait relier vos patrouilles entre elles par satellite... Adler m'a quasiment signé un chèque en blanc ces dernières années pour moderniser notre équipement. On a le dernier cri, Lou.

206

— J'ai les mains liées, Kenny. Tu le sais bien. On ne fait jamais appel à des privés pour la surveillance. Jamais.

— Des conneries! Allez, à qui crois-tu parler? Je connais la boîte par cœur. Shoswitz te mange dans la main... c'est toi qui diriges la brigade depuis des années. On t'accorde tout ce que tu demandes.

— Faux.

— Bien sûr que c'est vrai. Je ne te demande qu'une chose: protéger les intérêts de mon client, d'accord? Je veux aider, c'est tout. Tu nous laisses intervenir dans la surveillance, je peux te refiler une dizaine de gusses. Je vous laisse l'accès à mon central. Il y a plein de moyens de vous aider. Réfléchis bien. Ne me dis pas que tu as assez de personnel! Merde, vous utilisez encore les ondes courtes, ne me dis pas non. J'ai des années-lumière d'avance sur vous. Tout notre matos est électronique, codé, impossible à écouter. On peut vous refiler un sacré coup de main, crois-moi.

Boldt vit soudain le piège. Il se sentit stupide de ne pas l'avoir repéré plus tôt.

— Tu es déjà en train de surveiller les distributeurs Eclair, hein? Ceux de la Pacific-West seulement ou les autres aussi? Tu veux t'introduire officiellement dans la surveillance pour éviter d'éventuelles poursuites judiciaires par la suite. Avoue!

— Lou...

— Combien d'appareils, Kenny? Quel genre d'accès au système as-tu?

Afin d'éviter le regard de Boldt, Fowler traversa la pièce pour finir de se verser son cocktail. Il s'adressa au miroir qui ornait le bar:

— Une liste suffirait, Lou. Une liste des distributeurs que vous couvrez. Il n'y a pas de raison de se marcher sur les pieds. D'accord? Coordonnons nos troupes. Je sais bien que tu ne laisseras jamais des privés se charger d'une surveillance. J'accepte ça. Mais on est nombreux et on peut vous aider. On peut couvrir des distributeurs qui restent sans surveillance. D'accord? Tu vois le parti que tu en tirerais, pas vrai? Est-ce mal? Ou bien est-ce de la collaboration? De la coordination? Je veux être utile, et personne, pas même toi, ne m'en empêchera. Vis avec ton temps, bordel de merde! Je dis des conneries, ou quoi? Vas-y, réponds!

Il ajouta du tonic dans son gin, apporta le verre, et s'assit en faisant attention de ne pas le renverser car il l'avait rempli à ras bord.

— Mes hommes sont des bons, Lou... tu en connais quelques-uns aussi bien que moi. Ils étaient encore des vôtres il n'y a pas si longtemps : Hal Fredricks, Johnny Chi, Mac Mackensie... des gars qualifiés. On fait déjà un beau travail sur ces distributeurs, Lou. C'est pas ce que tu veux ? (Il croisa le regard de Boldt.) Qu'en dis-tu ? Tu me donnes la liste des appareils que vous surveillez. Juste la liste, Lou. C'est tout. Comme ça, on n'est pas deux sur le même appareil. (Il sirota une gorgée pendant que Boldt réfléchissait.) Tu me mets au parfum, et je te refile les secrets les mieux gardés de Danielson, ses vices, ses manigances... Alors, qu'est-ce que t'en dis ?

Boldt manquait d'air. L'appartement avait beau être vaste, aéré, il suffoquait. La claustrophobie le guettait. Il réfléchit à la proposition : s'il voulait les renseignements sur Danielson, Fowler les aurait quasiment avant le lendemain soir. Etait-ce si bête d'éviter d'être deux sur un même distributeur ?

— Pour les renseignements sur Danielson, c'est urgent. Et je ne veux pas qu'il s'aperçoive de quoi que ce soit. Pas d'impair. Il ne faut pas que ça foire.

— Je comprends, Lou. Je comprends.

— Fredricks, Chi, Mackensie... il les reconnaîtrait.

Fowler se fâcha.

— Hé, je sais comment marche une filature, l'ami. Sinon, tu ne me le demanderais pas. Qu'est-ce que tu t'imagines qu'on foutait au Grand Banditisme ? Qu'on bouffait des pizzas à longueur de journée en tapant le carton ?

C'était une pique contre le service des Fraudes, mais Boldt ne releva pas.

— Daphné devait te demander un service, se contenta-t-il de dire.

— Je me suis occupé de son bateau, t'en fais pas. Du beau boulot. Elle ne risque plus d'être emmerdée par les rôdeurs. (Il ajouta d'un ton singulièrement belliqueux :) On protège les nôtres. Si l'un des nôtres a un problème, on est là. C'est autrement plus facile que si on portait un badge comme le tien, crois-moi.

Le téléphone portable de Boldt sonna et, pendant un instant il ne s'aperçut pas que la sonnerie provenait de sa poche.

— Je crois que c'est pour toi, lui dit Fowler.

Boldt se sentait toujours maladroit avec son téléphone portable. Il eut soudain l'impression d'être ridicule face à la supériorité technique dont se targuait l'ancien flic. Boldt pesta entre ses dents.

Au même moment, le téléphone de Fowler sonna à son tour, mais le privé n'esquissa pas un geste. Il fixa Boldt de ses yeux froids, sans bouger d'un pouce. Boldt coupa la communication, et déclara :

— Tu voulais participer ? (Il s'était déjà levé.) Notre bonhomme est en train de se servir d'un distributeur.

Il était impossible d'attraper le Soudeur pendant le premier retrait ; mais si cela se passait comme les fois précédentes, il y en aurait un deuxième. Et Boldt voulait être là.

Il parlait au téléphone avec Lucille Guillard de la Pacific-West quand il franchit le premier feu rouge sur la Première Avenue. Fowler attacha sa ceinture. Ils brûlèrent un deuxième feu en fonçant vers Queen Anne. Le premier retrait avait été effectué dans le quartier universitaire. Lucille Guillard annonça qu'un groupe de quatre banques au nord de la Quarante-cinquième Rue avait toutes les chances d'être la prochaine cible.

— Tu as combien d'hommes sur le terrain ? demanda Fowler.

La lumière bleue du gyrophare donnait des reflets macabres à son visage.

— On en a trois. La police de King County nous en a prêté cinq autres... Ils sont en faction à des emplacements clefs.

— Huit mecs ? s'exclama Fowler. Huit putains de mecs pour couvrir tout le réseau des distributeurs ? Tu te fous de ma gueule ! J'ai quatre véhicules fixes. Chacun à cent mètres de plusieurs distributeurs. J'ai quatre autres types qui patrouillent dans des périmètres bien délimités. En tout, je pense couvrir environ trente-cinq des cinquante distributeurs les plus utilisés de la ville. Mais je te parie qu'on surveille les mêmes.

Boldt se garda de répondre. Fowler était organisé, bien équipé, et il avait à l'évidence une importante réserve de personnel. Pour Boldt, c'était décourageant.

Le deuxième retrait eut lieu au site 33, d'après le coordinateur du central dont les commentaires constants débités d'une voix monotone grésillaient dans la radio. Pour éviter qu'un journaliste trop débrouillard trouve un moyen de se brancher sur les fréquences radio de la police, l'équipe de surveillance utilisait un code. Fowler étala le plan sur ses genoux. Il l'étudia un instant, puis dit :

— Nord de la Quarante-cinquième Rue.

Boldt vira à droite, passa devant la sculpture du métropolitain.

— Pas mal, votre système, apprécia Fowler. Efficace et

secret. J'aime ça. Vous vous en tenez à ce code ou vous en mélangez plusieurs ?

— On va bientôt les mélanger.

— C'est tout ce que je voulais, Lou. Tu me donnes le plan, comme ça, on ne se marchera plus sur les pieds.

— Attends ! coupa Boldt qui venait de reconnaître la voix d'Adrian Walcott annonçant qu'il se trouvait à l'angle de la Quarante-cinquième et de Latona.

Il écrasa l'accélérateur, doubla les voitures devant lui, obliqua à gauche dans Stoneway, grilla deux feux, klaxon à fond, et passa le troisième à l'orange en arrivant dans la Quarante-cinquième. Fowler lui indiqua la droite.

— Je suis coincé dans un embouteillage, annonça Walcott d'une voix haletante.

— C'est vendredi soir, dit Fowler. La Quarante-cinquième Rue est l'endroit idéal pour disparaître en vitesse. Un endroit rêvé pour semer les flics.

Boldt ne pouvait espérer avoir plus de quinze à vingt secondes pour agir pendant chaque retrait. Il calcula que le temps était presque écoulé, ce qui fut confirmé par le coordinateur du central :

— Transaction terminée, grésilla la radio. Je répète : transaction terminée.

— J'y vais à pied, lança la voix angoissée de Walcott. J'ai dépassé Meridian.

Encore trois pâtés de maisons, songea Boldt.

— Vous êtes là ? appela Lucille Guillard dans le téléphone.

— J'écoute, fit Boldt.

— Il a tiré douze cents dollars. Il va sûrement recommencer.

Walcott, essoufflé, crachota dans la radio :

— Je suis au site 33. Personne n'utilise les appareils.

Boldt se gara, sortit de la voiture et traversa la rue. Des klaxons retentirent. Fowler prit la direction opposée.

La foule était surtout composée d'étudiants. Voyant l'air résolu de Boldt, les jeunes s'écartèrent devant lui en détournant les yeux, mal à l'aise. Il ne croisa aucun homme d'un mètre quatre-vingts en imperméable vert. Il rattrapa Walcott, qui, suant et soufflant, hocha la tête et jura.

— Laissons tomber, lança Fowler à Boldt.

Les deux hommes se frayèrent un chemin pour retourner à leur voiture.

Boldt empoigna le micro de la radio. Il était prêt à tout miser sur un coup de dés.

— Couvrez la rive côté sud, ordonna-t-il. Et demandez à toutes les patrouilles de se mettre en état d'alerte. Qu'elles étudient bien la photo de Caulfield.

Le coordinateur signala qu'il l'avait reçu cinq sur cinq.

— Et le Nord ? s'inquiéta Fowler. Tu veux que mes hommes... ?

— Le Sud, insista Boldt. La densité des distributeurs est plus grande vers le centre-ville.

— Tu prends un sacré risque, objecta Fowler.

Boldt lui colla le téléphone portatif entre les mains.

— Dis à tes hommes de couvrir le sud du pont : Broadway et l'est du périphérique. Je cantonne les miens à l'ouest.

Il se pliait exactement aux exigences de Fowler. Le privé le considéra avec un air ahuri, mais prévint vite ses hommes avant que Boldt ne change d'avis.

La radio commença à transmettre les ordres dans toutes les directions. Boldt se dirigea vers l'université. Comme il dépassait la bretelle d'accès du périphérique, Fowler, qui venait de terminer son appel, jura :

— Où est-ce qu'on va, bordel ?

— On retourne à la case départ.

— Pourquoi ?

— Eh oui, pourquoi ? fit Boldt, et il braqua pour éviter deux gosses à vélo qui avaient grillé un feu rouge.

Il tourna autour du pâté de maisons, et se gara dans la Onzième Avenue, en face de l'hôtel Tourette qui lui offrait un accès immédiat au quartier universitaire — et la possibilité de boucher la route que le Soudeur avait les plus grandes chances d'emprunter pour rejoindre le périphérique dont la bretelle d'accès n'était qu'à une centaine de mètres.

Boldt expliqua à voix basse, afin de ne pas couvrir celle du coordinateur :

— Si j'étais à sa place, je rechercherais la foule. Or, un vendredi soir, c'est ici qu'on trouve le plus de monde. Il y a deux distributeurs dans la rue piétonnière, mais ils sont équipés de caméras. A sa place, je tirerais de l'argent sur l'Avenue, puis je foncerais dans la Quarante-cinquième. C'est pas loin, et c'est facile. Je retournerais dans le quartier universitaire parce qu'il y a foule, et que ça a bien marché la première fois.

— Je ne suis pas aussi confiant que toi, fit Fowler.

— Une autre possibilité serait Broadway — où tes hommes sont déployés. Là encore, ça fourmille de monde en fin de semaine, et la police aurait du mal à boucler le quartier... et il n'y a que...

La voix calme et monotone du coordinateur l'interrompit :

— Site 41. Appel à toutes les équipes : le site 41 est en activité. Je répète : le site 41 en activité.

Fowler consulta la carte, puis s'exclama avec fièvre :

— C'est un appareil de la Pacific-West ! Merde, c'est juste au coin de la rue !

Boldt fourra l'oreillette de la radio dans son tympan, jaillit hors de la voiture et fonça comme une fusée.

— Dix secondes d'activité, annonça le coordinateur.

Pour enregistrer le code secret d'un client et délivrer les billets, un distributeur mettait en moyenne dix-huit secondes.

— Il n'y a pas d'agents dans le périmètre, déclara la voix du coordinateur dans l'oreille de Boldt.

Comme il avait négligé de faire connaître sa position, le coordinateur ne pouvait pas savoir qu'il était juste à côté du site 41.

Il compta mentalement : *Dix mille... onze mille...*

Nathalie Smith, une inspectrice des Mœurs, signala sa position. Elle venait de traverser Montlake Bridge quand le retrait avait été annoncé par radio. Elle avait fait demi-tour et n'était plus qu'à une minute du site... une éternité.

Quatorze cents... quinze cents...

— Transaction terminée, annonça le coordinateur.

Boldt tourna à droite, traversa le parking sur sa gauche, et déboucha au coin de la rue. L'enseigne bleu et vert de la Pacific-West était à vingt mètres à peine sur le trottoir opposé.

— Un mètre quatre-vingts, rappela Boldt, il porte sans doute un long imper vert.

Fowler traversa pour s'occuper du trottoir opposé, Boldt fonça vers l'entrée de la cabine du distributeur. Le trottoir était noir de monde. Il scruta la foule à la recherche du visage de Caulfield. Les jeunes se retournaient sur son passage.

Boldt atteignit la banque. Par la vitre, il vit trois distributeurs côte à côte. Une jeune rouquine utilisait l'un d'eux... un petit bout de femme, bien plus petite que Caulfield. Boldt voulut entrer. La porte était fermée. Une pancarte indiquait comment l'ouvrir avec une carte bancaire. Boldt glissa sa carte de retrait dans la fente, et la porte s'ouvrit automatiquement.

La rouquine lui jeta un coup d'œil, mais n'afficha pas la peur ni l'inquiétude qu'il aurait attendue d'une suspecte.

— Il y avait quelqu'un avec vous, affirma Boldt en lui montrant son insigne.

— Oui, une fille.

— Une fille ? s'étonna Boldt.

— Une fille bizarre... elle portait un casque de motard. Elle vient juste de partir... à l'instant.

Boldt se rua dehors. La foule était toujours aussi dense. Boldt regarda à droite... à gauche.

Il aperçut un casque de motard de l'autre côté de la rue, qui se dirigeait vers Fowler.

Ne voulant pas risquer d'alerter le fuyard, il fit de grands signes, essayant de décrire le casque avec des gestes maladroits, puis il montra la direction empruntée.

Fowler la vit.

Boldt traversa la rue au moment même où Nathalie Smith pilait dans un crissement de pneus. Un klaxon retentit. Le casque se retourna.

— Chef ! hurla Smith par la portière.

Boldt se fraya un chemin parmi le troupeau d'étudiants et fonça dans la ruelle adjacente. Il sentit des relents d'urine au passage, il évita au dernier moment deux jambes étalées sur le trottoir, se retourna tout en courant, et aperçut un homme endormi à côté d'une bouteille.

La silhouette casquée fila à l'angle d'une autre ruelle ; elle se dirigeait vers la gauche.

Une autre silhouette jaillit : Fowler poursuivant l'inconnue.

Boldt accéléra, atteignit le coin de la ruelle, tourna juste à temps pour voir le dos de Fowler disparaître dans une ruelle parallèle à la sienne.

Boldt tourna lui aussi, remonta la ruelle à toute allure, et déboucha sur une rue encombrée de centaines d'étudiants.

Plié en deux, les mains agrippées aux genoux, Kenny Fowler suffoquait.

— Je l'ai perdue, gémit-il, haletant.

Boldt fouilla la foule pendant la demi-heure suivante. Il lança un avis de recherche concernant une motocycliste casquée de noir. Dépité, il retourna à l'endroit où il avait laissé Fowler. Mais ce dernier avait disparu. De retour à sa voiture, Boldt trouva une carte de visite sur le siège où se trouvait auparavant le plan de surveillance des distributeurs. Le plan était dorénavant entre les mains de Fowler.

Grâce à cet accord, Boldt avait effectivement doublé ses effectifs... mais il ne pouvait s'empêcher de se sentir coupable. Il n'avait pas une confiance illimitée en Fowler, sans doute parce que celui-ci avait quitté la police pour des raisons bassement matérielles. A moins que ce ne fût à cause de sa personnalité, de son caractère grossier et brusque.

Il retourna la carte de visite; au dos, Fowler avait écrit: *Merci, partenaire.*

Boldt fourra la carte dans sa poche, et roula jusqu'au Big Joke.

25

Quand Bear Berenson ouvrit les trois verrous qui équipaient la porte de son appartement pour laisser entrer Boldt, la télévision diffusait un talk-show nocturne.

— On tue le veau gras, dit Berenson, qui reverrouilla la porte derrière Boldt.

Chaque fois que Boldt entendait un verrou claquer, il éprouvait un sentiment d'échec... comme s'il faisait mal son travail.

— Liz est enceinte, annonça-t-il.

— Je dois te féliciter ou te présenter mes condoléances ?

— Miles va avoir un petit frère, dit Boldt.

— Félicitations.

— Merci.

Comme d'habitude, l'appartement était un véritable capharnaüm. Berenson vivait la vie caricaturale du célibataire : il appelait cela du *réalisme magique*, parce qu'il lisait depuis peu des auteurs d'Amérique latine. Boldt préférait parler d'hédonisme — sa généreuse consommation de marijuana étant la source de magie.

Bear était un trapu aux yeux bruns, souvent injectés de sang, avec un petit quelque chose d'Arabe. Il possédait le Big Joke juste en dessous, où Boldt jouait du piano de cinq à sept.

— Je pensais te trouver en bas.

— Le spectacle est nul. J'ai engagé des minables.

— Il y a du monde, objecta Boldt.

— Ça ne prouve rien, sauf le mauvais goût du public.

Berenson éteignit la télévision avec la télécommande.

— J'ai préféré monter ici faire du zapping. Tu sais ce que je pense ? Leurs conneries d'autoroutes de l'information, c'est de la merde. Même avec trente chaînes, il n'y a rien. On a du mal à le croire, mais c'est pourtant vrai. De la première à la trentième, il n'y en a pas une pour rattraper l'autre. Cinq cents chaînes ? Faut pas se foutre de ma gueule, cinq cents fois zéro, ça fait toujours zéro.

Ils s'assirent dans le salon. Bear se roula un joint. Boldt en bon flic était toujours tenté de lui demander de s'abstenir, mais pas ce soir.

— Je ne sais plus quoi te dire, avoua Boldt avec sérieux.

— Eh bien, ne dis rien.

Ils étaient assez amis pour que Boldt ne se sente pas obligé de chercher des excuses. Ils avaient toujours été présents l'un pour l'autre — et continuaient à l'être —, «pour le bon, le moins bon, et le dégueulasse», comme disait Bear.

— J'en ai de nouveau jusqu'au cou, déclara Boldt. Le travail, toujours le travail et encore le travail. Je néglige mon fils, ma femme, mes amis. J'en arrive au point où je ne fais plus que ça. Je suis submergé.

— Tu voudrais arrêter?

— C'est pas que je le veux, il le faut. C'est pas la même chose.

— Pour moi, c'est cette putain de boîte, confia Bear.

Le Fisc avait fait fermer le club; il avait saisi presque tous ses biens un an auparavant. Bear s'était défendu bec et ongles, et il avait gagné. Depuis, il avait rouvert la boîte, mais se plaignait souvent de ne plus avoir le temps de vivre.

— Tu as besoin d'un break, ou tu envisages de démissionner?

— J'ai besoin d'air! J'en ai marre de côtoyer la mort trois cent soixante-cinq jours par an. Je ne prends jamais de vacances. L'ennui, c'est que j'aime mon boulot.

Bear alluma son joint.

— Bon, alors tu l'aimes ou tu le détestes?

— Je suis sur les genoux. Je dis toujours des conneries quand je suis crevé.

— Tu dis des conneries même quand tu ne l'es pas, rectifia Bear.

Il sourit, content de lui, tira longuement sur le joint, puis l'écrasa avec précaution dans le cendrier. Il retint sa respiration pendant une éternité et, quand il recracha enfin, Boldt fut surpris de ne voir qu'un filet de fumée s'échapper de ses poumons.

— Je crois qu'il y a une brebis galeuse, dit Boldt.

— Dans ton équipe?

Boldt acquiesça.

— Ah, ça fait mal, fit Berenson.

— Un type que j'apprécie, en plus.

— Que comptes-tu faire?

— Je ne lui ai rien dit. J'attends. Quelqu'un est entré par effraction chez Daffy. Elle était peut-être filée.

— Et c'est ton bonhomme?

— Très possible.

— Il a du goût s'il file le train à Daffy, dit Berenson, qui ajouta bien vite : Non, je plaisantais.

— Qu'est-ce que tu fais quand un barman tape dans la caisse?

— Je le surveille. Je lui tends un piège.

— Ça marche?

— Parfois. Souvent, même. Il y a un truc marrant avec les tricheurs, ils deviennent vite cons. Ils se persuadent que personne ne voit rien. Si c'est un petit vol, je cherche juste à l'arrêter. Je mets mon gars au pied du mur. S'il me truande sur une plus grande échelle, je cache une mine dans le champ et elle lui explose dans les pattes. Tiens, je vais te montrer.

Il brancha la télévision et zappa. Sur l'écran apparut une image en noir et blanc du bar, avec un gros plan sur la caisse enregistreuse.

— Personne ne sait qu'il y a une caméra, expliqua Berenson.

— Tu en es sûr?

— C'est marrant que tu demandes ça. Il y en a qui sentent le truc. Ils regardent droit vers la caméra. Ils ne la voient pas, bien sûr — elle est cachée derrière la glace — mais ils la sentent. Le troisième œil, j'imagine. Pourtant, au bout d'un moment, ils l'oublient. Ils deviennent cons, comme les barmans qui tapent dans la caisse. Tu es peut-être comme eux, Lou. Tu t'es crevé les yeux à trop regarder dans la glace.

— Tu es peut-être défoncé, rétorqua Boldt.

— Oh, y a pas de peut-être. Je suis complètement stoned. (Il laissa passer une bonne minute avant de demander :) Pourquoi fais-tu cette tête?

— Je réfléchis.

— C'est donc ça! Je me suis toujours demandé à quoi ça ressemblait, un type qui réfléchit.

Shoswitz avait ordonné à Boldt de prendre son week-end. La ville et la police obéissaient à des règles strictes concernant les heures supplémentaires et le travail continu — des règles constamment ignorées. Mais un homme comme Shoswitz pouvait les imposer quand cela était nécessaire. Néanmoins, Boldt passa toute la matinée à la table de la cuisine devant une pile de dossiers.

— Une Mercedes vient de se garer devant chez nous, annonça Elizabeth Boldt en écartant les rideaux. Je crois que c'est pour toi. Qui peut bien venir un samedi matin à 8 h 30 ? Regarde de quoi j'ai l'air !

Boldt s'occupait de Miles depuis près d'une heure, assis à la table de la cuisine, une cuillère pour bébé dans une main, un stylo dans l'autre. Il n'avait dormi que quatre heures, et tombait de sommeil.

Liz portait une combinaison de satin blanc nouée serrée à la taille et largement ouverte sur sa poitrine nue, et une paire de pantoufles chinoises noires qui ajoutaient une touche délicate à son élégante tenue. Ses cheveux noirs étaient tirés en arrière, retenus par un bandeau turquoise, et des clous en argent ornaient ses lobes d'oreilles.

— Tu es superbe, déclara Boldt en lui tendant une tasse de café. (Il en profita pour jeter un œil par la fenêtre.) Hé merde !

Boldt jurait rarement. Liz s'inquiéta.

— Qu'est-ce qu'il y a, Lou ?

— C'est Adler. Ce n'était pas prévu.

Il se précipita vers la porte d'entrée.

— Je file, annonça Liz, qui battit en retraite.

Miles lui adressa un regard de reproche, puis battit des mains pour attirer son attention pendant qu'elle courait dans la salle de bains.

— Pas maintenant, mon chou, lança-t-elle, ce qui eut pour effet d'exaspérer davantage l'enfant.

Boldt ouvrit la porte.

— Entrez, dit-il, et il referma aussitôt. Qu'est-ce que vous faites ici ?

Adler avait les yeux injectés de sang, la peau d'un gris maladif. Il portait un polo bleu marine fripé, un blue-jean décoloré, et des docksides. Il avait des mains velues, et une montre en or. Il aurait eu besoin d'un bon rasage.

— Je ferme la société, annonça-t-il. Je préfère vous en informer avant de convoquer la presse.

Boldt eut envie de l'étrangler, mais il se contint.

Il lui offrit du café qu'Adler accepta. Trop nerveux pour s'asseoir, Adler grimaça un sourire pour Miles et arpenta la cuisine en tripotant tout ce qui lui tombait sous la main.

— Ça fait la une des journaux, bredouilla-t-il. Une famille entière. Ils prétendent que c'est du *E. coli*, mais c'est faux, n'est-ce pas ?

— Calmez-vous, fit Boldt. Oh, je sais que c'est plus facile à dire qu'à faire.

— Dire que vous nous aviez demandé de retirer nos produits de la circulation !

— Avez-vous mangé ?

— Mangé ? Vous plaisantez ? Qu'est-ce que vous me conseillez ?... de la soupe, peut-être ?

— Avez-vous dormi ?

Adler le fusilla du regard.

— Il ne s'agit pas de moi. Il s'agit de ces malheureux. Taplin et moi essayons de rester en activité, parce que si on se retire — surtout dans de telles conditions — il sera quasiment impossible de retrouver des parts de marché. Il s'agit de l'appât du gain, inspecteur. Et de satisfaction personnelle... de l'envie de s'accrocher à ce qu'on a gagné à la sueur de son front.

— Allez-vous aussi vous tuer ?

Adler arrêta de tripoter le couteau à pain qu'il avait ramassé sur la table. Il contempla Boldt avec des yeux ronds.

— Parce que c'est la deuxième partie de la demande, précisa l'inspecteur.

— Je ne sais pas ce que je vais faire.

— Bonjour !

C'était Liz. Elle avait enfilé un blue-jean et un T-shirt. Pieds nus, une touche de rouge à lèvres, et rien d'autre. Elle se présenta à Adler — ou plutôt lui rafraîchit la mémoire car il l'avait déjà rencontrée à la banque. La banque où travaillait Liz avait en partie financé la percée d'Adler Foods sur le marché européen, un détail que Liz avait caché à son mari car elle prenait le secret professionnel au pied de la lettre. Ayant posé un regard sur Adler, elle coupa sagement court aux propos mondains.

— Je m'occupe de Miles, dit-elle à son mari.

L'enfant agitait ses bras vers sa mère, l'air implorant. Boldt conduisit Adler dans le salon. Liz arrêta le malheureux au passage et lui prit doucement le couteau à pain. Adler parut gêné ; il semblait avoir oublié comment il était arrivé entre ses mains. Boldt le guida jusqu'au canapé, le fit asseoir et posa sa tasse de café à sa portée.

— Je ne veux plus de morts, déclara Adler, au bord des larmes.

Boldt n'avait pas l'intention de materner un homme comme Owen Adler. Adoptant un ton professionnel, il dit :

— Si vous avez l'intention de fermer boutique, je ne peux pas vous en empêcher. Toutefois, je dois vous mettre en garde contre une telle décision. Et, bien qu'ayant été d'avis de retirer vos produits du marché lors de la première contamination, je ne vois pas comment vous pourriez le faire maintenant.

Boldt comprit qu'il n'avait d'autre choix que de mettre Adler dans le secret et, bien qu'il eût aimé en parler avec Daphné auparavant, il ne pouvait laisser Adler risquer des centaines de vies humaines à cause d'un moment de panique.

— Nous connaissons l'assassin, confia-t-il.

Trop abasourdi pour articuler un mot, Adler dévisagea Boldt bouche bée.

— Il se nomme Harold Caulfield. Il travaillait pour Mark Meriweather à la Ferme Bellevue.

— Mais... mais pourquoi ne m'a-t-on... ?

— Nous pensons qu'il vous reproche la contamination à la salmonelle, coupa Boldt. Il veut votre ruine et votre mort ; pour venger Meriweather. C'est Daphné qui se charge de l'affaire, mais c'est moi qui ai décidé de vous cacher la vérité. Nous avons la preuve que le ministère de la Santé a altéré au moins un rapport crucial qui accablait New Leaf. Je ne crois pas qu'un simple fonctionnaire ait pu agir de son propre chef sans y avoir été fortement encouragé. Quant à savoir aux ordres de qui il obéissait, c'est une autre question.

Adler reçut un nouveau choc. Il se tassa dans le canapé, trop ahuri pour parler.

— Je ne vous connais pas depuis longtemps, poursuivit Boldt, mais vous avez toujours été franc avec moi. C'est pourquoi je vous parle franchement, moi aussi. Que vous soyez honnête... c'est une autre affaire. J'ignore ce que vous ou vos hommes ont fait à Mark Meriweather, mais c'est insignifiant comparé à ce qui est arrivé à Slater Lowry et aux Mishnov. J'ai besoin de savoir maintenant si vous (ou un de vos hommes) étiez responsable du rapport truqué.

— Je ne sais absolument pas de quoi vous parlez, inspecteur.

Boldt qui, à la Criminelle, avait interrogé les menteurs les plus retors savait en principe si on lui cachait la vérité. Toutefois, il n'avait jamais vu un menteur changer à ce point de couleur. Adler était vert, ses lèvres blanches comme celles d'un cadavre. Boldt crut en sa sincérité.

— Je ne prétends pas qu'on va l'arrêter dans le quart d'heure qui vient, dit-il, mais cela ne tardera pas, et on ignore comment il va réagir si vous fermez votre société. Nous pensons que la surveillance des distributeurs Eclair nous offre la solution la plus rapide pour appréhender Caulfield. Même s'il utilise un homme de paille pour retirer l'argent, ce qui est fort possible, c'est encore le moyen le plus simple et le plus efficace d'arriver jusqu'à lui. Si vous fermez votre société, si vous retirez les produits de la circulation, cela risque d'avoir un effet désastreux, contraire à celui recherché. Il va modifier son planning... oublier la rançon et se focaliser sur son projet d'empoisonner des centaines d'innocents. Pour l'instant, il semble réticent à mettre ses menaces à exécution, et je préfère ne pas tester sa détermination. Je préfère ne pas le pousser à bout.

— Je veux tout savoir sur ce qui s'est passé à la Ferme Bellevue, dit Adler d'une voix atone. Que savez-vous au juste, inspecteur?

— Nous pensons que la contamination n'était pas due à la salmonelle, mais à un staphylocoque. Les staphylocoques se transmettent par contact physique, ce qui voudrait dire qu'un de vos employés a oublié de porter ses gants de protection. Vos produits ont été mis sur le marché et des clients sont tombés malades.

— Dieu du ciel!

— Nous pensons que quelqu'un a tenté d'innocenter New Leaf en falsifiant des documents afin de reporter la faute sur les poulets avariés de la Ferme Bellevue.

— C'est pour cela que Daphné voulait fouiller nos archives?

— Oui. Mr. Adler, pour réussir, il nous faut absolument votre collaboration, votre confiance. Même si cela est difficile, il est impératif que vous fassiez comme si je ne vous avais rien dit. D'autre part, votre collaboration est la bienvenue — vous pouvez, par exemple, aider Daphné à obtenir tout ce qu'elle cherche.

L'homme acquiesça lentement, le regard fixe, toujours sous le choc.

— Etes-vous en train de me dire que ces meurtres... toute cette souffrance sont le résultat d'une tentative malhonnête d'innocenter New Leaf voilà six ans?

Boldt confirma. Il voyait cela tous les jours à la Criminelle.

— Les pires crimes sont souvent commis pour en cacher de moins graves.

Le dimanche matin, Lou emmena sa famille au lac en voiture parce que Liz le lui avait demandé et qu'il n'avait pas envie d'entamer une dispute. La famille allait bientôt compter un membre de plus. Le bébé allait débarquer dans un foyer éclaté, à l'équilibre précaire. Le chalet sur le lac était un refuge que Boldt appréciait toujours: pas de radio, pas de téléphone. L'activité se limiterait au Scrabble, à un peu de lecture, à quelques corvées. Lou ferait du feu si la soirée était fraîche. Il piquerait une tête dans le lac, s'il en avait le courage.

Mais il ne trouva pas le sommeil, et il erra dans le noir en plein milieu de la nuit, vêtu de sa vieille robe de chambre aux manches élimées. Après avoir longuement contemplé les eaux noires du lac éclairées par les étoiles, il alla chercher dans sa voiture son porte-documents et quelques papiers qu'il avait emportés à tout hasard. A quatre heures du matin, lorsque Liz trouva le lit vide, elle se leva et le surprit au coin du feu en train d'étudier ses dossiers. Elle ne dit rien, mais Lou comprit qu'il avait gâché leur séjour. A l'aube, il plongea effectivement dans le lac; il ressortit, frigorifié; Liz l'attendait à la sortie avec une serviette.

Ils repartirent pour Seattle à 6 heures afin d'être à l'heure au travail, ce qui leur permettait d'éviter les embouteillages. Liz ne dit pas un mot. Miles faisait du bruit pour trois. Après trois quarts d'heure à suivre la file de voitures, aveuglé par le soleil levant, Boldt voulut allumer la radio pour écouter les nouvelles. Liz l'en empêcha.

— J'essaie de ne pas m'immiscer dans tes enquêtes, dit-elle avec calme sans le regarder. Même lorsqu'il s'agit d'enquêtes comme celle-là... celles qui te minent — parce que je ne peux pas faire grand-chose pour t'aider, et parce que je crois qu'il est important que l'un de nous garde un contact avec la réalité. Ça aide l'autre à ne pas perdre pied.

Boldt n'avait rien à redire à cela. Un quinze tonnes les doubla. Boldt s'aperçut qu'il transportait de la volaille, et cette coïncidence le troubla. Les poulets étaient entassés dans des cages à claire-voie; des plumes s'en échappaient et formaient comme une traîne de mariée dans le sillage du poids lourd.

— Je pourrais peut-être t'aider, proposa Liz, mais ça me fait peur, parce que ça violerait la règle que nous nous sommes fixée. Quand mon travail à la banque m'exaspère, tu es ma bouée de sauvetage, et j'aimerais croire que l'inverse est vrai. J'ai peur qu'en m'impliquant dans tes enquêtes, ne serait-ce qu'un tout petit peu, cela ne nous fasse dériver; on se rapprocherait peut-être l'un de l'autre, mais on s'éloignerait de la réalité. Tu comprends ce que je veux dire?

— Oui, bien sûr, affirma Boldt, tout en sachant qu'il n'avait pas l'air convaincu.

— Je travaille dans une banque, chéri. Carte Eclair, compte bancaire, retraits, prêts, c'est mon pain quotidien. Tu vois?

Boldt ne répondit pas.

— Tu m'as expliqué ton affaire... du moins en ce qui concerne les distributeurs Eclair... et pourtant, tu ne m'as jamais demandé conseil. C'est bien le seul domaine que je connaisse, et tu ne t'en sers pas.

— Je ne pensais pas que...

— Non, tu n'y pensais pas, coupa-t-elle, pressée d'expliquer son point de vue. Et j'ignore si c'est parce que tu ne veux pas qu'on franchisse une limite qu'on s'est difficilement fixée, ou si c'est parce que ça ne t'est pas venu à l'esprit de me demander conseil.

Boldt n'aimait pas les disputes en voiture, et Liz le savait. Il se demandait pourquoi elle avait choisi ce terrain pour entamer cette conversation. Ils venaient de passer vingt-quatre heures seuls, et elle attendait le trajet du retour, pendant lequel leurs regards ne pouvaient pas se croiser, pour aborder un sujet brûlant.

— Je vois bien que je t'ennuie, remarqua Liz.

— Le moment est mal choisi.

— Parce que tu conduis ?

— Exactement.

— Il faut que tu comprennes que ça m'est plus facile. Même si cela te déplaît, c'est plus facile pour moi de te parler de ça en voiture. Ça m'aide à éviter tes regards meurtriers, même si je les devine.

— Je n'ai jamais cherché à t'exclure de quoi que ce soit, protesta Boldt.

— Je sais. Tu ne cherches pas à m'exclure, mais tu le fais quand même.

— Toute aide est la bienvenue, assura-t-il.

— Très bien, c'est ce que je voulais t'entendre dire, avoua Liz.

Elle tendit la main pour allumer la radio, mais cette fois, ce fut Boldt qui l'en empêcha.

— Alors, tu vas me le dire ?

— Il faut que je passe quelques coups de fil, que je me livre à un peu de recherche. Je ne voulais pas y consacrer trop de temps, je ne voulais même pas en consacrer du tout si cela devait nous poser des problèmes. On en a déjà assez comme ça.

Boldt cessa un instant de surveiller la route pour croiser le regard de Liz. Puis il reporta son attention sur la bande jaune, mais le regard qu'il avait surpris continuait à danser devant ses yeux en surimpression. Comme lui, Liz s'angoissait pour leur avenir, et pour des raisons inexplicables, cela le soulagea.

Il glissa sa main sur le siège et trouva celle de sa femme. Il l'étreignit, et ils roulèrent main dans la main vers les gratte-ciel qui se découpaient sur le devant, tandis que Miles s'agitait en gazouillant sur son siège de bébé. Boldt aurait voulu que ce voyage dure éternellement.

Du premier coup d'œil, Boldt comprit que Daphné Matthews avait passé un week-end studieux.

— J'ai passé une grande partie du samedi et tout le dimanche avec le Dr. Clements à esquisser le profil psychologique de Caulfield, avoua-t-elle. Les deux fax qui sont arrivés le même jour le tourmentent. Il n'aime pas non plus l'absence de reproches dans le deuxième fax, la demande d'extorsion de fonds.

— Tu avais donc raison, commenta Lou pour lui remonter le moral.

Mais ce n'était pas l'opinion du Dr. Clements qui inquiétait Daphné. C'était le fax qu'elle tendit à Boldt.

— Ça vient juste d'arriver, expliqua-t-elle.

ON AIME TROP LES BONBONS?
MAMAN A DIT QU'IL NE FALLAIT PAS MANGER DE SUCRERIES.
MAIS TU N'ÉCOUTES PAS.
TU LE REGRETTERAS, CROIS-MOI.

Boldt relut le message plusieurs fois. Daphné lui fit remarquer que dans ce premier fax la notion de culpabilité avait reparu. Mais elle le fit avec des sous-entendus sur lesquels elle ne s'étendit pas.

— Caulfield a donc acheté les confiseries chez Foodland pour une raison bien précise, dit Boldt.

Il s'en était douté dès le début, mais avait espéré se tromper.

— Adler Foods a remplacé toutes ses confiseries, rappela Daphné d'un ton qu'elle voulait serein, mais le froncement de ses sourcils et sa façon de se tordre les mains contredisaient son assurance. Owen m'a parlé de votre conversation.

— Tu l'as vu? pesta Boldt.

— Non, pas en chair et en os. Nous nous appelons, et toujours de cabines publiques... c'est absolument sans risque. Ne t'inquiète pas, dit-elle, caustique, nous prenons toutes les précautions nécessaires... Et permets-moi de te dire que mes communications privées ne regardent que moi.

— Je n'ai jamais dit le contraire.

— Encore heureux!

Elle était réellement vexée. La fatigue lui brouilla soudain la vue.

— L'histoire de la falsification l'a mis hors de lui, reprit-elle. Il a proposé de nous aider à réunir tous les documents nécessaires, mais je lui ai dit que nous allions dorénavant agir par mandat pour que les preuves puissent être utilisées devant un tribunal. Je vois bien que tu es inquiet, Lou, mais laisse-moi te dire une bonne chose : Owen Adler peut tout encaisser sans dévoiler son jeu ; c'est un joueur de poker, et un bon. On n'a pas de soucis à se faire, Lou. Il ne parlera pas.

— Je sais que c'est pénible pour toi, avança Boldt.

— C'est pénible pour tout le monde. Mais je te remercie quand même. Elle avait toujours l'air fâchée, peut-être un peu moins. Etait-ce contre lui ? Etait-ce contre la situation ? Boldt n'aurait pu le dire. Il reposa le fax sur son bureau.

— Je pense qu'on en a assez appris avec ses premiers fax pour retirer immédiatement tous les produits de la circulation. Menace ou pas. Il faut geler les ventes, remplacer les produits pendant la nuit, et espérer que Caulfield ne l'apprendra pas.

Daphné accepta de prévenir Adler par fax.

— Tu sais ce qui m'inquiète le plus ? demanda Boldt. Encore deux jours, et les nouvelles étiquettes des soupes auraient été prêtes. Or, il change de produit, comme par hasard. Autre chose : pour les retraits Eclair, a-t-il simplement de la chance là aussi, ou sait-il quels distributeurs nous surveillons ?

Sur le bureau de Boldt s'étalaient les rapports sur les retraits effectués par le Soudeur le samedi et le dimanche soir. Le total s'élevait à quatre mille deux cents dollars. Il n'y avait pas eu d'agent à proximité des appareils choisis. Boldt n'avoua pas à Daphné que Fowler possédait dorénavant le plan de surveillance et qu'ils avaient doublé leurs équipes car il voulait éviter qu'elle ne soit impliquée en cas de pépin.

— Il a déjà ramassé plus de dix mille dollars, constata-t-il.

— Pas mal pour à peine une semaine de boulot.

— C'est plus que ce que je gagne.

Il réussit à lui arracher une grimace qu'il n'osa pas qualifier de sourire.

— Qu'est-ce qu'on fait ? demanda-t-il. On attend qu'il ait tué quelqu'un d'autre ?

Il se souvint qu'Adler avait proposé de retirer les produits de la vente et qu'il l'en avait dissuadé. Il se souvint de la découverte de la strychnine dans les cendres de la Ferme Bellevue, de la référence de Bernie Lofgrin au massacre de Jim Jones, et des raisons qu'il avait invoquées pour convaincre Adler de garder son calme. Or c'était maintenant lui qui cédait à la panique.

— Appelle Clements, dit-il en lui tendant le téléphone. Demande-lui son opinion sur un éventuel retrait immédiat des confiseries Adler Foods. Et tâche de savoir aussi ce qu'il pense d'un communiqué de presse pour avertir la population.

Daphné avait l'air aussi terrifiée que lui. Elle composa le numéro de mémoire, et obtint la communication. Elle parla avec le Dr. Clements pendant cinq bonnes minutes tout en faisant des signes de tête à Boldt — Clements conseillait de ne pas aller à l'encontre des conditions du Soudeur.

— Il prend Caulfield au sérieux, dit-elle après avoir raccroché. Mais c'est à toi de décider.

Boldt étouffa un juron. Il réprima aussi sa peur du mieux qu'il put. Pendant les heures suivantes, les aiguilles de sa montre semblèrent tourner au ralenti. Il eut l'impression de vivre dans un temps différent du temps habituel, dans une autre dimension. Il tenta mentalement d'empêcher le téléphone de sonner, mais partout autour de lui des sonneries retentissaient. Les moments de silence étaient rares à la brigade. Il y avait toujours quelqu'un qui parlait, un téléphone qui sonnait, une porte qui claquait, un cri, un ordre, un juron. Il faillit leur hurler de se taire. Chaque fois que le téléphone sonnait, il était persuadé que c'était pour signaler une mort. C'était souvent le cas, même si ces morts n'avaient aucun rapport avec Harry Caulfield.

Le train-train de la Criminelle se déroulait sans Boldt. La guerre des gangs, les crimes passionnels, les noyades... tout cela exigeait des enquêtes. L'équipe de Pasquini croulait sous les nouvelles affaires.

Mais il n'y avait qu'un seul *trou noir* et il était sous la responsabilité de Boldt. Le fax qu'il avait sous les yeux était comme un panneau signalant un virage dangereux... et il n'avait nulle envie de tomber dans le décor. Il recula mentalement, sachant pertinemment que c'était aussi vain que de tenter de remonter une cascade à la nage.

Peu après 18 heures, Owen Adler déclencha le deuxième rappel des barres chocolatées, une opération coûteuse, longue à réaliser, et, Boldt le craignait, inutile parce que trop tardive. Jusqu'à présent, autant qu'il pouvait en juger, Caulfield n'avait lancé des menaces qu'une fois qu'il savait que le produit contaminé se trouvait déjà dans la poche d'un client. Il imaginait le Soudeur en train d'inspecter régulièrement les rayons pour s'assurer qu'on avait bien acheté les produits empoisonnés.

LaMoia passa dans le bureau avec des plats cuisinés thaïs avant de partir faire le guet devant un distributeur Eclair. Il en offrit à Boldt et à Daphné, mais aucun d'eux n'y toucha.

Boldt n'avait rien avalé de la journée... une journée qui se traînait interminablement.

Lorsque les coups de téléphone arrivèrent enfin, Boldt, prêt au pire, répondit sèchement : encore des cas de choléra, encore des malheureux entre la vie et la mort. Il raccrocha rapidement, et ne réussit plus à travailler par la suite.

MAIS TU N'ÉCOUTES PAS.
TU LE REGRETTERAS, CROIS-MOI.

Il repassa dans sa tête sa conversation avec Adler, repensa à ses efforts pour le convaincre de ne pas retirer ses produits de la circulation. Malgré l'approbation du Dr. Clements, il considérait maintenant son entêtement comme une grave erreur.

Il se prépara à toutes les éventualités — sauf à celle qui se produisit enfin. Il nota l'heure de l'appel — 19 h 22 — par simple habitude. Toujours par habitude, il vérifia si son revolver était bien chargé, s'il avait son badge, et les clefs de sa voiture.

Deux jeunes garçons étaient morts dans la cabane qu'ils avaient bâtie dans un arbre, lui annonça le coordinateur de la brigade. Ce n'était pas un cas de choléra. Inutile de les transporter aux urgences, il n'y aurait pas de réanimation. Avant même le rapport du laboratoire, avant même un diagnostic officiel, Boldt connaissait la cause de la mort.

Une barre chocolatée, empoisonnée à la strychnine.

26

On avait découvert les corps à Wedgewood, dans un arbre qui se dressait dans l'arrière-cour du numéro 300 de la Quatre-vingt et unième Rue. La mère avait téléphoné à la police en disant que les garçons ne répondaient pas à ses appels.

— Ils ne bougent pas de leur cabane, hurlait-elle, hystérique.

Les causes de la mort étant mystérieuses, l'affaire avait été transmise aux autorités de Wedgewood, puis par erreur à la police de King County, et enfin, grâce à un coordinateur avisé, au bureau de Boldt.

L'inspecteur-chef se gara devant la maison. Il hésita; il aurait préféré rester dans la voiture. Ah, s'il avait pu arrêter le temps quelques secondes avant l'incident! Ah, s'il était venu sauver les deux victimes!

Le soleil couchant faisait luire la peinture grise de la cabane. Une vieille échelle en bois grimpait jusqu'à l'ouverture sombre dans le plancher. Cette cahute ne ressemblait pas à celles que Boldt et ses camarades construisaient dans leur enfance. Elle avait été commandée par catalogue.

Boldt choisit de ne pas parler à la mère hystérique; il alla directement voir les corps. Il aurait tout le temps de l'interroger plus tard. Bien trop de temps, hélas.

La femme agent en uniforme qui escortait Boldt comprit qu'il valait mieux se taire. Boldt avait la réputation de travailler seul sur le lieu d'un crime, tous les agents le savaient. Dixie était en route, Bernie Lofgrin et son équipe également. Tout se passait dans la plus grande discrétion, mais il n'y avait pas moyen d'empêcher la presse d'être au courant, et il serait impossible, cette fois, d'incriminer le *E. coli*. A l'évidence, Caulfield savait que la police et la presse s'empareraient de l'affaire... et c'était bien ce qui terrifiait le plus Boldt: Caulfield s'en foutait. Un profond changement s'était opéré en lui.

Le porte-parole de la police n'aurait pas besoin de parler

d'Adler Foods aux journalistes ni, du moins pour l'instant, des sucreries que Boldt était certain de trouver dans la cabane. La presse apprendrait qu'il s'agissait d'un meurtre et que l'enquête suivait son cours. Ni plus ni moins.

Boldt leva les yeux vers l'échelle, vers l'ouverture béante dans le plancher de la cabane. L'agent lui tendit une lampe torche sans un mot; Boldt se promit de relever son nom plus tard et de la féliciter pour son professionnalisme. Des agents envahirent la cour, mais voyant Boldt au travail, ils repartirent immédiatement. Boldt resta seul avec la femme flic.

Il escalada lentement l'échelle, retardant le plus possible le moment où il allait découvrir les corps. Là encore, pas de témoins; là encore, peu ou pas d'indices.

Il se souvint de la promesse qu'il avait faite à la mère de Slater Lowry, lui affirmant que son fils serait bientôt rétabli pour terminer sa maquette de la navette spatiale. Ici il n'aurait pas besoin de mentir à la mère des deux victimes. Elle avait grimpé dans l'arbre avant lui.

L'un des garçons avait tenté de descendre par l'échelle, mais il n'avait pas réussi à l'atteindre. Il gisait sur le ventre, les bras tendus devant lui comme pour attraper une balle. L'autre était recroquevillé dans la position du fœtus dans un coin de la cabane, une expression d'horreur sur le visage, comme s'il avait été foudroyé au milieu d'un cri de terreur.

La cabane n'était pas large, ce qui ne faciliterait pas le travail de l'équipe technique.

Le faisceau faiblissant de la torche éclaira un pistolet à eau en plastique rose, des emballages de sandwiches, et des bandes dessinées. Un jeu de cartes; le crâne blanc et la colonne vertébrale d'une souris, sans doute un trophée; un livre de poche de Stephen King aux pages écornées trônait sur la seule étagère de la pièce, à côté d'une bougie dont la suie avait coulé sur la planche. Une balle de base-ball, ornée d'autographes enchevêtrés. Un poster de dinosaures et un autre intitulé: « La vie aquatique de Puget Sound ».

Boldt imagina les deux garçons jouant dans leur cabane. Il entendit leurs rires. Mais il n'y aurait plus de jeux, plus de rires.

La première barre au chocolat qu'il vit était à moitié entamée. En lettres d'or, l'emballage annonçait: *NOUVEAU! Succulent!* C'était une barre de chocolat et au caramel de Adler Foods. Empoisonnée.

Boldt se souvint de l'image floue de Caulfield à la caisse du Foodland de Broadway. Il se souvint du ticket de caisse qui avait enregistré son achat de trois barres de chocolat et d'une glace. Il se souvint de sa hâte à convaincre Owen Adler de continuer à approvisionner les rayons.

Il regarda les deux garçons, murmura «Pardon», et se surprit à effacer une larme d'un revers de manche. Il sentit la femme flic l'observer.

— Foutez le camp! hurla-t-il.

Elle s'éloigna vivement avant qu'il ne puisse l'arrêter, avant qu'il n'ait le temps de lui présenter des excuses, à elle aussi.

Il se demanda ce qui lui avait pris, il ne se reconnaissait plus. Et, tournant le dos aux deux victimes, il se posa la question : qu'advenait-il des âmes des enfants après leur mort ?

27

— Viens à la maison d'amis par le parc. Pas de lumière. Je t'attendrai là.

Clic! Daphné reposa le combiné, vérifia l'heure : minuit. Owen avait osé téléphoner. Ce seul fait lui indiqua assez dans quel état d'esprit se trouvait son amant; la peur qui faisait trembler sa voix lui en apprit plus qu'elle ne voulait savoir. Elle sauta de son tabouret, boutonna prestement son jean, et abandonna son projet sur le comptoir. C'était la déclaration sous serment qu'elle avait méticuleusement rédigée avec l'aide de Striker par téléphone, et qui requérait les dossiers bancaires de New Leaf. Elle marqua l'endroit où elle s'était arrêtée en pointant la mine de son crayon sur le mot *intraitable*.

En sortant, elle brancha avec soin le système d'alarme du bateau, ferma la porte à clef, et courut jusqu'à sa voiture.

Affolée par le ton de la voix d'Owen, elle roula le long du lac, traversa Fremont Bridge, vira dans Leary, puis dans Market Street, quitta Shilshole Marina, pénétra dans le parc et négocia une série de virages en épingle à cheveux qui montaient vers l'aire de pique-nique. Elle se gara, et ce ne fut qu'après s'être enfoncée dans les bois qu'elle s'aperçut de son isolement. Elle rassembla son courage, une pointe d'angoisse au cœur : il faisait nuit noire, les bois étaient sombres, or elle était encore loin de la propriété. La présence de son revolver dans son sac la rassurait à peine. Elle ne considérait jamais une arme à feu comme une solution. Si elle avait eu le choix, elle serait joyeusement arrivée par la grande porte, mais il ne fallait pas qu'on voie Adler recevoir la visite de la police — les fax étaient précis là-dessus — et elle se sentait obligée de suivre les indications d'Owen. De plus, elle devait se montrer discrète, et ne pas utiliser de lampe.

Elle s'était souvent promenée avec Owen dans les bois; ils avaient maintes fois emprunté le sentier forestier qui descendait vers l'aire de pique-nique, et avaient même poussé jusqu'à la route qui serpentait vers le rivage où nichaient les propriétés luxueuses qui bordaient la marina. Mais elle n'avait jamais pris le sentier seule en montant et dans le noir... mais uniquement en plein jour et en descendant.

Son trousseau de clefs était équipé d'une puissante lampe-stylo et, malgré l'interdiction d'Owen, elle fut tentée de l'allumer. Elle se munissait toujours de son sac à cause du revolver et de son badge. D'habitude, elle le portait en bandoulière, mais elle pouvait aussi l'attacher à sa ceinture, à l'Européenne, ce qu'elle avait fait ce soir-là.

Les marches abruptes du sentier étaient à l'abandon depuis que la ville, prétextant des contraintes budgétaires et offusquée par le refus d'Adler de permettre un libre accès à sa propriété, avait cessé de les entretenir. De son côté, Owen prétendait que la ville avait fermé le sentier après un différend juridique. Résultat, les traverses de chemin de fer pourrissaient, recouvertes par endroits de lianes et de plantes de toutes sortes, rendant la montée aléatoire et dangereuse. A certains virages en épingle à cheveux, le sentier était protégé par une main courante métallique, mais il valait mieux ne pas s'y fier. Daphné entama la montée périlleuse. Elle progressait lentement, s'arrêtait souvent pour reprendre son souffle et calmer les battements affolés de son cœur. Arrivée à mi-chemin, elle regretta de ne pas avoir emprunté l'autre route.

Ce fut durant son troisième arrêt qu'elle sentit une présence, puis entendit un bruit dans les fourrés. Elle réalisa avec terreur qu'elle n'était pas seule.

— Qui va là ? cria-t-elle par réflexe.

Elle se reprocha aussitôt son manque de sang-froid. Elle repartit à l'attaque du sentier, consciente qu'en restant immobile elle offrait une meilleure cible. Elle fut tentée de retourner à sa voiture, car la descente était plus facile que la montée, mais le bruit était venu d'en bas, sur sa gauche — du sentier lui-même.

Elle accéléra l'allure, l'oreille aux aguets, en se disant qu'un cerf, un chien ou même un écureuil, aurait pu être la cause du bruit. Elle fit une nouvelle halte. Encore ce bruit, mais plus haut cette fois et sur sa droite, presque à l'opposé du précédent.

Elle réussit à se convaincre qu'un inconnu savait qu'elle était sur le sentier. Elle devait être prête à tout. La psychologue qu'elle était savait qu'on ne se débarrassait de la peur qu'en acceptant le danger et non en le niant puérilement. Nier le danger conduisait à la paranoïa et à la panique, deux sensations qu'elle ne connaissait que trop depuis quelque temps. Elle s'efforça de réprimer toute pensée et se concentra sur la peur qui lui étreignait la poitrine. Elle n'avait pas le choix, elle devait emprunter ce sentier. Elle canalisa son envie de hurler, l'utilisa pour décupler ses forces et gravit les marches à toute vitesse. Tout en courant, elle plongea une main dans son sac, en retira son revolver, s'assura que le cran de sûreté était mis. Tenir l'arme la rassura.

Elle progressa rapidement, passant les virages en épingle les uns après les autres. S'étant habituée à l'obscurité, elle fouilla les taillis des yeux à la recherche d'une cachette, pensant qu'il était stupide de conduire son poursuivant à la maison d'amis d'Owen. Qui pouvait la suivre ? Elle hésitait entre trois candidats : un journaliste — le plus vraisemblable —, l'homme qui l'avait déjà filée, ou Harry Caulfield. Et si ces deux derniers ne faisaient qu'un ? Cette idée la fit frémir et accrut son ardeur à courir.

Son pied s'enfonça dans une planche pourrie ; elle tomba lourdement. Entendant son poursuivant approcher, elle quitta le sentier pour les bois. Elle était presque arrivée au sommet. Il ne restait qu'une quarantaine de mètres de marches. Le terrain était très escarpé, et le chemin serpentait entre deux rochers.

Elle se cacha derrière un grand cèdre, sortit les clefs de sa poche et empoigna la lampe-stylo.

Son poursuivant n'était plus qu'à une vingtaine de mètres en contrebas. Elle se remémora le chemin qu'elle venait juste de parcourir, respira longuement pour se calmer, et se prépara à l'attaque, tel un chasseur à l'affût.

Elle entendit alors un souffle haletant et des bruits de pas précipités. Puis le silence le plus complet — elle pouvait sentir le sang battre à ses tempes. Ses mains tremblèrent, trahissant son manque d'assurance. Elle se força de nouveau à canaliser sa peur, la laissa bouillir en elle, monter dans sa poitrine telle une créature démoniaque, et ses mains cessèrent de trembler.

L'inconnu était-il assez près ?

A peine avait-elle formulé la question qu'une silhouette d'homme apparut à quelques pas, escaladant prestement le sentier. Lui aussi semblait paniqué : il avait perdu sa trace.

Daphné bondit avec une force inattendue, shoota violemment dans le genou de l'homme, le bouscula d'un coup d'épaule, et le projeta à terre. En même temps, elle cria avec autorité :

— Police ! Pas un geste, je suis armée.

Elle dirigea le stylo-lampe vers la forme qui gisait, face contre terre. L'homme, qui n'avait pas d'arme, s'étreignait le genou à deux mains. Il fit un geste suppliant, bras tendus vers elle.

— Tout doux, déclara-t-il, je suis des vôtres.

Elle connaissait cette voix mais n'arriva pas à mettre un nom dessus. Le faisceau de la lampe suivit les gestes de l'inconnu.

— Mackensie?

L'ex-inspecteur Mackensie, un ancien de la brigade du Grand Banditisme. Recruté par...

— Mac?

Oui, c'était bien lui. Elle recula d'un pas, et remit son revolver dans son sac.

— Pourquoi me suivez-vous?

— Moi, vous suivre? s'étonna Mackensie qui se redressa en se massant le genou. Vous vous flattez!... Bon Dieu de bois, Matthews, vous auriez pu me casser le genou!

— Que faites-vous...?

— Ce que je fais ici? Et vous? Je suis chargé de la surveillance du périmètre. Kenny nous a disposés aux quatre coins de la propriété. Vous avez de la chance de ne pas être tombée sur Dumbo... il vous aurait brisé le cou comme un rien.

— La surveillance?

— Oui, du grand patron, Matthews. Merde, il ne sait même pas qu'on le protège. (Il se releva, s'épousseta.) On est quatre, ou plutôt on l'était. Au cas où vous ne l'auriez pas remarqué, ajouta-t-il, sarcastique, il y a un cinglé en liberté qui creuse des trous dans les boîtes de conserve. Notre boulot consiste à faire en sorte qu'il n'en creuse pas dans la boîte crânienne du patron. Pigé?

— Tuer Owen?

— C'est un des buts du fumier, non? A moins que vous ne vous lanciez dans des explications tortueuses pour me convaincre que le type est disposé à respecter les règles du jeu. Gaspillez pas votre salive, Matthews. Allez jouer les Dr. Freud avec d'autres.

Mackensie était bien la dernière personne qu'elle s'attendait à rencontrer ici. Elle en resta sans voix. Fowler avait arraché Mac à la police un an plus tôt en l'alléchant avec un gros salaire, une voiture de fonction et six semaines de congés payés par an. Mackensie était un excellent flic, ou l'avait été. C'était l'exemple même de la fuite des cerveaux de la police de Seattle au profit des polices privées.

— Qu'est-ce que vous faites ici, exactement? s'étonna Mackensie à voix basse. (D'un geste, il lui conseilla d'éteindre sa lampe.) Je sais que vous deux... enfin, vous savez... mais je croyais que... j'avais l'impression que...

— Vous n'y êtes pas du tout, coupa-t-elle, comprenant que le sexe était la seule chose que l'esprit tordu de Mackensie envisageait. Il y a une urgence. Et si vous répétez à quiconque que vous m'avez vue, je vous matraque l'autre genou.

— Si vous racontez ce qui s'est passé, menaça Mackensie qui défendait son honneur viril, vous aurez de mes nouvelles, Matthews. Je ne plaisante pas.

— J'en tremble déjà. Allez vous faire voir, Mackensie! Et n'essayez pas de me suivre, ajouta-t-elle avant de partir au galop.

En approchant du sommet, elle s'étonna de ne pas avoir envisagé qu'Owen risquait d'être attaqué. Pourquoi n'en avait-elle pas discuté avec le Dr. Clements? Etait-ce à cause de sa liaison avec Adler? Elle accéléra le pas, imaginant les raisons du coup de fil d'Owen. Avait-il été victime d'une agression? Elle courait de plus en plus vite. Etait-ce pour cela que Mackensie patrouillait dans les bois? L'idée de perdre Owen la terrifia. Et cela l'aida à comprendre à quel point elle tenait à lui. Depuis le début de leur liaison, elle s'était réfugiée dans le travail pour se cacher ses propres sentiments. Elle en avait peur. Son bénévolat à l'Abri, ses relations avec ses amies en avaient également souffert. Elle pensait tout le temps à Owen, mais elle se cachait la vérité. Elle accéléra encore l'allure, paniquée à l'idée qu'il pouvait disparaître de sa vie.

Elle ouvrit la porte de la maison d'ami à la volée, aperçut la silhouette d'Owen qui se découpait contre la fenêtre, traversa vivement la pièce et se jeta dans ses bras.

— Oh, merci, mon Dieu! s'exclama-t-elle.

Il la serra fort, lui déclara que rien ne pouvait justifier leur séparation, qu'il avait peur de la perdre. Le fait qu'ils aient tous deux eu la même crainte la fit rire. Peut-être avait-elle enfin rencontré l'amour.

Après une longue et interminable étreinte, ils restèrent immobiles dans les bras l'un de l'autre, jouissant de ce moment de bonheur. Quand ils se séparèrent enfin, elle le gourmanda:

— Tu ne m'as pas fait venir pour ça.

— C'est pourtant agréable.

— Alors, pourquoi?

— Il m'a appelé.

Il avait dit cela d'un ton si détaché que Daphné faillit ne pas comprendre. Elle étudia son visage dans la lumière qui leur parvenait depuis la maison principale.

— Je ne savais pas quoi faire.

— Il t'a appelé?

Bien qu'ayant entendu distinctement les mots, elle cherchait à gagner du temps — déformation professionnelle — afin d'analyser les faits et de les comprendre.

— J'ai décroché le téléphone et il y a eu un long silence. C'est marrant, d'habitude je raccroche — un faux numéro, une blague, une amie de Corky trop timide pour parler, un démarchage téléphonique. Mais j'ai attendu. Je ne m'explique pas comment, mais je savais que c'était lui.

Elle scruta son visage pour deviner son état d'esprit. Qu'allait-elle découvrir? Owen semblait sonné mais calme. C'était l'occasion de connaître la vérité. Il se trahirait forcément; il n'avait pas les idées claires. Embellissements, omissions. Elle avait l'habitude de repérer ces détails, à force d'interroger des témoins.

— « C'est moi, a dit la voix. Celui que vous recherchez. Les fax. » Je n'arrivais pas à parler. J'étais pétrifié. Dans ma vie j'ai participé à des douzaines, peut-être des centaines de négociations délicates, mais je n'avais jamais été paralysé comme ça. Il a dit que j'avais détruit ce qu'il avait de plus cher, poursuivit Owen avec difficulté. Que j'avais ruiné sa vie, que j'avais assez triché et menti comme ça. Il m'a dit que je pouvais encore arrêter ce qui se passe et que si je ne le faisais pas, il me prendrait tout ce que je possède. Il a dit quelque chose comme : « Ce serait facile pour vous de tout arrêter. Et pourtant, vous ne voulez pas, hein? On sait très bien pourquoi, vous et moi... »

Sa voix se brisa et il détourna la tête. Son visage disparut dans l'ombre et Daphné ne put plus distinguer ses traits. Elle ne vit clairement que le sommet de son crâne, car il baissait la tête, honteux.

— Owen?

— Il m'a traité de lâche... il a raison.

— C'est ridicule, et tu le sais très bien.

— Il m'a demandé si j'avais écouté les dernières nouvelles. Il m'a dit : « Ça peut devenir bien pire, fais-moi confiance. Le temps file, prenez garde. Tic-tac, tic-tac, tic-tac. » Il imitait le bruit d'une montre. Il a dit : « Il sera bientôt trop tard pour l'arrêter. » Et il a raccroché. C'est bizarre, je n'ai pas dit un mot. Il n'avait aucun moyen de savoir si c'était bien moi qu'il avait au bout du fil. Ça aurait pu être la baby-sitter.

Daphné eut soudain une sensation de froid au niveau de la nuque.

— Tu es sûr de n'avoir rien dit?

— Pas un mot.

Elle l'empoigna par la chemise, et l'obligea à se coucher avec elle à même le sol.

— Daffy! protesta-t-il.

Mais elle le fit taire et le tira à travers la pièce vers la salle de bains sans fenêtre. Puis elle referma la porte derrière eux, la verrouilla, et alluma une faible veilleuse qui colora les murs blancs d'ocre rouge. Daphné était encore trempée de sa course folle le long du sentier.

— Qu'est-ce que tu fais? s'étonna-t-il tendrement.

Il sourit, joua avec une boucle de cheveux qui tombait dans les yeux de Daphné. Elle lui jeta un regard passionné, fouilla fébrilement dans son sac, sortit son téléphone portable et tapa un numéro avec une telle hâte qu'elle se trompa. Elle dut s'y reprendre plusieurs fois.

— Comment savait-il? demanda-t-elle, nerveuse.

Owen resta bouche bée.

— Es-tu venu par le tunnel? insista-t-elle.

Là encore, il n'arriva pas à articuler une réponse.

Adler avait acheté les deux propriétés qu'il avait réunies en une seule. L'ancien propriétaire, pur produit de la paranoïa des années 60, avait fait construire un abri antiatomique dans son arrière-cour, et un tunnel le faisait communiquer avec la maison principale. Owen avait transformé l'abri en cave à vins, et il avait fait creuser un autre tunnel qui reliait la maison principale à la maison d'amis, afin que ses invités aient accès aux meilleurs vins, et, plus important, afin d'éviter la pluie quand on passait d'une maison à l'autre. Il était bien rare que des invités l'utilisent. Owen ne recevait pas souvent à cause de son emploi du temps surchargé. Cependant, il adorait faire visiter son tunnel et montrer ses vins, et il empruntait le tunnel chaque fois qu'il le pouvait... même par beau temps.

— Alors? s'impatienta Daphné.

— Oui, j'ai pris le tunnel, réussit-il à articuler.

Boldt n'était pas chez lui. Daphné s'excusa auprès de Liz d'avoir appelé si tard, raccrocha, puis composa le numéro de l'Alphapage de Boldt. Pendant deux minutes, Owen et elle restèrent assis épaule contre épaule sur le carrelage de la salle de bains, dans un silence pesant.

Le téléphone portatif sonna. Daphné répondit aussitôt.

— C'est moi, dit-elle à Boldt. Je suis chez Owen. Il était là, Lou... Caulfield... Il y est peut-être encore.

— Non? s'exclama Boldt.

— Si! Nous sommes dans la maison d'amis. Nous t'attendons.

— Corky! s'écria Owen.

Il se leva d'un bond, mais Daphné s'accrocha à sa chemise. Elle coupa la communication et dit précipitamment :

— Laisse, j'y vais.

— Il est ici ? s'exclama Owen, décomposé.

— Il savait que c'était toi qui étais à l'appareil, expliqua vivement Daphné. Tu l'as dit toi-même.

Elle guetta sa réaction, mais Owen semblait incapable de comprendre. Daphné s'impatienta.

— Il le savait parce qu'il t'observait... il t'observait, Owen.

Adler se rua vers la porte, mais Daphné l'arrêta d'un geste et lui ordonna de refermer à clef derrière elle.

— C'est toi qu'il veut, Owen. Laisse-moi aller chercher Corky.

— Jamais de la vie !

Il la repoussa brutalement, ouvrit la porte et fonça dans le tunnel.

Daphné le suivit, sans pouvoir le rattraper. Le tunnel en ciment était divisé en deux longs passages souterrains qui se rejoignaient devant la porte métallique cintrée de la cave à vins. Le passage qui conduisait à la maison principale était visiblement plus ancien, et plus sombre à cause de ses lampes plus espacées.

Lorsque Daphné le rattrapa enfin, Owen était dans la chambre de Corky ; il étreignit la fillette de onze ans à moitié endormie.

Corky se libéra des bras de son père, sauta du lit et se pendit au cou de Daphné.

— Daffy ! s'exclama-t-elle, joyeuse, utilisant ce diminutif que Boldt avait inventé et que tout le monde avait adopté.

L'enfant toujours accrochée à son cou, Daphné réussit à atteindre la fenêtre, tira les rideaux, aussitôt aidée par Owen qui comprit l'urgence.

— Et maintenant ? fit-il en la débarrassant de Corky.

— Reste ici. Je ferme tout et je m'occupe des lumières.

Cette fois, Adler ne protesta pas.

— C'est toi qui prépares le petit déjeuner ? demanda Corky.

C'était la formule qu'ils utilisaient lorsque Daphné passait la nuit avec eux.

— Non, pas ce soir, mon chou.

Elle croisa le regard d'Owen ; il avait les larmes aux yeux.

Boldt comprit aussitôt le dilemme. Une descente dans la propriété d'Adler avec dix voitures plus le fourgon de l'équipe technique serait immédiatement repérée par le Soudeur s'il surveillait les lieux. D'un autre côté, Boldt ne pouvait pas ne pas saisir cette occasion de tenter de l'appréhender.

Il consulta sa montre : son équipe avait quitté son service à minuit, trois quarts d'heure plus tôt.

Il téléphona à LaMoia et dix minutes plus tard réussit à joindre Gaynes chez elle. Il essaya chez Danielson, et comme personne ne répondait, il demanda à l'opérateur du central de continuer à essayer de le contacter et de lui transmettre l'ordre : « Rappelez Boldt. » Il réquisitionna ensuite cinq voitures, dix agents en uniforme, et les déploya autour de la propriété d'Adler — ce qui ne fut pas chose facile vu le terrain et la disposition des lieux. Un agent devait rester dans chaque véhicule, et l'autre se tenir prêt à monter à l'assaut de la maison, si nécessaire.

Boldt réveilla ensuite Shoswitz et le procureur Striker, et les informa des derniers développements. Ce fut durant sa conversation avec Shoswitz qu'il apprit que deux distributeurs Eclair avaient été utilisés pendant la soirée et qu'on avait encore tiré trois mille dollars.

Boldt arriva chez Adler avant ses équipiers. Il prit Daphné à part et ils discutèrent longuement de son plan.

— On garde un profil bas pour l'instant, expliqua Boldt. Si le besoin s'en fait sentir, Shoswitz arrangera une surveillance par hélicoptère.

L'hélicoptère transporterait aussi un tireur d'élite du SWAT[1], mais Boldt garda l'information pour lui. Daphné avait les méthodes du SWAT en horreur : tirez d'abord, discutez ensuite.

Owen Adler introduisit Boldt dans son bureau somptueux dont la porte était dissimulée derrière un faux panneau de bibliothèque. La décoration faisait penser à un manoir anglais. La fenêtre donnait sur la baie et sur la colline boisée qui descendait jusqu'au Golden Gardens Park où Daphné avait garé sa voiture.

— Les seuls postes d'observation d'où on peut voir le bureau, remarqua Boldt, seraient la pelouse ou l'un de ces arbres.

Ils scrutèrent l'horizon inégal et accidenté. En privé, Daphné raconta à Boldt sa rencontre avec Mackensie dans ces mêmes bois, et Boldt échafauda un plan. Gaynes et LaMoia arrivèrent séparément mais presque en même temps. Boldt était alors au téléphone avec Fowler. Le privé évita de

---

1. SWAT : Special Weapons and Tactics. Brigade d'intervention de la police, équivalente du RAID. (*N.d.T.*)

répondre directement aux questions de Boldt sur la surveillance de la propriété, et promit d'agir immédiatement. Furieux, Boldt lui conseilla de faire vite.

— On va ratisser les bois, et tu peux me croire, on tirera sans sommation. Tu ferais bien de dire à tes hommes de décamper.

Boldt venait juste de donner ses instructions à Gaynes et à LaMoia quand Fowler rappela.

— Il n'y a plus personne dans la propriété, lui annonça Boldt. Mais on a un léger problème technique. On n'a pas réussi à joindre Mackensie.

Avec l'aide de Daphné, ils fouillèrent la maison de fond en comble, puis verrouillèrent toutes les portes et branchèrent le système d'alarme. Ensuite LaMoia fut chargé de s'occuper du jardin. Les trois inspecteurs choisirent une fréquence radio pour communiquer entre eux et avec les agents qui encerclaient la propriété. L'ordre fut donné de passer en état d'alerte rouge. Boldt et Bobbie Gaynes se répartirent la colline tandis que Daphné patrouillait la maison.

Gaynes et Boldt descendirent le sentier ensemble, puis se séparèrent quand il devint évident que les seuls arbres qui offraient une vue sur le bureau d'Adler se dressaient près du sommet. Boldt prit sur la gauche, et Gaynes sur la droite.

Boldt se retourna fréquemment pour suivre le faisceau de la torche de Gaynes qui balayait le sol. Il divisa mentalement le périmètre en plusieurs grilles comme il l'aurait fait en fouillant le lieu d'un crime. Il se déplaça méthodiquement de grille en grille, attentif à la moindre trace de passage récent.

Il en trouva justement une à une vingtaine de mètres à l'intérieur des fourrés. Il s'était aventuré si loin dans le bois qu'en se retournant, il ne vit plus la torche de Gaynes. Les branches d'un arbuste étaient écrasées et, quelques mètres plus loin, il remarqua une empreinte de botte ou de chaussure, qui, en glissant sur les aiguilles de pin, avait laissé dans la terre un sillon encore frais. Plus loin encore, il trouva d'autres brindilles brisées dans un hallier. Les bois sentaient le champignon, la décomposition; trop de moisi et pas assez de lumière. Boldt annonça par radio qu'il venait de découvrir des traces et qu'il suivait la piste. Il conseilla à Gaynes de retourner sur le sentier et de le descendre lentement en essayant de repérer l'endroit où le Soudeur l'avait quitté pour s'enfoncer dans les taillis. Il ordonna à LaMoia de monter la garde en haut du sentier pour empêcher le suspect de s'enfuir au cas où ils le débusqueraient.

Boldt progressa lentement dans le sous-bois, avec sa lampe torche il faisait une cible parfaite. Cela l'angoissait. Au bout de quelques mètres, la piste s'arrêta au pied d'un arbre. L'écorce avait été arrachée à l'endroit où l'homme avait escaladé le tronc. Boldt pointa sa lampe vers les branches. Bien que trop lourd et trop maladroit pour de telles acrobaties, il empoigna néanmoins fermement son arme, fourra la lampe dans la poche de sa veste afin qu'elle éclaire vers le haut, et il commença l'escalade.

Il n'eut pas à grimper bien haut. Arrivé à environ quatre mètres du sol, il découvrit une vue parfaite de la maison. Il pouvait voir LaMoia faire les cent pas en haut du sentier. Il grimpa plus haut, et repéra une grosse branche bien droite qui pourrait faire un poste d'observation confortable. Elle présentait des écailles jaunâtres sur son écorce brune. Les traces étaient fraîches. Quelqu'un avait utilisé ce perchoir. Boldt ne s'aventura pas sur la branche car il voulait laisser les empreintes à l'équipe technique qui se tenait prête à intervenir, à quelques centaines de mètres de là. D'où il était, Boldt avait une vue imprenable sur le bureau d'Adler.

Il dirigea sa lampe vers le sol, tandis qu'une petite voix intérieure lui conseillait de ne pas regarder en bas. Il fut aussitôt pris de vertige, mais au moment où il allait se décider à descendre, il crut apercevoir des objets brillants. Il en oublia le vertige, et dégringola de l'arbre avec l'agilité d'un chimpanzé.

D'en haut, il avait pensé qu'il s'agissait d'aiguilles de pin jaunes dont la présence lui avait paru incongrue. Il en compta trois... mais ce n'étaient pas du tout des aiguilles de pin. C'étaient des cure-dents, mâchés aux deux bouts jusqu'à la pulpe par le Soudeur pour tromper son attente, puis jetés du haut de la branche. Trois cure-dents : l'une des extrémités humide, l'autre sèche.

Dans la radio, la voix de Bobbie Gaynes crachota :

— Chef, venez voir ! Je suis à une trentaine de mètres en contrebas de l'endroit où on s'est séparés. J'agite ma lampe.

Boldt éteignit la sienne et vit le faisceau danser derrière la silhouette des arbres.

— Je t'ai repéré, dit-il.

Il examina les alentours afin de pouvoir retrouver l'arbre plus tard, contacta Bernie Lofgrin et lui ordonna de venir avec son équipe technique et d'attendre en haut du sentier avec LaMoia. Ce dernier confirma qu'il avait bien reçu l'appel, lui aussi.

Boldt appela Daphné et lui demanda de téléphoner à

Michael Striker pour obtenir un relevé immédiat du registre des communications des compagnies de téléphones portables de toute la région. Si Caulfield avait téléphoné depuis son perchoir, il l'avait forcément fait grâce à un appareil portable. S'il avait un portable, il avait aussi un compte bancaire; et s'il avait un compte bancaire, il avait une adresse postale. Striker devait contacter Boldt dès qu'il aurait repéré l'appel de Caulfield.

Dévaler le sentier au pas de course était un sacré numéro d'équilibriste. Le pied de Boldt traversa une planche pourrie, il s'étala de tout son long, se releva aussitôt, mais non sans quelques égratignures.

Gaynes était en plein milieu du bois, à quinze mètres du sentier, dans un secteur en contrebas de l'arbre.

— Vous avez dîné? demanda Gaynes quand Boldt arriva à sa hauteur.

— Non.

— Vous avez de la chance. Je viens de vomir mon repas dans le buisson, là-bas.

Boldt ne considérait pas Gaynes comme une femme fragile. En s'approchant, il sentit l'odeur métallique du sang frais bien avant d'apercevoir le corps. Gaynes éclaira le cadavre de Mackensie. La branche qui l'avait assommé était encore à deux pas et Boldt se dit que le privé aurait survécu au coup s'il n'avait pas eu les deux mains tranchées net à hauteur des poignets. Le Soudeur avait dû utiliser une arme incroyablement aiguisée. Les deux mains gisaient non loin des bras, tels des gants en daim. Mackensie s'était vidé de son sang; son visage était blanc comme un linceul.

Quelques minutes plus tard, LaMoia arriva.

— Viens, dit-il à Gaynes. Aide-moi, faut lui prêter main-forte.

A 3 heures du matin, Boldt raccompagna Daphné à sa voiture.

— Je te trouve bien calme, remarqua-t-il.

Daphné acquiesça.

— Tu es fatiguée, c'est tout. Il est tard.

— Je suis on ne peut plus réveillée, rétorqua-t-elle.

Elle n'osait pas avouer ce qu'elle ressentait. Elle ne le comprenait pas elle-même. En tant que psychologue, elle voulait se montrer forte et surmonter sa douleur... s'adapter. Mais en tant que femme, en tant qu'être humain, elle souffrait, non pour Mackensie, mais plus égoïstement pour elle-même. Puis elle se dit que Boldt était bien le seul à pouvoir la comprendre.

— A cinq minutes près... murmura-t-elle d'une voix rauque qui mourut dans sa gorge.

Boldt rangea sa voiture à côté de la Honda et laissa le moteur tourner.

— Et c'est toi qui prenais, termina-t-il à sa place.

Elle acquiesça. Sa gorge se noua, les larmes lui montèrent aux yeux, et elle se détesta de réagir de la sorte. Boldt lui tapota le dos pour la consoler.

— J'ai failli y passer, sanglota-t-elle. Et je ne pense même pas à Mackensie... tu te rends compte? Tu sais comment il s'est fait avoir? Il est mort comme un con. Il était con et il est mort en con. Un vrai con! Tu m'écoutes?

Boldt continua à lui frictionner le dos, puis il lui massa la nuque et elle sentit aussitôt son corps se détendre.

— Excuse-moi, bredouilla-t-elle.

— Chaque fois qu'un flic meurt, un flic que je connais, ma première réaction est un sentiment de gratitude. Ouf, ce n'est pas moi. Je me suis toujours senti coupable de penser ça, bien sûr... jusqu'à aujourd'hui. Je ne l'ai avoué à personne, même pas à Liz. Ensuite, mais ensuite seulement, je pense au défunt. Ce n'est pas de l'égoïsme, mais j'éprouve d'abord un immense soulagement... qu'est-ce que tu veux y faire? Je l'ai encore échappé belle... c'est ce qui me vient tout de suite à l'esprit.

— J'étais exactement à cet endroit, dit Daphné. J'ai entendu un bruit dans les bois. D'abord sur ma gauche, en contrebas, puis sur ma droite. En fait, j'ai entendu deux personnes et non une seule. Il était là. C'est moi qu'il filait quand Mackensie m'a rattrapée. Il était là, exactement là. (Elle coula un regard incrédule vers Boldt.) C'est peut-être lui qui me filait depuis l'autre jour.

— Ou Mackensie, comment savoir?

— Non. Mackensie faisait juste son boulot. Après m'avoir quittée, il n'a pas été bien loin.

— Il a sans doute entendu quelque chose. Il s'est aventuré dans les bois. Caulfield lui a sauté dessus et l'a assommé. A mon avis, il a eu l'idée des mains après. Mackensie a peut-être essayé de dégainer ou de lancer un appel radio... Harry lui a coupé les mains pour gagner du temps. Il n'avait pas le temps de l'attacher, donc il l'a amputé. Ce doit être aussi simple que ça. Mais je voudrais bien savoir avec quel genre de couteau ce cinglé se trimbale!

— Tu veux me faire croire que je n'y pouvais rien. Tu cherches à me déculpabiliser.

— Ce n'est pas toi qui n'as pas tenu compte des avertissements, dit Boldt en désignant une pancarte éclairée par les phares de sa voiture.

Il y était écrit : *POUR VOTRE PROPRE SÉCURITÉ, NE VOUS ÉLOIGNEZ PAS DU SENTIER.*

Daphné gara sa voiture en bas de la rue, de l'autre côté du quai, dans un emplacement pour lequel elle payait soixante-quinze dollars par mois. La place était bien éclairée, ce qu'elle appréciait particulièrement depuis quelque temps. Elle coupa le moteur, verrouilla les portières et rejoignit son bateau d'un pas vif. Il était plus de 3 h 30 du matin, les voisins s'étaient enfermés à double tour pour la nuit.

Elle entra chez elle et se dirigea droit vers le coffret du système d'alarme dont la lumière clignotait parce qu'elle venait de franchir la porte. Elle coupa le signal et réarma le système, verrouilla la porte d'entrée, alluma plus de lampes qu'il n'était nécessaire. Son sac serré sous son bras, elle fit le tour de chaque pièce, inspecta les placards, regarda même sous le lit, et en conclut qu'elle était réellement devenue paranoïaque.

Elle se dit qu'à une heure pareille, une personne saine d'esprit irait se coucher sans traîner, mais elle n'arriva pas à s'y résoudre. Elle songea à prendre un bain, puis changea d'idée. Comme le sommeil ne viendrait pas avant deux bonnes heures, essayer de le forcer ne ferait que le retarder davantage.

Elle déboutonna son pantalon, ôta son soutien-gorge sans enlever sa chemise, se lava les mains deux fois de suite, puis se versa un verre de vin.

Elle posa son verre sur le comptoir, approcha un tabouret, s'y assit et laissa échapper un soupir éloquent. Elle s'apprêtait à boire une seconde gorgée de vin quand son cœur se mit à battre. Les yeux écarquillés, elle agit d'instinct, sauta du tabouret, fonça récupérer son sac... ses chaussures... bon, maintenant l'alarme... dehors, vite... *fermer à clef* ! Les chaussures mal enfilées... elle courut, courut... pas un regard en arrière... vite... dépassa les boîtes aux lettres... dévala la rue... un chien jaillit de l'ombre, Daphné poussa un hurlement et accéléra encore... plus vite... le parking... la voiture... ouvrir, entrer, refermer ! Démarrer... Elle sortit du parking en dérapant, attacha sa ceinture de sécurité en route... grilla un feu rouge, klaxonna... en grilla un deuxième...

Elle prendrait une chambre d'hôtel. Qu'importe, elle se

ferait rembourser par la brigade. Elle refusait de retourner chez elle avant le jour. Elle n'en parlerait à personne si elle ne trouvait pas de preuves plus crédibles. D'ailleurs, songea-t-elle, rassurée d'être en sécurité dans sa voiture, elle s'était peut-être trompée.

Mais un souvenir précis la tenaillait : elle avait laissé la pointe du portemine sur un mot. Quel était donc ce mot ?

Intraitable... oui, c'était cela !

Or, elle avait retrouvé le portemine à côté des feuilles de papier. Il ne marquait plus aucun mot. Et ce n'était pas dans cette position qu'elle l'avait laissé.

Il s'était passé quelque chose.

28

Boldt se rasait dans la salle de bains quand il entendit Liz se lever du lit. Miles dormait encore. Vêtue de sa combinaison de nuit, Liz pressa son corps ensommeillé contre Boldt.

— Oui, chérie ? fit-il, prudent.

— J'ai un cadeau pour toi.

Elle s'empara d'un bandeau et releva ses cheveux. Elle avait donc envie. Elizabeth attachait toujours ses cheveux quand elle faisait l'amour. Passant une main autour de la taille de Boldt, elle lui déboutonna son pantalon.

— Je vais me couper, prévint-il.

— Fais attention, le taquina-t-elle en caressant sa poitrine avec des gestes qu'il affectionnait. J'ai un cadeau pour toi, répéta-t-elle.

Il laissa tomber le rasoir en plastique qui plongea dans l'eau au milieu de l'îlot de crème à raser. Elle lui prit la main et le conduisit vers la coiffeuse, s'y assit et enveloppa Boldt de ses jambes.

— Viens le prendre, minauda-t-elle.

Puis, elle appuya sa tête contre le mur, mais refusa de lâcher Boldt. Elle transpirait, ses yeux semblaient rêveurs.

Elle le libéra enfin, et laissa retomber ses jambes, mais elle ne bougea pas tant que Boldt se rasa. Ensuite seulement, elle lui demanda de lui faire couler une douche.

Une serviette nouée serré autour de la taille, elle se sécha les cheveux dans le salon tout en surveillant Miles qui s'était levé.

— Il y a eu une affaire similaire à Londres, annonça-t-elle.

— Laquelle ? demanda aussitôt Boldt, la curiosité piquée.

— C'était un kidnapping. La rançon a été retirée par carte Eclair. Je t'avais dit que j'avais un cadeau pour toi.

— Mais je croyais...

— Non, rectifia-t-elle, ça, c'était pour moi.

— Alors ?

— Ils ont payé cent quatre-vingt-cinq mille livres sterling

sur une période de dix mois. Si ton affaire dure aussi long-temps, j'imagine qu'on finira par divorcer, c'est donc mon intérêt de t'aider à la résoudre.

Boldt s'approcha de sa femme. Elle sentait bon.

— D'après ce que j'ai compris, ça ressemble beaucoup au cas qui te préoccupe. Le type changeait sans cesse de distributeur Eclair, de ville, et la police avait beau se dépêcher, elle arrivait toujours en retard.

— C'est exactement comme nous, admit Boldt, pressé d'en savoir davantage.

Mais Elizabeth refusait qu'on la bouscule. En toutes circonstances, elle faisait les choses à son rythme.

— A un certain moment, si je ne me trompe pas, ils ont eu deux mille policiers en faction devant les distributeurs. Et ils n'ont pas réussi à le coincer. Mais il y avait une raison à cela, bien sûr: la durée moyenne d'un retrait Eclair n'est que de quelques secondes. C'est pour ça que c'est un moyen vachement astucieux de récupérer l'argent de la rançon.

— Et ils ont trouvé un moyen de contourner l'obstacle, devina Boldt en surprenant une lueur de malice dans l'œil de Liz.

— Oui. Ils ont demandé l'aide de deux informaticiens pirates de génie qui ont conçu un programme qu'ils ont appelé le «piège temporel» — un logiciel qui ralentit toutes les opérations.

— On a demandé à la station de contrôle qu'il en crée un, mais ils prétendent que ça prendrait des mois en partant de zéro.

— Ils ont raison. Ça a pris effectivement des mois. Mais cela a déjà été fait. Tous les systèmes informatiques bancaires parlent le même langage — ils sont tous compatibles, c'est indispensable pour qu'on puisse tirer de l'argent à Paris sur un compte bancaire de Seattle. J'ai donc l'impression que le logiciel qu'ils ont créé peut être adapté à celui d'ici. Sinon, nous, à Redmond, on a les meilleurs cerveaux, les informaticiens les plus doués; ils devraient être capables de s'inspirer du programme anglais pour en créer un qui soit utilisable ici.

— Le piège temporel, répéta Boldt.

— Tu ralentis les opérations, et ça te donne le temps d'appréhender ton bonhomme. J'ai pensé à autre chose, ajouta-t-elle. Savais-tu que les distributeurs étaient programmés pour manger les cartes Eclair? Ça sert à retirer de la circulation les fausses cartes ou les cartes volées.

— On y a pensé. Mais on veut qu'il utilise sa carte. C'est notre seul moyen de l'arrêter. Mais avec un piège temporel…

— Vas-y, l'encouragea Liz, devançant ses excuses.

— Tu es sûre?

— C'est moi qui ai eu l'idée. Vas-y, je te dis.

Boldt empoigna son arme, son badge, et sortit en courant.
Avant de franchir la porte, il entendit Liz lui crier:

— Et tâche d'attraper ce fumier! Qu'on ait enfin la paix!

Boldt échangea une douzaine de coups de téléphone avec
sa femme. L'affaire se présentait bien. A midi, heure locale —
le soir, à Londres — dans un déploiement époustouflant de
technologie, les autorités britanniques transmirent par satellite à Ted Perch et à son équipe d'informaticiens de NetLinQ
le logiciel de piège temporel. L'opération prit en tout et pour
tout vingt-deux minutes.

Dotés d'une liaison téléphonique permanente avec Londres,
les informaticiens de NetLinQ travaillèrent d'arrache-pied
pour installer le logiciel qui mit le réseau en panne lors de sa
première utilisation, bloquant douze cents distributeurs de
billets pendant plus d'un quart d'heure. Le 17 juillet à 14 h 18,
Perch autorisa une seconde mise en route du logiciel. Il ne
résista que dix-sept minutes.

La seconde panne toucha un groupe de 120 appareils de la
First Interstate, ce qui fut par la suite considéré comme un
demi-succès. A 5 heures pile, avec dix-sept pour cent des
distributeurs Eclair contrôlés par NetLinQ connectés au logiciel de piège temporel, on commença par allonger de six
secondes la durée des transactions. Ce délai supplémentaire
fut aussitôt surnommé FÊTE — fenêtre de temps. Les six
secondes de FÊTE intervenaient entre le moment où le client
entrait son code secret et l'apparition du menu de la transaction sur l'écran du distributeur. L'opération réussit. Pour
279 clients, une brève pause ralentit leur transaction sans
qu'ils s'en aperçoivent. Ce premier succès fit pousser aux
informaticiens de NetLinQ des cris de joie qu'on entendit
jusqu'à Londres.

Boldt encouragea Perch à augmenter le nombre d'appareils reliés au logiciel de piège temporel, mais Perch hésitait
à risquer une troisième panne dans une même soirée.

— Ça m'emmerderait de me faire virer en ce moment, plai-
santa-t-il.

Mais Boldt le harcela. A 19 h 22, vingt-sept pour cent des
distributeurs Eclair répartis dans l'Etat de Washington et à
l'ouest de l'Oregon étaient directement contrôlés par le piège.
Boldt passa le début de la soirée au central de NetLinQ où

il assista aux performances du nouveau logiciel. Il félicita chaudement les techniciens. Le retrait de la rançon ne s'effectuait jamais avant 20 heures, ce qui avait conduit Boldt et d'autres à soupçonner que Caulfield travaillait dans la journée. Cependant, Perch souligna qu'il était plus judicieux pour lui de tirer l'argent en soirée. En effet, de nombreuses banques réapprovisionnent leurs distributeurs avant la fermeture ; si le suspect voulait éviter de se faire repérer par les employés, il avait intérêt à attendre que les banques soient fermées — certaines agences restaient ouvertes jusqu'à 18 heures.

La salle de contrôle de NetLinQ contenait un impressionnant complexe de haute technologie qui rappela à Boldt ce qu'il avait vu dans certains centraux téléphoniques. Elle était plongée dans un noir quasi total et trois énormes écrans plats en couleur affichaient le plan du réseau des distributeurs Eclair. L'écran de droite marquait les sites des distributeurs contrôlés par le logiciel de piège temporel. Trois rangées de gradins descendaient vers ces écrans, chacune équipée d'ordinateurs individuels. Devant les suppliques de Boldt, Perch ajouta un autre délai de six secondes, cette fois entre l'identification du compte et la délivrance des billets.

NetLinQ avait annoncé par communiqué de presse que certaines opérations de maintenance risquaient d'entraîner des «perturbations». Le communiqué devait passer au flash d'information de 23 heures.

Pour la sixième nuit consécutive, un retrait eut lieu peu après 20 heures.

— C'est réglé comme une horloge, constata Perch en montrant le point lumineux qui clignotait sur l'écran géant.

C'était justement ce que Boldt avait espéré... plus les retraits étaient prévisibles et répétitifs, plus grandes étaient les chances d'appréhender le suspect.

— Cinq secondes et des poussières, annonça Perch.

Boldt prévint le central de la police de Seattle par radio.

— Site N-16. Je répète : site N comme New York, 16, deux fois huit.

— Dix secondes, dit Perch, qui vérifia l'écran. Il n'est pas contrôlé par notre logiciel, ajouta-t-il vivement.

Boldt imaginait un des inspecteurs en civil enclenchant la première et fonçant vers le site. Mais avec moins de cinq secondes avant la fin de l'opération, il n'y avait guère d'espoir.

Boldt aurait voulu avoir davantage de personnel. Il avait surtout besoin qu'on augmente le nombre de distributeurs contrôlés par le logiciel.

— Transaction terminée, annonça Perch, déçu.

— Monsieur le divisionnaire? aboya Boldt dans le téléphone.

— Notre agent est à environ deux cents mètres, indiqua Shoswitz. Il se rapproche.

Boldt eut envie de croiser les doigts. Il pouvait presque voir la voiture banalisée surgir au coin de la rue et piler dans un crissement de pneus.

— Il nous faut une meilleure communication avec le terrain, dit Boldt à Perch.

— Je voudrais bien savoir laquelle, rétorqua Perch, accablé.

La voix de Shoswitz grésilla dans le téléphone :

— Rien. Je répète : pas de contact visuel.

Boldt fit part des mauvaises nouvelles à Perch, qui jura si fort que plusieurs têtes se tournèrent.

Le deuxième retrait eut lieu une heure plus tard, à partir d'un distributeur qui n'était pas non plus contrôlé par le logiciel. Les agents de faction étaient trop loin pour intervenir.

— Il faudrait que davantage de distributeurs obéissent au logiciel, pesta Boldt.

— Ne m'expliquez pas ce que je dois faire, inspecteur. On ne peut rien avant demain matin. On a deux plages horaires pour brancher le logiciel : de 9 h 30 à 11 heures, et de 14 heures à 17 heures. On ne pourra pas agir avant.

— Il faut l'installer ce soir !

— Le système va tomber en panne. Et s'il se bloque pendant que votre suspect retire de l'argent, il risque de se méfier. C'est ça que vous voulez?

A contrecœur, Boldt se calma et assista, impuissant, au troisième et dernier retrait. Et pour la troisième fois de la soirée, les agents en planque étaient trop loin du distributeur choisi.

Peu avant minuit, Boldt fut convoqué à l'hôtel où le Dr. Richard Clements était descendu.

Il y arriva épuisé et déprimé.

Shoswitz et Daphné arrivèrent à l'hôtel avant Boldt. En fait, on n'attendait plus que lui.

Le Dr. Clements occupait une suite spacieuse; des portes coulissantes japonaises séparaient la chambre à coucher du salon, meublé d'une grande table en verre, de deux canapés, d'une table basse; il y avait aussi plusieurs lampes sur pied, une cheminée et un bar. La décoration ultramoderne, granit, verre et acier, n'était pas ce que préférait Boldt, mais il la trouva néanmoins plaisante.

Dans un coin de la pièce, la télévision dont le son était coupé diffusait un programme de CNN — le présentateur, Michael Kinsley, en manches de chemise, interrogeait un écrivain. Clements jouait avec la télécommande.

Il était en tenue relaxe, pantalon de lin, chemise italienne en coton, pieds nus dans des mocassins. Il buvait un cognac dans un verre ballon de la taille d'un aquarium, et avait une boulette de chewing-gum calée sous sa lèvre supérieure. Des lunettes en demi-lune, imitation écaille, étaient posées en équilibre instable sur le bout de son nez. Il présidait la table de conférence, perché sur un fauteuil en cuir noir et acier, et ponctuait ses ordres en agitant un portemine à deux cents dollars.

— Asseyez-vous là. Et vous, là, dit-il à Shoswitz... Non, pas ici, là. Très bien, je vous remercie. Le cognac est excellent. Il y en a tant qu'on en veut, je vous le recommande. Passez vos commandes, je vous en prie.

Boldt et Daphné déclinèrent l'offre. Shoswitz réclama une bière légère, un choix qui dégoûta tant Clements qu'il désigna le réfrigérateur avec une moue et lui conseilla de se servir lui-même, «si vous trouvez ce que vous voulez».

Le Dr. Richard Clements ouvrit la discussion avec une morgue qui déplut à tous.

— Avant de subir votre flot de questions, laissez-moi parer aux plus oiseuses en vous présentant le profil psychologique le plus récent.

Il fit rouler la liqueur dans sa bouche, et Boldt se demanda à quoi pouvait bien ressembler le mélange de cognac et de chewing-gum.

— C'est très instructif: le comportement d'un individu vous en apprendra toujours plus sur lui que son casier judiciaire. Je me réfère, bien entendu, à l'incident dans les bois de Mr. Adler et au coup de fil qui l'a précédé.

«Comme il se fait tard, je vais essayer d'être bref. Vous connaissez tous la phase de filature par laquelle passe un tueur en série ou un violeur avant d'attaquer sa victime. Certains actes peuvent précéder cette phase — incendie criminel, sévices infligés à des animaux domestiques, voyeurisme, masturbation — mais la phase de filature est capitale dans la mesure où elle précède directement l'agression. On voit cela dans la nature — un chat jouera toujours avec sa proie avant de la tuer, même si la proie est blessée ou immobilisée. La traque est un jeu indispensable. Ce que fait notre Caulfield consiste à se rapprocher de sa proie — Mr. Adler en l'occurrence — et à entrer en contact avec elle. Le fait qu'il entame cette phase critique doit nous mettre en alerte : le moment crucial approche. Nous abordons le dernier tableau du drame. La phase de traque peut durer des jours, des mois, ou même des années, et nous ignorons toujours ce qui déclenche le passage à l'acte. L'ennui ? La colère ? L'excitation sexuelle ? C'est différent selon les cas.

Il renifla le liquide ambré avec un plaisir manifeste, puis avala une longue rasade. Son audience était trop abasourdie pour l'interrompre.

— Nous savons donc qu'il a entamé sa dernière coda avant le bouquet final, reprit Clements.

Il agita son portemine en cadence tel un chef d'orchestre, et remua les lèvres comme s'il chantonnait en silence. Boldt n'en croyait pas ses yeux.

— Hélas, nous ignorons la durée du morceau. *Point numéro un*, martela-t-il d'une voix forte. Adler... ou un habitant de sa maison... est la cible de notre suspect.

Il s'excusa pour aller aux toilettes, oublia, volontairement ou non, de refermer la porte et urina à gros jets de sorte que tout le monde l'entendît.

— C'est l'air conditionné ou c'est lui qui fait ce bruit ? demanda Shoswitz dans un murmure étouffé.

Visiblement vexée, Daphné répondit sur le même ton :

— Que cela vous plaise ou non, c'est un as.

— Et il le sait, ajouta Boldt.

— *Point numéro deux*, poursuivit Clements dès son retour, l'appât du gain l'a détourné de son chemin. Il retire deux à trois mille dollars par jour. Il devient accro à l'argent facile. Ça marche bien pour lui, alors pourquoi ne pas prolonger le plaisir ? Cela vous semble peut-être logique ? Eh bien, ce n'est qu'un tissu de conneries ! Il y a là comme une contradiction qui, je vous l'assure, me trouble. D'un côté, il est entré dans la phase de traque ; celle-ci inclut des menaces verbales au téléphone, l'utilisation d'insultes, une référence à certains faits anciens qui confirment un sentiment profond d'injustice. D'un autre côté, il sillonne la ville en tirant de l'argent dans les distributeurs Eclair. Si nous étions dans un jeu télévisé, un signal clignoterait : mauvaise réponse. Alors, qui est le véritable Harold Caulfield ? Et dans quelle mesure sommes-nous capables de prédire sa schizophrénie, laquelle transparaît dans les deux personnalités opposées qui s'affrontent en lui ? Que le véritable Harry Caulfield se lève ! Est-ce un tueur assoiffé de vengeance ? Un rançonneur cupide ?

Il avait perdu son chewing-gum pendant son séjour aux toilettes, car la boule qui déformait sa lèvre supérieure avait disparu. Il but une gorgée de cognac, non sans s'être longuement rincé la bouche avec le liquide avant de l'avaler.

— *Point numéro trois*: sa folie s'accompagne d'une certaine logique. Il apparaît de plus en plus évident qu'une injustice a été commise contre une personne, ou des personnes, avec lesquelles Mr. Caulfield avait noué des liens profonds, et dont il était par ailleurs financièrement et affectivement dépendant. Il semble avoir un programme bien établi, et mon expérience m'oblige à dire que nous devons nous attendre à tout. S'agissant de Mr. Caulfield, rien n'est exclu. Tuer des centaines d'innocents? Pourquoi pas? Un millier? Possible. Caulfield pense que sa vengeance est justifiée, et c'est ce qui le rend extrêmement dangereux. Lancer un camion plein d'explosifs sur une caserne de Marines? Pourquoi pas? Déposer une bombe dans le World Trade Center? Possible.

Il s'empara du téléphone et commanda un autre cognac et, sans demander l'avis de l'inspecteur divisionnaire, il commanda aussi une bière légère avec une moue éloquente. Puis il toisa chacun à tour de rôle et dit d'un ton condescendant:

— Bien, j'attends le flot de questions.

Shoswitz étonna son monde en déclarant:

— Il y a vingt minutes, quand le commissaire Rankin a appris le meurtre de Mackensie, il a ordonné qu'on retire tous les produits Adler Foods de la circulation avant six heures du matin, ou du moins avant l'ouverture des magasins.

Boldt reçut le coup de plein fouet.

— C'est le bouledogue que j'ai rencontré? demanda Clements. Avec un costume bon marché et une coupe de cheveux à la mode?

— Le commissaire de la Criminelle, dit Boldt.

— Si vous me demandez quels effets sur Mr. Caulfield aura cette regrettable décision, je vous dirai ceci: il ne va pas apprécier du tout. Retirer les produits Adler Foods prouvera à Caulfield qu'il a perdu le contrôle de la situation... et ledit contrôle, après tout, est bien ce qui l'a fait bander jusqu'à présent.

Clements ferma les yeux, et battit bizarrement des cils.

— Imaginez la sensation de pouvoir qu'il doit ressentir! reprit-il d'une voix suave. Dicter sa loi à un homme aussi riche que Mr. Adler. Empoisonner des gens sans que la Faculté ne puisse l'en empêcher. Tirer de l'argent comme si c'était Noël. Il est tout-puissant.

Il rouvrit les yeux, se leva, alla ouvrir la porte — avant même que Boldt, malgré son ouïe fine, n'ait entendu quiconque approcher — et fit entrer le garçon d'étage d'un geste cavalier. Peu après, il revint s'asseoir et se mit à faire tourner le liquide dans son aquarium.

— La perte de contrôle, ou même la simple perception de cette perte, lui fera accélérer la mise en œuvre de son programme. Il était imprévisible; il le sera encore davantage. J'aurai une petite conversation avec votre commissaire Rankin.

Boldt décida de révéler ce qu'il avait gardé pour lui jusqu'à présent. Il glissa un œil vers Daphné, puis croisa le regard de Clements, et dit:

— Owen retirera ses produits de la circulation à la première occasion. Il s'apprêtait à le faire mais je l'en ai dissuadé.

Daphné parut indignée de ne pas avoir été tenue au courant.

— S'il apprend la demande de Rankin, il réfutera toutes vos objections et fermera Adler Foods. Il veut en finir. Il ne joue le jeu que parce qu'il craint de prendre la mauvaise décision, et je l'ai convaincu qu'aller à l'encontre des exigences du Soudeur serait une grave erreur.

— En finir, je présume, signifie retirer les produits de la circulation, et non pas satisfaire l'ultime exigence du maître chanteur en se suicidant.

— C'est exact, acquiesça Boldt. Les meurtres l'ont affaibli. Il se sent personnellement responsable.

— Ce qui est précisément le but de Mr. Caulfield. Intéressant.

— Si je comprends bien, intervint Shoswitz, en supposant que Rankin nous court-circuite et s'adresse directement à Adler, tout est foutu.

— Je ne doute pas un instant que la seule décision à prendre ne soit de maintenir les produits en rayon, dit Clements. Il faudrait aussi tenir les médias à l'écart le plus longtemps possible, aussi difficile que cela soit. J'insiste sur un point — et je crois que l'inspecteur Boldt sera d'accord avec moi —, les retraits Eclair restent pour l'instant notre unique chance de piéger Mr. Caulfield.

— D'autant que je crois que nous marquons des points en ce moment, déclara Boldt, et il leur expliqua le succès partiel du logiciel de piège temporel.

— Voici ce que je suggère, dit Clements. Ordonnez à votre service de presse de s'abstenir de tout commentaire, et veillez à ce que tous ceux qui travaillent sur cette enquête tiennent leur langue. S'il n'y a pas de source d'information, il n'y aura pas d'information, c'est aussi simple que ça. Cela concerne aussi vos amis du ministère de la Santé, précisa-t-il à Boldt. Vous savez, ces gens du laboratoire des maladies infectieuses.

(Puis à Shoswitz :) Et quiconque dans votre service est en rapport avec cette affaire. (Il sirota son cognac.) Je vais travailler encore quelque temps et, dans la matinée, j'espère avoir dressé un profil assez précis pour convaincre votre commissaire de sa stupidité et, de la certitude de sa prochaine disgrâce s'il s'entête dans sa décision. J'ai eu l'occasion d'apprécier votre travail d'équipe... laissez-moi vous dire que j'ai confiance en vous... en vous tous... Je dois d'ailleurs vous avouer une chose : en venant ici, je devais accessoirement vous espionner, vérifier vos capacités à mener cette enquête. J'espère que vous serez heureux d'apprendre que mes rapports successifs n'ont pas varié et qu'ils sont tous élogieux. Cependant, je dois vous mettre en garde contre ceux qui guettent vos moindres faux pas, et qui sont prêts à vous démolir à la première occasion.

Sur ce, il avala une longue rasade.

— Et le FBI ? fit Boldt. Monsieur le Divisionnaire, pourquoi ne pas demander au FBI qu'il nous aide à surveiller les distributeurs Eclair ? Ça nous aiderait d'avoir cinquante ou même cent agents spéciaux sur le terrain. A responsabilité égale, bien sûr. Nous profiterions de leur immense expérience des affaires de rançon. Si nous les faisons participer dès maintenant, nous éviterons peut-être qu'ils ne s'incrustent par la suite et qu'ils nous volent la direction des opérations. En même temps, cela nous permettrait de faire face à notre manque évident de personnel.

Shoswitz réfléchit.

— Je ne veux pas vous mettre dans une situation difficile...

— Non, ce n'est pas ça, dit Shoswitz.

— C'est à étudier, intervint Clements. Mais pas de décision intempestive. Il faut peser le pour et le contre.

Boldt eut l'impression que Clements approuvait son idée, et songea qu'il pourrait utiliser le psychiatre pour faire le lien entre les deux services rivaux.

— Oui, ça me plaît, avoua Shoswitz. J'ai toutefois une petite inquiétude. Je crains, confia-t-il à Clements, qu'en leur laissant une ouverture, nous ne finissions par être exclus des décisions importantes. Il s'agit de notre ville, de nos concitoyens, de notre enquête. Nous devons tenir compte des considérations politiques. Le FBI a deux visages : il peut collaborer, ou prendre le contrôle de la situation. Abandonner la direction des opérations ne serait pas une bonne chose, et ce n'est pas ce que nous souhaitons.

— Je comprends parfaitement, dit Clements. C'est pourquoi j'approuve l'idée de l'inspecteur Boldt. Il faut travailler sur un pied d'égalité... je suis persuadé que cela peut s'arranger. Je crois pouvoir éviter... euh... une prise de pouvoir du FBI. Si vous voulez, je peux préparer le terrain pour un accord préalable.

Shoswitz soupesa longuement la question tout en lançant des regards interrogatifs à Boldt.

— Si nous prenons le Soudeur devant un distributeur, nous sommes tous gagnants, finit-il par admettre.

C'était sa façon de donner son accord.

Dans l'ascenseur, Daphné et Boldt décidèrent de se retrouver à son houseboat afin de récapituler la situation. Pour Boldt, cela ne représentait pas un grand détour, et il pensait que Daphné aimerait que quelqu'un l'escorte chez elle et s'assure que personne n'y avait pénétré par effraction. A 1 h 30 du matin, elle prépara de la tisane et en versa un grand bol à chacun.

Elle commença à parler sur un ton qui retint l'attention de Boldt.

— J'ai terminé ma déclaration sous serment, Striker a obtenu un mandat et nous avons fait une requête auprès de la Norwest National pour qu'ils nous fournissent leurs dossiers sur New Leaf.

La Norwest National était la banque où travaillait Liz ; elle avait changé de nom après une fusion avec d'autres groupes, et Boldt songea que Daphné n'avait certainement pas manqué de faire le rapprochement.

— Je veux examiner les chèques qui ont été émis à l'époque de la falsification du rapport du ministère de la Santé, dit Daphné. Je suis persuadée que quelqu'un a été payé pour altérer les documents, et j'espère en retrouver une trace.

— Je n'ai aucune objection. Mais je m'occupe de Caulfield en priorité.

— Il y a autre chose, coupa Daphné. La banque m'a affirmé qu'elle avait déjà collaboré avec nous, qu'elle nous avait déjà fourni les informations nécessaires sans mandat. Ils se plaignent d'avoir à tout recommencer.

— Ce n'était pas moi.

— Moi non plus.

— Danielson, devina Boldt. Comment se fait-il que Caulfield se débrouille toujours pour éviter les distributeurs que nous surveillons ?

— Danielson serait en cheville avec lui ?

— Non, je ne le crois pas. Je n'écarte pas définitivement

la possibilité, mais ça m'étonnerait. Qu'est-ce qui pousse Danielson ?

— L'argent ?

— Un accord avec un journal, une chaîne de télévision, un éditeur, un producteur de cinéma... de nos jours, ce ne sont pas les tentations qui manquent. C'était pas pareil quand je me suis engagé dans la police.

— Chris, un vendu ? C'est lui qui obtient les meilleurs quotas du service.

Boldt hésita avant de lâcher sa bombe.

— Et si Taplin le payait pour savoir ce qui se passe chez nous ? Et s'il lui avait promis le job de Fowler si Danielson arrangeait l'affaire en évitant la publicité qu'entraînerait forcément une arrestation ?

— Qui de nous deux est la psychologue ? s'irrita Daphné.

— Tu n'aimes pas ma théorie ?

— Je l'aime beaucoup, si c'est ce que tu veux savoir. Oui, c'est possible. Ça expliquerait pas mal de choses, et ça collerait avec l'attitude défensive de Taplin. On retrouve son nom partout dans l'affaire de la contamination de New Leaf. Il faut rechercher quelqu'un qui a gros à perdre si Caulfield se met à table au sujet de la falsification, et Howard Taplin est le suspect numéro un. Il faut à tout prix arrêter Caulfield, et pas seulement à cause des meurtres.

— Il faut à tout prix arrêter Caulfield, point final, dit Boldt.

29

J'AI LU QUE TU AVAIS TUÉ DEUX GOSSES.
ET TES AMIS NE DEVRAIENT PAS ERRER DANS LES BOIS AVEC DES
REVOLVERS.
MAIS TU N'ÉCOUTES JAMAIS.
SI JE T'AI DIT QUE TU ALLAIS PAYER, C'EST QUE TU ALLAIS PAYER.
TÔT OU TARD, TU PAIERAS.
EN ATTENDANT, D'AUTRES MOURRONT.
DES TAS D'AUTRES.

Deux coupures de journaux figuraient en bas du fax — l'une relatait la mort des deux garçons, l'autre le meurtre mystérieux dans Golden Gardens Park. Les Services Techniques informèrent Boldt que les articles avaient été copiés sur un ordinateur à l'aide d'un scanner puis transmis par fax depuis une cabine téléphonique d'une rue secondaire qui donnait près du Kingdome. Ces précisions auraient sans doute dû revêtir une signification particulière pour Boldt, mais elles ne l'aidèrent pas. Il ne pouvait détacher ses yeux des premières lignes, qui confirmaient les prédictions de Clements : Harry Caulfield perdait patience. Boldt craignait que le temps ne manque.

Il téléphona à Bernie Lofgrin pour se plaindre du retard du FBI ; il pesta qu'il avait besoin du rapport sur l'analyse des cendres de la Ferme Bellevue. Lofgrin lui recommanda de se plaindre auprès de Clements. Boldt suivit son conseil, et le psychiatre lui promit de faire son possible.

De son côté, Clements, lui, croyait avoir convaincu le commissaire Rankin de revoir sa décision au sujet des produits d'Adler Foods, mais il confia à Boldt que Rankin était imprévisible. « Ce type n'est pas franc du collier », déclara-t-il.

Il y eut beaucoup d'agitation mais peu d'action. Assailli par les journalistes qui sentaient que la mort des deux garçons cachait un scoop, le service de presse ne cessait d'appeler pour demander des informations. Boldt leur transmit une série de «sans commentaires», mais il voyait venir l'inévitable. La vérité allait bientôt éclater, et lorsque cela arriverait, on retirerait les produits d'Adler Foods de la circulation. D'après Clements, si une chose pouvait pousser Caulfield à mettre à exécution sa menace de tuer des centaines d'innocents, c'était bien la combinaison de ces deux événements.

DES TAS D'AUTRES

Les mots hantaient Boldt. Il attendit une fois encore qu'un appel téléphonique lui apprenne de nouveaux meurtres. Le voyant d'humeur noire, son équipe l'évita. Il perdit de nouveau l'appétit, son ulcère se réveilla, et les comprimés de Maalox n'eurent d'autre effet que de lui donner un mauvais goût dans la bouche.

Il fit un saut chez lui à l'heure du dîner, mais ne mangea rien, se contenta d'avaler un pansement gastrique, et se prépara à rejoindre Ted Perch au central de NetLinQ où, pour la première fois, on avait fait appel à Lucille Guillard pour superviser le réseau de distributeurs Eclair de la Pacific-West. Le logiciel de piège temporel contrôlait dorénavant soixante pour cent du système de NetLinQ.

Liz repassait une chemise plissée pour le lendemain matin.

— Je te dois un dîner au champagne pour le logiciel, lui dit Boldt.

— Si c'est à Rome, je suis d'accord.

— Marché conclu.

Liz pouffa.

Près du séchoir s'entassait une pile considérable de linge que Boldt aurait dû repasser; il détourna les yeux parce qu'il se sentait coupable d'en avoir laissé s'accumuler une telle quantité. Sans doute à cause de son état d'épuisement, Boldt y vit la preuve matérielle de son échec total de père et d'époux.

— Si tu t'en vas, qu'est-ce que je dois dire à ce pauvre Michael Striker?

— Striker? s'étonna Boldt qui se pencha pour embrasser sa femme.

— Il a téléphoné pendant que tu prenais ta douche. Il a dit qu'il allait passer. Il voulait s'assurer que tu étais là, et je lui ai dit que tu étais rentré. (Elle tripota la chemise de Boldt et ajouta, les yeux baissés:) A mon avis, cela n'a rien à voir avec le boulot. Il est plus proche de toi que toi de lui. (Elle leva les yeux.) C'est la même chose pour beaucoup de tes amis, Lou.

Boldt connaissait suffisamment sa femme pour savoir qu'elle lui cachait quelque chose.

— Liz?

— Ça ne m'étonnerait pas qu'il veuille te parler de ton inspecteur qui baise avec Elaine.

— Quoi?

En sursautant, Boldt se cogna contre la planche à repasser et renversa le vaporisateur d'eau. Miles, qui aurait dû être au lit depuis deux heures, se mit à tambouriner par terre avec une spatule. Boldt s'aperçut alors seulement de la présence de son fils, caché derrière le panier à linge; il comprit pourquoi Liz lui avait paru si distraite. Il digéra mal d'avoir mis plus de cinq minutes avant de s'apercevoir que Miles jouait dans la pièce.

— Tu en es sûre? demanda-t-il à Liz.

La question était superflue, Liz ne se livrait jamais aux commérages.

— Oui, je suis sûre qu'il vient. Or, c'est une heure bien tardive pour parler boutique. Ne me dis pas que tu n'étais pas au courant!

— Tu sais avec qui elle le trompe?

— Non. Je sais seulement que c'est un inspecteur de la Criminelle et qu'il travaille dans ton équipe. Ils se sont rencontrés quand il est venu chez eux un samedi après-midi pour avoir l'accord de Michael au sujet d'un mandat... ou un truc comme ça. Sauf que Michael était au golf et qu'Elaine était furieuse de son absence; peut-être était-elle aussi un peu excitée, toujours est-il qu'elle a sauté au cou de ton flic. À la façon dont Suzie en parle, on dirait qu'Elaine sait comment allumer les mecs. Evidemment, ton flic est un super coup, et ça ne s'est pas limité à une simple coucherie de représailles. C'est une affaire qui dure.

— LaMoia?

— Ah, j'avais deviné! s'esclaffa Liz, radieuse.

Boldt avait souvent accusé Liz d'en pincer pour LaMoia, mais c'était toujours pour plaisanter.

— Suzie ne connaît pas l'identité du mystérieux amant, elle sait seulement que c'est un super coup et qu'Elaine prétend découvrir le vrai plaisir.

Liz avait fait ce genre de découverte quelques années auparavant, mais l'histoire était close.

— Bon sang, pesta Boldt, Rasoir le tuera s'il l'apprend. Il pète les plombs pour moins que ça.

— C'est la loi de la nature, chéri. La sélection naturelle, les meilleurs survivent. On n'y peut rien.

— Tu ne pourrais pas parler à Elaine?

— Moi? Je la connais à peine. En plus, comme Suzie a

promis de ne rien dire à personne, je la mettrais dans une sale position. Si Michael te lâche le morceau, prends l'air surpris, gros nigaud.

— Mais je suis surpris.

— C'est la loi de la nature.

— Je n'ai pas le temps d'attendre Striker.

— Ah, non! Tu ne vas pas me laisser seule avec lui. Tiens, mets donc Miles au lit. Il devrait être couché depuis longtemps.

Boldt passa les vingt minutes suivantes avec son fils. Il changea ses couches, le nettoya brièvement avec un gant passé sous l'eau chaude, se lança avec lui dans une longue conversation au vocabulaire composé de quelques onomatopées entrecoupées de «Papa», «Doudou», «Krakteur», «Apin» pour Lapin, et «Maman» qui signifiait que Miles voulait que Liz vienne le bercer pour qu'il s'endorme. Ils retournèrent ensuite dans la buanderie où Liz se mit à repasser la même chemise. Devançant une remarque de Boldt, elle assena :

— Je ne sais pas repasser les plis.

Quand Boldt lui proposa de la remplacer, elle l'embrassa sur la joue et commença à plier le linge qui sortait du sèche-linge.

Tandis qu'il repassait, Boldt se demanda si Liz enviait la liaison d'Elaine avec son cortège de petites attentions, de parties de jambes en l'air, de déclarations enflammées. Il faillit le lui demander mais se ravisa. Il y a des choses qu'un mari ne doit pas savoir.

Ils n'avaient pas parlé de sa grossesse depuis des jours, mais quand Boldt s'enquit de son état, Liz changea aussitôt de sujet et parla d'un cours de yoga auquel elle voulait assister. Il se rappela alors la superstition de sa femme pendant le premier trimestre de la grossesse.

Striker se gara devant la porte au moment où Boldt plaquait la chemise fraîchement repassée sur sa poitrine et demandait :

— Qu'est-ce que tu en penses?

— Le marron t'irait mieux.

La pince métallique de Striker cliquetait comme une touche de télégraphe ; le procureur tournait en rond devant le porche comme un chien qui cherche une place pour se coucher.

— Il est bien tard pour une visite, remarqua Boldt, histoire de dire quelque chose, puis regarda sa montre, impatient de filer en ville. Un bataillon de moucherons tournoyait autour de la lampe du porche.

— Je ne voulais pas que tu penses que je t'avais laissé choir pour l'histoire du coup de téléphone de Caulfield. Les trois compagnies de téléphone ont épluché leurs registres mais elles n'ont pas trouvé la trace d'un appel chez Adler. Comme on sait pertinemment que l'appel a bien eu lieu, je leur ai demandé de vérifier une seconde fois. Deux compagnies l'ont fait, mais cela n'a rien donné. Il y a une heure, j'ai appelé une des responsables, et elle m'a affirmé que le manque de trace pouvait s'expliquer techniquement. Je ne lui ai pas demandé de précision.

— Il nous a eus, résuma Boldt.

— Ça m'en a tout l'air.

Striker regardait dans le vide, l'œil fixe, sa prothèse s'agitait comme on claque des dents.

— Tu vas faire une virée en ville? demanda Boldt.

Le visage de Striker se crispa.

— Rasoir?

— C'est toujours mieux que de rentrer à la maison.

— Des problèmes? s'enquit innocemment Boldt.

— Elle n'est jamais où elle prétend être, Lou. Et elle a l'air bien trop réjoui quand elle sort, en ce moment. Tu vois ce que je veux dire? Le pire, c'est que ses copines font tout ce qu'elles peuvent pour la couvrir. J'ai l'impression que tout le monde est au courant, sauf moi. Mais je finirai bien par savoir.

Striker croisa le regard de Boldt qui, voyant la colère et la douleur dans ses yeux, lui donna ce qu'il espérait être un bon conseil.

— Oublie-la, Rasoir. A la longue, c'est la seule tactique qui marche.

— Ah, ça t'est arrivé, à toi aussi?

— Tout juste. J'ai de la peine pour toi, Rasoir... je tiens à ce que tu le saches. Mais on a tous été cocus un jour ou l'autre. Et parfois on s'excite pour rien. On se fait des idées. C'est facile de s'imaginer plein de choses.

— Non, elle en baise un autre, Lou, coupa Striker, cédant à la colère. (Il se mordit la lèvre, baissa les yeux et répéta:) Elle en baise un autre... et dans notre lit, en plus. Dans mon lit! Non, mais tu te rends compte? Lou, je ne sais pas quoi faire.

— Tu en as parlé avec Elaine?

Striker avait les larmes aux yeux; il était pâle, ses narines frémissaient.

— Je vais l'assommer, la garce!

— Rasoir... réfléchis à deux fois avant de faire des conneries. Tout compte fait, il vaut peut-être mieux que tu ne lui en parles pas. Pourquoi ne pas consulter un conseiller conjugal ? Aplanissez vos histoires avec un professionnel. Merde, je n'y connais rien, moi !

— Dans mon propre lit !

— Tu te trompes peut-être, Rasoir...

Boldt se demanda si l'amant était réellement un de ses hommes. Il aurait préféré qu'Elaine ait choisi quelqu'un d'autre. Il espérait surtout que Striker ne connaissait pas le coupable parce que s'il se retenait de frapper sa femme, il risquait de se venger sur le bonhomme. C'était couru.

— Ecoute, Rasoir, j'ai besoin de toi pour l'enquête, dit Boldt avec un égoïsme non dissimulé. Reprends-toi.

— C'est ça, parlons de l'enquête, dit Striker, qui suivait sa propre logique tordue. Je la vois en train de baiser avec ce salaud. Ça lui plaît, elle jouit, la garce. Tu sais, elle grimpait aux rideaux quand elle jouissait. Ça ne lui arrive plus souvent maintenant, je crois même qu'elle s'ennuie. Je te parie qu'elle prend son pied avec lui.

Striker pâlit encore, l'œil fixe, le regard dans le vide, les lèvres tremblantes. Boldt entendait les moucherons se heurter à l'ampoule. Au loin, une télévision hurlait à plein volume, on entendait les rires d'une émission de variétés. Boldt trouva ce bruit de fond bien mal adapté à la conversation qu'il était en train d'avoir. Striker tourna soudain la tête si vite que son cou émit un craquement.

— Qu'est-ce que tu as fait quand tu t'es aperçu que Liz... ? Tu sais bien...

Boldt ferma la porte d'entrée et conduisit Striker à l'écart. Le son de la télévision lui parut encore plus fort. Les rires l'horripilaient. Il ignorait comment l'aventure de Liz avec un collègue s'était ébruitée. Toutefois, c'était de l'histoire ancienne ; il ne voulait même plus y repenser. Il considérait cet épisode comme une sorte de maladie dont son couple avait été victime. A sa connaissance, Liz n'avait jamais eu vent de sa nuit d'amour avec Daphné. Mais la passade de Liz avait, elle, duré plusieurs mois.

— Si j'étais toi, je commencerais par moi-même. Je me dirais que c'est moi le coupable. Parce que quand un couple va mal, les responsabilités sont partagées. C'est jamais à sens unique.

— Des clichés ! fulmina Striker. Je te déballe mon linge sale, et tout ce que tu trouves à me dire, c'est de me débiter des clichés !

— Je commencerais par moi-même, c'est tout.

— Moi? Je travaille trop. Je le sais. Et après? Je ne tiens pas les promesses mineures. Je rentre tard. Je travaille le week-end ou je joue au golf. Je me conduis en égoïste, d'accord. Je ne suis pas souvent à la maison, je le sais très bien. Mais les vraies promesses, je les tiens! Est-ce que je baise en cachette? Merde, ce n'est pas mon genre. Elle, si.

— C'est peut-être récent, Striker. C'est peut-être une passade. A ta place, je resterais ouvert au dialogue. Et tu devrais te dire que tu es à moitié responsable... et aller voir un conseiller conjugal...

— Pas question que j'aille voir un psy!

— Un conseiller conjugal, c'est comme un arbitre... un intermédiaire, un thérapeute. Vois ça comme tu veux.

— Je ne veux rien voir du tout. Je veux pincer le fumier... les prendre sur le fait tous les deux. Je veux être sûr. Mais je ne sais pas comment m'y prendre. Alors que toi...

Boldt vit le piège où Striker l'entraînait.

— Non, ne fais pas ça, Rasoir. Ce n'est pas une très bonne idée.

— De quel côté es-tu?

— Tu veux la prendre sur le fait, c'est ça? riposta Boldt pour que Striker voie enfin la réalité en face. Quand? Juste avant? En plein milieu? Réfléchis!

— Tais-toi.

Il est en train de réfléchir, se dit Boldt avec soulagement. Il voulait éviter à tout prix que Striker, avec son caractère volcanique, ne se lance dans une expédition punitive.

— Tu veux la prendre sur le fait, d'accord. Est-ce pour elle que tu veux ça? Ou pour toi?

La main valide de Striker était dotée d'une force peu commune; il poussa Boldt d'une bourrade, l'inspecteur avait beau être costaud, il trébucha sur l'arrosoir automatique et s'étala de tout son long.

— Tu vois? dit Boldt en s'asseyant sur l'herbe humide. Tu veux que l'image de ta femme en train de baiser avec un autre te hante pour toujours? Qu'elle te ronge? C'est ça que tu veux? Parce que je te préviens, une fois que ça s'incruste en toi, ça ne te quitte plus. C'est des trucs à foutre un couple en l'air. Ça ne s'efface plus jamais, mon pote. Si tu avais deux sous de jugeote, tu n'essaierais même pas de la surprendre dans la rue. Ce qu'il faut, c'est rétablir le dialogue. Apprendre à écouter. Parle-lui, et accepte d'écouter ce qu'elle a à te dire, même si c'est difficile à entendre. Tu comprends, elle risque de te dire des vacheries, parce qu'elle se sent coupable. Et c'est là qu'un thérapeute est utile... parce qu'un thérapeute ne vous laissera pas vous bouffer le nez.

Boldt se releva. Striker semblait perdu.

— Tu me suis, Rasoir ?

Striker garda le silence.

— Qu'est-ce que tu en as à foutre, de toute façon ? rageat-il. Tes histoires se sont arrangées.

— Non, Rasoir, je me fais du souci pour toi. Beaucoup, même.

Le procureur retourna à sa voiture d'un pas précipité.

Boldt lui courut après.

— Mikey... !

— Va te faire foutre !

Striker monta dans sa voiture.

— Mike, écoute... !

Mais Striker démarra sans attendre. Boldt poursuivit le véhicule en implorant Striker de l'écouter, puis il abandonna quand il vit que ses efforts étaient inutiles. Le tracteur de son fils gisait dans un fourré d'azalées. Il le ramassa et alla le ranger sur l'incroyable montagne de jouets que possédait Miles. Il aperçut Liz par la fenêtre de la cuisine ; elle tenait le gosse dans ses bras. Son fils n'avait pas réussi à s'endormir. Liz regardait Boldt avec inquiétude. Il lui fit un petit signe qu'elle lui renvoya aussitôt.

— Il faut que j'y aille, annonça-t-il en entrant dans la cuisine.

Elle ouvrit ses bras, et il vint s'y blottir aux côtés de Miles. Le bambin voulut toucher le visage de son père et faillit l'éborgner en lui fourrant maladroitement le doigt dans l'œil.

— Ça m'ennuie que tu doives t'occuper de cette histoire, Lou chéri.

— Quand une enquête difficile piétine, il y a toujours un ou deux types qui pètent les plombs. Toujours.

— Tant que ce n'est pas toi, dit Liz, qui le serra très fort. Finalement, on a de la chance, ajouta-t-elle en évitant son regard. Qu'est-ce que tu penses qu'il va faire ?

— Je ne voudrais pas être à la place des deux autres, avoua Boldt.

— Ça va te causer des ennuis, tu crois ?

— Non, ça ira.

Mais Liz ne fut pas rassurée pour autant.

— Pa-pa ? gazouilla Miles en tendant les bras vers son père. Va mener.

Boldt le déposa sur son pied droit, et l'enfant s'agrippa à sa jambe comme si c'était un tronc d'arbre.

— On va se promener, acquiesça Boldt.

Son fils le gratifia d'un sourire plein d'amour, et Boldt commença à marcher avec lui autour de la cuisine. Le bambin pouffait de joie.

— Ne l'énerve pas trop, rappela Liz, sachant qu'après le départ de Boldt, elle devrait calmer l'enfant afin qu'il s'endorme.

C'était tout ce que Boldt désirait : rester dans sa cuisine un soir d'été avec les deux êtres qu'il aimait le plus au monde. Ecouter les cris de joie de son fils. Etre débarrassé du Soudeur, de Michael Striker, d'Adler et de sa propriété d'un demi-hectare. Accompagner au piano un disque de Scott Hamilton quand personne n'était là pour l'entendre.

Quelques minutes plus tard, il grimpa dans sa voiture, et démarra. En passant devant la maison où la télévision marchait à plein, il eut l'impression que les rires lui étaient destinés.

30

— Oui, mais est-ce que ça vous a aidés ? s'enquit Liz.

Ils prenaient leur petit déjeuner à la table de la cuisine.

La veille, le logiciel de piège temporel ne leur avait pas permis d'attraper le suspect.

— Non, mais on était à deux doigts de réussir. Les flics sont arrivés juste après la fin de la transaction.

Boldt n'aimait pas parler de ses enquêtes à la maison, d'autant que Liz s'était impliquée dans l'affaire, mais il lui devait des explications puisqu'elle en réclamait.

— J'ai appris que le FBI va sans doute collaborer avec nous, ce qui signifie qu'on aura davantage de personnel et un matériel de pointe. Si ça se confirme, nos chances de succès vont augmenter.

Le téléphone sonna. Liz ne fit pas un geste pour répondre.

Boldt reconnut l'accent français chantant de Lucille Guillard.

— Inspecteur Boldt ? J'ai là quelque chose qui risque de vous intéresser. Voulez-vous passer à mon bureau ?

Boldt quitta la maison une demi-heure plus tard. Il fut pris dans des embouteillages monstres qui le retardèrent de trente bonnes minutes. Contrairement à la première fois, il dut signer le registre et agrafer un badge de visiteur à son revers de veste avant de monter dans le bureau de Guillard.

Elle portait un tailleur bleu marine orné de boutons dorés et un chemisier aux manches brodées de soie qui bouffaient comme des vagues. Elle avait ramené ses cheveux en un chignon, ce qui allongeait son visage et rehaussait ses yeux. Ses lèvres étaient soulignées d'un rouge pâle qui contrastait avec sa peau chocolat au lait et ses dents blanches. Elle lui proposa du café ; il demanda du thé avec trois aspirines.

— Drôle de façon de boire son thé, remarqua-t-elle.

Elle sonna un assistant et lui passa la commande, puis elle alla chercher de l'aspirine. Quand ils furent servis, elle ferma la porte pour qu'ils ne soient pas dérangés.

Par la baie vitrée, on apercevait le Westlake Center et les milliers de badauds qui entraient et sortaient telles les abeilles d'une ruche. Le soleil de Seattle colorait la scène d'une teinte miel doré. Un camelot qui jonglait avec des quilles retint l'attention de Boldt. De loin, les quilles n'étaient pas plus grosses que des allumettes.

Lucille Guillard sortit un document d'une chemise et se pencha au-dessus de son bureau en déclarant :

— Voilà votre suspect.

La photographie en noir et blanc qu'elle tendit à Boldt représentait à première vue un astronaute en combinaison spatiale noire. Le grain était grossier, l'image floue. Boldt chaussa ses lunettes et l'image y gagna en netteté.

— Elle a été prise la nuit dernière pendant le retrait de 21 heures, expliqua Guillard. Je ne l'ai pas appris tout de suite, sinon je vous aurais appelé hier. Voyez-vous, la caméra n'a été installée que le week-end dernier.

La photo avait été prise à travers une main étalée en étoile ; on devinait en arrière-plan un casque de motard et les épaulettes rembourrées d'un blouson de cuir noir. Pas de visage. Pas de traits distinctifs. Boldt se renfrogna. Par politesse, il examina la photo un long moment, puis ôta ses lunettes.

— Le suspect porte des gants, nota Guillard. Il a essayé de couvrir l'écran au cas où il y aurait une caméra. Mais il s'y est pris trop tard, comme vous pouvez le constater. Certaines caméras se déclenchent quand la carte est introduite, d'autres grâce à un détecteur de mouvements. J'imagine que dans notre cas, il s'agissait d'un de ces détecteurs.

Boldt ressortit ses lunettes et examina de nouveau la photo. Le détecteur avait réglé la mise au point de l'appareil-photo sur la main gantée, ce qui expliquait pourquoi l'arrière-plan était flou. Peu de gens pouvaient espérer porter des gants en été et passer inaperçus. Hormis les motards. Le casque cachait entièrement le visage. Mais cela confirmait que le suspect que Boldt avait failli rattraper dans le quartier universitaire était bien le bon... c'était donc une femme habillée en motard qui retirait l'argent.

— Etes-vous sûre que c'est la bonne photographie ? s'enquit Boldt.

Guillard lui montra la série complète de trois photos. Sur la deuxième, la main gantée avait réussi à boucher complètement l'objectif ; mais au bas de l'image, où s'affichaient la date, l'heure, et la référence du distributeur, on distinguait aussi un numéro de code qui correspondait effectivement à celui de la carte Eclair du Soudeur. La troisième photo était presque identique à la seconde, sauf pour le chiffre indiquant l'heure qui avait progressé de plusieurs secondes.

— Evidemment, c'est peu, s'excusa Guillard.

— Au contraire, c'est beaucoup, affirma Boldt, essayant de tirer le meilleur des miettes qu'on lui jetait en pâture.

— Donc, c'est utile?

— Très utile.

Guillard parut hésiter, puis demanda d'une voix timide:

— Puis-je vous faire part d'un détail?

— Je vous en prie.

— Il s'agit des caméras... Comme je vous l'ai dit, cette caméra a été installée ces jours derniers. C'est pourquoi elle ne figure encore sur aucune liste. Vous comprenez? La banque n'en possède aucune trace. Aucune. Or, auparavant, votre suspect n'a jamais retiré une seule fois de l'argent d'un distributeur qui possédait une caméra cachée. Vous comprenez? S'agit-il d'une coïncidence? Non, c'est impossible. Impossible. Cela signifie que votre suspect possède une copie de nos listes de distributeurs Eclair les plus récentes. Les distributeurs équipés de caméras de surveillance sont indiqués sur ces listes.

Boldt reçut l'information comme un coup de poing. Harry Caulfield aurait-il eu accès à ces listes? Impossible. Lui, non, mais Chris Danielson? Howard Taplin? Kenny Fowler? Tous les trois avaient pu les consulter.

— Qui possède des copies de ces listes? demanda-t-il.

— Tenez, je l'ai noté. Une douzaine de personnes à la Pacific-West. J'ai inscrit leur nom sur cette feuille. Ce sont tous des cadres supérieurs. Je pense que les compagnies qui se sont chargées des installations ont aussi gardé une trace de leurs travaux. Les employés qui travaillent dans les agences où le système de sécurité a été installé sont sans doute au courant, eux aussi, mais seulement pour leurs agences respectives. A NetLinQ, j'imagine que Ted Perch doit avoir une liste exhaustive pour toute la région Nord-Ouest. Cela faisait un tas de monde, s'aperçut Boldt. A la fois dans la banque et hors de la banque.

— Ça peut vous servir? interrogea Lucille Guillard. C'est un détail qui m'a beaucoup frappée.

— Oui, ça me sera très utile, acquiesça Boldt.

Une fois encore, les soupçons retombaient sur son entourage. Il appela Fowler et insista pour le rencontrer.

A midi, Boldt rencontra Fowler au marché de Pikes Place qui grouillait de touristes. Les deux hommes déambulèrent lentement à travers la place. Sur le sol étaient gravés les noms des généreux donateurs dont la contribution avait permis de restaurer le marché. Les touristes en shorts ultra-courts et sandales fluo sentaient l'huile solaire et le poisson. On pouvait voir des appareils-photos sur des ventres rebondis, des petits enfants tenus en laisse, des cornets de glace dégoulinants.

— Sale blessure, remarqua Boldt en voyant la vilaine cloque sur l'index de Fowler, qui la pressait continuellement comme pour la faire disparaître.

— Voilà où ça mène de fumer les mégots jusqu'au bout, ricana Fowler. Mes gars n'ont rien trouvé sur Danielson, ajouta-t-il après quelques pas. Pas d'achat important, pas de problème d'argent. Il paie ses impôts, ses factures. Il ne sort pas souvent, mais à part ça... les rapports sont dans ma voiture, si ça t'intéresse.

— Et la filature ?

— Il fait tous les jours de la musculation au Body Shop.

Boldt connaissait l'endroit. Ils accordaient des réductions pour les flics.

— Mes gars l'ont perdu une fois ou deux — ce qui n'est pas facile, tu peux me croire — mais les deux fois, c'était leur faute. D'après eux, Danielson n'a pas cherché à les semer.

— Et sa vie privée ?

— C'est un adepte de la veuve poignet, c'est son seul vice. Il se branle sur le téléphone rose et il aime qu'on lui décrive des cochonneries en détail. Je crois qu'il a un problème de libido.

— Son passé ?

— Il vient d'une bonne famille de la petite-bourgeoisie. Son père est ingénieur dans l'aérospatiale. Sa mère est cadre à Nordstrom. Son frère a été tué dans l'attaque d'une station-service, mais il n'a pas eu de chance. Il ne faisait que passer par là. On pourrait croire que c'est pour ça qu'il est devenu flic.

— Ce qui veut dire ?

— Merde, tu le connais mieux que moi. C'est un ambitieux, d'accord ? Il ne s'est pas enrôlé pour venger un frère mort, il ne travaille que pour lui. Il rêve d'un costume trois-pièces, d'une secrétaire et d'un badge en or, pas en nickel.

— Il aime l'argent ?

— Il ne risquerait pas sa carrière pour de l'argent, si c'est à ça que tu penses. Il est bien trop ambitieux. Pas pour quelques malheureux dollars.

— Ce mec n'est pas clair, Kenny. Je ne sais pas ce qu'il maquille, mais il n'est pas clair.

— En tout cas, on n'a rien trouvé. Tu as eu raison de ne pas réclamer une enquête des bœufs-carottes... ça se serait retourné contre toi.

Ils s'arrêtèrent devant une épicerie. Les fruits en vitrine étaient superbes, soigneusement alignés par couleurs. Fowler acheta une pomme avec un billet d'un dollar; ils durent attendre la monnaie. Lorsqu'ils reprirent leur marche, se frayant un chemin parmi la foule bruyante des touristes, Fowler déclara:

— Mr. Eclair nous a encore filé entre les doigts, la nuit dernière.

Fowler était aussi ambitieux qu'un autre. Boldt préféra ne pas lui raconter son entrevue avec Lucille Guillard. Un silence pesant s'ensuivit.

— Les services de Mac te manquent, insinua Fowler.

— Vraiment?

— Sa femme voulait qu'il plaque. Heureusement qu'elle n'a pas d'enfants.

Boldt fit quelques pas avant de demander:

— Mac surveillait-il la propriété d'Adler l'autre soir ou est-ce qu'il filait Daphné?

Fowler trébucha, mais s'en sortit en prétendant qu'il avait buté sur une pierre.

— Qu'est-ce que ça veut dire, ce genre de questions? On dirait que c'est toi qui t'es cogné la tête dans le noir, pas Daphné.

— C'est ta réponse?

— Ecoute, j'ai des responsabilités, j'ai un boulot à faire, d'accord? Mon obsession, c'est de protéger le patron. C'est-à-dire Adler. Nous le surveillons jour et nuit, Lou. Comme il n'aime pas ça, on le fait sans le prévenir. Mac avait hérité des bois l'autre soir. Pas de chance.

— Il était de garde?

— Exactement.

— Et Danielson est propre?

— Je sens bien à ta voix que tu ne me crois pas, Lou. Pourquoi m'as-tu demandé de m'en charger si tu n'étais pas disposé à me croire? Ah, tu me dégoûtes, Lou. Merde, fouiller dans ton linge sale, tu crois que j'ai que ça à faire? L'ennui avec toi, c'est que tu veux que tout soit clair et net. Que tout s'emboîte. Mais ça marche pas comme ça, mon vieux.

Il fulminait, une veine rose gonfla sur son front.

— Tu veux que tout soit blanc ou noir et des conneries comme ça. Je me souviens comment t'étais.

Ils passèrent devant un musicien de rue. Boldt jeta une pièce de vingt-cinq *cents* dans son étui à guitare. Voyant cela, Fowler déposa un billet d'un dollar et se baissa pour récupérer cinquante *cents*.

— Tu veux que Danielson soit pourri pour que ça colle avec ta vision préconçue des choses. Même chose avec Taplin, à en juger par notre dernière conversation. Et vu la façon dont tu reluques Matthews, tu aimerais peut-être fourrer ta tête dans son minou.

Boldt se figea.

— Merde, qu'est-ce que j'en sais ? Mais ça ne marche pas comme ça, Lou. Les choses ne sont pas aussi carrées. Danielson est propre. Et c'est Adler qui broute Matthews, pas toi. Il n'y a pas d'ordre, Lou. Tout est affaire de hasard. C'est le hasard qui règle la vie, et c'est ça ton problème.

— Tu pues de la gueule, Kenny.

— Oui, et j'ai l'esprit tordu. Mais Danielson est réglo, que tu le veuilles ou non.

— Non, il n'est pas réglo, mon pote. Tu n'aimes pas avoir tort, mais tu sais que tes gars se sont plantés, alors tu philosophes pour masquer tes échecs.

Boldt fit demi-tour et s'éloigna. Fowler avait poussé le bouchon trop loin. Lou avait soif. Il avait faim. Il avait envie de balancer un direct dans la sale gueule de Fowler. Ou que Fowler lui en balance un. Il voulait de l'ordre là où il ne rencontrait que le chaos. Il marcha pendant trois heures avant de retourner à sa voiture.

Et le lendemain matin, il eut des ampoules aux pieds.

31

Le vendredi matin, le Dr. Richard Clements laissa un message sur le répondeur de Boldt pour l'informer que l'agence de Seattle du FBI avait contacté le siège à Washington qui lui envoyait soixante-quinze agents spéciaux ainsi qu'un dispositif de pistage électronique et un système de transmission par satellite. Un dénommé Meisner demandait un rendez-vous téléphonique avec Boldt et Shoswitz afin de discuter logistique.

Slater Lowry était mort depuis trois semaines.

Dans l'ascenseur qui l'emmenait au deuxième étage, Boldt prit quelques notes pour lui-même. Il avait trop mal aux pieds pour emprunter l'escalier. Bernie Lofgrin lui avait laissé des messages lui aussi.

Boldt pénétra dans le laboratoire et fit signe à Lofgrin qui travaillait à l'autre bout de la salle. Lofgrin ôta ses lunettes protectrices et emmena l'inspecteur dans son bureau. Les lunettes avaient laissé une marque rouge en forme de haricot qui cerclait ses yeux et enjambait son nez. Des touffes de cheveux gris se dressaient en désordre sur son crâne. Il tenta de les plaquer, mais elles se redressèrent aussitôt, chargées d'électricité statique. Il avait l'air d'un cacatoès.

Le bureau avait été rangé, mais il était loin d'être nickel. Boldt prit une chaise.

— Clements a dû faire pression sur le FBI, commença Lofgrin après avoir fermé la porte pour être tranquille. Ce matin, à 7 heures, notre fax s'est mis en branle. Quand les Fédéraux envoient des rapports, ils ne plaisantent pas. Vu toute cette paperasse, dit-il en désignant un impressionnant paquet de fax, ça ne m'étonne plus qu'ils mettent un mois à répondre à nos appels.

Lofgrin se cala dans son fauteuil et alluma le magnétophone dans lequel il introduisit la cassette de Scott Hamilton que Boldt lui avait recopiée. L'inspecteur s'impatienta; tout indiquait que Lofgrin allait lui faire un cours magistral.

Lofgrin nettoya soigneusement ses lunettes en cul de bouteille avec une peau de chamois, puis les chaussa de nouveau.

— Sais-tu comment nous appelons la chambre de volatilité de notre chromatographe à gaz?

La chromatographie au gaz consistait à brûler — volatiliser — un échantillon et à analyser les gaz émis afin de déterminer ses composants organiques et chimiques.

Boldt fit un signe d'impuissance. Lofgrin était connu pour ses mauvais jeux de mots.

— Le trou à gaz.

Lofgrin gloussa de plaisir. Boldt grimaça un sourire qu'il n'arriva pas à maintenir très longtemps. Il était obsédé par la menace de Caulfield... pour l'instant, le coup de fil tant redouté se faisait toujours attendre.

— Le trou à gaz utilise de l'hélium et il chauffe deux fois plus que la température d'un incendie classique.

Boldt avait déjà entendu ces explications. La méthode ne l'intéressait pas, il voulait les résultats.

— Trois mille cinq cents degrés et des poussières. Nous avons rebrûlé les éléments des cendres qui n'étaient pas entièrement consumés, et les gaz nous ont permis d'identifier tout les composants.

Voyant l'ennui se dessiner sur le visage de Boldt, Lofgrin s'excusa :

— D'accord, je te fais encore un cours. Excuse-moi. Caulfield avait plusieurs boîtes sous son établi. Nous avons découvert qu'il s'agissait de cartons. On sait déjà que trois de ces boîtes ont peut-être contenu des papiers — étiquettes, pamphlets, prospectus, va savoir? Les cartons proviennent vraisemblablement du même fabricant. Nous connaissons maintenant ce fabricant: Everest Forest Products. Everest a des clients dans tout l'Etat, mais j'ai la liste, dit-il en fouillant dans une pile de papiers.

Il tendit à Boldt un fax de plusieurs pages qui répertoriait plus de deux cents clients.

— Environ soixante-dix de ces clients demandent à ce que le label de leur compagnie soit imprimé sur les cartons avant l'expédition. Dix-sept de ces soixante-dix ont des codes postaux en ville. Je parie que tu te croyais le seul à aimer le travail de détective, railla Lofgrin.

— Est-ce qu'on sait si les cartons de Caulfield étaient imprimés?

— On ne sait rien avec certitude. Enfin, Lou, ce sont des cendres qu'on a analysées! Nos tests suggèrent que les cartons n'étaient pas imprimés. Cela signifie qu'ils ont pu être fournis par n'importe lequel des cent trente clients restants.

Les espoirs de Boldt s'effondrèrent.

— Les techniciens du FBI ont découvert un intéressant mélange. Dans les trois boîtes, on trouve de la pulpe de fibre, ce qui ne cadre pas avec la fabrication du carton. Cela signifie que les trois cartons contenaient fort probablement du papier. Dans une des boîtes, poursuivit Lofgrin en lisant un autre fax, on trouve la présence d'un goudron caractéristique de certaines encres d'imprimerie. Dans les deux autres, on trouve des traces de substances organiques, ce qui fait penser à des composants d'encres végétales.

— Adler Foods utilise des encres végétales, intervint Boldt.

— Je sais, j'y ai pensé.

Lofgrin n'aimait pas être interrompu.

— Excuse-moi, fit Boldt.

Quand Lofgrin clignait des yeux derrière ses verres de myope, Boldt avait l'impression qu'il lui faisait de l'œil.

— Sachant donc que Adler Foods utilise des encres végétales pour ses étiquettes, dit Lofgrin, nous avons demandé des échantillons afin de comparer. Tu seras heureux d'apprendre que l'encre trouvée dans les deux cartons correspond à celle des étiquettes d'Adler Foods. Nous ne pouvons pas différencier... euh, disons une étiquette de soupe au poulet de celle d'une boîte de hachis Parmentier, mais nous pouvons affirmer avec une quasi-certitude que les deux cartons contenaient des étiquettes d'Adler Foods.

« Ce qui est intéressant pour nous, poursuivit-il, c'est que le contenu du troisième carton... celui dans lequel on a décelé des traces d'eau oxygénée et de goudron... n'a absolument rien à voir avec les étiquettes des produits d'Adler Foods. Est-ce que je t'ai dit que grâce à la stratification des cendres, le laboratoire du FBI a réussi à déterminer la taille approximative du papier ? »

— Non.

— Bon. Je t'avais expliqué que le contenu des cartons se désintégrait si on l'exposait à l'air libre. Comme les gars du FBI peuvent travailler sous vide, ils ont réussi à mesurer la taille du papier avec une précision remarquable. Ces mesures permettent également de confirmer que deux cartons contenaient des étiquettes d'Adler Foods, contrairement au troisième. Pour résumer, des trois cartons contenant du papier, deux renfermaient des étiquettes semblables à celles d'Adler Foods, et le troisième, non.

— Une compagnie différente, avança Boldt.

— Exactement. D'après la taille et la forme, cela pouvait très bien être des étiquettes d'une autre compagnie. Quant à savoir si c'était une firme de produits alimentaires...

— C'était une firme de produits alimentaires.

— J'ai autre chose susceptible de t'intéresser, dit Lofgrin qui pivota vers son ordinateur. Ceci nous est parvenu grâce aux fameuses autoroutes de l'information — que nous utilisons depuis huit ans, si je peux me permettre —, et un double sur papier suit par courrier. (Il pianota sur son clavier et plusieurs fichiers apparurent à l'écran.) Les gars du FBI ont une superbe photo d'un échantillon de ce que j'appellerais le carton des goudrons. Et prise sous vide, s'il vous plaît. Ah, si on avait un équipement pareil !

L'écran parut s'éteindre, puis des lignes se formèrent pour donner un dessin qui ressemblait à une pièce de puzzle. (Lofgrin pianota de nouveau, et le dessin s'agrandit.) Voici ce que nous croyons être l'une des étiquettes du carton des goudrons. En vrai, cela ne fait que quelques centimètres carrés... mais tu vois les couleurs ?

Avec le dernier agrandissement, les couleurs devinrent visibles : rouge, jaune et bleu. Trois couleurs primaires.

Penché par-dessus l'épaule de Lofgrin, Boldt lui demanda des photographies du lieu du crime prises à la Ferme Bellevue.

— En couleur ou en noir et blanc ?

— En couleur.

Lofgrin mit à peine quelques minutes pour retrouver les photos. Quand il revint dans son bureau, il repassa son morceau préféré de Scott Hamilton.

Tout en feuilletant les dizaines de photographies, Boldt empoigna le téléphone et appela LaMoia.

— Trouve quelqu'un d'Adler Foods qui puisse nous dire qui imprime leurs étiquettes. Fowler s'occupait de ça, mais je ne veux pas le mettre dans le coup.

— Tu ne veux pas le mettre dans le coup, ou tu ne veux pas qu'il sache ?

— Les deux, admit Boldt.

Il dit ensuite à LaMoia qu'il pouvait le joindre au laboratoire, puis il raccrocha et se tourna vers Lofgrin.

— J'ai besoin d'un avis.

— Je suis là pour ça, assura Lofgrin.

— Si je glisse une épingle à cheveux dans une prise électrique, et que je porte des gants, est-ce que je risque quand même de me brûler les doigts ?

— T'amuse pas à essayer, ricana Lofgrin. Avec un peu de chance, tu t'en tireras avec une grosse cloque. Si les gants sont très fins, et s'il y a beaucoup d'ampères, ton cœur va peut-être s'arrêter, et tu vas te mettre à danser la gigue.

Kenny Fowler s'était brûlé l'index. Il avait plaisanté à ce sujet, mais ce qu'il avait dit plus tard à propos de Daphné se cognant dans le noir continuait à tourmenter Boldt.

— Ah, la voilà! s'écria-t-il, et il montra la photo à Lofgrin.

Ce dernier l'examina, puis murmura d'un ton inhabituel chez un homme toujours sûr de lui:

— Ce sont les mêmes couleurs.

Il exhiba la photographie. Elle montrait le sol en ciment de l'abattoir sur lequel s'étalait un mélange de peinture, délimité par la ligne nette laissée par un chiffon qui avait sûrement été scotché là pour protéger quelque chose de la peinture.

— Jaune, bleu, rouge, remarqua Boldt.

Il approcha la photographie de l'écran de l'ordinateur. Les couleurs étaient identiques.

Le téléphone sonna. Boldt se précipita et aboya son nom dans l'émetteur. La voix de LaMoia grésilla à l'autre bout du fil:

— Imprimeries Grambling, c'est à Seattle.

De son doigt épais à l'ongle sale, Boldt parcourut la liste des clients d'Everest Products et s'arrêta sur I: *Imprimeries Grambling*.

— Je l'ai, dit-il au téléphone. Prépare la voiture.

Il raccrocha, embrassa Lofgrin sur le front et déclara:

— T'es un génie!

— Lou? s'étonna Lofgrin, qui s'essuya vigoureusement le front.

— La menace de Caulfield... tu sais, tuer des centaines d'innocents. C'est du sérieux. La strychnine, une autre compagnie de produits alimentaires, un camion repeint... sans doute un camion de livraison... il a tout prévu.

— Ah! Et où sont les bonnes nouvelles?

— On a les couleurs, dit Boldt en brandissant la photographie.

LaMoia conduisait une Pontiac blanche aux vitres teintées que la police de Seattle avait confisquée dans une affaire de trafic de films pornos. Jantes en aluminium, intérieur en velours, les sièges arrière se rabattaient pour se convertir en lit confortable. On prétendait que des films y avaient été tournés, mais seuls le chef des Mœurs et quelques avocats avaient vu les cassettes vidéo. LaMoia conduisait toujours cette voiture que ses collègues avaient surnommée la Julotmobile.

Il l'appelait Poupée et disait par exemple : « Prenons Poupée », ou « J'ai lavé Poupée, hier ».

Tout en conduisant, LaMoia interrogea Boldt :

— Fowler a déjà montré la photo de Caulfield à tous les imprimeurs qui bossent pour Adler Foods, hein ?

— Théoriquement, oui.

— Qu'est-ce que tu veux dire ?

— Il y a une différence entre ce que Fowler dit qu'il fait, ce qu'il fait réellement, et ce qu'il sait. Il ne pense qu'à protéger sa boîte. Il ne travaille pas pour nous mais pour elle.

— Kenny Fowler nous baratine ?

— Kenny a des choses à cacher. Il a fourré son nez là où il n'aurait pas dû. A mon avis, c'était par arrivisme... pour tout savoir avant les autres. Mais si je ne me trompe pas, il a trempé dans de sales magouilles. Le genre de truc qu'on ne peut pas lui pardonner, quelles qu'aient été ses motivations.

LaMoia se gara en pilant tellement sec que Boldt dut se retenir au tableau de bord pour ne pas passer au travers du pare-brise.

— Tu conduis bien, railla-t-il.

— Faut que je fasse régler les freins.

Le bureau des Imprimeries Grambling était encombré de meubles bon marché et de trophées de Bowling. Boldt referma la porte avec difficulté. Elle frottait contre le sol. Les sièges en vinyle étaient maculés de graisse, souvenirs de hamburgers huileux.

— Reconnaissez-vous cet individu ? demanda Boldt en montrant la photo de Caulfield à Raymond Fioné.

— Jamais vu, bougonna Fioné d'un ton qui laissait clairement entendre ce qu'il pensait des flics.

— Regardez mieux, insista Boldt.

— Pas besoin, j'ai de bons yeux.

— Il a peut-être fait un petit boulot à temps partiel pour vous et vous n'avez pas eu le temps de le voir.

— Ecoutez, inspecteur... euh, Boldt ?

— Boldt.

— D'accord. Ecoutez, inspecteur Boldt, je passe ma vie devant un écran d'ordinateur. On en est tous là, de nos jours. Des machines aussi intelligentes, elles vont nous rendre débiles. Mais merde, je connais mon personnel, et ce type n'a jamais bossé pour moi.

— Vous livrez vous-même ?

— Avec le prix de l'assurance ? Putain, non.

— Alors, il livre peut-être vos produits.

— Ça se peut, admit Fioné. Et après? C'est pas mon problème.

— C'est votre problème, l'ami, intervint LaMoia.

Fioné le fixa d'un œil rond.

— Qui livre vos produits à Adler Foods? demanda Boldt.

— Adler Foods est un bon client. Ecoutez, j'ai déjà tout dit à Fowler. Qu'est-ce que vous voulez de plus? Vous voulez que je vous raconte des salades? Si c'est ça, dites-le.

— Qui livre Adler Foods? insista Boldt.

— Pacer s'occupe de toutes nos livraisons.

LaMoia nota le nom.

Pris d'une inspiration, Boldt remontra la photo à Fioné en précisant:

— Cet homme est venu vous demander du travail.

Fioné s'empourpra et évita le regard des deux flics.

— Il avait un casier judiciaire, reprit Boldt, il sortait juste de prison, et vous ne l'avez pas pris.

Fioné baissa les yeux et avoua:

— Il était à cran. Surexcité. Il ne m'a pas plu. (Il osa affronter le regard de Boldt.) C'est un crime?

— Vous en avez parlé à Fowler?

— Il ne me l'a pas demandé.

— Pour vous en débarrasser, dit LaMoia, vous lui avez donné l'adresse d'une autre compagnie.

— Non. Ça ne s'est pas passé comme ça. Je me suis débarrassé de lui, c'est tout.

— Est-ce que les couleurs de Pacer sont le rouge, le jaune et le bleu? demanda Boldt.

— Non, noir et vert, je crois.

Boldt fit un nouvel essai:

— Ce sont celles d'un de vos clients, alors. Une société de produits alimentaires qui utilise le bleu, le jaune et le rouge pour ses étiquettes.

— Vous vous souvenez de l'école, inspecteur Blot? On retrouve les couleurs primaires dans toutes les autres couleurs.

— Oui, mais ces trois couleurs seules? Uniquement les trois couleurs primaires. Rouge. Jaune. Bleu. L'une des sociétés de produits alimentaires avec laquelle vous travaillez utilise ces trois couleurs.

— Les sociétés d'alimentaire, c'est notre créneau. Mais vous savez combien il y en a dans cet Etat? Vous savez combien nous avons de clients? Entre soixante et soixante-dix. Vous savez tous les combien ils changent leur dessin, leurs couleurs, leur look? Et vous imaginez que je peux reconnaître un de mes clients à ses couleurs ? Avez-vous une idée du travail que nous faisons, inspecteur Boldt ?

— Et l'encre au goudron ?

— Pas dans les couleurs primaires, rétorqua Fioné, prêt à se rebiffer. L'encre au goudron, c'est pour les dorés, les argentés, les papiers d'aluminium.

— D'accord, fit Boldt. Parlez-nous donc d'un de vos clients qui utiliserait du rouge, du jaune, du bleu, et du papier aluminium. Vous y voyez plus clair ?

— Si vous devez me parler comme à un demeuré, adressez-vous ailleurs, inspecteur. La porte est juste derrière vous.

Il se concentra sur son ordinateur et commença à pianoter sur le clavier.

LaMoia interrogea Boldt du regard, lequel acquiesça, et le jeune flic fit pivoter la chaise de Fioné d'un coup sec. Il se pencha sur lui, l'air mauvais, et gronda :

— On est de la Criminelle, trouduc. Il y a un fumier qui s'amuse à tuer des gens, et il se sert de tes étiquettes. Ça pourrait te valoir de sérieux ennuis. Alors, tu vas nous répondre, et fissa. Compris ?

Fioné vira au rouge pivoine. Il dévisagea tour à tour LaMoia puis Boldt et déclara :

— Je vais vous montrer mes maquettes.

De retour dans la Pontiac, LaMoia demanda :

— Où va-t-on ?

— Si tu étais Caulfield, sous contrôle judiciaire, et que tu sois décidé à faire payer Adler, où irais-tu pour chercher du travail ?

— Chez Adler Foods, répondit aussitôt LaMoia.

— Mais si on t'avait refusé... à cause de ton casier, par exemple ? Où irais-tu ensuite ? demanda Boldt.

En disant cela, il comprit l'erreur qu'il avait commise en voulant cacher le nom de Caulfield à Fowler et à Taplin.

— J'irais à la source : aux Imprimeries Grambling.

— Oui, mais ils ne veulent pas de toi, eux non plus.

— Je tenterais ma chance à la boîte qui livre pour eux. Je m'y ferais embaucher, ou je volerais un ou deux cartons pendant que le chauffeur a le dos tourné.

— Exactement, approuva Boldt. Et tu planquerais les cartons sous ton établi. Ensuite, tu te mettrais au boulot.

— Les Livraisons Pacer ? demanda LaMoia.

— Je bigophone pour avoir leur adresse, dit Boldt.

LaMoia et Bobbie Gaynes gardaient l'entrée principale des Livraisons Pacer; Freddie Guccianno, de retour de vacances, et Don Chun, prêté par le Grand Banditisme, couvraient la porte arrière.

Boldt et Daphné attendaient Jerry Pacer dans le restaurant d'en face. Daphné commanda des muffins au fromage, et Boldt un hot dog avec des frites et une part de cottage cheese. Quand Pacer arriva, il commanda un café-crème, et les obligea à changer de table pour s'asseoir dans la partie «Fumeurs». Il avait des yeux de basset, un double menton, et les cheveux de deux tons différents comme s'il portait une perruque. C'était le genre de type qui s'ennuie partout, même en plein tremblement de terre.

Il tendit à Boldt la fiche de Harold Caulfield. Boldt reconnut l'adresse; c'était un meublé près du collège municipal. A deux pâtés de maisons du Foodland de Broadway, l'immeuble se trouvait dans le périmètre où le Dr. Clements avait indiqué que l'assassin résidait.

Pacer jeta un coup d'œil sur la photo anthropométrique et déclara:

— Oui, c'est lui en plus jeune.

Il avait la voix éraillée d'une bétonnière qui tourne au ralenti.

— Vous n'avez plus besoin de moi? Faut que je m'occupe de mes camions.

Boldt sentit son cœur battre en même temps qu'un immense soulagement. Puis sa gorge se noua. Il eut envie d'éclater de rire.

— Vous n'avez pas l'air surpris, remarqua Daphné.

— Dans ce boulot, ma petite dame? Qu'est-ce que vous croyez? Que j'engage des diplômés? Je vois sans doute plus souvent les flics que vous. C'est terminé?

— Est-il de service aujourd'hui? demanda Boldt avec une pointe d'espoir.

— Pour ce que j'en ai à foutre. Il ne travaille plus pour moi. Il n'a pas prévenu ni rien. Il a foutu le camp. Ça arrive tout le temps, remarquez, mais ça me fait quand même chier. On s'inquiète, on s'imagine qu'ils ont des emmerdes quand ils ne viennent même pas empocher leur paie. La sienne est toujours sur mon bureau. C'est pour ça que je n'ai pas été surpris quand j'ai reçu votre appel. Mais vraiment, je ne peux rien pour vous. Ce sera tout? Je peux retourner bosser? S'il vous plaît, ajouta-t-il, sarcastique.

— Restez, ordonna Boldt, qui lui désigna la banquette du bout de son hot dog.

De la moutarde coula sur la table.

Pacer soupira bruyamment et le fusilla du regard. Boldt comprit que le bonhomme avait effectivement l'habitude des flics quand il se mit à répondre aux questions avant qu'on ne les lui pose.

— Le môme était correct. En quoi ça vous concerne?

— Fréquentait-il les autres chauffeurs? demanda Daphné.

— Non, c'était un solitaire. Et après? Je préfère ça à ceux qui restent des heures au bistro.

— C'est quoi comme race votre chat? s'enquit Boldt.

Il aimait désarçonner les types qu'il interrogeait par des questions saugrenues. La chemise de Pacer était recouverte de poils de chat.

Pacer se tourna vers lui, ahuri, mais seule une partie de sa coiffure bougea. C'était bien une perruque.

— Un chat de gouttière, tout bête. Pourquoi?

— Comment s'appelle-t-il? demanda Boldt entre deux bouchées.

— Trix, fit l'homme en haussant les épaules. Trixie. Qu'est-ce que mon chat vient faire là-dedans?

Il s'était adressé à Daphné qui lui répondit par un geste d'impuissance.

— Caulfield a-t-il détourné ou égaré des marchandises?

— On mélange des cartons tout le temps.

— Mais dans le cas de Caulfield en particulier?

— Merde, j'en sais rien.

— Est-il possible de vérifier?

— Nous avons des registres, de la paperasserie en veux-tu, en voilà, si c'est ce que vous voulez savoir.

— Il y a donc moyen de vérifier?

— Je ne mettrai pas mon personnel là-dessus, rétorqua Pacer, sur la défensive. Je ne les paie pas pour ça.

— Mais seriez-vous disposé à nous remettre vos registres? questionna Daphné. Sans passer par un juge?

— Aucun problème.

— Les archives se font par chauffeur?

— Ah, ça non! Par client. Nos livreurs échangent leurs itinéraires. C'est à cause d'une étude des assurances qui montre que ça réduit les risques d'accident. Je dois vous avouer que ça marche, mais ça complique bigrement la paperasserie. Faut que vous compreniez que c'est une heure de pointe, dit-il en consultant sa montre. Les gars ont besoin de moi, sinon c'est le bordel. On ne pourrait pas activer cet entretien?

Boldt fit semblant de ne pas avoir entendu.

— Les Imprimeries Grambling sont un de vos clients, déclara-t-il.

— Si vous le dites.

— Les livraisons de Grambling sont-elles facturées séparément ?

— Non, nous les groupons. Nos clients se débrouillent. Ils ont leur paperasserie, et nous la nôtre.

— Nous voulons examiner votre paperasserie, dit Boldt.

— Votre collègue me l'a déjà demandé, dit Pacer en désignant Daphné. Allez ! Laissez-moi partir !

— Une des sociétés pour lesquelles vous livrez utilise un nom ou une enseigne... je n'arrive plus à me souvenir... comprenant du rouge, du jaune et du bleu. Les trois couleurs seules. Avec peut-être de l'argenté et du doré.

— Qu'est-ce que j'en sais ?

— Réfléchissez ! s'impatienta Boldt.

Le ton sec ébranla Pacer. Il tripota la salière nerveusement.

— Je ne sais pas. Ça m'évoque plutôt un casier à légumes. Une camionnette de paysans, vous voyez le genre ? Un machin pour accrocher l'œil. Peut-être bien des fleurs. Nous ne faisons pas les primeurs.

Boldt et Daphné s'interrogèrent du regard. Boldt se glissa hors de la banquette, et sortit son portefeuille.

— Qu'est-ce qu'il y a ? fit Pacer.

Daphné lui remit une carte de visite et dit :

— Il nous faut les factures de Grambling immédiatement. Pas demain, ni plus tard.

— Immédiatement, j'ai compris. Mes chauffeurs ne savent pas lire, mais moi, j'ai été à l'école.

— Nous les aurons ?

— Vous les aurez.

Pacer se leva, de toute évidence désemparé. Il passa une main sur son crâne, s'assura que sa perruque était toujours en place, puis fit un signe d'adieu et sortit d'un pas pressé. Boldt héla la serveuse tout en avalant le reste du hot dog.

— Des primeurs, pesta Daphné. Une camionnette de fermier. Il pourrait être n'importe où, vendre des épinards à l'arrière d'une camionnette.

Durant l'été, les camionnettes de fermiers proliféraient sur les routes secondaires, sur les aires de repos des autoroutes, ou en ville, dans les parkings.

— Il achète des légumes, leur injecte de la strychnine, et les vend à l'arrière de sa camionnette. Il ne reste jamais à la même place. Et il n'a pas abandonné les tueries.

— Ou bien, il livre des épiceries.

— Ou des restaurants.

L'Alphapage de Boldt sonna. Il l'éteignit sans consulter le numéro qui s'affichait sur le minuscule écran. La sonnerie à elle seule lui donnait des crampes d'estomac. C'était pire que celle du téléphone.

Il finit par lire le code, et sentit le sang refluer de son visage, ses mains se glacer.

— Lou? s'inquiéta Daphné.

Il lui prit son sac des mains, le fouilla, en sortit son téléphone portable, et appela le central. Quand l'opérateur répondit, Boldt annonça son nom d'une voix qu'il ne reconnut pas lui-même.

— Qui est-ce? demanda-t-il.

Il attendit la réponse, referma le téléphone et le rendit à Daphné d'une main tremblante.

Elle s'empara de son Alphapage, lut le code inscrit sur l'écran.

— Un flic est mort? interrogea-t-elle d'une voix défaillante.

C'était toujours une nouvelle douloureuse.

— Qui est-ce?

— Striker vient de buter Chris Danielson dans une chambre d'hôtel de la Quatrième Avenue.

32

Boldt avait vu dans sa carrière des centaines de chambres d'hôtel, de meurtres semblables, mais cette affaire-ci était différente, elle mettait en cause un ami et un de ses collègues. Shoswitz avait confié l'enquête à l'inspecteur-chef David Pasquini, et Boldt ne voulait pas marcher sur ses plates-bandes.

D'après le planton en faction devant la porte, Danielson avait été conduit à l'hôpital sur une civière, dans un état critique. On avait passé les menottes à Striker qui pestait et se maudissait d'avoir raté sa cible.

Le lit était maculé de sang, des vêtements traînaient sur une chaise, à côté du revolver de Danielson qui était encore dans son holster. Quatre cartouches jonchaient la moquette. Un officier de l'identité judiciaire en prenait des clichés. L'air sentait encore la cordite. Boldt traversa la pièce et jeta un œil par la fenêtre. Dans la rue, une foule de journalistes battait la semelle.

— Il arrive, ce café ? tonna Pasquini, après avoir entrouvert la porte de la salle de bains.

Boldt fonça dans le couloir, prit le gobelet en plastique des mains d'un agent en uniforme et l'apporta lui-même. Il poussa la porte du bout du pied, mais empêcha Pasquini de s'emparer du café.

— D'accord, fit ce dernier à contrecœur, entre.

Enveloppée dans une serviette de l'hôtel, Elaine Striker était assise sur la lunette des cabinets. Près d'elle une femme en uniforme prenait des notes.

Boldt referma la porte de la minuscule salle de bains.

Pasquini ôta le couvercle du gobelet de café puis le tendit à Elaine qui le prit à deux mains et avala une gorgée brûlante. Ses yeux étaient rouges et gonflés, et du mascara avait coulé sur ses joues. Son corps à moitié nu était parsemé de taches de rousseur, et ses cheveux roux encadraient son visage d'un cercle de feu. Elle posa sur Boldt un regard vide, implorant.

— Ça vient juste d'arriver, dit-elle.

Pasquini aurait préféré qu'elle s'adresse à lui plutôt qu'à Boldt.

— Avait-il la clef? demanda-t-il.

— Il est entré sans qu'on s'en aperçoive... Nous... nous étions en train de... Il a dû nous observer pendant quelque temps.

Elle éclata en sanglots. Pasquini eut un geste d'impatience, puis comme elle renversait du café partout, il lui arracha le gobelet des mains. Boldt lui donna un mouchoir. Elle se sécha, rajusta la serviette autour de son buste, et dévisagea les deux flics d'un air absent.

— Chris s'est assis, et Mike a commencé à tirer.

Boldt remarqua le sang qui avait éclaboussé ses cheveux. Des gouttes avaient giclé sur son cou. Il remarqua alors seulement la pile de linges ensanglantés avec lesquels elle s'était nettoyée.

— Combien de coups de feu? s'enquit Pasquini.

— Aucune idée.

— Un? Dix?

— Plus d'un. Plusieurs. Et puis Chris...

Elle fondit de nouveau en larmes. Boldt en avait assez entendu. Il s'approcha d'Elaine, lui dit quelques mots de réconfort, et prit sa main dans la sienne. Il mit ensuite plusieurs secondes à se libérer de l'étreinte de ses doigts, puis il sortit.

Grâce à l'adresse qui figurait sur la fiche de Caulfield aux Livraisons Pacer, Boldt obtint un mandat de perquisition pour fouiller son hôtel meublé, et dans l'après-midi, dix-sept policiers en uniforme ou en civil envahirent sa chambre tel un essaim d'abeilles. Le registre de l'hôtel confirma que Caulfield avait tiré sa révérence le lendemain du meurtre du shérif Turner Bramm — une date que Boldt n'était pas près d'oublier. Depuis son départ, la chambre était occupée par un musicien des rues et sa petite amie, ce qui ôtait toute chance aux policiers de l'identité judiciaire de relever des empreintes ou quoi que ce soit d'utilisable devant un tribunal. Boldt commentait la fouille avec Shoswitz et Lofgrin quand Daphné entra dans le bureau de l'inspecteur divisionnaire.

— J'ai réussi à avoir un droit de visite pour Striker, annonça-t-elle.

Comme les infirmières du service de psychiatrie d'Harborview connaissaient Daphné de vue, elles les laissèrent entrer elle et Boldt sans remplir les formalités d'usage. Malgré cela, avant d'être admis dans le service où Michael Striker était hospitalisé, Lou et Daphné durent abandonner leurs armes, leurs badges, leurs ceintures, leurs stylos et Boldt dut même enlever ses lacets. Cela leur laissa deviner dans quel état se trouvait Striker. Daphné avait légèrement travesti la vérité en prétendant qu'elle venait pour une «séance» avec le suspect, et en justifiant la présence de Boldt comme une sécurité nécessaire. Après la fusillade, Michael Striker avait cassé le bras d'un agent de police avant de s'élancer au milieu des voitures, visiblement dans l'intention de se suicider. C'était la raison pour laquelle il avait été admis dans un service psychiatrique; c'était aussi pour cela que les médecins refusaient que la police l'interroge. Un infirmier leur ouvrit la porte de la chambre nue de Striker, et referma à clef derrière eux.

Striker s'était infligé de nombreuses coupures aux jambes en courant parmi les voitures, mais il n'avait rien de cassé. Il était sanglé sur le lit. Daphné murmura à l'oreille de Boldt qu'on lui avait aussi administré des sédatifs.

— Salut! lança Boldt, faussement jovial.

La chambre était sinistre. Elle était dépourvue de véritable fenêtre, mais un gadget électronique équipait l'un des murs. Il diffusait de la lumière et offrait une vue des Rocheuses d'un réalisme ahurissant.

— C'est pour que je ne saute pas par la fenêtre, leur expliqua Striker. Ces machins-là coûtent dans les dix mille dollars. Il paraît que c'est apaisant pour l'esprit, ajouta-t-il avec un sourire triste. On prétend que ça simule aussi le lever et le coucher de soleil.

Il portait une chemise d'hôpital bleu et blanc qui s'attachait avec des Velcro afin d'empêcher les malades de se pendre avec la ceinture. Striker avait la mine sombre, les joues creusées et des yeux sans vie exorbités qui lui donnaient l'air d'être réellement fou.

— Ils m'ont bourré de saloperies, grogna Striker. Je suis une véritable pharmacie ambulante. Remarque, ajouta-t-il en désignant ses bras attachés au lit, pour ce qui est de se déplacer, je suis un peu coincé.

Daphné lui parla pendant vingt bonnes minutes avec un calme que Boldt ne put qu'admirer. Peu à peu, Striker sembla reprendre ses esprits.

— Pouvez-vous nous raconter comment ça s'est passé? demanda alors Daphné.

— Il n'y a rien à raconter. Le mec niquait ma femme; je l'ai niqué, c'est tout.

Comme sa joue chatouillait, il demanda à Boldt de la lui gratter.

— Tu l'as surpris avec Elaine, c'est ça ? demanda celui-ci.

— Tu m'avais mis en garde, Lou. Je sais. J'y ai repensé trop tard.

— Tu l'as suivie ?

— Si on veut. Oui, c'est ça.

— Y a-t-il quelque chose que vous souhaiteriez nous dire ? s'enquit Daphné.

Striker parut soudain mal à l'aise. Boldt fut impressionné par la perspicacité de Daphné.

— Le privé de l'hôtel, c'était Jergenson. Tu te souviens de Jergenson, Lou ? Je voulais lui refiler cinquante dollars, mais il les a refusés. Il m'a dit que c'était un cadeau, parce que surprendre les gens en train de baiser faisait partie de son boulot et qu'il se souvenait de moi. Les gens n'oublient pas ça, précisa-t-il en désignant sa prothèse d'un signe de tête. Le psychiatre que j'ai vu faisait grand cas de ma patte. Il parlait sans arrêt de virilité et de ce que j'ai voulu infliger à Danielson. Je ne dis pas ça pour vous, Daphné, mais les psychiatres sont vraiment des cons.

— Je ne suis pas psychiatre, dit Daphné.

Boldt n'était pas sûr que Striker ait entendu. Il avait l'air vraiment ensuqué.

— Ça n'avait rien à voir avec ma patte, plutôt avec ma queue et avec mon cœur. Elle m'a brisé le cœur, voilà. Surtout à la fin : elle n'essayait même plus de se cacher. Elle se bichonnait pour sortir et respirait l'amour. Seigneur !

— Comme ça, Jergenson t'a laissé rentrer ?

— Ouais.

— Comment connaissais-tu le numéro de la chambre, Mikey ?

Striker leva les yeux vers les Rocheuses. Daphné en profita pour lancer un regard inquiet à Boldt.

— Il était... tu aurais dû la voir... il l'avait emmenée sur une autre planète. Elle était tellement partie que je ne suis même pas sûr qu'elle m'ait reconnu. Tu vois ce que je veux dire ?

Boldt devinait, et il se doutait que Daphné aussi — c'était pour cela qu'elle lui avait lancé ce regard qu'il ne savait toujours pas comment interpréter. Cette chambre d'hôpital était le territoire de Daphné ; il n'était qu'un spectateur, et cependant, Striker semblait préférer s'adresser à lui et ne regardait pas Daphné.

— Est-ce que ce Jergenson connaissait votre femme ? demanda-t-elle.

— Non. C'était un agent de secteur autrefois. Il a ensuite passé pas mal de temps à faire le planton au tribunal. C'est comme ça que je l'ai connu. Ça m'étonne que tu ne te souviennes pas de lui, Lou.

— Ce n'est donc pas lui qui vous a indiqué où trouver votre femme ? interrogea Daphné.

— Tu l'as suivie, c'est ça ? répéta Boldt.

— C'est pas ça qui compte, rétorqua Striker d'un ton sans réplique. Ils étaient en train de baiser. Ah, ça oui ! J'ai surpris le fumier sur le fait et je lui ai réglé son compte. Le peu de tir que j'ai fait dans ma vie, c'était toujours avec la main droite. Sans ce machin, dit-il avec un regard vers sa prothèse, j'aurais pas loupé la cible.

Il y eut un long silence.

— C'est pas facile de tirer de la main gauche, pas vrai, Lou ? T'as déjà essayé ?

— Il y a un truc que je ne pige pas, Rasoir. Quand tu es venu chez moi, tu disais que tu ne voulais pas la suivre. Que ça t'était trop pénible. Tu m'as même demandé de le faire pour toi. Tu avais changé d'avis, c'est ça ?

— C'est pas ça qui compte, Lou, répéta Striker.

Il fuyait la question et tenta d'utiliser ses talents de plaideur, lesquels étaient considérablement amoindris par les médicaments.

— Il me fallait une preuve. Tu peux comprendre ça ? J'avais fouillé son linge sale — et je ne parle pas au figuré ; je l'avais questionnée et j'avais guetté ses réactions — c'est mon travail de repérer les mensonges. Or, des mensonges, elle en sortait tout le temps. Parfois, quand elle rentrait, elle évitait de me toucher avant d'avoir pris un bain, et au bout d'un moment de ce manège, on n'a plus besoin de se poser de questions. Mais j'avais besoin de savoir. Je suis comme ça, il faut toujours que je sache.

— Avez-vous envie de nous dire comment vous avez trouvé l'hôtel ? demanda Daphné.

Boldt avait chaud. Pourtant, la chambre était fraîche. C'était peut-être à cause de la fausse fenêtre. Il s'inquiétait, car Striker était de plus en plus nerveux, et Boldt savait que si on n'avait pas attaché sa pince métallique, elle se serait mise à cliqueter comme l'enfer.

— Je t'ai bousillé ton boulot, s'excusa Striker.

— J'essaierais bien de te prendre en traître, Rasoir, mais ceux qui s'y sont risqués au tribunal, tu les as toujours retournés comme des crêpes. Je vais donc te poser une question directe.

— Vas-y.

— Qui as-tu engagé pour filer Elaine ?

Striker secoua la tête comme si un insecte s'était pris dans ses cheveux. Boldt interrogea Daphné du regard. Elle répondit par un froncement de sourcils, une mise en garde : ne le pousse pas trop, disaient ses yeux.

Striker encaissa le coup. Pour la première fois, il croisa le regard de Daphné. Elle surprit dans ses yeux une haine des femmes, de toutes les femmes, et elle trouva cela normal.

— Je peux sortir, si vous préférez, proposa-t-elle.

— Non, ce n'est pas ça, Lou. Je n'ai engagé personne. Ça ne s'est pas passé comme ça.

— D'accord, tu n'as engagé personne. Après avoir parlé avec moi, as-tu demandé à un collègue de la Criminelle de la suivre ? A un de tes collaborateurs ? Je n'essaie pas de te prendre en traître, Rasoir. Je te parle franchement : tu m'as bousillé mon travail. J'ai besoin d'une réponse.

— On m'a téléphoné.

Boldt jeta un œil vers Daphné.

— On t'a téléphoné ? s'étonna Boldt en s'efforçant de garder son sang-froid.

— J'ai reçu un appel me disant que si je cherchais Elaine, je la trouverais chambre 417.

— Un homme ou une femme ?

— Elaine est une femme, Lou.

C'étaient les sédatifs qui avaient parlé, et non lui. Striker pouffa, puis rit franchement. Boldt attendit qu'il se calme.

— Un homme, répondit enfin Striker.

— Tu as reconnu la voix ?

— Non.

Striker paraissait abattu, et trop las pour parler de ces choses.

— Cependant, tu l'as cru. Tu t'es rendu à l'hôtel, prêt à tuer un homme.

— Je ne réfléchissais pas. Je marchais au pilotage automatique. (Il rit plus fort, cette fois.) Tu sais, j'ai obtenu des condamnations de vingt ans pour des types qui ont essayé ce genre d'excuse avec moi. Ah, quand on dit que le vent peut tourner... ! Tu me bourres le mou, Lou, reprit-il après une hésitation. Tu es en train de me dire que celui qui m'a téléphoné savait très bien que j'allais foncer descendre cet enfant de fumier. Il comptait là-dessus. Si tu permets, pour l'instant, c'est un peu trop calé pour moi. Mais je sais ce qu'on dit de mon caractère... c'est pas un secret.

— Quand as-tu reçu cet appel, Rasoir ? demanda Boldt.

— Peu après 10 heures.

— Au bureau?

— Oui, au bureau.

— Le numéro a été enregistré?

Striker acquiesça.

— Je vois où tu veux en venir, Lou, mais tu perds ton temps. Je n'ai pas reconnu la voix. Ma parole.

— Tu t'es fait piéger, Rasoir. Quelqu'un voulait se débarrasser de toi, ou de Danielson, ou de vous deux.

— Ah oui? grogna Striker, furieux. Eh bien, figure-toi que je m'en fous. Si c'était à refaire, je recommencerais volontiers, et j'en profiterais pour terminer le travail. Mon seul regret, c'est d'avoir loupé ma cible. Je ne voulais pas le tuer. Un procureur connaît la différence entre «coups et blessures» et «meurtre». Mais j'ai raté la cible. J'ai tiré quatre coups, et j'ai pas été foutu de lui coller une balle dans les outils. Ils n'étaient pas si gros que ça, d'ailleurs. Encore un mythe qui s'envole!

Et il se remit à rire. Daphné s'en inquiéta. Au début, Boldt trouva le rire normal, mais au bout d'une minute, il s'en effraya car il devint évident que Striker avait perdu tout contrôle. Il pleurait et riait et les regardait comme s'il ne comprenait pas ce qui lui arrivait, comme pour les implorer de couper le courant, d'arrêter la machine. Dix minutes plus tard, il riait encore. Un infirmier vint lui injecter un produit dont Daphné prétendit qu'il le calmerait. Mais Striker ne se calma pas. Daphné et Boldt furent priés de partir. Quand il monta dans la voiture, Boldt crut entendre le rire le poursuivre. Même avec la portière fermée, il continua de l'entendre. Il se confia à Daphné.

— Tu sais ce que font ces deux mots quand on les répète? demanda Daphné en enclenchant la marche arrière. *Rire amour?*

Boldt répéta les mots dans sa tête: rire amour rire amour, rire à mourir.

— Michael Striker n'est pas sorti de l'auberge, déclara-t-elle.

Boldt posa sa main sur le volant, l'empêchant d'effectuer sa manœuvre.

— Tu as une bonne mémoire? s'enquit-il.

— Tu sais très bien que j'en suis fière.

— J'ai oublié qui m'en a parlé, mais quelqu'un m'a dit que la bosse que tu t'étais faite était due à une boîte tombée d'une étagère.

— Ça devait être Lofgrin, LaMoia ou Bobbie. Ce sont les

seuls qui m'ont demandé ce qui m'était arrivé. Il est 7 heures passées, je croyais que tu devais aller au central de NetLinQ. Tu veux que je te dépose ?

— Explique-moi pourquoi tu as inventé cette histoire de boîte.

— Parce qu'on avait décidé de ne pas parler de l'effraction chez moi, et que je ne voyais pas comment raconter que je m'étais cognée contre un poteau en courant dans le noir. D'accord, j'ai menti. Et après ? Bon, tu veux que je te dépose, oui ou non ?

— Et Fowler ? Pourquoi tu ne lui as pas dit la même chose ?

— Je n'en ai jamais parlé à Fowler. Je l'ai à peine revu depuis.

— Mais lui t'a vue.

Daphné se glaça.

— Je lui ai posé une question embarrassante, et pour s'en sortir, il a mentionné que tu t'étais cognée dans le noir. (Il hésita.) Comment l'a-t-il su ?

— Qu'est-ce que tu racontes ?

Ses lèvres tremblaient. Elle croisa les bras.

— Quand on a installé le système d'alarme chez toi, on a vérifié s'il n'y avait pas de micros planqués. Exact ?

— C'étaient des hommes de Fowler, balbutia Daphné qui comprenait enfin où Boldt voulait en venir.

Bear Berenson avait affirmé à Boldt que certaines personnes sentaient la présence d'une caméra cachée.

— Cependant, dit-il, tu as encore le sentiment d'être espionnée.

Daphné rejeta la tête en arrière comme pour empêcher ses larmes de couler.

— Pourquoi, Lou ? Pourquoi ?

— La Ferme Bellevue, répondit-il simplement.

Elle le considéra d'un air effaré, voulut dire quelque chose, mais aucun son ne sortit de sa bouche.

— J'ai une idée, confia Boldt.

L'appareil ressemblait à une petite raquette de squash, ou à un allume-gaz électrique, mais il fonctionnait davantage comme les détecteurs utilisés dans les aéroports. Les gens des Services Techniques le surnommaient Clark, à cause de Clark Kent alias Superman, l'homme qui voit les rayons X. On prétend qu'il en existait aussi une version tapette à mouches et une autre en forme de plumeau muni d'un manche d'un mètre cinquante. On pouvait les utiliser sans que personne ne se doute de leur usage véritable, lequel était, bien sûr, de repérer les micros et autres systèmes d'écoute. L'inspecteur Laura Battles transportait Clark dans son attaché-case. Elle était munie d'une oreillette qui émettait un signal sonore quand Clark repérait un micro.

Une fois l'engin activé, un microprocesseur vérifiait les champs magnétiques émis par les micros cachés ; on prétendait que Clark était efficace à 95 %. Il était moins fiable que la détection de caméras à fibre optique, dont la dernière génération, plus petite qu'un bouton de chemise, n'émettait aucun magnétisme. Cependant, grâce à une technologie de pointe que personne ne s'était soucié d'expliquer à Boldt, Clark atteignait tout de même un score de 67 % dans ce domaine.

Daphné entra chez elle avec Battles en faisant semblant de poursuivre une conversation déjà entamée. Daphné prétendait vouloir vendre son bateau, et Laura Battles jouait le rôle de l'agent immobilier. Elles visitèrent le bateau de fond en comble tandis que Battles prenait des notes.

De retour dans le parking où Boldt les attendait, Battles expliqua :

— C'est un véritable studio d'enregistrement flottant. Je suis désolée, Daphné. (Consultant ses notes, elle précisa :) Des micros dans la coquerie, dans le salon, à l'avant, dans la chambre, sur le pont arrière, le pont avant, dans le téléphone... Euh, hésita-t-elle, mal à l'aise... fibre optique dans la salle de bains, dans le salon, dans la chambre.

Daphné faillit s'évanouir. Elle s'effondra. Boldt voulut la retenir, mais elle le repoussa.

— De nos jours, ces machins sont la plupart du temps équipés d'infrarouges ; ils sont ultra-sensibles.

— Seigneur ! s'exclama Daphné.

Elle dévisagea Boldt avec un regard qu'il ne lui avait jamais vu.

— Il faudrait les laisser où ils sont, proposa-t-il.

Elle se releva d'un bond et commença à le frapper violemment. Il tenta de la maintenir à distance, mais elle lui faisait mal. Quand Laura Battles monta dans sa voiture, Daphné balança un coup de pied dans la portière, puis elle se retourna et enfonça son genou dans le bas-ventre de Boldt qui s'écroula en se tordant de douleur.

— Ô mon Dieu ! gémit-elle avant de s'enfuir en courant.

Laura Battles se précipita pour aider Boldt à se relever, mais elle semblait davantage inquiète pour sa portière que pour l'état de l'inspecteur-chef. Ils sillonnèrent le quartier pendant une heure, revinrent deux fois au bateau, mais ne trouvèrent pas Daphné.

— Je m'occupe d'elle, proposa Battles.

Boldt devait passer la soirée au central de NetLinQ. Et cette fois, il avait une véritable armée à sa disposition.

La soirée se déroula comme les précédentes. Sans succès. Le problème était d'ordre logistique. Le brutal accroissement de personnel, en à peine vingt-quatre heures, posait des problèmes cauchemardesques. Il fallait déployer, suivre à la trace tout ce beau monde. Boldt en fut réduit à regarder les techniciens se débattre avec les lignes téléphoniques et à installer des récepteurs radio sophistiqués. Pendant ce temps-là, le Soudeur retirait encore deux mille quatre cents dollars en liquide.

Déprimé, Lou rentra chez lui à 2 heures du matin. Mais après avoir appelé Battles qui lui confirma qu'on n'avait pas retrouvé Daphné, il fit un détour par le bateau.

Elle n'était pas chez elle. Il frappa à la porte d'entrée, à celle de l'arrière, et commençait à s'inquiéter quand il eut l'idée d'interroger son propre répondeur à distance. Pas de message.

Il pensa alors à appeler le numéro de téléphone portable de Daphné. Elle répondit à la première sonnerie.

— Où es-tu? demanda-t-il.

— Chambre 614.

— C'est un hôtel?

— L'Auberge du Marché. La vue est intéressante, dit-elle d'une voix d'outre-tombe.

— Ça va, Daffy?

— Du tonnerre.

— Tu es avec quelqu'un?

— D'une certaine façon, oui. Mais il n'y a personne avec moi dans la chambre, si c'est ce que tu veux dire.

— Je t'ai réveillée? demanda Boldt qui la trouvait bizarre

— Oh, ça ne risquait pas!

— Tu préfères rester seule, ou tu acceptes un brin de compagnie?

— Si tu réussis à me pardonner pour ce que je t'ai fait...

— Très bien, j'arrive.

La chambre 614 était une suite avec vue sur la baie. Elle coûtait trois cents dollars la nuit et sentait l'Earl Grey. Daphné lui interdit d'allumer l'électricité.

— Non! s'écria-t-elle, furieuse, les deux fois où il essaya.

Il la distinguait à peine dans la pénombre, mais crut voir qu'elle avait pleuré. Elle le prit par le bras et le fit asseoir sur le canapé qui était disposé en face de l'immense baie vitrée. Peu après, elle lui servit du thé et s'en reversa une tasse, puis elle s'installa à côté de lui — un couple dans le noir, regardant par la fenêtre...

— Jolie vue, non?

Boldt contempla le panorama, le mouvement perpétuel de l'eau, la lune qui dessinait des reflets argentés sur la baie, les porte-conteneurs qui attendaient au mouillage.

— Elle est arrivée il y a environ une heure et demie. Ils ont parlé un peu... en fait, c'est lui qui causait. Il avait l'air en colère. Après, il l'a prise par-derrière. Là, sur la table. Tu vois la table? J'ai pas l'impression qu'elle ait beaucoup aimé. Mais il a dû sacrément marchandé parce qu'elle s'est laissé faire. Je me demande combien elle lui a pris.

Boldt réalisa qu'ils étaient en face de l'appartement de Fowler. C'était lui que Daphné observait, et non la vue. Elle se moquait de la lune, des bateaux, des vagues. Les rideaux de tulle étaient tirés, mais Boldt aperçut deux silhouettes, celle d'un homme — Fowler — et d'une femme. Impossible de deviner son âge, ni de distinguer ses traits.

— Voilà à quoi il joue quand il ne mate pas les autres, déclara-t-elle avec une rage qui inquiéta Boldt. Il se paie une tranche de cul pour son casse-croûte de minuit. Mince, minauda-t-elle, je n'arrive pas à dormir, ce soir. Vite, le téléphone rose, «Tranche de Cul».

— Je suis là, suggéra Boldt.

— Tu as déjà maté des gens en train de baiser? Non, pas au cinéma... en vrai. C'était dégoûtant. C'est la première fois que j'assiste à ça. C'était vraiment sordide... surtout comme ça, sur un coin de table. Vite fait, mal fait, en deux minutes, terminé. Des chats de gouttière. Ils ne se sont même pas embrassés. Tu te rends compte! Il l'a prise comme un vulgaire morceau de bidoche. C'est comme s'il avait commandé une pizza, tiens! Non, je ne crois pas qu'elle ait aimé ça.

— Partons, proposa Boldt.

— Je te parie qu'il m'a regardée avec Owen. Elle coula un œil vers Boldt, puis se détourna vivement. Ça ne lui a rien appris, à en juger par ses piètres exploits.

— On pourrait aller manger un morceau, dit Boldt, qui ne voulait pas qu'elle reste dans cette chambre.

— Ah, elle s'en va. Elle a bien raison.

Boldt vit en effet la femme partir.

— Deux heures pile. Enfin, presque. Peu importe combien il l'a payée, c'était pas assez. Pas avec un fumier pareil. Je me demande combien ça coûte, pour deux heures. Ça marche à l'heure ou quoi?

— Qu'est-ce que tu cherches à prouver, Daffy?

— Si c'est moi qui l'observe, je suis sûre qu'il ne m'observe pas, lui. (Puis elle ajouta, plus sérieuse:) Je veux réunir des charges contre lui, Lou.

— Comme tu voudras, Daffy.

— Si tu as quelque chose à dire, dis-le.

— On était sur le point de le coincer, Daffy. Il le savait. Il y a même fait allusion. Tu as fouillé dans le placard où il planque ses vieux cadavres. Il voulait savoir ce que tu avais.

— Sans mauvais jeu de mots, claqua-t-elle, sarcastique, maintenant, il sait ce que j'ai.

— Quitte à en vouloir à quelqu'un, autant s'acharner sur Taplin. Tu crois que Fowler a imaginé ça tout seul? Il obéit aux ordres, Daffy. C'est le garçon de courses de Taplin.

— Je parie qu'ils bouffaient des pizzas ensemble en me regardant prendre des douches.

— Ils font leur métier, Daffy. C'est pas le côté peep-show qui les intéresse. Si tu veux vraiment les avoir, oublie les charges. Attendons, on se servira de ça contre eux à un moment ou un autre.

— Comment?

— Je ne sais pas.

— Tu crois que je peux retourner chez moi et faire comme si de rien n'était?

Boldt attendit qu'elle se calme.

— Je comprends, Lou. Tu te dis: ils ont déjà vu ce qu'il y avait à voir, alors pourquoi pas?

— Je ne dis rien du tout, Daffy. Non, on trouvera un prétexte. Par exemple, qu'un ami a besoin de toi. Qu'Adler te demande de venir habiter chez lui.

— On ne peut plus se voir parce que je travaille dans la police.

— Eh bien, on trouvera autre chose. Je préfère qu'il ne se méfie pas.

Fowler éteignit la lumière. C'était terminé.

— Tu restes là ce soir? demanda Boldt.

Daphné acquiesça.

— Tu es sûre que ça ira?

— Je suis une grande fille, Lou.

— Je peux te tenir compagnie, si tu veux.

— Rentre chez toi, Lou. Tu as une femme, un enfant...

Excuse-moi pour tout à l'heure. Je ne sais pas ce qui m'a prise. J'ai dérapé.

— C'est ça, tu as dérapé. C'est pas grave.

Elle sourit pour la première fois de la soirée. Il l'embrassa. Elle frémit. Puis il s'en alla.

33

— Qu'est-ce que tu as fait, pour rentrer à 4 heures du matin ?

— Il est encore bien tôt pour poser ce genre de questions.

— Oui, mais la question tient toujours.

— Si je te disais que j'étais dans une chambre d'hôtel avec vue sur l'océan en compagnie d'une jolie femme, qu'est-ce que tu penserais ?

— Que tu te vantes.

— Eh bien, la réponse tient toujours.

— Ah, tu me fatigues !

Liz se préparait. En repensant à Fowler, Boldt comprit mieux la réaction de Daphné maintenant qu'il voyait sa femme déambuler, nue, avec une telle insouciance. Il ressentit une bouffée de colère, et se promit de faire quelque chose.

— Réveille-toi !

Il s'était assoupi.

— Tu m'as demandé de ne pas te laisser te rendormir, expliqua Liz. Tu ne devrais pas me demander ça, ce n'est pas juste.

Elle était déjà habillée, mais pas pour aller travailler.

— Quel jour sommes-nous ? demanda Boldt.

— Je vais chez Elaine avec Suzie. Michael est toujours interné dans sa cellule capitonnée.

Boldt réalisa qu'en perdant son procureur, l'enquête risquait de connaître certains retards. Il chassa cette pensée.

— On devrait te canoniser, remarqua-t-il.

— Je préférerais qu'on m'invite à dîner.

— Je n'ai pas oublié.

— Oh, si. Tu as oublié.

— D'accord, avoua-t-il. Mais maintenant, ça me revient. Je te dois un dîner au champagne.

— Et deux semaines de vacances à ton fils.

— C'est noté.

— Il passe toutes ses journées à la crèche. Je l'y emmène

tout de suite, mais je repasserai le prendre de bonne heure. Alors, pas la peine de te déranger, au cas où tu aurais envisagé d'aller le chercher... D'ailleurs, tu n'y pensais même pas.

— Pour l'instant, je suis incapable de penser à quoi que ce soit.

— Le manque de sommeil fait souvent cet effet.

Elle hésita sur le pas de la porte.

— Qu'est-ce qu'il y a? demanda-t-il.

— Elle était vraiment jolie? C'était quel hôtel?

Boldt ricana.

Le téléphone sonna. Ils se regardèrent, puis Boldt se décida à décrocher.

C'était Shoswitz. Il lui donna une adresse sur Lakewood. Boldt raccrocha.

— C'était quoi? s'inquiéta Liz.

— Ça a recommencé.

Lorsque Boldt arriva à huit heures moins le quart, le lieu du crime ressemblait à un cirque. Des curieux se pressaient autour des équipes de télévision, des camions de radio, dont trois avec liaison satellite, des voitures de police et même... on ne sut jamais pourquoi... autour de deux véhicules de pompiers. Boldt dut se garer dans Sierra Avenue, puis revenir en coupant par la cour arrière d'une maison voisine. A sa grande fureur, on n'attendait que lui — il s'en serait volontiers passé. Les journalistes l'assaillirent, lui tendirent leur micro, mais il se voila le visage, et fuit les questions et les caméras. Lorsqu'il arriva enfin à pénétrer dans la maison, il s'aperçut que l'équipe d'une chaîne de télévision à scandales était en train de filmer les cadavres — il y en avait trois — sur toutes les coutures. L'équipe avait préparé le salon, et l'attendait. Un type brandissait un projecteur portatif qui inondait la pièce d'une lumière aveuglante. Ils avaient rendu tous les indices inutilisables, certes, mais ce fut le viol de l'intimité des défunts qui fit exploser Boldt de rage. Il ordonna qu'on arrête l'équipe entière pour s'être introduite avec effraction dans une propriété privée.

Quand les lieux furent enfin tranquilles, Dixie et son équipe, Bernie Lofgrin et la sienne purent enfin travailler. Ils fermèrent la porte de la cuisine pour ne plus entendre le vacarme qui régnait dehors, et examinèrent les cadavres.

Le mari avait réussi à atteindre le téléphone, mais il n'avait pas eu le temps de composer de numéro. Dixie attribua sa résistance à son poids et «à un sacré courage». En se précipitant pour aider sa fillette de huit ans, la femme, une bourgeoise d'une quarantaine d'années, avait renversé sa chaise. La mère et la fille étaient recroquevillées dans les bras l'une de l'autre, sous la table de la cuisine, mortes, et le visage de la mère s'était figé dans une grimace horrible.

Après un examen rapide, Dixie attribua la cause de la mort au poison. L'aliment empoisonné semblait être un melon. La lividité des corps indiquait que la mort était intervenue huit à seize heures plus tôt ; des analyses ultérieures donneraient une indication plus précise. Trois tranches de melon garnissaient les assiettes, les pépins soigneusement ôtés, les tranches coupées en cubes. Personne n'avait eu le temps de manger plus de six morceaux.

— On a tous les deux vu pas mal de cadavres, Lou, déclara Dixie, mais pour ma part, je n'ai jamais assisté à une monstruosité pareille.

C'était vrai. Les efforts du père pour appeler à l'aide paraissaient grotesques ; il gisait à terre, pétrifié, le bras tendu, cramponné au téléphone. Les assiettes s'empilaient dans l'évier. Ils avaient mangé des côtes de porc grillées, du maïs et une salade verte.

— Ces imbéciles de la télé ont bousillé les empreintes, mais on va quand même vérifier.

A cause de la similarité avec les deux enfants morts dans la cabane, les journalistes commençaient à évoquer l'éventualité d'un tueur en série. Ils tâtonnaient encore, mais ils brûlaient.

Boldt avait besoin d'être seul. Il traversa la cuisine, entra dans le petit salon où un poste de télévision couleur trônait devant un canapé et une étagère bourrée de livres. Les victimes s'appelaient Crowley, et le quartier, la maison, l'ameublement, tout indiquait une famille aisée. C'était le genre de baraque que Liz aurait aimé avoir ; Boldt ne put s'empêcher de penser à la mère et à la fille, sous la table de la cuisine, blotties ensemble pour se protéger de la peur, de la douleur, et de la mort. Dire que cela aurait aussi bien pu arriver à Liz et à Miles !

L'escalier en érable desservait un étage. Boldt entendit des gémissements en arrivant sur le palier. Lorsqu'il s'approcha de l'endroit d'où ils provenaient, ils se firent plus aigus et plus plaintifs. Il comprit que c'était un chien avant même d'ouvrir la porte. Couché au pied du lit des parents, ses yeux tristes dévisageant Lou d'un air égaré, un colley couinait à fendre l'âme. Boldt s'aperçut que le chien était le seul témoin du drame. Il avait perdu toute sa famille au beau milieu d'un simple dîner.

En se penchant pour le caresser, Boldt lutta contre la colère qui montait en lui.

Le Dr. Clements avait réquisitionné le bureau de Shoswitz. Etaient présents Daphné Matthews, Boldt et l'inspecteur divisionnaire. Clements s'adressa à Boldt:

— Vous concentrez vos recherches sur les camionnettes de fermiers, n'est-ce pas?

— Oui.

— Vous avez tort.

— Nous avons analysé les melons...

— Au diable les melons! Bah, il se fout pas mal des melons. C'est fini tout ça. Il vous mène en bateau, inspecteur. Ne vous laissez pas abuser. J'ai vu comment vous meniez votre enquête. La peinture, les couleurs, les indices. Cette histoire de melon est une ruse destinée à vous embarquer sur une fausse piste. N'oubliez pas que c'est lui le renard, et vous les chiens de chasse. Or, comment s'y prend un renard? Il ne gagne pas en semant la meute, mais en l'embrouillant.

Shoswitz fit comprendre au docteur qu'il perdait patience en soupirant bruyamment. Il était agité de tics au point de ressembler à une marionnette dont les fils s'étaient entremêlés. Boldt craignit qu'il ne dise quelque chose qui offenserait le psychiatre. Clements était certes excentrique, mais Boldt avait confiance en lui; il décida d'éviter une confrontation entre les deux hommes en devançant une éventuelle explosion de colère de la part de Shoswitz.

— Il peut tout de même tuer des centaines d'innocents s'il empoisonne des légumes, remarqua-t-il.

— Il ne souhaite pas en tuer des centaines. Qu'a-t-il dit au téléphone? demanda-t-il à Daphné.

— Qu'Owen avait tué ceux qu'il aimait.

— Voilà, c'est la peau d'Owen qu'il veut. Mon diagnostic est que sa schizophrénie en est arrivée au point où le plan grandiose qu'il avait envisagé est dorénavant supplanté par son désir de vengeance. C'est une motivation autrement plus puissante, vous savez. Caulfield considère que Owen lui doit plusieurs années de sa vie. Qui a lu ceci?

Il agita une liasse de papiers.

— C'est un texte de Caulfield, écrit suite à son procès dans lequel il clame son innocence. C'est un document remarquable, convaincant, plein de qualités. Moi, je le crois sincère. Il prétend avoir été victime d'un coup monté... que la drogue ne lui appartenait pas. Pour le prouver, il rappelle qu'aucune analyse sanguine n'a jamais prouvé qu'il se droguait à la cocaïne. Il dit aussi que la police n'a pas relevé la moindre trace de drogue, ni chez lui ni dans sa voiture. Au bout de trois ans de détention, soit la moitié de sa peine, il a écrit ce prodigieux mémoire. Pourtant, parce qu'il avait été condamné à une peine incompressible, il n'a pas été libéré sur parole, et on n'a pas estimé utile de le rejuger. A mon avis, une rupture s'est produite en lui, favorisée sans doute par une injustice flagrante. Son moi raisonnable lui a conseillé de s'adapter au système ; son moi pathologique s'est révolté, il a rejeté toute alliance avec les forces qui l'ont traqué et emprisonné. C'est son moi malade qui a dorénavant pris le contrôle de son être. Cependant, son comportement prouve la présence en lui d'un esprit rationnel, intelligent, calculateur, d'un esprit qui est conscient des rapports de force et qui ne mésestime pas son adversaire. Il sait que le temps joue contre lui. Il sait contre qui il se bat ; il n'aspire pas au martyre, il n'a nulle envie d'être pris.

— C'est pourquoi il imagine des ruses, intervint Daphné.

— Exactement. Il empoisonne un melon, et, hop, les chiens de chasse courent après les melons. Ils partent sur une fausse piste pendant que le renard revient sur ses pas et attaque le poulailler.

Shoswitz protesta.

— Comment être sûr qu'il a empoisonné un seul melon ?

— C'est évident, rétorqua Clements. Y a-t-il d'autres victimes ? Non. S'il avait voulu empoisonner des centaines de personnes, nous serions assaillis de coups de téléphone. Vous ne voyez donc pas comment il vous dupe ? pouffa-t-il.

Devant le plaisir quasi jouissif que prenait Clements, l'inspecteur divisionnaire se cabra. N'importe quel flic de la Criminelle ressent la souffrance des victimes et de leur famille, même si c'est un dur à cuire qui en a vu d'autres, même si une affaire chasse l'autre avec une rapidité affolante. La tragédie des Crowley avait profondément ému les inspecteurs de la Criminelle ; or, pour la brigade, Clements demeurait un étranger.

— Je vous affirme que c'est après Adler qu'il en a. Ne vous laissez pas abuser par ses ruses. Il continuera à vous gruger à la première occasion. Vous ne pouvez pas vous mettre à sa place, mais moi, messieurs, je le puis. (Il gratifia Matthews d'un sourire.) Oui, je le puis.

34

Le dimanche soir, quand Boldt pénétra dans le central de NetLinQ, il avait perdu tout espoir de capturer Caulfield grâce au retrait de la rançon. Lou avait passé trop de soirs, affalé sur une chaise, à contempler la carte électronique qui s'étalait sur l'écran géant. A chaque fois, il rentrait chez lui bredouille, avec en plus une migraine épouvantable.

Les cheveux châtains coupés court, un visage mince et pâle, des yeux immenses, l'agent spécial Sheila Locke devait avoir vingt-six ans. Elle portait un blazer bleu qui dissimulait ses courbes généreuses, un casque muni d'une oreillette droite et d'un microphone recouvert de mousse qui cachait sa bouche pulpeuse. Grâce au système de communication du FBI, Locke et un autre agent, dont Boldt ne connaissait que le prénom, Billy, étaient en liaison permanente avec les soixante-quinze hommes et femmes qui surveillaient les distributeurs Eclair de King County. Tandis que la minuscule équipe de Boldt — onze personnes en tout — s'occupait exclusivement des distributeurs de la ville, les agents du FBI et des policiers en civil de King County avaient été déployés dans la grande banlieue.

Ted Perch discutait avec Lucille Guillard. Elle manipulait un terminal d'ordinateur qui la raccordait au réseau de distributeurs Eclair de la Pacific-West. Comme elle avait aussi sur son écran une image en temps réel du compte bancaire du Soudeur, elle pouvait voir les retraits s'effectuer sous ses yeux.

Plus de dix-sept cents distributeurs Eclair contrôlés par NetLinQ étaient dorénavant reliés au logiciel de piège temporel. Durant les dernières quarante-huit heures, le système n'était pas tombé une seule fois en panne. Pour le public, le délai était toujours attribué à des problèmes de maintenance.

La carte électronique était parsemée de points lumineux: rouges, pour les distributeurs sans surveillance qu'on dénombrait par centaines. Verts, en quantité infiniment moindre, pour les distributeurs soumis à une stricte surveillance. Comme le Soudeur n'avait jamais utilisé deux fois le même distributeur, ceux qui avaient déjà servi étaient marqués d'un clignotant jaune.

Cet étalage de technologie était très impressionnant, mais Boldt n'en demeurait pas moins d'humeur morose. Les deux autres écrans géants de NetLinQ, composants du central habituel, affichaient des lignes clignotantes orange et vertes qui représentaient les opérations Éclair en cours. Ces lignes sillonnaient les cartes telles des flèches, traversaient des ronds-points — les banques mères — où elles changeaient de couleur, et poursuivaient leur route. Six employés de Net-LinQ surveillaient les opérations qui se déroulaient sur les deux écrans.

— Prêt, Billy? demanda Locke après plusieurs minutes de silence.

Billy approcha sa chaise pivotante d'un ordinateur qui faisait face aux cartes murales. Il ajusta son casque, vérifia son bon fonctionnement, puis pianota sur le clavier. Les cartes apparurent sur l'écran de son ordinateur.

— Dix-sept, O.K., annonça-t-il d'une voix monotone.

Il écouta les instructions dans son casque, tapa quelques données, puis annonça dans son micro:

— Quarante-six, O.K.... Soixante, O.K.

Il poursuivit ces opérations pendant quelques minutes, puis adressa un signe d'assentiment à Locke.

Pour Boldt, les coordinateurs constituaient une race à part. Ils avaient des nerfs d'acier, communiquaient entre eux d'une voix monocorde. Dans une situation complexe, urgente, où des vies humaines étaient en jeu, ils étaient payés pour garder leur sang-froid et diriger des êtres humains et des véhicules comme s'il s'agissait de pions sur un échiquier.

Vingt minutes de silence suivirent, seulement ponctuées par le cliquetis des claviers. Boldt, qui s'était assoupi, fut réveillé en sursaut par un cri:

— Nous avons un retrait! Trois secondes et des poussières.

Les premiers jours, une telle annonce aurait déclenché l'enthousiasme, mais dorénavant elle ne provoquait plus qu'un sentiment d'échec et de frustration.

Sur l'écran, un clignotant blanc s'alluma à Earlington. Dans le coin supérieur droit, un cadran numérique égrenait les secondes.

Billy orienta deux agents vers le distributeur.

— Ce n'est pas l'un des nôtres, lança Lucille Guillard.

— Dix secondes d'écoulées, cria Perch.

Il aboya des instructions à un assistant qui pianota furieusement sur son clavier.

— Vingt secondes. (Puis il ajouta à l'adresse de Billy:) Où sont vos hommes, merde?

Le coordinateur garda son calme. Il ne répondit pas.

Boldt vit l'assistant de Perch hocher la tête et déclarer:

— Retrait terminé.

— On a besoin de plus de temps, soupira Boldt, et il conseilla à Billy d'envoyer les équipes de surveillance sur place.

S'ensuivit un chapelet d'instructions débitées avec le même calme monotone.

— Agent Neuf en route. Agent Quatorze approche.

Perch, Guillard et Boldt fixaient les deux coordinateurs en silence. A Earlington, les véhicules de police fonçaient dans la nuit. Caulfield s'éloignait du distributeur sans se presser.

— On ne signale pas de contact visuel, annonça enfin Billy. Il n'y a personne devant le distributeur.

Perch frappa violemment le bureau d'un coup de poing.

— J'allonge le retard de quelques secondes, s'écria-t-il. Le système a intérêt à tenir.

Une atmosphère lourde mais studieuse enveloppa la salle. Au cours des trente minutes suivantes, Boldt consulta souvent sa montre, lançant de temps à autre des regards inquiets vers Billy et vers l'écran géant.

Pour le central de NetLinQ, c'était un jour comme les autres. Des rangées d'employés manipulaient les centaines d'opérations quotidiennes au cours desquelles des milliers de dollars voyageaient à travers le réseau informatique de NetLinQ.

A neuf heures moins cinq, Guillard annonça d'une voix fiévreuse:

— Nous avons un second retrait. Je pousse le temps de réaction à trente-cinq secondes. Pas d'objections?

Elle possédait un contrôle indépendant du logiciel de piège temporel pour les distributeurs de son réseau bancaire.

— Trente-cinq secondes? s'étrangla Perch.

Boldt le fusilla du regard.

— Allez, merde, concéda Perch. Pourquoi pas?

Boldt se leva de sa chaise quand l'écran afficha un gros plan du quartier d'Earlington, avec toutes ses rues. Les petits points étaient devenus de larges cercles marqués de chiffres. Chaque agent était muni d'un gadget électronique qui transmettait sa position en temps réel, laquelle s'affichait ensuite sur l'écran géant. Un triangle bleu frappé du chiffre 6 se déplaça vers le point jaune, qui marquait un appareil Eclair. Le cercle bleu numéro 4 progressa sur la route 167, et un autre, suivant les instructions de Billy, se dirigea au nord, sur la route 405.

— Autorisation demandée.

Boldt imaginait Caulfield devant le distributeur, attendant les billets. Remarquerait-il le retard? Avait-il eu vent des excuses des autorités bancaires pour les délais dus aux opérations de maintenance?

— Autorisation acceptée, lança Perch.

Vingt secondes.

— La délivrance des billets est en cours, dit Guillard.

Le logiciel de piège temporel comprenait également une commande qui retardait la délivrance des billets. Elle avait été ajoutée parce que Perch avait fait remarquer que le client entend la machine compter les billets; il pensait donc que le suspect, en reconnaissant ce bruit typique, n'aurait pas le courage de s'en aller au moment où il allait recevoir la somme demandée.

Trente secondes.

— Bien reçu, Numéro Six, déclara Billy dans son micro. (Puis à Boldt:) Nous avons un contact visuel, et il lui tendit un casque.

C'était ce que Boldt rêvait d'entendre depuis longtemps. En dépit de tous leurs efforts, c'était la première fois qu'un agent arrivait à temps pour apercevoir Caulfield.

— Description? demanda Boldt.

Il ne reconnut pas la voix de l'agent Numéro Six. C'était celle d'un des agents spéciaux du FBI qui participaient depuis peu à la chasse. Il ne reconnut pas non plus la description du suspect. Il commença à se sentir las, la tête lui tourna.

— Un mètre soixante-cinq, soixante-dix. Casque de motard. Blouson de cuir.

— Répétez la taille, ordonna Boldt.

Harry Caulfield mesurait plus d'un mètre quatre-vingts.

— Un mètre soixante-dix.

— Sexe?

— Féminin.

— Répétez.

— Sexe féminin. Mais n'oubliez pas que je la vois de dos.

Boldt reconnut la description: Lucille Guillard lui avait déjà montré une photo. Déçu que ce ne soit pas Caulfield en personne, il se prépara à l'arrestation de sa complice.

— Quels sont les ordres? entendit-il dans le micro.

Tous les yeux étaient rivés sur lui.

— Vos instructions, inspecteur? demanda calmement Billy.

Boldt se sentit trahi. Il calcula vivement toutes les possibilités. Pendant ce temps-là, la complice attendait ses billets.

— Maintenez un contact visuel, ordonna Boldt d'une voix si faible qu'on l'entendit à peine.

Perch explosa :

— Mais le logiciel a marché, nom de Dieu! Vous l'avez, elle est à vous!

— Restez à distance, ordonna Boldt dans le micro. Maintenez le contact visuel.

Il répéta l'ordre à Billy. Il avait repris ses esprits. Ses yeux ne quittaient plus l'écran géant sur lequel s'étalait le plan du quartier.

Le coordinateur transmit l'ordre avec le même énervement que s'il avait commandé un sandwich au poulet.

— Combien de temps faut-il pour tendre un filet autour d'elle, Billy? s'enquit Boldt.

Au départ, le plan était de capturer le suspect. Des voitures de police étaient disposées en renfort, prêtes à intervenir si l'opération tournait mal. Mais tout cela venait de changer.

Billy et Sheila Locke consultèrent une série d'ordinateurs.

— Dans deux minutes, déclara Locke, nous contrôlerons toutes les routes d'accès. Nous aurons au moins un agent dans chaque rue. Je peux faire décoller l'hélico, si vous voulez. (Elle consulta un registre.) Il sera sur place dans sept minutes. Ça nous donnera un renfort appréciable, même s'il fait nuit noire.

— Exécution, ordonna Boldt. Resserrez le filet autour d'elle. (Il ignora Perch qui se penchait par-dessus son épaule.) Restez à distance. Contentez-vous de maintenir un contact visuel.

— Entendu.

— Transaction terminée, annonça Guillard dans son coin.

— Qu'est-ce que vous foutez? s'énerva Perch.

— Vous me l'avez déjà demandé, merci, fit Boldt.

Il avait des réponses toutes prêtes : «Je fais mon boulot», «On me paie pour ça», mais il tint sa langue, sachant qu'un civil ne pouvait pas comprendre l'évaluation des risques ni la justesse des choix tactiques.

Billy déploya les agents sur les bretelles d'autoroutes, aux carrefours, aux arrêts d'autobus, sur les pistes cyclables et les sentiers piétonniers. Sans quitter son ordinateur des yeux, il expliqua à Boldt :

— Si elle fonce trop vite vers le sud, je risque de la perdre. Nous n'avons pas de dispositif par là.

— Oui, je comprends, fit Boldt. Mais elle n'ira pas vers le sud.

Après avoir étudié le schéma des distributeurs utilisés les soirs précédents, Clements et deux autres spécialistes du FBI avaient remarqué que le suspect effectuait les retraits en progressant vers la ville et vers l'autoroute I-5. Ils en avaient déduit que le suspect avait choisi la I-5, combinée à d'autres voies principales, comme route de retraite en cas de poursuite. La police réclamait la réduction des bretelles d'autoroutes qui compliquaient toujours leur tâche.

Le téléphone de Guillard sonna. Elle répondit aussitôt, puis raccrocha et informa Boldt :

— Nous avons une photo du retrait. Vos techniciens ont été prévenus, ajouta-t-elle à l'adresse de Locke.

— On va peut-être pouvoir afficher la photo sur l'écran, inspecteur, dit Locke.

Boldt avait vu le camion avec son antenne parabolique garé dans le parking. Il s'était demandé à quoi il servait.

Il ne pouvait se permettre de regretter sa décision. Comme le suspect n'était pas Caulfield, et que seul ce dernier l'intéressait, il considérait que sa seule chance était de suivre la femme en espérant qu'elle le conduirait à Caulfield. L'idée que Caulfield n'ait jamais demandé de rançon lui traversa l'esprit, mais il refusa de s'attarder sur cette éventualité pour le moment, il avait assez à faire avec cette vaste opération logistique en cours.

— L'hélicoptère va nous transmettre l'image vidéo, dit Billy en se bouchant une oreille d'un doigt. Nous devrions l'avoir d'ici quelques minutes.

Et il retourna à son clavier.

Locke fit signe à Boldt de remettre son casque qu'il avait glissé autour de son cou. L'inspecteur-chef cala les écouteurs juste à temps pour entendre l'agent expliquer que la suspecte se dirigeait à pied vers le nord-ouest.

— Elle tourne à gauche, dit la voix.

Boldt se surprit à retenir son souffle.

L'agent annonça d'une voix sourde :

— Je suis à environ trente mètres derrière elle. Je maintiens le contact visuel.

— Nous aurons un autre agent au prochain carrefour, dit Billy en désignant le plan du quartier sur l'écran géant.

— Un véhicule en vue, dit l'agent.

— Une moto ? demanda Boldt dans le micro.

— Négatif. Une Datsun marron. Immatriculée à Washington, numéro neuf-quatre-cinq-un-un.

Billy répéta le numéro dans son casque, puis expliqua à Boldt :

— Vos hommes vérifient le numéro au fichier des cartes grises.

— Je l'ai ! dit Locke, libérant ainsi Billy de sa communication.

Comme on lui avait recommandé de ne pas fournir ce genre d'information à haute voix, elle la nota sur un bout de papier qu'elle tendit ensuite à Boldt.

Cornelia Uli, 26 ans, sexe féminin, race blanche.
Adresse : 517 bis, Airport Way, Seattle.

Boldt plia le bout de papier et le rangea dans sa poche. Il ordonna à Locke de placer immédiatement la résidence sous surveillance rapprochée. Locke redéploya les agents de terrain afin de mettre à exécution ce changement de programme.

— Elle monte dans sa voiture, annonça l'agent. Je suis à pied, je vais la perdre.

— Moi aussi, annonça le deuxième agent qui venait d'arriver sur les lieux.

Terrifié à l'idée de la perdre, Boldt interpella le coordinateur, qui posa une main sur son micro, se fendit d'un large sourire, et le rassura :

— Ne vous inquiétez pas, inspecteur. Les mailles du filet sont plus serrées que le trou du cul d'un moucheron. (Il montra l'écran.) J'ai cinq véhicules dans un périmètre de quatre cents mètres. A moins qu'elle n'ait des ailes, elle est faite comme un rat.

Dans le casque de Boldt les ordres radio fusaient tandis que Billy orchestrait le déploiement des véhicules. Aucune voiture banalisée ne devait suivre la voiture de la suspecte sur plus de six cents mètres en ville ou trois kilomètres sur l'autoroute. Manuellement, Billy faisait clignoter un point lumineux blanc qui indiquait la position de la Datsun.

Le point blanc quitta la I-5.

— La suspecte va s'arrêter, annonça Billy.

Boldt écouta le dialogue constant entre le coordinateur et les agents sur le terrain. Il ferma les yeux afin de se représenter un distributeur situé dans une rue pas trop passante, l'approche de la petite femme au casque de motard dans la lueur des réverbères, et l'essaim de policiers qui l'encerclaient et épiaient chacun de ses gestes. Cornelia Uli appartenait dorénavant à la police. Elle serait examinée sur toutes les coutures en temps voulu, ses moindres grains de beauté ou taches de naissance seraient rendus publics. Mais pour l'instant, en proie à de violentes brûlures d'estomac, Boldt se cala sur sa chaise, consulta un listing qui répertoriait les différents agents et leur position respective, et il écouta son équipe qui s'activait sous les directives du coordinateur du FBI qui conservait un calme surhumain.

Coordinateur: Vingt-Six... Jetez un coup d'œil en passant devant le distributeur.
Vingt-Six: Jetez un coup d'œil en passant. Confirmez.
Coordinateur: Affirmatif. Jetez un coup d'œil, je vous prie.
Vingt-Six: Compris.

Quelques secondes angoissantes s'écoulèrent.

Vingt-Six: La suspecte utilise le distributeur. Affirmatif.

Boldt consulta le listing des troupes. James Flynn, le Numéro Vingt-Six, était déguisé en livreur de pizzas. Portant ses colis, il passa devant le distributeur, jeta un œil discret vers la cible sans ralentir. Il ne la dévisagea pas benoîtement, il ne parut ni surpris ni réjoui. C'était un vrai pro.
— Nous avons un autre retrait, claironna Guillard.
Sur la carte géante, une lumière clignota, entourée d'une marée de triangles bleus.
— Est-il possible de saboter la Datsun avant qu'elle ait fini? demanda Boldt au coordinateur.
Billy l'intima au silence et parla rapidement dans le micro.

Coordinateur: Services Techniques Mobiles: sabotage du véhicule du suspect demandé. Compris?
Services Techniques: Sabotage du véhicule. Affirmatif. Un instant, je vous prie.

Boldt et Billy se regardèrent. Le coordinateur paraissait serein.

Services Techniques: Le véhicule du suspect est garé à un pâté de maisons au nord du distributeur... je répète, au nord du distributeur. Ça m'a l'air facile, Billy.

— Quinze secondes se sont écoulées, annonça Guillard. Il reste vingt secondes.
— Prolongez le temps d'attente, demanda Boldt. On a

besoin de quelques secondes supplémentaires. Billy, peuvent-ils agir en trente secondes ou moins ?

— Délai prolongé jusqu'à quarante-cinq secondes, confirma Guillard. Nous ne pouvons pas aller au-delà, inspecteur.

Services Techniques : Trente secondes, affirmatif. Exécution ?

Billy interrogea du coin de l'œil Boldt qui appuya sur le bouton de transmission et cria :

— Allez-y !

Coordinateur : Quarante-Quatre. Prévenez-nous de tout changement dans la position du suspect.

Quarante-Quatre : Entendu, coordinateur. Je vous préviendrai.

Agent des Services Techniques : J'y vais.

Boldt imagina la scène. Un homme se hâtait dans une rue tranquille ; il se dirigeait vers une des voitures en stationnement. Dans sa poche, il transportait un filtre à huile trafiqué.

Agent des Services Techniques : Coordinateur ? J'ai un problème. Un couple s'approche. J'annule l'essai.

— Plus que dix secondes, annonça Guillard.

Coordinateur : L'horloge tourne.

Agent des Services Techniques : Affirmatif. Je retente le coup.

— Plus que cinq secondes, dit Guillard.

Coordinateur : Encore cinq secondes avant la fin de la transaction.

Agent des Services Techniques : Affirmatif. Cinq secondes. Je tente le coup... pas de piétons en vue. Je me glisse sous la voiture.

— Les techniciens nous transmettent une image vidéo, déclara Sheila Locke. Elle va apparaître à l'écran.

Tous les yeux se dirigèrent vers l'écran géant, qui se divisa en deux fenêtres, chacune d'elles affichant une image en noir et blanc. Celle de gauche était la vidéo floue d'une femme casquée qui se tenait devant le distributeur Eclair. Sur la fenêtre de droite, une caméra vidéo filmait l'agent des Services Techniques en train de disparaître sous le capot de la Datsun. Boldt se cramponna aux bras de son fauteuil.

Que les spécialistes du FBI aient réussi à filmer la scène, de nuit qui plus est, dépassait son entendement. Mais tout le monde savait qu'ils étaient capables de miracles.

— Transaction terminée, annonça Guillard.

La caméra vidéo suivit la femme quand elle s'éloigna du distributeur, tourna au coin de la rue et se dirigea vers sa voiture. Elle en était encore à une distance respectable quand elle ôta son casque et secoua ses cheveux.

Coordinateur: Agent Technique. Le suspect est en route. Vous me recevez?

L'agent, dont on voyait sur l'écran les pieds dépasser du véhicule, ne répondit pas.

— Il doit y avoir des interférences radio, inspecteur, expliqua calmement Billy.

La femme n'était plus qu'à un pâté de maisons et elle se rapprochait d'un pas vif.

— Dites-lui de foutre le camp! hurla Boldt.

Coordinateur: Services Techniques? Interruption nécessaire. Je répète: interruption nécessaire de l'intervention sur la voiture du suspect.

Sur l'écran, une femme négligemment vêtue d'un blue-jean et d'un T-shirt sortit du camion de l'équipe technique et se dirigea à vive allure vers la voiture. Elle ne jeta pas un regard vers le suspect, mais monta sur le trottoir à quelques mètres du véhicule. Puis elle fit tomber son sac et en renversa le contenu sur le trottoir.

Boldt gardait les yeux rivés sur l'écran géant. Il entendait à peine le ronronnement des ordinateurs, et le cliquetis constant des claviers. La femme des Services Techniques pointa sa tête sous le capot de la voiture et glissa quelques mots à l'agent. Le suspect n'était qu'à deux voitures de son véhicule. L'agent des Services Techniques sortit d'en dessous du capot, s'agenouilla et se mit aussitôt à aider son équipière à ramasser le contenu de son sac.

Parvenue à hauteur de la portière, Cornelia Uli se trouva nez à nez avec les deux agents. La femme gratifia Uli d'un sourire embarrassé, comme si elle se reprochait sa maladresse. Elle dit quelque chose, son coéquipier aussi. Puis

Uli ouvrit le coffre de sa voiture, y jeta son casque. Elle agissait avec désinvolture, comme si porter un casque de motard quand on se promenait à pied était tout à fait naturel. Pendant ce temps-là, leur travail terminé, les deux agents se relevèrent et partirent dans la direction opposée au camion d'assistance technique.

La Datsun déboîta et s'éloigna.

— Ne la perdez pas, ordonna Boldt à Billy.

Les minutes qui allaient suivre étaient décisives.

Il y avait deux moyens d'agir avec la femme que Boldt considérait toujours comme la complice de Caulfield. Le premier, et le plus classique, était de la suivre à distance sans intervenir, puis ensuite, d'obtenir les mandats nécessaires, de placer son téléphone sur table d'écoutes, peut-être d'installer une surveillance vidéo chez elle, de filmer ses moindres gestes, d'enregistrer ses moindres mots, et d'espérer qu'elle entrerait en contact avec Caulfield. Le second — celui que Boldt avait choisi — était un moyen plus offensif : la confronter à un problème inattendu et compter sur un moment de panique qui la pousserait à demander de l'aide à Caulfield. Elle irait directement chez lui, ou il viendrait chez elle.

Néanmoins, Lou se sentait frustré de ne pas être sur place avec les autres, et il avait l'impression qu'en restant à l'écart et en coordonnant la manœuvre, il en était réduit à un rôle de disc-jockey... ce qui ne lui convenait pas du tout. En suivant les communications radio dans son casque, il imagina les véhicules de la police suivant les uns après les autres la voiture de Cornelia Uli. Il se réjouit lorsqu'on annonça peu après que la Datsun perdait de l'huile et il alerta Locke pour qu'elle obtienne une ligne prioritaire avec la compagnie de téléphone de l'U.S. West. Ils allaient avoir besoin d'un relevé de toutes les cabines téléphoniques du quartier.

Trois minutes plus tard, la Datsun se rangea sur le bas-côté et s'arrêta devant le parking d'un fast-food. Une voiture banalisée passa devant le restaurant et alla se garer devant le bar voisin. Deux autres véhicules s'arrêtèrent à cinquante mètres, de chaque côté de la rue.

— Quelle est l'adresse, Billy ? demanda vivement Boldt.

Le coordinateur posa la question aux agents et transmit la réponse à Boldt. Ce dernier héla Locke, lui donna l'adresse, qu'elle transmit à son tour au superviseur qu'elle avait en ligne. Quelques secondes plus tard, elle nota prestement les emplacements des cabines téléphoniques sur un bout de papier qu'elle passa à Boldt. Il le parcourut, puis le remit à Billy en lui demandant d'afficher les données sur l'écran.

Soixante secondes plus tard, sept étoiles roses frappées d'un « T » apparurent sur l'écran géant.

Durant les minutes qui suivirent, des rapports établirent que le suspect essayait désespérément de faire démarrer sa voiture. Pendant ce temps, Sheila localisait les cabines téléphoniques en fonction de leur emplacement : deux se trouvaient respectivement dans un MacDonald et dans un Burger King situés derrière le suspect ; une autre un peu plus haut, de l'autre côté de la rue ; deux autres dans deux stations-service situées à huit cents mètres près de l'autoroute, et la dernière à côté d'un arrêt d'autobus, cent mètres plus loin.

Boldt demanda au camion des Services Techniques qui suivait Cornelia Uli de filmer la Datsun et la cabine téléphonique de l'arrêt d'autobus. Trois minutes plus tard, l'écran central de NetLinQ montra une image granuleuse de la Datsun, garée à cheval sur un terre-plein.

— Le suspect s'éloigne, annonça une voix d'homme dans le casque de Boldt.

Ce dernier croisa le regard de Billy. Le coordinateur avait montré un moment de doute quand Boldt avait choisi de filer Uli plutôt que de l'intercepter, mais il s'était repris et son regard exprimait une confiance admirative.

Sur l'écran, on vit la femme sortir de sa voiture, visiblement dépitée. Elle regarda à droite, à gauche, incertaine. Boldt la poussa mentalement à faire demi-tour pour se diriger vers les deux fast-food. Il ne voulait pas qu'elle aperçoive l'arrêt d'autobus. Comme si elle l'avait entendu et désirait le contrarier, Uli se dirigea dans la direction que prenait sa voiture avant la panne.

Boldt calcula rapidement les différents scénarios, puis avisa Locke :

— Contactez la compagnie locale des autobus et tâchez d'obtenir leurs horaires. Si un autobus est prévu à cet arrêt dans les dix minutes, il faut le détourner. Exigez qu'un autobus vide se tienne prêt à dix blocs de là. Et faites revenir l'hélicoptère. J'aurais peut-être besoin d'un moyen de transport rapide.

Locke nota ses instructions.

— Vérifiez aussi les compagnies de taxi. Il faut que nos hommes remplacent leurs chauffeurs. Et je ne veux pas voir de voitures de police dans le secteur. Pas une seule.

Pendant les minutes suivantes, Billy et Locke se chargèrent de mettre en application les instructions de Boldt. Des agents furent envoyés dans les deux compagnies de taxi du secteur ainsi qu'à la compagnie de transport en commun. L'autobus de la ligne régulière fut détourné de son parcours ; le conducteur raconta aux passagers qu'un accident bloquait la route habituelle.

La caméra suivait toujours Cornelia Uli, qui ne marchait pas vite. Nerveuse, sans doute inquiète au sujet de sa voiture, elle ne cessait de se retourner, et progressait en zigzag, cherchant désespérément une cabine téléphonique dans les parkings qui bordaient la rue.

Boldt entendit le vrombissement de l'hélicoptère au-dessus du building de la NetLinQ.

— Elle va aller à l'arrêt d'autobus, prédit-il.

— L'hélicoptère vous attend, annonça Locke.

— Indiquez à la compagnie de téléphone la cabine que nous pensons qu'elle va utiliser, et demandez-leur un relevé des numéros qu'elle appellera.

— Je m'en occupe.

— Billy, je veux sept passagers et un conducteur dans notre autobus. Un mélange d'hommes et de femmes. Répartissez aussi des gens à nous sur le parcours, et que tout le monde surveille si Caulfield se montre. Nous allons être obligés de laisser monter des civils dans ce bus, au cas où Caulfield viendrait ou enverrait un complice. Que ce soit bien clair : je ne veux pas qu'on joue les cow-boys. Nous supposons que la femme est armée, mais nous devons penser aux civils avant tout. Si elle descend près de chez elle, sur Airport Way, c'est là que nous interviendrons. Je ne veux pas qu'elle arrive chez elle avant nous. Entendu ? Et mettez-moi quelqu'un à l'arrêt d'autobus. Tout de suite. Je veux entendre ce qui se dit, si c'est possible.

Billy dut faire vite, mais il n'en continua pas moins de garder son calme et sa voix n'indiqua pas le plus petit tremblement d'excitation.

Sheila Locke prévint Boldt que le nécessaire avait été fait auprès de la compagnie de téléphone.

Sur l'écran, on vit le suspect traverser un dernier parking, puis accélérer en apercevant la cabine téléphonique. Au loin, une jeune femme s'approchait de l'arrêt d'autobus.

— C'est une des nôtres ? demanda Boldt.

Billy acquiesça.

Ces gens sont étonnants, songea Boldt, admiratif.

— Est-ce que nous sommes en liaison directe avec la compagnie de téléphone ? demanda-t-il à Locke, qui confirma.

Le suspect entra dans la cabine et composa un numéro.

Boldt se leva à moitié, l'œil rivé sur l'écran géant.

Un silence tendu enveloppa la salle, seulement troublé par le murmure des ordinateurs.

La jeune flic arriva à l'arrêt d'autobus. Le suspect resta un moment au téléphone puis raccrocha. L'angle de la prise de vues ne permettait pas de savoir si elle avait parlé ou non.

— Qu'est-ce qui se passe, merde? lâcha Boldt.

Il fixa d'un œil fiévreux Sheila Locke qui remercia son correspondant, lui demanda de «rester en ligne», et se tourna vers Lou.

— C'est un numéro de société, expliqua-t-elle. Ils recherchent la société.

Boldt aurait voulu qu'on puisse se brancher sur la communication et écouter ce que Cornelia Uli disait à son interlocuteur. Il savait que les progrès techniques permettaient ce genre d'écoutes sauvages. Mais il savait aussi qu'il était impossible d'agir sans mandat, que les écoutes étaient strictement contrôlées lorsqu'il s'agissait de cabines publiques, et qu'il faudrait plusieurs heures pour obtenir le feu vert de la justice. Les lois qui protégeaient la vie privée des individus limitaient en même temps l'action de la police.

Locke boucha son oreille libre, écouta, puis expliqua:

— C'est une compagnie d'Alphapage. Notre suspect a composé un code d'accès personnel, mais le logiciel de la compagnie n'a aucun moyen de connaître le numéro correspondant au code.

Boldt était atterré. Dans son casque, il entendit une voix de femme dire dans un murmure à peine audible:

— Le téléphone sonne. La personne qu'elle a contactée la rappelle.

Boldt entendit le téléphone sonner. La jeune flic qui venait d'arriver à l'arrêt d'autobus portait un micro.

— Inspecteur! lança Billy, et il désigna l'écran.

Cornelia Uli décrocha.

Boldt ordonna à Locke:

— Contactez la compagnie...

— D'Alphapage? Oui, c'est ce que je suis en train de faire.

— Montez le son de vos écouteurs, inspecteur, recommanda Billy. Nous allons essayer un truc.

Boldt s'exécuta. Il entendit une respiration crisser dans ses écouteurs, puis en bruit de fond une voix féminine qui pestait contre «cette maudite bagnole». Profitant d'un silence, Billy expliqua:

— La respiration que vous entendez, c'est celle de notre agent. Nous avons placé un amplificateur sur son micro.

Le suspect dit le nom d'un arrêt d'autobus. Après un silence, elle dit deux fois de suite: «D'accord», puis laissa pendre le combiné et sortit de la cabine. Un clic tonitruant obligea Boldt à arracher son casque qui tomba sur ses genoux.

— C'était l'agent qui coupait son micro, expliqua Billy. Heureusement, d'ailleurs. Si elle avait dit un seul mot, elle nous aurait crevé les tympans.

— Il faut que j'aille là-bas, déclara Boldt. Est-ce qu'on peut communiquer avec l'hélico?

— Voyons, inspecteur! dit Billy avec son calme surnaturel. Les Services Techniques peuvent tout faire!

Le voyage en hélicoptère fut bref, et quelque peu terrifiant dans la nuit noire. Ils volèrent à basse altitude, rasant les immeubles qui défilaient sous leurs yeux tels des jouets de construction. Le pilote déposa Boldt sur le terrain de football d'une école, à sept blocs de l'arrêt d'autobus, afin que le bruit du moteur n'éveille pas la curiosité du suspect. Un agent du nom de Nathan Jones, de la police de King County, l'accueillit à sa descente d'hélicoptère.

— Tout est prêt, indiqua l'agent.

Il fit monter Boldt dans sa voiture et démarra dans les rues sans se soucier des feux rouges.

De loin, l'autobus paraissait sinistre. Le véhicule était garé le long du trottoir, tache de lumière jaunâtre dans la nuit. Quand il monta à bord, Boldt vit sept personnes assises aux quatre coins. Il se présenta, étudia brièvement les visages, demanda à deux agents de changer de place, à deux autres de s'asseoir côte à côte. En les regardant attentivement, Cornelia Uli pourrait remarquer une similitude d'âge et d'aspect chez certains. Un seul dépassait la cinquantaine: un autre agent de King County que Boldt connaissait vaguement, mais dont il ne se rappelait pas le nom.

— Il faut lui laisser de la place, expliqua-t-il. Si elle descend avant sa destination prévue, vous... (Il désigna l'une des trois femmes), vous descendrez au même arrêt. Ne la suivez pas de trop près, mais tenez-nous au courant. (Puis il s'adressa aux six autres.) Nous avons des agents partout. Nous savons qu'elle devra changer pour rejoindre le centre. Dans ce cas, vous, vous, vous, et moi, nous descendrons avec elle. Nous ferons en sorte que la correspondance soit un autobus à nous. Certains de nos agents monteront dans le bus à différentes stations. Vous deux, vous descendrez au troisième et au cinquième arrêt. Si elle va jusqu'à la station d'Airport Way, nous l'appréhenderons. Il faudra agir vite et sans fanfare. Elle ne doit pas descendre du bus. Des questions?

Silence.

— Alors, allons-y, fit-il, et il empoigna la barre verticale quand l'autobus démarra.

Ils tournèrent à un carrefour. Deux agents lisaient leur journal, un troisième, un livre de poche. Deux autres regardaient le paysage d'un œil morne. Boldt essaya de se calmer. Il s'assit, appuya sa joue contre la vitre, se détendit, simula la fatigue d'un travailleur sur le point de s'assoupir, ce qui, dans une autre situation, ne lui aurait demandé aucun effort.

Il avait ôté ses oreillettes qui pendaient, cachées sous son col de chemise. Sans contact radio, le bus et ses passagers étaient coupés du coordinateur. Seul le chauffeur restait en liaison avec Billy, Sheila Locke, et Phil Shoswitz qui patientaient à la brigade, et tous les autres véhicules prêts à intervenir. Ils passèrent devant la Datsun en panne, puis le bus ralentit en approchant de l'arrêt.

Les portes s'ouvrirent en sifflant.

Boldt reconnut l'agent de la surveillance vidéo. Elle monta la première, chercha l'appoint puis paya son trajet. Cornelia Uli monta derrière elle, et lui adressa la parole. Boldt transpirait. Il aurait voulu que les portes se referment plus vite, que Cornelia Uli soit piégée dans l'autobus.

— Vous avez de la monnaie? demanda Uli qui agitait un billet neuf de vingt dollars.

Boldt devina qu'elle l'avait retiré au distributeur. L'agent parut pétrifié.

Boldt incita mentalement le conducteur à refermer les portes.

Le jeune homme qui était assis en face de Boldt se leva d'un bond et sortit son portefeuille.

— Moi, j'en ai, déclara-t-il.

Il remit à Uli un assortiment de billets en échange de celui de vingt dollars. Elle introduisit un dollar dans la machine, puis demanda sa route au chauffeur, un homme de la police de King County. Heureusement, on avait pensé à confier le poste à un gars du coin, et il expliqua à Uli qu'elle devrait changer, ainsi que Boldt l'avait expliqué aux sept agents.

Les deux femmes s'assirent à des places différentes.

Les portes se refermèrent en sifflant.

Boldt était de plus en plus tendu. Son estomac gargouilla bruyamment. Il jeta un regard discret vers Cornelia Uli. Elle portait un jean moulant, et toujours ce blouson de cuir noir. Elle avait des yeux noisette, pas de maquillage, et ses lèvres pleines dessinaient une moue boudeuse. Lorsqu'elle se gratta la nuque, Boldt se dit qu'il l'avait déjà vue quelque part. En vrai, pas sur les images granuleuses du film vidéo. Cette impression ne le quitta plus.

Le chauffeur annonça l'arrêt suivant. Il conduisait avec maladresse. Boldt se plongea dans la contemplation du paysage afin d'observer le reflet de la suspecte dans la vitre. Il comptait la suivre au cas où elle se dirigerait vers la porte arrière. Personne ne monta à cet arrêt, les portes restèrent donc fermées. Le bus reprit de la vitesse, et poursuivit sa route.

Au troisième arrêt, un agent descendit. Un autre entra, une jolie jeune femme : un agent du FBI avec un visage banal et des yeux fureteurs. Elle s'assit en face d'Uli qui occupait l'une des premières banquettes. L'agent regarda si aucun journal ne traînait, puis n'en trouvant pas, elle sortit une lime de son sac et entreprit de se faire les ongles.

Pour signaler leur identité, les agents devaient se toucher l'oreille gauche en montant dans l'autobus. C'était pour cette raison que Boldt s'était assis sur la droite du véhicule. Il nota avec soulagement que Cornelia Uli lui tournait le dos. Ainsi, Boldt savait à l'avance si les nouveaux passagers appartenaient à la police. Au quatrième arrêt, un civil monta. Un obèse édenté. En présentant sa carte d'abonnement au conducteur, il demanda :

— Où est Danny, ce soir ?

— Ah, faudra se contenter de moi, rétorqua le chauffeur.

— Je ne vous ai jamais vu, grommela l'obèse.

Boldt scruta la réaction de Cornelia Uli dans la vitre. Elle ne parut pas s'inquiéter. Le chauffeur se débrouillait bien, même si sa conduite laissait à désirer. Il accéléra trop vivement, le nouveau passager perdit l'équilibre et dévala l'allée centrale. Il sentait le tabac et l'alcool.

— Hé, vous vous prenez pour Senna ? lança-t-il.

Il s'assit derrière Boldt, puis se pencha sur son épaule et lui souffla à l'oreille :

— On nous a collé un bleu-bite, l'ami. Ma parole, les yeux fermés, je conduis mieux que lui.

Devinant qu'il avait affaire à un bavard invétéré, Boldt refusa d'engager la conversation. Comprenant la situation, l'un des agents changea de place.

— Vous permettez ? demanda-t-il à l'obèse.

Sans attendre la réponse, il s'assit à côté de lui et commença à l'entreprendre afin de l'empêcher d'importuner Boldt.

L'autobus poursuivit sa route, grinçant, sifflant, passant un feu rouge après l'autre. L'arrêt suivant, pas de passager. A celui d'après, un autre agent descendit. Au suivant, deux agents montèrent.

Le conducteur annonçait les stations. Arrivé à destination, il se tourna vers Uli et l'informa :

— Voici votre changement.

Boldt hésita. Il ne voulait pas quitter le bus avant d'être sûr que Cornelia Uli descende, elle aussi.

Lorsque le conducteur ralentit, elle se leva. Boldt quitta son siège et se dirigea vers la porte avant. Trois agents le rejoignirent. Ils descendirent après avoir obtenu un titre de transfert du chauffeur. Deux autres passagers attendaient à la station. Boldt devina qu'ils étaient de la police, mais il ne pouvait en être sûr car il leur était difficile de le signaler. L'autobus s'éloigna.

La nuit était calme et douce. Deux mouettes traversèrent le ciel noir en poussant des cris stridents, puis s'évanouirent dans la nuit. En attendant leur correspondance, deux des agents discutèrent du dernier match des Mariners. La femme qui lisait un livre de poche alla poursuivre sa lecture sous un réverbère.

— C'est la ligne qui rejoint le centre ? demanda Boldt à l'un des inconnus.

L'homme se gratta l'oreille gauche.

— Quartier international et centre-ville, dit-il. Pour aller au quartier universitaire, il faut changer dans le centre-ville.

Boldt le remercia.

Cornelia Uli demanda l'heure à sa voisine. Elle semblait agitée, et à la manière dont elle serrait son sac, Boldt en déduisit qu'il contenait l'argent de la rançon.

Pendant ce temps-là, une voiture de police se rangeait à côté de la Datsun. Au cas improbable où Caulfield viendrait rechercher le véhicule tandis que Uli rentrait chez elle, on avait recommandé aux agents d'agir comme d'habitude. Un des flics colla un ordre d'enlèvement sur le pare-brise de la Datsun puis appela un remorqueur. Celui-ci arriverait dix minutes plus tard. Il remorquerait la voiture jusqu'au garage de la police par des rues transversales afin d'éviter le parcours de l'autobus. Au garage, la Datsun serait passée au peigne fin par l'équipe de Bernie Lofgrin.

Un autobus s'arrêta à la station. Le conducteur se curait l'oreille gauche avec son index. Quand Boldt monta et présenta son titre de transfert, le conducteur croisa son regard. Son visage était impassible, mais une flamme ardente brillait dans ses yeux.

Bobbie Gaynes était assise sur la cinquième banquette.

Il y avait six autres passagers, tous des membres de la police de Seattle. Quel que fût le respect que Boldt ressentait pour les autres services, il était soulagé de se retrouver en famille.

Uli s'installa sur la première banquette, face au pare-brise. Le bus roula sur des routes cahotantes, franchit des fossés de travaux, négocia les virages un poil trop vite.

Comme il ralentissait à l'approche du troisième arrêt, Boldt regarda par la vitre et sentit son cœur se serrer. Deux passagers attendaient l'autobus. Or, l'un d'eux était Digger Shupe, un retraité de la brigade du Grand Banditisme. Il allait reconnaître au moins la moitié des passagers. Le visage du second client n'était pas familier à Boldt, et il ne se toucha pas l'oreille gauche en montant. Il portait dans ses bras deux sacs en papier, fruits de ses courses.

Les portes s'ouvrirent et Digger Shupe monta à bord. Le conducteur lança un coup d'œil à Boldt, puis détourna vivement la tête pour éviter que Shupe ne le reconnaisse. Une tension électrique parcourut l'autobus. Les deux passagers payèrent leur ticket, et quand Shupe alla s'asseoir, il reconnut Boldt et s'écria :

— Nom d'un chien, je veux bien être pendu… !

Le conducteur emballa le moteur, freina, accéléra, envoyant valser les deux nouveaux arrivants. Danny Levin fit semblant d'aider Digger Shupe à se relever, et il en profita pour lui glisser un mot à l'oreille. Shupe hocha la tête, se remit sur pied en vacillant, puis, professionnel jusqu'au bout des ongles, alla s'asseoir comme si de rien n'était.

Le conducteur se répandit en excuses, surtout auprès de l'homme qui avait renversé ses légumes sur le plancher. On l'aida à les ramasser, puis il s'assit à côté de Bobbie Gaynes, et le bus poursuivit sa route.

Deux arrêts plus tard, voyant LaMoia qui attendait sous l'abri, Boldt fut de nouveau soulagé d'être entouré des siens. Il y eut une bousculade à l'arrière, car plusieurs agents décidèrent de descendre au même arrêt.

Après avoir payé, LaMoia s'assit juste à côté de Cornelia Uli. Boldt sentit des brûlures acides refluer dans sa gorge. Seul LaMoia était capable d'aborder un suspect de la sorte.

— Finalement, il fait assez beau, remarqua LaMoia.

Uli le gratifia d'un faible sourire.

— Evidemment, c'est toujours l'été la meilleure saison.

Toujours pas de réponse.

— Vous faites de la planche à voile ?

Elle secoua la tête, mais sourit de l'attention qu'il lui portait.

— Un sport du tonnerre, dit-il. C'est mieux sur un lac

parce que l'eau n'est pas aussi froide qu'en mer. Vous allez souvent au bord du lac ?

Uli regardait droit devant elle, ignorant LaMoia.

— Vous faites de la moto ? Ce blouson... c'est par goût ou bien c'est parce que vous faites de la moto ?

— J'ai une Harley.

— Non ? Une Harley ? Pas croyable ! Vous roulez en Harley ?

Boldt se retourna vers la vitre pour dissimuler un sourire. Ils passèrent devant une station sans s'arrêter.

Cornelia jeta un coup d'œil par la vitre, se leva à demi et demanda l'arrêt suivant en actionnant la sonnette.

Les visages restaient impassibles, mais Boldt sentit la tension monter inexorablement.

Encore cent mètres.

— Vous descendez là ? demanda LaMoia en faisant mine de se lever pour la laisser passer.

— Oui, merci.

LaMoia se leva.

Le conducteur croisa le regard de Boldt dans son rétroviseur. Boldt fit un léger signe de tête, empoigna la barre d'appui et s'apprêta à dégainer.

Le bus ralentit, puis vira brusquement. Cornelia Uli alla se cogner contre la vitre. Avec des réflexes de chat, LaMoia lui planta son insigne sous le nez, puis la retourna d'un geste brusque, et l'immobilisa en criant :

— Police de Seattle ! Vous êtes en état d'arrestation. Pas un geste !

Et il accompagna sa menace en la clouant au sol et en appuyant un genou ferme sur ses reins.

Le bus s'arrêta.

Cornelia Uli hurla à l'aide. Elle regarda par-dessus son épaule, mais aperçut une demi-douzaine de revolvers braqués sur elle. Certains agents s'étaient réfugiés derrière les sièges. Une paire de menottes se referma avec un claquement sec autour des poignets de Cornelia Uli.

— Espèce d'enfoiré ! cracha-t-elle au visage de LaMoia en se débattant.

— Le sac ! s'écria Boldt.

Un agent s'agenouilla et chercha le sac sous le siège.

— Le sac ! répéta Boldt, inquiet.

C'était leur preuve, il contenait l'argent et la carte de retrait. Boldt vit LaMoia, qui tenait toujours le suspect, se tordre le cou pour fouiller sous les banquettes. Deux autres agents s'étaient joints à quatre pattes aux recherches.

Enfin, un agent se releva en brandissant le sac comme un trophée.

Il fut acclamé en héros.

— Conduisez-nous en ville! brailla Boldt.

— Et fais gaffe quand tu freines! ajouta LaMoia.

35

Penny Smyth, substitut du procureur, en était à sa troisième tasse de café. Elle grimaça en avalant le jus de chaussette de la police, mais le considérait comme un médicament indispensable à 2 heures du matin. De l'autre côté de la vitre sans tain, Cornelia Uli, menottes aux poignets, était assise dans la Boîte, accoudée à la table marquée de brûlures de cigarettes entre le carton «Non Fumeurs» et le cendrier. Elle paraissait angoissée, agitée. Daphné, qui l'observait aux côtés de Smyth, dit:

— Elle va parler, c'est sûr.

— Vous connaissez tous deux la loi, dit Smyth. Je n'ai pas à vous la rappeler, et je préfère ne pas entrer dans la Boîte avec vous, sinon vous seriez obligés de la respecter.

L'interrogatoire des suspects était le seul domaine dans lequel la police possédait une marge de manœuvre significative. L'inspecteur qui menait l'interrogatoire avait le droit de mentir et de promettre n'importe quoi tant que le suspect consentait à parler. La seule véritable défense d'un accusé pendant les vingt-quatre heures de garde à vue était le silence et le temps. Un accusé pouvait demander la présence d'un avocat d'office, mais l'inspecteur n'était pas tenu de céder à sa requête tant que l'accusé continuait à parler. Comme c'était la seule façon de conclure rapidement une enquête, certains policiers avaient perfectionné les techniques de l'interrogatoire au point d'en faire une forme d'art. Daphné Matthews et Lou Boldt comptaient parmi les meilleurs, et à la Brigade Criminelle on les avait surnommés les «aigres-doux».

— Elle a un casier long comme le bras, expliqua Smyth. Condamnations pour petite délinquance, drogue, chèques en bois. Arrestations sans suite pour un certain nombre de délits, y compris un meurtre au second degré. Elle est rodée aux interrogatoires. A votre place, j'en tiendrais compte. On la tient pour extorsion de fonds, pour complicité de menaces de mort et complicité de meurtre. Si elle ne parle pas, elle risque de passer sa vie au trou. Voilà votre carotte et votre bâton.

La Boîte sentait la peur. On avait beau la nettoyer, la laver, même la repeindre, au bout d'une semaine l'odeur revenait. C'était le terminus, la fin du voyage. Pour beaucoup, cette pièce était le dernier endroit où ils porteraient des vêtements civils. Les plus expérimentés — les coupables — le savaient. Malgré le dégoût que lui inspiraient la plupart des accusés, Boldt ne pénétrait jamais dans cette pièce sans ressentir un pincement au cœur et une certaine pitié pour le pauvre diable. Il se demandait toujours quels événements dans la vie d'un individu l'avaient conduit jusqu'à cette pièce sinistre et menaçante, où des flics teigneux allaient le travailler avec la tendresse d'un boucher pour un quartier de viande.

En observant Uli de plus près, Boldt se dit qu'elle avait dû être jolie. Mais la galère l'avait vieillie prématurément; elle avait séché sa peau, ridé ses yeux. La peur transpirait par tous les pores de sa peau et rendait Boldt mal à l'aise.

Daphné approcha une chaise. Boldt resta debout. Le duo aigre-doux entra en scène. Daphné examina la jeune femme d'un œil froid. Boldt arpenta la pièce à longues enjambées, les mains crispées derrière le dos. Ils ne parlaient ni l'un ni l'autre. Ils attendaient que leur accusée se décide.

— Je veux un avocat, finit-elle par déclarer.

— Un avocat? fit Boldt. (Puis à Daphné :) Elle veut un avocat.

— J'en prends note.

— Tout de suite.

— Vous voulez qu'il vienne tout de suite? demanda Boldt.

— Je viens de vous le dire.

— Vous êtes sûre? Parce que j'allais vous proposer un moyen de vous sortir du pétrin où vous vous êtes fourrée. Mais si vous insistez pour avoir un avocat, on n'a plus rien à se dire. Vous aurez votre avocat, et on se reverra au tribunal. D'un autre côté, si vous réfléchissez bien, miss Cornelia Uli, vous verrez que je suis votre seule chance. Le chevalier en armure qui vient sauver la pauvre victime.

— Tu parles d'un chevalier! ricana Uli.

— Elle ricane, commenta Boldt, choqué.

— Laisse, elle ne sait pas ce qu'elle dit.

— Vous jouez à quoi? protesta Cornelia. Vous vous croyez au cinéma? Je veux un avocat.

— Nous allons vous en assigner un, Cornelia, affirma Boldt. Nous nous en occupons. (Puis à Daphné :) Tu l'as noté, n'est-ce pas?

— Tiens, lis, fit Daphné en désignant son calepin.

— C'est noté, confirma Boldt à Cornelia. On s'en occupe.

— Des conneries, oui !

Boldt frappa violemment sur la table. Uli sursauta. Daphné ne frémit pas d'un pouce.

— Ecoute-moi ! hurla-t-il. Je représente ta dernière chance. (Puis il se calma instantanément et expliqua d'une voix douce :) Ou tu joues le jeu ou tu trinques, c'est aussi simple que ça. Tu sais ce qu'on a contre toi ? Tu sais de quoi on va t'accuser ?

Boldt consulta sa montre. 2 h 30. Il ne se rappelait pas avoir jamais été aussi fatigué. D'une minute à l'autre, LaMoia aurait les premiers résultats de la fouille de l'appartement d'Uli. Boldt avait assisté à l'arrivée du SWAT qui espérait coincer Caulfield chez Cornelia Uli, mais il avait laissé LaMoia et l'identité judiciaire se charger des détails.

Daphné lut une longue liste de charges, en commençant par l'extorsion de fonds et en concluant par le meurtre au premier degré.

En entendant cette dernière accusation, Uli coula un regard noir vers Daphné puis vers Boldt, et cracha :

— C'est des conneries !

— Elle ne sait pas, dit Boldt à Daphné. Elle s'imagine qu'on la prend pour une innocente intermédiaire, une simple complice, alors qu'en fait, on sait pertinemment que c'est elle qui a tout manigancé. (Il ajouta à l'adresse d'Uli :) Les menaces de meurtres figurent dans les fax, ma jolie. Or, il y a un lien direct entre toi, les fax, et l'empoisonnement de dix personnes. Dix ! Et crois-moi, si tu t'imagines que tu t'en tireras avec perpète, c'est que tu n'as pas bien pigé ce qui se passait dans le coin. Washington est à cran, miss Uli, les gens crient vengeance. Tu es bonne pour l'injection mortelle, tu n'y couperas pas.

— D'un autre côté, intervint Daphné avant qu'Uli n'ait le temps de protester de son innocence, si vous avez quelque chose à nous dire, votre collaboration vous évitera peut-être le couloir de la mort.

— Tu pourrais même ressortir libre de cette pièce, renchérit Boldt.

— Elle n'est pas intelligente, déclara Daphné Ces filles s'imaginent toujours en savoir plus que nous. Cela me paraît bizarre, miss Uli, parce qu'on passe notre temps à vous mettre au trou, or en taule on a tout le temps de réfléchir, non ?

— Je veux un avocat.

— Je t'avais bien dit qu'elle n'était pas intelligente, répéta Daphné. Elle ne se rappelle même pas que je l'ai déjà noté.

— Tu pourras sans doute vendre ton cul aux matons pour des cigarettes, dit Boldt le plus sérieusement du monde. Il paraît qu'une pipe vaut un paquet. La totale, une cartouche. En tout cas, ça marchera les deux premières années. T'es pas mal foutue, t'es jeune. Mais bientôt d'autres arriveront, des plus jeunes que toi. Alors, tu en baveras, parce que les matons ne t'auront plus à la bonne. On a essayé de moraliser tout ça, tu sais. Ce qui se passe en prison n'est pas très sain. Mais c'est les prisonnières qui en redemandent. Elles deviennent tellement désespérées, tellement frustrées. Les câlins entre femmes, ça les calme. Tu fais aussi dans les lesbiennes?

— Elle fait dans tout, affirma Daphné.

— Allez vous faire enculer!

— Tiens, tu vois, fit Boldt. Elle a compris de quoi on parlait.

— Oui, elle en connaît un rayon, approuva Daphné.

Boldt consulta de nouveau sa montre.

— Je suis fatigué, pas toi, Daffy?

— Ereintée.

— Elle ne collaborera pas.

— Non, je ne crois pas.

— Qu'est-ce que vous en savez? demanda Cornelia Uli.

— Tu ne nous aides pas beaucoup, Cornelia.

— Je peux me lever? demanda-t-elle.

— Bien sûr, acquiesça Boldt. Ça aide à réfléchir.

Elle fit quelques pas dans la pièce. Boldt s'aperçut que Daphné l'observait avec un intérêt croissant. La psychologue semblait perplexe. Soudain, elle demanda à l'accusée:

— Mettez encore vos mains sur la tête comme vous venez de le faire.

Uli se figea.

— Croisez vos mains sur la tête.

Uli interrogea Boldt d'un regard suppliant.

— Fais ce qu'on te demande, ordonna-t-il.

Elle s'exécuta, leva les bras, croisa les mains sur sa tête.

— Qu'est-ce que ça veut dire? s'étonna-t-elle.

Elle avait de petits seins haut perchés qui disparaissaient quand elle levait les bras. Elle était plus mince que Boldt ne l'avait cru au premier abord, avec un long cou gracieux.

— Tournez-vous, exigea Daphné.

Uli obéit.

— Merde, expliquez-moi ce qui se passe!

— Tourne-toi! ordonna Daphné qui s'était levée de sa chaise. Qui t'a donné la carte Eclair?

Face au mur, Cornelia Uli avoua:

— On me l'a envoyée par la poste.

— C'est faux! tonna Daphné, furieuse. Tu l'as demandée par courrier. Tu as ouvert un compte bancaire.

Daphné exhiba la photocopie de la demande d'ouverture de compte que Lucille Guillard leur avait fournie.

— Un graphologue confirmera que tu l'as rédigée toi-même. Ça ne fait pas un pli. Qui t'a branchée sur le coup?

Cornelia Uli laissa lentement retomber ses bras.

— Garde les bras levés. Tourne-toi. (Puis Daphné demanda à Boldt:) Ça ne te rappelle rien?

Il aurait bien voulu aider Daphné, mais elle l'avait semé en route. Il l'interrogea du regard.

— Qui t'a demandé d'ouvrir le compte? interrogea Daphné.

Les mains sur la tête, Uli contemplait la photocopie d'un air ahuri.

— Je...

— Et ne me raconte pas de bobards, Uli, dit Daphné. Ma patience est à bout.

Aigre-doux. Ils ne savaient jamais qui jouait quoi. Parfois, ils se répartissaient les rôles à l'avance : l'un jouait le gentil, l'autre le méchant. Parfois, les choses évoluaient au fur et à mesure que l'interrogatoire avançait.

— Je ne peux pas vous le dire, murmura Uli d'une voix faible.

Boldt sentit un frisson brûlant lui parcourir l'échine. Par ces mots, Uli venait d'avouer sa culpabilité.

Ils l'interrogèrent encore à tour de rôle pendant quarante-cinq minutes. Peu après 3 heures, ils décidèrent de l'envoyer au dépôt. Ils poursuivraient l'interrogatoire le lendemain matin.

Dans l'ascenseur qui les emmenait au garage, Boldt demanda à Daphné:

— A quoi rimait cette chorégraphie?

Daphné répondit, l'air soucieux:

— Je ne peux pas l'expliquer, Lou, mais j'ai l'impression d'avoir déjà vu cette jeune femme.

36

Le lundi matin à 8 heures, quand Boldt se réveilla, il était en plein cirage. Il avala une grande tasse de thé avant de monter en voiture. Il alluma la radio et roula vers le centre-ville. Il avait l'intention de reprendre l'interrogatoire de Cornelia Uli avec Daphné.

Mais quand il entendit le flash d'informations, il faillit causer un accident. Il donna un coup de volant involontaire, fit un début de tête-à-queue, obligeant la voiture qui le suivait à monter sur le trottoir.

Il s'était attendu à ce que le journal parlât de la fusillade Striker-Danielson, mais une agréable voix féminine annonça «un développement inattendu» dans une affaire où le ministère de la Santé exigeait qu'Adler Foods retire tous ses produits de la circulation avant midi. On suggérait qu'une enquête était en cours pour déterminer le rôle de la société alimentaire dans la contamination à l'*E. coli* et dans les récents empoisonnements qui avaient fait plusieurs morts. La nouvelle était au conditionnel, mais «des sources proches de l'enquête» affirmaient qu'une contamination massive de marchandises accompagnée d'extorsion de fonds paralysait Adler Foods depuis près de trois semaines, et que les autorités locales avaient réclamé, la veille, l'intervention du FBI.

Le commissaire Rankin et les bureaucrates avaient encore frappé : consciemment ou non, ils venaient juste de défier Caulfield à la roulette russe.

Le retrait des produits de la circulation, l'intervention du FBI, tout cela allait forcer la main de Caulfield. Le bonhomme connaissait maintenant son adversaire. La dangereuse décision du commissaire Rankin avait créé un point commun entre Boldt et Caulfield. Le même écœurement à l'encontre du super-flic. Sans avoir besoin de le vérifier, Lou savait qu'un fax l'attendait à son bureau.

Et d'une certaine manière, il était content d'avoir raison.

Daphné se réveilla tard. Elle avait passé la nuit chez Owen Adler. Se sentant salie par l'interrogatoire, elle s'était déshabillée et avait pris un bain de minuit avant de rejoindre Owen dans son lit où elle avait aussitôt sombré dans un sommeil profond.

Douché et rasé, Owen s'habillait quand Daphné se réveilla.

— Nous avons placé la propriété sous étroite surveillance, expliqua-t-elle. Sinon, je ne serais pas venue.

— Je sais. Je suis content que tu sois là.

— Cela fait des semaines que je n'ai pas dormi aussi bien.

— Tu m'as manqué, dit-il. A Corky aussi.

Il finit de boutonner sa chemise.

Elle arrangea l'oreiller et s'assit dans le lit, le drap autour de la taille, agréablement surprise d'être à demi nue et néanmoins à l'aise. Elle n'éprouvait pas ici le sentiment d'être constamment violée comme sur son bateau. Elle décida de ne pas confier à Owen qu'elle soupçonnait Fowler. Plus tard.

— Papa ?

C'était Corky qui accourait.

Adler ne voulait pas que sa fille surprenne Daphné dans son lit. Le sachant, Daphné fonça dans la salle de bains, mais trop tard. Elle dut se cacher dans le dressing attenant. Elle avait l'impression d'être une adolescente qui se cachait de ses parents, et cela la fit rire. Elle mordit dans la manche d'un blouson de sport pour étouffer son rire.

— Tu reçois un fax, papa, annonça Corky.

— J'y vais tout de suite, dit Owen, qui hésita avant d'ajouter : qu'est-ce qu'il y a, mon trésor ?

— Pourquoi Daffy se cache-t-elle dans ton dressing ?

Ah, les enfants ! Daphné chercha vite une explication.

— J'emballe ton cadeau d'anniversaire, Corky.

— C'est vrai ?

— Interdiction d'entrer !

Daphné fouilla la penderie, et choisit une des chemises sur mesure d'Owen.

— Tu viendras faire du bateau ?

— Plus tard, mon chou. Je ne peux rien te promettre.

— Tu vas louper Monty le Clown.

— Daffy est très occupée, mon trésor, mais elle fera son possible pour venir à ton anniversaire.

— Qu'est-ce que c'est comme cadeau ?

— Interdiction d'entrer, répéta Daphné.

Elle prit un caleçon au cas où, et rit de nouveau quand elle s'aperçut qu'elle avait besoin d'une ceinture pour le faire tenir. Elle le remit dans la penderie.

— File, je te rejoins dans la cuisine, dit Adler.

— D'accord, fit l'enfant, dépitée.

Adler entra dans le dressing.

— Ce n'est pas la peine de venir, Daffy, dit-il. Je comprends très bien, et Peaches aussi.

Oui, mais Corky ne comprendrait pas, elle. Daphné, en bonne psychologue, le savait.

— Je vous rejoindrai plus tard, assura-t-elle. Garde-moi du gâteau et de la glace.

Elle allait se doucher quand elle se souvint.

— Le fax, dit-elle.

LE JOUR J.
POUR QUI SONNE LE GLAS ?
IL SONNE POUR TOI...

Pendant la dernière demi-heure, Boldt avait partagé son attention entre le fax et le tableau de la salle de réunion où étaient épinglées onze maquettes des Imprimeries Grambling. Toutes les maquettes comprenaient les trois couleurs primaires — rouge, jaune, bleu — et au moins un aluminium, cuivré, argenté ou doré. Les produits allaient des enchiladas aux yogourts congelés. Boldt avait des brûlures d'estomac rien qu'à les regarder.

Il était 9 heures du matin, LaMoia et Gaynes étaient rentrés chez eux après l'arrestation de Cornelia Uli. Ils étaient de repos.

Suivant les conseils du Dr. Richard Clements, Boldt avait divisé son équipe. Freddie Guccianno restait chargé des camionnettes de fermiers portant les trois couleurs primaires. Le soir, Freddie préparait sur une carte le programme de surveillance du lendemain. Des dizaines de fermiers avaient déjà été interrogés, mais Caulfield courait toujours.

Shoswitz était au téléphone comme d'habitude.

Un agent en uniforme entra et traversa la salle pour remettre un monstrueux beignet enveloppé dans du papier aluminium à Guccianno.

— Tu as mon reçu ? demanda Guccianno.

L'agent le lui donna. Guccianno le fourra dans sa poche.

Deux inspectrices, détachées des Mœurs, examinaient les noms des compagnies affichées au tableau par produit et par propriétaire. Elles cherchaient des liens éventuels avec Adler Foods.

Daphné entra dans la salle, marcha jusqu'au tableau, contempla les noms punaisés, et dit aux deux inspectrices des Mœurs :

— Parlons un peu de ces trucs.

Elle resta plantée devant le tableau. Personne ne semblait l'avoir entendue.

— Lou ? fit-elle.

— Je ne vois pas à quoi ça sert d'en parler, grommela-t-il.

— C'est pour ça que je suis la psychologue et toi l'inspecteur.

Guccianno ricana, trop content de se payer la tête de Boldt.

— Tu m'as l'air drôlement en forme, constata Boldt.

— J'ai peur, avoua Daphné.

— D'accord, parlons-en. (Boldt étudia le tableau.) Il y a onze compagnies. Neuf d'entre elles ont un parc de véhicules peints à leurs couleurs. Parmi elles, cinq possèdent des camionnettes.

— Restons avec ces cinq-là pour l'instant, proposa Daphné.

Boldt désigna la rangée centrale des maquettes.

— De haut en bas : nouilles, fruits de mer congelés, glaces, confitures, saumon fumé.

Daphné demanda aux deux inspectrices de lire les noms de certains produits à haute voix.

— Rappelle-toi, Lou, dit-elle, Caulfield prétend pouvoir tuer une centaine de personnes avec la méthode de son choix. Ça doit limiter le champ des possibilités.

— Tu veux dire qu'il a l'intention de faire ça en un seul jour ? Avant que nous ayons le temps de retirer les produits de la circulation ?

— C'est ce que Clements a suggéré, oui.

Boldt savait qu'elle ne citait Clements que pour ajouter du poids à son affirmation. Il s'adressa alors à l'une des inspectrices.

— Denise, de ces cinq compagnies, laquelle a la plus forte production ?

Boldt croisa le regard de Daphné tandis que Denise vérifiait ses notes. Il comprit que Daphné cherchait surtout à clarifier certaines zones d'ombre. Si elle n'avait pas été aussi effrayée, elle l'aurait remercié avec un sourire.

— En termes de recette, deux produits sont à égalité : les plats de poisson pour micro-ondes de Chalmer, et les glaces de Montclair. Mais en termes de volume, les glaces Montclair l'emportent haut la main.

Daphné emprunta les notes de Denise, et les consulta. Boldt la connaissait assez pour s'inquiéter :

— Qu'y a-t-il ?

— C'est un nom qui m'est familier...

— Ils ont aussi beaucoup de véhicules, dit Denise en jetant un œil sur d'autres documents. Le plus important parc de tous, et de loin.

Boldt sentit le chasseur se réveiller en lui. Il se leva et alla retirer les maquettes, ne laissant que celle des produits Montclair.

— Familier ? fit-il.

— Oh, c'est peut-être beaucoup dire.

Daphné feuilleta les notes détaillant les produits Montclair. Elle tomba sur la photo d'un clown sous laquelle s'inscrivaient les mots : Monty Le Clown. Son cœur se serra ; elle déclara d'une voix d'outre-tombe :

— Peut-être pas tant que ça, après tout.

Sa réaction attira l'attention de Boldt. Elle était comme en transe.

— Daffy ?

— Monty le Clown, murmura-t-elle en lui tendant la photo. Des glaces distribuées par un clown. Les gosses adorent, ajouta-t-elle en se souvenant de la phrase d'Owen quand il lui avait parlé de l'anniversaire de Corky.

L'anniversaire avait justement lieu aujourd'hui.

— Un esquimau glacé ? s'inquiéta Boldt.

Il se mit à fouiller fébrilement dans les dossiers qui se trouvaient sur la table en répétant : « Esquimau glacé, esquimau glacé. »

— Lou... ! s'écria Daphné.

Guccianno leva la tête, surpris par la tension soudaine de Boldt et de Daphné.

— C'est quelque part par là, grommela Boldt.

Il le trouva dans le deuxième dossier à partir du bas.

— Je l'ai !

Il chercha le numéro de téléphone du Foodland de Broadway dans le Bottin. Lee Hunda était en communication ; la secrétaire brancha Boldt sur une musique qui mit ses nerfs à rude épreuve. Il regarda autour de lui, et s'aperçut que tous ses collègues le regardaient fixement.

— Quatre articles ont été achetés par un homme en imperméable vert, leur rappela-t-il. Holly MacNamara l'a identifié comme étant Harry Caulfield. Trois d'entre eux provenaient d'Adler Foods — des barres de chocolat — et deux garçons sont morts pour en avoir mangé. Je n'ai pas pensé à vérifier le ticket de caisse pour les autres produits, j'étais obnubilé par les barres de chocolat.

La remarque du Dr. Clements le hantait : « Il vous mène en bateau. » La musique s'interrompit pour laisser la place à la voix de Lee Hunda. Boldt examina le ticket de caisse et demanda :

— Combien vendez-vous les esquimaux Montclair ?

La somme qui figurait sur le ticket était : 1,66 dollar. Après un long silence pendant lequel Boldt entendit le cliquetis d'un clavier, Lee Hunda répondit :

— Ils coûtent actuellement 1,66 dollar pièce.

Boldt le remercia, raccrocha et clama :

— Nous avons une piste !

Guccianno se leva d'un bond.

Daphné se tourna vers Boldt et lui annonça d'une voix hésitante :

— On ne me croira peut-être pas, mais je sais ce que Caulfield prépare. Et je sais aussi où le trouver.

— Y a-t-il des clochettes sur ces camionnettes ? demanda le Dr. Richard Clements.

Il participait à la cellule de crise qui réunissait onze personnes à la Brigade Criminelle. On avait vérifié quatre fois auprès du service des cartes grises. Aucun véhicule n'avait été enregistré sous le nom de Harry, ni de Harold, ni de H. Caulfield. Des quatre Caulfield connus, deux étaient des retraités et deux autres des quinquagénaires.

On avait émis un avis de recherche pour toutes les camionnettes Monty le Clown, avec ordre de les contrôler avec prudence. Sur l'insistance du procureur, l'avocat de la compagnie avait accepté d'ouvrir le fichier du personnel à la police, et leur procura le détail des zones couvertes par les véhicules, mais elle n'était pas en communication directe avec les chauffeurs, qui choisissaient eux-mêmes leur itinéraire journalier. Conséquence : les camionnettes resteraient en circulation jusqu'en fin d'après-midi. L'avis de recherche semblait le seul moyen de les appréhender.

Contacté par téléphone, le Dr. Brian Mann avait insisté sur le fait que la strychnine était le poison idéal pour un produit congelé.

— La bactérie du choléra ne survivrait pas dans ces conditions, avait-il ajouté.

— Y a-t-il des clochettes sur ces camionnettes ? répéta le Dr. Clements. Plusieurs conversations se déroulaient en même temps, le psychiatre avait dû élever la voix pour se faire entendre.

— Des clochettes sur les camionnettes de Monty le Clown? s'étonna Shoswitz. Comment savoir?

— Oui, il y en a, intervint un agent du FBI. En tout cas, chez moi, c'est comme ça.

— Qu'on vérifie! ordonna Clements, et il présenta le fax à Boldt pour qu'il le relise.

POUR QUI SONNE LE GLAS
IL SONNE POUR TOI...

— «Il sonne pour toi...», vous voyez? Je ne m'étais pas trompé sur notre ami. Il aimerait qu'on l'arrête, si on peut — notre intelligence étant si limitée —, et qu'on le prenne au mot. Le glas sonne pour Mr. Adler, messieurs. Comment peut-il être sûr de son coup? La fille de Mr. Adler adore Monty le Clown.

Il interrogea du regard Daphné qui confirma. Elle s'était enfermée dans un silence maussade depuis le début de la réunion. Certaine de connaître les plans de Caulfield, elle ne comprenait pas pourquoi ces balourds avaient réuni une cellule de crise. Boldt voyait bien que l'attente la minait.

— Or, la fille d'Adler donne une réception aujourd'hui même pour son anniversaire, et Monty le Clown doit y faire une apparition.

— Ce qui veut dire que Caulfield sera déguisé, dit Shoswitz.

— Exactement.

— Et nous estimons qu'il possède sa propre camionnette... à cause des échantillons de peinture retrouvés à la Ferme Bellevue.

— C'est aussi mon avis, approuva Boldt.

— Est-ce qu'on peut activer cette discussion? s'impatienta Daphné.

Clements lui jeta un regard étonné.

— Du calme, Matthews. Nous comprenons votre inquiétude. Nous essayons d'agir correctement, avec méthode. Mr. Caulfield est un adversaire valeureux... nous ne devons pas le sous-estimer.

Bouillant littéralement, Daphné croisa les bras d'un air rageur, mais tint sa langue.

— Nous avons les numéros d'immatriculation de tous les véhicules Monty le Clown accrédités, rappela Boldt.

— Et l'un d'eux est attendu au club nautique... à l'anniversaire, ajouta Clements. Mais il nous faut absolument identifier cette camionnette particulière. C'est impératif.

— Il lui serait plus facile de repeindre une vieille camionnette que de dessiner le logo sur une neuve, avança Bobbie Gaynes.

— Les ventes aux enchères! s'exclama Clements. Il nous faut la liste des ventes aux enchères. La compagnie se débarrasse certainement de ses vieux véhicules.

Gaynes sortit de la pièce en courant.

Pendant les vingt minutes suivantes, il fut question des problèmes de logistique, et des dispositions à prendre si Caulfield se présentait au club nautique.

Gaynes surgit dans la salle et déposa un fax devant Boldt. Il répertoriait les seize camionnettes Montclair vendues aux enchères au cours des cinq derniers mois.

— Son nom ne figure pas sur la liste des acheteurs, gémit Boldt, déçu.

— Cherchez plutôt à Meriweather, conseilla Clements de son ton suffisant.

Boldt parcourut la liste et son doigt s'arrêta sur le nom.

— Je l'ai! s'écria-t-il.

Il siffla. La porte s'ouvrit et un policier en uniforme accourut. Boldt entoura le nom et tendit le fax à l'agent.

— Carte grise et numéro d'immatriculation, vite! Qu'est-ce qu'il y a? demanda-t-il en voyant l'expression de Clements.

Le psychiatre semblait vouloir rentrer sous terre. Il se tourna vers Penny Smyth.

— Expliquez la situation, lui dit-il.

— Je ne sais pas comment formuler ça, commença le substitut.

— Faites vite! ordonna Boldt, qui guettait du coin de l'œil le retour de l'agent.

— Nous ne voulons surtout pas que Caulfield conteste les charges.

— Quoi? s'exclama Shoswitz.

— Si nous l'arrêtons maintenant, expliqua Penny Smyth, nous aurons une camionnette remplie d'esquimaux glacés empoisonnés. Nous aurons l'intention criminelle, ça oui.

Tandis qu'elle parlait, Clements, un mince sourire aux lèvres, ponctuait ses explications en agitant son stylo tel un chef d'orchestre.

— Mais nous n'aurons que l'intention... vous n'aurez que l'intention. Des preuves concordantes, certes. Un mobile que nos experts psychiatres sauront utiliser à notre avantage. Je ne nie pas tout cela.

— A quoi riment ces conneries ? fulmina Shoswitz.

Les yeux mi-clos, Clements répondit à la place du substitut :

— C'est la loi.

Il rouvrit les yeux, reposa son stylo, et se pencha vers son auditoire.

— Le substitut a raison, évidemment. C'est son métier d'avoir raison.

Shoswitz considéra Smyth qui expliqua :

— Nous avons besoin de le voir remettre un esquimau empoisonné à quelqu'un si nous voulons étayer une accusation qui nous amènera à réclamer une condamnation à perpétuité, ou même la peine de mort. Je ne dis pas qu'à l'heure actuelle, nous n'avons pas de preuves contre lui, je dis qu'elles ne suffisent pas si vous voulez qu'il soit condamné à mort. Si vous l'arrêtez maintenant, il s'en tirera avec dix ou vingt ans de prison. Avec un jury favorable, nous obtiendrons peut-être le double. Mais lui mettre les autres meurtres sur le dos sera moins facile que de le coincer pour vente d'un produit empoisonné. Il y a des zones d'ombre dans la loi sur les produits toxiques qui nous permettront d'être débarrassés de lui à vie, ce que tout le monde souhaite, j'imagine.

Elle regarda Boldt d'un œil triste. Elle n'aimait pas plus que les autres ce que la loi l'obligeait à faire.

— Il faut donc le prendre sur le fait, dit Boldt.

Elle acquiesça.

Daphné consulta l'horloge et leur rappela avec impatience :

— Plus que quarante minutes.

L'agent surgit en coup de vent, brandissant une feuille de papier.

— Nous avons son numéro d'immatriculation ! claironna-t-il.

La brise qui soufflait de l'ouest gonflait joliment les voiles blanches et agitait légèrement les bateaux. En bleu de travail poussiéreux, Boldt était accoudé sur sa pelle tandis que LaMoia, équipé d'une pioche, creusait un trou qui ne menait nulle part. Ils travaillaient à la jonction du parking et d'un sentier asphalté qui reliait le quai aux voitures. Boldt portait une oreillette couleur chair et un fil pendait le long de son cou. Un micro-cravate était agrafé sous le deuxième bouton de son bleu. Il écoutait le monologue du coordinateur de la force d'intervention. En faisant mine de se gratter la poitrine, il pouvait actionner un bouton qui lui permettait de transmettre des ordres par le microphone.

Les deux hommes qui nettoyaient la piscine appartenaient à la force d'intervention. De même que l'équipe de quatre personnes — deux hommes et deux femmes, parmi lesquelles Daphné Matthews — qui mettaient une touche finale aux préparatifs de la fête. Le traiteur et son personnel avaient été consignés à l'intérieur du club nautique, à l'abri des regards. A cheval sur la cheminée du club, un énorme rouleau de goudron près de lui, un tireur d'élite du FBI faisait semblant de réparer le toit. Caché dans le rouleau se trouvait un semi-automatique 306, muni d'un viseur laser. L'homme était capable de toucher une cible à trois cents mètres, comme le prouvaient ses décorations.

Trois personnes prenaient l'apéritif dans le cockpit d'un ketch de six mètres amarré au quai. C'étaient tous des tireurs d'élite de la force d'intervention. L'apéritif était du thé glacé dans une bouteille de Bourbon. Un conducteur avait des ennuis avec son moteur ; aidé d'un ami, il était penché sous le capot d'une Chevrolet où deux revolvers étaient cachés à portée de main. Dans le club nautique, six agents des Forces Spéciales attendaient, et six autres dans les bains.

Il y avait en tout vingt-quatre flics et agents spéciaux, dont huit connectés par radio. Le coordinateur maintenait un contact constant avec tous les éléments les informant du déroulement précis des opérations, et des dernières péripéties.

Boldt entendit au loin l'hélicoptère qui survolait le pont flottant. L'observateur qui accompagnait le pilote communiquait avec le coordinateur sur une fréquence à part. Cet homme surnommé « l'aigle » pouvait repérer un renard dans un fourré à mille pieds d'altitude. Si la camionnette réfrigérée de Caulfield était dans les parages, l'Aigle la découvrirait sans coup férir.

Il était aidé dans son travail par quatorze voitures banalisées, qui sillonnaient les dix-sept rues débouchant sur les deux voies qui alimentaient le sentier de terre battue au bout duquel se trouvait le club nautique. Des agents du FBI, équipés de radios et d'armes à feu, effectuaient des réparations sur les lignes téléphoniques qui longeaient ces deux voies.

Le représentant qui faisait du porte-à-porte était en fait l'inspecteur Guccianno. Il ne vendait rien ; il prévenait les voisins de garder leurs enfants à la maison en attendant la fin des opérations, et leur montrait une photo de Caulfield, pour le cas où le Soudeur aurait repéré les alentours antérieurement.

— Ne vous inquiétez donc pas, chef, dit LaMoia avec nonchalance.

Il continuait de creuser son trou. La voix du coordinateur grésilla dans l'oreille de Boldt :

— Les voiliers sont à cinq minutes. Ils se rapprochent. Alpha est à quatre minutes HAP (heure d'arrivée approximative).

Alpha était le nom de code d'Adler.

— P-Un et P-Deux, à vous de jouer.

Parent Un et parent Deux. Une BMW et une Mercedes, confisquées à des trafiquants de drogue, s'engagèrent dans une des deux voies d'accès, passèrent sous les lignes téléphoniques en réparation, et vinrent se garer dans le parking du club nautique. C'étaient de soi-disant parents qui venaient rejoindre leurs enfants à la fête. Pendant la demi-heure précédente, la police avait hâtivement recherché les parents des enfants invités à l'anniversaire. Dix-huit enfants — principalement des filles — étaient invités à la fête. La police avait réussi à contacter les parents de onze d'entre eux et des policiers civils avaient pris leur place. Les sept autres restaient introuvables.

L'hélicoptère, qui assurait les liaisons radio, rasa le club nautique et vira comme pour effectuer un nouveau survol du pont flottant. Boldt leva la tête. Derrière le cockpit en Plexiglas, l'Aigle scrutait le paysage avec une paire de jumelles.

Plusieurs voitures arrivèrent — certaines appartenaient à la police, mais d'autres à des civils. Boldt sentit la sueur couler dans son dos. Des civils ! Il aurait préféré éviter cela.

— Ça va ? demanda-t-il à LaMoia.

LaMoia reposa sa pioche, s'épongea le front, et déclara avec sérieux :

— Creuser des trous, c'est la merde.

— Tu te souviens de ton texte ?

— Je suis prêt, chef, détendez-vous.

Boldt entendit les chiens aboyer, mais il ne les voyait pas encore. Trois chiens étaient prévus, des bergers allemands. Diana, responsable de la brigade K-9 (la brigade d'intervention canine), était vêtue d'un jean et d'un T-shirt de Bob Dylan : elle promenait ses chiens en allant regarder les voiliers accoster. Encore une actrice d'une pièce écrite à la hâte.

Dans l'oreille de Boldt, la voix du coordinateur annonça :

— Nous avons un contact visuel. Je répète : contact visuel.

— Attends une seconde ! murmura Boldt à LaMoia, qui arrêta sa pioche en plein vol.

Boldt écouta le coordinateur, puis expliqua :

— L'Aigle a repéré le toit gris d'une camionnette garée sous un bosquet à environ cinq cents mètres.

— Il est en avance, remarqua LaMoia. Exactement comme Clements l'avait prévu. Je parie que Clements a été boy-scout... j'ai jamais aimé les boy-scouts... les girl-scouts, c'est une autre histoire.

Il donna quelques coups de pioche. Lorsqu'il était nerveux, LaMoia n'arrêtait pas de parler. Boldt aurait voulu avoir une télécommande pour le faire taire.

— Réflexion faite, reprit LaMoia, je finis par aimer ce boulot. Je manquais d'exercice physique.

— Ferme ton clapet, lança Boldt.

L'hélicoptère prit de l'altitude pour survoler le pont. Boldt imagina que d'en haut, l'Aigle pouvait surveiller la camionnette. Répondant à une question de Shoswitz, relayée par le coordinateur, il dit dans le micro :

— Pas de circulation dans les parages. Je ne veux pas que quoi que ce soit panique notre bonhomme. Entendu ?

Il hocha la tête, puis s'accouda de nouveau sur sa pelle. Il appuya un doigt sur l'oreillette, écouta, puis expliqua à LaMoia :

— Une deuxième camionnette s'engage sur la route... attends ! Elle s'arrête... un problème... Les pneus sont à plat. L'Aigle prétend que les quatre pneus sont à plat...

— Il a semé des clous sur la route, dit LaMoia.

— Il a semé des clous sur la route, confirma Boldt.

LaMoia sourit, fier d'avoir deviné.

— Il se débarrasse des concurrents, dit LaMoia. Il veut être le seul à vendre ses cochonneries. Ce type est rusé, chef.

— A qui le dis-tu !

— Vous êtes nerveux ? demanda LaMoia, concentré sur son trou. Pourtant vous dites toujours que rien ne vaut une opération. Moi, je ne m'en remets jamais. C'est comme quand on colle trop de timbres sur une enveloppe, on ne les récupère jamais. Votre facteur vous a-t-il déjà rendu des timbres ?

Boldt ne put s'empêcher de penser à la mère de Liz qui, elle aussi, se perdait en bavardages quand elle était angoissée. Elle changeait de sujet constamment, sautait du coq à l'âne, finissait par retomber miraculeusement sur ses pieds.

Boldt jeta un œil vers le toit. Le tireur d'élite avait glissé sa main dans le rouleau de papier. L'un des deux hommes qui nettoyaient la piscine récurait les marches du plongeon de haut vol afin d'avoir une meilleure vue si on lui demandait de tirer.

— Les voiliers sont à deux minutes du quai, informa le coordinateur dans l'oreille de Boldt. (Puis après des crachotements :) Le véhicule suspect est en route. Appel à toutes les unités, ajouta-t-il d'une voix calme. Le suspect est en route. Bonne chance à tous.

Les coordinateurs de la police de Seattle ajoutaient rarement ce genre de commentaires, mais Boldt fut heureux de l'entendre.

Le coordinateur signala la route de Caulfield qui passait sous le poste des réparateurs du téléphone.

— Le numéro d'immatriculation est confirmé.

— Ça va être à nous, annonça Boldt.

— Le spectacle commence, dit LaMoia. N'oubliez pas de sourire.

Boldt entendit le premier voilier heurter les bouées du quai, puis les cris et les rires des enfants. L'une des mères passa devant Boldt et LaMoia en se dirigeant vers le quai ; son regard s'attarda sur les bottes de cow-boy de LaMoia, et Boldt devina qu'elle s'étonnait qu'un type avec de si belles bottes en autruche creusât un trou devant le club nautique. Toutefois, elle ne dit rien, poursuivit sa route, mais se retourna plusieurs fois par curiosité.

Il y a trop de civils, songea Boldt, tenté d'annuler le dispositif. Tenté de laisser Penny Smyth se débrouiller : on l'arrête maintenant, à elle d'établir les charges.

— Non, chef, ne faites pas ça, dit LaMoia comme s'il lisait dans les pensées de Boldt. On tient ce fumier. Encore cinq minutes, et tout sera terminé.

La question inévitable parvint néanmoins à l'oreille de Boldt par la voix de Shoswitz :

— Il faut prendre une décision. Il sera là dans trente secondes.

Tous attendaient le signal de Boldt pour arrêter Caulfield sur-le-champ ou poursuivre la partie de poker.

LaMoia fixa son chef des yeux.

Plus loin, la mère qui avait remarqué les bottes de LaMoia était arrivée au bord du quai. Elle empoigna un cordage qu'on lui lançait du voilier. Les autres parents attendaient devant le club. Boldt croisa les yeux de Daphné, dans lesquels il lut de l'inquiétude, certes... mais aussi une détermination farouche.

Lou repensa aux vingt ans de prison... Caulfield serait sans doute libéré au bout de six ans pour bonne conduite.

Comprenant la bataille intérieure qui paralysait Boldt, LaMoia plongea son regard dans le sien et dit :

— Slater Lowry.

Boldt pressa le bouton de son micro.

— On y va ! dit-il.

Dans son oreillette, le coordinateur répéta deux fois :

— Appel à toutes les unités : feu vert, puis ajouta : Le véhicule suspect arrive sur les lieux.

Boldt leva les yeux vers le tireur d'élite. L'homme avait changé de position. Il était debout derrière la cheminée qui lui offrirait un appui s'il devait utiliser son fusil. Boldt s'aperçut qu'ils allaient peut-être tuer un homme... plusieurs, si les choses tournaient mal. Et pour quoi ? Pour respecter la procédure judiciaire.

Le tintement des clochettes se rapprocha, suivi par la pétarade d'un vieux moteur. Adler cria à un groupe de sept enfants de ne pas courir le long du quai. Les fillettes se ruaient vers Boldt et LaMoia.

Boldt reconnut Corky d'après la description que Daphné lui en avait faite : c'était la troisième du groupe. L'œil pétillant de vie, une enfant innocente. Quelle que soit la suite des événements, sa vie ne serait plus jamais la même.

Accompagnée d'un bruit de grelots, la camionnette d'esquimaux glacés s'arrêta à quinze mètres de Boldt. L'inspecteur tourna machinalement la tête. Le chauffeur était déguisé en clown, nez rouge et perruque jaune. Il portait une combinaison tricolore : rouge, jaune, bleu. Il ôta un cure-dents de sa bouche et le jeta dans le cendrier. Pour Boldt, ce simple geste confirmait que c'était bien Harry Caulfield.

Une poussée d'adrénaline le submergea. Ne pouvant se permettre de regarder le clown avec insistance, il reporta son attention sur le *trou noir* que LaMoia avait creusé. Il ne put s'empêcher de faire le rapprochement avec une tombe d'enfant. Il prit une pelletée de terre et la déversa dans le trou comme une veuve à un enterrement. Puis il palpa la pochette de son bleu de travail, sous l'œil inquiet de LaMoia, et dit dans le micro :

— C'est bien notre suspect.

Il entendit le coordinateur transmettre l'information, puis il arracha l'oreillette et l'enfouit sous son col. Il n'était plus relié à l'équipe. Dorénavant, il était seul.

Le plan prévoyait qu'il devance les fillettes avec LaMoia. Boldt s'avança de deux pas et cria par-dessus son épaule, assez fort pour que le chauffeur l'entende :

— Qu'est-ce que tu préfères ?

— Prends-moi orange-vanille, répondit LaMoia sur le même ton.

C'était la réplique qu'ils avaient mise au point. Boldt hâta l'allure en sentant les enfants approcher. Le soleil lui parut soudain aveuglant. A sa gauche, le flic prit sa position sur le plongeoir. A sa droite, sur le toit, le tireur d'élite avait disparu derrière la cheminée, mais Boldt imaginait le canon du fusil braqué sur Caulfield.

Que Boldt presse le bouton de son micro et murmure : « Descendez-le ! », et Caulfield était un homme mort. Sa sentence serait exécutée séance tenante. Lou se rendait compte de son pouvoir : il était à la fois le juge, le jury, et le bourreau. Ironiquement, une arrestation était la seule chose susceptible de sauver Caulfield.

Absorbé par ses propres pensées, Boldt ne fut pas assez vif. Deux enfants surexcités le dépassèrent et arrivèrent avant lui à la camionnette. Ce n'était pas prévu au programme, et bien que Lou ait précédemment opté pour l'arrestation de Caulfield avant la vente d'une seule glace, il n'en était même plus question. Caulfield aurait tôt fait de prendre les deux enfants en otage.

Diana et ses trois chiens représentaient l'issue de secours. Boldt lui lança un coup d'œil, constata qu'elle était prête, accroupie derrière la camionnette, caressant ses bergers allemands.

Boldt ne pouvait foncer sur Caulfield avant que les deux enfants aient libéré la voie.

Le premier gosse demanda un esquimau géant avec des noisettes. Caulfield, mal à l'aise, ouvrit les deux battants du congélateur avant de trouver ce qu'on lui demandait. Il tendit un esquimau à la fillette en précisant :

— Avec des noisettes, je n'en ai plus. J'ai tout vendu.

Elle le prit malgré tout et lui tendit un billet de deux dollars. Boldt lut de la peur dans les yeux de l'homme : malgré ses longs préparatifs, il avait oublié de se munir de monnaie.

— Ah, bégaya-t-il... je...

Il croisa le regard de Boldt, disparut à l'arrière de son véhicule et revint avec une poignée de pièces qu'il tendit à la fillette. Il croisa de nouveau le regard de l'inspecteur, calmement, et Boldt se dit qu'il avait compris.

Le deuxième enfant commanda un Lollypop — un bâton de jus de fruits glacé. En attendant son tour, Boldt songea que tous les produits glacés de Montclair étaient en ce moment même retirés de la circulation dans Washington et dans les deux Etats limitrophes. On vidait rayons et camions de livraison, et on détruisait les produits au cas où Caulfield aurait empoisonné d'autres glaces pour tuer sur une plus grande échelle.

— Vous avez de la monnaie ? répéta Caulfield.

Boldt sursauta. Perdu dans ses pensées, il n'avait pas entendu.

— Vous avez des *quarters* ? insista Caulfield.

Le bleu de travail de Boldt possédait une fente par laquelle il pouvait atteindre le pantalon qu'il portait en dessous. Il fouilla dans sa poche, et trouva cinq *quarters*. Paume ouverte, il tendit les pièces à Caulfield qui le remercia, en prit quatre et lui donna un billet d'un dollar en échange. *Il m'a remercié ! Je viens de lui rendre service !* Boldt fourra le dollar dans la poche de son pantalon, mais cela lui demanda un effort de concentration inattendu pour un geste aussi banal.

La fillette quitta la file avec son Lollypop, et Lou se retrouva nez à nez avec Caulfield.

— Vous désirez ? demanda le clown.

— Un esquimau orange vanille, et un au chocolat, s'il vous plaît.

Il faisait des politesses à un assassin ! Cela lui parut inconcevable.

Caulfield ouvrit le congélateur. Un nuage de vapeur blanche s'en échappa et l'enveloppa l'espace d'un instant.

— Un orange-vanille et un chocolat ?

— C'est ça.

Boldt entendit le bruit du papier qu'on déchirait. Les deux fillettes étaient pressées : elles s'apprêtaient à mordre dans leur glace. Boldt coula un regard inquiet vers Diana qui lâcha aussitôt ses chiens. Ils bondirent, renversèrent les fillettes, et prirent les glaces. Les cris d'effroi et de désespoir des deux enfants brisèrent le cœur de Boldt. Diana fonça dans la mêlée, rappela ses chiens, s'excusa. Elle gronda sévèrement les bergers allemands, tout en les caressant. Comme par enchantement, Daphné et des faux domestiques se précipitèrent pour relever les fillettes.

Les renforts de Boldt étaient en place.

Prétendant être absorbé par le drame, Boldt surveillait néanmoins Caulfield du coin de l'œil. Ce dernier avait gardé son calme. Soudain, il tourna vivement la tête. Boldt suivit son regard : inexplicablement, le troisième berger allemand était en train d'avaler l'une des glaces. Il s'était faufilé dans le dos de sa maîtresse tandis qu'elle attachait les laisses des deux autres. Voyant cela, Caulfield parut se paniquer.

Boldt tenta d'attirer l'attention de Diana, mais c'était trop tard. *Glup, glup,* à grands coups de langue, l'esquimau au chocolat avait disparu.

— Deux dollars quatre-vingt-dix, annonça Caulfield.

Boldt n'avait pas pensé à cela ; il n'avait pas imaginé la difficulté de tenir deux esquimaux d'une main tout en cherchant la monnaie de l'autre. Il n'avait plus de main libre pour s'emparer de son revolver. Tandis qu'il fourrageait dans sa poche et en sortait plusieurs dollars, Corky Adler le doubla et commanda une glace à la crème Chantilly. Au même moment, Owen Adler, qui se tenait juste derrière sa fille, loucha vers Boldt, puis vers Daphné, et vacilla littéralement quand il comprit ce qui se passait. Il se raidit et, pris d'une inspiration subite, ordonna :

— Non, Corky, attends d'avoir mangé ton gâteau.

Voyant Adler, Caulfield se pétrifia. L'atmosphère se chargea soudain de haine. Innocente, Corky prit le clown à témoin :

— C'est mon anniversaire, j'ai le droit de faire ce que je veux. Hein, Monty ?

Boldt tendit l'argent à Caulfield, ce qui le tira de son moment d'absence. Boldt se dit que s'il réussissait à repousser Corky sur le côté, c'était gagné. Sa main libre maintenant qu'il avait remis l'argent, se crispait sur la crosse de son revolver. *Va-t'en, Corky !*

— Tu ferais mieux d'écouter ton père, dit Lou en essayant de la pousser du coude.

— Je veux une glace ! protesta-t-elle en s'accrochant à sa place.

Va-t'en ! Il la poussa de nouveau.

— Ça suffit !

— J'ai plus de glace à la crème Chantilly, s'excusa Caulfield. (Il ouvrit le deuxième battant du congélateur.) Que dirais-tu d'un esquimau géant au chocolat ?

Adler balbutia des mots incompréhensibles.

Daphné vint se coller à côté de Boldt. Le visage de marbre, elle empoigna le bras de Corky.

— Ecoute ton père, Corky, dit-elle.

— Ah, tu es là Daffy ! s'exclama la fillette. Oh, s'il te plaît, Daffy ! S'il te plaît !

Les autres enfants se pressaient contre Boldt. Il y avait trop de monde. Tout allait de travers. Ils ne pourraient jamais attraper Caulfield si Corky restait plantée devant la camionnette. Et ils ne pouvaient pas davantage laisser le Soudeur vendre une seule glace de plus.

Quelque chose semblait retenir l'attention de Caulfield. En suivant la direction de son regard, Boldt vit l'un des bergers allemands tourner en rond en couinant. Diana le consolait. Lou comprit que toutes les glaces étaient empoisonnées, et pas seulement celles destinées à Adler ou à sa fille. Un coup d'œil vers Diana confirma ses soupçons. Le chien vacilla, ses antérieurs s'affaissèrent, il tenta de se relever deux fois pour faire plaisir à sa maîtresse, mais retomba aussitôt. Il était en train de mourir.

Boldt se retourna à temps pour voir Caulfield tendre l'esquimau géant à Corky.

La fillette prit la glace et entreprit d'en déchirer l'emballage.

— Non, Corky! s'écria Adler d'un ton qui n'était pas celui d'un père soucieux de l'excès de gourmandise de sa fille.

Caulfield réagit instantanément. Il s'empara de Corky.

— Enfant de salaud! cracha-t-il au visage d'Adler.

Boldt voulut dégainer, mais son revolver se prit dans les plis de son bleu de travail.

Caulfield attira Corky contre lui. Le sac de Daphné atterrit sur le visage de Caulfield; elle profita du moment de surprise pour lui arracher la fillette des mains et la projeter en avant si vivement que la gosse roula à terre.

Derrière Boldt, les enfants hurlaient.

Boldt chargea. Caulfield bascula à la renverse, se cogna violemment contre le flanc de la camionnette. Boldt reçut son genou dans le ventre; il se plia en deux, le souffle coupé. Sa tête lui tourna. Il entendit les cris des enfants et le bruit familier des revolvers qu'on tire de leurs étuis tandis que la voix de LaMoia éclatait:

— Ne tirez pas!

Boldt tombait. Il vit le sol se rapprocher comme au ralenti, aperçut dans son champ de vision LaMoia qui plongeait en vol plané.

C'est alors qu'il aperçut le fusil du shérif Turner Bramm: le canon avait été scié, les reflets argentés se dessinaient sur la section métallique. Caulfield avait dû le cacher dans le congélateur.

— Couchez-vous! entendit-il au milieu du tohu-bohu.

— Lâche ça! ordonna quelqu'un derrière son dos.

LaMoia se jeta sur Owen Adler et le plaqua au sol.

Boldt, qui tombait toujours dans un ralenti invraisemblable, appuya sur le bouton de son micro et ordonna:

— Tuez-le!

Il entendit un pop mat, puis le sang de Caulfield éclaboussa le flanc du véhicule. Le tireur avait visé l'épaule, mais même si le regard de Caulfield se voila, même s'il blêmit sous l'impact, il tenait toujours le fusil à canon scié d'une main ferme. D'un geste mécanique, il arma le flingue. Avant de toucher terre, Boldt eut le temps de balancer un méchant coup de pied sur la rotule de Caulfield qui se plia en deux avec un cri de douleur.

Le canon du fusil dévia. Le tir fracassa le rétroviseur de la camionnette et fit voler le pare-brise en éclats.

Deux agents sautèrent sur le dos de Caulfield.

La tête de Boldt heurta le pavé, et tout devint noir. Avant de sombrer, il entendit encore :

— L'ambulance ! Il est touché !

— Faites dégager les gosses !

Boldt revint à lui, s'assit. Des policiers s'entassaient sur Caulfield. Une paire de menottes scintilla dans les rayons du soleil avant de disparaître sous la mêlée. Une voix énonça les droits de l'accusé.

La marée de policiers se fendit, dévoilant un clown qui avait perdu son nez et sa perruque — hagard, les joues rouges, les yeux brillants de haine. Du sang ruisselait de son épaule.

Daphné enlaçait Corky et lui caressait les cheveux. Boldt ne vit ni Adler ni LaMoia.

Mais il vit Diana. Elle pleurait, son berger allemand gisait, immobile. Elle le berçait telle une mère son enfant.

Le cœur de Boldt se brisa. Trop de risques. Ils étaient passés si près de la catastrophe. En même temps, une joie triomphale l'envahit. Le Soudeur, menottes aux poignets, fixait d'un œil vitreux un point derrière Boldt. Il dévisageait Owen dont la voix s'élevait au-dessus de celle de tous les autres, tant son bonheur était grand quand il appela sa fille.

37

Tandis que les chirurgiens de Harborview Medical Clinic recousaient l'épaule de Caulfield, Boldt était en réunion avec six autres personnes. Sous la direction de Bernie Lofgrin, le laboratoire de l'Identité Judiciaire commençait les analyses de chacune des soixante et une glaces retrouvées dans le congélateur de la camionnette.

Malgré leur fatigue, les policiers de la Criminelle semblaient montés sur ressort. Le cinquième étage grouillait d'activité. Une conférence de presse, dont l'horaire avait été calculé afin que des séquences soient retransmises au flash d'information de 11 heures, se tint dans la salle de conférences de l'hôtel Westin. Plus de vingt journalistes y assistaient. Le commissaire Rankin, le chef de la police et le maire répondirent aux questions. Ils assurèrent que « cet ignoble individu » avait été appréhendé, qu'un « horrible carnage avait été évité », et que les citoyens pouvaient de nouveau faire leurs courses dans les supermarchés de Seattle en toute sécurité.

On avait donné un congé de six heures à Bobbie Gaynes, John LaMoia, Freddie Guccianno et aux dizaines de flics impliqués dans l'arrestation, afin qu'ils rentrent se reposer chez eux. Certains avaient accepté, d'autres non.

L'opération chirurgicale, qui dura quarante-cinq minutes, s'acheva peu avant 6 heures. Le chirurgien autorisa Boldt et un autre inspecteur à voir l'accusé à condition de ne pas prolonger l'interrogatoire au-delà de la demi-heure. Boldt obtint également que quatre personnes puissent assister à l'interrogatoire. Une deuxième séance était prévue pour le lendemain matin. Bien que Caulfield ait renoncé à son droit d'avoir un avocat, on lui en commettrait un d'office pour l'interrogatoire du lendemain, et l'affaire serait alors entre les mains des hommes de loi. Avec les *trous noirs*, tout devait être fait strictement dans les règles.

Ce soir-là à 10 h 30, armé d'un magnétophone et d'une grande tasse de thé, Boldt arriva devant la chambre d'hôpital de Caulfield gardée par deux flics. Il était accompagné du Dr. Richard Clements et de Penny Smyth, le substitut auprès du procureur.

Boldt voulait des aveux complets, rien de moins. Il avait déjà une tentative d'assassinat, assez de preuves concordantes pour remplir un prétoire, mais des aveux concluraient joliment l'affaire. Clements voulait «un aperçu de l'âme» du meurtrier, et Smyth s'assurer que l'interrogatoire se déroulait normalement.

— Avant d'entrer, dit Clements qui les arrêta d'un geste, permettez-moi de vous signaler que son univers s'est écroulé, et qu'il en est parfaitement conscient. Il continue à blâmer Adler pour tout ce qui lui arrive — et pas nous, comme vous pourrez le constater. Or, c'est extrêmement important, parce que cela nous permettra d'avoir accès à la vérité. Il la livrera sans le vouloir. Plus il cherchera à nous cacher la vérité, plus nous pourrons la lui arracher. Oh, je vois bien votre étonnement. Ne vous inquiétez pas, vous comprendrez à mesure que l'interrogatoire avancera.

Il poussa la porte et entra le premier dans la pièce.

Caulfield gisait dans son lit, éveillé, la tête calée sur son oreiller, les yeux vifs et brillants de colère. La chambre, dépourvue de tout objet superflu, sentait l'alcool et le désinfectant. L'opération s'étant déroulée sous anesthésie locale, Caulfield n'était pas abruti par des calmants qui auraient compliqué l'interrogatoire ou rendu les résultats caducs aux yeux de la loi.

Boldt brancha le magnétophone, puis, d'une voix claire, identifia le lieu, la date et l'heure, et cita les noms des personnes présentes.

Caulfield promena sur eux ses yeux gris métallique. Il avait l'air normal.

Clements approcha une chaise du lit. Boldt et Smyth restèrent debout.

— Je n'ai rien à dire, déclara tout de suite Caulfield.

— Si vous coopérez, expliqua Smyth, vous échapperez peut-être à la peine de mort.

— Je veux qu'on me pende! dit Caulfield, ce qui fit bondir Boldt et Smyth.

Clements sourit, puis dit d'une voix douce:

— Oui, je sais.

Caulfield l'étudia avec intérêt.

— Mais pas avant d'avoir innocenté Mark Meriweather, n'est-ce pas? Réfléchissez bien.

— Vous êtes au courant? s'étonna Caulfield.

— Nous savons tout, mon garçon. Nous nous intéressons de près à Mr. Meriweather.

Caulfield le regarda avec curiosité. Il semblait se demander s'il pouvait lui faire confiance.

— Des conneries ! fit-il.

— Meriweather a été victime d'un coup monté, fiston.

— Ne m'appelez pas fiston !

— D'accord. Comment dois-je vous appeler ? Mr. Caulfield ? Harold ? Harry ?

— Foutez-moi la paix.

— Si je vous écoute, des avocats comme Mrs. Smyth ici présente vous dévoreront tout cru. Vous êtes déjà passé par là, Harry. Vous savez très bien de quoi je parle. Si vous aviez voulu cela, vous n'auriez pas refusé de vous choisir un avocat.

— Les avocats sont des pourris, grogna Caulfield en regardant Smyth en face. Je ne veux pas d'avocats.

— Parlons un instant de votre pendaison.

— Je veux qu'on me pende le plus vite possible.

— Oui, je comprends. Mais pourquoi si vite ? Et Mr. Meriweather ?

— Il est mort. C'est fini.

— Vous l'aimiez.

— Il a été bon pour moi.

— Ils l'ont brisé.

— Ils ont menti.

— Oui, nous le savons.

Caulfield tenta de s'asseoir, mais la douleur qui le fit grimacer l'en empêcha. Malgré tout, il tendit le cou vers Clements.

— Oh, oui, nous le savons. Ils ont trafiqué les poulets. Ils ont suborné des gens. Ils ont reporté la faute sur Mark Meriweather... ils t'ont obligé à tuer les poulets.

Le visage de Caulfield se tordit de douleur. La dernière chose que Boldt voulait, c'était bien d'avoir pitié du monstre.

— Ah, cela n'a pas été facile, hein ? De tuer les poulets.

Caulfield hocha légèrement la tête. On aurait dit qu'il n'était plus là.

— Tu n'avais jamais vu Mr. Meriweather dans cet état, n'est-ce pas ?

— Il y avait tellement de sang, murmura Caulfield.

— Il n'était plus lui-même.

— Il avait changé.

— Oui, c'est d'être obligé de tuer ses poulets qui a changé Meriweather, pas vrai ? Ça vous a tous changés.

Caulfield acquiesça.

— Tu les aimais, ces poulets ?

Nouvel acquiescement.

— On a besoin que tu nous aides, Harry. Si tu nous aides, nous te revaudrons ça. L'inspecteur Boldt, ici présent, sait exactement ce qui s'est passé à la Ferme Bellevue, mais nous avons besoin que tu nous dises ce que tu as mis dans la soupe. Qu'as-tu mis dans la soupe ?

— Les poulets étaient en bonne santé.

— Oui, nous le savons. Et tu penses que c'est à cause de Mr. Adler.

— Ils ont menti à notre sujet.

— Et la soupe, Harry ? Parle-nous de la soupe.

— Ils ont empoisonné nos poulets. Je les ai prévenus, mais ils n'ont pas voulu m'écouter.

Il semblait absent. Il ne regardait plus Clements ni Boldt ni Smyth, il fixait un point au plafond. Il était dans son monde intérieur.

— J'ai pensé que le choléra leur ferait comprendre.

— Tu as mis du choléra dans la soupe ?

Caulfield acquiesça.

Boldt jeta un coup d'œil vers le magnétophone. Il tournait toujours.

Clements le vit et dit :

— Je ne t'ai pas entendu, Harry.

Caulfield se contenta de scruter le plafond.

— Il faut que tu nous aides, Harry.

— Je l'ai fait à cause de ce qu'ils nous ont fait. Je voulais leur prouver qu'ils auraient mieux fait de m'écouter.

— Tu as fait quoi ?

— J'ai empoisonné la soupe.

Boldt croisa le regard de Clements. Des aveux... enregistrés et tout.

Caulfield essaya de nouveau de s'asseoir, mais la douleur l'en empêcha.

— Pourquoi ne m'ont-ils pas cru ? gémit-il. Pourquoi ont-ils laissé mourir des innocents ?

— Excusez-moi, fit Smyth.

Elle était blême et ses lèvres tremblaient. Elle sortit de la pièce.

— Parlez-nous de l'argent, demanda Boldt.

— Qu'est-ce que vous racontez ?

Ses yeux s'enfoncèrent telles des braises dans les chairs de Boldt.

— L'extorsion de fonds, lui rappela l'inspecteur.

Mais Caulfield le dévisageait sans comprendre, et Boldt fut certain qu'il ne jouait pas la comédie.

— Vous êtes complètement cinglé. (Il ajouta à l'adresse de Clements :) Les flics sont tous complètement cinglés.

— Et toi, Harry ? Tu n'es pas un peu cinglé, toi aussi ?

— Qui êtes-vous ? demanda-t-il à Boldt. (Puis à Clements :) C'est un psychiatre, hein ?

— Qu'est-ce que tu penses de ces meurtres, Harry ? Parle-moi des meurtres.

— Demandez à Owen Adler. C'est sa faute, pas la mienne.

— Parle-moi des meurtres.

— Je n'ai tué personne.

— Oh, si, Harry ! Tu as tué douze personnes, y compris deux innocents...

— Je n'ai tué personne ! Et je ne sais rien de votre extorsion de fonds. Je ne comprends rien à ce que vous me dites, hurla-t-il à Boldt.

Clements se pencha contre Caulfield et lui murmura à l'oreille, presque tendrement :

— Nous t'écoutons, Harry. Nous voulons entendre tout ce que tu as à nous dire. Tout, même si c'est difficile à dire. (Des larmes brillèrent dans les yeux de Caulfield.) Le monde n'a pas été juste avec toi, hein, fiston ?

Cette fois, Caulfield ne se fâcha pas que Clements utilise ce nom. Il secoua la tête, et des larmes ruisselèrent le long de ses joues. Clements poursuivit d'une voix chaude, mais étrange.

— Personne ne t'a jamais écouté, hein ? Je sais ce que c'est, fiston. Crois-moi, je connais. Ils ne veulent rien entendre. (Caulfield secoua de nouveau la tête.) Tu leur as dit ce qui s'était passé à la Ferme Bellevue, mais ils ne t'ont pas écouté. Ce n'est pas juste. Tu leur as dit pour l'accusation de trafic de drogue... Oh, j'ai lu ton mémoire. Un chef-d'œuvre, fiston. Je l'ai lu, oui, je l'ai lu attentivement. Tu peux en être fier, crois-moi. (Caulfield grogna.) Mais personne n'a voulu t'écouter. Ils t'ont traité comme un enfant. Ils n'écoutent jamais, est-ce que je me trompe ? (Il fit une pause.) Personne ne t'a jamais écouté comme Mark Meriweather. Et ils t'ont pris Meriweather. Ils l'ont démoli, hein ?

Le cri qui sortit de la bouche tordue de Caulfield dut s'entendre dans tout l'hôpital. Il hurla, hurla, roulant sa tête sur l'oreiller. Le Dr. Richard Clements rejeta la sienne en arrière, et ferma les yeux comme un chef d'orchestre qui écoute un air d'opéra particulièrement réussi.

— Je t'écoute ! cria Clements au milieu d'un hurlement de fauve blessé, ce qui encouragea Caulfield à hurler encore plus fort.

Boldt contempla le magnétophone. Personne ne croira une chose pareille, songea-t-il.

Avant que les infirmiers ne se ruent dans la pièce, Clements avait déjà levé son bras pour les arrêter. Il les chassa d'un geste. Boldt ne les avait même pas entendus arriver.

— Tout va bien, assura le psychiatre. C'est juste un défoulement bénéfique. (Puis à Caulfield:) Ils t'ont entendu, Harry. Tu vois, ils t'ont entendu. Nous t'écoutons, à présent. Nous t'entendons, fiston!

Caulfield s'arrêta de crier et ouvrit ses yeux baignés de larmes. Boldt eut l'impression d'assister au dernier éclair de lucidité d'une âme sombrant dans la folie. Mais Clements ne semblait pas troublé le moins du monde. Pour la gouverne des infirmiers interloqués, il dit à Caulfield:

— Nous allons bien, n'est-ce pas? Mieux que jamais, hein? (Puis il se tourna vers les infirmiers:) Vous voyez?

Il les chassa d'un geste méprisant, et termina son geste en époussetant négligemment les revers de son veston croisé.

— Bien, commençons par le commencement, fiston. Chaque acte est précédé d'une pensée. Peux-tu me dire, je te prie, quand tu as su que Owen Adler devait payer pour ses crimes? Quand l'idée t'en est venue exactement? J'ai tout mon temps, fiston. Tout mon temps.

Clements se tourna vers Boldt, un sourire radieux aux lèvres.

Boldt se demandait lequel des deux était le plus fou.

— L'argent, répéta Lou.

— Je ne sais rien sur votre argent pourri, fulmina Caulfield.

Une fois encore, Boldt le crut.

Il n'avait pas tout son temps, lui. Il empoigna le magnétophone et fonça au bureau pour qu'on transcrive l'enregistrement.

Boldt dormit quatorze heures d'affilée. Il se réveilla à 2 heures de l'après-midi, avala un repas léger, appela la brigade, et retourna se coucher. A 11 heures du soir, il s'éveilla en sursaut, déposa un baiser sur le front de sa femme endormie, se changea et retourna à la brigade. L'équipe de DeAngelo était de garde. Tout le monde le félicita pour l'arrestation de Caulfield et pour les aveux; on le traita en héros. Mais Boldt ne se sentait nullement un héros: le maître chanteur courait toujours.

Il appela la prison. Il appela Daphné... mais ne réussit pas à la joindre. On avait commis un avocat d'office auprès de Cornelia Uli. Elle était dorénavant entre les mains de la justice.

N'ayant pas trouvé de liens entre Uli et Harry Caulfield, ni d'argent chez lui, ni de cartes Eclair, et comme il niait le chantage — alors qu'il avait avoué les meurtres — Boldt était enclin à croire que le Soudeur n'était pas responsable de l'extorsion de fonds.

Il sortit le dossier de Cornelia Uli et le feuilleta: délinquance juvénile, drogue. Une arrestation pour prostitution avait été classée sans suite. Il examina ses anciennes photos. Seize ans, dix-sept ans. Une vraie beauté pulpeuse à l'époque. A vingt et un ans, la rue l'avait marquée. La rue est toujours plus dure pour les filles.

Il avait feuilleté le contenu du dossier, passant brièvement sur les titres, les services, les noms des policiers chargés de l'enquête, informations familières et sans intérêt. Mais en feuilletant une dernière fois, un chiffre accrocha son regard. Un simple chiffre dactylographié des années auparavant dans une case blanche. Ça aurait été facile de ne pas le voir. Un numéro de matricule tapé à la machine par un flic qui l'avait arrêtée il y a six ans: 8165.

Le code secret de la carte Eclair. Boldt empoigna le téléphone, composa le numéro de Daphné d'une main tremblante. Pas de réponse. Il dut chercher dans son carnet d'adresses pour trouver le numéro de téléphone de Owen Adler qui était sur la liste rouge. Il tapa les touches et, au bout de sept sonneries, Owen décrocha. Il lui passa Daphné.

— J'ai besoin de toi, déclara Boldt.

Chris Danielson dormait quand Boldt alluma l'électricité dans sa chambre d'hôpital. Daphné et un infirmier de nuit le suivaient en courant. Boldt apostropha l'infirmier en désignant le malade dans le lit voisin.

— Virez-le! Et que ça saute!

L'infirmier ouvrit la bouche pour protester, mais Boldt lui avait déjà passé un savon dans la salle de garde; il avait déjà eu son compte.

— Virez-moi ce lit de cette piaule!

L'infirmier marmonna quelques mots, mais obéit. Il s'excusa auprès du voisin de Danielson, et l'emmena faire un tour dans le couloir. Daphné referma la porte derrière eux.

— Il faut que tu me répondes franchement, Chris.

— Oui, chef? fit Danielson, encore à moitié endormi.

Daphné s'annonça:

— Et Matthews.

— On va nous foutre dehors dans pas longtemps — on n'a toujours pas le droit de te voir — et ça ne peut pas attendre à demain. Tu m'écoutes?

— Allez-y, chef.

Il tourna la tête, battit des paupières, puis tendit la main vers un gobelet d'eau glacée muni d'une paille. Boldt l'approcha de lui et Danielson aspira longuement sur la paille.

— Tu as pris le casier de Caulfield au Cimetière sans signer sa sortie, un jour avant qu'on l'identifie. Ensuite, tu l'as remis en place. Je veux savoir pourquoi.

On allait les mettre dehors d'un moment à l'autre.

Le visage de Danielson se creusait de nouvelles rides, et ses yeux reflétaient un mélange de fatigue et de souffrance. Un arceau empêchait les draps de toucher son ventre, et deux gros poids maintenaient ses jambes sous traction. Il parla d'une voix sèche.

— J'ai obtenu les dossiers fiscaux des employés de Bellevue. Il y en avait un sur Caulfield. C'est comme ça que j'ai su pour son casier.

— Pourquoi? Pour l'argent?

— L'argent? s'étonna Danielson, incrédule. Pour résoudre le *trou noir*, quoi d'autre?

Danielson était trop fatigué, trop endormi par les médicaments pour que Boldt juge de l'authenticité de sa réaction.

— On t'a proposé un poste en dehors de la police, spécula-t-il.

— Faux. C'est le vôtre que je lorgnais.

Les éclairs d'un gyrophare d'ambulance frappèrent la fenêtre et inondèrent les visages d'une lumière bleutée.

— Je voulais résoudre cette affaire, chef, je le désirais encore plus que vous. J'y passais mes jours et mes nuits quand je ne remplissais pas les paperasses à votre place. «Allez, le Nègre, occupe-toi de la paperasserie, et laisse le boulot d'homme aux Blancs.» Eh bien, non. Pas ce Nègre-ci, chef.

— Je n'ai jamais été comme ça, protesta Boldt.

— Ah, vraiment?

Ils haussèrent le ton, se mirent à s'engueuler. Daphné les fit taire sèchement puis leur dit:

— C'est pas le moment!

Boldt, qui n'était pas habitué à perdre le contrôle de ses nerfs, mit du temps à se calmer. Il consulta sa montre: quelques précieuses secondes de perdues.

— Et Elaine Striker? questionna Daphné.

Danielson la regarda.

— Ce sont des choses qui arrivent. C'est pas que j'en sois fier. Elle était seule, et elle avait oublié ce qu'était l'amour.

— Et le *trou noir* est arrivé, avança Daphné.

— Encore une fois, je n'en suis pas fier. Il se trouve que Michael Striker est du genre bavard. Il se trouve que sa femme savait tout ce qu'il y avait à savoir de l'affaire. Je me suis soudain davantage intéressé à elle — les confidences sur l'oreiller — et on ne peut pas dire que ça lui ait déplu.

— Très romantique ! railla Daphné.

— J'ai assez payé pour ça, Matthews. Vous voulez qu'on échange nos places ?

Il désigna du menton une chaise roulante pliée contre le mur.

Daphné bredouilla.

— Ecoutez, dit Danielson, Striker était complètement chamboulé à cause de Lonnie... euh, Elaine. Il n'avait plus toute sa tête. Je suis venu le voir pour obtenir un mandat afin de fouiller les archives bancaires de New Leaf — les chèques annulés — et il a oublié de vous en parler, dit-il à Boldt.

— Donc vous avez trouvé une trace des pots-de-vin, conclut Daphné.

— Non, jamais. Ils étaient bien trop prudents. C'était juste un coup d'essai : j'espérais trouver une trace écrite des versements. J'avais déjà deviné qui avait été acheté, mais je ne pouvais pas le prouver. Alors j'ai changé de tactique.

— Nous t'écoutons, Chris, dit Boldt.

— J'ai examiné la transcription du procès de Caulfield. Ce n'était pas une affaire claire. A l'époque, l'opinion publique était exaspérée par les affaires de drogue. Il suffisait de prononcer le mot de cocaïne pour qu'un jury populaire condamne lourdement n'importe quel accusé. Sur quoi reposait l'accusation ? Sur un tuyau reçu par l'officier qui s'était chargé de l'arrestation. L'affaire entière reposait sur une dénonciation. Sur un informateur anonyme. Et hop, Caulfield en a pris pour quatre ans et des poussières. D'accord, c'est toujours comme ça que les Stups opèrent : ils ne révèlent jamais le nom de leurs indics. Mais si vous lisez entre les lignes des minutes du procès, l'officier qui a arrêté Caulfield... un certain Dunham... était nerveux comme une pile électrique quand il a témoigné à la barre. Pourquoi ? Parce qu'il n'avait même pas d'informateur. C'était un coup monté. Caulfield a été piégé.

— Et ?

— Et... avant que je retrouve Dunham, c'est Striker qui

m'a trouvé. Il a dû suivre Lonnie... euh, Elaine, jusqu'à l'hôtel.

— Mais tu soupçonnais quelqu'un.

— Oui, mais je n'ai aucune preuve.

— Kenny Fowler, dit Boldt, lui fournissant le nom. Matricule numéro quatre-vingt-un, soixante-cinq.

Daphné le dévisagea sans comprendre.

Danielson tiqua. Il hésita, acquiesça d'un signe de tête, puis expliqua :

— Il a été pendant cinq ans le coéquipier de Dunham au Grand Banditisme. Puis Fowler est parti travailler dans le privé pour une boîte du nom de New Leaf. Dunham, lui, a été muté aux Stups. Ça commence mal pour lui ; il foire tous ses coups. Et puis voilà qu'il effectue sa prise majeure : il pince Harry Caulfield avec deux kilos de neige de premier choix. Quatre mois plus tard, devinez avec qui il bosse ? Salaire doublé, vacances doublées. Et il prend deux fois plus son pied.

Boldt soupira en s'adossant au montant du lit.

— Seigneur !

Puis d'une voix inaudible, tremblante de culpabilité, il avoua :

— C'est à cause de moi que tu as failli mourir, Chris.

Un silence pesant s'abattit sur la pièce.

— Je te soupçonnais d'avoir piqué le casier de Caulfield, expliqua Boldt. Comme je ne voulais pas que les bœufs-carottes interviennent au beau milieu d'un *trou noir*, j'ai demandé à Fowler de te placer sous surveillance. Il m'a menti sur ce qu'il a découvert. Il a dû comprendre que tu en savais trop, et il a appris par la même occasion que tu couchais avec Elaine Striker.

Il y eut un nouveau silence au cours duquel le murmure du climatiseur parut assourdissant à Boldt. Il aurait voulu que Danielson lui pardonne, mais il savait que c'était impossible.

— Son avocat arrive, dit Penny Smyth.

— On doit l'attendre ? demanda Boldt.

— Personne ne la force à vous parler, souligna Smyth. Vous pouvez la questionner, mais, légalement, elle n'est pas obligée de vous répondre.

— Compris.

Smyth prit garde de ne pas leur donner son accord officiel.

— Vous avez peu de temps, rappela-t-elle à Daphné. Si on vous le demande, vous m'avez prêté votre bureau, où je resterai pendant que vous l'interrogerez. D'accord ?

— On ne peut plus clair.

Boldt et Daphné traversèrent prestement le couloir.

— J'ai une idée, déclara Daphné. Il faudra que tu joues le jeu.

Elle croisa ses yeux avant qu'il ne lui ouvre la porte.

— Compte sur moi, promit-il.

— On va jouer le tout pour le tout, et je te parie qu'elle parlera. Mais ça risque d'être vicelard.

— Elle aimera ça, j'en suis sûr.

Il la suivit dans la Boîte. Daphné surgit dans la pièce et apostropha l'accusée d'entrée :

— Debout ! Allez, debout !

Vêtue d'une combinaison orange, Cornelia Uli avait les yeux hagards de quelqu'un qui vient de passer deux nuits au dépôt. Elle se leva d'un bond.

— Viens ici, ordonna Daphné, qui indiqua le bout de la table. Allez !

Uli se figea au garde-à-vous au bout de la table, l'air craintif.

— Maintenant, écoute-moi bien. Si tu ne coopères pas, je ne donne plus cher de ta vie. Tu vas aller dans un endroit où des filles font de sales trucs à d'autres filles… des choses dont tu n'as pas idée… et où les matons sont encore pires. C'est pour ça qu'on ne peut pas se plaindre à eux. Tu la boucleras comme tout le monde, sauf si on te demande de l'ouvrir pour y fourrer tu sais quoi. Ça, c'est l'une des solutions. L'autre, c'est de l'ouvrir ici même. On n'est pas en train de parler d'une condamnation à deux ans de prison. Il ne s'agit pas de détention de drogue. Il ne s'agit pas des retraits Eclair que ton copain t'a demandé d'effectuer à sa place. Il s'agit de meurtre avec préméditation. Si tu ne fais pas exactement ce que je te demande, Cornelia, tu vas regretter d'être venue au monde.

— Je n'ai rien à dire.

Daphné coula un regard fiévreux vers Boldt, puis reporta son attention sur l'accusée.

— Couche-toi contre la table.

— Jamais ! protesta Uli.

— Fais ce qu'on te dit, ordonna Boldt.

Uli s'exécuta à contrecœur.

— Etends les bras, dit Daphné. Bon, maintenant, écarte les jambes. Plus que ça, Ecarte-les bien… Qu'est-ce que tu en penses, Lou ? demanda-t-elle.

Elle se recula pour examiner Cornelia de profil, comme l'aurait fait un peintre avec son modèle.

— Oui, je crois que tu as raison, approuva Boldt qui n'avait aucune idée de ce que Daphné lui demandait.

Daphné se posta derrière Cornelia Uli, qui n'en menait pas large, et se coucha sur elle en prenant soin de ne pas la toucher. On ne pouvait pas se méprendre sur la position qu'elle mimait. Elle agita les hanches avec une frénésie obscène, puis murmura à l'oreille d'Uli d'une voix langoureuse :

— Ça te rappelle quelqu'un ?

— Foutez le camp ! Qu'est-ce que vous faites ?

— Ce que je fais ? La même chose que lui.

Boldt se sentit stupide d'avoir mis si longtemps à comprendre : la femme dans l'appartement de Fowler ! La nuit où Daphné avait loué une chambre d'hôtel juste en face.

— Je vous ai vus tous les deux, reprit Daphné du même ton langoureux.

Uli releva vivement la tête.

— Je ne sais pas de quoi vous parlez.

— Ça n'avait pas l'air de te plaire tant que ça, dit Daphné, qui ajouta aussitôt : j'ignore ce qu'il a contre toi, mais on s'en fout. Ça ne compte plus, c'est effacé. Fini, oublié, basta.

— Vous voulez que je balance ? Vous pouvez toujours courir.

Première faille.

— Il s'agit d'extorsion de fonds, dit Boldt. De complicité de meurtre. Tu risques de passer le restant de tes jours en taule… On sait que c'était toi.

La porte s'ouvrit à la volée et une voix d'homme ordonna, furieuse :

— Sortez tout de suite de cette pièce !

C'était le défenseur de Cornelia Uli ; il laissa la porte ouverte et se précipita aux côtés de sa cliente.

De l'autre côté de la vitre sans tain de la Boîte, Uli, son avocat, et Penny Smyth attendaient impatiemment Boldt et Daphné, qui discutaient depuis plusieurs minutes.

— Comme il était au courant de l'enquête, résuma Boldt, Fowler savait exactement comment formuler les menaces pour qu'on les attribue à Caulfield.

— Oui, mais il a commis une erreur, nota Daphné. Dans la demande de rançon, il a négligé de reporter la faute sur Adler. Ça m'avait fait tiquer, et le Dr. Clements aussi, tu te souviens.

— Nous nous attendions à une demande de rançon. Il nous a fourni ce que nous voulions.

Daphné jeta un regard par la vitre, contempla un instant Uli, puis expliqua avec fierté :

— C'est sa façon de se mouvoir qui m'a mis la puce à l'oreille. Quand elle a commencé à arpenter la pièce, je l'ai tout de suite reconnue. Je suis restée des heures dans la chambre d'hôtel à les observer. Il ne m'a pas fallu longtemps pour que le déclic se produise.

— Tous les deux dans cet appartement... juste devant nos yeux...

— Il était en colère après elle. Peut-être qu'elle n'était pas censée venir chez lui. Pour se payer, il a tiré son coup vite fait sur la table de la salle à manger, et il l'a flanquée dehors.

— Un vrai gentleman! railla Boldt.

Puis il ouvrit la porte et rejoignit les autres.

L'avocat de Cornelia Uli était un jeune juif du nom de Carsman, frais émoulu de la faculté de droit. Il ressemblait à un lit défait. Il avait une voix grinçante et haut perchée, et il protestait chaque fois que Boldt ouvrait la bouche. Penny Smyth, de loin la plus digne des quatre, entraîna Carsman dans le couloir pour lui parler en privé. A leur retour, Carsman ne formula plus la moindre objection. Il prit des notes fébrilement, et en passa de temps en temps une à sa cliente.

Boldt montra à Uli son procès-verbal d'arrestation.

— Matricule quatre-vingt-un, cinquante-six. C'était celui de l'inspecteur Kenneth Fowler quand il travaillait encore dans la police. Il t'a arrêtée au cours d'une bagarre entre bandes rivales, tu étais sous le coup d'une accusation de meurtre sans préméditation. Les charges ont été abandonnées par la suite, faute de preuves.

— Nous t'avons vue dans son appartement, intervint Daphné.

— Merde! lâcha l'accusée.

Elle baissa la tête, l'air défait.

Boldt triomphait, mais il n'en montra rien. Il resta impassible, l'air épuisé.

— Qu'est-ce qu'il possède contre toi, Cornelia?

— Une bande vidéo, bredouilla Uli. Une bande de surveillance vidéo. J'avais dix-sept ans.

— Une histoire de cul? demanda Daphné.

— Un homicide, assura Boldt.

— Ne répondez pas! s'égosilla Carsman.

— Lester Gammon, dit Boldt. Dix-huit ans. Mort de sept coups de couteau.

Cornelia Uli suivit les conseils de son avocat, mais elle regarda fixement Boldt dans les yeux.

— Il me demandait de faire des trucs pour lui de temps en temps. Je les faisais.

— Comme l'autre nuit ? demanda Daphné.

— Allez vous faire foutre ! fulmina Uli. Qu'est-ce que vous connaissez de la vie ? Laissez-moi vous dire une chose... dans la rue, vous rendez des services et on vous fout la paix. La rue, c'est pas compliqué. C'est la survie. Vous et votre coiffure chic, cracha-t-elle au visage de Daphné. Vous et votre savon parfumé à la fraise, vous me faites gerber.

Daphné rougit. Boldt la vit faire des efforts surhumains pour garder son calme.

— Tu as rendu des services à Fowler, dit Boldt.

— Les retraits Eclair, par exemple. Oui, c'est vrai.

— N'en dites pas plus ! conseilla son avocat.

— Taisez-vous ! lui rétorqua Uli.

— Je ne peux pas vous défendre si...

— Taisez-vous ! (Puis à Boldt :) J'allais où il me disait. Je faisais ce qu'il me disait. (A Daphné :) Oui, il me sautait de temps en temps. Non, je n'aimais pas particulièrement ça. Mais c'est pas nouveau pour moi, hein ? Il me saute depuis l'époque où il bossait encore dans la police. Il avait un harem de nanas dans ce temps-là. Quand Kenny nous serrait, on passait à la casserole. Mais on ressortait libre. C'était aussi simple que ça. Vous comprenez pourquoi je n'aime pas les flics ? Ça a commencé quand j'avais quinze ans et que je faisais des coups avec une bande. J'ai pas eu de chance, je plaisais à Kenny. On s'habitue aux salauds dans son genre, expliqua-t-elle à Daphné, comme pour s'excuser. C'est toujours mieux que de se retrouver au trou, et c'est comme ça que ça marche quand on vit dans la rue. Rendre des services, c'est toujours mieux que de coucher sous les ponts. On s'habitue. On se fait sauter par les mecs de la bande, on se fait tabasser. Si on n'est pas passé par là, on ne peut pas comprendre.

— C'est juste, concéda Daphné, qui ravala sa fierté et cherchait à établir un contact amical avec l'accusée.

Sharon, l'amie de Daphné, était passée par là, elle. Daphné connaissait la chanson, mais elle se retint d'en parler. Elle ne voulait pas se justifier. Boldt l'admira pour ça.

— Il t'a donné la carte Eclair, commença Boldt.

— Et le code. Il m'indiquait les distributeurs où je devais tirer de l'argent. C'était fastoche. Il me refilait cent dollars par nuit.

— Quelle générosité ! railla Boldt.

— Ça aide à vivre, rétorqua Uli d'un ton morne.

— Inspecteur ?

C'était Penny Smyth. Elle leur demanda un entretien à part. Boldt la suivit dans le couloir. Daphné resta avec Uli.

— Vu la tournure des événements, commença Smyth, ça va être la parole de Fowler contre la sienne. Avez-vous d'autres preuves contre lui ? Parce que je vous préviens, les juges ne vont pas apprécier son témoignage. Est-ce qu'on retrouvera l'argent chez Fowler ? Ça m'étonnerait. Dès que vous avez arrêté la fille, il l'a fait disparaître. Il a été flic, non ? Il connaît la musique. Il a un alibi tout prêt. S'il s'est servi d'elle, c'est qu'il avait déjà un plan. J'ai raison, oui ou non ? J'entame les poursuites, si c'est ce que vous voulez. J'établis les charges et je vois comment les juges réagissent. Mais à mon avis, ça va mal tourner. Elle est jeune... elle a des raisons, plein de raisons de haïr Fowler et de vouloir se venger. Quand elle témoignera, ça va mal tourner, inspecteur. Matthews ne pourra pas jurer qu'elle l'a vue dans l'appartement de Fowler.

— Nous avons le code bancaire, contra Boldt. Nous avons le procès-verbal de son arrestation antérieure.

— C'est elle qui a ouvert le compte en banque. Elle s'est servie du numéro de matricule de Fowler, au cas où elle se ferait pincer... ce qui est arrivé, justement. Je suis en train de vous expliquer comment ça risque d'être interprété. Comme témoin à charge, elle ne vaut pas un clou. Maintenant, à vous de jouer. Dites-moi ce que vous voulez que je fasse.

Elle soutint son regard sans broncher.

— Je déteste les hommes de loi, dit Boldt.

— Moi aussi, sourit-elle. Tous mes amis sont flics.

Il lui retourna son sourire.

— Alors, que me conseillez-vous, Maître ?

— Je vous conseille de lui refiler un micro et de la suivre. On lui propose une peine légère et elle sort au bout de dix mois pour bonne conduite. Carsman va adorer ça. Et on envoie Fowler au trou pour le restant de ses jours.

— Vous croyez vraiment que Fowler va mordre à l'hameçon ? demanda Boldt, incrédule. Il n'approchera jamais d'Uli. Ou alors pour la descendre, mais pas pour...

Il s'arrêta soudain.

— Qu'y a-t-il ? demanda Smyth.

— Oui, on va laisser Fowler faire le boulot à notre place. Il nous doit bien ça.

Boldt, avant de conduire Daphné à Alki Point, avait fait fouiller sa voiture pour le cas où Fowler l'aurait bourrée de micros. On n'y avait rien trouvé. Il se gara face à la mer, devant un terrain de volley-ball.

A cet endroit, les vagues avaient un jour rejeté un cadavre

sur la berge. Cela avait changé l'enquête qu'ils menaient à l'époque, et leur vie par la même occasion. Boldt n'avait pas choisi l'endroit au hasard.

— Ça m'ennuie de te demander ça, Daffy.

— Alors, ne le demande pas.

Elle avait déjà compris. Elle avait néanmoins accepté de le suivre, sans doute pour lui laisser une chance de la convaincre. Elle détourna les yeux, et contempla le soleil couchant par la vitre.

— Ne me le demande pas, répéta-t-elle. S'il te plaît.

— Il faut que tu retournes vivre dans ton bateau si tu veux que ça marche. Il faut qu'on écrive un scénario crédible, et que Adler et toi appreniez les répliques par cœur. On doit brouiller l'eau si on ne veut pas qu'il repère l'hameçon.

— Tu te rends compte de ce que tu me demandes ?

— Evidemment. Mais je ne sais pas si je pourrais me mettre à ta place. Je ne sais pas comment je réagirais si j'étais toi.

— Watson et Moulder... ils me verront aussi, si tout marche comme tu l'as prévu ? Dans les toilettes, sous la douche... ô mon Dieu, Lou !

— On avait refilé la photo anthropométrique à Fowler, Daphné. Il l'a montrée à tout le monde dans l'usine, dans les entrepôts. Quelqu'un l'a forcément reconnu. Caulfield livrait souvent et régulièrement. Fowler nous a caché l'information pour pouvoir continuer les retraits. Il est aussi coupable que Caulfield. Si on veut l'épingler pour ça, on a besoin de preuves irréfutables. On a besoin de bâtir une histoire solide, et de démontrer que, par cupidité, Kenny Fowler a permis la poursuite des empoisonnements. Mais pour ça, il faut d'abord le coincer pour l'extorsion. Franchement, je me fous de l'extorsion. Ce qui m'intéresse, ce sont les meurtres. Ça me fait mal que tous ces innocents soient morts. Et ça me fait mal de m'être fait doubler par Fowler, tout ça pour du fric. Il mérite davantage qu'une simple baffe. Oui, ça veut dire qu'il faudra te foutre à poil. Oui, tu seras obligée de faire toutes les choses du quotidien comme si de rien n'était. Oui, tu devras faire comme s'il n'y avait pas de caméra, pas de micro. Non, je ne sais pas comment c'est possible. Non, je ne sais pas si je pourrais moi-même. Mais je sais que tu veux le coincer au moins autant que moi... sinon, je ne pourrais pas te demander ça.

Daphné soupira ; elle tambourina d'une main fébrile sur le tableau de bord.

— Merci de ne pas m'avoir rappelé qu'il m'a déjà vue nue... qu'il possède sans doute des kilomètres de vidéo... et que, dans ce cas, pourquoi pas un kilomètre de plus ? Merci de ne pas m'avoir dit que je suis assez forte pour le supporter. Je n'aurais pas apprécié, tu peux me croire. On ne peut jamais savoir si on est assez fort avant d'avoir essayé... si j'essaie. Si tu m'avais dit ça, cela aurait été de la manipulation. (Elle esquissa un sourire moqueur, puis ajouta :) C'est davantage mon domaine que le tien. Tu ne m'aurais pas eue comme ça, Lou. Merci aussi pour ne pas insister sur le témoin de l'entrepôt. Nous savons qu'il a formellement reconnu Caulfield quand Fowler lui a présenté la photo. Nous savons que Fowler a étouffé son témoignage. J'ai lu le rapport. Ça le rend coupable de complicité par omission.

Boldt ignorait qu'elle avait lu le rapport.

— Peu importe, dit-il.

Mais son cœur battait, car il lui semblait que Daphné avait déjà accepté.

— Ils nous en demandent trop, Lou, dit-elle, serrant les dents comme pour lutter contre l'émotion qui la gagnait. On donne beaucoup et on reçoit si peu en retour. Les journalistes nous taillent en pièces. Les chefs nous traitent comme des bêtes. Et tout ça pour quoi ?

— Des pizzas froides et du Maalox.

— Oui, ricana-t-elle. Les avantages acquis.

Le vent dessinait des rides à la surface de l'eau, soulevait des tourbillons de poussière, obligeant les joueurs de volley-ball à se protéger les yeux.

— Quand j'étais adolescente, je voulais être une vedette de cinéma, comme tout le monde. Ça semblait tellement facile. Si tu fais un souhait, méfie-toi, il risque de se réaliser, me disait ma mère.

— Il faut que tu sois d'accord. Tu ne peux pas faire ça si tu te sens obligée. Il faudra que tu aies l'air naturel, que Fowler croie chacun de tes mots, qu'il ait le sentiment que tout ce qui se passe sur le bateau est pour de vrai.

— Le train-train habituel, quoi ! fit Daphné avec mépris.

Boldt se garda de répliquer.

— J'accepte, annonça Daphné. (Elle le dévisagea d'un œil dur, puis ajouta :) J'accepte, mais pour mes raisons à moi. Pour mes raisons à moi, merde !

Tout le monde l'appelait Watson ; il dirigeait les Services Techniques comme s'ils étaient à lui, ce qui n'était pas le cas. Cela faisait si longtemps qu'on l'appelait Watson que Boldt ne se souvenait plus de son vrai nom. C'était un chauve à lunettes, avec des lèvres épaisses. On le prenait souvent pour le frère cadet de Bernie Lofgrin. Watson était un génie de l'électronique ; il savait trafiquer, modifier, construire, copier, reproduire, piéger tout ce qui était électronique.

Watson et son technicien vedette, un certain Moulder, passèrent deux jours consécutifs dans un cruiser qui mouillait au large. L'un manipulait les appareils tandis que l'autre pêchait pour «donner le change». Ils firent des envieux dans tout le département pendant ces deux jours.

Les deux rôles les plus ardus étaient joués par Daphné Matthews et Owen Adler qui faisaient tout devant les caméras, l'amour excepté. Comme l'exigeait le scénario, ils discutaient à l'occasion de l'affaire Uli, et Daphné insinuait que l'accusée était de plus en plus disposée à collaborer avec la justice. Daphné se douchait, se rasait les jambes, se lavait les dents comme d'habitude, et Watson suivait la procédure à la lettre : il ne branchait jamais l'écran de contrôle sur les caméras qui filmaient la salle de bains ou la chambre à coucher.

On expliqua à Boldt en termes simples l'aspect technologique du piège. Le système de surveillance installé par Fowler fonctionnait aux infrarouges et aux fréquences radio, par opposition aux écoutes classiques qui nécessitent la pose de câbles. Les signaux émis par les micros et les caméras étaient transmis par des ondes hertziennes vers un lieu que Watson situait dans un périmètre de cinq cents mètres. Sans doute un autre houseboat, un studio voisin, voire même une simple voiture. On soupçonnait que les signaux étaient enregistrés sur cassette vidéo dans le poste relais, mais il se pouvait également qu'ils soient transmis par téléphone du poste relais à la salle de surveillance de Adler Foods ou à l'appartement de Fowler. Watson était incapable de le déterminer avant une fouille complète. Les moyens employés par Fowler ne différaient pas de ceux utilisés par la police, si ce n'est qu'il possédait un matériel électronique d'avant-garde, ce qui obligea Watson à emprunter les équipements sophistiqués du FBI.

Watson et son équipe passèrent plus de vingt heures à identifier les diverses fréquences utilisées et à capter les signaux. Dorénavant, ce que Fowler écoutait et regardait était également enregistré dans la cabine du cruiser où sévissaient nos deux pêcheurs. Mieux, agissant sur ordre, Watson pouvait brouiller les signaux reçus par Fowler et lui transmettre des images préenregistrées. Fowler recevait alors des images montrant un bateau vide quand il fourmillait au contraire d'activité. Cette manœuvre constituait l'élément clef du plan de Boldt. Les préparatifs prirent soixante-douze heures à

Watson, qui ne put néanmoins garantir l'efficacité de son dispositif.

Le quatrième jour, les journaux du matin affirmaient que Cornelia Uli avait accepté de collaborer avec la justice et de révéler à un grand jury l'identité de l'homme qui avait fait chanter Adler Foods. Les articles citaient le substitut Pénélope Smyth qui affirmait qu'avec le témoignage d'Uli, le ministère public était sûr de l'emporter, et que, pour des «raisons de sécurité», la police cachait l'accusée en attendant qu'elle témoigne devant le grand jury.

La veille, à 1 h 30 du matin — bien avant que la presse ne diffuse la nouvelle — un véhicule banalisé bleu foncé s'arrêta en face du ponton menant au houseboat de Daphné. Deux policiers en civil en sortirent et arpentèrent les environs pendant cinq minutes avant de retourner à la voiture. La portière arrière s'ouvrit, et une frêle silhouette sortit à son tour du véhicule, accompagnée par un solide gaillard. Tous deux se rendirent d'un pas vif au houseboat de Daphné. La porte d'entrée de celui-ci s'ouvrit en grand pour les laisser entrer. Quelques instants plus tard, la voiture bleu foncé repartit.

Daphné referma la porte et la verrouilla.

— Tout va bien? demanda-t-elle.

— Impeccable, assura Boldt.

Cornelia Uli retira la capuche de son blouson et secoua ses cheveux.

— Je croyais qu'on allait dans un hôtel, pesta-t-elle.

— Tout le monde le croit, dit Boldt. Les journalistes fouilleront partout, hôtel, motel, auberge, dans un rayon de cent kilomètres autour du tribunal. Mais un houseboat sur Lake Union, à cinq minutes du centre-ville? Jamais de la vie! Tu es davantage en sécurité ici que dans un hôtel. Il y a un système d'alarme ultra-moderne, et...

— Une femme flic pour prendre soin de toi.

— Y a la télé?

— Il y a une télévision dans la chambre à coucher. Et la chambre est à toi pendant la durée de ton séjour.

— D'accord, ça me va.

Cornelia Uli visita le bateau, caressa les meubles, inspecta la vue.

— Super! s'exclama-t-elle. Ça me tue!

— J'espère bien que non, plaisanta Daphné. Et mettons les choses au clair: je ne suis pas ta bonne. On partage la vaisselle, le ménage, la cuisine.

— Pis quoi encore?

— C'est à prendre ou à laisser. Tu peux retourner à la prison du comté si ça te chante.

Boldt commença à tirer les rideaux et à baisser les stores.

— Interdiction de sortir, dit Daphné avec gravité. C'est une communauté restreinte, nous vivons en vase clos. Nous avons refusé de poster des agents dans les environs parce que nous pensons que cela éveillerait les soupçons et que nous serions sans doute obligés de déménager, et ça, il n'en est pas question. Nous voulons aussi éviter les fuites. Seule une poignée de gens de confiance savent que tu es ici.

Boldt continuait de baisser les stores.

— Tu ne sors pas d'ici, tu ne téléphones pas, tu ne relèves pas les stores. On ne tient pas à ce que tu te fasses repérer par hasard. Et n'oublie pas, c'est pour toi qu'on fait ça, pas pour nous.

— Mon œil! Vous faites ça pour que je balance. Pour que Kenny Fowler aille en taule. Me racontez pas de conneries.

Cornelia Uli n'était pas au courant du piège; Boldt se réjouissait de la voir jouer son rôle à la perfection, sans le savoir.

Pendant une journée et demie, les deux femmes vécurent côte à côte — parfois en harmonie, parfois en se chamaillant, mais Daphné gardait toujours son revolver sur elle, ou bien en évidence à portée de la main.

Boldt et ses hommes étaient équipés de la même technologie de pointe utilisée dans la souricière des distributeurs Eclair, ce qui évitait toute possibilité d'écoute électronique. Officiellement, la police était hors du coup. En réalité, un groupe trié sur le volet, comprenant notamment Gaynes et LaMoia, suivait un plan soigneusement établi dans lequel Cornelia Uli était la seule qui ignorait le scénario. Pour déjouer une surveillance éventuelle, il avait été décidé de longue date que le piège se refermerait la nuit.

Le deuxième soir, Daphné attendait que Cornelia aille aux toilettes. Comme d'habitude, elle portait une oreillette et un émetteur.

Uli était une accro de la télévision. Elle restait scotchée devant le poste. Pour son plan, Boldt avait imaginé le subterfuge suivant : il avait glissé un diurétique dans son repas du soir pour garantir de fréquents voyages aux toilettes. A un moment ou à un autre, Cornelia devait se rendre à l'avant, facteur essentiel à la réussite du piège. Plus important, il savait qu'après s'être soulagée, Cornelia, fidèle à elle-même, retournerait devant son poste et y resterait. Elle ne traînerait pas dans le salon, elle ne fouillerait pas dans les penderies. C'était capital, car au moment de l'action, il n'y aurait pas que des vêtements dans les penderies.

Mais pour Daphné, l'attente paraissait interminable. Finalement, Cornelia descendit de la chambre, laissant la télévision hurler, et traversa la pièce pour se rendre à l'avant. Aussitôt, Daphné entra en action.

Elle alla ouvrir la porte de devant, en profita pour entrer le code de sécurité, ce qui désactiva le système d'alarme, appuya trois fois sur le bouton de son émetteur, puis fonça à l'arrière ouvrir l'autre porte. Tout cela ne lui prit que quelques secondes.

Heureusement, Cornelia avait pour habitude de toujours se laver les mains après avoir utilisé les toilettes. Le bruit de l'eau avertirait Daphné de son retour imminent dans la pièce.

Dehors, les trois *bip* de l'émetteur de Daffy étaient le signal attendu. Boldt, LaMoia et Gaynes, tout de noir vêtus, émergèrent de l'arrière d'une camionnette et descendirent le ponton qui menait au houseboat le plus éloigné. Muni d'une oreillette, Boldt suivait les commentaires monotones du coordinateur qui signalait les moindres mouvements de Kenny Fowler. Pour l'instant, ce dernier était toujours tapi dans son appartement, à l'autre bout de la ville.

A bord du cruiser, Watson, ayant lui aussi reçu le signal radio de Daphné, commença à brouiller les fréquences de Fowler et à démarrer les vidéocassettes préenregistrées. C'était pour cette raison que Daphné restait près de la porte arrière — l'endroit n'était pas filmé par les caméras de Fowler. Watson appuya sur un bouton et les caméras cachées cessèrent de transmettre l'activité réelle à l'intérieur du houseboat pour montrer des pièces vides. Seule la caméra qui montrait Uli en train d'uriner filmait en direct.

Ce fut pendant ce moment d'illusion parfaite que Boldt et son équipe se glissèrent en silence dans le houseboat — Boldt et Gaynes par la porte de devant qu'ils fermèrent ensuite derrière eux ; et deux secondes plus tard, LaMoia par la porte de derrière.

LaMoia prit position dans la penderie de l'arrière.

Boldt se pelotonna dans la penderie de l'avant.

Bobbie Gaynes escalada prestement l'échelle et se cacha dans un recoin du pont, près de la chambre.

Daphné entendit l'eau couler dans les toilettes.

Elle jeta un œil dans le salon. La veste de Boldt dépassait de la penderie dont la porte était restée entrebâillée. Il ne s'en était pas aperçu.

Trop tard. Watson l'avait prévenue que pour que le raccord de la vidéo ne se remarque pas, elle devait pénétrer «en direct» dans le salon par l'endroit exact d'où elle était sortie. Elle ne pouvait pas apparaître soudain au beau milieu du salon quand les caméras recommenceraient à filmer.

Bien qu'anxieuse à cause du bout de veste de Boldt, elle dut retourner à la porte de l'arrière et presser trois fois sur le bouton de son émetteur. *Bip, bip, bip.*

Dans la cabine du cruiser, la sueur au front, Watson et Moulder, son assistant, attendaient le signal. La radio bipa trois fois.

— Prêt? demanda Watson.

Moulder acquiesça.

— Un, deux, trois!

Les deux hommes appuyèrent chacun sur un bouton avec un parfait synchronisme. La vidéo du houseboat transmettait de nouveau en direct. Mais, entre-temps, trois flics s'étaient introduits dans les lieux.

— Vous êtes en *live*, annonça Watson dans la radio.

Uli sortit de la salle de bains au moment où Daphné entendait Watson lui confirmer que les caméras recommençaient à filmer. Le trac s'empara de la psychologue. Elle n'avait pas prévu que ce serait aussi difficile.

Comme convenu, le téléphone sonna. Daphné répondit avec son détachement habituel, consciente qu'un micro caché enregistrait ses paroles.

— Allô?

— C'est moi, dit l'inspecteur divisionnaire Phil Shoswitz. Il faut que vous veniez immédiatement. C'est urgent. Le grand jury a avancé sa réunion. Ils entendront Cornelia Uli demain matin. Smyth veut vous parler.

— Mais je...

— Ça ne prendra que vingt minutes à peine. Je sais que ça veut dire que vous devez la laisser seule, mais c'est mieux que de vous envoyer un remplaçant qui risque de se faire remarquer. Enfermez-la et branchez le système d'alarme. Vous l'avez déjà fait auparavant. Ne vous inquiétez donc pas, tout se passera bien.

— Non, vraiment, je ne préfère pas...

— Si nous ne mettons pas les choses au point ce soir, nous courons au-devant de sérieux problèmes. Amenez-vous, nom d'un chien! Personne ne peut s'introduire chez vous sans que nous le sachions. Je poste une voiture banalisée sur Fairview. Ils interviendront si c'est nécessaire, mais je ne veux pas qu'ils s'approchent davantage pour l'instant.

— Entendu, chef.

Elle raccrocha et dit à Uli :

— Je dois aller en ville.

— Pas question!

— Il le faut. Tout ira bien, Cornelia. Je ferme à clef et tu rebranches le système d'alarme derrière moi. Je reviens dans une demi-heure... Ce n'est pas la première fois que je te laisse seule.

Elle se retourna et vit Boldt qui la regardait par l'entre-bâillement de la porte de la penderie. Il semblait l'appeler à l'aide. Bouleversée, elle se reprit bien vite. Boldt ne pouvait pas bouger dans l'espace réduit; il ne pouvait pas libérer sa veste sans faire de bruit. Il ne pouvait pas davantage refermer la porte de la penderie sans risquer d'être entendu.

— Oui, gémit Uli, mais jamais la nuit.

— Ce sont les ordres. Il faut que j'y aille.

— Une demi-heure, pas plus, concéda Uli à contrecœur.

— Je croyais que tu n'aimais pas les flics, railla Daphné, et elle se dirigea vers la penderie.

— C'est votre revolver que j'aime, rétorqua Uli. J'imagine que vous n'accepterez pas de me le laisser.

— Tout ira bien, assura Daphné.

Elle lui rappela le code, bien que Cornelia ait déjà utilisé le système d'alarme.

— Referme derrière moi.

— Non, riposta Uli sarcastiquement. Je crois que je vais laisser Fowler entrer.

Daphné s'approcha de la penderie et dit :

— Oh, puis zut, je n'ai pas besoin de manteau.

Et elle claqua la porte de la penderie. Un triangle de tissu dépassait toujours, tel un minuscule drapeau.

Boldt souffrait de claustrophobie. Il était si grand et si fort qu'il se sentait à l'étroit même sur le siège avant d'une voiture de tourisme. Les minutes s'écoulaient avec une lenteur désespérante. Il alluma l'écran lumineux de sa montre pour vérifier le temps écoulé.

Quatre minutes après le départ de Daphné, Boldt entendit un murmure dans l'oreillette :

— Le suspect quitte son domicile. Je répète : le suspect quitte son domicile.

Ils avaient calculé les choses pour que Fowler réagisse rapidement, car ils savaient que Boldt et LaMoia ne pourraient pas rester immobiles dans une penderie plus de trente minutes. Ils espéraient forcer Fowler à prendre une décision hâtive et sans doute imprudente. C'était la raison pour laquelle Shoswitz avait annoncé à Daphné que le jugement était avancé.

— Le suspect se dirige vers l'est.

Des planches craquèrent au-dessus de Boldt. Uli regardait la télévision dans la chambre, sans se douter que Bobbie Gaynes était caché dans l'ombre à quelques pas seulement.

L'émetteur grésilla dans l'oreille de Boldt annonçant que Fowler se rapprochait. Quand il prit la route du lac, Boldt comprit que le bonhomme avait mordu à l'hameçon. Sept minutes.

— Le suspect arrive à destination, annonça la voix du coordinateur.

Boldt ne supportait plus le manque d'air. Il entrouvrit la porte de la penderie, ce qui lui permit d'observer ce qui se passait dans la pièce à travers la fente.

Environ trois minutes plus tard, la porte de l'arrière s'ouvrit. Fowler possédait un double des clefs. Il composa un code qui annula celui de Daphné ; sans doute fourni par le fabricant du système d'alarme, ce code était utilisé par l'installateur lorsque son client oubliait le sien. Ensuite, Fowler referma la porte et rebrancha l'alarme.

Cornelia Uli l'entendit, car elle avait coupé le son pendant une page de publicité et aussi parce que Fowler venait de marcher sur la même planche qui lui avait valu des ennuis avec Daphné. Cornelia dévala l'escalier en criant :

— Tu as changé d'avis ?

Fowler entra dans le champ de vision de Boldt. Il portait un ciré vert foncé. Lou ne voyait pas Uli.

— Oh, merde ! s'exclama Uli en apercevant Fowler.

— Relax ! Je ne suis pas venu te tuer.

Il semblait à cran.

— Tu parles !

— Non, je t'assure. (Il exhiba une liasse de billets de vingt dollars.) Viens, on fout le camp d'ici.

— Foutre le camp d'ici ? Qu'est-ce que tu racontes ?

— Tu as le choix, expliqua-t-il avec calme. Tu peux prendre un billet d'avion et empocher trois mille dollars tout de suite, ou tu peux aller témoigner demain matin...

— Ce n'est pas demain matin.

— La ferme ! On n'a pas le temps, Corny.

A l'évidence, Fowler en pinçait pour la fille. Boldt n'avait pas prévu cela.

— Tu vas devant le tribunal, mais tu ne te souviens plus de rien. Ni des histoires de distributeurs Eclair, ni de Kenny Fowler. Tu ne témoignes pas. Tu prétends que c'était une idée à toi. Je peux t'expliquer quoi dire pour être convaincante. Si tu fais ça, tu auras tes trois mille dollars à ta sortie.

— Je ne sortirai jamais.

— Dans quatre ans, six, peut-être. Et les trois mille dollars t'attendront. J'en déposerai la moitié à ton nom avant que tu ailles devant le grand jury.

— Et je morfle pour toi.

— Oui, si tu veux.

— Seigneur !

Boldt se rendit compte que Cornelia hésitait. Elle était sur le point d'accepter. Il appuya deux fois sur le bouton de son émetteur : *clic, clic.* Au-dessus de sa tête, il entendit Gaynes bouger. Il vit Fowler se retourner en entendant LaMoia. Boldt ouvrit la porte d'un coup, l'arme au poing.

Cornelia Uli hurla.

Désemparé, Fowler voulut dégainer son revolver.

— On est trois ! annonça Boldt. Laisse tomber !

— Les mains en l'air ! cria LaMoia qui se glissa derrière Fowler.

Gaynes descendit de l'échelle, empoigna Uli et l'entraîna à l'abri.

Fowler s'assit lentement sur le plancher en hochant la tête, à quelques centimètres de l'endroit où Daphné s'était cognée contre le pilier.

— Comment vous avez fait ? demanda-t-il, et il regarda vers le mur où était cachée l'une de ses caméras.

— On a le dernier cri, mon vieux, dit Boldt en le citant.

Hagard, Fowler resta sans voix.

38

Sur les conseils d'Owen Adler, ils se rencontrèrent au Pigalle parce que le café avait une atmosphère intime et une vue superbe sur le lac. Boldt vit tout de suite la bague de Daphné, mais il ne dit rien car il n'était pas sûr que Liz l'ait remarquée. Mais bien sûr, elle l'avait remarquée. Dès qu'il s'agissait de Daphné Matthews, Liz était très observatrice. La bague était belle, élégante, sans être voyante, et Boldt admira Adler pour son goût.

Boldt avait accepté l'invitation à contrecœur; il n'aimait pas sortir sans raison et n'avait pas très envie de devenir ami avec Adler, mais il ne savait rien refuser à Daphné. C'était elle qui l'avait entraîné dans cette affaire et, à sa manière, elle l'aidait à en sortir.

— Comment interprètes-tu la déclaration de Fowler? demanda-t-il.

Afin de diminuer les charges qui pesaient contre lui, Fowler avait accepté de coopérer en rédigeant une déclaration. L'une des fonctions de Daphné était de l'analyser d'un point de vue psychologique.

— Quand il a quitté la police, il s'est vanté qu'il allait ouvrir sa propre agence. Mais chez Adler Foods, il dépensait autant d'argent qu'il en gagnait; en fait, il vivait au-dessus de ses moyens. Il avait un complexe d'infériorité. C'était l'homme à tout faire de Howard Taplin. Il prétend que l'affaire Caulfield lui a ouvert les yeux. Il a entrevu la possibilité de gagner assez d'argent pour s'établir à son compte. Il savait comment les fax étaient formulés, il en connaissait le ton, le vocabulaire... il pouvait imiter le meurtrier et extorquer l'argent. Si des gens mouraient, cela lui permettait de mettre la pression sur Adler.

— Il a étouffé des informations capitales, rappela Boldt.

— Il nous a menti à tous, claqua Adler. S'il avait besoin d'argent...

Il se retint, trop bouleversé pour en discuter.

— La déclaration ne dit rien de la manipulation de New Leaf, poursuivit Daphné, hésitante. Ni du coup monté qui a valu quatre ans de prison à Caulfield pour trafic de drogue. A mon avis, il comptait retrouver Caulfield avant nous pour le descendre. Comme cela, il aurait poursuivi l'extorsion tant que le lien avec New Leaf n'aurait pas été découvert. Il espérait sans doute que ça tomberait aux oubliettes. (Elle s'arrêta pour contempler la vue.) Il a manipulé tout le monde.

A l'évidence, elle s'incluait dans le lot. Boldt allait poser une question, mais Liz lui fit du pied sous la table. Il se tut.

Liz changea de sujet. Elle prit des nouvelles de Corky. Le visage d'Adler s'illumina. Il leur raconta une série d'anecdotes amusantes.

Il commanda du champagne. Liz déclara qu'elle prendrait un San Pellegrino à cause du bébé. Apprenant qu'elle était enceinte, Adler proposa un toast, parla encore de Corky, puis rougit, bredouilla, et Daphné annonça finalement leurs fiançailles.

— Ce sont peut-être les premières fiançailles de l'histoire qui n'ont pas été scellées par un baiser, mais par une poignée de main, confia-t-elle.

Boldt croisa son regard. Dans ses yeux, il vit une joie qu'il avait longtemps souhaité y voir. Au loin, les lumières des ferries se reflétaient sur l'eau. Daphné but avec des gestes nerveux et raconta des histoires sur Boldt, lui rappela de vieilles histoires qu'il prétendait avoir oubliées.

Adler porta un autre toast, cette fois pour remercier Liz du logiciel de piège temporel, puis un autre pour remercier Boldt, et enfin un dernier pour sa fiancée «qui a découvert la vérité». Personne ne mentionna le nom de Harry Caulfield. Howard Taplin collaborait avec les autorités, mais on ne porta pas de toast en son honneur. Boldt eut une pensée pour Danielson et pour Striker — l'un se rétablissait lentement, l'autre se préparait à un procès difficile et à un divorce pénible.

Boldt se sentit mal à l'aise toute la soirée. Il se battit avec Adler pour régler l'addition, mais perdit, ce qui lui parut hautement significatif. Il resta silencieux en conduisant sur le chemin du retour, Liz endormie sur le siège avant, et quand il se gara devant la porte, elle lui dit :

— Elle sera toujours ton amie. Leur mariage n'y changera rien. Tu verras.

Boldt ne sut que répondre à cela. Après avoir vérifié que Miles dormait bien, Liz régla la baby-sitter tandis que Boldt prenait connaissance du courrier empilé près du téléphone.

Parmi les lettres se trouvait un colis. En bon flic qu'il était, Boldt le manipula avec prudence, puis se traita d'imbécile quand il lut l'adresse de l'expéditeur.

— Je me demandais ce que c'était, confia Liz quand son mari ouvrit le paquet. Mais je n'ai pas voulu y toucher.

Incroyablement léger, le paquet était estampillé «fragile». A l'intérieur, une note disait :

Pour votre petit garçon. J'ai oublié son nom. Me l'aviez-vous dit ? Je ne m'en souviens pas. J'ai trouvé dommage de la jeter. Je sais que votre fils est encore trop jeune. Mais peut-être aimera-t-il la terminer un jour.

Betty.

C'était la maquette inachevée de la navette spatiale.

39

Howard Taplin fut appelé à la barre pour la troisième fois en trois jours. Il avait accepté de collaborer avec la justice et les accusations s'accumulaient dans une affaire qui faisait la une des journaux. Pour Boldt, la succession d'audiences était aussi éreintante que l'enquête elle-même. C'était l'époque de l'année qu'il détestait le plus — entre Thanksgiving et Noël, quand les jours sont gris, le froid cinglant, et que des haut-parleurs chuintants diffusent des chants de Noël dans les rues.

Kenny Fowler fut descendu en flammes. Il reçut trois condamnations de trente ans de prison chacune, ce qui lui faisait quatre-vingt-dix ans en tout. Au grand étonnement de Boldt, Cornelia Uli fut acquittée bien que l'accusation ait prouvé sans l'ombre d'un doute qu'elle était la complice de Fowler, qu'elle avait ouvert le compte bancaire, et qu'elle avait retiré en tout douze mille dollars. Les journalistes attribuèrent cette relaxe au fait que Uli avait été arrêtée sept ans plus tôt par Fowler et qu'il l'avait forcée depuis à avoir des relations sexuelles avec lui. Apparemment, le jury avait été sensible aux arguments de la défense qui prétendit qu'elle avait agi sous influence. LaMoia résuma la pensée de Boldt :

— On appelle ça la justice. Va comprendre !

Lou devait toujours un dîner au champagne à Liz, mais il n'avait pas oublié, quoi qu'elle en pensât. En fait, il économisait, pour lui offrir un dîner à Rome, l'équivalent de quelques mois de salaire comme pianiste au Big Joke. Miles était turbulent comme on l'est à deux ans, et Boldt se consolait avec lui des interminables audiences des procès.

Il sortit de la salle d'audience aussitôt après qu'un garde lui eut remis le billet ; il savait exactement à quoi s'attendre malgré le flou du texte de la note. Les journalistes le suivirent comme toujours ces derniers temps. Il en avait plus que marre. Il voulait retrouver sa vie d'avant. Heureusement, ils ne pouvaient pas le suivre dans la prison du comté.

Lou marcha, descendit un escalier. Il laissa son arme au

376

poste de garde, sursauta quand les grilles se refermèrent derrière lui. Il sursautait toujours quand il entendait ce bruit. Les semelles de ses chaussures couinaient sur le sol en ciment.

Le maton s'excusa, mais Boldt l'entendit à peine. Il leur avait pourtant expliqué, il les avait prévenus. Il se souvenait encore des mots du Dr. Richard Clements quand il l'avait accompagné à l'aéroport :

— Surveillez-le bien. Il est déterminé.

Ce n'était pas un endroit pour Caulfield. Il y avait déjà passé quatre ans pour une condamnation injustifiée, et c'était ce qui lui avait évité la peine de mort. Apprenant sa condamnation à la perpétuité, Boldt avait exigé une surveillance particulière pour l'empêcher de se suicider. Il avait perdu. On avait refusé à cause des transports fréquents de la prison au tribunal, de la foule qui assistait aux procès, du coût de l'opération.

Ils s'arrêtèrent devant la cellule. Boldt aurait préféré que le gardien cesse de s'excuser, mais l'homme ajouta :

— Quand on est fou, on est fou, pas vrai ?

Harry Caulfield avait vomi, comme ses victimes. Il gisait sur le lit, la tête inclinée, les yeux fermés. La mort avait peut-être été paisible.

— Vous auriez imaginé qu'il se plaignait des rats pour qu'on lui fournisse le poison, vous ? Faut vraiment être cinglé pour faire une chose pareille, non ? Qu'est-ce qu'on va dire à la presse ?

— Qu'il a obtenu ce qu'il voulait.

Le journal du matin était étalé sur le sol. Boldt vit qu'il était ouvert aux pages économiques. Il reconnut l'article et comprit le message de Caulfield : ADLER FOODS CONDAMNÉ. Accablé de poursuites judiciaires, Adler avait fermé boutique, même si Daphné prétendait qu'Adler n'était pas du genre à se laisser abattre et allait monter une autre société.

— Vous parlez d'un dingue ! dit le gardien.

Boldt refit le chemin inverse, passa devant des cellules où des êtres humains le regardaient derrière des barreaux, les yeux hagards, envieux de sa liberté d'aller et venir.

Au poste de garde, on lui rendit son revolver. Le gardien contempla l'arme, la soupesa. Il ne savait comment la prendre, elle était trop lourde pour lui.

Boldt s'empara du revolver et le rangea dans son holster.

Il sursauta quand les grilles se refermèrent bruyamment derrière lui.

EDITIONS
LA MARTINGALE

A paraître

Virginia C. ANDREWS™
Perle

Déjà parus

Emily LISTFIELD
Mensonge mortel

Steve LOPEZ
Silhouettes de morts

Howard OWEN
Littlejohn

Barbara PARKER
Délit d'innocence

LaVyrle SPENCER
Les embruns du cœur

Virginia C. ANDREWS™
Ruby

Joseph AMIEL
Question de preuves

Kathleen E. WOODIWISS
A la cour du Tsar

Fannie FLAGG
Daisy Fay et l'homme miracle

Winston GROOM
Forrest Gump

Robert J. CONLEY
Geronimo

Ridley PEARSON
Sans témoins

Cet ouvrage a été composé par Interligne B-Liège
et imprimé par Bussière Camedan Imprimeries à Saint-Amand
pour le compte de La Martingale
27, rue Cassette, 75006 Paris
diffusion France et étranger : Flammarion

Achevé d'imprimer en octobre 1995

Dépôt légal : octobre 1995.
Nº d'édition : 7062. Nº d'impression : 1/2425.

Imprimé en France

Dépôt légal : Octobre 1996

Imprimé en France